谭建兰 著

图书在版编目（CIP）数据

瓦屋村 / 谭建兰著. — 重庆：重庆出版社，2023.5

ISBN 978-7-229-17523-8

Ⅰ.①瓦… Ⅱ.①谭… Ⅲ.①长篇小说—中国—当代 Ⅳ.①I247.5

中国版本图书馆CIP数据核字（2023）第029508号

瓦屋村
WAWUCUN

谭建兰 著

出　　品：华章同人
出版监制：徐宪江　秦　琥
责任编辑：徐宪江
特约编辑：张铁成
营销编辑：史青苗　刘晓艳
责任校对：王　靓
责任印制：白　珂
封面设计：吉度∞无限

重庆出版集团
重庆出版社 出版
（重庆市南岸区南滨路162号1幢）
北京盛通印刷股份有限公司　印刷
重庆出版集团图书发行有限公司　发行
邮购电话：010-85869375
全国新华书店经销

开本：880mm×1230mm　1/32　印张：19.625　字数：399千
2023年5月第1版　2023年11月第2次印刷
定价：49.80元

如有印装质量问题，请致电023-61520678

版权所有，侵权必究

乡土韵味 时代风采
——《瓦屋村》序

陈 川

在阅读长篇小说《瓦屋村》之前，便知道作者谭建兰是全国人大代表、重庆市劳模、一家农业产业化龙头企业的老总，此前从未写过小说。可以想象，作为企业家，每天会有多少棘手的现实问题需要处理，但她居然还忙里偷闲更换脑筋营造虚构的小说世界，这本身就是一个传奇。姑且不论作品的质地如何，单是这份文学情怀就让人感慨和感动。何况不惜熬更守夜去创作小说的背后，一定还有什么力量驱使着她，以至于不吐不快，欲罢不能。这自然引起了我探寻答案的兴趣。

一路读下来，《瓦屋村》给我的感受超出了预期，尤其是对热腾腾的生活气息、活生生的人物形象以及真实的乡村图景印象深刻。毋庸讳言，这部小说在写作技巧上略嫌稚拙，或许正因为如此，一种天然的淳朴和清新才更加沁人心脾。而在人物刻画、细节和场景描写方面，又无疑彰显了作者具有一定的写作天赋和形象思维能力，不时让人眼前一亮，啧啧称奇。即便现在这样一个还不算成熟的文本，也足以让我们感觉到它的新意和价值，犹如一块璞玉，光芒隐隐闪射。

小说以渝东南一个山村——瓦屋村为主要叙事场景，讲述打工妹刘冬麦返乡创业的故事，表现了在脱贫攻坚过程中农业产业化发展的艰难历程。小说一开篇便形象地描绘出山村的凋敝景象，村民人穷志短，精神萎靡，长于内斗，"望人穷"成为普遍现象。但随着精准脱贫的实施和产业的兴起，人们尝到了甜头，看到了希望，精神面貌也为之一变。作者在乡村摸爬滚打几十年，饱尝了产业发展的酸甜苦辣。她将自己的深切感受诉诸笔端，倾情书写山乡巨变，勾画乡亲们的精神轨迹，折射出波澜壮阔的时代风云。书中的故事和人物来自现实生活，因在作者心灵深处酝酿和积淀多年，浸透了泪珠和汗水，一旦喷涌出来，情绪饱满，真切生动，具有较强的感染力。

在我看来，《瓦屋村》最值得称道的是塑造了刘冬麦这一当代农村女性形象。这个人物应时而生，烙上了这个时代的鲜明印记。在改革开放的浪潮中，她和丈夫南下打工，受到现代文明的熏陶，积累了一定的管理经验。在家乡进入全面建设小康社会的重要时刻，回乡成功当选村民委员会主任，带领乡亲发展辣椒和脆李产业。她骨子里有着山里人的倔强，不怕吃苦，敢想敢干，性格泼辣。但事业和生活并非一帆风顺，受过委屈，经历过失败，还遭遇了中年丧偶的惨痛，由此历练得更为坚毅成熟。她感情丰富，也有女人软弱的一面，不时暗自垂泪，背着人号啕大哭，有时甚至需要一杯白酒缓解焦虑和压力，丈夫的意外离世更使她一度陷入失魂落魄的境况。然而她胸有大局，一身正气，敢于担当，有情有义，最终成为受人尊敬的基层干部和农业产业化项目的领头人。有人说这是一个励志的人物形象，而我觉得其意义绝不仅限于此。在这个人物身上，凝聚着时代弄潮儿的鲜明特征，体现出自立自强、开拓创新、共同富裕的时代精神。她是时代的产物，是一个典型的"新人"形象。我不知道作者的经历与刘冬麦的故事相似度有多少，不过感觉得到作者对人物的心理、行为和情感拿捏准确，描写到位，几乎没有概念化的痕迹。塑造出这样一个真实可信、血肉丰满的人物形象，无疑是作者最大的成功，是《瓦屋村》之所以具有文学价值最有力的证明。

除了刘冬麦，《瓦屋村》里的其他人物也多有个性。作者熟悉她所描绘的生活和人物，善于观察和抓取最能表现性格特征的细节，在小说里三言两语便能勾画出人物的大致轮廓，并随着情节的推进逐渐丰润饱满。比如怕麻烦而不愿担当的老支书、知性务实的第一书记谭丽华、品性恶劣且好逸恶劳的向胜麦、因病致贫的刘成米，等等。或许这些人物都有生活原型，作者与之朝夕相处，一颦一笑均了然于胸，所以信手拈来，无不鲜活逼真。

至此，我们大约知晓了作者创作这部小说的内在动力，那便是风起云涌的伟大时代，是多姿多彩的现实生活，是丰富独特的个人经历。不难想象，作者自己和乡亲们的故事刻骨铭心，长期以来萦绕于怀，如鲠在喉，需要一个宣泄和爆发的出口。终于，作者找到了长篇小说这一形式作为倾诉的媒介，以此唤起回忆，抚慰心灵，用文学的方式形象地总结和传播自己在产业发展中的得失感悟，回报生活的慷慨馈赠。于是，这才有了我们今天看到的《瓦屋村》。

毫无疑问，谭建兰是生活中的有心人。作品中许多细节描写惟妙惟肖，如"在鞋后跟擦鼻涕"等，非细心之人不会留意。同时，作者还善于从平凡的生活中总结人生经验，有意无意间悟透了某种生命状态，表达出对生活的清醒认识，因而有了哲理意味。刘冬麦劝慰对生活绝望的向胜麦之妻就是一例，她说："一个女人，前二十年妈老汉日子好过就好过，中间二十年夫妻和睦日子就好过，后头的日子是崽崽好过你才好过。"此外，作者熟悉民间语言，在作品中运用得当，直白生动，闪烁着朴素的民间智慧。比如形容因穷而内耗："槽内无食猪拱猪。"再比如谈及市场销售："只要行情好，抓把灰都能卖出钱。"正是这些原生态的生活细节和俚语，使作品散发出浓郁的乡土气息，充盈着一种活泼泼的山野之趣。

说到这里，不能不讨论一下《瓦屋村》的语言风格。这部小说是用原汁原味的渝东南方言讲述故事，突出了地方特色和语言韵味，当地人读来自然觉得亲切，也可以让外地人领略一下方言土语的别样意趣。

作为谭建兰的第一部小说，肯定留下了不少的遗憾。但不管如何，她对时代、对生活、对父老乡亲的一颗赤诚之心，在作品中激烈跳动，每一个读者都会从中感受到一种真情、一种激越、一种砥砺。作者笔下的瓦屋村，是当代中国西部乡村的缩影。作品呈现在我们眼前的人物群像，映照着这个时代的瑰丽之光。可以说，《瓦屋村》是一部记录了乡村历史变迁、反映了时代精神的长篇小说，值得我们去关注和阅读。

是为序。

2022年10月于渝北照母山上林上景

目录

第 一 章　回乡 / 1

第 二 章　上任 / 44

第 三 章　传统 / 67

第 四 章　精准 / 78

第 五 章　脆李 / 123

第 六 章　运作 / 147

第 七 章　相聚 / 170

第 八 章　春日 / 211

第 九 章　失爱 / 249

第 十 章　海椒 / 282

第十一章　秋变 / 304

第十二章　波折 / 348

第十三章　首获 / 381

第十四章　扬帆 / 432

第十五章　困境 / 453

第十六章　冬伤 / 482

第十七章　荣誉 / 508

第十八章　高光 / 536

第十九章　荣极 / 557

第二十章　腾飞 / 584

第一章
回乡

　　凄厉的唢呐声飘荡在瓦屋村的上空，刘冬麦仿佛看到八十五岁的表舅爷的魂也在天空飘着，那双睥睨的斗鸡眼，两个眼球交换着一个转上去一个转下来。天上飘着雪花，擦黑的天色蒙蒙的，只听得雪米的嚓嚓声，却看不到雪。

　　奶子[1]、爷[2]都去了另一个世界，刘冬麦在瓦屋村已经没有直系亲人。此次回来办理土地确权手续，刚好碰到表舅爷也找他奶子、爷去了。

　　表舅爷只有一个独子，但小的两口子福寿不长，先他们而去，老两口将孙子、孙女养大成人，因此表舅爷的养老送终都由孙子向胜麦操办。

　　刘冬麦心里其实很不喜欢表舅爷，但是按照瓦屋村的规矩还得要去，更何况他们之间还有点儿亲戚关系。在瓦屋村有这么一个规

1　　重庆部分农村对母亲的称呼。
2　　重庆部分农村对父亲的称呼。

矩，谁家有红白喜事或者有大的难处，大家该帮忙的帮忙，该帮钱的帮钱，而且都是真心去帮助，这是瓦屋村的传统美德。

刘冬麦斜眼盯着飘在天上的表舅爷的魂灵，她从小就不怕他，打小就和他过不去，犟拐拐对犟拐拐，如此"斗"了三十年。刘冬麦边走边想：不要以为您[1]飘在了天上我就原谅您。

刘冬麦和表舅爷的仇是在她十岁时结下的，起因是那年表舅爷屋头杀猪，刘冬麦想去吃肉，筷子一插到碗里，表舅爷就把肉碗端走换个位置，再一插他又端走换个位置，一晚上愣是没有吃到一坨肉。刘冬麦从此积恨难消，就编顺口溜："表舅爷爷猪脑壳，煮不耙和棍棍戳，屋头杀猪肉肉臭，养鸡养鸭养不活。"不仅自己唱还组织小朋友一起唱，一时间竟流行起来，更有的排着整齐的队伍，用脚跺着节奏和着韵律唱着耍，甚至隔壁村也跟着唱起来。其实大家只是好耍，觉得顺口，更多的也不晓得其中意思。但表舅爷和刘冬麦都明白缘由，所以他每次遇到刘冬麦就拿起背打杵想打她，并恶狠狠地喊她"儿马婆"[2]，却不好意思去刘冬麦奶子、爷那里扯黑耳巴子[3]。后来刘冬麦奶子、爷晓得这事后，更心疼各自崽崽在别人屋头受了委屈，也任刘冬麦编排他。没有责怪，刘冬麦的胆儿就更肥。奇怪的是刘冬麦和表舅爷的孙女儿关系又是特别好的，只要有得吃的、穿的，或者得到一本连环画，都要拿去与她分

1　niāng，重庆部分地区发音。
2　贬损不像女孩子像个男孩子。
3　告状。

享。刘冬麦就是这样的脾性，要好就如同穿一条裤子，不好就对着干，要对着干就要怼赢。就连老师都说刘冬麦又犟又精怪，个性强、爱憎分明。

刘冬麦边走边想：编顺口溜只是和表舅爷耍闹，并不是真的记他的仇。一想起那些顺口溜她就笑起来，突然一不小心摔进了芭茅草笼笼头里，手心生痛，双手交叉摸一下，湿漉漉的，应该是手掌被割破了。她歪咧着嘴巴"嘘、嘘"地站起来，狠狠地跺了几脚芭茅草，愁眉苦脸地坐在土坎上。

瓦屋村黑茫茫的一片，看不清周围的一切，但是刘冬麦晓得那是枯槁的芭茅草。芭茅草丛里是东倒西歪的破旧的瓦盖屋，她屋头的房子就东倒西歪在中间，成了危房，这次回来只能住在幺姨婆屋头。

她想起小时候那成片的庄稼地，曾经热闹的大院子变成这个样子。想起奶子、爷在世时，屋头姊妹间打打闹闹的烟火气，仿佛看到了屋头房子上长长的被风吹得歪来倒去的炊烟。想起躺在芭茅草丛中的土坡里面的奶子、爷，刘冬麦胸口一闷、鼻子一酸，突然就想哭，加上手疼，趁四下无人便大哭起来。

一柱晃悠悠的光照过来时，刘冬麦晓得她完蛋了，肯定被当成哭丧的了。"呀，是冬麦表妹嘎，勒么有孝心呀，哭得恁个伤心嘎，你表舅爷真没有白心疼你嘎。"咋咋呼呼的粗嗓门炸得刘冬麦耳朵嗡嗡响，是圆滚滚的表舅爷的孙媳香兰嫂子和院子的萝卜妹。她们过来搀扶着刘冬麦到表舅爷的灵前，让刘冬麦坐在小板凳上去表达哀思。

3

土家族有一种习俗，死人要哭丧，姑娘出嫁要哭嫁，有很强韵律的那种号哭。

有好几个女人在那哭丧，调门是由低沉到高亢再到低沉，主要内容就是给死去的人述苦情：比如遭过什么孽[1]，做过哪些好事，对哭丧的人有过什么恩惠。用哭、唱腔调表达出来，但干的坏事一般不提，毕竟以死者为大。也有哭爪爪话的（就是指桑骂槐的意思，比如妯娌间大嫂哭诉死去的老人对兄弟媳妇好些，兄弟媳妇又以同样的办法哭来大家听，也就是让大家都明白她屋头的事，有点儿扯皮的意思），家族之间的各种矛盾也在这个台上用哭丧的方式呈现出来，侧边人就开始看热闹、议论，还有因观点不同打起来的。

哭丧在土家族叫数呀数的哭，比如此时他的孙女儿，刘冬麦的二表姐正在数着哭："我的那个遭孽的[2]爹爹[3]耶。"前边三字高亢，后边"爹爹耶"就低沉下来，"您这一辈子噻——没有——享过一天福哟，爹爹耶——"然后是一连串"哼哼哼"的腔调，数完再说事例，比如："您白发人送黑发人，送走我的妈老汉耶，爹爹耶。还是您将我们兄妹两个养大成人噻爹爹——耶，一件衣裳噻穿十几年哟——爹爹——哼哼哼。"就这样拖长音调、断断续续地数着哭。

---

1 吃苦的意思。
2 苦难的。
3 dī dī，爷爷。

哭丧分亲疏，有那亲近的走得黏闹的就哭得伤心些，那些关系疏远、不经常来往的，放不下面子干号的就流不出眼泪水。有哭得伤心的，一把鼻涕一把泪，哭几声就擤鼻涕，然后抹在鞋后跟上再继续哭。

哭丧的规矩是亲人、小辈或者朋友都要坐在灵前哭，表达对死者的哀悼。刘冬麦是小辈，照理也应该要哭丧，不过刘冬麦这种不是很亲近的人也可以不哭。但此时的刘冬麦好像没有别的选择，只好酝酿着情绪，回忆过往哭着数起来，旁边人听着哭丧的调门，也抹着眼泪水在评论，有人就在夸冬麦这个幺姑懂事：虽然在外打工挣钱了（在他们眼里刘冬麦们在外打工很挣钱），还是很懂屋头的规矩，很孝顺长辈。刘冬麦就更有点儿收不住，只好跟着那些老妇人们数呀数地哭起来，她埋着头大声地数着："我的那个遭孽的表舅爷耶，您从小就心痛您的表侄孙女耶，表舅爷耶。你那年杀猪噻，往我碗里夹了好多肉哟，你各自都舍不得吃呀……你还给我烧包谷吃耶。"刘冬麦一边编着词来数，一边观察在哭灵的人，想着借故离开灵堂。按规矩只好等人来劝才好借梯下楼，刘冬麦看到内棺对面有三个大婶、佑客在哭丧，有两个好像跟刘冬麦一样数两句扯两声，还有个好像哭着哭着没词了，刘冬麦突然就想笑。

刘冬麦看到她旁边哭着、数着的表舅爷的孙女儿，刘冬麦的二表姐数两声拖着哼字腔，哭得气都出不来，鼻涕从鼻子拖到衣服上都没有擦，她数着她爹爹一身所遭的孽，从她当崽崽的时候数到去世的整个过程，数着她的爹爹如何在缺吃的年代，饿着肚子将她们拉扯大,数着她的爹爹如何在她奶奶病重的时候一个人支撑家,数着那年天没有亮就上坡,路都看不到才回屋头,种的玉米被人偷走了……刘冬麦被那种伤心和凄凉感染,突然就跟着真的伤心起来,心想也许表舅爷可能真的是个好爹爹,就哭得更加真心,虽然内容是编的,别人也不晓得吃肉、烧包谷这些事,但此时刘冬麦是为二表姐哭的。

两个大婶要去劝已经哭得扯不上气的二表姐,刘冬麦挡着路,就扶着刘冬麦,说:"幺姑,莫哭了,你表舅爷晓得你孝顺。"刘冬麦顺势抽泣着站在一边,看着她们去劝二表姐,此时二表姐已经哭晕过去了,她们两个人只好架着二表姐到火炉边掐人中劝着,刘冬麦也跟过去打帮着。

火炉边架着几根棒棒柴,柴火不是很干,烧起来不断地冒着黑烟,老旧的电灯泡被长久的烟雾熏得黑黄黑黄的,泛着昏黄的光。刘冬麦看着甩来甩去的猪尿包般的灯泡感到无聊,再仔细地看了一下,几根板凳面窄腿小,在火光下隐约可以看到凳子脚下那断了底的胶鞋,这双鞋和一双补了一道长长疤痕的水统鞋杂乱地堆在一起,一张八仙桌摆在屋中间,简单的几件家具藏不住表舅爷屋头的穷困。

火炉四周坐着一圈老人,有的包着青布帕,有的包着白布帕,不管男人、女人都包着青布围腰。村民向大鱼绷着脸走过去,嘴里嘟哝了一句:"勒样没得,那样没得,什么都看得难。"他是这次出殡的总管,几个六十五岁上下的村民算是最年轻的,他们和向大鱼一起忙进忙出,是这次出殡送灵的主力,勒些人论辈份应该都是刘冬麦的长辈。

在瓦屋村除了姓刘的就是姓向的,几乎都是竹根亲。所谓竹根亲就是在这个村七串八连的都连得出亲戚关系来,就像竹根一样纠绞着,所以大家都喊亲叫戚,能用亲戚间的称呼的就用正规称呼,寻不上的或者无法考究关系的就叫表叔或者按其他连七连八的关系叫舅爷爷等各种称呼。

这个天上飘着的表舅爷就是刘冬麦妈的堂舅,是她嘎婆(外婆)的亲堂弟,论起来还算是有血缘关系的亲戚,不过一辈亲二辈表,三辈四辈认不到,他们早已经算是认不到的亲戚了。

表舅爷在第二天天没亮就被送上了山,一群老人抬的八大行。刘冬麦一路上担心他们抬不动,如果中途将表舅爷搁下不利于后人,便跟着二表姐她们去磕了头。其实刘冬麦长大了已经不恨表舅爷了,表舅爷老了,和他争斗只是玩笑和习惯。

送葬回来后,刘冬麦碰到表舅爷的孙子向胜麦,论起来他是刘冬麦的表哥。灰白色的西装已经洗得发白,布丝的间隔稀稀拉拉,好像轻轻一扯就可以扯破似的。苍白的脸色消瘦蜡黄,眼眶红肿,眼神无力。他看到刘冬麦时,很明显地挺了挺肩膀,估计不想刘冬麦看到他的颓废。

向胜麦是瓦屋村的村主任,是个典型的遇事烂,只要遇到事情就想方设法把别人的事情搞砸或者挑拨人与人的关系,这是他的一贯脾性。同时他也是瓦屋村新生代刘、向两大家族争斗的主力队员。

他与刘冬麦从小水火不容，见面不是撕架就是挖苦讽刺，最少也得吐口水表态。不过在这种主家有丧事的情况下，刘冬麦还是客气了两句："表舅爷八十几岁也是高寿了，你们不要太怄气。"向胜麦嗯哼哼地应承着，在人家都过来帮忙的前提下，也确实不适合针尖对麦芒。

刘冬麦跟表嫂子香兰借来一把柴刀，把她奶子、爷坟头的芭茅草清理了，又去看了一回老房子。

老房子是土木结构的吊脚楼，墙身由夯土做成，楼板和屋顶则由木料做成。这几年没有住人，墙身已经有些裂口，房顶木制部分有些歪斜，檩子和椽子木没有跟上歪斜的角度已经撕裂，屋顶上、地上到处是碎瓦片。屋外的青石板地坝依旧闪着青幽幽的光。刘冬麦怕屋子垮塌没有敢进屋，呆呆地坐在地坝沿边的石条子上，感觉很凄凉。恍惚间仿佛父母还在，炊烟也直，爷、奶子喊儿叫女的声音还在院子回响，因偷吃冷水炒面被奶奶追着满院子跑的情景也历历在目。

院子里粗大的皂角树伸着光秃秃的枝丫，上面还挂着稀稀拉拉的几个皂角，地上到处是落下来的皂角。

皂角可以用来洗衣服，那个年月大家买不起肥皂，村里人洗衣服主要靠这棵皂角树，刘冬麦眼前又浮现起小时候和村里的崽崽一起打皂角、抢皂角的情景。

每年入冬后皂角成熟，只要吹大风，三四十个崽崽就在树下捡皂角，大家盯着一个皂角飘飘悠悠地落下来，往往几个或者十几个人扑上去，有那先扑到的扬扬得意，没有捡到的崽崽就酸溜溜地说："我屋头多得很，我爸爸用棒棒打了一背篼。"逢到这种情况，家庭比武斗富就开始了，我屋有这样他屋有那样，刘冬麦记得向胜麦说他屋有大姨，向学果说你屋有大姨，我屋有二姨，大姨没得二姨大。一群崽崽又争起来到底是大姨大还是二姨大，向学果说大姨是一，二姨是二，二要比一大；向胜麦说大姨要先生出来，二姨要后生出来，二姨要小些，就这样吵吵撅撅，村子里闹热而喧嚣。

一阵风卷起青石板上的落叶沙沙地飞舞，几只老鸹盘旋在上空，"呱呱"的叫声将刘冬麦惊醒，她看着眼前空旷寂寥的荒草烂瓦房，禁不住泪水直流。

刘冬麦这次回来跟厂里请了八天假，回来路上和办理土地确权证各占两天时间，如此一来已经过去四天了，留足两天的返程时间，就只有两天时间能够和崽崽在一起，还要抽空去看望住在中益乡的婆婆妈。幸好土地确权手续已经办完，拿到了土地证，刘冬麦两口子的口粮地，一个人田三分，地五分，共计田六分，地一亩。看了看土地本，算着返程的时间，刘冬麦心想明天就是周末，正好带着崽崽一起去看婆婆妈。崽崽和老人都需要照顾到的。

原本准备马上进城，但下雪天班车耽搁了，正好村子里下午开社员大会，刘冬麦便跟着幺姨婆到村委会等车，顺便看看有什么新政策。

通知两点的会,到了三点一共才来了三十四个老人,还有两个四十来岁的人。其中一个是村主任向胜麦,这是个打工吃不了苦、一心想发大财的主,一年前通过到处告状拿下姓刘的村主任,并给在瓦屋的向姓人一户送了一包白糖,还承诺给向姓家族人办理低保,才当上这村主任。刘冬麦看到他也在,心想:耶,他屋头才发完丧,就急冲冲地来开会呀?这当上村主任还变得勤快了?

另一个是村民刘成米,母猪风[1]患者,经常发病,父母有病出不了门。

老支书汪明高算是村里的年轻人,刘冬麦记得前两年回来吃了他六十岁的生日酒。

村文书向世荞、综治干部向大鱼,都在六十岁左右。

妇女主任戴春兰三十几岁。

老支书拿着老烟杆在清点人数,有几个人没有来,还要等一会儿。

村委会破旧得没有生气,院子里横七竖八地放着窄窄的条凳,人们稀稀拉拉坐着,吸鼻涕声不断,时不时看到有人朝鼻子上抹一把,再将鼻涕摸在鞋跟上,也有将学生做作业的废纸撕成小片擦鼻涕的,擦完后随手丢在地上。"咳咳"的咳嗽伴随着"啪"的一声,一口浓痰就落在咳嗽的人或者其他人的脚边,同时叶子烟的烟

---

[1] 癫痫。

雾熏得人睁不开眼睛。

院子里弥漫着不和谐的气氛,有人磨牙恨齿地嘟哝撅人,有人大声夸气地咒撅。刘冬麦有点儿心烦,看来这些人不比以前好多少,还是这副德行。争论的都是些哪个占几块钱的便宜,哪个得了几斤油的好处,刘冬麦知道这都是穷惹的祸,突然又想到一句老话:槽内无食猪拱猪。

"你勒个狗屁村主任,只晓得把好处给向家的,你当初就是用好处买通向家的人给你投票才当上去,你搞传销骗大家的钱,你当村主任居然骗老子们的吊命钱。你给老子还回来,你当个锤子村主任,走,到政府去说清楚。""走,走,走!"大家推攘着吼叫。

正在想着心事的刘冬麦,突然看到刘成谷等几个刘姓人跟向胜麦拉拉扯扯要到镇政府,奇怪的是后边一些向姓的人也在喊着:"走,说清楚。"刘冬麦感到茫然,问幺姨婆:"啷个刘家的找他扯皮,向家的也在找他扯嘎?"幺姨婆转着脑袋朝四处看了看,她拉着刘冬麦走到边上,嘴巴在刘冬麦耳边,一股带着葱子腥臭的热气扑面而来。刘冬麦的头条件反射似的歪了一下。幺姨婆压着声音,有些嘶哑、有些神秘地说:"向胜麦以前为当选村主任给向家每屋人送了点儿人情,说好的给好处。他当上村主任后,对刘家人更狠,凡是有点儿好处,就只给姓向的几家相人(有面子的人),其余人办事不送点儿人情就不办,蚊子飞过就要掰个腿腿。勒不,勒回大家交的医保款,他收到后却不交上去。刘成谷佑客得病了没有报得到钱,查来查去原来是没有交,有些人怀疑也去查，有的交了有的没有，估计只交了姓向的几个相人，所以大家都闹起来。本来今天开会向胜麦是丧家可以不来，是大家逼到他来。"刘冬麦听得焦眉愁眼的，一副犯难的表情说："妈耶，这样的人啷个当上村主任的，居然干出勒种事情，我们在厂里交了社保，村里经常打电话让交我崽崽的，还好没有交嘎。"此时，那边的吵撅咒骂越来越凶。

　　突然一辆越野车"吱"的一声停在刘冬麦旁边，把刘冬麦吓了一跳，正准备发火，看到下车的是她同学王先兵，是桥头镇的镇长，还有一个人刘冬麦认不到，只见此人脸色铁青，刘冬麦没好发火也没有说话，王先兵朝她点点头勉强笑了一下，便急吼吼地走进院坝。

　　"莫吵了，有事说事。"刘冬麦听到王先兵镇场子的声音。只听见大家闹哄哄地说事情，王先兵大声说："一个一个说，大家闹哄哄的听不清楚。"大家停下不再吵吵撅撅，刘成谷说："王镇长，你们是瞎了眼睛唛？看你们选的好干部，我们的医保费交到村上，居然没有交上去，我佑客病了才发现报不到，大几千块，怎么办啊？""我也是。""我也是。"跟着就有人附和。

　　王先兵看到这种情况，惊得目瞪口呆，他眼色不善地盯着向胜麦，向胜麦抖了一下，犟着颈子说："你们交的拿条条拿出来看，各自没有交，以前天天追你们交，你们不搞，现在发现有病报不到，想来吃我的黑诈。"刘成谷红着脸、颈子的筋绷得老粗，他拍着板凳吼道："你红口白牙说谎话，老子们都交给你的，你还是到屋头来收的，我没得钱还是跟老支书借的。你说正式发票下来后才给票票，原来不开发票是打的这个烂主意嗦？你不承认要得，老子给你几板凳，弄你也遭汤药钱。"吼着吼着就提起一张凳子要砸向胜麦。

老支书一步蹿前去，拉着刘成谷说："您莫闹莫闹，王镇长来了，政府就是来解决问题的。"刘成谷还蹦着，不过老支书出面了他也不好再发威。

王镇长等刘成谷安静一点儿后说："老刘，你莫闹，到底哪样情况，我先了解一下。"说着扫了一下全场，问在场坐着的人，"还有哪些是这种情况？""我也是，我也是。""我还没去查。"大家依旧激动地吵吵撅撅着。王先兵看到涉及的人比较多，默了一会儿，严肃地说："大家莫要闹了，我马上喊纪委过来查，查清楚后，一定要给大家一个交待。"说着拿起电话，喊驻村领导和纪委书记马上过来清理，交待一定要核查清楚。

大家看到纪委和驻村领导过来后，感觉要动真家伙，现场立即安静一些，工作人员挨家登记造册，要求大家登记完后离开，等候处理。

刘冬麦看着这些传说中的"九九部队"吵吵撅撅，盘算着客车该到的时间，正挠头沉思。"刘冬麦，刘冬麦。"王先兵安排完工作后挥手招呼她，"走走，上车。"这个初中就很调皮的同学拉着刘冬麦上了车，刘冬麦说："耶，当了官车也开得溜顺。"王先兵说:"老同学,你是发财不见面嗦。"

当听说刘冬麦在等车进城,王先兵说:"我等会也要进城,难逢难遇地碰到美女同学,要到哪里送到哪里,什么都可以送,人都可以送。"刘冬麦说:"也包含送亲嚯。"在土家族送亲是输亲戚,所以大家都会将送亲拿来开玩笑。王先兵说:"唯独不送亲,我是娶亲的。"大家多年没有见面,调侃两句后都开心得哈哈大笑。王先兵笑完后,心情也好点儿。

刘冬麦看着这个初中时小个子的同学,现在倒是长高了,有了领导的冷静和温润气质。王先兵向刘冬麦介绍与他一起来的人,说:"这是付镇长。"车子在坑坑洼洼的土路上颠簸得艰难,路面凹凸不平,只要车子加油,人就往后扯;刹车时,人就往前一扑,就这样一扯一扑,有的路段连路都看不到。

刘冬麦开玩笑说:"耶,镇长同学,要不要我下车,去将草扒开把路找出来,你再开过来嘎?"刘冬麦说完哈哈大笑,发现两个镇长有点儿面赤面赤的,突然想到这是他们管辖的地方,如今交通这个样子,不知道还以为是在挖苦他们,马上将话题扯开摆闲条、弹老弦。说着上学时候的一些趣事,说着说着就到了瓦屋的老屋基,车在一个视野开阔处停下来,几个人下车后站在山顶上俯瞰瓦屋村,刘冬麦也跟着审视起来这个从小长大地方。

放眼望去,瓦屋村一大片全是芭茅草,在这个季节里,黄亮亮干枯的芭茅草摇晃着白色的穗,间或有一块块的青翠的小松林镶嵌其间,山下是一汪蜿蜒盘曲碧蓝的湖水,就像一条巨大的蓝宝石项链镶嵌在山水之间。近看凋零破败的房屋，远看星罗棋布地散落在整个瓦屋村，整个环境和谐而美丽。这是刘冬麦离开多年后第一次站在外人的角度鸟瞰瓦屋村，感受到在城市的工厂里没有的开阔、放松和安逸。

刘冬麦不禁暗自惊叹：有好多年没有这样看过瓦屋村了，以前在村里时到处是庄稼，这个季节土地已经整理得平平顺顺，准备着来年播种，不过由于人均土地太少，记忆中好像啷个做都不够吃，大家屋头经常青黄不接，瓜熟吃瓜豆熟吃豆，洋芋没熟就验蛋（用手伸进土里试探，感觉大点儿的就抠出来，不影响其他小的生长。）现在人们都到外谋生去了，人走了地也就荒了。不过现如今的景色，倒是让刘冬麦这个成天关在厂房里的人，心情舒畅愉悦，她拿出手机一会儿自拍一会儿拍着远处的风景。

跟刘冬麦同行的两人心事重重，他们指着这边看着那边，不停地讨论着。刘冬麦没有去听，因为与她无关，她只关心哪个时候可以进城。

一路上王先兵和付镇长讨论着工作。"这个向胜麦经常捅这样的篓子，估计他是将村民的医保费收来拿去赌博了。"付镇长说，"瓦屋人经常告状，说村里的低保只有姓向的几家相人吃得到，这几家人在瓦屋家庭条件算好的。""上回查到他将十几家人的造林款吞了，书记要停他的职，他还掰条条说他是村民选的。但自从他当上村主任后，村里刘、向两家矛盾就更大，村里的账户里更是不足一百块钱，村民们意见很大，瓦屋村就像一锅烧开的豆浆，随时要翻锅。"

王先兵咬牙切齿地说："勒回查实就将他停职，如果要求罢免的选民超过五分之一，就直接启动罢免程序。格老子，没见他干过一件好事，大家说他是遇事烂其实也是做烂事。"沉默一会儿又恨恨地说："这样的村干部靠家族势力选上来，不但不能带动发展，反而成为祸害。"付镇长说："到时他可能会带着向家的相人给镇上施压。"王先兵沉默了一会儿说："晚上跟书记汇报一下，共产党的天下没有治理不好的，他们各自理亏闹也没得用，不合理的低保户也一起查。"说完，一手掌方向盘，一手拿出手机："喂，你们同时查一下低保户是否合规，看还有没有其他问题。"

回城的路上，刘冬麦看两人没有兴致，也就没有多说话，到了县城王先兵邀请刘冬麦吃饭，刘冬麦看他们心情不好就谢绝了。

清早。刘冬麦还在洗脸，桥头镇政府办公室打来电话，说是镇党委、政府邀请她们这些在外发展得好的成功人士，回来为桥头发展建言献策，时间在下午两点半，到时会派车来接。

刘冬麦一时间转不过弯来，心想：镇党委、政府请我回去建言献策？勒么荣耀的事被我遇上了嘎，我只是一个工厂的中层管理者，算成功人士吗？也可能算吧。有专车接送，刘冬麦感到无上的荣光。

刘冬麦开始思考着装问题，他们夫妻打工一向勤俭，外加平时基本穿厂服也没得像样的衣服，为了像一个成功人士，只好上街去买。到街上一看，看得上眼的要一千多元，舍不得买，只好花六百多元买了一件红色的羽绒服。看着镜子里穿着红色羽绒服的自我感觉良好。

营业员的眼光围着刘冬麦转了一圈，来了一连串的彩虹马屁："耶，姐姐您身材高挑，英姿飒爽，这件红色的羽绒服配上您白白的皮肤，看起好有气质哦，一张瓜子脸神采飞扬，一看就不是一般人。"

刘冬麦有点儿想笑，不过看着镜中的那个自己，站得笔直，身材曲线柔中带刚，确实算得上英姿飒爽，又听着营业员的赞美，心里美极了。刘冬麦将两手交叉在腹前摆了一个模特造型，来了一句："Very good！"逗得营业员笑起来。

中午时间，桥头镇安排车来接，刘冬麦拍了张照片在家庭群里显摆了一回，内容是：桥头镇请我刘冬麦——一个成功人士，回乡为地方发展出谋划策。群里一下子热闹起来，有羡慕的，有调侃的，也有教刘冬麦啷个去说话的。刘冬麦心中鼓起了风帆，第一次为政府出谋划策很是欢喜。

王先兵把刘冬麦接进会议室，里面已经有五六个人在座。王先兵首先介绍了刘冬麦："勒是我同学中的成功人士——在外资企业当白领，人美心善，上学时就是班里的一枝花，一支笔。"

接着挨个介绍了几个人，书记、副镇长、组织委员、宣传委员。刘冬麦观察了一下，书记姓谭，四十岁左右，黑黑的脸，显得精干、睿智。大家伸出手与刘冬麦握手，刘冬麦一开始没有反应过来，后来才醒悟过来是要握手，她没有握过手，但是在电视上看到过的，所以也很自然地伸出手。

落座后，谭书记说："非常欢迎你这样的成功人士回桥头指导工作，王镇长经常夸你，我们都很崇拜哟，今天特别请你回来给我们上上课、补补脑。"令刘冬麦没有想到的是，她原本以为有很多，至少是几个从外边回来的人一起出谋划策，原来只有她一个人，其余全是乡镇的领导。刘冬麦的虚荣心一下子爆棚，坐得笔挺，心想：坐姿也得配上成功人士的标签。

王先兵介绍全镇发展情况，听得刘冬麦稀里糊涂的，刘冬麦唯一记得清楚、听得明白的是瓦屋村的事情。瓦屋村是全县深度贫困村，现有居家劳动力六十岁以下六人，六十岁以上到七十岁的一百三十五人，七十岁到八十三岁的还在劳动的二百七十人，八十四岁以上的还在劳动的十五人。刘冬麦说："勒就是网上说的三八六的九九部队。"有个小个子干部插嘴说："别人是三八六的九九部队，我们干脆得很，只有九九。"刘冬麦诧异地问："到我们瓦屋村啷个只有九九部队了嘞？"看着刘冬麦的表情，王先兵笑了，他说："瓦屋村现在只有九九部队，因为人走了，学校招不起学生，垮了。也因为学校垮了，崽崽都到街上去上学。就因为崽崽上街了，三八部队也撤走了，所以只有九九部队断后了嘞。"听着有点儿绕，大家都笑了，笑了一下又好像笑不出来，王先兵继续说:"现在村里的村主任就是个天晃晃、烂搞人,专捅娄子不说,瓦屋人是越来越穷,整天撅人告状,风气越来越不好。"

"老支书汪明高是个老好人,年纪大,文化低,前几届村主任上一个被赶下台一个,哪个上台工作都做不走,这回还遇到了向胜麦这个天晃晃,瓦屋村要发展、要脱贫是要人缺人要钱缺钱,现在瓦屋村又被定为全县深度贫困村,发展任务很重。"说话的小个子是瓦屋村的驻村干部,他说完后大家都沉默了。

谭书记微笑着说:"经常听到先兵讲他的美女同学如何能干、如何漂亮,勒次终于得以见到本尊,非常荣幸,像你这样在外发展得好的成功人士,见识广,能力强,希望能够给我们出出金点子,为桥头镇的发展献计出力。"

刘冬麦一下子紧张起来,草率啊!没有开会的经验,一般在厂里就是开开早会,汇报一下生产进度而已。刘冬麦心想:我的天啦,我能有哪样金点子呀。但是看到领导班子成员拿着笔都在准备记录她的金点子,只好硬着头皮将中央电视台《致富经》栏目上看到一个种植西瓜的妹子的故事讲了一遍,说了种植西瓜赚钱后还可以发展加工和旅游业,大家听着记着很认真,刘冬麦倍受鼓舞,不晓得东南西北地扯了好多,主要还是从《致富经》上看到的内容。

谭书记做总结说:"不愧是成功人士,有见识有见解,讲的真是太好了,建议大家给桥头镇的精英鼓掌。"听着啪啪的掌声,刘冬麦感觉特有面子,仿佛各自已经有了成功人士的气魄,这是人生第一次有人为她鼓掌。

刘冬麦脑壳还没有打过转来，王先兵阴笑阴笑地说："美女同学，你勒么能干又有情怀，瓦屋村人今天已经提起罢免村主任的程序，干脆你把在外边发展的好经验带回来，回村做个美女村主任噻。"刘冬麦的头嗡地一下，心道：天，菩萨，鸿门宴啊。刘冬麦至今不记得啷个回答的，好像是呐呐地说一定要为家乡作贡献。

回到城里，刘冬麦心情有些郁闷，他们夫妻在外边打工有八九年了，已经习惯外头的生活，每月两人的工资合计有五六千元，除去房租、生活费等每年还能存个三五万元，现在手头有点儿积蓄正准备在县城买房子，啷个可能回来当这个村主任噻。再则，她丈夫也不可能同意的。晚上刘冬麦翻来覆去睡不着觉，心里叫苦不迭，感觉这回面子丢大了，说了话作不了数。

刘冬麦闷闷地跟丈夫打了个电话，还没有开口那边就说："耶，成功人士还记得打电话给我呀，哈哈。"听着阴不阴阳不阳的口气，刘冬麦心中有气，就说："肯定是成功人士噻，人家镇上书记、镇长喊我回瓦屋村当村主任，没有喊你噻。"两人一句话就杠上了。"奈得何当村主任噻，村主任是个人就能当，还差村主任唛？"刘冬麦夫妻关系是抬杠型的，刘冬麦感觉心里的火轰地一下冒出来："我刘冬麦哪点儿没有那个本事噻？我不行你行是不是？你啥都行哈，你是个人才。"结果围绕着奈不奈得何当村主任撅了一架，搞得肚子胀了一晚上的气。刘冬麦闷闷生气：我哪点儿不能做大事呢？就如何当这个村主任刘冬麦硬是想了一晚上。

早上起来，发现又草率了，她跟马有才打电话的本意是心情郁闷，表了态又做不到，又没有说想要去当，结果一通电话把自己装在里面了。

刘冬麦男的个叫马有才，有才不有才说不清楚，但确实是个勤快精干的人，两人工作都很有激情，抬杠、撅架是日常交流的习惯，并不影响夫妻感情。

刘冬麦正准备跟马有才打电话解释这个事，此时王先兵的电话就打过来了："哎，老同学，我今天到瓦屋村开脱贫攻坚动员会，你也回来打打气。"这回她已经清醒了，摸了摸脑袋想：这完全是绑架，我刘冬麦也不是这么好糊弄的。想清楚了，便大声回道："你个老同学，又给我挖坑嘎，对不住哦，我和马有才还没有商量好，这事还得征求他的意见。"王先兵说："行不行另说，先回来跟大家伙讲讲产业发展的事，昨天你讲得太好了，我们已经通知乡亲们了，大家都在等你，莫说多话哟，车子马上来接人。其他的等你跟你屋马有才商量后再回话。"可以推托不去当村主任，当下刘冬麦便感觉轻松很多，过几天回话说马有才不同意就行，就这样就又回了一趟瓦屋村。

在瓦屋村，除了将昨天那个故事讲得头头是道以外，刘冬麦从一个村主任的角度认真审视了一遍，发现在屋头的劳动力严重老年化。听老支书说瓦屋村大部分都是贫困户，大家对贫困户却都没有什么概念。有的房子如果不赶紧维修就有可能垮塌，有十来栋新修的砖房子，也是在外打工的人挣钱后修的，要么是老年人住着，要么空着。

王先兵也在鼓励大家脱贫致富，刘冬麦看着这支"九九部队"心想：让这些在屋头的人解决温饱问题不大，但要致富难度却不是一般的大。况且瓦屋村里的人历来看不得别人比各自富有，有时还背后打偷锤、放拷脚。刘冬麦盘算着这是一个根本没得办法完成的任务。

老支书汪明高将老叶子烟杆取下，在脚上敲掉烟锅巴，吭吭两声开始鼓劲："我们脱贫攻坚，不仅要我们的生活有活路，还要鼓起志气相信我们可以做到。"正鼓得起劲，一只老鼠从村委会的街沿窜过，村民刘顺油大声喊："有老鼠儿，有老鼠儿。"说着提起板凳就去撵，其余人也跟着撵老鼠去了。村民向朝田反应快，抓起旁边的高粱秆扫把丢过去，扫帚打到老鼠子的脑壳，老鼠子晕了一下，刘顺油一脚踩到，狠狠地将脚转了半转，老鼠发出吱吱的尖叫声后一口老血喷出来，刘顺油捡起老鼠扬扬得意地说："嘿个扎，你不是逃得快唛，逃噻！"正在鼓劲的老支书鼓着眼睛，张大的嘴巴一直合不拢来。刘冬麦看到老鼠子血淋淋的，胸口一闷，干哕两声，大家打了个老鼠儿欢喜得很，坐下后还在讨论打死老鼠儿的丰功伟绩。老支书拍着桌子大声咳了两声："咳，咳，大家开会了。"会场稍稍安静一些，老支书又开始鼓劲。看到这种状态，刘冬麦想：我的天啦，我再啷个都不会回来当这个村主任嘎。

会后，刘冬麦带着崽崽马多才一起去看婆婆妈，婆婆妈今年七十三岁。公公去年走了,如今只剩下婆婆妈一个人住在半山坡上。那是一个五户人家的大院子,下山赶场要走一个小时的山路。这个院子以前很热闹,现在院子空荡荡的。

屋头没得人,到处是丫杈,灶门前堆着渣渣草草,火塘里的火还旺着,刘冬麦担心火塘的火掉下来,就将柴火塞进灶膛里。锅里煮着毛皮洋芋、米混合的稀饭,毛皮洋芋随着开水的节奏一颠一颠地抖动着。

回到奶奶屋头的马多才,蹦跳着边欢喜地大叫"捡鸡蛋啰"边跑向鸡窝。看到鸡窝里没有鸡蛋,瘪着嘴跑来说:"奶奶是个懒汉,鸡窝里鸡蛋都没得,要是爹爹在的时候,我每次回来都要捡好多鸡蛋。"

"奶奶,奶奶!"气呼呼的马多才大声呼唤着,不见回应,他们就在房前屋后找。刘冬麦对马多才说:"锅里煮着东西,人肯定在就近处,你着急喊啥?"

在屋后的菜地里,他们找到了弄菜的婆婆妈,刘冬麦给各自的妈喊奶子,给马有才的妈喊妈。看到婆婆妈身子微倾,眯缝着眼睛吃力地看着他们,心想:婆婆妈的白内障是越来越严重了。

婆婆妈听清是儿媳、孙子回来了,欢喜地应着声,捧着一棵白菜急急忙忙往回走,弯曲的双腿走起来一拐一拐的。

刘冬麦担心她摔着,赶紧上前说:"妈,慢点儿,慢点儿。"说着接过她手里的菜,扶着一起往回走。

"鸡窝里的蛋呢?以前爹爹在时,我回屋头鸡窝都有蛋,肯定是您都吃了。"马多才关心鸡窝的鸡蛋，看到奶奶就跳着脚尖质问。

婆婆妈呆呆地呐呐地说："哪还有个鸡嘎，鸡都被黄鼠狼偷完了。"刘冬麦看着婆婆妈眼泪花花在眼眶打转，心里突然一阵发紧。马有才缠着奶奶问："那黄鼠狼啷个偷鸡的嚏？您给我看看嘛。"奶奶说："大晚上的突然鸡群尖叫唤，我怕是强盗也不敢出来，第二天出来看到地上有毛血，还有黄鼠狼的脚迹。"默了一会儿又说："以前院子人多那个家伙少，基本不敢进院子，勒些年院子没得人，那个家伙又多起来，经常在院子窜，也不怕人。"她一边说一边比画，嘴唇微微地颤抖着。

当刘冬麦得知屋头的鸡是在半年前被黄鼠狼拖走的时候，心里很痛，看来老人家半年多没有吃过鸡蛋了。刘冬麦的泪水迷糊了双眼，用衣袖擦一下，用力踢着枯草结成的冰碴子，冰碴子飞起来刺得手背生疼，心里也生疼。记得上回回来是公公去世，差不多一年时间了。婆婆妈看上去老了很多，走路和做事已经迟钝了，看来老年夫妻走了一个另一个的各种功能退化得就会更快。

刘冬麦帮助婆婆妈收拾好房子，嘱咐婆婆妈要注意安全，特别是用火安全，三番五次地强调说："我们每月给的生活费不要舍不得用，要吃好点儿，照顾好各自。"

"我要到你们上班那去，要去做眼睛手术，一个院子就我一个人在屋头，晚上怕得很。"婆婆妈瘪着嘴哽咽着，刘冬麦感觉婆婆妈说话做事像崽崽一样，真的是老来还小了。

"妈耶,我们是在打工耶,您过去啷个办嘎?"

"我的那个哥子[1]耶……人耶,你一走嚓他们就不管我哟,我不如死了跟你一起去耶,哥子耶……人……"婆婆妈一屁股坐在地上开始用土家人哭丧的韵律调子绊横,这是丧偶老人对付后代小辈,最有效也最传统的路子。

"你一走嚓,我一个人没得办法活哟,也要跟你一起去哟,哥子哟,人……"婆婆妈不停地哭着,刘冬麦也跟着哭,马多才一会儿拍拍这个,一会儿拍拍那个,用稚嫩的声音说:"莫哭哒,莫哭哒。"

刘冬麦没得办法,只好打开视频让马有才看看屋头的现状,看着各自老妈哭成这个样子,马有才也难过地抹泪。刘冬麦只好安抚说:"妈,您莫哭了,我和有才商量好后,过几天回来再接您出去。""你不要骗我这个瞎老婆子,你们不管我,你们各自也在养子抱孙,屋梁水滴现窝窝。"刘冬麦反复强调会尽快回来接她,心里却一点儿底气都没得,啷个接,接到哪步去?因为假期到了不回厂的话,会当成自动离职,一个月的工资都没得了,她必须要先回到厂里去再商量办法,眼前只有哄着婆婆妈先拖到再说。

下山的路上,刘冬麦像做贼一样,走得飞快,只听见路上的枯叶"沙沙"碎裂的声音,她近乎逃也似的下了山。

刘冬麦远处的树近处的树叶子都落光了,干瘪的树枝没有一

---

1 土家族婆娘哭死去的男人时的称呼。

丝生气，以前种的熟地，现在也荒芜了，一片片干枯的芭茅草看着让人心焦。天阴沉得像个大锅盖，仿佛连一个出气的口子都没有，呼呼的北风吹得脸生疼。瘦小的马多才，跟着走得飞快的刘冬麦有些吃力，一路都在问这问那，刘冬麦有一搭没一搭地应着，心情慌乱沉重。

远远地看见一个佝偻瘦小的身影吃力地往上走，因走上坡路，佝偻的身体已经贴近路面，这种情况据说是氟中毒造成的弯腰驼背畸形，生活在婆婆妈这座山上的人以前经常害这种病，牙齿黑黄形成氟斑牙，后来专家研究后发现这个区域氟的含量很高。

走到近处，刘冬麦看清楚是王弟娃的妈，老人家一边上山，一边哭。刘冬麦停下来招呼她："表奶奶，您哭什么啊，出了什么事情？"边说边从包里拿出一包零食给她。

王弟娃妈揪了揪发红的鼻子，顺手在旁边的石头上擦了擦，她说："幺姑耶，我天天都是勒样子，想起又哭一朝火[1]，想起又哭一朝火嘎，我有六个崽崽，他们都在外头，六七年了没有一个人回来过，也没有一个人问过我，信都没得人带回来过，我各自有种粮直补，各自也还拗得动[2]，也不要他们的钱，他们啷个都怕沾我嘞？我一个人跟一个孤人一样，每天都勒样，想起来又哭想起来又哭嘎。"刘冬麦看着这个黑瘦枯槁的老人，感觉脸上的皮和肉已经分离，皱得像个干茄子。一条白色的帕子已经被汗迹染得斑斑点

---

1 阵。
2 做得动。

点，散乱的白发在风中抖动，一股汗味迎面扑来。刘冬麦看到表奶奶的眼神里带着一丝慌乱惶恐，心里不忍，也惶惶出不了声，感到窒息。默默地想：这个社会大家都想挣钱过好日子，虽然崽崽们在外打拼，养家也很重要，可是屋头老人日子过成这样也要不得。

刘冬麦扶着她坐在路边的土坎上，默默地陪她坐了一会儿，安慰道："只要您崽崽们都在外面奔走，不让您担心就好，他们也有苦处，不是不孝顺您，您也不要一天到晚哭兮兮的，要照顾好各自的身体，崽崽一定会回来看您的。"王弟娃妈抹了一把眼泪水，脸伸到她面前，期待地问："你说他们会回来不？"刘冬麦肯定地说："会的。"刘冬麦看到她脸上有了舒缓的神色，心中有些痛，不敢看她，眼神飘浮着转向远处的山峦。一阵寒风吹过，冬天的残败在寒风中更显苍凉。

告别王弟娃的妈，刘冬麦既震惊又愤怒，王弟娃几个崽崽在外边混日子，居然几年不过问屋头独居的老母亲，老人家真正在哪里一口气上不来，变成白骨都不晓得。这些年大家四处奔波求生，人在哪里也不晓得，刘冬麦四处找王弟娃几兄弟的联系电话。

晚些的时候，终于联系上了王二娃，但王二娃却不好好说话，故意南腔北调地说着普通话："我在这边工资很高的啦，老板也很看重的啦！"刘冬麦很厌恶他这种腔调，没等那边说完，冷冷地说了句："去你个灾舅子的，你们还扬扬得意的，我今天碰到你妈了，她天天都在哭，说她有六个崽崽，六七年从来没有回来过，电话也没得，连信都没有带过，眼睛都要哭瞎了。"电话线那边沉默了，刘冬麦"啪"地挂断了电话。刘冬麦一时间心潮起伏，想到上午还哭着、数着的婆婆妈，胸中像有一团火在烧，这团火烧得她横坐不安，让她动了回村当村主任的念头。农村和城市，收入差距很大，生活环境差异也不小，虽然自己也是农村人，但是这些年在外边每天吃现成饭，下班可以洗个澡，在屋头就不行了，由俭入奢易，由奢入俭难，刘冬麦反复比较着内心很是纠结。但不管哪样必须先回厂，不然一个月工资就泡汤了，只有走辞职路线损失小些。有了必须回厂的借口，她心里不再纠结。

"妈妈，那边有棉花糖卖，我要买。"母子两人看到有个卖棉花糖的摊子，刘冬麦买了两个，一个给崽崽吃，另一个给妹妹屋的崽崽带回去。路上下着毛毛细雨，带回去的棉花糖淋雨后缩成一小团。"弟弟，我给你买的棉花糖！"马多才看到表弟，蹦跳着将棉花糖递过去，他表弟看了一眼，"啪"地一巴掌打在地上，刘冬麦心里抖了一下。

刘冬麦按时启程回厂，妹妹和妹夫带着马多才来送。马多才眼睛包着眼泪抱着刘冬麦的颈子，悄悄给刘冬麦说："我不哭，妈妈我不哭，我要哭了幺姨还以为说她待我不好，可是我又好想哭。"刘冬麦紧紧抱着幼小的崽崽，心里"嘭"的一下炸裂了，心脏像被重锤了一下，很痛很痛。平心而论，妹妹、妹夫待她崽崽很好，两个人是教书的，要说教育和生活，肯定比刘冬麦各自照顾得还好，可是小崽崽始终认为不是各自父母，不是各自屋头，小小年纪就会看人眼色，看来崽崽的生活以及成长环境也很重要。刘冬麦哄他说："等爸爸妈妈挣钱了给你买个拖拉机回来，乌拉拉地开。"马多才这才含着眼泪水笑了。

车子开动以后，刘冬麦的眼泪水一串串地往下流，怕人看见就用衣服蒙着头，就这样在蜿蜒颠簸的土路上一直哭到利川县城，哭了四个多小时心情才平静下来。

"耶，冬麦嫂子！"有个小女将[1]兴奋地拍着刘冬麦的肩膀。刘冬麦觉得面熟，一下子没有想起来是哪个。那小女将轻笑着说："我是向世玉屋头的春谷呀，你不认识我了唛？"

眼前这个皮肤白白、五官精致、身材娇小的女孩子，大约十五六岁的样子。刘冬麦说："我们出门打工的时候你才几岁，现在出落得这么乖巧，你不喊我，我都认不出来嘎。"两个人想方设法调换位置坐在一起，刘冬麦说："你这个女将勒么小就出门打工，你成年没得嘎？"那小女将翘起嘴巴说："嫂子，我都十五岁了，初中都毕业了，我爸喊我出去打工赚钱嘎。"刘冬麦问："你妈呢？"小女将瞬间不高兴了，她说："我妈和老汉离婚了，我妈嫌老汉没得本事，找不来钱，想要找老板，听说找了个湖南的男人，从来没有问过我冷热，爹爹说我妈不要我了。"刘冬麦看到小

---

1 石柱人将未婚女子称为女将。

女将说她妈不要她时眼里闪着泪花，心里痛了一下，她伸手揽住她的肩膀。

一路上小女将叽叽喳喳的，刘冬麦了解到，她这些年是跟着爹爹、奶奶长大的。春谷说她老汉也找了个女人，但没有再婚，只是同居关系，妈妈在哪步不晓得，老汉在广州厂子里当搬运工。小女将头一回出远门上大城市很是欢喜，她说："我本来还想读书，我读书成绩可好了，和我老汉一起的那个女的说想让我去赚大钱过好日子，老汉就不给钱读书了嘎。"刘冬麦听到赚大钱心里"突"地跳了一下。说到可以找大钱，小女将不能读书的遗憾渐渐消失，她问刘冬麦："您们在外边找的都是大钱喽？"刘冬麦说："我们进厂活路苦得很，但是比在屋头找钱多，没得哪样事情是可以随便找得到大钱的，我们没得技术又没得本钱，只有踏踏实实地做活路嘎。"小女将说："比瓦屋找钱多就是大钱，苦我不怕，我怕顿顿吃咸菜白饭。"刘冬麦心想：小女将心中的大钱就是不吃咸菜白饭，这个还是可以办到的。

看到春谷对未来充满了向往，刘冬麦也感觉心情好些，不过一想到屋头的老人、崽崽，她心里始终像压了块石头。刘冬麦有一搭没一搭地应着，一路上只听到小幺姑叽叽喳喳的欢喜声音。

长途客车经过两天三夜到达工厂附近的汽车站，刘冬麦照管着春谷，他老汉在厂里出不来。春谷爸爸的同居女友找了她一个表弟来接她，说是向春谷的表叔。刘冬麦看着这个人戴着粗金链子，穿着高帮鞋，有些痞气，一副操社会的派头，心里感到担忧，反复叮嘱要将春谷送到她老汉那边。向春谷坐在那个男人的摩托车后座上，她伸开双臂大声呼喊着："哇噻，广州好热火。广州，我来了！"走了老远还回过头来喊着："冬麦嫂子，我找到工作了就来看您。"冬麦也跟她挥着手呼应着。

马有才兴致勃勃来接刘冬麦，开口就挖苦道："耶！村主任回来了唛，向领导敬礼。"刘冬麦瞥了他一眼不说话，他见刘冬麦兴致不高，心情不啷个爽，赶紧接过刘冬麦手里提的家伙，一路不停地说笑话。回到厂后刘冬麦看到马有才为她准备的米粉、辣酱，心情宽慰些。刘冬麦边吃边摆龙门阵，摆这次回屋头的见闻和心得体会。当说到婆婆妈的时候，马有才沉默了。刘冬麦看到这个坚强的男人眼里含着泪花，她也跟着伤感，她想着出门在外的人有很多的心酸不容易，对老人对孩子的想念和愧疚只能藏在心头，对屋头只能报喜不报忧，有苦只能各自往肚子里吞。

第二天上班，刘冬麦简单地开了早会后，郁闷地坐着，胡乱地在纸上写着画着，看了一下，居然可以连成一首诗：

孔雀东南飞

曾经孔雀东南飞，流落他乡酸苦累。
父母空巢儿女守，奔波辗转心难分。
嗷嗷待哺母离去，抛儿弃女泪百里。
常坐坡前远相望，来人是不是我娘。

婆婆爷爷年老迈，外公外婆怎能代？
虽说衣食从未缺，纵有锦食情能偿？
老母见人来哭诉，自给不差钱和粮。
多年未见儿女影，倍思儿女忧冷暖。
更是没有音和信，又怨儿女心生恨。
逢年更是和泪咽，凄凉冷清说不得。
儿女他乡谋生计，忧喜相伴只报捷。
拥有称号农民工，脏苦累活全都通。
市人轻冷顾不得，挣钱能把家建设。
勒紧裤带钱不舍，要把余钱留家还。
不是天生来守财，家有老幼御饥寒。
奔波心酸何以堪，人在东南心难安。
逢年过节食无味，父母幼儿不能会。
家有父母未尽孝，心感沉甸一担罪。
还有儿女未顾全，幼缺天伦何能偿？

中午发了微信朋友圈，引起了很多人的共鸣，一时间工友们都点赞转发，广为流传，很多人都被感动得哭了。

日子也仿佛回归到正常的轨道。三个月后的一个夜晚，刘冬麦洗漱完，发现王先兵发过来的信息，询问当村主任的事考虑哪样了，希望刘冬麦能够回去带领瓦屋村的人脱贫致富，就像那个西瓜妹子一样。刘冬麦假装没有看见，但却和马有才郑重商量了这个事，考虑照顾老人的生活和解决崽崽的成长问题，马有才这回没有杠，说需要了解回去后的收入再说。

第二天早上，刘冬麦委婉地回了一条信息：非常抱歉昨晚没有看到信息，只是担心回去以后没得收入，屋头还有崽崽、老人，负担比较重。

王先兵是何等聪明，立马算了一个账，说回去当村主任一个月有一千五百元收入，屋头生活成本低费用少，国家要培养农民专业合作社，培养一批农村经纪人，刘冬麦干村上工作的同时还可以创业，同时调侃说："你也可以学那个西瓜妹子噻。"可以创业这句话打动了刘冬麦，一下子西瓜妹子、南瓜哥哥这些《致富经》上看过的故事涌进脑海，仿佛各自就是《致富经》里的一姐。刘冬麦一下午沉浸在想象的世界里，一哈儿笑一哈儿发呆，还被高级主管看到了提醒了几句。

在大工厂里打工，各在各的部门，刘冬麦夫妻只有晚上才能见面。刘冬麦将王先兵的回复转述给马有才听，也劲头鼓鼓地讲了回去创业的打算，马有才担心回去以后再出来，不一定能够有现在的管理岗位。他是会计，刘冬麦是拉长[1]。刘冬麦说："人能处处能，草能处处生，怕个锤子。"说着突然像有重大发现一样，她兴奋地挨近马有才，鼓着眼睛盯着他说："干脆你留在勒步，待我回去几年，你在这边收入稳定，可以保证屋头生活有着落，我回去闯

1　一条生产线的主管。

一回，等待我那边稳定后你再回来一起创业。"马有才也是《致富经》看得多的人，对创业充满渴望，也担心家里的崽崽和老人。他默了一会儿说："对头，管他三七二十一哟，你先回去笞[1]一盘再说。"

刘冬麦第二天回复王先兵，说愿意笞一盘，也同时跟厂里辞了职。这次回屋头马有才请假，刘冬麦辞职。

回到屋头以后，马有才着手整修房屋，将屋头安顿好，将崽崽转学回来，把老人的白内障手术做过，接回瓦屋村安顿好才安心出门去了。刘冬麦呢，就准备当村主任。

当刘冬麦给王先兵打电话说这边已经安顿好后，王先兵和谭书记一行人第一时间来到刘冬麦屋头，给刘冬麦讲当村主任的流程。刘冬麦一听不是领导叫当村主任就当村主任喽，啷个还要选举？并且还是差额选举？拍了拍脑壳突然想起：上回向胜麦选举不是给姓向的送了白糖面条做了人情的唉，我啷个把这个事情忘记了嘎。

听说向胜麦又报名参加竞选，刘冬麦心里有点儿烦。心想，向胜麦那个脸皮才厚嘎，才被罢免又来报名，也晓得他在村里人缘不好，勒回买啥都不得行，大家已经看穿他了，只有少数几家姓向的得了他好处的人支持他。她断定向胜麦选不起，不过肯定要搞

---

[1] 试。

事，到时要搞好多恶心的事情出来，刘冬麦心里有点儿烦躁。

瓦屋村有个出名的遇事烂的风俗，向胜麦就是个遇事烂中的超级遇事烂，连这个名字都是当初他爹爹，也就是刘冬麦表舅爷取的，目的就是要胜刘冬麦屋头一筹。他也一直以与刘家争强好胜为一生的使命。瓦屋村的历史就是刘家和向家的争斗历史，这两个家族各自风光了两百年，在这两百年间相互倾轧互争资源结下了世仇，从来都是两家姓两派人，爱恨纠葛就像一团理不清的麻线，牵扯着瓦屋村的祖祖辈辈。想到这些事刘冬麦有点儿后悔，要选不起才被人笑嘎，那边工也辞了，崽崽学也转了，心想勒回又草率了。

见刘冬麦有点儿丧气，王先兵鼓励她说："就目前报名参选的人来看，你一定能够选得起，组织上提前做了摸排，不过压力还是有的，如果两个都不过半就有问题了。"刘冬麦心里有些后悔做出这个决策，不过已经骑虎难下。

向胜麦买了些面条和白糖，趁夜黑提着到姓向的人屋头布情，他首先来到向朝木屋头。一掐进门槛就大声喊："大爷爷，大爷爷，我来找您耍一盘。"向朝木两口子正在吃饭，就随口喊了句："来嘛，一起喝口酒。"向胜麦说："我喝了酒出来的，还是大爷爷对我好，我们一笔提起写不出两个向字，大家都是一家人，以前我没有照顾到您们，都是汪明高捣的鬼名堂，只要我照顾到向家人，他必定站出来反对。"向朝木看了他一眼，心想：我屋头不是相人，你哪只眼睛看到我们是姓向的？哪回办点儿事情不送个人情才行的？想到这层，就回了句："我们这个向噻，就不如你

35

们那个向夯实哦，我们没得钱也说不起话，没得哪个有个眼睛角角看得到我们嘎。"向胜麦有些不趣不趣的，摆了一些他的大本事和精彩人生，自说自话一阵后就走了，走的时候将手中的白糖放在桌上，转身时说："您老口渴了化盅水喝。"看到人家都送情来，伸手不打笑脸人，向朝木也客气两句说："大家一家人，你这样客气做什么嘛。"向胜麦走后，向朝木佑客埋怨他："你收他一包白糖做什么嘛，你硬是好阿利[1]个，就他勒号人，看起都烦。"向朝木瞥了一眼佑客说："你就是头发长见识短噻，我们不收，他就以为是我们不投他票，如果他当选了我们就要挨整，如果他选不起，又会恨我们，况且白糖吃起还是甜噻。""那你投他不？""投他个锤子，一个遇事烂。""那你选刘冬麦不？""我哪个都不选，弃权又不犯法。"

夜已经很深了，寒风呼呼地吹着，刘冬麦吃着一碗面条，却没有丝毫胃口，挑来挑去面条就成了泥，心里也乱得像这碗面条一样，烦乱不堪。

中午时候幺姨婆专门过来告诉刘冬麦，说向胜麦又买了白糖和面条布人情，动员大家都不投刘冬麦的票，说自古瓦屋村都是男的坐阵，女人当村主任是小崽崽刨锅锅玩的把戏，瓦屋人没有这样做事的。幺姨婆同时还说刘姓的人也在活动要争一口气，大家都要齐

---

1 好吃。

心选刘冬麦，有些恨向胜麦的向家人，就说弃权，哪个都不选。

刘冬麦不愿像向胜麦那样，打着灯笼火把到处去动员拉亲结派，但是她开始思考，要啷个做才能选得起。刘冬麦分析，村里人都是老人，她从上中学开始就没有在瓦屋，没有跟这些人打交道，他们跟刘冬麦没有仇怨，关于父母乃至祖上那些破事，刘冬麦父母都去世了，人走灯灭，说是世仇既不晓得是哪辈人的事情，也找不着具体的根由。刘冬麦想：这些鸡毛蒜皮的小事，只要我巧妙地化解，真正地对他们好，为他们办实事，我相信大家还是会拥护我的。

"装萌撒娇"，当这个词从脑海中冒出的那一刻，刘冬麦拍着各自的脑袋，为各自的聪明才智欢呼了一遍，不，是几遍。

在初提候选人环节，村上还召开了会议，公布了刘冬麦和向胜麦两人为瓦屋村村民委员会主任正式候选人。主持人分别介绍了两名候选人的基本情况，然后候选人作竞选演讲。

先是向胜麦发言，他梳着亮刮刮的中分头，胡子刮得精光，穿着那套布丝稀稀拉拉的灰白色的西装，整个人看上去虽然有点儿穷酸，却是精神抖擞、扬扬得意，一副胜券在握的样子。

走上台，向胜麦习惯性地甩了甩头发，边甩头还边歪着嘴巴吹了一下，随即提了一口气，大声说："乡亲们，可能以前大家对我有些误会，今天我来竞选村主任，还是想完成心中的愿望，那就是希望有机会带领乡亲们挣大钱。这些年我走南闯北，专门做生意,结识很多有实力的老板,有的老板和最上头都有关系,到时引进回来在瓦屋投资办厂,让大家入股成为股东,我要让瓦屋村像华西村一样富裕,大家耍耍达达就能吃着油大[1]穿着光亮,希望大家给我一次机会。"他说得头头是道,口水乱飞。说到激动处,竟满脸通红,一只手握成拳头往上有力地举起来,高喊着:"瓦屋要致富,全靠要修路,瓦屋要脱贫,只有我能行!"台下最开始是叽叽咕咕的议论,有那向家人说:"向胜麦见识广,人脉足,认识的人有的是上头的。"也有姓刘的瘪着嘴说:"向胜麦这是做传销做上瘾了,要带瓦屋村全村去做传销嘎。"等到喊口号的时候,不管姓向的还是姓刘的都笑了,有的笑得扑前去又仰后来,有的点头啄脑地笑。村里富户刘存粮的佑客更是哈哈哈地大笑,那声音尖锐透昂,穿过几个院子都能听见。大家笑完向胜麦,又开始笑笑得滚来滚去的刘存粮佑客。书记、镇长脸上有点儿挂不住,组织委员用笔记本"啪啪"地拍着桌子:"大家莫闹了,继续开会。"大家这才停止了笑,有的还在"哎哟,哎哟"地抹着眼泪水。

轮到刘冬麦发言,她走上台,微笑着看向台下,真诚地说道:"各位长辈们,我从小在外读书没在屋头(与老一辈关系切割),但大家是看着我刘冬麦长大的。我吊鼻涕、捅蜂包、落水井这些事大家都晓得,你们从小就喊我马大哈,所以勒回回来竞选村主任,当不好是因为您们从小喊成这个样子,不准怪我,并且还要

---

1 吃着油大:吃好的。

选我嘎，不然我要来找您算这个账，赖在您屋不走。"台下抽老叶子烟的、摆猪腰子脸色的、缺牙的，全部都哈哈大笑，现场气氛开始融洽起来。刘冬麦开始说施政纲领："上回我给大家摆了《致富经》那个西瓜妹子做产业的龙门阵，在农村只有做产业，将一个农产品做好，不但要做出来卖出去，还要卖个好价钱才行，我将带领大家实实在在地做产业找钱。"台下有嗡嗡的议论声。有姓刘的说："这是个踏踏实实的事。""做产业，什么叫产业？我们做了一辈子，有什么搞头嚜？"有姓向的瘪嘴说道。

刘冬麦停了一会儿说："我们这些年在外头也跟一些大的批发市场有关系，我相信能够找销路（忽悠，不过市场确实是要开拓的，晓得广州几个大的农贸市场很大，销量大，估计在那里能够卖得脱）。第二个是我要做好在屋头的人和在外打工人的联络工作，要照顾好屋头的老人，让在外打工的崽崽们安心工作，要加强在外打工人的联系，让他们随时能够晓得屋头的情况，让两头的人都不担心，心中有底。希望大家给我这个机会来照顾、服务大家。"此时在座的所有人都觉得这些事情比较新奇，竖起耳朵听。

刘冬麦继续说："大家都是上岁数的人，您们在屋头不晓得，其实崽崽们在外地打工很辛苦，虽然工资高点儿，但经常加班加得身上浮肿。遇到生病生苦舍不得请假养病，有苦憋到不跟屋头说，怕屋头人担心，逢年过节端起碗就想念老人和崽崽，年饭都吃不下，心里担心老的小的，担心大得很。"刘冬麦讲了有六个崽崽的王弟娃的妈,几年都没有看到崽崽,一天都哭的事例,也讲了她婆婆妈的状况以及她和崽崽分离时哭出百多里地的真实体会,讲得眼泪水淋淋。大家感同身受,有好多人也跟着抹眼泪水。刘冬麦不忘激励大家,改革开放以后日子已经越过越好,只要有奋斗生活就会越来越有希望,最后表态一定在老辈子们的支持下,把瓦屋村搞好,争取大家的崽崽不用出门打工,在屋头也能找到钱。

刘冬麦讲完后不晓得是哪个起头鼓掌,大家都鼓起掌来,也有一个人冷冷地说了句:"有那个本事噻,还回来当村主任。"不过整体氛围很好,个别人冷言冷语无伤大雅。

三四月份的天气还是有些冷,但选举那天的天气很好。阳光照射到村委会的院子,阳光下温暖,阴凉处冰冷,因此先到的人都坐在了阳光能照射到的地方。

为了这次选举大会顺利召开,镇、村选举委员会做了广泛动员,要求在家的年满十八周岁以上的选民都要登记参加,全家外出实在不能联系的暂时不予登记,一旦联系上就要补登,所以到会的村民比平常要多些。在家的老弱病残比较多,实际到会的两百多人,横七竖八地坐在村委会坝子里。刘冬麦注意到今天多了几个稍微年轻点儿的人,有那在外打工和在外头混社会的也回来了。几个年轻人举止轻佻,打扮穷酸怪异,应该是向胜麦专门叫回来给他助阵的。

会场有人很活跃。刘冬麦进屋时,村民刘粮田挤眉弄眼递眼色，喊她坐到他们那一边。刘冬麦停顿了一下，坐到了妇女主任戴春兰身边。刚坐下，有那姓向的进来，立即就有姓向的族人递眼色，喊："来，来，勒步坐。"村民向世玉老汉来得迟，没有地方坐了，就顺势坐在刘姓后边，有人就说："耶，我们向家还有人想舔肥屁眼勒！"大家齐刷刷地看着向世玉老汉，弄得他手脚没得放处。有那善良点儿的看不下去，就去拉他："来来，坐勒步，我们裹杆叶子烟。"刘冬麦仔细观察了一下，基本上姓向的和姓刘的都各坐各，中间有一条微微的沟壑。

谭书记、王镇长还有驻村干部、组织委员都在场，选举由组织委员主持，按照选举办法逐项进行。

组织委员拿出一叠纸印的票给文书向世荞发下去，上边写着刘冬麦、向胜麦的名字，要求大家在框框里打钩打叉。人们拿到选票，就开始认真画钩和叉。按规定，每人可以受委托代票三张，为了防止人为干扰而投"砣砣票"，会场还专门设置了代写票处，由指定的工作人员帮助那些不识字的老人写票。为了保密不得罪人，还专门设置了秘密写票处。写票投票按程序进行。

投票结束后，由监票员向大鱼唱票，计票员向世荞在小黑板上画正字，好多人在下面目不转睛地看着黑板，看着票数的走势。

刘冬麦的正字越来越多，向胜麦脸上红一阵白一阵，他拐了拐旁边坐的向学谷，嘴巴杵在他耳边说："格老子的，完全是搞假名堂，欺负我们姓向的。"向学谷是个脑筋不够用的人，只要有人点火，就出来跳，这也是向胜麦选择坐他身边的原因。"嘿，勒是搞的假名堂，完全是欺负我们姓向的。"向学谷整篮子整瓜地搬出这句话来，向家这边有个别人开始嘀咕议论起来，大部分姓向的没有响应，刘家那边基本是斜着眼睛瘪着嘴，一副瞧不起的样子。

向胜麦看着闹不起气候来，就吼向学谷："你个大老粗，这是正规选举，别人做假你也奈不何别个，别人有关系，你干闹个锤子。"向学谷听到向胜麦撅他，瞪了他一眼说："勒不是你说的唛？"全场人都爆笑起来，连那姓向的也绷不住跟着笑。向胜麦脸色铁青，指着向学谷说："哪个跟你说的？""莫输不起噻！"刘姓座位上有人冒出一句。组织委员瞪了他一眼，喊道："大家莫闹了，开会。"

唱票结束宣布结果，刘冬麦得票远超向胜麦，占总票数的百分之七十二。主持人说："这次选举大会公正合法，经过村民投票选举，刘冬麦当选瓦屋村村民委员会主任，选举结果有效，待组织审查备案后，正式张榜公布。"

散会后，向胜麦面子上过不去，站在那里干吼："你们看，有些人靠占人靠拉关系，是贿选，勒回选举完全是做假不作数，我一定要告状。""即使当上了，还要有那个本事坐得稳才行。"有几个人跟在他身边闹嚷，其余人赶场的赶场，回屋的回屋。

向胜麦回到屋头，看到他佑客香兰在补裤子，一根小独凳在门口有点儿挡路，"砰"地一脚踢出去，小独凳立马散成块块，他回过头鼓着眼睛对着香兰恶斜斜地撅了一句："没出息的东西。"香兰吓得抖了一下。

回到镇上后，谭书记和王镇长都说，在瓦屋村选村主任是头一回获得掌声的，也是头一回得票超过百分之七十以上。虽然刘冬麦并不怎么看重这个结果，但通过向胜麦这么一闹，更加刺激了她必胜的欲望。结果出来后，刘冬麦心想：可能有些人本来与自己没有什么过节，只是瓦屋村主要几家人的过节，大部分人是没有实质冲突的，都是被裹挟的。这样一想，刘冬麦就觉得，既然受到大家的信任，那她就不能辜负大家，她必须搞好瓦屋村的工作，改变瓦屋村的这种现状。越想越激动，顿觉满腔热情，蓄起满满的能量准备起航。

第二章
上任

喧闹紧张的选举结束了，结果创下了瓦屋村选举村委会主任的历史，刘冬麦当选没有悬念。

回到屋头的时候，夕阳已经西下，马多才在院坝做作业，看到妈妈回来，蹦蹦跳跳地跑过来撒娇，屋头的炊烟轻飘飘地升起来，看来婆婆妈已经在烧火做饭了。

夕阳的光辉透过高大的皂角树从缝隙洒在院子里，整个院子都在斑驳的光影里，温暖闲适，刘冬麦觉得这种有烟火有呼儿声的日子安逸巴适，突然很感慨：在屋头日子可能苦点儿，但是一家大小在一起总是有个安慰，想着等男的个马有才下班了打电话给他，好显摆显摆今天的战果。

吃过晚饭后，老少三代坐在电视机前看电视，刘冬麦靠着墙，将一双脚平放在板凳上，双脚抖动着。给马有才打电话炫耀，这边还在说创了瓦屋村选举历史最高纪录，那边的"杠精"立马回道："那不是还有将近百分之三十的不同意嘛？他们这些人服不服气噻？你以为你是哪个哟？"是那种质问的恨不得你好的声音。刘冬麦是哪个？从小出名的铁夹子嘴，她故作温文尔雅地说："哦，他们说的是服你，我忘了转告你，你是人精还是杠精，大家都等着选你噻。"说着"咚"的一声放下脚来，拉起架势，心想：杠就杠，勒些年杠架斗嘴从没有吃过亏。她想象着电话那头的憨包杠精面红耳赤的样子就笑了，这是他们夫妻的相处方式，一个凡事要杠，一个牙尖嘴利专治这种杠精，用瓦屋村的话说就是卤水点豆腐，一物降一物。

刘冬麦虽然在气势上镇住了马有才，但明白他说的也不是没得道理，心里七上八下的不着主，害怕当不下来这个村主任，如果也被撵走就臊皮得很。虽然在农村长大，但是没有农村工作的经验，想着便有点儿烦躁。

想了一会儿，刘冬麦起身拿出一包白糖，准备出门到老支书屋头去请教。走出门口，看到夜色无边无际，像一个巨大的黑洞，更像一只巨兽的嘴，仿佛想把世间万物都吞进肚子里。她有些害怕，赶紧回转身叫上马多才作伴，母子两人打着手机电筒边走边摆龙门阵壮胆，一点光亮在黑暗中朝老支书屋头移动，在广袤的旷野里，这支亮光在无边的夜色里显得孤单而胆怯，它时而在矮凼凼处明亮，时而在高坎坎上晃悠。

老支书，住在作坊，那里以前是一个榨油的作坊，大约在一里地外，刘冬麦到他屋头时，老两口已经洗好脚准备休息了，她有点儿后悔这个时候过来，出门多年了，村里人睡得早的习惯她已经忘了。

老支书将洗好的脚搁在一个小凳子上，一只手撑着烟杆吸着老叶子烟，竹筒老烟杆带着一点儿竹根的弯弯，黑漆漆的静静地诉说着主人的烟龄。老支书不说话，他佑客说："妈耶，勒么晚了你母子两人还来了，黑天黑地的怕不？"光说话，也不喊坐。刘冬麦答道："不怕，母子两人摆起龙门阵一会儿就到了。"说着也不管三七二十一，拖根凳子就坐下，她是不会委屈各自的。

刘冬麦将白糖袋子顺手放在旁边的饭桌上，老支书装着不经意地看了一眼，听刘冬麦谦虚地说完来意，默默地吸着烟，好半天才开口说："这没什么技巧的，你们都是读过书的，也是成功人士，勒点儿事情对你们来说，还不是炒个青菜、白菜的事情，我做勒么多年村干部还不都是混过来的。"停了停又说："你和王镇长是同学，这些事情他指点你一二，就比我们这些老家伙强嘎。"刘冬麦一听感觉老支书心情不大好，也没有准备教她真经，心里琢磨着：莫不是各自回瓦屋后忙着修整房屋，给婆婆妈做手术，帮马多才转学，一直匆匆忙忙的没有提前拜码头嘎。他可能认为刘冬麦还在仗着镇长同学的势，不把他放在眼里嘎。

想到这里，刘冬麦赶紧叫苦说："哎呀，您是不晓得嘎，屋头的房子稀烂破壁的要整修，婆婆妈做手术，崽崽转学等活路都累死了，一直说来给您汇报都没有来得成哦，我屋马有才说我这个样子就不是当干部的料，我也勒么觉得嘎。"

老支书眼睛往上看，既像看着对面，又有点儿像看着楼上的楼板，虽不看刘冬麦，但是面色开始变得温和。

他凹着嘴猛吸一口烟，又鼓着腮帮子喷出去，重复着这套动作不搭白不开腔，喷出的烟雾罩着他的脸，看不出他的喜怒来。刘冬麦有些尴尬，只好继续说："我敢回来当这个村主任，是因为有老支书您把天顶着嘎，我只能跟您边学边做，做得不对的您就撅我，您是领导也是长辈，您在瓦屋村当了几十年干部，要没有几扳手（真本事）是搁不平的，我能跟着您干，学得到个皮毛这辈子也就够用嘎。"

这个确实是事实，能够在瓦屋村立得住脚必然有些真本事，大概老支书听着很受用，表情渐渐缓下来。怎么说也是几十年的干部，不会真的跟刘冬麦这个后辈一般见识，见刘冬麦态度诚恳，说话也说在他老人家心坎去了，他放下脚穿上棉鞋，喊佑客给刘冬麦母子倒了一盅盅老荫茶水，端了端身子看着刘冬麦说："向胜麦又来争选村主任，他专门来请我给他出主意，其实就是想我支持他，我没有理他，那崽崽儿在外混得开，还是有些本事，听说后台还大得很。"

刘冬麦一听，感觉有味道：老支书的言下之意是向胜麦比她当村主任更合适，老支书这是将一军，卖个人情，也就是你刘冬麦要明白，他老人家是支书，才是村里的一把手。想到这里，刘冬麦知道当下不能做杠精，便嗯嗯哈哈地应着。

老支书摆完谱，转过身来，亲切而温和地说："您要做好村干部勒个活路，首先必须要听党的话，要弄明白、讲清楚、落实好政策，要团结干部社员，我一定支持你。"刘冬麦听着不住地点头，老支书同时鼓励刘冬麦好好干，他这个年纪要等着退休了。刘冬麦感谢了他的指点，并再次表态在以后的工作中老支书说啷个做她刘冬麦就坚决执行。老支书听着愈发顺耳，送刘冬麦到门口的时候语重心长地说了句："冬麦啊，在村里做事要紧开口慢开言嘎。真传一张纸，假传万卷书。"冬麦连连说："多承您，劳慰您。"

刘冬麦感激老支书无私的教诲，选举后本来可以上班，但刘冬麦刚回来，屋头很多东西没有安顿好，也想去走几户亲戚，毕竟好久没有回来，七大姑八大姨也得去看望一回，等到相关正式文件下来后才正式上班。

正式上任那天，村里召开了村民代表大会，有三十几人，镇长王先兵和组织委员都来了。首先是组织委员根据选举办法的系列规定，宣布刘冬麦同志当选村主任合法合规。然后老支书发言让刘冬麦以后要大公无私，跟党走，听党话，大家一起将瓦屋村建设好。最后是王镇长做总结说："今天瓦屋村合法合规推选了刘冬麦同志担任村主任，我代表镇党委、政府全体班子成员对刘冬麦同志表示祝贺。希望刘冬麦同志一是要讲政治、顾大局，做好群众的领航人，要加强自身思想建设和政治学习，与党中央保持高度一致，要积极完成中央、地方各级党委政府的工作部署，做群众的服务员。二是要敢担当、强本领，做发展路上的开路人。三是守纪律、树形象，做清正廉洁的带头人，带头遵守八项规定。"刘冬麦听着只有在《新闻联播》才能听到的文字，情不自禁地坐得更直了，感觉身体里有一股涌动的气流并溢满全身，好像要飞起来，只好拼命吸气双脚用力压住身子。从没有过的庄严神圣，她暗暗发誓，一定要为乡亲们服好务，带领乡亲们富起来。《致富经》那些经典事例，让刘冬麦觉得干事情有样子可以参考。瓦屋村有句老话："哥哥不会做鞋，嫂嫂有个样子。"刘冬麦很有信心。

村支两委目前的除了老支书和刘冬麦，还有五十六岁的文书向世茅，五十七岁的综治干部向大鱼，三十四岁的妇女主任戴春兰。

向胜麦的村主任工作已经搁置三四个月，一直由驻村干部谭大华代着。当清理出向胜麦的问题时，他摸角角鱼也摸不出个名堂，在追究责任的时候他愿意退赔，也就没有进一步追究他的刑事责任，只是通过村主任罢免程序罢免了他。

在交接工作时，谭大华边说刘冬麦边记，因为害怕不会做事情所以刘冬麦记得很详细。谭大华看着紧张无措的刘冬麦笑着说："你只要记住不要把文件、档案弄丢了，记住政府安排的当前要做的几件事去落实就行，不懂的问我，不用那么紧张。"刘冬麦心里这才稍稍放松了些说："我现在工作不熟悉，您要教我做才行，您说啷个做，我就啷个做，多劳烦您嘎。"

就这样，刘冬麦开始了村主任的工作，刚开始学着填了几张表，因为村里没人会电脑，也没有那些装备，所有表格资料用手写,这一点刘冬麦不太习惯,不过回乡就得随俗。

短时间内所有的事情拿不上手,关于发展产业的事以前满脑壳都是,真正要干的时候却很茫然,不晓得干哪样产业,该哪个干。王镇长过来检查工作,刘冬麦给他说:"哎呀,镇长同学,我真的不晓得该哪个做,就好像满坛萝卜抓不住姜。"王先兵就笑了,说不要着急,先熟悉工作,一切有老支书坐阵,听指挥就可以了。县委、县政府和镇里边要出台政策引导,到时候跟着做就行了。

一个月后,中央召开了扶贫工作会,成立扶贫工作领导办公室,扶贫精神一级一级地宣讲,一级一级地学习。刘冬麦也到县委党校培训了半个月,大体了解了国家扶贫工作的意义,可具体要哪个做还是不晓得。

政府要求清理贫困户名册,刘冬麦不晓得去哪找,东问西问打听到这个名册在乡镇民政部门那有,她找镇政府分管民政的同志将名单清理出来,并张贴在村委会公布出去,当前村民是四百五十四户,二千三百人,贫困户是三十七户一百零七个人。当写着三十七户贫困户的名单公布以后,有的看了就笑,还有的打趣对方说:"嘿格扎约,您屋头还是贫困户哟嚯!"对方就面赤面赤地解释以前是崽崽上学办的,大部分人没有介意,也有的人来问是不是有哪样好处,村里人回答说国家在清理,不晓得有哪样政策过来。

春暖花开时节,大家都在地里春耕播种,人牛都不得闲。可就在暖融融的春风里，平静的瓦屋村却翻了锅。

国家出台了相关扶贫政策细则，对贫困户有很多帮扶和资助，也因为政策的落实问题，刘冬麦和老支书的第一回冲突也发生了。老支书笃定地说："不管哪样政策不政策按村里老规矩，一概不要。"当老支书那句响亮的不要两字刚落，刘冬麦一下子爆发了，她拍着桌子大声地说："国家有勒些好政策不是让我们想要就要，不想要就不要，中央说了小康路上一个都不掉队，有勒么好的政策我们一定要争取回来，将瓦屋发展起来。"老支书嘴巴一撇，瞥了刘冬麦一眼说："你这个幺姑还是太嫩了，没有吃到苦头还不晓得火石炭烙脚背嘎。"这是刘冬麦头一回反对老支书的决策，看刘冬麦说得义正词严，老支书也气鼓鼓地说："你说得勒么面光光的，你各自负责落实，火石炭烙脚背佬各自负责。"刘冬麦铁夹嘴的本事也发挥出来了，驳斥道："您老人家就想看我笑台嘎，火石炭有没得还不晓得，您哪个就晓得要烙脚背噻？这些年您没有火石炭烙脚背的秘撅就是不干事，我很瞧不起您。"刘冬麦说完，看着老支书的脸都青了，她很后悔，真想找来针线把这张铁夹嘴缝起来。也担心老支书伤心，更担心遭报复。刘冬麦心想：耶，有政策不要，担心端不平打麻烦？这是什么干部，当官不为民做主，不如回家卖红薯，我刘冬麦绝不做那样的干部，对老支书的做派人品打下了一个问号。

三天后，瓦屋村开脱贫攻坚动员大会，因为前两天到县上培训，刘冬麦没有碰到老支书，她偷偷观察老支书，感觉他面色平静温和，心里暗自赞叹：人家是宰相肚里能撑船，没有记她的气。这点令刘冬麦有些感动。

会议由老支书主持，他说中央提出了坚决打赢脱贫攻坚战的号召，这回脱贫攻坚工作，中央、市县各级很重视，国家成立了国务院扶贫办公室。会上驻村领导宣讲了中央扶贫开发工作会议的精神。会议开了很长，有的打着呵欠，有的竟瞌睡起来。

老支书也不介意大家听没有听，意味深长地看了刘冬麦一眼，做了最后做了总结。他说："勒回脱贫攻坚任务很艰巨也很光荣，要培养锻炼年轻干部，村里安排刘冬麦主任主要负责，相信刘冬麦主任能够争取更多的政策，带领大家一起致富。"刘冬麦一下子醒悟过来，原来有水平的人报复不是用脸色来报复的。

刘冬麦表态说："我一定为大家服好务，瓦屋村的脱贫攻坚工作在大家的共同努力下要争先争优，工作要做在前头。"会场下面有嬉笑声也有低语声，刘冬麦知道他们在嘲笑自己，接着说："请大家放心，没有金刚钻不揽瓷器活。"说完会场的议论声更大了，刘冬麦又后悔了，恨不得啪啪地给各自两个耳光。

国家一系列帮扶政策出来了，刘冬麦欢喜不已，她提议召开村民会议。会开得有点儿奇怪，老支书举着烟杆抽着烟一言不发，整个会场都交给刘冬麦来组织。刘冬麦喜气洋洋地宣布政策，主要政策是每个贫困户有肥料、农药、种苗等补助，有看病上学等优惠。

当刘冬麦宣读完政策后，会场一下子闹起来了，有人要求将贫困户名单在会上公开读一回。刘冬麦让向世荞找出名单来，说明这些贫困户的由来，是很多年前就已经建档立卡了，根据政府要求梳理出来公布的，一切以文件为依据，刘冬麦又找出文件读了一遍，然后开始宣读贫困户名单，读的时候会议室静悄悄的，大家竖起耳朵听，生怕弄落了一个名字。

刚一读完，向胜麦第一个站起来说："我看你们搞的这个鸡毛明堂不是扶贫，是扶富，越富越扶，瓜儿往热的地方滚，勒个会有鸡毛开头，你们说了算就行了，你们亲戚都照顾完了，哪有我们勒些人的好处？"会场经向胜麦一挑拨，一时间大家激动起来，从嗡嗡的质疑到大声咒撅，一时间撅声连天，有说哪几个是刘冬麦亲戚的，也有说哪个和老支书关系特殊的，也有说那些在县上有当官的亲戚，有的贫困户和非贫困对撅起来，一时间拍桌子打板凳。

村民刘顺油和向朝田更是倒拐子对着倒拐子要打架比狠，更多的人围在刘冬麦周围吼闹撅人，脏话满天飞。刘冬麦急得满头大汗，一时间不晓得啷个收场。刘冬麦偷眼看了老支书一眼，老支书抽着烟的烟杆没有装老叶子烟，是空的，刘冬麦估计他在想那坨烟锅巴上的火石炭已经落在刘冬麦脚背上了。老支书眯着眼看着天花板，根本没有打算有哪样动作，看着大家越闹越凶，借故说要到乡上开会从后门走了，临走时对刘冬麦说："我相信你能处理好勒些事情。"

会场从开始大声说话听得清，到后来吵吵撅撅的越来越多，再往后来，刘冬麦只看到很多嘴巴一张一合。她将眼光看向姓刘的，期待可以有人帮助解围，可是乱哄哄的声音里不但有姓向的也有姓刘的，黑压压的人群里指手画脚的有姓向的也有姓刘的。刘冬麦想：看来在利益面前没有向、刘之分，只有"利益"两个字。

向大鱼吼了几声压不住阵就不再发声，向世荞明白老支书的意图想喝两杯茶，也不开腔。刘冬麦感觉孤单和无助，头一回精准认识到铁夹嘴说不过嘴巴多。不晓得过了好久刘冬麦终于鼓起勇气狠狠地拍着桌子，大声说："这些名单是历史形成的，有哪样问题去镇上反映去县里反映，这是全国的一项重大的攻坚工作，这是政治问题。"会场安静了一瞬间，接着就听有人说："怕个鸡公，等肥料什么家伙到了，老子们都到村上来背，哪个狗杂种不让背就锤死他。"刘冬麦脑袋嗡嗡的，她感觉脑壳要炸了，冷汗一股一股地往外流，里衫已经透湿了，心想这事闹起来了真是不好弄，上边的要求是整理以前的建档立卡贫困户。她口干舌燥得厉害，起身想找杯水喝，却被向胜麦带人拦住了，他洋歪歪地说："你龟儿想走嗦，要走说清楚再走，说不清楚大家都陪到说清楚后再走。"刘冬麦听到还有好多个声音跟着："对头，要她说清楚再走，不然到政府去评理。""才当几天村主任嘎，就想往个人亲戚荷包刨。"更有人鄙夷地说。有人趁她不注意从背后推她，让她一下子扑在一个老头身上，旁边的人就不怀好意地大笑。刘冬麦想哭，可是犟脾气来了，强迫各自冷静下来，分析着周边的形势，主要源头就是向胜麦在挑唆，她盯准苗头大声说："这个政策我刚才解释了是哪个来的，贫困户是哪个产生的，要相信党，相信政府，一定会调整好，是贫困户的人一个不落下，不符合标准的也一定会清理，你们不要相信一个做传销、日嫖夜赌的人的话，赶紧散了回去，我会向乡镇汇报处理，请大家相信我。"

刘冬麦那句"做传销、日嫖夜赌的人"的提法，像泼了一瓢冷水，大家瞬间冷静下来，互相看了看，原来还真是跟着向胜麦在敲边鼓，也觉得不光荣，人群开始散了。向胜麦颈红脸涨地跳起来，用手指着刘冬麦："你跟老子说清楚，哪个是做传销的？哪个在日嫖夜赌？"刘冬麦一看，矛盾转移到个人身上了，就好办许多，她稳了稳心神说："你手指再伸过来，我给你掰断了莫惊叫唤。哪个日嫖夜赌，哪个骗了村里人的钱，哪个各自清楚，我又没有指名道姓，你来搭哪样别噻？"说完指着向胜麦说："大家还不找他还钱，他屋头的种粮直补不是到了唛？"有那被向胜麦骗去做传销的人又去找他打理扯了。

刘冬麦看到刘成谷和向胜麦指指戳戳的，倒拐子对着倒拐子，吼着："你要哪个嘛？""你又要哪个嘛？"看样子准备打架，大家围着看热闹，向大鱼在劝架，刘冬麦想着：有人劝架，勒个架是打不起来的，也就趁机脱身走人。

难过沮丧之余，她感受到身体里有股激流一直往脚下流，一直流到地上，被脚下的泥巴吸干了。失败、屈辱、愤怒的情绪侵蚀着她，身体止不住地发抖，她强力克制各自，双脚用力地踩着地面，面色从容地走出村委会大门。但刚走出村委会大门就一下子瘫软下来，她不想回屋头，也不晓得该到哪个地方去。

不知不觉已经坐在乌塔梁上的忘忧台上，她埋着头眼泪水一下子冒出来，就像决了堤一样收不住。

不晓得过了好久，当沮丧的刘冬麦抬头看着四周，开阔的瓦屋村清明透亮，空气里没有一粒灰尘。远处的山上各色花儿争奇斗艳，土地上已经播下各色的种子，水田也已经翻耕好准备插秧，芭毛草已经长出了鲜嫩的剑一样的叶片。色彩鲜亮的瓦屋村在阳光照耀下宽阔而敞亮，波光潋滟的藤子沟湖面平静灿烂，她想：地球照样在转，怕个锤子，勒点儿小事情，难道我刘冬麦还怕了不成？心中有了斗志，心情也平静了很多。

她翻来覆去地想：勒么好的政策在瓦屋村哪来那么大的矛盾？有点儿怨恨又不晓得怨恨谁，老支书？抑或是乡亲们？如果是全部都恨，那是各自错了？刘冬麦突然理解了老支书的所作所为，但是绝对不赞同他的做法，当官不为民做主，不如回家卖红薯。刘冬麦决定将村里几个干部组织起来，先摸底掌握瓦屋村各家各户的贫困状况，了解村民们那股怨气从哪里来，然后再采取下一步的措施，工作必须推进，要做就做好，要搞就搞赢。

各自铁夹嘴和犟拐拐脾性有点儿累，不过认定的事情九头牛也拉不回来。她想到小时候挨奶子打，自认为打得冤枉，主动去拿吹火筒木棒让奶子打，木棒打完又跑去拿火钳让继续打，最后还是她奶子主动熄火，不敢再打了，想着想着她各自觉得好笑，一个人又笑起来。

跟马有才分开很久了，新工作又新奇，一心扑在工作上的刘冬麦，在今天这种沮丧的时刻，好希望靠在他的胸膛，就拨通电话诉说，当那杠精听说刘冬麦今天受了这么大的委屈，很是心疼，他少有的没有撅刘冬麦，没有跟刘冬麦杠，他劝刘冬麦说："你莫着急，工作慢慢做，有问题可以去找领导多请教，那个老支书不是什么好人，格老子的。"刘冬麦听到自己的丈夫这样说，觉得好笑就笑起来了，心想：这个杠精男人平常跟她各种杠，跟她对着干，真遇到难处或者难事时，还是有担当的。想到这层，刘冬麦不再孤单，顿时心情好了很多，回到屋头看到了烟囱里的烟飘起来，马多才放学回来，讲着学校里的趣事，听着灶屋里锅铲发出的"哐哐"声，她心里也温热起来。

话说默默走掉的老支书，走得大汗淋漓，他也理不清各自此时是欢喜还是难过，他好像是需要发泄情绪，是欢喜吗？有点儿，他想：这个刘冬麦不晓得天高地厚，以为各自了不起，以为翅膀硬了不是？这回摊上事了，场背后落雨——该背时（湿），我汪明高几十年艰难地守护着瓦屋村，你嫩台台才当几天干部居然说我不作为，敢瞧不起我，你能作为你试回嘎？勒回火石炭烙脚背了嚟，安逸。

老支书又感觉欢喜不起来，勒些年他推掉政府给予瓦屋村的大部分补贴政策，他是问心有愧的，作为一个老党员要不是瓦屋这个地方太复杂，他也不至于这样做。

匆匆走回屋头，仰躺在街沿下的竹躺椅上："梅英，梅英。"

57

老支书佑客听到老支书大声地喊她，不晓得出了哪样事，慌慌张张地从屋后的菜地里回来，被地上的烂牛绳子绊倒到阴沟里去了，她活动了一下，发现骨头没得哪样问题，只是身上脸上都是污泥，脚可能扭了，有点儿胀痛。当看到老支书在竹椅上四仰八叉地躺着，以为身体出了哪样问题，心里就紧张起来，也顾不得满身污泥，惊抓抓地问：“老头子，你啷个了喂？不会是得病了吧？”老支书看着佑客紧张的样子突然笑起来了，梅英的火气一下子冒起来了："你个烂温丧，嚎什么丧，我还以为出什么事嘎。"老支书瞪了一眼满脸污泥、牙龈暴露、眼睛鼓出的佑客，心里一阵厌恶。

他慢吞吞地从衣服口袋里摸出老烟杆，打开包着叶子烟的塑料包裹，开始装老叶子烟，想着佑客年轻时莫说样儿乖唛，但还是清秀水灵的，现在这个样子真是令人不忍看下去，暗道，看来人老了，俏模样不在了，表情还是要温和些好，至少要带点儿笑，不然别人看上去很嫌恶勒。他佑客看到老支书不说话，心里发慌，心想：遭佬，他是不是生我气嘎？杵在旁边不晓得啷个办才好。

老支书装好老叶子烟并点上火，慢慢地吐出一口烟后，脸上沧桑的沟壑好像也愉悦起来，他和颜悦色地对佑客说："去泡盅盅老荫茶来摆哈龙门阵。"王梅英如获大赦，很快换了衣服，洗去污泥出现在老支书面前，同时一盅热腾腾的老荫茶水放在竹椅子旁边的小凳子上。

老支书示意佑客拿个小板凳坐在旁边，王梅英心想难不成还真要摆一回龙门阵唛？

老支书佑客王梅英，年轻时听妈老汉之言嫁给了老支书，婚前没有见过面，结婚后发现老支书生的相貌端正，就死心塌地地跟着他一辈子，后来老支书当了干部就更是以他为天，以他为荣。老支书是从来都不啷个瞧得起她，在屋头高高在上，呼来喊去，两口子这辈子还没有正南其北地摆过龙门阵。当老支书用眼神再次示意的时候，王梅英弄明白了，这回真是要摆龙门阵，她提根独凳坐在老支书的面前，仰望着他，脸上的皱纹舒展开来，有点儿忐忑，还有点儿娇羞，更是感到很神圣，这是夫妻四十几年头一回很正式地要摆龙门阵。

老支书将前几天和刘冬麦撅架，刘冬麦不将他放在眼里，以及今天大会上刘冬麦的狼狈不堪和瓦屋村人质问乱撅，用兴奋夸张的语言以及肢体动作摆了一回，说得眉飞色舞。说完他小心翼翼探看他佑客的表情，潜意识里希望他佑客赞同他回应他，以确定各自的想法做法是对的。

王梅英听得很是气愤，有人居然不把她男的个放在眼里，她男的个在她心里已经是神。她拿出那些八卦的本事，说："我猜那娘们儿在外边根本不是打工，而是在干那种事，这个卖货以为各自是哪个？被那么多人围着撅，勒回安逸了嘎，哈哈哈哈，凭她那个样子就想玩得转，我手心挖个麻雀出来。"这场龙门阵在王梅英最后总结下愉快地结束，那就是：刘冬麦不是正经人，这个村里除了她男的个外还真没得人能够玩得转。

现在想来老支书为啥找从不摆龙门阵的佑客摆龙门阵，他这种心事的龙门阵在瓦屋村是不能跟任何人摆的。在外他是瓦屋村公正正直的人，是瓦屋村的主心骨，台面上他得号召村民们尊重村委会，要服从国家规定，原则上还要维护刘冬麦的工作，啷个能将这种龌龊的开心、幸灾乐祸的欢喜让人晓得嘎。不摆又觉得心里堵得发慌，可是笑过后的老支书心情还是有点儿迷茫与沉重。

第二天老支书和刘冬麦都没有到村委会去，因为村里工作是兼职，工资低，大家还要管理各自地里的活。刘冬麦没有种庄稼也没有活路，她起得很晚，胡乱吃点儿东西，脚一伸随便一套，左脚穿着右脚的鞋，右脚穿着左脚的鞋，头没有梳脸没有洗，懒洋洋地坐在竹椅子上晒太阳，手上拿着马多才的语文书，挨个地看着语文课本上的那些故事，什么也不想什么也不做，头天被围攻的事情一直让她感到羞辱、挫败，心里就像压着一块大石头。

在傍晚的时候终于可以想点儿事情，她回过头去想了整个过程。这些年刘冬麦没有在老家居住，初中毕业就外出打工，村子又是以前的几个村合在一起的，不晓得基本情况，回来当村主任的几个月，工作情况大致可以分为：一是传达上级政府的指示精神；二是帮助村民们办一些结婚证明、出生证明等工作。对村里情况并不了解，这些贫困户名单是啷个建的档立的卡，为啷个那么多人有意见，她心中没得底，刘冬麦懊悔没有进行摸底了解就贸然行动，真是草率了。不过找到问题的症结就找到了解决问题的突破口。

瓦屋村翻锅的第三天，老支书和刘冬麦又不约而同地到了村上，大家心照不宣，刘冬麦提出要开个会，老支书没有反对。会上老支书一言不发，一直抽老叶子烟。刘冬麦不满地看了他一眼，心中想着：难道他老人家成功的秘撅就是紧开口慢开言嗦？您越是看冷，我刘冬麦的犟劲就越上来，您勒个样子看冷，我一定要做个样子给您老人家看看，您做的那点儿事我刘冬麦还不放在眼里，江山代有人才出，长江后浪推前浪。

会上他老人家不开腔，刘冬麦就做主安排，村里除老支书外四个人分成两个组，一是将现有名单梳理一遍，看这些名单是哪个产生的，从哪里来的，根据是什么？二是根据脱贫攻坚文件给出的标准，对瓦屋村所有村民进行逐条对照，逐条标注清楚，到时才可以筛录精准。三是要到贫困户逐户了解实际情况、顺便走访完成全部的村民的基本状况，将第一手资料抓准确。向世荞提出干脆将瓦屋村人口、在屋头或者外出情况，学生上学或者生病情况，住房情况用表格全部摸排登记，汇总后大家再商议操作办法，从下午开始走访，十天内完成全村四百五十四户人，重点对三十七户贫困户进行走访。

说干就干，刘冬麦将四个人分成两组，一组刘冬麦和向世荞，二组向大鱼和戴春兰，因为综治专干和文书都有一辆摩托车，这样出行方便，他们两组出门摸底调查，请老支书全面指挥协调，其实是他老人家不发话，刘冬麦也不敢安排他嘎。

每组手头都有两张表，一是现有贫困户名单，一是户居调查情况表，刘冬麦这一组由近及远，另一组由远及近，从两头向中间靠拢。

刘冬麦、向世荞从村委会旁边开始，第一户是向学木屋头。向学木屋头的家庭成员现有十一口人，两儿一女分别成家，有五个孙子女，女儿女婿和两个外孙的户口没有在瓦屋，但两外孙常年在瓦屋村居住，在镇上上学走读。现在有九个人天天住在屋头，两个老的养着七个崽崽，儿女们每年每个崽崽支付五百元钱的抚养费，但学费、衣服等他们一概不管，说白了每个崽崽五百元一年是远远不够的，还得老两口挣钱来补贴，负担确实比较重。

向学木是那种不争的人，没有纳入贫困户名单，但也有意见，不满地说："那些豁子贫困户根本不贫困，比如刘存粮屋头，两个崽崽大学毕业开的豁子国际破公司。"向世荞想笑又想憋住，没有忍住噗一声笑起来。刘冬麦则哈哈大笑起来，笑完抹着眼泪水纠正说"那是国际贸易卖皮具的公司。"向学木继续说："听说早就有几千万上亿的家当，屋里洋楼修起，两口子什么事不干，成天到处吹壳子，一会儿说吃了什么龙虾螃蟹，一会儿又到哪步去旅游，可现在竟然还是贫困户，还要得到照顾，这样的家境是贫困户谁能服气？你看我们屋头勒么多崽崽，又要学费又要吃饭，季节来了还得换衣服，真是很困难嘎。"说着指着两个耍着泥巴的崽崽说："你看他们张口要饭吃，要吃零食，有时候看着别人吃流口水，看着遭孽也不忍心嚯。"刘冬麦看到他屋头房子是土木结构，土墙房子没有大的裂缝，基本完好，街沿上两根木柱之间，架着一根竹竿，竹竿上挂着花花绿绿的大小不一的崽崽衣服，有的已经看不出本色来。两个还未上学的崽崽在院子里打斗嬉闹，周身是泥，除了小脸蛋上抹鼻涕后留下的印迹，还可以看出肤色和轮廓外，其他已经看不到本身的样子，不过倒是活泼可爱，刘冬麦蹲下身子从包里拿出纸巾给两个崽崽擦了擦脸，笑着说："好乖的崽崽，弄成这个样子。"

刘冬麦说："您女儿女婿外孙户口没有在瓦屋，不是瓦屋村的人，您的儿子儿媳打工有工资，应该找他们多要点儿钱才行，也是抚养他们各自的崽崽，贫困户是有明确规定的，那些不符合的迟早要被剔除。"

了解了向木学家的情况后，刘冬麦和向世荞又来到了刘成米家。这是个三十七八岁的单身汉，刘冬麦和向世荞来时，他正蹲在门口擦洗鞋和裤腿的泥巴，一身洗得发白的蓝色衣服倒是干干净净的，估计刚干活回来。看到刘冬麦他们过来，勉强笑了一下，示意他们坐在石坎子上，屋里响起一阵剧烈的咳嗽声。

刘成米的父亲年轻时成分不好，讨不着佑客，捡了一个癫子佑客，大家就喊他屋是癫子屋头的。刘成米长大后聪明勤奋，他老汉如心一般守着，如肝一般护着，期待能够通过上学出人头地，出出这些年成分不好受的冤憋气，满心期待可以过上好日子了。没想到刘成米十四五岁时发现得了母猪风，时不时就倒在地上吐白沫咬舌头。在他十六岁时，老汉又摔成半瘫卧床不起，屋头两个老病号以及自己身体问题，刘成米自然是找不着佑客成不了家，妈老汉都许多年没有做过活，全靠刘成米支撑着，刘成米对生活很失望，也就勉强拖着。他曾经给人讲等妈老汉去了，他也就了结此生。

刘成米老汉听到有人过来调查情况，认为政府来是要救济他们，确实政府每年都救济一些。听到刘成米不说话，老人家赶紧喊刘冬麦他们进屋，给他们诉说屋头的苦情。那边屋子里传出他佑客的咳嗽声和叫撅声，那女人边咳边剧烈地喘着，断断续续地撅着没有章法的胡乱言语。刘冬麦走进去看着这个干瘪的老妇人，完全没有年轻时的健壮，个子也越来越小了，她盯着刘冬麦，眼神不善，但是没有力气撅了。

他屋头的环境，房子两间土木结构，一间还正常，另一间的屋檐的檐边椽子已经开始腐烂了，在这个多雨的季节，椽子边缘开始长出一些小菌子。地正屋、灶屋倒是干净整洁，显得有尊严，刘成米不多说话，自顾自地烧火煮饭去了。

向世荞拿出名单对照，这户人家不是建档立卡贫困户，刘冬麦示意向世荞在他屋头的情况上边，标明符合因病致贫的标记。

下午他们走访传说中的富户刘存粮屋头，远远地就能看到三层漂亮的砖瓦房，白色的外墙砖有规律地嵌着几块宝蓝色砖，看上去静雅豪华，房子被一圈红砖院墙围成一个小院子。刘冬麦和向世荞走进去的时候，刘存粮正坐在竹椅子上抽烟，红光油亮的脸上闪着丰衣足食的光泽。向世荞照例登记了家庭情况，他屋头成员现在是八个，他说他两儿子都不愿多生崽崽，一家只生了一个，并且两个儿子户口已经搬到深圳，户头上就剩下老两口。

刘存粮倒了一盅盅茶水出来，扬扬得意地说："这是崽崽拿回来的雨前龙井，茶还是比咖啡好喝些，我还是更喜欢瓦屋村的老荫茶。"瓦屋村人对咖啡这个词不大熟悉，这样说也有吹壳子显摆的意味，问完人口情况后，刘冬麦觉得其他的不用问了。

这个贫困户确实奇怪，刘冬麦反复确认说："您屋头啷个会是贫困户呢？"刘存粮说："我屋头本来就是贫困户，两个崽崽上大学的时候，我们两口子背都挣驼了，后来听说贫困户可以减免一坨学费还有奖学金，所以到村上镇上登记，就成了贫困户，不可能两个崽崽各自有本事挣到钱了，就把我们的贫困户资格取消啊，我们就不享受政策嗦？那些懒人，就应该享受政策唛？我们的贫困户是各自努力得来的。"听说贫困户是各自努力得来的，向世荞忍不住将一口雨前龙井喷了出来，刘冬麦看着向世荞，想起一个时髦的词：笑尿了。

刘冬麦将她学习的一些脱贫攻坚的知识现炒热卖讲给他听，说中央下决心要限时打赢脱贫攻坚战，小康路上决不让一个人掉队，又将贫困户的标准说给他听。刘存粮嘴巴朝下撇成一个八字，瞟了刘冬麦一眼，心想：你们算老几，我崽崽有钱，每回回来都是县委书记接待。

刘冬麦想：这户可能是以前崽崽上学时申请的贫困户，这些年大家没有太关注这个，所以在册，现在要除掉名册可能要费点儿神。又想着当前的处境，心里暗暗下了决心，我管你是哪个嘎，该啷个做就啷个做，只有做到公平合理，工作才干得下去，瓦屋村群众的眼里是夹不得沙子的。

刚走出门的刘冬麦、向世荞，遇到了穿着貂皮大衣的刘存粮佑客，那身貂皮明显时髦，大圆盘一样的脸，脸颊肉有两块横向生出，看上去令人生畏；肥糯糯的身板将衣服扣子中间的地方撑得崩开一道口子，一团白白的肚皮从缝隙中挤露出来。刘冬麦心里想：这个天气在慢慢热了，她还穿着貂皮大衣，真是应了那句老话，六月间穿棉袄，各自有嘎。应该是儿媳妇淘汰下来的吧？见刘冬麦看着各自的衣服，刘存粮佑客得意地扭了扭身板，大家简单招呼一下就两头走，还没有走多远就听到尖声的叫撅声，一句"要取消我们的贫困户资格，我要看看是哪个没屁眼的？"刘冬麦听得清清楚楚，向世荞说："这家要取消贫困户资格难度有点儿大，听说上头有关系，他崽崽回来确实都是县委书记接待的，如果不取消工作难度也大，你看那天那个场合，瓦屋村人好像要把人都吞了的样子。"刘冬麦心想：犟拐拐还怕泼妇不成，你会泼我会犟，只要道理站得正，哪个说都不行。

第三章
传统

  瓦屋都是土家人呢，隆隆呛

  自古蛮人治蛮人嗯，呛隆隆

  如今都是新社会也，隆隆呛

  不愁吃来不愁穿也，呛隆隆

  瓦屋村的文化人向学斗半躺在长石板坡晒太阳，向学斗本名叫向学豆。因为爱看书，是村里的文化人，凡是村里的红白事坐礼房或者写对联都是他的活，大家戏称他叫向学斗，他也顺势把名字改了过来。

  抽完一杆老叶子烟后，感觉周身愉悦哼唱着自编的薅草锣鼓，看着天空飘荡的白云，脑袋里又将他储藏的知识像筛子一样筛了一遍，想到以前大集体时经常一圈人围在一起边剥苞谷边听他摆龙门阵，那些年轻小辈崇敬的眼神，让他感到特别的自豪，那种场合让他感到很安逸。现在一家一户了，都各顾各的生活，很多人离开了瓦屋外出做活路谋生活去了。自从佑客走了后，他更孤独，遇到一个人说两句话都难，更别说摆龙门阵了。特别是一些年轻人，就更没有兴趣听他摆这些老腔板。

在石板上敲掉烟锅粑，看着对面三丘子上的白塔，感觉一肚子的龙门阵没处摆，他怅然地叹了一口气，独落道："瓦屋勒些龙门阵嚜，要失传了嘎。"

刘冬麦从楼子沟坡脚往上走来，这条小路是到她二舅屋头的必经之路，看到刘冬麦过来，向学斗眼睛一亮。

"哎，冬麦，冬麦。"向学斗老汉赶紧招呼。"表祖祖，您在外头晒太阳嘞？"刘冬麦笑着回应。"你当了这瓦屋村的干部了，过来，过来，坐在石板上，我给你摆一些瓦屋村的龙门阵，你要晓得才行。"刘冬麦本是到彭家林院子二舅屋头去吃饭，看了看时间，吃饭还早。心想，老人家喊到我，不摆一下也不礼貌，就顺势坐在石板上。

向学斗严肃地看着刘冬麦说："你莫小看了瓦屋村，这个村的文化底蕴相当厚重。瓦屋村是石柱县桥头镇的一个村，勒是最早的巴盐古道之一。我们石柱县是一个以古代巴人为主体，与其他民族融合的地方，土家族人世代居住在勒步，历史上被称为五溪南蛮人。历史上元、明、清多采取蛮人治蛮的管理方式，也就是土官治土人，因故采取土司世袭制度，最著名的土司要数明末清初的女土司秦良玉，她带领石柱白杆兵多次北上勤王，并且出征打胜仗，得到过崇祯皇帝的接见，那皇帝还专门给他赋诗一首：'学究西川八阵图，鸳鸯袖里握兵符，由来巾帼甘心受，何必将军是丈夫。'秦良玉的龙门阵，石柱白杆兵的龙门阵被石柱人传唱了几百年，她是忠君爱国的代表，石柱土家族人因此骄傲，在石柱在瓦屋更不会有重男轻女的思想，典型的是哪家生了崽崽，有人问生了什么？对方必定敛了脸色，傲娇答曰：女将。女将一词也成为未成年女孩的一个称呼。"

刘冬麦小时候听过向学斗老人摆过龙门阵，那时一个生产队的人夜歇时围圈圈剥苞谷，向学斗老汉必定要摆这些龙门阵，只不过那时年纪小也听不懂，印象中只是觉得热闹。现在听起来感觉很安逸。

在大石板上的一老一少，一个摆得劲头鼓鼓，一个听得津津有味，很是欢喜。刘冬麦激动地说："表祖祖，我下回带个笔记本来听您摆龙门阵，勒些文化嚯，是瓦屋不能再生的宝贝哟。"

向学斗听到刘冬麦对他的龙门阵这么重视，欢喜得脸上的皱纹像湖里的水波一样，一圈一圈地往外荡漾开来。更加得意地说着瓦屋的文化。

他说这瓦屋人，是石柱的土家族人一脉的，穿衣打扮都有独特的习惯，不管男女老幼都头缠白布帕子和青布帕子，幺姑、佑客常年围着围裙，在屋头围、赶场也围，这围腰既是保护衣物的屏障，更是一个装东西的家伙，哪样东西都可以笼在围腰里面，就好比古装戏里的袖口，是个捞食口袋。衣服装饰以厄拉卡普和西兰卡普装饰领口、袖口和裙边，西兰卡普为织锦就更高级。信奉白

69

虎，以白虎为图腾。

刘冬麦想，难怪我们瓦屋人的穿衣打扮不一样，看来是有来历的嘎。

向学斗老汉摆得有些累了，便停下来开始裹老叶子烟，随着烟杆发出一阵畅快的"咕噜噜"的声音后，一缕缕烟雾就飘散开来。刘冬麦安静地坐着，看着蓝天上飘着的白云，思绪也仿佛飘向那历史的长河，感觉悠远而厚重，仿佛那声"太阳出来啰喂，喜洋洋哦啷啰"的铿锵有力的腔板从白云深处悠悠传来。

"那我们啷个没得文字嘞？"刘冬麦问。向学斗老汉闭着眼睛吸了一口烟，很享受地吐出最后一口烟子，将烟杆在石板上敲烟锅巴，烟斗碰撞石头发出咚咚的声音，那声音听起来也悠远而空灵。

刘冬麦看着他的这套动作，做得行云流水。心想：嘿个扎，这个表祖祖吸个烟的调调都不跟别人不同嘞。向学斗缓缓地说："我们石柱的土家族没有各自的文字，但是有独特的语言文化，特别是桥头这个地方，历史上是一块插花地，故而形成了独特的语言特点和语言环境。这里对人尊称您不叫nín叫niāng，将未成年小女孩称为女将，年轻女性称为幺姑，媳妇叫佑客。有喊父亲大大的，也有喊衣的，也有喊叔的，爸爸、伯伯的；称呼母亲有喊奶子的，有喊妈的，也有叫妈老汉叔叔婶婶的。喊爷爷为爹爹（dīdī）。"刘冬麦心想：我屋头就是喊父亲叫衣，喊母亲叫奶子。

老汉继续缓缓地说道："我们把这里叫勒步，那里叫那步，骂人叫撅人，吵架叫撅架。那就是独特的语言。至于说唱歌嚜要唱王儿调，有红白喜事那叫一个板眼多，哭嫁哭丧唱孝歌，薅草要打薅草锣鼓等等，都有各自的板眼，这就是独特的文化。"

刘冬麦听得津津有味，她提了一个问题说："我们石柱勒个姓氏文化又是哪个来的呀？"向学斗笑了一下，一口人造牙亮晶晶地露出来了，耐心地解释了由来。他说石柱土家人同姓不可通婚或发生不清不楚的事情，如果发生了这种事情，比如发生在什么时间或者地点或者事件上，就编排，如果刘姓一对情侣或者在做烧腊的时候出了哪样故事抑或者是和做烧腊的人发生哪样事情就喊烧腊。向姓就喊吃红蛋，可能是一对情侣未婚生了崽崽吧，在土家族生了崽崽泡满月酒就要煮红蛋。其实具体是哪样事哪样典故大家都不晓得了，就是一直传下来，最初有侮辱撅人之意，现在的人事发生变化，也没得那些讲究，同姓只要拿得来结婚证一样可以结婚，大家不过是就当成玩笑罢了。

刘冬麦想着这种文化在实际应用上就笑了，比如大家坐一桌吃饭，其间有姓刘的就有人说点儿盘烧腊吧，姓刘的也不示弱，人家姓哪样就还哪样，遇到姓向的就说也来几个红蛋吧，然后全桌人都哈哈大笑。有时在路上遇着也是一种打招呼的方式，比如姓刘的遇到姓向的就说："去卖红蛋去唛？""嗯嗯，去买烧腊喔！"就这么一问一答，大家平常的玩笑戏耍都在这个里头。刘冬麦听得哈哈大笑起来，她晓得乡亲们经常说这些趣话，但是不晓得由来。

正摆得起劲，刘粮田看到向学斗和刘冬麦两老少坐在石板坡上，估计是在摆这些龙门阵，他也走过来，大声夸气地喊："大爷爷，您又在吹龙门阵唉，我也来听一回，好多年没有听您摆过龙门阵了。"向学斗看到又有人过来听他摆龙门阵，欢喜得胡子都有些发抖，他连连说："快来，快来，坐到起。"

接着说，瓦屋村是桥头镇的一个村，要了解瓦屋村就要先说桥头镇，勒个镇以前是一块插花地，最早叫六合场。刘冬麦打岔说："插花地是啥子意思哦？""插花地就是插在别个的地界上，位于石柱的肚脐眼但是属于丰都管，你说是不是插花嘛？"大家都笑起来。向学斗说至于来龙去脉说来话长。起因是桥头镇人不想有人管就活动省府划为丰都县管辖，那个时候全凭脚步走，管理不便，况且人家有本事划为插花地，想管也管不着，慢慢地桥头镇就有了独立的武装，独立的治理体系，故而被戏称为桥头国。勒不，瓦屋村最早处于桥头镇的半山腰上，是地方武装驻军之地，是桥头国的军事中心，老屋基就是那个时候的兵寨，坝坝那个石坝弯弯就是那个时候的寨门。由于说话太多，向学斗老汉咳咳地咳起来。

刘粮田就接着说："我来接个话把把。"然后慢吞吞地说："以前的桥头镇因为五马归槽形成一个盆地，瓦屋村就在盆周的腰杆上，二十世纪九十年代又修建藤子沟电站，让这个盆盆装满水成了湖，瓦屋村就在盆沿，有山有水风景就安逸起来嘞。"

刘冬麦俯瞰着这藤子沟湖，整个瓦屋村坐落在湖边，确实山色秀丽，湖光婉约。她看着乌塔的地基，想起以前那一座乌漆墨黑的塔，大家叫它乌塔，塔的梁上就是乌塔梁，人们说这个乌塔梁就是一个忘忧台。如果郁闷了站在忘忧台上,心情会开阔起来,你如果欢喜了,到乌塔梁上喊一嗓子,全村都可以知晓你的欢喜,所以要解忧愁就上乌塔梁,从乌塔梁回来后就会神清气爽。后来瓦屋人觉得乌塔梁是有神灵的地方,在梁的对面小山包选了一个地方立了观音庙,由于位置高就叫高庙寺,求财、求运据说灵验得很,香火也一直比较旺盛。

乌塔的对面是白塔,据说当初一个风水先生到桥头镇,被当地的望族刘元甲屋头薄待凉贱,心有不愤就放出话来,说乌塔对白塔发财不过刘元甲。刘家听说后就备了好菜好酒恭迎风水先生入府做风水,选了瓦屋村对面的三丘子修建白塔,在瓦屋村修建乌塔,那个地方因为有了乌塔所以叫乌塔梁上。

但若干年后刘家发现六合场总是起火,就又请风水先生,新来的风水先生将整个桥头转遍了,说乌塔和白塔修建的位置是被风水先生整了。乌塔对白塔背时不过刘元甲,故而乌塔被毁掉,独剩下乌塔梁上成为人们解忧散怀之地,白塔也被当成"四旧"破坏掉。

向学斗咳完后平静下来,见刘粮田和刘冬麦抢了他的话把把,就打拦挡说:"嘿,你们年轻人晓得啥哟,还是我才说得抻抖。"

瓦屋村世代居住着刘、向两大家族,在历史前进的过程中,互相排挤互争资源,各自红火二百多年。这种排挤产生了一些历史糟粕,其中主要的就是刘、向两家形成了两大家族的姓氏鸿沟,在发展中相互制约,形成了瓦屋村人眼睛夹不得沙子、遇事烂的文化,告状、扯卵台,是仅次于耕种养殖的主要活动。

桥头场是巴盐古道的主要通道，盛产一味叫黄连的中药材，以巴盐入鄂和中药材产销形成了一个繁华的集镇，集镇商贸繁华，当然瓦屋村也是桥头镇的一部分。

起先向家六兄弟是远近闻名的乡绅富豪，占有整个桥头的地盘和资源，所有甲长保长都是向家子弟，他们家族是整个桥头政治经济的实际控制者。向家发展初期，兄恭弟谦耕读传家，家业兴旺，乐善好施，远近乡民认可，四面八方赞扬，富足一方不行恶称霸，所以被誉为六合场。后来向家从六合场搬到桥头街上以后达到了巅峰，成就了一个远近闻名、商贾云集的巴盐古镇——桥头镇，现在桥头赵山的文状元坟、武状元坟，带着斗的诰命坟还静静地彰显着昔日向家的辉煌。向家在传了几代后，由于后辈一直在富足显贵之中，忘记了耕读传家乐施好善的家风，逐渐变得霸道横蛮，说一不二，有的子弟更是欺男霸女，一股怨气开始在六合场生起。

向家的霸道横蛮引起背炭工刘家老二的不满，在一场争执后刘家老二打死向家一条狗，向家勾结官府判刘家老二坐牢。机缘巧合刘家老二在狱中结识权贵，此后开启了刘家两百年的辉煌。刘家发达后，这刘家老二更是请先生给自己取了一个霸气的名字：刘元甲。

这期间刘元甲不想借助外力铲除向家，他暗暗发誓要慢慢地熬死他们，让他们在绝望中给他磕头，要让他们为奴为狗。向家惧怕刘家的后台不敢再惹刘家，但这种平静在五年后打破，打破的原因是刘家真的有钱了，也暗地里培养了势力，从此开始对向家进行残酷地打压报复，向家开始衰落。先是向家所有生意不顺，养猪猪死，黄连种出来没人敢买，运送出去又被不明势力打劫，只好低价卖给刘元甲，土地资源又不断地被刘家低价盘走，最后向家大院莫名其妙地起火，向家家主气血攻心一命呜呼，向家彻底衰落。

刘家发家后，将几个崽崽送到欧洲留学，回国后兴建了欧式洋房，筹资修建了学堂，让贫的富的子弟都可以上得起学校。后又筹资修建了两河四岸的铁索桥、典雅结实的三多桥，将以前的六合场更名为桥头场。丰都县知县由于地理位置隔得远，也晓得刘家的能量不敢惹，就睁只眼闭只眼不行使管辖权。桥头刘家一时间远近闻名，买器械置兵器成了一个独立王国，雄踞一方。砖屋基、铁索桥、三多桥等更是远近闻名的风景，一时间多少巨贾学儒以到过桥头为荣，桥头场成了巴盐古道上的一颗璀璨明珠，几大建筑更是方圆千里内的名胜。由于富足久了，强势惯了，也因为信息闭塞，全国解放时不识时务，以为天下他屋最强，竟制造极其恶劣的事端，最后被政府镇压。

此时向家人出来说，背炭的背脚子出生之人自然是背脚子根脉，以前是小人得志赖狗长毛，恶有恶报，不是不报是时候未到。两家从祖上开始争斗和不服，互相碾压仇视，仇恨一代传着一代，到刘冬麦们这一代时，家族之间的仇恨已经淡了，但两家族相互交织的较劲比武却是无处不在。两姓间也有互生情愫看上的男女，也有互相打亲家的，血缘其实早就混杂了，但是这个两姓宗族暗中较劲比武的文化却代代相传，要说有心事有力量较劲的还是刘、向两姓中的相人，其他的就是跟朋打混。跟朋打混不需要理由，只需要是姓向或者姓刘都是头人拉拢的对象。向学斗说完看了一眼刘冬麦说："向先觉和你老汉就是上一辈斗法的主角，勒不，你叫刘冬麦，他孙子就叫向胜麦，意思就是要胜过你一头。解放后刘家家主被镇压后两方势力差距不大了，在名字上更是有了争强的意味，在气势上都是高于对方同期生的崽崽才觉得搞赢了。"听到向胜麦名字的由来，想起小时候编排表舅爷的那些顺口溜，刘冬麦不由得抿嘴笑了。向学斗一口气说完，刘冬麦和刘粮田都没敢插话补缺，看着八十几岁的老汉说了这么久，刘冬麦担心他累了，就站起来说："要得，表祖祖，我过后再来听您摆龙门阵，我要到二舅屋头去吃饭了。"说完，大家都起身各走各的去了。

刘冬麦边走边想：瓦屋村勒个文化，有的其实就是历史糟粕，大家凡事都要争个你强我弱，也就是阿尿都要打个上风，各自过各自的日子，比什么比嘛。难怪这些年刘、向两家人就这样明里暗里比着武，这些年谁屋头有个人入党入团评先进，另一家必定绊拷脚告状，哪家有个人当村干部，另一方必定是鼓着眼睛盯到起，稍有问题就告状，以拉下马为目的。瓦屋村唯一一个老支书汪明高在任上三十年，就因为他是外地来逃荒落户的，会和稀泥喝两杯茶，工作勉强拖着走。瓦屋村以前名气大是因为沾桥头镇的富裕繁荣的光，现如今的名气大是因为民风最彪悍，又穷又爱告状。这就是瓦屋村的现状，吃不吃饱得没得关系，斗肯定是要斗赢，斗不赢就继续斗，一辈子斗，辈辈斗。刘冬麦转身看着向学斗老汉佝偻着进了院子，默默地站了一阵，这种斗的文化让她对未来的工作产生了焦虑，她已经吃过斗的苦头，想着不晓得还要斗些豁子名堂出来，心中有些烦躁，甩甩头大步走起来，随着步伐就卷起一阵风来。

# 第四章
精准

刘冬麦她们用了整整十天的时间，才完成走访清理摸底工作，在村委会见面汇总的时候，戴春兰说："我啷个看你们牙齿都很白呀？"刘冬麦笑着说："脸都晒黑了，牙齿啷个不白嚯？非洲人都牙白。"大家都笑起来。随即，刘冬麦总结这段时间的工作："这回大家飞叉叉跑了十来天，工作做得很实在。我们将在屋头的全部农户走了一遍，没在屋头的也通过电话联系了解情况，不但掌握全村基本情况，还完善了户籍资料。"向世荞说："我们勒回相当于搞了回瓦屋村的人口普查嚯。"

这些年瓦屋村人四面八方奔波求生，人口好多年都没有认真清理过，有的老人去世没有下户，崽崽出生没有上户，这回一起处理了。刘冬麦说："世荞文书提议一并清理人口户籍，勒个建议非常好，现在资料齐全，以后工作起来就有依据。"大家看着向世荞腼腆的样子笑了起来。向大鱼瞟了一眼向世荞说："这个点子还不是我出的？"大家都不开腔说话，刘冬麦感觉气氛有点儿怪异。她还不太了解向大鱼，但从这几天接触情况来看，这个人个性强，说话做事虽然在理，但做事挑肥拣瘦吃不得亏，从今天的表现来看，这个人还爱争功。

经过汇总后，以前的贫困户中有十四户条件好，不符合贫困户标准，需要取消，有六十五户家庭确实贫困需要纳入进来，这样一加一减，现有贫困户应该是八十八户。他们将这八十八户拟定为贫困户的名单梳理出来，刘冬麦吸取上回翻锅的教训，分两组交叉走访，经过仔细分析后再次开会确定。

边走访边宣讲政策，不仅让乡亲们对脱贫攻坚政策有了一个粗浅的认识，并且乡亲们还说能够下来走访证明村里是重视他们的意见。但也有向胜麦一伙的又跳出来说："要是大家不给点儿压力，不可能这么过细地来调查解决，要吃鱼大家牵网，要得好处大家一起闹。"煽动瓦屋人闹事给村里添堵。

两组交叉走完，发现有两户不符合贫困户要求，其中一户是向大鱼的姨姐，另一户是老支书的干亲家。其他都正常，刘冬麦没有开腔，等核查完后邀请他们到屋头喝酒吃饭。

饭桌上，刘冬麦轻手轻脚、颤颤巍巍地端出满满一盅老酒，一股酒香摇晃着扑出来，老支书接过来喝一口，皱一下眉咂一嘴巴，传给向大鱼，向大鱼又喝一口也皱一眉头，咂一下嘴巴再传出去，你一口我一口，这样一桌人转圈圈喝酒，这是瓦屋人喝酒的习惯。

刘冬麦这些年在外头，已经习惯一人一个杯子，但是瓦屋村人觉得这样喝酒才有味道。喝得二麻二麻的时候,大家感觉这么多年在村上做事,头一回将村里底子摸清,以后表表册册好填,心里都感觉很畅快。你一言我一语地讨论着这回走户调查的见闻和笑话。刘冬麦说:"其实我很担心这个名单一旦公布出去,会不会还有不服的人,像上次一样翻锅呢?瓦屋村的人眼睛是夹不得沙的,到时又闹起来到处告状搞得难看,我们只有自身站得正了,才站得稳脚跟。"大家都没有说话。

第二天早上上班后,老支书一走进村委会就说:"哎呀,我昨晚才发现我干亲家在名单里头,该取消就取消,可能是干儿子上学的时候建的档,这个应该清除,免得大家认为是我谋私嘎。"刘冬麦竖起大拇指,故意大声说:"您老真是境界高,能够主动提出来,这样的境界我们学不来的。"边说边观察向大鱼的表情,见向大鱼没得猫动,刘冬麦对向大鱼说:"你屋头那个亲戚肯定有人看不得要提出来的,你看哪个办?"向大鱼也只好不情不愿地将他的那户亲戚从名单中删除。到此,村上筛录出的贫困户是八十六户。

"勒回恁个搞,识别精准了噻,我提的这个办法还是要得噻。"向大鱼沾沾自喜地说。"大鱼哥,勒是冬麦姐提出的办法,不是你提的好不好?"戴春兰当面点黄。向大鱼面赤地说:"当然,我提出来后,冬麦主任是同意的。"戴春兰撇了一下嘴,没有再说话。其他人都不开腔。刘冬麦心里不舒服,心想,我头回做个英明决策就有人来争功。不过为了以后工作好做，她也没说什么。

大家还是担心村民们心思拐拐多，可能还是有意见。刘冬麦说："干脆勒回不开会，先公示出去，写明欢迎大家提意见并接受监督，然后看反映再做决定。"大家都表示赞同。

老支书跷着二郎腿抽老叶子烟，乜着眼睛看着天，大家在讨论，他照旧一言不发，凹着脸颊猛吸一口烟，然后鼓着腮帮子对着墙缓缓地吐出最后一口烟子，烟斗在墙壁上敲得咚咚地响，看着一坨烟锅巴飞出去后，才冷冷地说："你们将文件翻出来看一下，看看有没有变更贫困户、增减贫困户的相关规定，村上工作要讲政治，不得想一出是一出。"

刘冬麦一下子蒙了，她想，对头额，好像没有文件说可以增减改动贫困户名单，老支书肯定是晓得的，但是起先不说，等事情做完才说，也就是说这么多事情白做了？

刘冬麦心里有些沮丧，在村支两委干部面前感觉没有面子，老支书意味深长看了她一眼说："干工作还是要讲规矩，紧开口慢开言要记牢。""您晓得为哪样不早说？害得我们跑恁个久？"向大鱼喋喋不休地埋怨老支书。老支书本以为绊了刘冬麦拐脚，没想到倒讨埋怨，心中就有点儿气，把个空老烟杆敲得咚咚地响。

向大鱼埋怨完老支书，又鼓着眼睛埋怨刘冬麦："你都没有弄清楚就开干，捞起半截就开跑。"看到出问题了，向大鱼就把责任往刘冬麦身上推。刘冬麦也觉得这件事确实是她没有经验造成的，红着脸说："一切都怪我，工作没有经验，也不讲章法，以后要多向大家请教，不过，这些基础工作做起还是有用，我相信国家一定会纠正目前的状况，这不是我们一个村的问题，到处是一样，只要我们掌握了第一手资料，以后工作就顺当得多。"

通过这件事情刘冬麦感悟到，作为一个村主任，一定要学习、掌握好政策，只有各自能力强了，才不怕别人绊拷脚。

她看到大家有些丧气，心里默了一会儿说："既然做了也得给大家办交责，这段时间大家辛苦了，我们做的资料是有用的，既然都做了还是将户籍资料完善，将贫困户资料梳理保存好，我到镇里将情况反映上去然后再做打算。"

资料做好后，公告不敢发出去，刘冬麦到镇上找到谭书记反映情况，谭书记回复说上边已经晓得这个情况，还表扬瓦屋村的工作想在前头、做在前头了，值得表扬。并说精准识别工作迟早要做，只是稳妥起见，公告暂时不要发出去，等待政策出台。回瓦屋的路上，刘冬麦心想：哼，精准识别，勒个词用得好。

回到村里刘冬麦挥舞着手夸张地将书记的表扬带回来，除了老支书以外，其他几个都眯眼眯眼地欢喜，期待着新的政策快点儿下来，免得村委会天天都有人来闹。

等待政策的时间有点儿难熬，当初刘冬麦他们下去，胸脯拍得啪啪响："您老放心吧，够资格的就纳进去，不够格的一定会取消。"可是一拖这么久，经常有村民来责问，一问没结果二问没结果，就失去了耐心，说是要搞假就搞假，还假装搞调查，装个舅子不像个舅子。有那村民问到老支书时，他就继续推脱说："这事由刘冬麦主任负责，你们找她，她会解决好的。"而村里其他几个人都会解释几句，说在等政策。

政策没有等来，倒是等来了第一批点对点的单位帮扶和对口帮扶的人员从单位要来送物资，刘冬麦交代向世荞、向大鱼、戴春兰几个人说："有人联系就往后推时间，等新政策出台。"但有那三亲六戚在其他村的贫困户了解到有人在送东西，经常来问为为啥瓦屋村没有动静，为此，刘冬麦感觉压力很大，开始焦虑起来。

国家扶贫办要求精准识别、梳理建档立卡贫困户政策的文件，终于在一个月后发了下来，刘冬麦拿着文件在办公室走来走去地用普通话读。有海椒也有盐，老支书照旧不动声色，其余几个跟着欢喜，戴春兰也拿腔拿调地用不标准的普通话说："冬麦姐，你啷个读的嘛？普通话不标准嘎。"向世荞、向大鱼在一边笑着，刘冬麦还没有读完，向大鱼拿着胶水过来了，戴春兰说："大鱼哥，别人读公告，你拿胶水做什么嚏？"向大鱼突然就来了一句王（啰）儿调："贴公告哦王（啰）儿王（啰）。"大家哈哈大笑，老支书没有笑，依旧没有表情，自顾自地抽他的老叶子烟。

新的贫困户的公告，是连着政府精准识别的文件和贫困户名单一起公示的，刘冬麦的姨母、表舅来了好几拨，都想将他们纳入贫困户的范围。虽然这些年没有在屋头，但回来了近半年时间，他们的情况刘冬麦都是熟悉的，除开他二舅以外，其余不符合贫困户的标准。她反复给他们说："在瓦屋村如果你不符合条件，一定有人将你拉下来。政府会反复核查，不符合还是不行的，虽然我作为亲戚很想帮您们，但不是在这些方面的，您们不要为难我。"

这天，刘冬麦正拿着尺子量着格子，制作统计表格，格子用笔"刺"的一声划下去，突然听见一阵吵吵撅撅的声音，仔细一听外边吼着"格老子的，有权力就可以谋私唛？"是向胜麦的声音，刘冬麦晓得来者不善，飞快地捋了一遍最近的事，暗想应该是她二舅被评为贫困户的事情，向胜麦以为拿住刘冬麦的痛处。刘冬麦不动声色，继续拿着尺子画着格子，大家也都各自做着各自的事情，只有老支书慢吞吞地对向胜麦说："有哪样情况坐下来反映，不要吵吵撅撅的。"向胜麦看到刘冬麦不理他，那副自顾自的样子很让他生气，他心想，这回被我踩住了尾巴，吃过西瓜自然有冷病，你给我等到起。

原来向胜麦看到公示的名单里有刘冬麦的亲二舅，一下来了劲头，他想邀约村民来搞围攻，再搞一回翻锅，将刘冬麦从村主任位置上拉下来。于是鼓动村民来揭发说刘冬麦以权谋私，结果大家都不理他，只有几个打牌赌钱的天晃晃人跟着他来了。因为他们晓得刘冬麦二舅屋头的情况。刘冬麦二舅屋头三个人，二舅得了肾衰竭常年浮肿，二舅娘是个老气管炎，一到冬天煮饭弄菜都难，崽崽小时候得过小儿麻痹，走路一步高一步低，屋头确实困难，所以这回筛选，村上将他纳入了贫困户范畴，大家心目中是认可的。

老支书煞有介事地问情况，最后说："该是哪样就哪样，亲戚也不能照顾，不过这件事由冬麦主任负总责。"这种模棱两可的话明显带有煽动的意味，向胜麦像拿着尚方宝剑一样就神气起来，他指着刘冬麦，满脸闪着兴奋的光泽："你刘冬麦才来当几天官哟，就开始自私自利，你要给村民一个交代。"其余几个也大声拍着桌子吼："必须要有交代。"刘冬麦晓得这个贫困户没得问题，她继续划着表格不理睬，心想，让你们几个演戏，我不理你看你啷个收场。其他几个人都默契地各做各的事情。

几个天晃晃人看到刘冬麦不搭理他们，感觉没得趣，他们的汹汹气势仿佛遇到一阵微风被吹走了，几个人最后焉头巴脑的，向胜麦脸上挂不住，跳着脚骂阵说："刘冬麦你等着，如果不将你这个村主任拉下马，我从手心挖个麻雀出来。"说完撅撅吵吵地走了，戴春兰说："哦嚯，又去一盘了。"

刘冬麦弓着手指轻轻地敲着桌子陷入沉思，她想这样搞不行，啷个都可能有人有意见，有人有话说，有时有些事正说反说都有理，只有经过大家来投票认可才行，她给老支书汇报，提出用村民来投票评定时，老支书瞥了她一眼，心想：勒么多人七爷子八条心的，个个都想谋私，能够投票投出来才怪，说不定到时一家一票，各自给各自投哦，想到这个结果老支书想笑出声来。不过以他几十年当干部的城府是忍得住的，脸色亲切语气温和地说："这件事还是你来完成，我无条件地支持你。"刘冬麦只要有这句话就行，也不管他私下想哪样。

说干就干，刘冬麦召开了一个社员代表会，参会的有长期支持村委会工作的人，也有那些平常意见大、意见多的人。

村里将确定贫困户的事情与大家讨论，这是村上头一回跟他们讨论村里的治理问题，大家感觉新奇也欢喜，代表会就在院坝里开，有的说就怕有些假贫困户被评上了，真贫困户反而被选落了，激烈地讨论、分析着各种可能性。最后刘冬麦说："干脆用大家投票的方式解决，除开用我们筛选的名单来选外，有各自推荐的或者推荐别人的都可以参与评选，让大家在上边画钩钩叉叉，这样才公平，也没得哪样话说，如果我们只限于筛选名单，拿出来后肯定又有人不服。"经她这么一说，大家开始思考，部分人表示赞同："嗯，这个法子好！"可又有的人说，这样也会有问题，后来还是刘冬麦拍板说："先公告出去，把贫困户的标准拿出来，大家各自对照，需要补评的各自先报名，两天之内把名报上来，再将名单排出来一起评选，确实个别有问题的再做工作调整。"

向世荞将这回贫困户产生、筛录的过程拟定了详细的说明，做了投票办法。总的分两部分，一部分是村上筛录出来的八十六户的名单，另一份是各自或者别个推荐，要求增加进来的名单二十八户。"嘿，你们来看啰，向胜麦、刘存粮也来报名了嘎。"戴春兰说完，笑得头上的短发也跟着飞起来，大家也跟着笑，不爱说话的向世荞说了一句："人家的贫困户是各自犟出来的。"正在吸老叶子烟的老支书也"噗"地一声笑出来，一半口烟子很没有气势地飘散开来。

几天后，村上召开了社员大会，老支书表情严肃地出场了。他心想：一个嫩苔苔，又要出洋相了，心里想看笑台。

首先是刘冬麦宣讲文件，主要是学习扶贫相关的文件，特别是将贫困户认定的标准一条一条地讲解学习，希望大家听懂弄明白。她讲得劲头鼓鼓，下边的老头、老太太们听得似懂非懂，看着大家打瞌睡的打瞌睡，剥瓜子的剥瓜子，心里不免焦急。

等到宣布投票办法时，大家注意力倒是集中起来。操作办法简单，就是到会的社员以户为单位，每户一张表进行自主投票。刘存粮自告奋勇地成为监票人，他负责全程监督投票的公正性，有不会写字的到指定地方由向世荞代为书写，说书写也不是，就是打个钩钩叉叉，也有信不过向世荞的，就找各自的知己人填写，大家觉得这样就没得话说了。

投票顺利进行，结果出来以后，村上筛录公示的名单里，只有向世玉屋头落选了。其他自主报名的二十八户全部落选，刘存粮佑客不服气，恶狠狠地骂阵说："我还不相信你几个说得就算数了，我屋头的贫困户不是哪个想取消就取消的，还要各自屁股坐得稳。"有心里不服的也在敲边鼓："那是嘎，您屋头的都敢取消，我看是耍长了嘎，莫将就她。"更多的人没有开腔。刘存粮佑客说完"哼"了一声，扭着粗大的腰身走了。现场有人在轻声撅人，有人打拦挡说："这个是大家投票评定的，有啥话说，走哦。"这样一撤台，大家都没有再说多话，有些人开始走了，也就变相承认了今天的评定结果。

刘冬麦长长地舒了一口气，还在准备接下来啷个做的时候，老支书发话做总结了："大家莫慌走，还没有散会，勒回在村支两委的共同努力下，解决了瓦屋村的贫困户建档立卡问题，这是瓦屋村人讲政治的具体表现，也是瓦屋村人更加团结的标志，希望以后瓦屋村的事情都让瓦屋村人大家做主。""说得好。"刘冬麦带头鼓掌。

向世玉老汉没有走，他想等人些走了，跟老支书说个情，说他屋头的苦情。刘粮田看懂了意思，就提头说向世玉屋头的困难，此时向大鱼佑客一下子冒进村委会来，她头尾都没听到，只听到说向世玉屋头困难那句，她撇着嘴巴哼了一声，见大家看向她，肥油油的脸上的五官就生动起来，有些得意，故意鼓鼻子瞪眼地说："啷个喂，未必他屋头还要评贫困户喽？"说完，咳咳清了一下喉咙，啪吐出一口痰来，刘粮田隔得近，只好退了两步。向大鱼佑客吐完痰接着说："日妈有的人两口子离婚了，找的找老板，找的找富婆，嫩的去卖钱，一家三个找大钱还要评贫困户。"大家都嬉笑起来，有人就用眼睛瞟着向世玉的老汉，刘冬麦听着这种恶毒的声音感觉后脊骨发冷。

刘冬麦很少和大家摆空龙门阵，猛然听到这些闲话十分震惊，她看着向世玉老汉穿的胶鞋烂得穿不稳，用谷草搓个绳子绑着，脸色羞惭夹着脑壳吸叶子烟，拿着烟杆的手微微发抖。心想未必春谷幺姑路走歪了喽？想到此心里突然莫名地痛了一下。然后故意岔开话题，对着向大鱼佑客说："嫂子，你今天穿这种红色的衣服好看。"那女人就把注意力转移到衣服上来，有几个幺姑佑客挤眉眨眼地跟着就夸起来，夸得她是瓦屋第二别人不敢说是第一。向大鱼佑客的脸越来越光亮，说道："我屋大鱼娶到我勒个佑客，是他祖上的福分，我勒个屋全靠我撑起，在瓦屋我还真是最漂亮的。"几个幺姑佑客觉得今天的目的达到了也就走了。

　　向大鱼坐在旁边听着佑客说话没得打岔，心里有些气大，也晓得那些幺姑佑客是故意刺激她说那种牛都踩不烂的话，不过也不敢撅人，怕惹横了这婆娘难得诓。刘冬麦想笑，心想：勒两口子真是不是一家人不进一个门，向大鱼恁个能干，在外头从不吃亏，没得哪个敢说他半句，但是摊到勒个佑客，也是卤水点豆腐一物降一物，大家有时候就故意逗他佑客让他难堪，他也说不出腔。

　　散会后，刘冬麦心里很高兴，觉得评定贫困户的事情搞定了，很有成就感。但是向世玉屋头的事情让她感到气愤。她想找一个不爱乱说的人问一下情况，想来想去认为向世荞佑客稳当。

　　想曹操曹操到，刘冬麦刚转出村委会大门就遇到了向世荞佑客，赶紧上去搭别摆了几句龙门阵后，假装不经意地问："向世玉屋头是哪样情况嘎？为哪样评贫困户通不过嘞？"向世荞佑客看了看四周，见近处没得人，才轻声说："未必你不晓得唛，向世玉佑客出去打工，嫌向世玉没得本事，听说离婚后跟了一个老板。而向世玉找了个开发廊的老板，向春谷就在发廊耶。"刘冬麦突然明白了，如果向春谷真走上了那条路一定是那个开发廊的女人惹的祸。看来向世玉两口子各自不珍惜家庭，下害了那么乖的幺姑，上害得老的抬不起头来，刘冬麦心里默着：可惜了春谷幺姑了。

　　瓦屋村的贫困户精准识别工作，在村里开会民主评定后，决定按照选举结果报镇上备案，最后的结论是八十五户。虽然当时的会场有点儿闹嚷，但是也没有闹多大的动静，大部分人没有开腔，大概率也觉得没得什么话说。

　　贫困户公开评定会议后，老支书和刘冬麦如往常一样，心照不宣，村里其他几个干部私下吵吵撅撅地说过几句，意思是大家做了这么久的工作，做事的时候老支书一言不发不说还放拷脚，等到最后来一钉耙刨走了功劳，刘冬麦不让大家说这些淡喳喳，说大家团结一心将瓦屋村的工作做好，把瓦屋村发展起来才是目标。

　　瓦屋翻锅事件后，刘冬麦郁闷了很长时间，从中总结了经验吸取了教训，学到不少东西。坚持认为只有踏踏实实、公公正正地为老百姓办实事，才能得到大家的拥护和支持。大家看到她做事扎实，出现问题能够正确面对并有化解能力，是个能人，个人的威望也开始大大地增强。

　　虽然贫困户名单还是有少部分人不满意，有的撅撅吵吵的，有的托当官的亲戚或者是在社会上混得好的来说情，刘冬麦一律以村民公开评选为由推托。奇怪的是刘存粮两口子再没有提过这个事情，后来听说是他佑客跟他崽崽说这个事情的时候挨了撅，没有得到崽崽奉情，晓得撬不动才算了。

瓦屋村以最快的速度将名单报到乡镇，报到县扶贫办备案，扶贫办办事人员说："勒么快，你们真厉害！"受到赞扬的刘冬麦心情愉悦，回到村里就给同事描述当时的情形。正当刘冬麦一只手还划在空中，比着那句你们真厉害时，突然电话铃声响起，她快收势接电话，脸上的笑容还未散去直接变成惊诧。大家看着她的表情，猜想不会有哪样好事，只听到刘冬麦平静地说："要得噻，您们来调查就行。"挂了电话，戴春兰急吼吼地问："调查哪样呀？"刘冬麦说："镇上纪委书记打的电话，说是我们村贫困户评定有问题，县纪委也收到了举报信，要来调查。"向大鱼气愤地说："格老子的，我们勒么公开、公正、公平地搞，还告到纪委去，完全是有毛病，纪委也真来查唛？"刘冬麦淡淡地说："我们第一手资料和工作做得细致，还是经过村民们评定的，我们怕哪样？查清楚我们更好做活路。"向大鱼气犇犇地将一坨废纸丢在垃圾桶，撅了一句："一天阿利（吃饱）了没得屁事干。"

这天，刘冬麦和向世荞在走访贫困户，到楼子沟院子时，看到有辆车停在土路上。等他们走进院子时注意到里面有几个人，其中一个是镇上的纪委书记，其他几个不认识，她大概猜到是啷个回事，打了招呼就走了。出来后，刘冬麦看了看天，阳光照样灿烂，天空蔚蓝，她对着太阳比了一个剪刀手，向世荞不明所以，发扬他一贯不多言多语的作风，也不问，只是看着刘冬麦的奇怪动作笑了笑。

很快，县乡两级核查的结论出来了，瓦屋村提前筛查全部人口，贫困户的定位是精准的，这种做法建议全县推广。县里开扶贫工作会时，县委书记特别表扬了桥头镇的瓦屋村，要将瓦屋村的具体做法作为典型让全县都来学习。

瓦屋村作为典型，得到了表扬，村里几个干部也都觉得很荣光，认为辛苦没有白费。只有老支书看不出喜怒来，他也不好意思站出来。镇上晓得是刘冬麦负责的这个事情，所有来学习的人都联系刘冬麦，一时间大家迎一群人又送一群人。向大鱼说："你们看，我这个主意还是要得噻，为瓦屋村挣了面子。"戴春兰说："嘿，又是你的功劳嗦。"大家都已经习惯向大鱼那个德行，懒得理他，等他自说自话，只有没心没肺的戴春兰每次出面怼他。

"不过我们瓦屋村，还是说得起话撑得起腰杆。"一贯低调的向世荞得意地说。"那是必须的。"戴春兰答道。刘冬麦看着大家亢奋得有点儿忘乎所以，就提醒道："你们不要欢喜就盯不到兆头，以后要把事情做仔细，免得又被人踩住尾巴绊一拷脚。"

被树为典型后，经常有人来学习，刘冬麦为了激发村里其他干部的积极性和自豪感，要他们轮流去露面、去介绍，这样，大家的干事激情越来越高。

老支书后来开群众会时，必讲瓦屋村的最高荣誉，还要大家都高调宣传，说能够增强瓦屋村人的集体荣誉感和认同感，大家兴奋地到处传说。

至此全县贫困户经过数轮精准识别的过程，有的村多次验收不合格，只有瓦屋村一次性通过，书记、县长大会小会必点赞瓦屋村。一时间瓦屋村声名鹊起。

在一次扶贫工作推进会上，刘冬麦作为代表发言，她绘声绘色地讲了贫困户认定的过程。当讲到那次翻锅被围攻的情形时，哽咽得讲不下去，全场干部特别是基层干部更是感同身受，有的也跟着抹眼泪，最后她用朴实的语言说："不管是做扶贫工作还是做群众工作，没得群众的监督是不行的，因为勒回翻锅事件，大家都不敢有任何私心照顾各自人，所以群众的监督是干好工作的基础，做好扶贫工作得尊重群众意愿，如果不是后来的群众会评定，也不会识别这么精准。要做好扶贫工作，干部必须要没有私心，工作难度才会小很多。"

老支书和刘冬麦从没有为翻锅事件交流过，大家心里都很清楚。这件事情成功以后，刘冬麦没有争功，处处都要提老支书领导有方。老支书也记下了这个情，一次他在酒喝得二麻二麻、走路左脚靠着右脚的时候，对刘冬麦竖起来大拇指。在后来的工作更是给刘冬麦很大的支持，老党员的觉悟和思想还是很高的。

扶贫的任务越来越重，基层干部的培训学习也越来越多，工作越来越清晰明确。瓦屋村是深度贫困村，扶贫要求扶智、扶志，要激发贫困户的自身动力，又要发展全村的扶贫产业，大家都感到茫然。向世荞说："好像说起来是恁个回事，做起来就不晓得啷个搞佬（了）。"

在县政府会议上，台上的领导正在讲"时不我待，要有坐不住的紧迫感"时，她突然感觉坐的凳子有钉子，不自觉地动了动。散会后人还没有走散，她边收拾东西边说："同志们，你们发现凳子上有钉子吗，你们还坐得住唦？"参会的村干部都笑了，以后大家都不说有坐不住的紧迫感，只说凳子上有钉子，大家都会心一笑。

反复思考，刘冬麦还是觉得扶贫工作有些抽象，到底做哪些、唰个做，心中没数，她问其他村的干部，也都说不晓得唰个做。她们只好不断地走访分析贫困户致贫原因和能够脱贫的方法。

不断有领导、单位、个人联系看望慰问贫困户，可是这样看来看去，也不能从根本上解决问题，更是养成了贫困户等、靠、要的思想。村里四十岁的单身汉、贫困户向花谷在外头找活路做，多年没有回来过，房子已经垮塌了。刘冬麦联系他，说有领导去看望他，要给他送去米、面、油的时候，他说："送勒些有锤子用，我又没有在屋头，你把家伙卖了把钱转给我就行，巴不得送个摩托车来，呼啦啦地骑着才找得到佑客。"搞得大家哭笑不得，这种现象基层见得很多，刘冬麦想，国家应该有更好的办法和政策彻底地解决贫困问题，只有先观察，走一步算一步。

这天，上级派来驻村工作队，一共三个人，先来的是农委的一个农技科长，是个女同志。大家有点儿担心，老支书说："城里的女同志不晓得吃得下来苦不，不要来个娇滴滴的祖宗。"刘冬麦和戴春兰心里不服气，戴春兰还嘴说："您们男人都能干，那回去都把佑客离了算了。"刘冬麦说："戴春兰你是外来佑客不晓得嘎，老支书屋头的崽崽都是他老人家亲自怀孕生的，这个大家都晓得的。"大家嘻嘻哈哈笑成一团，听到有汽车的刹车声，刘冬麦和戴春兰做了个"哦"的嘴型，意思人来了。

王镇长一行四个人走进村委会，刘冬麦注意到一个中等身高、中长卷发、脚穿高跟鞋的漂亮女子走了进来。另外两人是县农委、组织部的领导，负责送人过来办交责。

女子四十来岁，皮肤白皙，眉眼弯弯，眼神晶亮，一种端得恰到好处的笑容像是一种习惯，看上去端庄知性。刘冬麦心里暗自惊叹，这城里女干部确实有气质。她转头看了一眼老支书，老支书垮着脸，脸色有点儿灰暗，刘冬麦和戴春兰互递了一个眼色，意思是，哦豁，真来个老祖宗耶。

简短地开了一个小型的见面会，王镇长和组织委员介绍了这回中央派遣驻村工作队的精神和意义，对农委派驻得力人员来支持桥头、支持瓦屋的脱贫攻坚工作表示感谢。农委领导说接到组织部安排，他们尽力挑选了最得力的技术骨干过来，名叫谭丽华，是农委的农技科长，重庆市农科院毕业的科班生，希望大家多支持她的工作，也希望她不辜负县委县政府的期望，为脱贫攻坚工作做出成绩。

谭丽华端正地坐着，温婉地笑着跟大家打招呼，王镇长介绍老支书的时候，她谦虚地说："您多指点我。"在介绍刘冬麦的时候，谭丽华轻轻地挥挥手对着她笑，刘冬麦觉得她笑起来真好看，牙齿白白的。看着她的言谈举止，刘冬麦想到了一个词：知性美。

谭丽华也作了表态发言："我能够成为瓦屋村的驻村干部是组织的信任，是一种缘分。与大家一起，为瓦屋的脱贫攻坚工作尽一份心，我感到很荣幸。长期以来我主要从事农业技术工作，能够到基层来锻炼是我的梦想，但是我没有群众工作的经验，大家要多帮助我，我一定尽全力为瓦屋村脱贫攻坚工作贡献力量。"老支书听说谭丽华是学农的大学生，心想读过大学的应该有文化、有知识，有专业技术，哪怕不能上坡下田也是有用的，心情就好很多。

王镇长最后宣布说，谭丽华是瓦屋村的第一书记，以后瓦屋村的工作就由谭丽华带着干。瓦屋村的工作接下来由她带着干？老支书有点儿担心，心想，一个坐办公室的女干部，能够带着干好农村工作唛？刘冬麦觉得这个谭丽华温婉理性，看起很舒服，说话滴水不漏，看上去很有亲和力，只是和各自这种张杨的性格相差太远，不晓得好不好相处。

安顿第一书记吃住的事，交由刘冬麦和戴春兰负责。住就在村委会楼上，吃饭在村委会隔壁的刘地豆屋头。刘冬麦和戴春兰就怕城里人嫌条件差不习惯，悄悄地察看谭丽华的脸色，看到她有条不紊的铺床叠被，心里暗暗松了口气。

下午谭丽华召集村支两委开了个短会，简要地解读了中央扶贫工作的精神，她说重点是强调扶贫、扶智、扶志，要解决好贫困人口两不愁三保障。贫困户贫困的原因有一百个，但是结果只有两个字：贫困。我们要找到每家每户的致贫原因，因人因户施策才能对症下药，就好比庄稼得了病需要用药你却去浇水，浇水本没有哪样不好，但是病没有治好等于零。当说到庄稼得病下药的时候，刘冬麦觉得这个第一书记接地气，说的话听得懂，也有趣。

开完会后，谭书记立马要过贫困户名单，说需要入户了解贫困户的状况，要求刘冬麦带路。刘冬麦觉得和谭丽华不熟悉，尤其人家是知识分子，就心里有些敬畏，于是约上戴春兰搭伴。

刘冬麦看着她的紧身衣服尖尖鞋，心想，勒个抓势[1]啷个走田坎嘎，莫一头栽到田里才逗人笑哟。正想着这些歪歪事，只见谭丽华说："不好意思哈，你们等我一哈儿。"不一会儿一个戴着草帽，身穿运动服运动鞋的人轻快地走下来，刘冬麦看到那顶和自己一样的草帽的时候，陌生感一下子就消除了，她们脚跟脚到贫困户屋头了解情况，没有带交通工具，就走路。

她们第一站去的是谭家塝刘成米屋头。隔老远，一条瘦弱的黄狗跳出来"汪汪"打着响声，旁边的鸡受到惊吓，"嘎嘎"地惊叫着扑出去，带起地上的灰尘，空气中弥漫着一股鸡屎味来。谭丽华怕狗，紧紧地抓着刘冬麦的手，刘冬麦翘着嘴 "嘬嘬"地诓着狗，黄狗听到有人诓它，也就摇起尾巴来。"在摇尾巴了，就不会

---

[1] 样子。

咬人了，最怕的就是缩头狗，不出声，跑过来就一口。"刘冬麦念着狗经。

刘冬麦介绍了刘成米屋头大致情况，谭丽华认真地听着，从吃穿到治病问得很仔细，刘冬麦有些问题答不上来感觉有些尴尬。

刘成米听到狗在叫，晓得有人来了，他心想，我屋的狗只打响声不咬人，管他是哪个来哟，也不起身唤狗回来。一行人进屋后，看见刘成米软垮垮地坐在街沿上，两眼无神地发着呆，听到有人说话，他老汉听出是干部来了，就赶紧打招呼，边说边咳嗽："咳咳咳，我这几天感冒了，咳得很，我这是生坏了病嘎，他妈又是个癫子，刘成米三十七八还没有娶到佑客，我这是作孽哟。"大家看着眼泪流过他脸上的沟壑，也禁不住心酸起来。刘冬麦发现上回到他屋头，也是说的这句话，看来平常想的只有这些事。

谭丽华提着一个凳子在床边坐下来，安慰着说："您不用担心，国家会照管您们的，总书记说了要让大家吃饱肚子、过好日子、住好房子，有病治病，崽崽该上学上学，不让一个人受穷，您就放心吧。"

刘冬麦突然领悟了给农民讲政策的方式，她心想，讲政策的话，谭丽华用农民听得懂又有趣的语言嚼烂了普及下去，比起我们平常下去干巴巴地背政策、背条条要好，因为有些文化低的人听不懂。她心里暗暗点赞，这个第一书记接地气。

她们跟刘成米老汉摆了一会儿出来，发现刚刚还坐在空洞街沿的刘成米捞起锄头上坡出活路去了。谭丽华说一定要过去找他摆一回，只有摸清楚情况后才可以对症下药。刘成米已经走到半坡上，她们走得急，气喘得像扯风箱一样，好一会儿才追到刘成米。刘冬麦说："你崽儿是飞毛腿，踩的是风火轮唛？撵都撵不到，新来的第一书记是来帮助大家脱贫的，她要了解情况，我们就在这里坐起摆哈儿。"一边说一边拉着刘成米坐在土坎上。

刘冬麦他们坐在土坎上，谭丽华拿着笔记本蹲在旁边，她边听边记笔记，问得很仔细。刘冬麦和戴春兰互相交换了一下眼色，感觉是各自空着手有点儿不好意思，平常各自没得记笔记的习惯，更不要说带笔记本，平常下户了解情况，就是说大概是哪样哪样的。看来以后我们各下户干工作也还是要带个本本，毕竟好记性不如烂笔头。

刘成米不紧不慢、不惊不喜地说了基本情况后，谭丽华问起他们屋头的收入情况。刘成米说："我屋头去年种植包谷两千五百斤，卖了八百斤，每斤一块一角，共计卖了八百八十元，剩下的喂了一头猪，吃了一半，卖了一半，共卖一千八百元钱，十五只鸡去年卖了八只，大约卖了六百元，屋头的七百多斤谷子够各自屋头吃，老汉是老病号每月药钱是个无底洞，每年都要住几回院，实在不行就到村卫生室开点儿止痛药敷衍敷衍。

"我屋头的开支主要是老汉住院弄药，有钱就弄，没钱就算了，借钱也没得哪个借给我们，我只要把一家人的米留起，其余一概不管。我妈倒是不得哪样病，就是发起癫来衣服裤子不穿满村跑，有几回跑不见了害得我到处找。"听着这个大小伙子平静地诉说着他们屋头的情况，大家都默然了，心情很沉重。

了解到刘成米家的情况后，谭丽华指名道姓要到向胜麦屋头看看。刘冬麦和向胜麦以前见面要么打架要么撕架，最少也得瞪眼吐口水作数表了态。现在一个是老村主任一个是新村主任，两人觉得身份发生变化，以前的见面仪式不符合身份，有些幼稚，但都没有想好新的见面仪式，所以现在见面就你不看我我不看你。这次竞选村主任大家又卯上劲，向纪委举报贫困户甄别违纪估计就是向胜麦干的。其实，刘冬麦回来以后也没有跟他见过几回面，见面都闹得不欢喜。

向胜麦屋头不是贫困户，因为他到处吹他屋头有钱得很，看不起村里的人，说很快要找大钱，钱没有找着，倒是害得村里好多人家都跟着被骗了钱，个家都很怨烦他。

两个人刚走进地坝坎，就听到哗啦啦的麻将声，香兰端来板凳，用手心擦了一遍让她们坐。她进屋低声对向胜麦说："冬麦她们过来了，你出来一哈儿。"向胜麦阴阳怪气的声音传出来了："呀，是当官的来了呀，还不嫌我们屋头门槛矮屋檐低哈。"话音刚落就听到"啪"的一声摔麻将声。向胜麦屋头院坝窄，长着三尺多长的杂草，土木结构的房屋已经歪斜到猪圈那边，好像不靠着猪圈的柱子就要倒下一样。

刘冬麦和谭丽华在院子站着，她们边给香兰摆龙门阵边等向胜麦。香兰窝着脑袋说话，说是说话也不对，就是哼哼唧唧地应付，还不时斜着眼睛看一回屋门口，好像里边随时有刀子飞出来一样。摆了一会儿，谭丽华觉得没哪样收获，向胜麦又一直不出来，便说："进屋去看看。"两个走进里屋，看到房间里烟雾缭绕，几个人斜嘴叼烟，都着西装，不过有的扣子脱了，有的已经洗得发白皱巴巴的，谭丽华看着乌烟瘴气的场景皱了皱眉头。

刘冬麦指着那个梳着三七分头，头发闪着光的人说："这就是我们村的首富，向胜麦。"向胜麦很享受刘冬麦的介绍，虽然晓得这是挖苦他，但是在陌生人面前还是感觉有面子，不自觉地挺了挺身子收了收脸色。翘着嘴巴固定着烟，打着麻将不理睬她们，谭丽华叹了一口气拉了拉刘冬麦的手，两人就退出来了。

出门以后谭丽华轻声说："我看那个向胜麦曾经华丽过的浅灰色西装显得破旧皱巴，整个人显得有点儿遭孽又滑稽。"刘冬麦说："瓦屋村人爱说的一个词'穷操'，就是没得钱又要装体面。""我看他屋头值钱的就是那台麻将机。"谭丽华说。刘冬麦"哦"了一声说："我们出来时我感觉到香兰嫂子有话说，缩着肩很遭孽。"谭丽华回忆起来觉得也是这个情况。

谭丽华告诉刘冬麦说："我屋侄儿和向胜麦崽崽是同学，我侄儿听说我到瓦屋村后，特别给我说他同学很可怜，在学校打几份工，经常吃碗白饭，所以我专门来了解一下他屋头的情况。"刘冬麦吃了一惊，平常向胜麦是爱吹壳子，大家也晓得他没有找到好多钱，没想到恼火到让崽崽受委屈的地步了。

两人决定返回去将情况了解清楚。向胜麦看到刘冬麦她们返转回来，心想肯定有事情求他，歪着颈子，傲气的眼色睥睨着刘冬

101

麦，轻佻地说："啷个嚯？还舍不得走嗦。"刘冬麦气得一下子抓起麻将往地上扔去，大声吼道："打牌赌钱是违法行为。"向胜麦回击到："关你屁事，你还敢抓我唛？"刘冬麦说："勒是新来的谭丽华书记，专门来看你屋头的，听说你崽崽在外上学打几份工，每天只有吃白饭，你还在那里穷操毛操。"向胜麦不晓得谭丽华是哪级书记，态度便端正些，虽然感觉刘冬麦臊了他的皮，但是摸不清来路，也不敢贸然发作，只是恨恨地盯着刘冬麦，其他几个人赶紧溜走。

谭丽华踢走脚边的烟头坐下来，开始问向胜麦的屋头的情况。香兰听说崽崽受苦，难过得流眼泪水。每每问话，向胜麦必抢先说，他说他在外头做大健康大保健产业，如果运气好早就是千万富翁，然后给大家伙讲大健康，讲了大约半个小时，讲着讲着，脸上泛起神圣的光泽来，仿佛是站在讲台上意气风发挥斥方遒的大儒，也仿佛有大把的钞票在眼前飞舞。

香兰气得眼泪水一把一把地抹，想说话又不敢说，她晓得如果说错话，在外人面前丢了他的底，稍后又得挨一顿打撅。只好背转身就瘪嘴瞪眼咬牙，恨不得上去捶他两砣子。刘冬麦心想：看着香兰圆滚滚咋呼呼的，还真是畏惧向胜麦。

看着向胜麦是鸭子死了嘴壳子硬，讲得气势磅礴，刘冬麦晓得他吹壳子的毛病不但没改还更重了。

谭丽华叹了一口气，拐了拐刘冬麦说："走吧，先把贫困户走完。"听说刘冬麦她们要走下一户去，向胜麦一下着急来劲了，他恶斜斜[1]地看向刘冬麦说:"你们不调查清楚就走,村里那么多人都享受贫困户低保政策,我屋头为哪样不能享受?我屋头富裕那是靠各自吹出来的。"说完发现说错赶紧纠正:"我屋头富裕是我各自动脑筋想出来的。"说完还是觉得不对,谭丽华冷冷地打断他的话说:"我们只是了解情况。"说完转身准备就走。

向胜麦跳着脚大声吼叫:"我就晓得你们刘家屋头没有哪样好东西,你就是看不得我屋头好,报复我们是不?那今天就把屁放在这里,要是别人还好说,要是你在瓦屋村当一天干部,我就要当这个贫困户,你要不把我屋纳进去,老子就去找县委书记、县长,未必你一个巴掌还遮得住天唛?"刘冬麦明白他是把气出在她身上,她转身冷笑着说:"我好像看见一只死鸭子飞起来了。"谭丽华忍不住笑了。

向胜麦狠狠地瞪了刘冬麦一眼,进地正屋去了,大家只好起身往外走。香兰撵过来,她往后看,发现向胜麦没有出来,就扯住刘冬麦的衣袖低声地述说起来:"他就是鸭子死了嘴壳子硬,在外摆浪子,屋头糊糨子,又想吹壳子,又想要贫困户政策,您们莫要跟他一般见识。"

刘冬麦让她将屋头情况摆一哈,因为谭丽华是来了解情况的,香兰低声说:"他这些年没有干过正事,一心想发大财做传销,在外边装有钱人摆大方,没事就是日嫖夜赌,输了回来打人撅人。一

---

1 狠狠。

儿一女两个崽崽上大学，全靠各自种点儿苞谷、谷子，养几个鸡捡点儿鸡蛋卖钱，去年过年猪都没舍得杀，把猪卖了才凑三千多元，一头猪的成本也要两千多元。"

谭丽华仔细盘问她屋头的各项收入和支出，边问边记。问完算了一下她屋头的总收入在九千多元左右，两个崽崽的学费生活费要三万三千元才够。"香兰含着泪说："两个崽崽学习成绩都好，每年有点儿奖学金，都很懂事，边读书边给人打工帮补着勉强度过。"她一边说一边往门口望，生怕向胜麦出来。最后恳求刘冬麦和谭丽华莫要将她今天说的话说出去，如果向胜麦晓得了又要打撅她。

刘冬麦和谭丽华都有同一个感受：这屋头很明显属于因学致贫和住房没有保障的贫困户，致贫原因应该还有赌博、不务正业等原因。村里人不晓得实情，平常听他吹壳子都以为他们屋头过得去，香兰平常又不敢乱说一句，在筛录贫困户的时候没有注意到他屋头的情况，只觉得他到处吹他挣大钱又来要贫困户名额好笑，谭丽华叹了口气说："一定要将向胜麦这个杂毛改造回来做活路，两个崽崽上学的事情还是要有保障才行，所以要考虑他屋头的实际情况，纳入贫困户才行。"

村里开会讨论向胜麦屋头纳入贫困户的时候，老支书听谭丽华说要改造他，瘪了瘪嘴鄙夷地说："勒个人这些年要么在外想着发横财，要么回村里闹事搞敲诈勒索，蚊子从他面前飞过都想掰个腿腿的角色。有一回他佑客放一背篼菜在大路边，有个车子路过，他各自一把推翻背篼，非说是人家撞翻了他的菜背篼，对方因为赶路急只好给一百元走人，后来这样事经常发生。再一个就是带领一些天晃晃去告状，举报勒个举报那个，大家都背地里叫他遇事烂或者烂肚子。后来当了一年村主任，收的社保款、政府给的补助款，只要不直接走账的他都要掐一坨，搞得大家怨声载道。他经常说他屋头嘿有钱，这样的人要当贫困户，我担心评议会上群众不会投他票，也担心他如果继续发展，是要坐牢的。"

刘冬麦听得心惊，想着虽然他是遇事烂，没有想到他居然变成这个样子。谭丽华说这是民风不好，必须得下决心纠正这种风气。

由于村子太大，走路太费时，摩托车又只有两辆，谭丽华干脆将屋头的比亚迪小车开到村上来，刘冬麦也去买了一辆农用三轮车，这样就方便了。

谭丽华每回入户调查都问得特别细，也非常认真地做记录。特别是在问到农作物的时候就更加关注。

在贫困户刘顺油屋头了解情况的时候，得知他的收入里就有棵脆李子树，他说脆李子好吃，每年要卖四百多元，谭丽华仔细地问了品种，几月份成熟以及每年的收成，树龄多大，一斤好多个，啷个卖出去的等等，都一一记录下来。

谭丽华问完刘顺油情况后到树脚看了一圈，然后撕下一张纸写下几行字给刘顺油，她微笑着对他说："您将这个单子拿到起，您那棵脆李子树的产量不是很高，一斤脆李子十七八个，个头也小,你按勒个配方回去施肥,果子还有一个半月要成熟了,现在是施壮果肥的时候,在这个位置挖三十公分的沟,将这个肥料撒进去然后盖上土,保证你今年果大个甜收成高,到时候我包你卖个好价钱。说着找棵树杈在放肥的位置打了个记号。

大家感到很新奇,一直不啷个说话的老支书也跟着问起种植果树的技术来,他想,上级派来的驻村干部看样子还是可以做些事情的。

谭丽华问刘顺油买复合肥的钱有没得困难?刘顺油说这几块钱还是有的,只是在桥头镇怕没得这种肥料卖,谭丽华说她周末回去带几斤过来,老支书也有几棵树本来想一起买点儿,又想到这么多年都没有管还不是每年都有脆李子嘎,又卖不出个钱,于是决定不管,就没有开腔。

谭丽华听说瓦屋村好多户人都有脆李子树的时候,用了两天时间专门摸排了瓦屋村脆李子树情况,一共有一百五十三棵。她详细地记录了哪家有几棵,哪家哪棵树积水等等。刘冬麦觉得谭丽华有些磨叽,认为干工作应该干脆利索。谭丽华说:"我们每一样工作都要精细化去做,特别是我们做技术的,半分差池不得,差之毫厘失之千里。"刘冬麦认为她太机械了,就说:"你不是学的农学专业,你是学的机械专业。"

谭丽华开出施肥方子,让这些有脆李子树的人都买来施,大家都认为没得用,李子又管不到几个钱,包括老支书都没有买来施。

"我们瓦屋的产业有希望佬!"谭丽华神秘地对刘冬麦说,

刘冬麦鼓着眼睛，把脸杵到谭丽华跟前，激动地问："有啥希望？"谭丽华一脸灿烂一脸神秘地说："天机不可泄漏也。"两个人走在瓦屋的田坎上，一个一直问，一个打死不说，就这样拉拉扯扯地回到了村委会。

继续走下一户，下一户是向见谷屋头，谭丽华听到名字后笑了，她说："咱们瓦屋村人的名字啷个都跟粮食和吃的有关呀，文书向世荞，村主任刘冬麦，刘成米，刘顺油，哈哈。"她问了老支书："您为哪样名字就不是吃的了呢？"老支书说回答说他是从外边迁来的，于是转身看到戴春兰笑问："你就是瓦屋村骗回来的佑客啰？"刘冬麦解释说："丽华书记，我给您汇报，咱瓦屋村人多地少，粮食常年不够吃，大家为了讨个吉利，取名都要沾点儿粮食、沾点儿吃的光才觉得这辈子不会饿饭。"大家都笑了。

这段时间天天搞摸排，谭丽华给大家建了微信群，每天在群里分享心得体会，刘冬麦也学着写体会发出来大家学习分享，戴春兰也跟着写，老支书、向文书、向大鱼他们三个不会用手机写，但是用语音讨论，一时间非常热闹。晚上刘冬麦终于晓得谭丽华今天在刘顺油屋头为哪样那么欢喜的原因，因为她发现了一个可以推广的长效产业，那就是脆李子树，她说等一个半月后就可见分晓，如果可以就作为长效产业来推广。

大家仿佛找到了方向，长期可以发展脆李子，但短期发展哪样大家心中没数。讨论来讨论去，觉得瓦屋村种哪样都好，但是哪样都干不出个名堂，都没有卖到过钱，往年是种来各自吃的。

老支书说："做农业天上不种，地上不生，除了苞谷、谷子稳当以外，其他难待说，苞谷、谷子喂吃不完可以喂猪，其他噻喂猪猪都不得吃。"

商议好后几人决定一起搞入户调查，督促环境卫生。调查的队伍走在又湿又滑的田坎上，大家一溜一溜地往前走，谭丽华惦着脚尖小心的踩田坎边边有草的地方，刘冬麦笑她，让她也一溜一溜地走就是，她说："你们那个溜起姿势太难看了。"刘冬麦回她："算了，你各人是走个田坎也要精确计算，不是嫌我们姿势难看。"

村里的贫困户刘书芝是瓦屋村人心中的老师，喊他名字时要在后边加上"老师"两个字。

老远听到一个破锣似的声音在咒撅，咒撅声通过应（石）岩挡过去挡过来的回响在瓦屋村的上空，谭丽华和刘冬麦等人走近一看刘存粮的佑客正在拍着胯子叫撅，拍一下胯子又跳起来，用手指着刘书芝的房屋，祖宗八代都撅高了，听着很是心惊。当她们走近，看到刘书芝的佑客躺在街沿的竹椅子上，奄奄一息的样子时，这个不算老的老人已经泪流满面，突然一句，"我还活得好好的，我住的是瓦屋最好的房子，崽崽给的钱用都用不完，你再哪样，你得癌症，还是要死了，你崽崽也死了……"的恶毒咒撅传来，刘冬麦一下子炸了毛，冲过去撅她："你勒个狗婆娘，你根本不是人。"大家看到她冲过去了,也过去跟着指责刘存粮佑客,说她刮毒得很,刘冬麦看到谭丽华也气得脸红红地说:"你不是人。"

那佑客子仗着崽崽有钱有势,哪里被人指责过,就势滚到田里滚得一身是泥,田谷子被她滚烂好大一团。戴春兰看到要绊横,怕惹上事赶紧拿出手机录证据,刘冬麦说:"那佑客子惜命得很,身体又好,不得出哪样事,大家都莫去理她。"大家都围着刘书芝婆娘,看着那个嘴唇蠕动着连哭的力气都没有的女人,身子干瘪萎缩得像一个十二三岁的崽崽,在场的三个女人都哭了,几个男人默默地转过身去。

刘书芝上山牵牛还没有回来,她们照顾着病人等他,刘存粮佑客见没人理她,发狠地说:"你们给我等到起,不收拾你们不晓得好歹。"

当刘书芝佝偻着背进屋,看到刘冬麦她们的时候,不自觉地挺了挺腰杆,花白的头发已经齐到肩膀长,看上去沧桑又潦倒,他往后抹了抹头发,自言自语地说:"一直没得时间去赶场,头发都没有理。"大家都假装不注意他头发,只询问着病人的状况。

谭丽华细细地问他的情况,刘书芝示意走远点儿说。原来他们两口子原本都在外打工,吃穿不愁倒也安逸,但两年前他佑客得了肺癌,手术花光全部积蓄,只好回瓦屋养病,去年崽崽也出车祸死了,没有让佑客晓得,不然怕坟上的草都好高了。他今年还没有满五十六岁,佑客也只有五十一岁,大概也过不了今年的年了,四岁的孙崽崽跟着他妈回了河北。看着这个沧桑的男人嘴唇不住地颤抖，大家心里很痛很痛，很想帮帮他。

怀着悲凉的心情大家又走访到刘冬田屋头，刘冬田屋头的崽崽被人贩子拐走后，两口子就外出基本没有回来过，屋头只剩两个老人，默默地进默默地出。刘冬麦给刘冬田打过电话，一听说是村委会的直接就挂了。

入户调查完后，谭丽华组织开了入户调查总结会。谭丽华总结了入户调查的情况，她说："瓦屋村的贫困户情况很严重，因病致贫、因学致贫、因懒赌致贫的各占三分之一，还有就是产业匮乏，能够挣得到钱的产业根本没得，目前的常规农作物只能解决温饱。再是瓦屋村赌博现象严重，每次路过村头的小卖部，老远都听到麻将哗哗地响；还有民风很剽悍，像今天发生在刘书芝屋头的这种事情，简直刷新人的三观，必须要治理。老支书伸出脑壳鼓着眼睛问谭丽华："什么叫三观？"谭丽华解释说："世界观，价值观，人生观，一般说刷新三观就是这件事情超出想象。"大家都感觉有点儿抽象，搞不清楚哪样是三观，谭丽华最后总结说："解决这些问题就是解决瓦屋村的根本问题，都需要大功夫大力气去做，不能有畏难情绪，必须迎难而上。"最后定下时间，下一周必须要有具体的方案，大家先回去思考。

说到刘书芝屋头的贫困情况时，戴春兰说："妈耶，以前刘书芝没有来说过苦情，我们不晓得他屋头哪个恼火嘎。"刘冬麦说："我看刘书芝屋头好遭孽嘎，上次排查定为贫困户，现在看来是符合低保户的标准嘎。"老支书说："有了低保治病住院就报销得多些，各自少拿点儿也松活些。"谭丽华接着说："勒几天不是正在评议低保喽。"她转头看着向世荞说："您赶紧将他屋头的情况材料收集起来，尽早办理，该弄药还是要弄药。"向世荞点点头答应了。大家都觉得是应该恁个做才要得。

刘冬麦辗转着困不着瞌睡，刘书芝屋头的情况让她心里不安。年轻时刘书芝因为成分不好，高中毕业就没有考大学。高中生早些年是村里的文化人，因此在村里当过几年民办老师，他教书的时候刘冬麦已经到镇上读高年级，没有直接教过她，但是瓦屋村的崽崽都觉得他是各自的老师，他对人道谢总是拱拱手，跟小崽崽道谢就说："酸苦。"问他哪样意思，他就说是道谢的意思，瓦屋村的崽崽经常跑到他屋头听故事，有月亮的夜晚就在街沿讲，没有月亮的夜晚就在黑黄黑黄的煤油灯下讲。《匹诺曹》《一千零一夜》《西游记》《水浒传》等故事都是他讲给瓦屋村的崽崽的，烂棉絮包鸡脑壳不知死活的俗语也是在那里学的。那个时候他院子经常围着很多小崽崽，大人也支持，因为在大人眼里到刘书芝老师屋头就是去学习读书，都很尊重他。

印象中的刘书芝，鼻梁高挺，背影像竹竿一样挺直，冬天经常围着围巾。在刘冬麦这一代瓦屋村的崽崽来说，他就是启蒙老师，刘冬麦当初编的表舅爷的顺口溜还被他点评过。他说：押韵，顺口，就是不文明。

改革开放后刘书芝就到广州打工去了。由于成分不好二十好几没有娶到佑客，听说他曾经看上过隔壁村仙女一样的幺姑，但是没有表白，村里好事的大婶窜托着去说媒，被他面红耳赤地拒绝了。他经常到邻村的小学去打球，就是希望能够离心中的幺姑近一点儿。后来幺姑嫁人后他就不再去邻村了，只是夜夜传出横笛的哭声，那段时间他很消沉，崽崽们也都不敢去，暗中喜欢他的幺姑也有几个，可他都是冷冰冰的，搞得别人也不好亲近他。

现在这个师母，是湖北仙桃的，听说年轻时美得像仙女一样，瓦屋人没有见过仙女一样的师母，只见到了油灯枯尽的师母。屋头的窘迫他不说，但大家看得见。师母癌症晚期的疼痛无法缓解，每天一晚叫唤到亮，一亮叫唤到黑。他每天除了照顾好佑客吃喝就是拼命地做活路，养牛、养鸡、种庄稼。

刘冬麦抽个时间过去照顾师母和猪、牛，换着刘书芝去理了发。刘书芝临出门交代她："你师母只要能拿到手的尖利的家伙就往各自身上戳，说活着比死了难受，你要注意不要将剪刀、菜刀类的东西放在她拿得到的地方。"刘书芝老师理完发回来，人看上去精神很多。

低保户住医院报销率比较高，同时每个月每人还有四百五十元生活补助。在办理低保时遇到难题，因为刘书芝的女婿在他妈以及老汉去世后，继承了城里的一套旧房子，而女儿户口还和刘书芝在一起，女儿女婿每个月共计有四千多元的工资收入，他们屋头不符合吃低保的条件。

刘书芝说："女儿屋头在城里吃口水都要钱，夫妻两个都是打零工，男的个帮人看饲料店铺，女的在餐馆洗碗。两个崽崽上学读书，虽然各自日子过得一般，却也经常接济他们。一个人的病拖累了全家人。"

为了符合低保政策的相关规定，刘冬麦帮助刘书芝和女儿屋头分了户口。又办理了低保相关手续，等着村民代表大会投票，能通过就是莫大的欢喜了。

刘冬麦想为刘书芝募捐一点儿钱，最好的办法是建微信群，说干就干，群很快建起来，她号召大家将村里人加进去。这个群很快成为瓦屋游子述说乡愁和相互联系的平台，人们汇集群里，发现瓦屋人遍布全国各地，北上广、东北、福建、浙江到处都有，大家在群里回忆小时候在月光下抢国旗，跳麦草堆，放学回屋头讨猪草，捞榨叶子，捡柴的生活，回忆里当然少不了刘书芝老师屋头的故事和黑黄的煤油灯。

有人建议将瓦屋村群的名字改为瓦屋村乡愁群。刘冬麦将刘书芝的现状发到群里，告诉群里的乡亲们刘书芝老师的背已经不直了，大家很是唏嘘。她起草了一份募捐的短文发出去。短文内容为：

亲爱的各位乡亲：

瓦屋村是我们每个人心中的童话王国，这些年我们走过大城市，住过现代化的工厂，还有的成为老板，可是我们走过的地方都是过客，唯有瓦屋村一直在心里。他乡留不下游子灵魂，家乡留不下游子躯体。

瓦屋村人是勤奋的，在屋头的人不分白天黑夜努力让生活过得更好，出门在外的人是加班加点为瓦屋人争光，为的是不让别人瞧不起咱瓦屋村的人。

瓦屋村的人是讲情义的，在生活困难的时期，瓦屋村人各自破衣烂衫难保温暖，羹羹菜菜难以果腹，只要哪家有难，都是全村帮援。

现在瓦屋村大家心中的刘书芝老师有困难，我们的师母每天受着疼痛不能缓解，如果能够一人援助一点儿，就能帮助刘书芝老师渡过难关。希望瓦屋村人以后能够秉承祖辈优良传统，希望本群能够成为大家的娘家，有喜在此报，有难有人帮。

短文发出后，有人说看哭了，有的唏嘘着生活的艰辛无常，大家积极地讨论捐款，刘冬麦说看各人的手势，有就多捐点儿，没有就少捐点儿。刘冬麦看刘书芝的旧手机也是智能的，但没有拉他入群，因为她晓得刘书芝老师一向清高，如果晓得这件事肯定就办不成。

群里短短几天筹集了三万多元钱，当刘冬麦将钱和捐款名单交给刘书芝时，他没有拒绝，只是不停地说："有钱弄药她就不用一晚叫到亮一天疼到黑了，多承劳慰乡亲们了。"

刘书芝有了点儿钱，加上低保批下来，谭丽华开车将师母送到医院，大家都晓得师母的命已经无法起死回生，只是让她能够在最后的日子里痛苦能够减轻一点儿，屋头的牛和猪就托隔壁向家照管，刘书芝说等他回来再换活路。

天亮的时候，刘书芝趴在病床前迷瞪了一会儿，醒来后他看着旁边沉沉睡着的师母，脸上稍稍宽慰了一些，师母自从住院以来疼痛就好一些，叫唤的频率也少些，但是感觉还是喘得凶，有氧气供着人稍微舒服点儿，昨天破天荒地喝了半碗稀饭，这让他很欣慰。

刘书芝出门打工时已经二十八岁，那个时候这个年纪的单身汉已经是村里的笑话，但是他是宁可孤身一人也不肯违了各自的心，他心中的爱情是举案齐眉，心中的女人是知书识礼的，用现在的语言来形容就是知性美。他们的爱情像一首歌唱的："只是因为在人群中多看了你一眼，再也没有忘掉你容颜。"他总是喜欢独自一人，虽然喜欢他的幺姑很多，但他都拒绝，加上那些年外出打工的幺姑又多又年轻，有人开玩笑问他是不是不喜欢女人，他只是笑笑，因为在他心中还没有能够住下来的女子。一个好不容易不加班的夜晚，南方的这个冬季也出人意外地有点儿冷，他缩着肩膀吃着甜筒孤独地走在厂区外的马路上，甩甩头想想点儿事情充实一下内心，刚甩过头，他的表情顿时卡住了，他看到了他梦中的那个人，高挑婀娜，皮肤白白，一条大辫子垂到屁股，几个幺姑嘻嘻哈哈地耍闹，唯独她笑意盈盈地看着，他心里漏跳了一拍，哦，他想，不止一拍，他的心都没有了。

在暗一点儿的地方，目不转睛地看着几个幺姑欢笑着耍闹，直到看着她们走进一家电子厂的大门，他站了很久后作了一个决定：走到门卫室了解电子厂的招工状况。

大家都晓得这家厂的生活环境是最差的，但他毅然辞去了原本条件较好又是管理岗的工作，跳槽到了这家厂，并申请到公务组。默着这个几千人的大厂要找到一个人很难，况且还是白夜两班倒，只有公务组的人可以全厂转悠，机会要多一点儿。那个时候人员流动性相当大，他很担心一不留神他等待多年的女神飞走了，便一边工作一边寻找。

这个厂管理很混乱，厂里的情侣和夫妻只要愿意了，不管是在男生宿舍或者女生宿舍，在床周拦上布帘子或者纸板就是一个夫妻间。一间二十几人的大屋子晚上此起彼伏的喘息声让他很受煎熬，心中想着他的女神，也各自慰问着各自，他觉得这样的生活很难堪也很羞愧。每天早上第一个起床逃也似的走出宿舍，晚上是最晚回房睡觉，回房时必是弄出很大的动静，让那些激烈碰撞的肉体收敛一点儿，免得大家尴尬。

转机在半个月以后出现了，那天轮到他加夜班，包装组有个推车坏了，需要推到公务组维修，当他去推车的时候，照例用眼睛巡视一遍寻找心中的人。当看到坐在包装线上那个将长长的头发包在厂服帽子里的她时，他一眼就认出了她。他知道不能错过这个机会，想拿出早就写好的一首告白小诗，偷偷地、快速地放在她身边的黄宝篮里，又觉得很唐突，怕吓着心中的女神，苦思冥想没得其他办法。

这种既相思又没得办法的过程，他感到异常焦躁难熬，下班时他焦急地等在门口，铃声一响便以百米冲刺的速度来到包装车间下班的门口。当那个幺姑出现在人流中时，他又不晓得该啷个办，是冲过去直接拉手？还是过去叫"喂"？他一下子蒙了，该啷个办？以他一贯清高孤傲的个性是做不出来的，那幺姑也看到他盯着她看，羞涩地窝着脑壳走过他的身边，他的身体像火一样滚烫，嘴巴微微抖动，说不出一句话来。他感觉她像仙女一样从他身边飘过去，飘过去，他呆呆地站了很久，直到人群全部走过，不见一个人影。

这天白天休息，他躺在床上翻来覆去地困不着瞌睡，突然遮着厚厚帘子的床帘被撩开，一个四十岁左右的女人圆盘一样的脸露出来，吓了他一跳，那女人估计也是夜班倒过来休息的。"睡不着呀？"她问道，他立刻有点儿紧张。那个女人说："你一个大男人还怕我强奸你不成？你不可能还是雏男吧？"他吓得赶紧翻身从上铺跳下来往外跑，那个女人软糯的声音追上来："跟你开玩笑呢！还吓跑了。"然后拉上了床帘。他坐在宿舍外边的水泥坎上，傻傻的呆呆的，满脑袋都是他的女神。此时竟很想念在老家时那些令他厌烦的媒婆，要是有个媒婆多好呀，他想。媒婆？他突然灵光一闪，公务组的组长和包装组的组长是不是应该熟悉，找组长做媒人去。这样想着，他立马到厂门外买来烟酒，在组长下班的路上等他。当组长看到这个新来的孤傲的大男孩朝他走过来的时候，有点儿微微的惊讶。刘书芝先拿出好烟敬上，艰难地说："组长，我想请你帮个忙。""有啥事？你先说说看。"组长点燃烟，狠狠地吸了一口。"你在包装组有熟人不？"他问。组长说："你直接说有哪样事，我看应该找谁。"当组长听说他的请求后笑得喘不过气来，他惊讶地看着组长，不晓得有什么事这么好笑。等笑完，组长才说清楚，原来他看上了包装组的组长，也正想找机会接近呢，现在正好有借口，去找那个组长帮忙，顺便接近她。组长把烟屁股朝着花园一丢，两个人异口同声地说："一起。"相识才半个月，除工作以外没有说过一句话的两个大男孩就像遇到了知音，大家都觉得这件事很有缘，一定能成。

组长下午就去找包装组的组长，说他的手下看中了她的手下，要她做好事帮忙。当晚约她下班一起吃夜宵，刘书芝偷偷将美女组长和他的女神比较了一下，美女组长漂亮火辣，活力四射，她的女神温婉端庄，各有千秋。晚上夜宵时公务组长是各种献殷勤，仿佛是他求她做媒一样。当刘书芝说出他心中人的样貌，包装组长一口说出这个女孩叫高晓敏，刚来没多久，还不知道有没得男朋友，答应明天去问，如果没有就明晚约出吃宵夜。

刚开始交往时，公务组长以媒人必须到场为由必须要包装组长到场，就这样，四个人很快成了两对情侣。刘书芝的打工生活也不再孤独清苦，他不愿意像其他人一样扯块布遮个帘子带着女友到集体宿舍去，他觉得在那地方办事就是像狗在公开场合反草一样。他与公务组长另约了一个好哥们，大家合租了一套房子。从此后，三家不是亲人胜似亲人，一起打工，生儿育女，一个屋子居住，后来刘书芝在包装组长的推荐下，也成为一个印染组的组长，以后的二十几年大家没有换过厂，一直在一起工作、生活。

刘书芝看着躺在病床上骨瘦如柴的女人，看着他精心呵护的人，看着和他在一起将近三十年的女人油尽灯枯而无能为力，想象着各自妈老汉早逝，崽崽走了自己白发人送黑发人，不禁悲从中来，趴在床上压抑着声音痛哭起来。

师母本身睡得很浅，刘书芝压抑的哭声惊醒了她，她晓得他心里苦，也晓得他在假装坚强，她希望他能够哭出来，便悄悄地扭过头默默地流着泪。良久，师母看着丈夫情绪平稳些，假装醒过来要吃东西，他赶紧悄悄擦干眼泪起身弄吃的。谭丽华过来看到这一幕，躲到一边假装没有看到。

师母住院后，桥头镇的书记、镇长、分管民政的领导也过来看望，为他们解决了一笔两万元的大病救助金，这样他们又宽裕些。

半年后，师母被一阵"嘭""嘭""嘭"的火炮声送回瓦屋村，瓦屋村人发挥优良传统全家出动帮忙打杂，大家借来塑料布搭上棚子，将房子四周打理干净，送米背菜送柴，葬礼办得简朴热闹。在外边的瓦屋村人，在微信群里看到敬重的刘书芝老师屋头办丧事，都争着送人情支持，不过刘书芝拒绝了。他说师母病重时大家支持了，师母虽然离开了他，但是在她最后的日子里得到好的治疗，痛苦减轻不少，这份情他记下了。师母走的时候说早晓得瓦屋村人这么好，要早点儿回来就好了。他和师母很感恩党和政府，感恩瓦屋村的亲人们，大家都很感动，群里发出了一串串的流泪图片。

师母出殡时，刘书芝拒绝了唢呐队，是他各自送上山的，一个白发黑服的身影跟在送葬的队伍里，用笛声凄凄吹出凄凉的《送亲》和《站着等你三千年》的曲子，大家都深深地被这份深情所感动，被这份凄美所感染，沿途放火炮的都不想放，只是稀稀拉拉地甩了几挂。

刘冬麦注意到师母出殡时，刘存粮夫妇也来了，这是村里的传统，有难大家一起帮，这个传统大家一代一代地传承下来，逐渐成为瓦屋村的一种文化。到底他们和刘书芝屋头有哪样仇怨？后来刘冬麦弄清楚了，就是刘书芝老师屋头的牛不小心吃了刘存粮屋头几根做来吃烧苞谷的苞谷，刘书芝要赔，因为数量不多也赔不了好多，刘存粮说他屋头钱多得很不让赔，他佑客就去撅人家。这些做法刘冬麦始终没有想清楚为哪样，回想当初刘存粮佑客撅的话，大体还是想显摆他屋头富裕日子，体现优越感而已。刘冬麦终于体会到哪样叫暴发户，暴发户大体就是穷久了，猛然一下子富裕，这份富裕超出了她的认知，她想要扬眉吐气，想用各种方式告知天下。

师母走后，刘书芝说他要留在瓦屋村陪伴师母，此后很长一段时间，他都是一壶老酒，一根横笛，一条牛，就这么相伴着在瓦屋村孤独地生活。也许在人们眼里孤独的刘书芝心里并不孤独，刘冬麦心想。

随着工作的推进，刘冬麦认识到，解决贫困靠救济来得快，解决产业也可以捡得起,解决民风问题却有点儿抽象。她想不明白,这几样说起简单,但做起来却要很多人力、财力才能达到目的,一个小小的瓦屋村都这么难,放在全国该有多么艰难呀?国家真的是以人民为中心才下定这么大的决心,这可是一场硬仗呀!

夜深人静虫儿不静,呱呱叫的是青蛙,叽叽叫的是灶鸡[1],偶尔夹杂几声狗叫,还有好多不知名的虫叫声,各种虫儿合奏的交响乐回荡在瓦屋村的夜空。皎洁的月光从窗户照进来,显得清冷宁静,从窗户看出去,天幕上繁星点点。刘冬麦困不着瞌睡,想着谭丽华说的社会治理问题,想了产业问题,想了脱贫问题。想到谭丽华说的民风彪悍,这个可以治理吗?她突然想到在《白鹿原》那部小说中有关相约的那一段,她有看书买书的习惯,她找出书来翻出相关章节。反复诵读:德业相助,过失相规,礼恰相交……她想能不能也借鉴这种方式,编些顺口溜通过在大路、院子等显眼的地方刷标语的方式,通过广播形式,通过乡间演出队的形式将这些通俗易懂的、新的乡规民约思想传播出去呢?想到编顺口溜那可是她的长项呀,突然就想起编排表舅爷的那些顺口溜,竟不自觉地笑了起来。

刘冬麦找来笔记本,开始在上边写画:是人不打牌,打牌不是人;家有一赌,胜过一虎;勤种庄稼生活好,懒的晒蛇求莫得,别人崽崽样样有,各自崽崽样样愁。

很快,村上开会就定下了方案,谭丽华很赞成挖掘本土的大家

---

[1] 蟋蟀。

听得懂的顺口溜，方案也交由刘冬麦负责。不赞成"是人不打牌，打牌不是人"这种以没文化治理没文化的方式治理民风。"家有一赌，胜过一虎；勤种庄稼生活好，懒得晒蛇求么得"用红漆写在瓦屋村的墙上、石板上，大家过路指指点点时也顺口诵读一遍。刘冬麦想：不管哪样，总是吸引大家看了理解了，也有效果。

镇上开了会，扶贫的目标任务是要解决"两不愁、三保障"，并且小康路上一个也不掉队。为了更好地完成任务，瓦屋村支两委决定将贫困户分户到每个干部头上，精准进行帮扶。

刘冬麦组织开会分配任务，她才开了个头，向大鱼就插话说："我的活路多，要少分点儿任务。"刘冬麦说："具体啷个分要等大家讨论了来。"。最后的分配方案是：村上八十五户贫困户，谭丽华、老支书、刘冬麦每人负责十八个户，其余三个人有两人十一个户，有一个人十个户。向大鱼赶紧领了十个人的那个名额，剩下的就是戴春兰和向世荞各十一个户，两个人心里不安逸，就垮起脸不开腔。

帮扶贫困户的任务是要包户负责完成"两不愁、三保障"，并且还要贫困户满意，大家暗暗叫着劲儿，比试着哪个的贫困户更早实现"两不愁、三保障"。除开帮扶贫困户的任务外，还要搞产业发展，关于产业发展，村支两委做了很多的思考和考察，谭丽华最后说："关于产业脱贫的问题大家还要思考，不可冒进，要种得出来还要卖得出去才是高手，等下次开专题会讨论产业脱贫的事情。"

第五章
脆李

"瓦屋村脱贫勒个事说起来只有扁担长，做起来恐怕有裹脚布唧个长哦。"老支书边裹叶子烟边独落。

谭丽华说："是哦，这个村真是太穷了，还像以前那样懒懒散散是不行的，不走的拖着走撵着走，必须要走才得行。"

说话之间，天气已经热起来，苞谷苗苗蹿得一天比一天高，青丽丽的在艳阳下灿烂，谷子秧秧也下了田，嫩闪闪的在微风中摇晃。谭丽华蹲在苞谷地头，用手抓着泥土往塑料口袋里装，她联系了检测机构要对瓦屋的泥土做一个检测，想了解土质的状况好对症下药。上屋抽样完成，现正在中屋，边抽样边想着瓦屋村的产业，转过身不小心一个仰翻叉，本想扭转翻叉的势头一用力，反而扑到坎下，屁股落在地头的水沟里，还好头部摔在草堆里。她龇牙咧嘴地想坐起来，但屁股生痛，头还有点儿晕，脸上也火辣辣的，只好偏过脑壳先躺一会儿，此时阳光正毒辣辣地照在她身上，汗水混合着脸上的泥土往下流，缓和一点儿后她动了动身子，脑壳没有那么昏了。感觉骨头没有哪样问题，就欢喜起来，坐在中屋的土地上，想着产业扶贫的走向，心中始终没底气，老支书等几个本地干部和队长反对做除开粮食以外的其他产业。她想起老支书那句话："做啥子产业嘛，我们瓦屋种了勒么多年庄稼没见种出来卖过钱，庄稼人只管肚子吃饱就行，种啥子家伙可以增收致富？种多了喂猪猪都不吃，要搞你们搞，我们不搞的，老辈子说生意买卖眼前花，锄头落地才是庄稼。"谭丽华发现老支书说这句话时眼神坚定，发觉做通思想工作的任务有些重，畏难情绪也开始滋生。

这天，当鼻青脸肿的谭丽华突然出现在刘冬麦面前时，刘冬麦正左脚绞着右脚填表格，突地一下跳起来，"哎哎哎"摔了个仰翻叉。顾不得其他爬起来着急地问："妈耶，啷个啦耶？"心里想着是不是出去被人打了？莫不是遇到坏人了嘎？谭丽华看到刘冬麦也摔了仰翻叉，哈哈大笑起来。她对刘冬麦摆摆手说："摔到芭茅草笆笆去了，没得啥子大问题，做农业的人皮实得很。"刘冬麦这才松了口气。

谭丽华慎重地将装土的袋子交给刘冬麦，让刘冬麦赶紧送到镇上给王镇长，说检测所的人在县城等到起的。刘冬麦接过装泥巴的袋子，盯着谭丽华的脸说："可惜你这张如花似玉的脸佬。"说着，刘冬麦发动三轮车，突突地就往镇上去了。太阳毒刮刮地照在三轮车的顶棚上，路边野草蔫了吧唧没得生气，铁皮顶棚又加热后传压到刘冬麦的脑壳上，汗水和着飞扬的尘土在脸上糊着厚厚的一层,并且越糊越厚,待进了办公楼的大门,待在阴凉处,才感觉清爽一些,不过汗水还是不断往外冒。刘冬麦用手一搓颈子,一条一条的蚯蚓往下落,只好到洗手间洗把脸,见没有人时快速撩起衣服揩干水分,然后才将样品送到王镇长的办公室。

村委会这边,谭丽华召集大家讨论产业发展会,说:"做产业得分长效短期综合考虑,长效就是多年生的农作物,短期见效的就是吹糠见米,当年种植当年就要见效,如果没有吹糠见米的产业,农民当年就没饭吃,这就是县上最近提的长短结合。"向大鱼和向世荞回忆着瓦屋村从前哪个屋头种植过哪样,哪样东西好,最后得出结论是种植过的家伙很多,但好的也不见得有啥子搞头,最主要是没得哪样卖过钱。

说起做产业,老支书一手撑着烟杆,抽着他的老叶子烟,另一只手搁在半旧的办公桌上,几个手指轻轻地敲打着桌面,眼神飘向窗外。

谭丽华说这样不行,得到群众中去调查,才能找到产业发展的方向,既要看作物的适应性,还要看市场在哪里,有没有市场,这是一个大课题。此时刘顺油屋头的脆李子应该成熟了,她提议大家伙一起去看一看情况。

一行人挤着谭丽华的车来到刘顺油屋头。此时刘顺油坐在街沿编撮箕,嘴巴翘着烟杆,当听说大家是来看脆李子的时候,他的眼神一下子明亮起来,丢下手头的活路,站起来时踢在箕挑上,差点儿跩个扑爬。刘冬麦说:"哎呀,今天期程不好嘎。"大家都笑起来。他凹着嘴巴猛吸了两口烟后,取下烟杆在脚上敲了几下,一块黑乎乎的烟锅巴飞到院子的泥地里,烟锅巴接着晒得干焦的野草冒起烟来,他赶紧过去用脚踩熄火。谭丽华说:"您还是要注意用火安全哈,烟锅巴得就地踩熄火才要得,不然引起火灾损失就大了。"刘顺油心想着都这样几十年了,还没有见过烟锅巴起火的,嘴里满不在乎地应承着。

　　刘顺油领着刘冬麦她们来到屋后的脆李子树下,他扬扬得意地说:"今年的脆李子个头大,现在八成熟就已经比往年甜了,要是完全成熟那就甜得很,咬一口汁水可以从嘴角流出来嘎。"大家纷纷采摘品尝,向世荞咬一口咂摸嘴说:"我从没有吃过勒么好吃的脆李子,说不定背出山去卖得脱嘎。"大家你一句我一句地评论着,盘算着一棵五年的脆李子树可以采收到一百斤,能卖两块钱一斤就是二百块,大家说得劲头鼓鼓,谭丽华在一边看着笑,也不说话。

　　向大鱼问谭丽华一亩地可以栽多少棵树,谭丽华说现在是矮化密植,一般要种植五十棵,向大鱼说:"那不是一亩地可以卖万把块钱嘎。"几个人光算账算得两眼发出绿光,觉得种植脆李子就是好产业。老支书冷冷地说:"脆李子少可以背到街上去卖,种多了卖给哪个?各自吃又吃不完,不过这个甜的可能喂猪,猪还是不得挑嘴的。"这一瓢冷水泼下来,大家心中刚刚冒起的火星星就熄火了。

谭丽华不解释，她笑笑说："大家准备一下哈，本周星期六上午十点在刘顺油屋头开现场会，到时通知全村人都参加。"刘冬麦心里觉得奇怪，开会就开会，为哪样一定要选星期六呢？还要到刘顺油屋头，问谭丽华为哪样，她歪歪头神秘地说："不跟你说。"

周五，下了一场大雨，气温变得安逸起来，瓦屋村由于有藤子沟湖泊，这个地方形成了一个小气候，就是再嘟个热的天，在室内不用风扇也不用空调，只要下过雨，一两天内都不会热。

星期六上午阳光明媚，村里人东一个西一个地来了，都站在刘顺油屋头门外的草地边、猪圈旁。刘顺油提着一根杆秤出来，说是谭丽华让他准备的，刘冬麦和村上干部你看我我看你，心想：难道谭丽华要将脆李子卖给村里的人唛？村子里人家家都有脆李子，也不稀奇勒个家伙，给钱买怕没有人愿嘎。

老支书独落了一句："这些幺姑完全是瞎扯蛋。"便闷起不说话，只是拿起烟杆吧嗒吧嗒地抽老叶子烟。村民们有的向村上干部咨询政策，有的在一边嘀嘀咕咕摆龙门阵。

"刘顺油屋头怕是有菩萨显灵个，可能屋头有宝哦，不然吃饱没屁事干，到这个边边晒太阳。"向胜麦阴不阴阳不阳地说。刘冬麦看着他穿着万年的灰色皱巴西装，油光闪亮的三七分头滑稽地倒向两边，正想出声挖苦他两句时，就看到土马路上灰尘扑起来，十几辆各色各样的小车停在了马路边。只见谭丽华戴着布草帽从车上下来，跟她一起来的漂亮的城里女人则都打着里层涂得黑黑的、外边一层很漂亮的撑花（伞），男人们则随意地走着。看着这些人走在弯曲的田坎路上时，花花绿绿的撑花衬着两边的玉米更加葱绿。丝瓜花、南瓜花开得笑嘻嘻的，瓦屋村人第一次觉得瓦屋村原来也很漂亮，奇怪的是这些人手里都拿着包包或者口袋。

大家议论纷纷吵吵嚷嚷，谭丽华走到人群中间，大声喊道："乡亲们，乡亲们。"但声音太小镇不住这个场子，还是刘粮田出来："哎，大家安静，安静——"以喊吉利的长腔才压下阵来。谭丽华接着说："今天喊乡亲们到刘顺油屋头开会，就是让大家看看咱们瓦屋村的宝贝。"村民们的脸色惊奇起来。有人说："嘿个扎哟，刘顺油屋头还有宝贝呀？""勒个宝贝就是脆李子树。"谭丽华顿了顿说。大家的脸色由新奇到失望快速地转换着，向胜麦则大声地说："脆李子树，哪个屋头没得两根嘛？我说你们这些吃饱没有屁事干的人到乡下来捣乱，大家都要上坡给苞谷薅草，牛也要反草，母猪也要配种，哪个有时间来搞你勒些？"

向胜麦对谭丽华和刘冬麦以及村上干部都很仇视，主要原因是想再次当村主任没有当成，再则上回谭丽华专门到他屋头了解情况解决贫困户问题，虽然说得不欢喜，但是村里还是提出讨论。谭丽华说评为贫困户后崽崽上学减免和补助多点儿，崽崽就少遭些孽，可是村民评议始终通不过，原因是向胜麦骂阵说他屋头有的是钱。可此时他又要当贫困户享受政策，贫困户的事情村里还在做工作，他又提出要吃低保，由于没得到快速解决，向胜麦觉得不满意，就经常到村上来闹事，嘴巴不干不净。有一次，他直接和谭丽华撅，对着一个女同志说那些牛都踩不烂的话，谭丽华本身性格温婉，第一次见着这个阵仗不晓得该啷个处理，还是老支书出声才制止住。后来她胆子也练出来了，她说："只要我在勒步一天，你就吃不到低保，给你弄个贫困户主要是考虑崽崽上学，靠耍皮习赖是不行的。"就这样梁子越结越大，大家相见就没好话，向胜麦也丝毫不得浪费他"遇事烂"的名号经常给村里工作添堵。

村里大部分人都厌烦向胜麦，虽然青天白日的耽搁大家的活路心里有点儿怨烦，但是更烦他的无赖。特别是那些被他带起坑过钱的，今天听着他渣渣夸夸的，就将嘴巴搁在他身上。大家七嘴八舌地指责他，说他毬事不干就想吃低保，想发大财就莫在瓦屋村混，向胜麦脸上有点儿挂不住，对手实在太多，想对撅也不晓得找哪个。谭丽华没有理他，喊着："大家安静、安静。"听着谭丽华转移话题，向胜麦长舒了口气。

现场安静下来后，谭丽华笑着说："大家看，正在前来的这些人是来买瓦屋村脆李子的，刘顺油屋头脆李子上了壮果肥、高钾肥，也进行了后期管理，今天他的脆李子将卖七元钱一斤！"现场哄地一下炸开了，一时间议论纷纷。

谭丽华安排向世荞、向大鱼准备梯子摘脆李子，脆李子摘下来后，谭丽华各自买了十斤给在现场的人品尝，大家都啧啧赞叹，说是比各自屋的好吃些。眼见着这些城里人五斤十斤的，一会儿就卖完了，这一棵树总共卖了七百多元，瓦屋人很惊奇，在瓦屋村大部分人屋头有一棵两棵的，往年有的各自吃几个，有的干脆落在地上没人管，今天居然看到脆李子能够卖钱，还这么值钱，眼睛都绿了。也有人认为是政府专门喊人来做媒子做过场的，有那生得狡（聪明）的，马上跟过去要求各自屋头里的也要卖钱，要谭丽华帮忙，也有的撵过去问买脆李子的人还买不买，想把各自屋头的也卖脱，现场闹哄哄的。

谭丽华一直招呼大家安静，现场根本招呼不住，后来又是向大鱼才压住阵脚。待闹嚷的人群安静下来后，谭丽华说："今天勒些人，是我喊来的单位同事，因为这样的脆李子，这样的品相在城里可以值七元，城里买的不如各自在树上摘的新鲜，周末还可以到乡下来休闲玩耍，现在都喜欢实地来采摘，你们今天应该看到这个树是个宝，但是你们的树没有管理好，上回统计上壮果肥、高钾肥没有一家要，所以果子个头不大，甜度不够，今年可能就不能卖勒么高的价钱，不能强买强卖。"

老支书看着那些城里人，大兜大兜的提着脆李子，一个两个欢喜得很，想到当初各自屋头的两棵树没有放壮果肥、高钾肥，比较着刘顺油屋头的脆李子个头大小和甜度，心里有点儿暗自后悔。不相信科学就骑不了摩托，他想。

谭丽华继续说："明天县旅游公司要带一些人来瓦屋买脆李子，价钱大家各自讲，一定不能短斤少两。今天召集开会的意思有两个：一是让大家认识到瓦屋村的宝贝；二是让大家都认真管理脆李子，只有样子好看、果子好吃，才可以卖个好价钱。明年先将现有的树管理好，按照刘顺油屋头勒个品质，瓦屋村的脆李子有发展潜力和优势，可以作为长效产业来发展。"

"嘿，我屋有两棵嚯。""我把我妈老汉的加起有五棵。""那你屋各自发财了嘎。""我屋明年那几棵好生管起，怕比刘顺油屋头的这棵树还要好些！""是不是哦？"现场气氛活络起来，有盘点各自屋头有几棵树的，有质疑真实性的，不过都兴致勃勃地讨论着产业发展的事。向胜麦站在猪圈旁，两只手插在裤子荷包里，一只脚高一只脚低地歪歪地站着，大家都背对着他讨论，有那过路的绕着他走，他心里恨恨地骂着：日你妈的穷鬼，活该祖祖辈辈地找不到大钱，等老子发财了，开着车子拉着钱在村里转，想到早上还在横眉冷眼的黄脸佑客，他的发财梦又加上了一个内容，拉一车钱和美女在村子里转。想着想着，他心里也安逸起来，哼着小曲回屋头去了。

第二天上午八点多钟，太阳还在半坡上爬坡，几辆旅游车呼啦啦地停在了瓦屋村委会，车上下来许多大妈大爷，导游举着一面小红旗，夸张地招呼兴奋的人群："来来来，大家聚拢来，瓦屋的风景瓦屋的李，瓦屋的妹子帅哥在等你。"大家嘻嘻哈哈地朝着导游旗靠近。整个村子像飞进来一群麻雀，喧嚣热闹起来。

谭丽华安排刘冬麦提前将村里今年挂了果的脆李子树做了个统计，一共有一百三十二棵，并提前分好工，一个人带一部分人走一个区域，这样保证每户人屋头的都能卖出去，有些人没有在屋的，就由村干部帮忙卖。

刘冬麦带着一部分人到上屋，上屋有二十五棵树，由于没有啷个管理可能共有五百来斤，价钱大家各自讲，有的两块，有的三块，有的一块钱一斤，有的好质量的卖的价钱低些，有的质量差点儿的还卖得好些，主要是看人是否好说话。

"哇，这个南瓜睡在地里好漂亮呀！""哇，新挖的洋芋宝！""哇，这些鸡都是在田边地角放养的。"刘冬麦突然灵光一闪："嘿，喜欢就买回去噻。""啷个卖嘛？""你们各自讲价噻。"就有人向睡着的南瓜、散养的鸡下手，刘冬麦打电话将这个点子通知其他几个带队的村干部，一时间瓦屋人都搜肠刮肚地找出屋头可以卖钱的家伙。本来这些家伙是瓦屋村村民弄来各自屋头吃的，没有卖过钱，不晓得如何定价，都是问那些城里人愿意出哪样价格就卖了。

大家看到各自屋头里的这些菜菜果果能够卖到钱，不用出门都能够卖出去东西，觉得很新鲜稀奇也欢喜。那些城里人觉得瓦屋村的东西又好又便宜，更是喜笑颜开，一时间朋友圈和抖音铺天盖地的都是瓦屋村的视频和土产。

买完土产的城里人站在瓦屋人的街沿边，俯瞰着瓦屋。瓦屋村就像一个大脚盆，四周的山就是盆沿，在阳光的照射下，湖面上更是金光闪闪，茂密的松林间、玉米地和谷子田间，满坡的生鲜气息浓厚而热烈，大片芭茅草摇曳着粉红色的芭茅花，花香、果香、草香迎面扑来，简直是一幅名师的山水画；闭上眼睛静静地听，知了声和着鸟儿的鸣叫，又是一首动听的交响乐。当一个老师模样的人将他对瓦屋村的直观感受告诉刘冬麦的时候，刘冬麦试着以他的视角看瓦屋，以他的耳朵听瓦屋，以他的鼻子闻瓦屋，原来瓦屋村真的这么美，美得没有道理。在这里出生成长的刘冬麦头一回感受到不一样的瓦屋村，第一次面对瓦屋村心潮澎湃。

中午饭昨天已经专门安排了，在村里院子较大、卫生条件较好的、做饭搞得利索的刘旭果屋头。他屋头在中屋的谭家塝，两头的人向中屋靠拢也方便，他叫了几个村里的佑客帮忙，客人每人十块钱吃饱，这些城里人看到石磨豆花、豆渣菜、烧白扣碗、鲊海椒炒腊肉、蒜蓉烧椒、糊辣壳调盒啧啧赞叹，一边夸着好吃，一边毫不客气地风卷残云，村里的佑客幺姑在一边嬉笑，笑这些城里人饿劳[1]，更欢喜的是这些城里人喜欢她们弄的吃食。这回活动，导游带领大家高喊口号往回走："瓦屋的山，瓦屋的水，瓦屋的幺姑她真美；瓦屋的李，瓦屋的米，我们都是大美女。"有那帅哥不满意的，导游又喊着："瓦屋的好家伙多又多，今天来的都是大帅哥。"大家呼喊着离开瓦屋，瓦屋村人站在马路两边看着既新鲜，又刺激，头一回因为各自是瓦屋人有了一丝骄傲的情愫。

谭丽华合计成果，这回瓦屋村差不多卖了四万五千多元钱，大家感到有成就感，特别是那个老师模样的人对瓦屋村的评价让刘冬麦非常自豪，刘冬麦还加了他的微信。

谭丽华兴致勃勃地喊刘冬麦："冬麦，走，到刘旭果屋头看战果去。""我也要去。"戴春兰撒娇，刘冬麦挥着手说："像个赶

---

[1] 吃相难看。

路狗儿。"老支书在一边笑，刘冬麦顺口喊："您也一起去看哈嘛。"老支书说："要得，一起去看一回。"

刘旭果和佑客正在街沿边坐着，佑客拿着纸笔，刘旭果拿着手机在计算。刘冬麦说："耶，两口子在分赃唛？"刘旭果两口子见谭丽华和村里人一起过来了，如见了贵人一般，赶紧提凳倒水，一口一个丽华书记、丽华书记地叫，谭丽华笑着说："我们是来看你亏了好多钱嘎。"刘旭果摸着脑壳面赤面赤地笑着。他晓得丽华书记是在取笑他，因为昨天动员他屋头办生活的时候，他死活不肯，说是怕城里人调皮看不起，又怕做起来没有人吃亏本，还怕别人笑，后来是谭丽华担了保，说是如果亏了由她来补起，两口子才胆子稍微大些。

刘旭果得意地说："那些城里人说我屋头的院子干净，菜好吃得很，还有人说在我屋头院子吃饭，更是安逸得很，还有风景下酒的感觉，您们说那些人疯不疯嘛，风景啷个下酒噻，未必瓦屋的风景他也吃得下去唛？"两口子兴奋地分享喜悦，谭丽华问起收入来，刘旭果开始算账，他说总共请了四个人帮工，除去工钱、买菜等各种开支，还净赚了八百多元钱。随后憨笑着说："我从没想过在屋头也能挣着钱，感谢丽华书记，感谢你们几个帮助我。"谭丽华微笑着说："你不应该感激我们，是因为国家脱贫攻坚政策好，我们是派驻的第一书记，是村上干部，县委县政府特别要求这些第一书记必须要带领大家脱贫，勒回瓦屋游是县旅游局帮助组织的，大家要感谢共产党，感恩国家关注贫困地区的发展，你们的日子会越过越好。"刘旭果两口子听着日子会越过越好，眼里闪着神圣的光亮来，刘冬麦心想：这个谭丽华才狡哦，随时不忘做政治思想工作。

刘旭果留大家吃少午饭，刘冬麦欢快地说："要得哦，大家也想体验一回城里人说的风景下酒的风雅。"还特别要在院子里吃，这顿饭大家喝着转转酒，脸上洋溢着办喜事才有的笑容，刘冬麦说："我们唻个让瓦屋村的洋芋宝坨坨放出宝石的光彩，大家要莽起搞才行。"老支书也积极参与讨论，连往常话不多的向世荞也话多起来了。

乡村游以后的日子又恢复到往常，但是瓦屋村的闲散游客越来越多，来了一定要到瓦屋村刘旭果屋头吃饭，吃完饭买他屋头的鲊海椒、糊辣壳海椒，特别喜欢蒜蓉烧椒，他们说那是青椒王，还到处逛逛买土产，刘旭果说："现在的瓦屋村是抓把灰都能卖钱。"

谭丽华这一时期的工作，得到了大家的肯定和赞扬，老支书更是竖起了大拇指，在一次村委会上，老支书毫不吝啬地夸赞了谭丽华，也夸赞了刘冬麦，他说："我在瓦屋村勒些年，因为瓦屋村民风刁蛮，村民之间感情错综复杂，有祖上传下的仇恨，也有代代相传的恶习，不过也有一家有难家家相帮的美德。这些年我一直睁只眼闭只眼和稀泥，不敢真正作为，也正是这样我才在支书的位置上坐了这么久。今年的短短几个月，我看到了冬麦主任处理低保和贫困户问题，大家心服口服。特别是谭丽华在发展瓦屋经济产业这方面的点子是我从未见过的，你们这些年轻一代敢做敢当，能为瓦屋村的发展担当大任。"谭丽华和刘冬麦赶紧摆手，刘冬麦说："老支书，您谦虚了，我们都是在您领导下完成这些任务的，做农村工作您才是老姜，您就别谦虚了。"

刘冬麦听到老支书的肺腑之言很感动，说实在的，前段时间刘冬麦还心里真是不太安逸，主要是老支书遇到哪样事就不作声，不出力，还看冷放拷脚。不过想想他这些年还真是不容易，刘冬麦和谭丽华对望了一眼，诚恳地说："您老人家是村里的老人，村里的情况您最清楚，有您在我们才有底气工作，有哪样问题有您给大家当后盾，您要当好这个当家人，工作我们几个来做。"刘冬麦心想，老支书这些年能和这摊稀泥，也是有独特之处的，紧接着又说："全村人的稳定还是要靠您才行，我们这些嫩苔苔还是把不了关哈。"谭丽华说："我这段时间跟您学了很多做农村工作的经验，以前在部门只是研究技术写材料，这段时间在瓦屋村我的收获是最大的，您要多多指导。"大家都说得很真诚，很交心，如此一来，瓦屋村支两委更加团结起来。

瓦屋村的定位和发展，在一个晴朗的清早拍了板。这天，谭丽华丢掉一贯稳声慢语的作风，惊爪爪地给刘冬麦打电话，说有领导要来检查工作，让刘冬麦早点儿过去。刘冬麦刚到村委会门口，气还没有喘匀净，镇上的谭书记和王镇长就已经到了，随后两辆小车"刺"的一声停在了村委会门口。谭书记和王镇长上前去与来人握手，并将谭丽华、老支书、刘冬麦几个作了介绍。来人是县政府分管农业的副县长、县农委主任、旅游局局长、组织部的副部长。谭丽华端出几条板凳招呼大家到院坝坐,刘冬麦从来没有见过这么大的领导,心里有点儿紧张,又想到这几天大家都忙,村委会没有哪个打扫,便有些难为情,心神不宁地坐在谭丽华身旁,问到哪样说哪样,不问也不敢说,看到来的领导们都拿出小本本记录,刘冬麦也拿了一本笔记本出来准备记录。

副县长姓胡,大家都叫他胡县长,中等身材,穿着一件白色的圆领T恤衫,眼睛炯炯有神,肚子微凸,大约四十五岁左右。脸上的皮肤跟刘冬麦这些村里人有些相似,黑红黑红的,不过没有村里人黑得那么透,不说话看上去很有点儿威严,一说话又很风趣。

谭丽华介绍了村里的基本情况,土地面积、人口、贫困户数量、贫困户情况等,胡县长听完汇报后笑着说:"我今天到瓦屋村来,是因为瓦屋村有两个名人,一个果子一幅画。"刘冬麦想着胡县长说的是哪个名人,瓦屋村历史上的名人是有,不晓得胡县长说的是向家屋头的还是刘家屋头的呢?还在不解中,就又听他说:"一个名人是刘冬麦,县上脱贫攻坚的典型人物,县里都晓得的。"说到这里停下了笑眯眯地看着大家。

他提到刘冬麦时,刘冬麦很紧张,只好将两只脚用力地踩在地上来缓解紧张情绪。顿了顿胡县长又说:"驻村书记也成了名人佬,这次瓦屋村的采摘体验活动也名气大得很。"刘冬麦发现谭丽华也有些紧张,她看了看刘冬麦,刘冬麦微微摇摇头,意思是她也不晓得。

胡县长从笔记本里拿出一张折叠的报纸，谭丽华快速地浏览着，刘冬麦看到她脸色有点儿微红，气息微微不稳，刘冬麦不晓得啷个回事有点儿小忐忑，当谭丽华将报纸传给刘冬麦的时候，刘冬麦看到那是一张重庆日报，报纸的正面刊登着"印象瓦屋"的字样，是一篇散文，作者叫秦大明，大概是那天到瓦屋来旅游的人写的一篇对瓦屋的印象，刘冬麦看到了那句在瓦屋村的院坝吃饭，是"就着风景下酒"的这句时，刘冬麦一下子记起那个教师一样的人，肯定是他写的。胡县长说："这篇文章在《重庆日报》登出来了，我看到后很受启发，也很受感染，瓦屋的风景、瓦屋的土产是那么令人向往，瓦屋的干部是那么令人敬重，让我有了强烈的到瓦屋来的愿望。"刘冬麦将报纸偷偷夹在笔记本里，准备空了再仔细看。

简单地座谈后，胡县长说要到瓦屋村去具体了解看一看，太阳已经升得很高了，瓦屋村虽然在夏末秋初室内不热，但是室外还是有些热的，他特别指出要去看脆李子树和刘旭果屋头的院子。谭丽华准备开车带路，胡县长摆摆手，走到车子旁边戴上草帽，更让刘冬麦们吃惊的是他居然从车尾箱拿出一双偏耳子草鞋换上，看样子是要走路去看，谭丽华和刘冬麦也赶紧拿出草帽戴上，谭书记走前边带路，其余几个在后边跟着。"你们前几天的脆李子销售的情况哪样？"胡县长转头看着刘冬麦问，刘冬麦赶紧跟上几步，小心地回答说："谭丽华书记请的人来买的，大家都觉得特别好吃，还买了很多的土产。""具体买的哪样土产？你仔细说一哈。"刘冬麦回忆一下说:"有土鸡,洋芋,嫩南瓜,海椒。"他又问买得最多的是哪样?刘冬麦默了一哈,那天有好多人买了海椒,其余杂七杂八的都有,就回答说:"脆李子和海椒。"于是,胡县长让刘冬麦带路到那个海椒卖得最多的户去看看。

刘冬麦带着他们来到了向朝田屋头,向朝田刚从地头放活路回来,用一个土漆小木盆在洗脸,黑油油的毛巾泛出一股汗臭味。

向朝田以为这些人是来买海椒的,就从屋里端出一撮箕海椒来,一边走一边说:"别个来买都是一块二一斤。"农委主任说:"你这个海椒有啷个好?比市场上还要贵些?"向朝田一听,犟着颈子说:"我每年种植半亩海椒都要卖一千五百多元钱,还有很多都是要托人来买的,我的朝天海椒又辣又香颜色又好噻。只要家伙好,那就不愁卖,前几天那些来旅游的人就有人以前买过我的海椒,晓得我的海椒好,带起人来买的人嘿么多嘎。"胡县长要求他带着到地里去看,向朝田屁颠屁颠地在前边带路,到地头一看,这是一块不太整齐的边角地,但是箱沟掏得齐整,红艳艳的海椒圆溜溜的像一颗颗大樱桃,看起很是漂亮。

胡县长和农委主任仔细地看着海椒长势,谭丽华介绍说:"这个是无絮开花的品种,边开花边结果边摘边长,产量很高。"胡县长数起海椒个数来,数完对谭丽华说:"我数了一下有一百八十三个海椒,你要好好研究一下,今年要留个种。"然后转身问向朝田:"你这海椒好多个一斤?"向朝田答不上来就说:"海椒哪个还要数个数嘎?都是称重量。"谭丽华说:"是要看一棵海

139

椒可以结多少海椒，好算产量，等会回去称一下，你那撮箕不是有唛？"大家都在看着海椒，谭丽华戳了戳刘冬麦，刘冬麦看向她，用眼神问哪样事？她用手指了指胡县长的脸，刘冬麦看到胡县长因为窝着脑壳看海椒，有一片海椒枯叶沾在了鼻子上，汗水正顺着叶片往下滴，他全然不觉，还在全心地讨论海椒的产量品质。刘冬麦和春兰两人互看一眼偷偷地笑了，原来大领导也接地气，刘冬麦心里放松一些，就没有先前那般紧张了。

胡县长当场算了一笔账，半亩地卖一千五百元，那一亩地不是要卖三千元唛？这个账算得过，种植苞谷亩收入一千元左右，稻谷也不过一千三百元左右，看来种植海椒划得着。

向朝田介绍他每年留种的过程，将地里的海椒挑个头匀净的出来，晒干后第二年做种。胡县长看着谭丽华说："丽华书记，种子问题先用这个土办法将就着，我们要着手研究，你是技术骨干，要择优研究各自的品种，一颗种子可以兴一个产业，富一方百姓，你的责任重大，使命光荣哦。""一颗好种子可遇不可求，我学过一些育种概论……"说到种子研究问题谭丽华侃侃而谈。

刘冬麦听不懂豁子杂交种子、二系三系、基因配对，看着侃侃而谈的谭丽华心里想：嘿个扎，谭丽华还会研究种子嘎，说起话来像绳子在扯，一串一串的，不过再好多话也是稳声慢气的，不像各自不急也是噼里啪啦，急也是噼里啪啦，刘冬麦心里暗自佩服。

中午在刘旭果屋头吃饭时，胡县长要求就吃十块钱一个人的标准，因为太阳正当顶，他在院坝里转过去转过来看，刘冬麦觉得这个一眼可以看到底的地方为哪样要这么看呢？完全有点儿吃饱没事干的样子，正默着这些歪歪事，只见胡县长将旅游局长喊过去说："你从不同的角度看到的风景是不一样的，以后可以在四角搭上凉亭，用餐时大家都有不一样的感受。"刘冬麦才发现老话说的"会看的人看门道，不会看的人看热闹"是哪样意思，各自就是看热闹的，一种微微的羞愧感从脑壳蔓延到脸上，看来需要学习的东西太多了。

虽然瓦屋这个地方在三伏天都不打风扇更没有空调，但是户外太阳底下还有些热的，所以不能在院子里品风景下酒。刘冬麦将桌子摆在街沿口，视觉效果更好，同样有风景可以下酒，不过胡县长说上班时间不喝酒，等哪天周末带几个朋友过来一起体验一回。

下午反复看了几家人的脆李子树，了解到脆李子的种植历史很久远，久远到哪样时候呢？七十岁的人不晓得，八十几岁的人不晓得，反正他们从小都看到瓦屋有脆李子，最多不过老树死了新树又长大，品种一直没有变过。这些年在屋头人少，没得人盘好，就没有培植小树，都是成年树，有的已经老化了。

刘顺油将留下的几个脆李子拿出来品尝，大家都称赞好吃，一群人边走边看农产品边看风景。"从下屋、中屋、上屋都能看到不一样的风景。"胡县长站在中轴上，用手指着藤子沟湖说："从这里分上、中、下，各建一个风雨亭，在所有房屋的墙上画上桥头八景图，再修建几个风车，旅游氛围就有了，当然耕作道、采摘道这些必须要配套，瓦屋村要脱贫还是要一二三产融合才行，如今最紧急的任务是一产必须夯实。"

他边走边看，见到瓦屋村到处都是大石板，干干净净地斜卧在瓦屋村。老支书解释说："瓦屋村其实就是在一座大石板上，因为有的地方覆盖了土，所以觉得石板是一块一块，其实是一个整块。"

下山的时候已经是黄昏，斜阳洒在波光粼粼的湖面上，半边湖面瓦蓝半边湖面金光闪闪，旅游局长随口吟出："一道残阳铺水中。""半江瑟瑟半江红。"几个人异口同声地吟出了下句，一时间大家兴致勃勃，走到一块大石板上，胡县长取下草帽随意坐在石板上，随行的人也东一个西一个地坐着讨论瓦屋村的美丽风景。

突然一阵凄凉的笛声悠悠地飘过来，悠远、幽怨、凄婉，大家的心弦仿佛都被拨动，都不再说话，只静静地听着。刘冬麦暗暗地观察着这群人，农委主任随手扯下一根坝地草放在嘴里衔着，胡县长用草帽打着风，旅游局长的眼睛盯着湖面，谭书记、王镇长则站在一边。待一首曲子吹奏完成后，胡县长说："这个曲子太感人了，没想到瓦屋村还有笛子吹得勒么好的人。"谭丽华说："这是村里贫困户，叫刘书芝，半月前他佑客走了，所以每天天黑前都要吹奏笛子。"谭丽华将刘书芝的情况简要汇报了一下。听说是贫困户，胡县长决定过去看望看望。

一行人来到刘书芝屋头里时候，那个泪流满面的沧桑男人正吹奏一首伤感的曲子，由于太过专心根本没有注意有人来，刘冬麦想：老师的心好像已经死了，他的世界只有苟延的残生和他心中神仙般的女人。师母去世后刘冬麦去过几次，镇里的谭书记、王镇长和谭丽华都去看望过，看到他这个木然的样子大家心里都担心，可是心病还须心药医，旁边人着急也没有办法，况且每天事情太多也顾不过来。

刘冬麦准备喊他，被胡县长用眼神制止了，待一曲完了，刘冬麦才低声告诉刘书芝："县里的胡县长来看您了。"刘书芝用袖子擦干净脸上的泪水，没有喜也没有悲，没有任何表情，一时间大家都默然，旅游局长先开口说："您吹奏的这首曲子很感人，那份两情相悦的缠绵让人回味无穷，那份生死相依的感情很深厚。"刘书芝看了看旅游局长说："您听懂了？"旅游局长点头说："老哥您吹奏的哪样曲子，可否分享给我？""勒是我各自填的词谱的曲子，题目叫《李花情》。"刘书芝转身进屋拿来曲谱，是在一个作业本上手写的简谱和歌词。旅游局长拿着稿子哼哼唧唧地学唱感受两遍。

刘书芝拿起横笛再次吹奏起来，旅游局长轻声再合两遍。旅游局长说："老哥，你来吹奏我来唱一回你看行不？"大家心里都道了声好，可是由于刘书芝的心情不好，不好意思叫好，大家期待地看着刘书芝，生怕他拒绝。当看到刘书芝拿起那根横笛的时候，大家心里有了期待。一首绝唱在瓦屋村唱响，旅游局长的嗓音真是好听，笛声、歌声凄婉地纠缠在一起，所有人都轻轻地合着节拍陶醉在这凄美故事里：

　　李花开落东风里，满山繁花两情依，悠悠香气佳人手,此生魂牵梦中人。李花纷飞,落英缤纷,我想与你一生一世一双人,我以为与你树下共接落英能白头,以为与你树下共接落英能白头,生生世世、世世生生与你约在李树脚。

李花开落东风里,满山繁华两情依。飞洒零落心成雪,凄凄梦断花甲年。李花纷飞,李花泪飞,我想与你一生一世一双人,我以为与你树下共接落英能白头,我以为与你树下共接落英能白头,生生世世与你约在李树脚。

大家静悄悄的,生怕惊扰了他们。当一曲完成后,掌声立马响起来了。

看到刘书芝的脸色缓和些,谭书记才上前介绍来人,刘书芝招呼大家坐在石地坝上,他屋头的房子就势建在石坡上,石地坝就是石坡,干净安逸。他们两人又合一首《站着等你三千年》后,谭丽华也加入了,一个人吹奏两个人唱着,歌是刘书芝老师选的,都是很凄婉的那种,凄美的歌声和情绪将大家紧紧包裹起来,仿佛胸腔内有一股气在不断地膨胀,这股气撑得身体仿佛要炸裂开来。

后来刘书芝情绪好些,旅游局长和他互加了微信告辞出来。胡县长说:"这个村的文化旅游板块可以把这个人的特长发挥出来,这是个人才。"刘冬麦感觉文化旅游这个概念有点儿抽象。

回到村委会后,胡县长开了一个简单的座谈会,他让同行的几个部门领导谈谈看法，农委主任说：瓦屋的土壤情况谭丽华科长已经送出去化验了，最快两天后结果会回来，建议依托瓦屋村的资源优势做产业。目前来看，脆李子可以判定品质是可以的，海椒这个产业也可以试种，不过销售就要困难些，毕竟一个农业产业需要时间沉淀，规模发展的延展性也更强。

旅游局长说瓦屋村是个漂亮的地方，目前虽然是土路，但是交通基础有，村民的房子都面向湖面，是做民宿的好场所，外加海拔在八百五十米到一千三百米，气候不冷不热，是一个康养旅居的好场地，更是一个缓解城市人焦虑放松心情的好地方。建议环境不做大的改造，保持基本原貌，但是要精致化打造，铸就精品乡村旅游网红景点。

组织部副部长说村委会太老旧，都二十一世纪了，连电脑都没有，建议改变瓦屋村的工作环境和条件，说要将这个情况汇报上去。

最后是胡县长做的总结，说："今天收获很大，瓦屋村的自然条件很好，虽然目前还是贫困村，但无论多么困难大家都要克服，这是一场攻坚战，必须要打赢，你们一定要有这个决心。"又要求农委、旅游局回去尽快做规划，拿出科学的发展规划出来，工作才可以不断地推进。不能拍脑壳定，今天做这个产业明天做那个产业，猴子搬包谷的搞法最后哪样都没有做成，这些要求要在一周内拿出方案来。最后转向组织部副部长说："你回去尽快汇报，看能否尽快解决瓦屋村的办公条件，脱贫攻坚任务重，办公条件要跟上。"座谈会结束，谭书记向领导表示了感谢，并表态一定要将桥头镇的工作做好。

胡县长离开时对谭丽华、老支书和刘冬麦说:"你们三个是瓦屋村脱贫攻坚的主心骨,三脚架要是铁的才行,一定要团结,凡事多动脑筋,这回组织的采购活动就非常好也很成功,要再接再厉。"谭丽华连忙说:"感谢县长鼓励,我们一定不辜负县委县政府的期望,勒回这个活动是旅游局帮助策划的。"胡县长转向旅游局长说:"你们这种做法很好,可以完善机制后在全县复制,你们这是动了脑筋的。"旅游局长连忙谦虚地说:"勒是头一回组织这样的活动,还有很多不足的地方,改进后一定在全县先推广。"他一边说着,一边将手从胡县长身后伸出手来,朝着谭丽华悄悄竖起了大拇指,意思是这个女人懂事,让他在领导跟前露了脸,两人相视一笑。

第六章
运作

　　胡县长走后，刘冬麦迫不及待地打开那份《重庆日报》读起来，是一篇叫《印象瓦屋》的散文，作者秦大明。他说走进瓦屋仿佛闻到了一股处子的香味，到处透着原生态的美，下屋让人感受到人世间的美好，中屋让人感受到俗世的烟火，上屋仿佛是神仙居住的地方。在忘忧台一站，忘忧台的微风可以消散一切烦恼。他说瓦屋村的美在于山水林田湖的和谐与自然，瓦屋村的美在于人间烟火与天上人间的无缝对接。他说瓦屋村的脆李子，甜得单纯，脆得利索，就好比咱土家的女子美而不娇，柔而不作。他说瓦屋村的海椒圆溜溜的，就像一颗颗大樱桃，经过风雨雷电的洗礼，红而艳，香且甜，皮厚肉多。他说瓦屋村的美食朴素自然，最美味的当属那份青海椒加上大蒜、鲜花椒舂碓成茸的下饭海椒，入口微辣，味道香浓，美味天成。结束语：来瓦屋村吧，瓦屋村是一个端庄大气明媚多姿的女子，瓦屋村是一个可以用风景下酒的地方。

　　读着这篇散文，刘冬麦心潮澎湃，她在瓦屋村生活这么多年，瓦屋村原来这么美她都不晓得，瓦屋村的脆李子、海椒这么好她也不觉得，这么美的东西被瓦屋村人当寻常的青菜萝卜吃掉，她突然惭愧中有些兴奋，对这个像老师一样的作者更加敬佩。

后来，谭丽华了解到，这个秦大明原来是石柱民间文艺家协会的会长。刘冬麦想：勒文化人眼里的瓦屋真的有不一样的风韵。

从那以后刘冬麦就经常到瓦屋的坡上欣赏风景，体验文中的感受。现在三伏天过了，瓦屋天气凉爽宜人，人们忙着收秋，满坡都能看到割倒在田里的谷子，摆在田间的谷子规则的随弯就弯形成一条条长龙，稀稀落落的几个搭斗用苇席围着摆在田间，"啪啪啪"的搭谷声和着虫鸣声，形成了秋季的交响乐。刘冬麦看着向朝田和他佑客在搭斗前挥动着一把一把谷子，啪啪啪一阵拍打，突然觉得谷子和谷秆分离的过程就像女人生崽崽，都是很痛的，看来万物的孕育和成长都是一样要经过阵痛、风雨雷电的洗礼，比如掰包谷咔嚓咔嚓的声音应该也是很痛的。

她站在中屋看着秋收，正在对万物进行生育比较，突然手机声刺耳地响起来，一看是谭丽华打来的，谭说县里的政策来了，需要马上回去开会。

回到村委会门口，老支书正蹲着抽老叶子烟，因为自从谭丽华来后，就不允许在村委会抽烟。看到刘冬麦进来，老支书脸上满是喜气，刘冬麦感到肯定有好事来了，便问："喂，您勒么欢喜，是屋头的母猪下崽了唛？"老支书说："母猪没有下崽，但是我们瓦屋要下崽子了。"屋里人估计听到了，一阵笑声传出。

此时，谭书记和王镇长、付镇长都来了，王镇长"咳咳"两声说："脱贫攻坚的政策正在下来，党和国家下了很大的决心，要求瓦屋村人把握机会。公路系统要全部通达到院子，全部硬化。"话没说完，村支两委的人一下子欢呼起来，刘冬麦搓了搓脸，两只手成八字挥出去，夸张地说："再骑三轮车的时候，我刘冬麦这张黝黑的貌美如花的脸再也不用灰尘和汗水做混泥土了嘎。"大家哈哈大笑，谭丽华用笔敲着桌子提示大家安静。王镇长继续说："还有哦，大家检查一下心脏好不好哟。"刘冬麦就和戴春兰象征性地检查了心脏回道："好的呢！"谭丽华拿着笔微微地笑着，老支书和向世荞都不说话，笑眯眯地看着刘冬麦几个闹。

大家闹完安静下来，王镇长说还有几件事，一是县里决定发展海椒产业，在瓦屋村试种三十亩的示范片，要成片，便于管理和推广，另外要推广一百亩地的散种，示范片里每亩补助四百元，散种的补助二百五十元，贫困户的再顺加每亩二百元的补助。二是瓦屋村的脆李子树要开始育苗，准备批量种植，特别要做好现有存量的管护，从明年开始要跑到市场上做营销，脆李子育苗由付镇长指导落实地块和品种，他又对着谭丽华说："谭书记是科班出身，种植技术你就负责了，品质的把控、品种的选育你要把关。"谭丽华答应着。

大家很欢喜，不过想到上回因为政策落实而翻锅的事，刘冬麦又有点儿七上八下。当王镇长宣布最后一项时，这种担心瞬间被欢喜淹没，他说县里决定将瓦屋村打造成一二三产业融合的旅游景区，明天做旅游规划的就要来做规划。一向稳成的向世荞冷不丁地一句川普："尊敬的游客（kiē）们，欢迎来到瓦屋村。"一下点着了大家的笑点，大家笑得浑身都在抖，刘冬麦笑得肚子有点儿疼，只好一手按肚子一手靠在桌子上。戴春兰则"噗"的一口水喷向老支书。老支书"咚"地推开凳子，赶紧用衣袖擦去脸上的水。向大鱼阴阳怪气地说："老支书心里欢喜得很嘎。"戴春兰过意不去，赶紧从桌上拿出纸巾递过去。大家笑闹一阵，听到签字笔敲桌子的声音才安静下来。

谭书记最后作了总结讲话，他严肃地说："脱贫攻坚是漫长和艰巨的任务，不是几句话几个政策就能完成的，大家必须领会党中央的精神，按照市委市政府、县委县政府的指示要求，用五年的时间将瓦屋村发展好，任务很重，需要村支两委齐心协力才能保证脱贫攻坚的胜利。公路和旅游等待规划出来才可以推进，海椒、脆李子的发展需要马上启动，赶紧规划落实才能如期播种，大家不要以为还在搭今年的谷就在想种明年的海椒，时间有点儿早。兵马未动粮草先行，不要大意失荆州。"

胡县长安排完第三天就开始追进度，他觉得进度慢了，还专门喊王镇长到办公室内，反复说发展海椒是全县战略，需要在瓦屋试点成功再全县推广，脆李子树的育苗试验和现有存量的管护也要抓紧落实。胡县长说小海椒是个大产业，他在电视上看到过一个海椒基地的报道，研究海椒产业已经很久，也计划了很久，前段看到秦大明老师的《瓦屋印象》后，瓦屋村景物、海椒、脆李子的描写引起了他的注意。他说海椒和脆李子结合发展是科学的，海椒可以当年见效吹糠见米，脆李子可以谋求长远发展，这是一条长短结合的产业线。瓦屋村是贫困村，前阶段精准识别落实贫困户工作走在了前头，希望在产业脱贫方面能够做出可以全县复制的样板来，让大家观摩、学习、参考。胡县长继续说："我们大家要毛起整，才能打赢脱贫攻坚战。大家有没有信心？"大家齐声表态说："有！"

散会后老支书紧跟着书记和镇长出去了，在外面说了好久的话，刘冬麦、戴春兰几个兴奋地用川普学着导游招呼游客的样子嬉闹。

付镇长则带着老支书、刘冬麦和谭丽华去落实示范片地块，他们从下屋往上走，看到一块比较齐整的土地就停车下来看，生在石板上的瓦屋村，有的地看着面积大，但是土质薄，谭丽华说海椒怕水也怕旱，她看中中屋庙湾的一大片田，估摸着有三四十亩。"可惜现在放水已经放不干了，应该在扬花结束就放。""这片如果不行，楼子沟上边有块地，土质比较肥厚。"刘冬麦建议。大家合计一回，就决定找个时间召集这块土地上的人开会。

随后，他们又来到向朝田的地头，付镇长薅开辣椒叶子看海椒长势，他将每行的海椒都看了一遍，回头对向朝田说："老向，你这块地的海椒挑好的晒干留五十斤，每一个都要完全成熟才能摘回来，晒干不能霉烂，你要经管好，明年的海椒种子要从你这块地里选。"向朝田嘿嘿干笑两声说："付镇长您说的嘎，我们还指望海椒卖钱嘎？今年才卖了不到八百块钱，这个要佑客才能做主

151

嘎。"付镇长笑了，说："老向，政府会给您付钱的，把心放肚子里吧。"老支书说："我说你这个憨鸡公，这是共产党的政府，你以为是刮民党嘎，拿你东西不给钱呀。"大家都笑了。

发展海椒示范片的事情由刘冬麦来落实，刘冬麦找来几个队长开会，讲了海椒发展的重要性，瓦屋现在是全县的海椒试种基地，以后瓦屋村就有经济作物了，几个队长见到有补助都很欢喜，但是大家担心种植上百亩海椒，到时卖不出去啷个办，刘冬麦说："放心吧，县里边来指导大家种植，肯定要想法保证卖出去的，全县这么多机关分任务也会分出去的，我们只管种植好，外头的市场大得很。"接着又将西瓜姐的故事眉飞色舞地讲了一遍，讲着讲着仿佛各自成了海椒姐，感觉到胸中的那股气体又膨胀起来，胀得两肋生疼生疼的，当刘冬麦明白这股气体的由来时，不由得哈哈大笑起来。开会的几个队长莫名其妙地看着刘冬麦，觉得她笑得有点儿怪。刘冬麦也没有解释。

随后，刘冬麦开始分配任务，瓦屋村四个队，中屋是四十亩，包括三十亩示范片，其余三个队每个队三十亩，总共一百三十亩。特别交代了中屋需要集中成片三十亩才行，中间不可以有插花界，不然没有补贴。这些工作由村干部兼职来做，一年工资八百元。

中屋的队长刘粮田，年轻时是个比较精干的人，他开玩笑说："先回去落实看是哪些人户的地，先看病，然后才抓药。现在分田分地到户，勒么多年都是村子里的人想种哪样种哪样，现在要求统一种植海椒不晓得大家干不干，况且种得少各自吃，稍微种多点儿街上还可以卖点，再种多了喂猪怕猪不得吃嘎。"刘冬麦大咧咧地说："您老就把心放在肚子里头，外边市场大得很，在广州的一个塘厦镇就有三四千万人口。"刘粮田说："我的个天，那不会把地球踩偏了呀！"另几个队长也附和说："是哦嘿，国家啷个不管呢。"刘冬麦泪水都要笑出来了说："地球踩不踩偏我们没有办法管，但是目前海椒这个事情大家要经管好才行。县上胡县长亲自来看过，你就给大家说是县上包收购，让大家放心种。"说这话时刘冬麦心里其实也在打鼓，但走夜路唱歌——各自给各自壮胆。

谭丽华是农学专业的，具有一定的专业知识，而且专业重点是就蔬菜类。此次专门请来了市农科院水果类的谢教授过来对刚萌起芽芽的脆李子指导，谢教授要求对瓦屋村的脆李子树进行全面摸底再选定。谭丽华带着向世荞、戴春兰和专家几个去选定脆李子子树母树，他们连续走访了两天，希望选择树枝健壮、果子大，果子甜的树作为母树。由于前几年没有管理，说不上哪家不好哪家好，经过与村民摆谈，谢教授追根溯源后认为可能出自于同一棵母树。

为了保险起见，谭丽华建议教授用刘顺油屋头的那棵树，个头大小和口感今年试验后感觉是可以的。谢教授说技术性的东西靠感觉是不科学的，甜度要靠检测、大小要看一斤有多少个才行，他问谭丽华今年一斤的个数多少，谭丽华摇了摇头说大概有十三个，再问也说不出所以然，毕竟她也是第一年接触这个东西。谢教授眼睛一愣,脸一板:"事要一件一件干,要干就干好;饭要一口一口吃,要吃就吃饱。脆李子是个长线产业,必须从品种开始就要选好,如果品种选错了,失败了那就又得耽误几年时间,农民是失败不起的,这个一点儿都马虎不得哩!"谢教授建议先选定几亩地,规划种好多亩地,再规划育好多苗。走的时候还给了谭丽华一个管理规程,并希望能够培训到各家各户。

海椒示范片这边,刘冬麦了解示范片种植面积落实情况,这块地三分之一种了苞谷,三分之二生长了芭茅草。不远处的谷子田,谷子已经打完了,谷桩头像一排排的卫士整整齐齐,田里的水清清的,闪着波光,干活的大爷抱起一大捆谷草,然后撩起一小支谷草绑起来,在田边堆砌成一个个尖尖的大谷草堆,每走过一个地方就现出一个混沌的泥窝。刘冬麦有些痴了,眼前仿佛看到了几十个小泥猴在田里边藏猫抢谷子吊吊,经常是天擦黑时浑身是泥地被大人们撅着揪回去,那时候很穷可是很热闹。现在人们出去打工了,崽崽成了留守儿童,老人成了留守老人,就连留守儿童都少了,人走村空了。刘冬麦想着,等瓦屋村的产业发展起来了,如果在屋头能挣得到钱,哪怕少那么一丁点儿,是不是大家愿意回来呢?只能回来一部分吧,瓦屋村人平均只有三分田五分地,全部回来吃饭都有问题,更不要说致富了,刘冬麦摆摆脑壳想不出所以然。正在上屋砍竹子织背篼的刘粮田,接到刘冬麦的电话后就从上屋方向下来。刘冬麦正在出神,没有听到脚步声,刘粮田从竹子箓箓冒出来时吓了刘冬麦一大跳，刘冬麦说："嘿，您不是白人哈？"刘粮田说："那是啥子人嘛？"刘冬麦说："您是嘿人（吓人的意思）噻！"刘粮田脸上肉少皮子就皱，一笑脸上的皱纹疏散开来，像一朵雏菊花，当下也不啰唆，直奔主题说："现在这块地涉及二十五户，其中五户贫困户，总共三十二亩三分地。"刘冬麦惊讶地问："这么一小块涉及这么多户数？"刘粮田说："你这个幺姑岁数小不晓得着头，瓦屋村田地少你晓得，但是好田好地更少，当初分田地的时候，是先将好田好地分成等分，每户一份后再分其他的地，所以就这么多户，现有七户在屋头，十九户出门打工去了，其中有六户的地给亲戚在种，亲戚可以做主，有十二户的田就是养芭茅草的。在屋头的和没有在屋头的都征求了意见，总共能够落实的土地有二十一户，另外五户有一户没电话联系不上，其余三户问多少钱一亩租金，另有一户说多少钱都不拿出来，说现在有钱，不差那几个钱，就让它养芭茅草。"刘冬麦说租金没得政策补助，得动员种植户出这个钱，刘粮田说先开个动员会，一旦开租金这个头，以前那些送给亲戚种的也要收钱，就把水搅浑了。如果只解决这几户的租金又搁不平，倒是把问题搞复杂了，不如先开个动员会，让他们各自解决，最后的硬骨头再来商量哪个啃。刘冬麦竖起大拇指说："您说得好。"刘粮田笑着说："农村工作就好比剷猪嘎，剷好了就没问题，没有剷好噻就公不公母不母的了嘎。"刘冬麦觉得有趣就哈哈大笑起来，笑得眼泪水流出来了。

回村委会后，刘冬麦认真地将刘粮田说的情况梳理一遍，想好海椒发展的方案：一是分析动员，二是现身说法，三是坚持落实。她得意地想：有这三板斧砍下去，还怕做不成事唛？然后给谭丽华汇报，谭丽华强调务必在没有矛盾的情况下尽快解决落实。

海椒示范片地动员会在刘粮田屋头召开，大家围坐在土地坝里，刘冬麦又将西瓜姐的故事讲了一遍，她说海椒是经济作物，种植效益高，比种苞谷、谷子划算。又请向朝田讲他种植海椒的经验，向朝田既是个会说的人，也是个爱吹壳子的人，他说种植海椒一亩地要卖五千多元钱，大家"哦、哦、哦"地开始起哄。刘冬麦想：勒砍脑壳的又吹壳子，上回胡县长来，他说的收入不是三千多元唛？这个数据刘冬麦还是找他佑客核实了的，啷个搞的今天又信口开河，正准备开口说他几句。那边刘子禾开腔了："向朝田你个栽舅子又吹壳子嘛，你屋头的麻雀都是生的鸡蛋嘎，你说种植海椒每亩卖个上万块都可能的，你看那笋叶壳都吹到天上去了不是？"在场的人哈哈大笑。刘冬麦拍了一下左脸，天，菩萨，自以为作了完美的安排，还是草率了，向朝田这人说话精准度向来较差，他说话打五折都没人信。向朝田也是锻炼出来的脸皮厚，他说你们这些人就是没得见识，大家笑他，向朝田就更起劲地编。刘冬麦想：上回胡县长来他没有乱说，这次却跟乡亲们耍闹吹壳子。

刘冬麦见向朝田又吹壳子，就偷偷给刘粮田递个眼色，意思是喊他佑客过来说，他佑客说话大家比较相信。向朝田佑客气冲冲地走过来，老远就吼道："向朝田你个砍脑壳的又在吹壳子唛？"

向朝田嘿嘿地干笑着。刘子禾说:"日妈朝田你狗耳巴子搭起了唛?吹嘘!"大家都哄笑起来,经过他佑客确认,他屋头种了半亩地,卖了一千五百多元后,大家才相信,认真地讨论起来。向朝田和佑客就是两个极端,向朝田说什么都没一句真的,她佑客说什么都没句假的,所以他屋头经常是一个说假一个打假,乡亲们都习惯了。

大家了解真实情况后,都认为划得着,种植海椒的收入是种植谷子、苞谷的三倍,心思开始活泛起来,接着就问种子问投入,种出来卖给哪个等问题。种子问题刘冬麦说得清楚,卖给哪个的问题,刘冬麦壮着胆子说以后县上要做安排,四川、重庆那么多的人,广东那么多人,这点儿海椒她来打包票。她不懂投入,也没有真正种过庄稼,再加上这是产业化发展,刘冬麦答不上来便打电话请教谭丽华。谭丽华说一包复合肥八十元,四百斤农家肥五十元,另加农药四十元钱,共计一百七十元钱就够了,如果大家屋头有鸡粪、牛粪的可以用各自屋的,一亩只投入一百三十元就够了。

大家一听投入不高,刘子禾说:"嘿个扎,向朝田你个栽舅子,勒些年你屋悄悄咪咪地种,恁个划得着也不开腔嘎。"向朝田嘿嘿干笑着说:"你又没有问我,未必我问起跟你说唛?"大家讨论得热烈,刘冬麦觉得事情比较顺利也欢喜,接下来宣布补助政策。当了解到散户和示范片补助,贫困户补助和其他户补助不一样时,院子里气氛顿时不好了。贫困户认为比非贫困户只多二百元,没有哪样实质性的好处还背这样的名声,非贫困户认为,凭哪

157

样都做一样的活路，他们要多得二百元钱。刘冬麦想：刚开始没有说补助的时候大家好好的，倒是政府给钱下来大家倒是气大得很，散户种植的还没有来开会，不然意见就更大嘎。

刘冬麦心里正在郁闷，还没有想好下一步该哪个说哪个做。此时向胜麦气势汹汹地走到院坝里来，指着刘冬麦说："你说的是保证每亩有三千多元的收入是不是？你说的你打包票回收是不是？那好，你先给我们三千元一亩，我们再种植，不然你打的包票是空的，开的空头支票。"然后面向大家说："你们说是不是？"这个遇事烂哪个过来呢？估计是香兰嫂子各自没主意，打电话让他拿主意的，向胜麦这个活宝要本事是手长袖短，在屋头控制欲极强，有时候屋头人放个屁都要撅撅吵吵指导的人，这种事香兰嫂子不敢做主，刘冬麦想。

大家对他的说法是既赞成又不赞成，不赞成的是各自种植各自挣钱，要人家村干部先付钱这是哪样道理？赞成的是你刘冬麦今天在这里打的包票，到底有多大把握，大家心里还是打鼓。因为对政策有怨气，也乐得看刘冬麦的笑话。听着向胜麦撅撅吵吵，有的继续抽老叶子烟，有的将眼睛转向别处，有的则意味深长地看着刘冬麦，却没有一个人出来说话。刘冬麦心里有少许慌乱，但很快就定住神，盯着向胜麦说："你向胜麦今天在这里鬼吵鬼闹，我是干部不与你一般见识，你再指指戳戳的，我不把你手指头掰断我的名字倒转写。"刘冬麦晓得向胜麦是个纸老虎，小时候欺负刘冬麦，没有一回不吃亏的，他从小就畏惧刘冬麦，虽然敢在谭丽华面前妈七妈八，在刘冬麦面前却从来没有敢过。所以直到现在他还是不敢过分造次，刘冬麦真要掰他手指头他是不敢打她的。不过刘冬麦也是仗着现场人多，她平常都是叔叔舅爷地叫，大家对刘冬麦就像小辈一样，也不会让他打的。

正急眼冒火时，只听到一句慢悠悠的话："嘿哟，种海椒赚得到钱嘛。"向胜麦转头看向说话的刘粮田，感觉到有人帮他，脸笑成耳根子，手往外一挥就说："大家看，就是这个理。"刘冬麦晓得下句一定够味，"还是出去看看天上在掉馅饼。"刘粮田接着说。醒悟过来的人们哈哈大笑，向胜麦的脸从笑着向绷着一下子没有转换得过来，就变成哭不哭、笑不笑的样子，大家本来都泼烦他，也就跟着摸浑打趣，刘冬麦又想笑又有些生气，便忍住没有笑。

刘冬麦说："今天讨论到勒点，政策和前程都说明白了，大家回去跟屋头人商量后再来讨论。"散会后该上走的上边走，该下走的往下走，该左该右各边走，于是都议论着朝自家屋头的方向四散而去。

刘冬麦边走边想：如果今天先把部分人的工作做通了，就好了。看来以后做群众工作还是先分开做，开小会是讨论，开大会就是宣布结果，这也成为她以后工作的法宝。

骑着三轮车回村委会，刘冬麦心里有些郁闷，便停下车来躺在石板坡上，太阳直巴巴地照射着大地，她心里恼恨着秋老虎，随便扯起一个芭茅草的花穗挽成一个圈，又掰断一节做了一支箭。

心里想着这支箭射出去直奔着秋老虎而去,感觉有些期待、有些舒畅,但是这支草箭毫无意外地轻飘飘地落下去了。刘冬麦更加生气,嘟哝了一句说:"我是犟拐拐刘冬麦,我一定要把工作做巴适,也一定要收拾向胜麦。"想着要收拾向胜麦,想着让他吃瘪,心里觉得好笑,就哈哈大笑起来,如此心里觉着好受些,"轰隆隆"骑着三轮车回村上去了。

"起来割麦子佬。"咚咚地敲桌子的声音,刘冬麦不耐烦地抬起头来,老支书嘴里叼着老叶子烟杆,笑眯眯地说:"还在流口水也。"刘冬麦赶紧用手抹嘴角,哪有口水,有一股被岔了美梦的无名火升不起也降不下去。

这老支书自从上次书记镇长宣布定位村里发展那天后就变得亲切很多,也不晓得跟着书记镇长出去那么久说了哪样,有时竟也和刘冬麦她们打趣,因为她叫刘冬麦所以喊割麦子呢。刘冬麦白了他一眼说:"麦子还没有长高,哪个割?"老支书名字有个高字,刘冬麦也顺嘴打趣,戴春兰笑得一抖一抖的。戴春兰说:"老支书您有什么喜事就说嘛,莫吊我们胃口佬。"老支书也不矫情,他说县委组织部给瓦屋村批了三十万元钱重修村委会,还要配备电脑办公设备,电脑等设备下周就送过来,修村委会还要等批复。另外要发展村集体经济还要匹配资金三十万元。"哇噻!"刘冬麦和戴春兰异口同声地惊叫起来,"我们发财啦!"刘冬麦伸手和戴春兰击掌,戴春兰立即反应过来,啪的一声"耶",她们想像着村里的房子应该长成什么样子,刘冬麦说:"一楼全部设计成大厅,摆着两排椅子，村里人来办事不用晒太阳淋雨。"戴春兰说："要有个大会议室，还要有会议桌子和椅子，这样才像开会，不像现在老板凳坐圈圈开会。""呀！"戴春兰一拍脑壳站起来说，"如果以后老支书、美女村长都有各自的办公室了，我们是不是进门要喊报告呀？"说着她打了一个立正敬礼的姿势，大家笑得上气不接下气。

刘冬麦顺势将上午在中屋开会的事情向老支书做了汇报，并请教接下来啷个处理。老支书说："农村工作就像中医把脉，'望'就是把上头的政策弄清楚，'闻'就是听村民们的想法，'问'就是把大家心事摸清楚，'切'就是把脉，只有把好脉，才好对症下药。"刘冬麦看着老支书运筹帷幄的样子，再次确定生姜还是老的辣，看来要做一件事得先看清楚想好了再引导，经过自然发展的过程，等大部分问题解决，再解决小部分的复杂的问题，整个事情就轻松很多。她想：做农村工作和稀泥也不完全是贬义的，是一种工作方法，心中对老支书的敬意加了一分。

就像中医把脉，还得深入到群众中去，做好海椒种植动员宣传工作。下午，刘冬麦骑着三轮车来到中屋，喊着刘粮田一路。刘粮田说他先到向泽苗屋头，他们有点儿亲戚，更能了解大家真实的想法，准备从易到难开展工作。

到向泽苗屋头的时候，向泽苗正拿锄头准备上坡挖地种白菜，见他们到来人，便放下锄头提了根板凳出来给刘冬麦他们坐下，他说："种海椒这事，刘粮田老表来给我说过，你那天也开会说

161

了,我和佑客反复商量,只是觉得老辈子说得好,生意买卖眼前花,锄头落地才是庄稼,听朝田说种海椒划得着,不过不想拿好田好地去种,种粮食祖祖辈辈是试验出来的,是穿钉子鞋杵了拐棍的,种海椒虽然听说划得着,但是没有试过还是不晓得的嘎,没饭吃时苞谷谷子可以活命,海椒就不能当顿了,看在您们两个面子上,帮您们种点儿。"刘冬麦和刘粮田对望一眼,原来是这样啊,不免有点儿憋屈,心想您各自种各自卖钱各自得,啷个就是帮我们种嘎?不过人家说得人情咪咪的,也不好意思顶回去。

此时重要的是能促成此事,其他先放一边,想到这刘冬麦静下心来开始盘点向泽苗屋头的家底算账:"您屋头六口人,也就是有一亩八分田,三亩地,现在庙湾那块是一亩八分面积,屋里有陈谷子八百多斤,其他苞谷等杂粮不算,那些要喂猪养鸡。崽崽们在外头打工,现在屋头吃饭只有您们老两口和在屋头读书的两个孙子,现在动用的是一亩八分地,您屋头的田还有一亩二,地也有一亩二,按每亩一千斤谷子算也有一千二百斤,加上洋芋红苕等杂粮您们屋头是吃不完的。"

向泽苗眯缝着眼睛说:"确实往年也要卖些粮食出去,屋头现在是吃不完那些粮食的。"刘冬麦顺势引导说:"以前是卖粮食,现在种植海椒就卖海椒,根本不会影响吃饭问题,只是卖的家伙不同,种植海椒效益要好些,加上国家还有补助,这个事做得,并且必须要在楼子沟旁边那块地,那是县里定下的示范片。"刘粮田说:"我说老表唠脑壳就不要搭铁[1]了,冬麦已经跟你算好账,莫说那些,冬天把地挖来晾起,下雪后病虫害就少些,对明年种植有好处。"向泽苗笑笑说:"老表你都说了我还有啥话说。"又回头对刘冬麦说:"幺姑呀,你勒么有心我就试一回嘎。"刘冬麦欢喜地点头说:"您试一年,明年就心中有数了,尝到甜头怕明年不让您种还不干嘎。"

刘粮田又选了一户人家,他说那天开会刘子禾说贫困户补助高了不干,他的声音最大,过去问一下他的想法。此时刘子禾两口子正在坡上砍苞谷秆秆,说起来刘冬麦从小叫他大爷爷,只是这个大爷爷已经隔着好多代。见到刘冬麦和刘粮田到地头找到他,态度比较冷淡,大家只好先说别的,他也不好意思不搭话,等到龙门阵摆热络时机成熟了,刘冬麦就提到庙湾那块地种植海椒的事,本来刘子禾拿起刀在砍苞谷秆,一说到这个火气立马上来了,气犇犇地说:"你们要照顾哪个就照顾哪个嘎,来跟我们这些乌洋芋宝坨坨说做什么嘛?"刘冬麦解释说这是这上边的政策,也不是村里定的,况且那些贫困户都是各家有各家的困难,也是大家投票评定的。刘子禾说:"管他什么贫困户不贫困户,大家都在瓦屋,都是吃的大米洋芋红苕,哪个跟哪个不一样,大家田挨田、地挨地的,都是一锄头挖一个坑,未必他屋头挖的坑比别个大些不成,你们就是成心偏袒那些人,都农村人,哪个穷哪个富嘛?"刘冬

---

1 进水。

麦说："大爷爷，现在发展种植海椒收入还是您的嚯？"他说："那肯定的嘎，我各自做来难不成还给那些个别的叫什么贫困户的唠？"刘冬麦笑着说："现在又不收您的农税提留，国家还补助您四百块钱一亩，您说是哪点要不得嘎，您屋吃穿都有，再比嘛也不去和穷的比嚯，那您是愿意过各自的日子还是贫困户屋头的日子嚯？"刘冬麦晓得他屋头是他佑客当家，转头向他佑客也就是刘冬麦的大奶奶说："大奶奶，您说是不是嘛？"刘子禾佑客笑了笑说："对头嘛，各自种各自的，跟别人比啥子嚯？你种了海椒国家还给你补点儿，不种什么都没得嘎，还不是要去种苞谷、谷子，他就是捞起根梅子树棒棒不转筋，整天没正事的，你们莫听他的，我屋头我说了作数。"大家都笑了，刘子禾也嘿嘿地干笑。刘冬麦说："那要得，您们冬天就把地翻起，把病虫害杀一哈。"大奶奶应着："要得，幺姑。"

如此，刘冬麦他们决定召集示范片种植海椒的贫困户开小会，向胜麦的贫困户也在各方做工作后建了档，五个贫困户中就有他，天晃晃向胜麦觉得村里为他申办贫困户，到处说他屋穷丢了面子，还到村里撅过人，不过大家觉得香兰和崽崽遭孽，也就都没有和他一般见识。按照向胜麦的想法是既要说他家富裕，又要享受贫困户待遇，简直是异想天开了。

开会那天向胜麦没有在屋头，香兰过来的。老支书也来参加了会。刘冬麦将整个落实情况做了总结，有担心种海椒后没得饭吃的，有担心卖不出的，也有贫困户认为补得少的不欢喜，大家的这些想法刘冬麦都做了解释和说明。贫困户刘胜玉说:"大家都说我们是贫困户沾了国家好大的便宜,也没有给几个钱说起色赖[1],要给就直接给钱脱贫。"有人不作声也有人应和着,刘冬麦听着又有点儿火星星冒,但忍着没有开腔。

老支书吧嗒着老叶子烟没有作声,沉默了一会儿,在鞋子上敲掉烟锅巴,吭吭几声清理了咽喉说:"你们哪个还有话说的?"扫视了一下全场,见大家都不说话。"你们不说,我来说几句,我们大家都是吃过苦的人,我老汉在的时候经常说,他们年轻时候,没饭吃四处逃荒也没得人管,还随时怕抓壮丁的抓走。现在的贫困户怕比解放前的小地主日子还好过些,只是比不上那些家庭好的,别个家庭好也是勤扒苦做来的。你看向朝田屋头,哪天不是天刚亮就上坡,擦黑才回来,人家两个崽崽去城里打工,房子车子都有了,全家人都好过。大家要去比人家啷个干的,人家啷个过日子的。国家给予我们补助支持是希望我们能够通过劳动,通过做产业来致富,而不是给你一大坨来你用。即使给你好多钱,你也用不了多久,只有各自天天年年的干,才不断有进路,日子才好过。脱贫不是等来的,也不是要来的,大家回去后把地准备好,不要给了还嫌少,如果嫌少了那就申请退出,示范片也不差你那一亩二亩地。"说完严肃地看了大家一眼,没有人敢作声。刘冬麦默着老支书那句话:如果嫌少就退出,示范片不差你那一亩二亩地。他说出

---

[1] 难听。

来没有人敢应声,看来老支书是摸准了大家想要这个政策,摸准了大家的心思拐拐。刘冬麦又一次深深地体会到,做农村工作,摸准大家的心思就是干好工作的前提,生姜还是老的辣,如此老支书在刘冬麦心中的形象更加庄严了。

散会后老支书坐着刘粮田的摩托车走了,香兰也准备离开,刘冬麦说:"香兰嫂子,耍一哈,摆哈龙门阵嘛。"刘冬麦晓得她在她屋头做不了主,香兰咋咋呼呼地说:"向胜麦那个砍脑壳的,上回在会上跟撅你,我回去后说他几句,他还想打我,幸好今天没有在屋头,不然又要说那些歪歪理性。"刘冬麦说:"表嫂子,没得事的,我和他从小斗惯的。"刘冬麦看着表嫂粗大如桶的腰身,眼角皱纹夹得住蚊子,鬓角已经开始有了白发,脸色蜡黄。才四十四五岁的人活成这个样子,刘冬麦心里感到心酸,想当初表嫂子从隔壁马鹿村嫁过来,一把长辫子拖到屁股墩下,腰如杨柳摆风,皮肤微黑但是健康光亮,虽然风风火火,但绝不是现在这般咋咋呼呼的一副傻样。刘冬麦坐在三轮车驾驶坐,香兰坐在箱沿上。刘冬麦想:这些年没有在屋头,是哪样的日子让她变成这个样子嘎?主要还是男的个不争气,屋头生活不和谐吧,正如老人们说的,女人的命是菜籽命,撒到肥地绿油油,撒到瘦地干秧秧。

"表嫂子,你个女子家,当初嫁到瓦屋村时样样儿硬是乖嘎。"刘冬麦看到她的脸上有了一丝笑容,继续说,"嫂子,你啷个勒么显老?比嫁过来时胖了好多。"香兰眼里就闪起泪花花,她微微抽泣着说:"我刚跟到那个龟儿子向胜麦没几天就打我,要么窝脚筋,要么铲耳光,我从小没有打过人,也不敢还他,只要受了委屈我就莽起吃,有话也没地去说,出去说了就又要遭打。"刘冬麦说:"你个女子家,你怕他什么嘛,要讲打的话怕他还打不赢你哟。"香兰嫂子沉默了一会儿说:"妹,你不晓得嘎,那个狗日的经常不回来,有时回来还带女人回来,还要我做饭服侍着,稍有不周就打我,梅毒、淋病都有,那里经常生烂疮,看着真是恶心死了,害得我也经常吃药打针,现在更是撅我是个黄脸婆子,有钱的时候就在外边烂,荷包空了就回来祸害我,我现在真的是生不如死,有时候我觉得人活着真没得哪样意思,想拿着刀割各自的颈子,也不会觉得痛的嘎,可能还凉快哟,别人说怕死,我感觉我要是死了那才安逸了,有几回都是差点儿去死,但是没有死成,两个崽崽还没有大学毕业。"香兰开始抽泣,刘冬麦沉默了,想不出哪样好的语言来安慰。

哭了一歇,香兰看着天空说:"人呀,有时候想死都不能,活着真是太难过了,活一天要做一天的嘛。"刘冬麦从包里摸了包纸巾说:"你为哪样不离婚嘎?"香兰说:"像他那号人除非是他想离婚,否则你是无法摆脱他的,当初打我时我就要离婚,他说离婚就先砍死我妈、老汉和屋头所有人。有一回半夜还真提刀出门,我是磕头作揖求他都不行,后来被婆婆妈把刀夺走才算了,这个人说冒火时就火冒三丈,就像个火炮。别个看这个世界是花花草草、红红绿绿,我看这个世界是一片灰色的,红花是灰的,黄花也是灰的,我看到别人走过都要想这个人也是遭孽嘎,这么匆匆忙忙的也就是为吃一口饭吧，听到鸟叫别人说好听，在我心里这只叫的鸟是在哭。"刘冬麦心里打一惊，她在书上看过这种情况是抑郁症的征兆。刘冬麦赶紧岔开话题，问她两个崽崽的情况，说到崽崽时她的眉眼开始有了笑意，她说："两个崽崽都乖得很嘎，女儿考的师范大学，儿子考的财经大学，两个崽崽成绩都很好，也很懂事，假期只回来一两天，过年也是很早就走，他们要去打工挣学费钱，两个崽崽都是拿国家奖学金，现在又是贫困户，学费也少很多，每年有很多补助，要不是国家政策好，两个崽崽上学都是有问题的，我这边种点儿庄稼养点儿鸡鸭卖点儿钱，还被那个狗日的龟儿子拿去日嫖夜赌的。他搞传销，前些年骗了村里一些人的钱，弄得我见了人家将脑壳夹在裤裆头。"

　　刘冬麦对她说："一个女人，前二十年妈老汉日子好过就好过，中间二十年夫妻和睦日子就好过，后头的日子是崽崽好过你才好过，你就是中间苦两头甜，现在你崽崽恁个懂事能干，明年你女儿毕业找工作，过两年你儿子也工作了，你就有好日子过，他们两人怕是不得理他老汉的嘎，眼看着你就要享福了嘎。"刘冬麦看到她脸上有了笑容，有了笑容就有光泽，有了光泽的脸色也没有那么蜡黄了。最后刘冬麦说："以后你有崽崽依靠，向胜麦要规规矩矩归老就归老，还像现在这样骚搞，就不跟他归老，滚球算了，你过你的日子，管他哪个搞，理都不理他。现在你也不和他硬抗，屋头的事能做主就不跟他说，你各自管好各自和崽崽就好，他再找好多女人也不关你哪样事情，命长就各自去，当个外人就行，不要为他的事情怄气。你看嘛像个黄脸婆，好好的过好各自的日子，才四十来岁，应该是最漂亮的年纪，两个崽崽都希望你过得欢喜才好。"临走时，刘冬麦把自己的电话号留给香兰，叫她有事打电话。

刘冬麦开着车子往下走，香兰起身往上走，还没有走多远，想想又折回去，香兰已经转身往回走，听到轰隆隆的三轮车声，回过头又走过来，刘冬麦将车子停下来后，走回去拍着她肩膀说："香兰嫂子，有句话我想说又有点儿犹豫，想想还是告诉你。"刘冬麦看着香兰表嫂抖了一下，手也握成了拳头，看来她是以为刘冬麦有哪样不好的事情要给她说，就像一只惊弓之鸟，刘冬麦赶紧握住她的手说："没哪样事情，就是想说向胜麦是只纸老虎，你看他恐吓你欺负你，在外头还不是夹起尾巴不敢和哪个斗凶耍狠，你试着不让他，这些年你天天做活路锻炼，他一天吃喝嫖赌身子都是虚的，说不定他都打不过你了，你妈老汉又不在了，你怕他个锤子，哪里有压迫哪里就有反抗，说不定还把他制服了，要离婚就更好不是？比如地头种海椒种什么的你各自定了就行，莫跟他说，他又不到地头去，卖的好多钱也不跟他说，看他能把你剁来喂猪不成。"她茫然地点头又摇摇头，刘冬麦发动了三轮车回过头说："解铃还须系铃人嘎，你各自要为各自做主才要得。"

第七章
相聚

  几杆老烟杆喷着烟雾，屋子里雾气腾腾，一屋人相互看不清鼻子眼睛，刘冬麦呛咳着在开会，会议主题是落实海椒散种面积。

  她劲头鼓鼓地说："种植海椒，是一个大家可以致富的产业，不信你们问一下，向朝田屋头种的海椒，一亩可以收入三千多元钱，是种植苞谷的四倍，种植谷子的三倍。""额，全是钱，天上都在落票子。"刘子谷接话说。"天上下没下票子我不晓得，向朝田晓得。"刘冬麦说。"你莫说向朝田还好点儿，他就是个吹壳子的！""哎，你个烧腊说就说，莫东胩扯在西胩的。"向朝田佑客瞟了他一眼，不满地说。刘子谷"嘿嘿"干笑两声，向朝田佑客向来说一是一说二是二的，她不吹壳子。刘子谷以前在事业单位工作，后来因为犯错误搞下课了，对政府不满，所以就形成了凡事唱反调的习惯。

  刘子谷和刘冬麦两个人在说相声，其他人也在叽叽咕咕讨论，有的人是从内心不接受。有些人是饿过饭的，认为谷子、苞谷没得吃的可以救命，海椒在饿饭的时候当不了顿。""哎，刘子谷你个栽舅子，莫紧到说哦，我们大家说点儿正事。"有人听刘子谷说起心烦，觉得浪费时间。

"我们几个摆了哈，觉得你说得对，我刚刚也问了佑客，做海椒是划算些，我们担心的是饿饭的时候海椒当不了顿。"刘子禾不点明是向朝田佑客，直接喊佑客，就是赚了向朝田佑客的期头。"你个烧腊的。"向朝田佑客瞟了他一眼，抿嘴一笑就有些风情，她顶了刘子禾了一句，全场就笑起来。

刘冬麦默了一会儿，给大家算了一笔账："以前饿饭是土地少人口多，现在我们瓦屋那么多荒地，可以多种点儿。大家屋头都有存粮，基本上够一年两年，种植一年海椒绝对不会差吃的。况且卖一亩地的海椒可以买三亩地的谷子，啷个都不会饿饭。现在吃穿不是大问题，主要还是要把荷包鼓起，日子过得更好才行。"有那明白人就点头赞同。

刘子谷还想说相声，刘冬麦不搭理他，开始定种子。看到各家都定种子，刘子谷也动了心事，他想定两亩又怕别个笑他，就边裹叶子烟边磨时间，等人走得差不多了，对刘冬麦说："我也种两亩试一盘，不试不晓得，试了才晓得你说的是不是对的。"刘冬麦忍住没有笑。

一百三十亩种植面积照计划落实下去，示范片选的一片好地，其他散种用田还是用地大家各自选择。确定要种，瓦屋村人开始翻耕土地利用冬天的寒冷除病虫害。

向朝田屋头的海椒全部收回晒干,选种子的时候胡县长、付镇长、谭丽华、刘冬麦都到场。向朝田说前期卖掉一些,还晒出了一百三十二斤干货,红红的海椒摊在晒席上亮晶晶的显得喜庆,谭丽华和刘冬麦两人将长得不好的剔出去,选出果型好,成熟度好,大小匀称齐展的做种子。胡县长说:"我吃海椒有点儿凶,差不多的辣不到我。"说完拿起一个海椒咬了一口,辣得歪口咧嘴焦成一坨,刘冬麦赶紧去舀瓢冷水出来,胡县长也不讲究,"咕噜噜"喝了半瓢,然后走到边边漱口。大家想笑又不敢笑。只有刘冬麦毫无顾忌地哈哈大笑起来。

付镇长说镇上食堂给八元钱一斤买回去,剔除种子后剩余的壳壳以及选剩下的给食堂用,一百三十亩地共制作七斤种子出来,刘冬麦到村委会旁边的小卖部分成五十克一包,每亩一包。

发种子的时候犯愁了,大家听说种子不要钱,家家都来要,老支书说这些人有些是拿去种,有些认为不要钱就是拿去浪费,只有收点儿钱才对头,哪怕是收一分钱都不会乱来。经过商议后只好卖出十元一包的价格,共收一千三百元钱。付镇长说这个钱就留在村上,用来补助奖励种植技术好的、产量高的大户。刘冬麦想这才是真正取之于民用之于民。

老支书看到谭丽华戴着草帽,拿着柴刀,在谭家塝转。就打个招呼:"喂,丽华书记,丽华书记,你在做什么?""我在找野毛桃子树做李子桩头,明年开春后扦插,后年春上嫁接。""哎,勒步没得,那个家伙在楼子沟脚有几笼,喊向世荞带你去就找得到。"

他们找到野毛桃树，准备作为刘顺油屋头脱贫的一个产业来做，刘顺油不敢应承，说没有做过这个，弄不来，死犟死犟的。

　　谭丽华翻来覆去困不着瞌睡，刘顺油屋头是贫困户，贫困原因主要是懒，他佑客更懒，平常屋头都是渣渣草草的，有时灶膛上都是鸡屎。自身对脱贫愿望不强烈，说到做活路就推来推去。如果勒回苗子育好就可以脱贫，还可以激发内生动力，想来想去决定第二天去一趟他屋头。

　　日子已经过了立冬，天气特别冷，看着都要落雪扯泠了，刘顺油两口子坐在火塘边，几根湿柴丫丫冒着浓烟，火塘的火不旺，刘顺油呛咳着架火，将柴火翻过去翻过来都不燃，鼎罐没有盖盖子，水还没有开，一锅毛皮子红苕洋芋混煮着浸在水里。谭丽华耸着肩膀缩着脑壳推开门钻进屋，一股冷风也随之冲进屋去。她边搓着手，边喊着："好冷好冷。"

　　屋里光线昏暗，一屋烟子飘不去，门一打开烟子就从门口冒出去，屋中间摆着一个背篼，谭丽华没看见，踢到背系往前一扑，差点儿趿扑爬。刘顺油佑客起身用脚把背篼往边上踢了几脚，刘顺油用衣袖擦了擦宽的一根板凳让坐。

　　瓦屋人家，火儿坑都有四根板凳，一宽三窄，宽的一根是杀猪凳，这是瓦屋村人的标配。屋子窗户用塑料纸蒙着，塑料纸已经有些年岁，黑黄黑黄的透不见光亮，满屋黑烟，就算坐在一个火儿坑，相互都看不清人。刘顺油见谭丽华来了，感觉屋子黑黑的不安逸，将大门敞开，一股冷风扑面而来，他又关上了幺门。幺门是瓦

173

屋村的标配，只有半截，平常关上防鸡鸭进屋，人在屋头开着大门关上幺门光线也能照进屋，屋里就要敞亮些。

本来大家说说天气，说说锅里的洋芋、红苕，一点儿事情都没有，当谭丽华提到育苗的时候，刘顺油就不大顺了，他鼓着眼睛硬着颈子说："我认为做不做都是穷，反正这辈子饿不死就要得了。您说的育苗育来啷个办嚓？我各自屋头栽不到啷个多，要做几年活路，三年才出得到苗，我们勒几年吃啥子嘛？"谭丽华耐心地听他说完，慢言细语说政策，她说："您要弄明白，育苗是政府准备推动的产业，统一二块五毛一株苗子回收，政府要来买单的嘎。"刘顺油佑客搭白说："到时你几爷子红口白牙不认账，我们几年不是白搞了唛？那我们才开不得焦嘎。"谭丽华笑了笑说："政府哪有您说的说了不认账的嘛。"刘顺油佑客说："那你先给钱就搞，不给想都莫想。"刘顺油见佑客说话冲人，觉得话也说到位了就打拦挡说："你这个莽女子家也是的，你看人家像说话不算话的人不？只要谭丽华书记您打个二指宽的条子就行。"

谭丽华心里发笑，两口子合着给她下套儿勒，也承认说："要得，我给你写个条子。"说着从包里翻出纸笔开始写，刘顺油说："您还是要写上卖不脱由您个人负责。"谭丽华心里有点儿来气，就在末尾加上一句，如果刘顺油屋头苗子卖不脱，由我个人负责按作价赔偿。刘顺油将条子拿在手里，对着窗户一个字一个字地念了一遍，收折好拿进地正屋，就听到乒乒乓乓的开箱关箱的声音。

谭丽华见事情差不多了，就交代刘顺油说："我们明天早上一起到下屋的湖边砍毛桃子做桩头，你莫忘记了。""哎呀，您吃过饭走嘛。"刘顺油喊代口话。他佑客气哄哄地开腔了："人家看得起你那两个洋芋宝坨坨唛？"刘顺油有些尴尬，面赤面赤的。谭丽华心想：这个女人一直懒得很，这也是他们屋头贫困的根由，她担心我在这吃饭要去煮，可能懒得搞。这个问题有点儿费脑筋，走了就是看不起洋芋宝坨坨，不走人家那意思明显不想留，只好假装欢喜地说："我最喜欢吃洋芋坨坨佬，今天中午就在勒吃，鼎罐柴火煮才最安逸。"刘顺油佑客不情不愿地起身要弄饭菜，谭丽华拦着说："拿两个海椒来在火头刨成糊辣壳，搓成粉粉放点儿盐、加点儿开水，沾着洋芋坨坨吃安逸得很，我好多年都没有吃过这个调盒佬，你不说我还真想吃勒。"刘顺油佑客就真的抓来一把海椒，谭丽华将有红火石炭的纸抹灰掏出来，将海椒放进去，用火钳快速翻炒，海椒噗噗地发出刺鼻的味道后冒起黑烟，谭丽华看到海椒黑糊后就掏起来，放在火儿石上，等稍微冷了拍掉灰尘，洗了手用手搓烂后，喊刘顺油佑客拿来盐罐加上盐，她看到墙上挂得有大蒜，就剥了几瓣，她想将剥好的大蒜拿到到灶屋去剁碎。

　　灶屋的柴火渣渣胡乱的堆着，一背篼猪草在屋中间，走路踢脚绊手的，光线又很暗，她弯着腰小心地走到案板处，看了一眼黑乎乎的案板和油腻腻的菜刀，心想这个冷水怕是洗不来嘎。又想起火炉旁边放了一个水壶，估计有热水。便提来水壶洗干净案板和刀，将大蒜剁碎了加在糊海椒里头。转过身准备找几副碗筷，看着一锅的碗筷在锅里泡着，泡子咕咕的。这些碗大约好多天没有洗了。未必是用一个洗一个唛,谭丽华想。她只好洗三副碗筷起来,又用清水洗了几遍才开始吃饭。洋芋的芽眼泥巴都没有洗干净。谭丽华想:要不是包到皮子煮的,还真是吃不下去。

她剥了一个洋芋沾了点调盒,尝了一下说:"可以可以,这糊海椒好吃。"大家就洋芋沾糊辣壳调盒吸吸呼呼吃了起来。刘顺油佑客见不用做饭也就欢喜了。估计听到了吃饭的声音,瘦瘦的黑狗抬起头流着口水,谭丽华就丢了一个洋芋给它,黑狗子用嘴巴拱了拱并不动嘴,只是嗷嗷叫,刘顺油用脚蹬了黑狗子一脚说:"狗东西,宁愿在外头吃屎也不吃屋头的洋芋宝坨坨。"谭丽华就不再吃,说吃饱了。

吃过饭,谭丽华收拾碗筷,刘顺油佑客不动。"您来烧火烧点儿热水,我来把碗洗了。"谭丽华招呼刘顺油佑客。"哎呀,您各自坐起耍,我等会各自洗。""不得行哦,碗多久不洗在锅里会长细菌。"谭丽华坚持。刘顺油佑客不情不愿地起身烧火。谭丽华将锅里的碗,案板,水缸盖盖全部刷洗干净,边洗边对刘顺油两口子说:"碗在锅里不可以不洗,屋里要收拾干净,不能到处渣渣垮垮的,您看哪个屋头像这个样子呀?我们今天下午打整好,反正我也没有什么事情。"谭丽华边说边动手,刘顺油两口子只好加入进来,三个人用了一下午的时间,房间就亮堂起来。刘顺油说:"屋里亮堂堂的还是安逸些。"他佑客鼓了他一眼。

谭丽华走的时候对刘顺油说:"您屋头的卫生一直要保持勒个样子,以后我经常要来检查卫生。关于育苗的事情,您放心,我和专家们会来指导您的育苗，既然让您做，必须要指导您做成功，国家有支持贫困户产业发展的资金，到时候申请点儿给您，您用来买肥料，总的准备三亩地，您屋头的不够就去找人周转点儿土地，您作为瓦屋村第一个育苗的人，一定要研究透，以后可以靠着育苗脱贫致富。"听说国家有钱支持。刘顺油欢喜地应承着。

当刘冬麦、老支书听到谭丽华给刘顺油屋头打了保证条子，大家很是吃惊，老支书说："真是人不服好，本来是照顾他屋头的，好像我们倒求他一样。"刘冬麦眼前仿佛飞过一群乌鸦。谭丽华说："出不出我们都要负责，他屋头贫困，两口子害懒占一个原因，思想问题也占一个原因，比如育苗勒个事情，他主要担心卖不脱亏本，是思想问题，只有松了他的思想包袱，下一步才好引导。"

谭丽华空闲下来，在网上搜索了一下：一个人懒可以懒到什么程度。网上有思想懒惰的、有自私才懒等等，还有说懒是病，比如气虚阴虚就有可能让人容易感冒，周身乏力。她回忆一下刘顺油佑客的情况，好像是说经常心里不舒服，容易感冒，人没得力气。莫真是病哦，谭丽华想。

老支书和向世荞两个人拿着卷尺在量村委会院子的总面积，向大鱼在记录，三个人都叼着个老叶子烟杆，刘冬麦和谭丽华走进去看到三杆老烟枪，谭丽华走在门口停住说："莫忙进去，等几杆老烟枪喷完再进去。"向世荞有点儿不好意思，找个柱头准备将烟锅巴敲下来，谭丽华说："算了算了，我们等会进来，您们抽完再说。"几杆烟枪今天见谭丽华不在村委会，就放肆地在院子抽起烟来，以前一般都是蹲在村委会外头抽完再进去，这几个人蹲着门口抽烟的情景都快成瓦屋村的风景线了。看着几个老烟枪抽个烟偷偷摸摸的样子，谭丽华抿嘴笑了。

村委会占地面积有二百七十平方米，组织部配的村委会标准是占地面积一百八十平方米，两层一底，还有几十平方米的空地可以做花园。大家很欢喜，商量着房子的样子，老支书说房子样式是全县统一规定的，砖混结构青瓦屋面，土家风貌，全部由县上统一修建。大家嘻嘻哈哈又畅想了一回未来村委会的样子，老支书说如果马上动工，明年四五月份就可以住进新村委会了。

天气越来越凉，刘冬麦早早地洗漱后躺床上看书。此时微信不断地发出嘀嘀声，她打开一看是瓦屋乡愁群里的信息，群里正热烈地讨论过年回屋头的事情。离过年还有两个多月嘎，看来乡亲们是想家了，这些年大家总是觉得年味淡了，其实对于离乡背井的人来说，过年还是跟小时候一样，提前两个月开始做记号，每天一个苞谷球，过一天丢一个，一直到过年，现在的人不用丢苞谷球佬，有手机有日历，只是天天盼着、数着日子，盼着过年能回屋头与男的个、佑客、妈老汉、崽崽团聚。过年，对大家来说还是那么有年味。

刘冬麦看着很感慨，想着各自在外那几年盼着过年的感觉。记得那一年没有回屋头过年，初一打电话给奶子，拿着话筒说不出话来，就是流眼泪水，害怕电话那头的奶子担心不敢出声，还是马有才拿过电话说了几句。刘冬麦有些感慨，心想要是一家人能够生活在一起才是安逸。

群里的游子们想念家乡、想念瓦屋的氛围越来越浓，有人说出门在外就是听到瓦或者屋字都很亲切，大家开始回忆小时候打着火把，提着小板凳到几十里远的中坝场、到三店场去看电影的情形，大人围着一个大圈圈剥苞谷，孩子们跳麦草堆堆的欢喜。向学果说："那些年大家虽然穷，但很热闹。"大家又围绕穷得热闹，回味这些年的发展历程。回味着过去的苦，体会着现在的生活，都感慨这些年生活的变化和社会的发展，觉得生在中国真的很幸福。

刘冬麦突然想，大家的瓦屋情怀很浓，有些老人已经离开瓦屋几十年了，肯定很想回来看看，有的崽崽在外出生都没有回来过，也不晓得瓦屋是啷个样子，大家很多年没有见过面了，是不是很想念呢？脑壳一热突发奇想：不是还有四十五天就要过年了吗？干脆杀一头猪让瓦屋村人春节回村团聚，共同出钱，共同劳动，一起分享。

当刘冬麦抛出这个想法时，得到很多人的响应，大家七嘴八舌地筹划，有的说要从村口开始放火炮，有的要开车回来负责接送人，有的商量是杀一头猪还是两头猪，有的商量要做好多道菜等等，参与讨论的人越来越多，直到凌晨两点才陆陆续续地停止讨论。

老支书窝着脑壳蹲在门口抽老叶子烟，心里想着早上出门时佑客特别交待的要给孙子发生日红包,他崽崽带着孙子在浙江打工,也已经两年多没有回来了,心里怪想的。只是他不晓得啷个发红包,心里正在默着这事,刘冬麦轻手轻脚地走过去,突然嘿的一声,老支书吓了一跳,站起身来在门墙上敲了敲烟斗说了句:"你这个鬼幺姑。"大家哈哈大笑,刘冬麦和老支书的关系从开始理念不合,互相看不起,到后来老支书看到了刘冬麦是一个有担当的人,也萌生了退位让贤的念头。上次宣布帮扶政策后,老支书跟着书记镇长出去给领导提出了要求,希望让位给刘冬麦。后来乡镇领导、组织部门找刘冬麦谈过话,但刘冬麦经历了沸村、向胜麦砸会场等事件后,觉得各自还是经验不足,在农村工作和稀泥是一门技术活,希望老支书还是继续带着走。老支书也表态带一段时间再退,就这样这两个人的关系变成了师徒关系了,一个诚心带一个认真学习,村里一派和睦景象。

刘冬麦将组织大家回家团聚的想法跟老支书汇报了,老支书也欢喜,毕竟有些人出去十几年没有回来了,大家都很想念。

老支书让刘冬麦组织戴春兰、向世荞、向大鱼几个讨论安排瓦屋村聚会的事情。他向刘冬麦讨教如何发红包的事情,刘冬麦逗他说:"您老人家都没绑卡,微信没钱啷个发嘛?您给我现钱,我马上来办。"她在群里找出老支书崽崽的微信加上好友才算是完成了任务。老支书一边赞叹现在技术先进,一边心心念念地要去绑卡。刘冬麦说您老人家那个手机干脆丢了,要买个好智能手机,到时我帮您绑卡,想发好多红包就发好多红包。老支书觉得这种感觉好。刘冬麦说这不算哪样,您现在还可以看见您孙子呢,当场打上了视频电话,当老支书看到正要出门上班、上学的崽崽、孙子时,惊得说不出话来。买个好的智能手机的愿望更强烈了,他崽崽在视频里说要给他买个高档智能手机,老支书欢喜得像个崽崽似的,一直处于兴奋状态。碰到戴春兰过来了,也去拿过手机来看,向世荞过来了也去问是不是智能手机,大家都跟着开心,也逗着老支书耍。老支书心情好,什么都不介意。这种好心情持续了半天,下午就被刘存粮佑客破坏了。

事情是这样的,下午两点钟左右,刘存粮佑客来到村委会,上回在刘书芝屋头撅人的事情,当时谭丽华和村上几个干部帮了狠心板子,所以一直心里不安逸,好几回到村上来找茬都没有找到人,不是没有人,她是要等全部在才开撅。今天来村里看到干部几个都在村上,就跳起脚来开撅,将刘冬麦和谭丽华、戴春兰几个配着村里的几个男人撅,甚至有配着狗和猪撅,几个人心里很郁闷,刘冬麦知道不可能对撅,最后几个人商量了一个办法收拾她,那就是大家一起出去,让一个人给她对撅几句,其他人就笑,然后就回到屋子里等她继续撅,看着撅够了声音小了,又出去说:"你撅够了唛?有本事再撅。"又笑一阵就回屋子,如此这般反复,刘存粮佑客已经撅到黄昏了,看着脸色发青嘴唇发紫,刘冬麦他们也要回屋头了,还真担心怕出哪样事,就打电话让刘粮田下来装好人,她也是他那个队的人,来劝回去也是理所当然的。

一阵摩托车声轰啪轰啪地在村委会门口停了下来。几个人在屋头悄悄看着刘粮田嘟个处理，大家晓得他出面比较好耍。刘粮田嘴里叼着一支烟走向刘存粮佑客，问了声："老嫂子，您嘟个了喂？"刘存粮佑客看到有人来打圆场，哇的一声哭起来了，坐在地上撒赖，又哭又闹："兄弟呀，你要替嫂子做主嘎，村里勒些当官的都欺负你嫂子勒。"刘粮田想，说是兄弟也是几百年前是一家那种，都姓刘而已，可能要在族谱上才能找出是在哪一代相交的，以她的行为是她恨全村人，全村人恨她，包括他本人也不例外。不过今天是来劝人走的，还是耐着性子认真地听她哭诉，最后说了句："老嫂子哎，他们真是太过分了，要不你再接着撅，我在这里陪着，看哪个敢把您嘟个办。"刘存粮佑客本以为是来了个下楼的梯子，没想到来的是上楼的梯子，确实人也遭不住了，大声哭喊两声就晕倒了。

　　大家担心出哪样事情，准备出去救援。刘冬麦刚走出门口看到刘粮田朝着大家又眨眼睛又摆头，意思是不让过去，然后朝着门外努努嘴意思是让大家伙走，大家明白刘存粮佑客是装的，一个个就关门悄悄走了。十分钟后，刘冬麦接到刘粮田队长打来的任务完成的电话。

　　第二天早上，刘冬麦刚走进村委会大门，就听到刘粮田的声音："我刚走过去就看见她眯着眼睛在看，我们两个你看着我我看着你，都不晓得嘟个办，她向我眨眼，意思不要拆穿她，等你们走后，她坐起来边背背篼边撅狠话，说要去告你们，让你们都从村上横滚出去，他崽崽混得好，有的是钱。"大家都笑起来，戴春兰更是笑着笑着眼泪就流出来了，大家长期受她屋头的冤憋气，看到她如此吃瘪心里确实畅快。刘冬麦想：像这样的一些民风，这样的村民关系，这样的工作环境，确实让人感到胸闷、气不顺。

春节聚会的事情大家还是持续地热议，并且开始着手安排，买一头猪。向世荞认为一头不够，后来就决定买两头。大家说好所有开支参与者二一添作五——平均摊，地点选在刘旭果屋头，生活安排就由刘旭果负责，大家都去帮忙。定下来后，刘冬麦跟镇上谭书记汇报这个活动，谭书记说："看来你们是动了脑筋的，勒是个好事情，这个会不但能够让大家解乡愁，还能提高瓦屋村的凝聚力，还可以将在外边发展得好的人吸引回家乡投资，到时候我们都要来参加。"

刘冬麦将谭书记的意思转达给大家的时候，大家很欢喜，筹备劲头更足。戴春兰在网上发起了接龙，大多数人都拥护报了名。刘存粮两个崽崽也报名要回来，这两兄弟长大后很少回瓦屋，大家都没有见过几回，只是听说很有钱，想到他妈老汉的所作所为，心里有点儿不欢喜。也有几个在群里说反话，就是说没得什么意思，回来也不愿意参加，但是影响不到大家的热情。在屋头的老人不会接龙的就让队长报名统计，半个月时间就接龙报名了一百七十多户六百多人，好家伙，这是要六十多桌呀。

网上开始征集菜谱，大家七嘴八舌讨论，鲊海椒炒回锅肉、老咸菜炒回锅肉、泡椒炒猪肝、烙小洋芋、石磨豆花蘸糊辣壳等，他们说大家在外头都很想念家乡的味道，特别是有人说将小洋芋炒鲊海椒，烙得焦脆焦脆的时候吃，那才叫安逸。群里一个接一个地发出流口水的图片，刘冬麦既感动又好笑。

刘冬麦组织大家商量后，收集汇总了菜式，准备了十七个菜，菜单公布出去大家又是一阵热闹，向学果说："现在都有一种小时候盼过年的感觉佬，我要去丢个包谷球了来。"又跟着发出一串笑脸。

留守在村里的人已经通过队长将信息传达出去，大家都觉得新鲜，特别是一些老人念叨着那些在外的老伙伴们是否回来，各家也在准备着各式花样的吃食，准备自家的人回家团圆，村里的几个干部也有成就感，大家积极地筹备着。

这天，谭丽华又到刘顺油屋头检查卫生，刘顺油佑客挼成一坨，坐在火炉的宽板凳上，看样子没得力气，好像喊谭丽华坐的气力都没有。谭丽华进灶屋看锅里，还是一锅碗泡起，皱了皱眉，回转坐在火炉边，见刘顺油佑客面色光白，脸颊瘦得凹进去了，就说："您是病了唛？我带您去弄药嘛。""没得事，我是个老病号，也没得钱弄药。""走，走，没得钱我给您垫起。"边说边将柴火退出来插在灰里，留一根柴棒棒做火种，掏一些热灰盖住保住火种。

谭丽华将刘顺油佑客拉到医院，因为前几天在网上查了状况，就直接找了中医。中医问症状，刘顺油佑客有气无力地说："就是没得气力，不想说话，怕冷，汗多。"医生摸了脉，看了舌苔，说:"你勒个是阳气虚,先吃几个月中药试试看。""不了,也没有哪样大问题。"刘顺油摆摆手说。谭丽华估计她怕拿钱,就给医生说先开十服药,她来垫钱。"垫钱要还的嘛。"刘顺油佑客有气无力地说。"不怕,等哪时有哪时还。"

各项工作有序推进,海椒产业已经发展到着手准备育苗,这在瓦屋村是新鲜事物,以前育苗都是在开春后。前几天,农科院几个教授过来说育苗要赶在立春前几天,然后做了苗床搞了一回培训,谭丽华说早育苗可以早点儿采收,能够多收几发,也就是早生崽崽早享福,趁年轻可以多生几个。要求各家各户采取小拱棚育苗,将土地掏成一米五的箱,将谷草或者谷糠倒在土箱上,再盖上一些土用慢火烧,说是将草籽烧死杂草才少。

培训会议在向朝田的街沿开,一位姓黄的教授说,育苗要浸种,口诀是两开一冷,就是一份冷水兑两份开水浸种二十四小时。他提来一壶开水,一盆冷水,将一瓢冷水倒进盆里,再将两瓢开水倒进盆里,然后将一包种子用纱布包好放进去。大家一看就懂了,但是心里有些抵触。其中刘子谷意见最大,他红着脸犟着颈子,一口天包地龅牙特别突出,他说:"不是做庄稼的人莫来说庄稼人的话,我种好多年了海椒佬,都是开春打窝撒几颗种子,也没有听说过用火烧育苗箱的。"大家开始附和着说,不承认用新办法做,也有人说:"我做几十年庄稼还不如你们这些脱产干部唛?"刘冬麦看到现场吵吵嚷嚷的,就大喊一声:"大家莫闹了，人家是农科院的教授专家，从事农业科技也是几十年，各自要认真听比学，不讲科学就骑不成摩托。"现场安静下来后，教授开始讲原理，用问答的方式。教授问："你们每年育苗后是不是草很多，经常要去扯？"有人就答："做庄稼肯定是要扯草噻。"教授又说："如果我们在育苗前将泥巴里的草籽烧死了，是不是就不长草了呀，扯草还容易将苗子带起来。"大家一听是这个理，态度开始端正起来。教授又讲了立春前后十天育苗的原理，示范了小拱棚的操作办法，一亩地的苗子准备苗床三尺二寸宽、八尺长，准备竹子块块用来拱棚，地膜就用普通地膜，盖膜要用好的塑料膜。

刘冬麦来到镇上卖农资的店铺，希望能够买盖膜回来平价供应村民，卖农资的不愿意，最后还是谭丽华联系县农资公司供应。办法是大家定好数量后交钱上来，由农资公司统一送到村上，示范片补助按规范做完后再补，贫困户物资供应可以先由农资公司垫着，验收完补助款到位后再付，苗床物资要求下周全部完成。

散会后，有人就在计划用好多膜、砍几根竹子。刘冬麦听到有人还是在说想哪个做哪个做，别人管不着。她心里不安逸，不是都为了大家好唛？就向刘粮田队长发牢骚，刘粮田队长说："农村工作就是这样，有的人接受能力始终要慢些，只有让人吃到糖了，后边的人自会跟上，凡事有个过程。"刘冬麦笑着说："什么问题在您那里都能化解得开嘎。"

组织部要求原村委会不动，可以作为村集体资产，要求重新选址，新村委会选在离现村委会五百米远的地方，建筑单位是组织部统一招标的，土地等相关协调工作由老支书负责，根据县委组织部提供的图纸，村里选了一栋土家民居样式，看好日子准备开工。刘冬麦提议等村里春节聚会时再举行开工典礼，让村里人都参加，提升乡亲们的参与感，改变长期以来对村委会的一种负面敌对情绪，目的是要拧紧这股绳子。大家认为要得。

刘冬麦在微信群里公布消息，新建村委会在聚会当天奠基，大家都欢喜，特别是在外边打工或者工作的人更期盼。"要修就修大气点儿。""要得，奠基我也来铲两铲泥巴，像个领导一样，那才鸡日弯[1]。""我要早点儿到，排在最前头。"大家你一言我一语，感觉就像自家屋头建房子一样，参与感特别强。刘冬麦心里想：自从实行土地联产承包责任制包产到户以后，大家各门各户，地分了人也就散了，村支两委干部在做工作，群众参与得少，干部委屈，认为各自做了很多事情得不到大家的理解。群众认为，凡事都村上干部做主，有好处都是干部捞走的，大家的心就不在一起，只有让大家共同参与村上的事务，误会才会减少，心才能扭在一起。

谭丽华早早地来到村委会，她对刘冬麦说："今年立春是腊月二十一日，育苗要早做安排。"刘冬麦估计了一下时间说："那必须得在腊月二十六以前完成才行，聚会定在腊月二十八日，不然到时搞不赢麻慌盘。"

1　安逸。

为了抢时间，几个组长分别到各自组里现场指导育苗，有不懂的问谭丽华，教授已经培训过一次，他们现在只是现炒热卖，都想在腊月二十六前育苗完成，追着各组各户早日完成任务，大家也都很积极，村上几个干部也分别到各组督促。

大部分都按照技术要求育苗，有几家人坚决不执行，理由千奇百怪：有的认为各自是老庄稼把式，不信任新技术的；有的因为没有吃到低保，就坚决不执行村上的任务，只要是村上安排的就要对着干，因反对而反对。总之，四五户人家有三四个理由。大家又好气又好笑，刘冬麦也听之任之，心想正好做个反面教材，做个对比试验，下一年好推广。

育海椒苗的工作，紧赶慢赶赶在腊月二十六日前完成了。接下来的时间，村委几个人全部心思准备大聚会的事情，他们分了工：老支书全面协调；刘冬麦和戴春兰负责采购以及维护现场秩序；向大鱼任总管，向世荞给向大鱼打下手，他们两人负责安排人整理刘旭果屋头的院子，安排哪个屋的拿碗，哪个屋的拿桌子板凳，又按照个人特长安排哪些帮厨，哪些打盘抹桌，全部都义务劳动，大家也踊跃报名参与。

刘冬麦和戴春兰两人开着三轮车在街上采购，大家晓得瓦屋村这个事，都好赊账，猪是找村上的两家人赊的，一切井井有条。

刘冬麦和戴春兰采购回来，坐在火炉边烤火歇气，戴春兰搓着手烤火，边搓手边说："嘿个扎，勒完全按照一个红会的标准来准备的嘎。"刘冬麦开玩笑地说："你个佑客说得对头。"两个人按照一个红会的标准核对，看差缺哪样，她用笔一项一项地列出。戴春兰拿过单子看了看说："别个红白喜事都要有乐队嘎，我们要不要请个乐队嚯。"刘冬麦伸手拍了一下戴春兰的脑壳说："勒个可以有，你娃脑壳够用。"

刘冬麦联系乡村的乐队，乐队传过来节目单，刘冬麦始终觉得缺点儿哪样。她默来默去，最后发现是缺了瓦屋村各自的东西。她提了一个要求，希望以瓦屋村为题编一个节目，乐队负责人说："你写得出来我们就唱得出来嘎，保证满意。"大家定了一个调，就是说唱节目。刘冬麦说主要音乐用《红彩妹妹》来改编，刘冬麦来创作，以红彩妹妹的音乐来编歌词，反正在乡村用也没有人告他们侵权。

晚上刘冬麦在屋里编歌词，一瞬间乡亲们的好，瓦屋村的热闹都浮现在眼前，不过现在一切已经物是人非，瓦屋村破败不堪，她的歌词回忆了过去的闹热，展望了未来的美景，尤其突出了大家对瓦屋村的期待等等，一共写了两页纸。有人建议刘书芝也来吹奏一曲，刘冬麦有点儿为难，晓得刘书芝心如死灰，也不敢去开口，默了一阵就有了主意。

第二天一早，刘冬麦就去找刘书芝帮忙修改稿子，歌词里有大家小时候在刘老师的院子里自习玩耍，听他吹笛子讲故事的片段。刘书芝看后也感慨岁月流逝得快，并帮忙修改了部分内容，刘冬麦趁机提出大家希望他能到场吹奏一曲的要求，刘书芝竟然同意了。随后刘冬麦将稿子发给乐队，要他们编演。

屋头也要准备过年，刘冬麦各自倒是不讲究，关键是老人、崽崽，马有才也要回来。她一个月前上街买了两个猪屁股，肥瘦混合着灌了一些香肠，剩下的肥肉用来炕腊肉，又将瘦肉切成大条子，扯把鲜三柰叶子，加上盐、花椒等调料腌制一天后挂在火上头熏起，其他的杂七杂八准备得差不多了。晚上和马多才、婆婆妈坐在火炉边，想着这些过年的美味，想着马有才也要回来了，就打视频电话问他具体到的时间。马有才将收拾的包裹给大家看，给一家人买的东西都逐一显摆，说还有两天就出发，坐长途车两天三夜到。大家都计算着团聚的日子，马多才提出要一个游戏机，马有才答应了，刘冬麦想到游戏机对崽崽眼睛不好，不过考虑到大家都这么欢喜，忍着没有开腔。

转眼就是腊月二十七，村子里开始活泛起来，一些人已经陆陆续续回来了。村子开始有了南腔北调：有带回来的外地女婿、佑客的调子；有在外久了习惯外地话；有一时转换不过来，上一句在说普通话，下一句又是本地话；还有故意拿腔拿调，大部分人回来后第一时间到村委会露个面打个堆，询问这个回来没有，那个回来没有。因为村委出面组织了这次活动，大家觉得村委会成了乡亲们的纽带。

留守的村里人按照向大鱼的安排，帮忙打杂的各就各位，也有外地提前回来的也赶过来帮忙，头天下午桌子板凳到位，碗盘酒碟就绪，两头猪明晃晃的挂在钩子上。老支书说要是有一个横幅就安逸了，谭丽华立即联系城里的广告公司做了一副，要求腊月二十八日早八点的中巴车带过来。有提前回来的帮忙的人，听说横幅明天才到感觉有点儿晚，就主动提出晚上去城里取回早点儿挂上，大家回来才有气氛，才有起眉动眼。

刘旭果院子里表演用的台子也已经搭好，背景字幕是瓦屋村乡亲大聚会，红红的灯笼和怒放的烟花显得喜气洋洋——本来乡村歌舞队只有一个背景，谭书记特别交代要为这回活动专门做个背景，费用由镇上资助。院坝里摆着八仙桌，一张红纸铺在桌上，向学斗老汉手握毛笔，笔沾浓墨，挥笔写下：旭日东升喷薄而出瓦屋村金光闪闪；日子红火奋力拼搏藤子沟喜气洋洋。横批是：脱贫致富。对联一贴，整个院子生出浓浓的节日的气氛。

第二天上午村委会奠基后，直接就可以观看表演，刘冬麦和老支书全面仔细地审查一遍准备情况，确定一切就绪，就放松下来准备各自的事情。

夜已经很深了，屋外狂风卷过去卷过来呼号着敲打着门窗，屋内灶火燃得很旺，马多才和婆婆妈都已经困着了。刘冬麦正准备油炸豆腐、酥肉等过年的吃食，她揉搓着酥肉想酥肉尽快入味，想着马有才喜欢吃麻的，就又多舀了一瓢花椒面。

刘冬麦边炸酥肉边想：以前天天在一起不觉得，有什么重活都是马有才争着做，要是他在屋头，炸酥肉这些活路他也不会让我干，她突然感觉很想他。

向学果提前回来，主动要求开车去接人。大约晚上十点钟到，刘冬麦带着马多才在路口等，天黑漆漆的，母子两人将手对穿在袖笼里，缩着脑壳，不断地走来走去才感觉身子热火些。"妈妈，我爸爸还有好久回来哦？""大概十分钟嘛。""好冷哦，我想回去了。""你还想要游戏机不？"母子两人一问一答，马多才想要游戏机，就不再开腔。

　　马有才是晚上十点半才到，比当初说的时间晚了半个小时，等得马多才发了好几回脾气，远处一阵亮光扫过来，接着就听见汽车喇叭的声音。马有才扛着一个花编织袋下车，看上去像个灰包，那张灰包脸笑得灿烂张扬，笑得刘冬麦有些心慌。马多才屁颠屁颠地去接他爸爸，但是真正看到他爸爸时还有点儿生分，面红颈涨不晓得喊人，突突地就问："游戏机呢？"马有才赶紧翻出游戏机给他拿着，那是一个掌上游戏机，马多才拿到手就听到嘟的一声开机了。刘冬麦担心他趴扑爬就呵斥到："叫花子等不得稀饭冷，回屋头才可以耍。"马多才气鼓鼓地回嘴："就要耍。"刘冬麦作势要打，马有才拦住刘冬麦不让打，小屁孩见有人顾着就胆子肥起来，一路叽叽咕咕发脾气。

　　马有才伸手拉住刘冬麦的手，并捏了捏她的手心，两个人手拉手往回走，刘冬麦的心咚咚跳，都说小别胜新婚，还真是有点儿欢喜又有点儿羞涩。接着就又听着嘟的一声游戏机又开机了。

　　马有才到屋头后，翻出给他妈买的衣服，老人家边开心地试衣服边说："花勒些空钱做啥子嘛，穿的家伙多。"笑得脸上的皱纹像开了一朵花。

刘冬麦给马有才下了一碗面，虽然晓得他在县城吃过饭，但是他喜欢吃她煮的面条，然后烧了一锅水给他洗个澡，因为长途车一路回来真的是风尘仆仆，这个滋味刘冬麦体会得到。乡下居住没有浴室只有洗澡盆，她将水放好，感觉有点儿不好意思，心想：个奶奶的，都老夫老妻了还不好意思，就借口进屋铺床去了，其实床铺是在几天前就全部换洗干净的。

马有才进屋时看到刘冬麦已经睡下了，神叨叨地拿出一个红灯芯绒的方盒子，打开里头躺着一个金灿灿的手镯。她虽然不好这些，但是收到礼物还是欢喜，微微有点儿害羞，瞟了一眼马有才说："你怎么不提前说哈。""就是要给你个惊喜。"刘冬麦看着他眼睛闪着星星，伸手将灯关了。

腊月二十八日早上，天刚麻麻亮，人们就来到村委会新址参加奠基典礼，施工方来了三台挖机，说三者升也。

县委组织部副部长、谭书记、王镇长，镇上管组织的都来了，村民们操着南腔北调也来了，大家传看着新村委会的设计图纸，觉得高端大气上档次。乡亲们见面后特别欢喜，穿西装的，穿休闲装的，有的穿着工装印着公司标记的，有钱的无钱的没有一点儿隔阂，瓦屋村似乎回到了那个热闹热烈的年代。大家站在村委会新址的坡脚，仰望着台前，从内心散发的欢喜洋溢在脸上，更是将这份热情传播传染着瓦屋村的每一个人。到场的大人崽崽大约有五百多人。村里的几个干部更是欢喜得很，老支书也毫不收敛地开心地笑着，刘冬麦心想：真是人逢喜事精神爽啊。

奠基仪式开始，先是老支书讲话，走上台，从荷包里拿出稿子开始读，他说瓦屋村过去贫困是因为没有技术、没有产业，未来的产业县委、县政府已经开始规划，在各方面开始投入，感谢党和国家，感谢县委、县政府，末了还加上感谢组织部。最后表态一定要带领乡亲们攻坚克难，坚决打好脱贫攻坚战，不辜负党和政府的关心和厚爱。老支书的讲话获得了一阵热烈的掌声。

接下来是谭书记讲话："瓦屋村以前是全县出名的落后村，现在的瓦屋村是全县脱贫攻坚的样板村，县委书记、县长多次表扬我们瓦屋，瓦屋还要发展海椒、脆李产业，水泥马路要全村修通，人行便道要修到家家户户，以后的瓦屋喝水不用抬，走路不湿鞋，家家有余钱，户户有保障。"人群爆发出欢呼声和掌声。"今天很高兴来参加奠基典礼和大家的聚会，没有想到瓦屋村人这么有凝聚力。能够有这样的团聚机会，大家要珍惜。瓦屋村取得的脱贫攻坚的成绩和组织这些活动，是村支两委的同志们在无私付出，希望更多的人回家乡建设瓦屋村，将瓦屋村打造成旅游胜地，让瓦屋村脆李脆得利索，让瓦屋村的海椒辣得红火，让未来的瓦屋人生活在花园里、走在公园里，大家没有信心？"大家齐声呼喊："有信心！"这声呼喊，犹如山呼海啸般撞向对面的狮子头，引来一阵阵回响，在场的每个人都被未来的目标激励着，被这洪亮整齐的声音感动着。最后谭书记提议全体为村支两委鼓掌，一阵又一阵的掌声回荡在瓦屋村，惊起的鸟儿盘旋在瓦屋的上空叽喳欢叫，更增添了欢喜的色彩。

接着是县委组织部副部长讲话，他说今天到瓦屋村参加奠基仪式，是受县委常委兼组织部长委托，他参加过一百多个村里的奠基仪式，这是最热闹的一回，他很感动，感动于瓦屋村人的团结、奋进。看到这种盛况感觉到瓦屋村脱贫攻坚非常有希望，给瓦屋村建一个新村委会，是一项民生工程，希望能成为脱贫攻坚的堡垒，成为瓦屋村人的中心，也希望村支两委不要辜负组织的厚望，将瓦屋村人团结起来，取得脱贫攻坚的最后胜利。最后祝福瓦屋村越来越美，瓦屋村越来越富裕，祝福大家新春快乐、事事如意。大家的巴掌哗哗地响起，响了很久很久，人们久久地激动着，干枯的枝丫、翠绿的松柏、地头的白菜也激动得摇头晃脑，对面的狮子头更是感觉像要舞动起来。

最后一项是开工。当刘冬麦一句："开工啰！"三台挖掘机瞬间一字排开，伸出挖斗先朝天拜三拜，再朝地拜三拜，依次拜完东西南北后挖了三挖斗，算是开工了。接着开始点燃花炮，这些烟花是返乡回来的部分乡亲捐赠的，他们希望奠基仪式热热闹闹，人们低头看着花炮从盒子里冒出，又抬头看着咻的一声蹿上天空。啪地爆开形成一朵一朵大花，大家脸上的笑容也像烟花一样绽放开来。最后向世荞将鞭炮点燃后，噼噼啪啪的鞭炮声响彻云霄，大家在鞭炮声中开始前往刘旭果屋头准备聚会。

来参加奠基的领导，也受邀请一同前往，一路上大家热情地打招呼，有些年岁大的更是抹着眼泪水握着老伙计的手感慨，说本以为这辈子见不着了，没想到还能回瓦屋村，大家说着各自心中的感慨。年轻人互相问着近况，小崽崽们不管是留守的还是外边带回来的，早就耍到一起去了。

向胜麦梳着亮光光的三七头来了，那件灰色的西装好像特意清洗整理过，整个人看上去精神干净。穿梭在人群里，看到那混得好的就往前凑，在这一种热烈的氛围下，大家都很热情，向胜麦到处打堆谈大保健，讲得热血沸腾。

刘存粮两口子也来了，他佑客穿着那身有些窄小的貂皮大衣笑容满面地到处打招呼，感觉很是热情兴奋，穿透力极强的笑声带得全场人更加热烈欢喜。

欢乐喧嚷的人流朝刘旭果屋头涌去，隔着老远就听到了老歌《谁不说咋家乡好》，人群面带喜色。刘冬麦晓得这是乐队在衔接上个活动，这个环节是早就对接过的，这是老师的建议，他说这叫无缝对接。

一进入院子口，一幅"欢迎瓦屋的父老乡亲们回家"的横幅让大家激动不已。院子后头的扣碗蒸得热气腾腾，切菜的幺姑、佑客将菜板剁得咚咚响，一堆堆柴火燃得旺相，火燎子嚓嚓嚓地四处乱窜，炸得生活像开了花。坝子边上是表演的台子，中间是吃饭的桌子，大家围坐着，说话嗑瓜子看表演。

眼看人流已经流进刘旭果的院子，就见那台子中央走出一群人，四五个人一起喊："回瓦屋村啰，看电影去啰。"

然后后边又出来十几个人,一个人起唱(《红彩妹妹》的旋律):

瓦屋村呀恩哎嗨嗨哟,心中最美哟哎嗨嗨哟,游子在外想家乡嗨嗨哟,今天回家泪涟涟。

瓦屋村呀恩哎嗨嗨哟,儿时乐园约恩哎嗨嗨哟,跳草打国嘛嗨嗨哟,老师家里听故事。

瓦屋村呀恩哎嗨嗨哟,没有困难呀恩哎嗨嗨哟,一家有难哎嗨嗨约,都有百家齐帮衬。

瓦屋村呀恩哎嗨嗨哟,要变样哟哎嗨嗨哟,大家一起齐努力嗨嗨哟,要让瓦屋变新颜。

又是一人喊:我们瓦屋人啰。还是一人起唱(《红彩妹妹》的旋律):

不怕苦呀嘛恩哎嗨嗨哟,齐上阵呀嘛恩哎嗨嗨哟,种植海椒脆李么恩哎嗨嗨哟,勤劳致富来脱贫。

团结起来恩哎嗨嗨哟,长草短草么恩哎嗨嗨哟,扯来坐到么恩哎嗨嗨哟,亲如一家唛乐融融。

祝福大家恩哎嗨嗨哟,出门在外恩哎嗨嗨哟,在家留守恩哎嗨嗨哟,家家户户喜气盈盈。

祝福瓦屋恩哎嗨嗨哟,早日脱贫恩哎嗨嗨哟,齐奔小康么恩哎嗨嗨哟,世世代代都幸福,世世代代都幸福。

结束的时候，表演的演员在台上做一个花朵的造型，第一个节目演完获得了雷鸣般的掌声，乡亲们看得泪流满面。第二个节目是刘书芝的横笛《多谢四方众乡亲》，刘老师上台，朝着大家鞠了一躬，一句话没有说，但是大家从他的笛声里感受到老师真诚的谢意。他是在感谢大家筹资帮助师母的恩情，大家唏嘘着他的遭遇，感动着他的这份感恩的情意。

　　刘冬麦认真地看完这两个节目，转身看到了刘存粮屋头的两个崽崽刘大米、刘小米。他们两个过来打招呼："冬麦姐，您好！"二人穿着休闲服，刘大米是老大，也是瓦屋村在外发展得最好的。"嘿，亿万富翁也回来捧场呀？"刘冬麦很早就听说刘大米是千万富翁，现在估计也上亿了，见他两兄弟过来，刘冬麦就开了个玩笑。"姐姐，你莫取笑我噻，刚才看到你也在看节目，就没有打扰。"刘冬麦看到他们两人眼睛都是红红的，应该与大家一样都感动得哭了。刘大米用本地腔调说："多承村里组织了勒回活动，勒回能够回来团聚，真的不容易，看到很多小时候的伙伴，我更是欢喜遭了。"刘冬麦暗暗想，这两个小伙子跟他们的妈老汉不一样呀，看来大家还是缺乏沟通。刘冬麦将他们介绍给书记、镇长、县委组织部副部长，大家都晓得他们的大名，书记、镇长也想动员他们回来投资，热情地邀请他们兄弟两人坐在一起。刘冬麦看着两兄弟的言行举止，感觉印象还可以。

　　第三个节目完了，大家就起哄，要求刘冬麦去讲几句，因为瓦屋村乡愁群是她建的，是这次活动的组织者，大家对她更亲切些，刘冬麦觉着不大好，建议请谭书记给大家讲几句，大家掌声雷动。

谭书记的讲话很有水平，他说："今天瓦屋村搞了这样一个热闹重大的活动，非常有意义，我们很受感染。借这个舞台，我讲三点。一是今天瓦屋村人能够聚在一起，是一件很感动人的事情，证明大家是爱着瓦屋村的，瓦屋村人都是好样的，在外边挣钱为瓦屋村争光，留守在家勤奋努力为瓦屋村守家。二是瓦屋村贫穷是因为过去没有产业，土地少，现在开始脱贫攻坚了，县委、县政府高度重视瓦屋村的脱贫工作，专门派了农委的农技专家过来，现在初步确定发展脆李子和海椒两大产业，瓦屋村要脱贫致富奔小康，瓦屋村要发生很大的变化。三是希望大家回村建设瓦屋村，现在的瓦屋村已经由后进变先进，脱贫攻坚精准识别成为全县的先进典型，县委书记大会小会都要讲瓦屋村的工作做得扎实，希望大家共同来建设我们美好的家园，咱瓦屋村山美水美，只要加上产业美就有了灵魂，就有很多人来玩、来买、来吃。上回就有个作家过来，写了篇文章发表在《重庆日报》上，他说瓦屋村美得像处子，是一个可以用风景下酒的地方，大家朝湖边看过去，是不是就像在画中一样，是不是用风景可以下酒？最后祝福瓦屋村越来越好，祝福大家新的一年全家安康，阖家欢乐，财源滚滚。"又是一阵雷鸣般的掌声，节目又上了两个，刘冬麦想着乡亲们肯定有很多话想说，就跟主持人打了招呼，让他见机行事，有想要上去讲的、唱的、跳舞的都可以，大家来个自娱自乐。

在一首《红红火火过大年》后，主持人出来说话了，这是个会说的主，他说大家出门在外，心里念着瓦屋，想着家乡，他乡装不下游子的灵魂，故乡装不下游子的躯体，有哪个愿意上来讲几句或者唱一首的大家欢迎，刘冬麦主任说了，咱们今天来个自娱自乐，有想唱的、跳的或者想说几句的都上台来。一时间大家很兴奋也很期待，想上台可能没有准备好，就你推我我推你的。

刘冬麦见状就先上去了，她说："我提议大家来个咱们土家族的民歌《六口茶》，来个男女对唱好不好。"大家欢呼起来。

刘冬麦和主持人分别带着现场男女，自动分组对唱起来，主持人扮演男生，他盯着刘冬麦轻佻地唱道："喝你一口茶呀问你一句话，你的那个爹妈噻在家不在家？"这边刘冬麦扭捏地回道："你喝茶就喝茶呀哪来这多话，我的那个爹妈噻已经八十八。""喝你二口茶呀问你二句话，你的那个哥嫂噻在家不在家？"回道："你喝茶就喝茶呀哪来这多话，我的那个哥嫂噻早已分了家。"男声："喝你三口茶呀问你三句话，你的那个姐姐噻在家不在家？""你喝茶就喝茶呀哪来这多话，我的那个姐姐噻已经出嫁了。""喝你四口茶呀问你四句话，你的那个妹妹噻在家不在家？""你喝茶就喝茶呀哪来这多话，我的那个妹妹噻已经上学哒。""喝你五口茶呀问你一句话，你的那个弟弟噻在家不在家？""你喝茶就喝茶呀哪来这多话，我的那个弟弟噻还是奶娃娃。""喝你六口茶呀问你六句话，眼前这个妹子噻今年有多大？""你喝茶就喝茶呀哪来这多话，眼前这个妹子噻今年刚十八。"就这样男问女答,妙趣横生,年轻人边唱边打着节拍,那些岁数大的也跟着拍起手来,气氛越来越热烈。

对唱完后刘冬麦说:"瓦屋虽然小,这是生我养我的地方,瓦屋虽穷,但那是我的家乡。刚才主持人说他乡装不下游子的灵魂,故乡装不下有游子躯体,我是很有感受的。想当初打工时第一次给母亲打电话,拿着电话哭得说不出话来,上回回瓦屋,离开崽崽的时候一直哭到利川。我们只有在外打工才能收入高一些,才能让老人、崽崽生活得好一点儿,如今党和国家高度关注着我们这些贫困地方的发展,要让未来的农村成为令人向往的地方,未来的农民成为一个令人羡慕的职业,未来的农业成为一个赚钱的行业。回到村里不到一年,感受到国家对贫困地区的支持越来越大,我相信我们瓦屋村人不比别人笨,我愿意在村里做好前期工作,等有了基础大家一起回来建设瓦屋村,让我们大家一起努力将瓦屋的山水打造出来,将瓦屋村的产业做起来,让瓦屋人走在花园里,生活在公园里,好不好?"

台下大家一起高呼:"好,好,好……"

刘冬麦开了头,在主持人的带动下,大家纷纷上台,有表演的,有讲几句的,气氛开始轻松活络起来。大家讲着小时候的趣事,想念着那些在或者已经不在世上的人,现在的瓦屋村就像是一锅沸腾的开水,过去的不愉快和是非都长草短草扯来坐到佬,现在是相亲相爱的一家人,一些对村委会有误解和不满的人,也因为家人回来和这种热烈的气氛被淡化,大家都被满满的幸福感包围着。

刘存粮两口子本来准备显摆显摆，没想到两个崽崽到场后，根本不和他们两个一路，可能各自的妈老汉的德行他们也是明白的，况且大家在这样一种氛围中也没有人去理他们，在这种快乐的气氛中，大家都很欢喜。

刘冬麦提议让刘大米说几句。刘大米谦虚地走上台，边走边给乡亲们点头，他说："离开瓦屋勒么多年，我很少回来，能够参加勒回瓦屋的盛会，我终生难忘，能够见着这么多的乡亲们，我更是欢喜遭佬，这个年是我过得最安逸的一个年。勒些年无论在哪步，经常梦见瓦屋村，梦见月亮底脚跟大家一起在生产队保管室的麦草堆上耍闹，梦见跟大家一起提着小板凳打着火把到十几里外的赵山、中坝场、三河场看电影。我小时候的理想就是想当一个放电影的。"大家哈哈大笑起来。

受到启发，老支书的崽崽也走上台，他说他从小最好吃，在外边最想念瓦屋的鲊海椒炒腊肉，洋芋筡饭。有一回上夜班，跟工友们摆瓦屋村吃的调盒，越摆越饿，摆得工友们口水直流。他说他小时候的梦想是做个杀猪的，因为杀猪的有肉吃，特别是每回看到杀猪匠把猪脚筋抽走就气大忙了。一时间大家笑得东倒西歪。

几个人抢话筒，向学果抢到了，他哈哈大笑着跳到台上，故意咳咳两声说："瓦屋自古以来都分姓刘的姓向的，两姓人一直扯皮。我问一下，您们记得刘家和向家到底有哪样仇吗？一些陈芝麻烂谷子的事情拿来反复嚼，大家觉得有意思不？大家各自默一哈，你姓刘也好，你姓向也好，到底有哪样仇？""是哦喂，姓刘的把我祖辈打了一顿，养了半年时间的伤，据说是祖祖的祖祖的事情。"说完掰起指头算起来：我到我祖祖是四辈人，祖祖到他祖祖又是四辈人，一辈人打六十年算，那不是四百八十年，真是的，有哪样仇嘛。我们只是晓得两姓有仇，具体也不晓得是哪样仇，这些年是逢姓必斗，也没有出过哪样重大的事情。"大家开始议论思考。"我们在外头噻说起重庆老乡，甚至把四川的、云南的、贵州的都当老乡，听到这个边方的声音都亲得很，都要认老乡都要帮忙，大家还在屋头窝里斗。"向学果继续说。有那十几、二十几岁的年轻人就缠着大人问什么是两姓斗争，更是对什么两姓斗争莫名其妙。向学果继续说："我提议大家莫斗了，好好团结起来把瓦屋村搞好，大家说要不要得？""要得！要得！"大家大声地回应着，掌声哗哗地响起来，这阵掌声伴随着愉快的尖叫声持续了很久很久。主持人立即开腔："我提议大家干一杯。"不管喝酒没喝酒的全部都站起来，有酒端酒，没酒端水，什么都没有的大家端起空饭碗，一声"干杯"响彻在瓦屋的上空，瓦屋村洋溢出一股甜蜜的芬芳，从刘旭果的院子弥漫到整个瓦屋村。

  村委会的人全部安排了工作，刘冬麦主要管理安全和秩序，所以一直在转来转去。一个长发披肩的女人的背影孤独地站在湖边，刘冬麦心想这么闹热，这个幺姑一个人在湖边干啥子嘛。赶紧下去查看："喂，大家都在闹热，你一个人在湖边干啥子嘎，快点儿上去吃饭啰！"那幺姑转过头看着刘冬麦笑了笑，刘冬麦一看这不是向春谷唛,眼见出落得更是漂亮了,只是脸上上了脂粉口红遮住了本来的面目。刘冬麦过去拉住春谷的手说:"妈呀!这不是春谷幺姑唛,出去时是女将,回来是个漂亮的幺姑了也。你一个人回来的勒,还是跟你老汉一起回来的勒?"春谷嘴角扯了扯,不大笑得出来。刘冬麦看着心痛就不问,只是拉着手往回走,喧嚣热烈的声音传入两人的耳朵,瓦屋村被包围在一种幸福里,刘冬麦喜盈盈地拉着向春谷回到刘旭果的院子,乐队正在唱着"妈妈准备了一些唠叨,爸爸张罗了一桌好菜"……刘冬麦给向春谷找了一个位置坐下,几个幺姑佑客瘪瘪嘴立马起身走了,刘冬麦隐隐听到一句:"跟那号人坐在一起,还怕得病嘎。"有几个男人坐着没有动,就被佑客鼓着眼睛强拉着走了,一张桌子立马空荡荡的,刘冬麦发现气氛不对,转头看到向春谷对着表演的台子痴痴地流泪,她打了一惊,来不及细想,也不想让她发现大家不愿意跟她一张桌子吃饭,就拉着她穿过人群找到戴春兰交给她说:"你陪着春谷幺姑,好好地照看着。"又悄悄告诉戴春兰,让她找一个老人的桌子吃饭,然后又开始穿梭忙碌。

开始摆席吃饭了,扣碗、烧白、老咸菜炒回锅肉、白菜血旺、猪脚脚炖萝卜、鲊海椒炒回锅肉等等,大家开始大块吃肉。男人们开始喝转转酒,刘冬麦看到刘大米、刘小米也参与到你一口我一口的喝酒中,心想:这两个崽崽不错,现在大家在外边都讲究一人一个杯子喝酒,回到瓦屋就成了瓦屋的崽崽了。特别是那些刚从外地回来的人更是不顾形象,实在是离家太久,想念家乡的味道太久。

台上表演继续，老支书带着村支两委上台敬酒，他说："在瓦屋村当支书几十年，感谢大家的支持，更是感恩今天大家能够回到瓦屋村来，没有想到大家这么爱着瓦屋村，遗憾的是因为人多要办席，所以猪在昨天已经杀了，没有让大家亲自参与杀猪的过程，这是一个遗憾。"有人就起哄说："明年早点儿回来亲自杀猪。"最后老支书表态说："有国家照看着，有县委政府乡镇的支持，明天的瓦屋村将建设得更好，大家一起喝一哈。"大家一起喊着"喝一哈"，声音又大又整齐，大家仿佛看到了齐心协力谋发展的瓦屋村，看到了未来的美好。

向胜麦不停地到处穿梭敬酒，见到认为混得好的人就摸出一包中华烟。刘大米两兄弟和向学果坐在一起，向学果发现向胜麦的烟盒里边有倒装和顺装的两种烟，他给刘大米装烟时拿出的是烟嘴朝外的，给向学果抽出的就是烟嘴朝里的。向学果鬼精得很，看了一眼牌子不是中华烟，也不戳穿刮他面子，就将烟还给他，笑着说："我要那烟嘴朝外的。"向胜麦就面赤面赤地将烟嘴朝外的抽出来递给向学果，向学果看了一眼说："勒才是中华的嘛。"也不抽就顺手夹在耳朵边上，向胜麦将那支向学果还回去的烟继续倒装着塞进去，若无其事地甩到下一处去演讲打堆去了。

吃过少午饭，大家久久不愿意离开，东一堆西一堆地摆龙门阵。刘粮田队长又加了几堆火，有的已经喝二麻了，到处甩着说一些酒话，大家互相交流着这些年工作和生活，说着过去和未来。

晚饭是计划好的，谭书记、王镇长和组织部长等领导们要离开，留不住也就送走了，走的时候纷纷给竖起大拇指，说这样的村支两委干得好，这样的活动很有意思，可以更好地提高凝聚力，未来乡风民俗的改变也可以通过这种方式来引导，大家脸上都泛着红光。谭丽华由衷地说："我们瓦屋村这个活动真的是不得了。"大家都满满的成就感，连向大鱼这个把钱看得最重的人，这回服务都没有谈钱，大家都被自己感动着。

整个下午，院子里的人围着一堆大火，听着向学斗老汉摆龙门阵，向胜麦演讲的小场很快就被这个大场把人吸走了。那老汉终于找回了大集体时剥苞谷的感觉，大家有时听他摆，有时又插嘴讨论提问，那些年轻人崇拜的眼神，让苍老的面容焕发出光彩来。

晚上的聚餐更是喝酒喝到十点钟才散，大家是酒足饭饱。老支书拍着向大鱼的肩膀说："大鱼，你安排人将喝得二麻二麻的人送回屋头去，才算完成这个总管的职责哟。"向大鱼本人也已经左脚靠右脚了，嘟哝着拍着胸膛说："您就放心吧，我肯定是个合格的总管。"不过大部分都是全家人出动，都有屋头人陪同，少数几个让开车回来的人送回屋头去了，关于费用一家摊多少，要由文书向世荞算出来公布在微信群里并通知队长。

向大鱼负责善后工作，他将刘冬麦叫到一边说："为了避免说空话，善后工作村干部一起来做。"刘冬麦心想人多嘴杂恁个做才要得，她把几个人喊拢，大家一起检查盘点剩的食物，盘点结果是剩余扣碗三十五个，烧白三十二个，剩下的板板肉有十三斤，白酒二十五斤。经过大家商议后，村委会决定将白酒和一些杂七杂八剩菜留给刘旭果屋头，其余送给村里的贫困户。

回到屋头已经是深夜了，刘冬麦才感觉鞋子很紧，脚都站肿了，她自嘲地说："格老子的，搞个活动吃个刨猪汤未必脚都长肥了唛？"崽崽和婆婆妈已经瞌睡了，马有才在沙发上看电视，进屋后看都没有看她一眼，她感觉气氛有点儿怪异，心想可能是今天忙了一天，没有得空陪他不欢喜了，是不是他的意识里刘冬麦应该跟他公不离婆、秤不离砣才对。刘冬麦赶紧坐过去挨着，一脸狗腿地赔着笑说："啷个不欢喜了耶？"马有才转过脑壳朝着墙壁，刘冬麦见他不理，就靠在他肩头上撒娇说："今天确实事情多了，没有得空照顾你，对不住嘛。"然后边说边摇晃着他，马有才一脸灿烂一脸得意暴露了他的阴谋，放下心来的刘冬麦狠狠地一耳光铲过去，但是轻飘飘地落在马有才的脸上，马有才顺势抱着刘冬麦，两个人笑着玩成一团。马有才怕惊醒老人和崽崽，连忙递眼色喊刘冬麦不要大声笑闹。

马有才酸溜溜地说："主任大领导，晓得你一天到晚招呼勒个应承那个，没有吃啥东西，各自不注意身体，屁都不是。"起身端来热水给她泡脚，又端过来两个荷包蛋给她。刘冬麦心想：勒个锤草棒，虽然话不顺耳，但是还是很关心我的。感觉到心里一热，就娇滴滴地回了句："有你老人家在，我就不得挨饿嚏。"

腊月二十九这天，大家都准备过年了，村支两委干部说好没事不到村委会去了。刘冬麦困了一个懒瞌睡起来，披头散发还没有梳洗，就看到刘大米两兄弟过来了。马有才赶紧招呼他们火炉边烤火，刘大米坐下就捞起火钳翻火，边翻边说："这火炉火烤起才安逸，好多年没有这种感觉佬。"马有才说："未必你们屋头没有烧火唛？"刘大米说："我妈老汉自从修了新房子后，就搞洋范烤电炉子，弄得我们回屋头过年一点儿感觉都没得，家乡就是家乡的样子才好，就是火酒、腊肉、火炉火、灰磁豆腐、洋芋饭，那才叫过年，那才安逸。"马有才端出来瓜子、花生、米米糖招呼着。刘冬麦心想：勒两兄弟来做啥子呀？难道是他妈老汉当"黑耳巴"[1]唛，他们兄弟不可能是来找事的嚏？当下立即想着对策，心想如果他们要说，她就把话说透，把事情讲明白，让他们明白他们的妈老汉是啷个为人的。

　　刘冬麦简单梳洗后也坐在火炉边，他们两兄弟和马有才已经摆得劲头鼓鼓的了。马有才在广州，他们两兄弟在深圳，隔得不远说起来话题多，马多才在火尾巴根坐着耍游戏。她坐下来看看他们聊天，感受到他两兄弟没有哪样恶意，所以也放松了一些。

　　大家寒暄了一会，刘大米说："冬麦姐，勒回回来参加聚会，我很感动，乡亲们都很激动，大家都给你们点赞耶。昨天跟老支书摆了会龙门阵，我妈老汉的所作所为我们已经晓得了，因为我们从上中学开始就少回屋头，工作创业后，连打电话的时间都很少，我们觉得亏欠他们就给钱，没想到养成这副德行。"刘冬麦

---

[1] 告黑状。

说:"毕竟年岁大了,脾气有点儿怪也正常。"刘大米接着说:"他们之前打电话说东说西的,我本来对你和村上还有点儿看法,昨天我看到了你们对瓦屋村的付出,对乡亲们的真心,大家都说看了你们精心编制的节目,好像回到了过去的瓦屋村,那时上学放牛打猪草,捡谷子吊吊,好像每一样都没有落下一样,大家都欢喜遭了。我毛弟也说,'像这样的人和组织,应该得到大家拥护'。"他顿了顿又说:"我妈老汉这个样子,觉得很对不住大家,希望不要与老人计较。"刘大米很诚恳地说。刘冬麦说:"我们也有做得不好的地方,在村里别人说你妈老汉说话口水淹死人,走路衣裳角角就要铲死人,我们以为你们两弟兄也是这样的人,也没有跟你们沟通,今天你勒么说我也感到很惭愧。"刘大米两兄弟连连摆手说:"你们不计较就好。"刘冬麦连忙表态:"不会,不会,我以后也要多跟他们两个老人沟通,你两兄弟不在屋头,以后有啷个事情我们都帮忙照应着,你们只顾找钱,为我们瓦屋村争光就好。"

闲摆了一阵,两兄弟说出真正的来意,主要是想问一下昨天所有费用是好多?他们希望乡亲们能够给个面子,全部支付了。

刘冬麦一时不晓得啷个回话,心想大家对他妈老汉还是很惧怕的,怕要沾了点儿便宜要遭口水淹死,默了一会儿说:"勒回也没有花好多钱,有些账还没有付,最多不过三万多块钱,总共参加的六百人,只有两百来个户,一个屋头百多元钱,大家说好的二一添作五就二一添作五,舞台乐队是镇上支持的,干脆勒回就按照当初约定算了，以后你要赞助我们也欢迎。"

最后两兄弟说了，以后瓦屋村有哪样事情，给他们说，他们愿意来赞助，如果有哪样好项目，他们可以回家乡投点儿资，希望刘冬麦帮忙留意一下项目。刘冬麦心想，这样低调的崽崽，哪个会有像几个羊子赶不上山的妈老子呢？

他们两兄弟要到中午时候才告辞，刘冬麦两口子留他们吃中午饭，他们说要回去陪妈老汉，刘冬麦也就没有强留。

他们走后，刘冬麦有点儿小欢喜，得意地给马有才说："你看，乡亲们不是很喜欢我？""人家只不过是当面奉承你，当你是莽子。"马有才一下子杠过来。刘冬麦气极了，连珠炮似地说："你多是个人精哟，你好能干的哟。"说完斜睨着眼睛气冲冲地到灶屋去了，真是呕死人，好像过日子就是为了抬杠。

马有才撵进灶屋，刘冬麦不理他，见刘冬麦在切菜，就嬉皮笑脸地说："我来，我来，勒些活路哪个可能你来做嘛，你是动脑壳的，快去坐着享福。"说完边推开刘冬麦边，边拿起一块刀板肉喂给她，刘冬麦坐在灶门前，吃着刀板肉，脸上溢出满满的幸福来，马有才斜着眼睛瞟了她一眼，脸上也溢出满满的幸福来。

瓦屋村因为大聚会，一些多年没有回来的，举家外迁的都受到感染回来了，大家有的彻夜长谈，有的邀约打牌娱乐，各种腔调各种语言在各家门前各个院子飘荡着，整个春节瓦屋村洋溢着热烈而欢乐的气氛。

第八章
春日

年三十，火炮声啪啪啪的响了一天，有时在上屋，有时在中屋，有时在下屋；有时一起响，有时分散响；有的是家家户户贺新年，有的是给另一个世界的亲人烧纸钱拜年。整个瓦屋村震天地响着，比哪一年都要闹热。

刘冬麦和马有才带着崽崽一起上山，他们去给另一个世界的奶子和爷拜年，听到四处火炮声震天地响，看到瓦屋村四处冒着黑烟。瓦屋村的乡俗是要上坟，就是将去世的亲人坟前的渣渣草草用火烧了，并在坟顶上上新泥，这在瓦屋村叫上坟。刘冬麦心想：勒些砍脑壳的，上坟的规矩要在立春前，现在都立春了，是不能上坟的。如果春后上坟于来年不利，这些人出外多年了规矩都搞忘了。正想着，碰到向学果捞着柴刀下来，刘冬麦说："我刚才看到你屋老汉坟前在冒烟，想必你屋还在上坟唦，都已经立春了嘎。"向学果说："几年没有回来了，把坟边的渣渣草草捞哈子烧了，没有动土就不叫上坟噻。"刘冬麦心想：各自哈戳戳的，别个换个说法就上坟了。

在瓦屋村，年三十是最隆重的，家家户户翻出准备的年货做年饭。刘冬麦正在切着煮熟的半肥半瘦的腊肉，褐红的腊肉冒着热气闪着油光。马多才伸手想吃刀板肉，被刘冬麦打了一下手，就瘪着嘴巴哭起来。刘冬麦说："过年过节的莫哭佬，等会给老辈子献完符纸，你就可以吃佬噻。"马多才哭着问："为哪样不准吃嘛，往天我吃刀板肉你都不说的，为哪样今天要装怪？"刘冬麦说："一点儿都不讲规矩，你也你的喊，对老辈子要喊您。"接着蹲下身解释说："土家族的规矩，大年三十中午，活着的人不能先吃东西，必须要献完符纸才可以吃。""那啥子叫符纸嘛？"就是敬那些走了的老辈子吃了，才可以吃，反正要喊你吃才吃。"刘冬麦感觉说不清楚，只好支吾着说。马多才似懂非懂地点点头。刘冬麦一边诓着马多才，一边喊马有才："你赶紧去献符纸，免得崽崽想吃得很。"

婆子妈蹒跚地走过来，拉住孙子的手说："往前你热吃糖，今天糖大盘大盘地摆着，你勒狗东西不吃，非要吃这刀板肉，等一会儿献完符纸就可以佬。"

马多才跟着他老汉一起去献符纸，他们将饭菜和酒摆在堂屋正中的供台上，把钱纸一张一张撕散，两爷子往燃着火的钱纸堆上添纸钱，马多才见他老汉喊着死去的亲人的名字，让他们来拿钱，就赶紧多抓几张放进火堆，喊着："爹爹、爹爹快来拿钱，不然嘎婆、嘎公拿完了。"正在跪拜的马多才噗地笑出声来。

夜歇，全屋一起按时坐在电视机前，嗑瓜子吃糖果看春节联欢晚会，又干又大的树疙瘩柴燃得旺旺的，火星子噼噼啪啪地炸着，乌黑的茶壶挂在冲搭钩上，水开了冲着盖子"噗叮噗叮"地响，开水涨出来"噗"的一声将盖子冲跳起来，落下去时盖子碰着壶口又叮的一下。在瓦屋村讲究三十天的火，就是三十天火旺来年才家旺，柴疙瘩烧得越大，来年的猪才越大，家家户户会提早准备好三十天的柴疙瘩。

刘冬麦靠在马有才身上，儿子靠在刘冬麦身上，婆子妈笑眯眯地坐在火尾巴根上，一家人围在一起看春节联欢晚会，整个屋里弥漫着幸福的气息。刘冬麦惊觉上回一家人团聚过年，是儿子五岁的那年，转眼又是五年过去了，年年和家人团聚的习俗在打工人身上是一种奢侈，往年打工因为春节期间加班费高，也因为回屋头的费用高，还因为厂里走的人多了不批假等原因，他们一般选择不回来。

在厂里过年，就是三十晚歇开始放假，初三开始上班。在外过年都不算过年，简单弄点儿吃的，主要是耍，没有一点儿年的味道。白天都空乏地到处转转，更多的时间就是打席子（困瞌睡），想念着屋头的亲人和年味，感觉凄凉冷清。还有那单身在外的，就更是一碗方便面过个年，喜欢喝酒的夹带二两小酒，困个昏天黑地的瞌睡，年就算过了。想到那时崽崽、婆子妈在屋也很凄惶，刘冬麦突然就感到有些后怕，觉得那些年真是过得荒唐。

还有几分钟就十二点要圆钟了，刘冬麦和马有才赶紧去开水龙头接水,所有的桶桶、盆盆以及水缸全部接满,边接边念叨:"一股银水往屋来,一股银水往屋来。"刘冬麦提来洗脚盆,将茶壶的水倒出来加上冷水兑好,让大家洗脚,特别交代马多才要泡到膝盖处,不要泡过了。崽崽不解地问:"为啷个不可以洗过了嘎?"刘冬麦瘪瘪嘴说:"你娃见识少嘎,如果三十晚上洗脚没有超过膝盖处,来年你走到哪里饭都没熟,如果洗过膝盖,你走到哪里就饭吃过佬。"马多才不服气说:"那是你们大人的规矩,我不晓得正常,你给我摆一回嘛。"刘冬麦说:"你去吃饭有没有听过别人说'耶,你脚还洗得好嘎'?"儿子是懂非懂地说:"好像是听说过的。"刘冬麦说:"就是这个意思。"

一家人洗完脚,马有才将洗脚盆放到边边,也不倒水,这盆水要初一下午才可以倒出去,倒早了就是倒掉来年的财运。刘冬麦赶在圆钟前将菜刀、扫把藏起来。马多才好奇地问:"为哪样要将菜刀和扫把藏起来呀?""反正老辈子就是恁个教的,一辈传一辈,听说初一天见了菜刀来年容易受伤,见了扫把容易折财,还不准梳头,说梳头一年到头饭菜都有头发。"

电视里开始倒计时,马有才将鞭炮放在街沿上,待数到一时,一串火炮噼噼啪啪的响起来,接着一朵一朵的烟花开始"咻咻"地蹿向空中。此时的瓦屋村家家比着武,比哪个屋头的火炮更响放的时间更长,哪个屋头烟花放得最多。

瓦屋的夜空绽放着一朵又一朵的烟花,噼噼啪啪的火炮声响彻整个瓦屋村。刘冬麦和婆子妈站在院坝里,她看着马有才父子二人放烟花，看着一朵又一朵的烟花蹿向空中，然后炸裂散出一团花来，她们的心底感到踏实温馨，认为这样的生活就是美好。

正月初一到十五，连晴半月，花草树木开始萌春，有那性急的已经开始冒出牙尖尖来。

刘冬麦从初三起，每天去看海椒苗子。马有才开着三轮车，她坐在副驾上左手返抓车厢栏杆，儿子站在后车厢，两手紧紧地抓住车厢栏杆。

红色的三轮车突突地卷起一阵冷风，马有才的短头发被风卷得一根根竖起，刘冬麦乱飞的头发扫得脸上麻痒麻痒的，他们兴奋地大喊大叫。三轮车在老屋基停下来，一家三口站在坡地上，十几个白晃晃的小拱棚，在阳光下闪着光。刘冬麦看到这些小拱棚，仿佛看到了一车一车的海椒。苗床看上去没得动静，她找来一根小棍，轻轻撬起来一颗种子，看到已经在插脚了（发芽），又逐个将苗床走完，看到情况正常，才放下心来。

谭丽华走的时候，特别交代要注意敞篷，气温低时没关系，气温高时一定要记得敞篷，不然半小时就可能要烧苗，所以刘冬麦时刻警醒着。

刘冬麦用本子将操作规程记下来，感觉宣传不大方便，决定回村委会打印出来，一个屋头发一张。三轮车又"突突"地开往村委会，她开始用电脑打字，有点儿慢，马有才在旁边嘴喳喳的，不断地指责这错那错这慢那慢，搞得她心里烦躁。看着那张一张一合的嘴巴，刘冬麦真想一巴掌铲过去，但是估计打不赢，只好强憋着气,转头对崽崽说:"你不是很崇拜你老汉砍漂[1]的手艺唛?快跟你老汉去学嚁!"马多才欢喜地拉着他老汉到湖边去了。

为了节省时间,刘冬麦只将最近急需的苗床管理规程从笔记本上,一个字一个字打到电脑上再打印出来,同时将电子档发到手机工作群里,让各队队长都通知下去。刘粮田队长在群里发了一个敬礼的照片,有的发收到,有的发图片。刘冬麦反复交待要当天发下去,晚歇时收到几个队长的回复,说资料已经发完了,心想这几天可以安稳休息佬。

接下来几天,刘冬麦完全放松下来,玩狮子、玩牛、玩龙灯、打道钱、划干龙船的队伍不时到屋门口。土家族人过年就是这些板眼,有人组织狮子龙灯队以及各种队伍到每家去拜年。初四早上,刘冬麦一家刚刚吃过早饭,就听到咚锵咚锵咚咚锵的锣鼓引子从远到近过来,刘冬麦猜到是到各自屋头来拜年了。

刘冬麦和马多才从后门钻出来,站在高处的田坎上远远地望着,一条黄色的长龙从上屋的田坎上游了下来,还有一条黑背白肚子的牛也慢悠悠地踱过来。由于隔得远,敲锣打鼓捞龙捞牛的人看不清,只看得见被高高举起的龙和牛浮游过来,当他们靠近藤子沟湖面的时候,远远看去,感觉龙和牛游在瓦蓝的湖面上。"妈妈,那龙和牛啷个飞起来了喂,像在演神话故事。""哈哈,你娃想象力丰富。"咚咚锵!咚咚锵!的锣鼓引子越来越近,敲锣打鼓

---

1 让小石头在水面上飞。

和捞龙、捞牛的人也渐渐清晰起来。马有才早已经拿出了火炮、纸烟和利食钱等着队伍的到来。

玩龙灯的队伍后边跟着长长的一串看热闹的乡亲,队伍还在院坝口,锣鼓引子开始急促起来,只见一条飞舞着的龙和一条腾挪矫健的牛进入院坝,一个人拿着草逗着牛又不让它吃到嘴,牛就跟着这把草使尽浑身解数想要吃到,这是土家玩牛。另一个是玩龙灯,一条十八节的龙灯舞得团团转,只见一颗龙珠在前边引着,一条明黄色的飞龙腾挪跳跃在院子里。

正热闹着,突然一声长腔"哎!""咚咚呛!""咚咚呛!"说吉利的开始了,龙和牛都停下来朝着正屋点头。"威武雄鸡昂首望啊,挺胸阔步勇向前,瓦屋村上好领导啊,带领瓦屋奔小康!""咚咚呛!""咚咚呛!"接着牛和龙就又舞起来,舞了一回,接着又听到哎的长腔,"咚咚呛!""咚咚呛!"的锣鼓引子又停下来。"远看是雾气腾腾,近看是贵府的衙门,贵府行的是人财兴旺运哈,走的是事事顺畅路!""咚咚呛!""咚咚呛!"反复几回结束后,马有才拿出红包利食钱和烟答谢,一条龙和一条牛就又蜿蜒在瓦屋的山路上,往别的人家去了。刘冬麦看着牛和龙浮游着渐渐远去,心里默想着这玩狮子、划干龙船和打倒钱的今年还没有来嘎。

幸福的日子是短暂的,转眼过了初七,瓦屋村人出门的准备出门,种庄稼做活路的开始上坡,有几个人在年前都打了招呼要到村上办事,很多人在初十边要走。瓦屋村人过年的习俗是过完正月十五才叫过完年，一个正月都在过年的氛围中，刘冬麦困了个懒瞌睡，十点钟才到村委会。

村民向学果、刘仙玉、刘学豆几个人，看到大门紧闭，吸着纸烟蹲在村委会的院坝，大概是要办事。刘冬麦赶紧招呼："嗨，大家早。"几个人就站起来打招呼，向学果要来给小崽崽上户口，弄证明。刘仙玉要办证明去补办身份证，刘学豆陪向学果一起来，刘冬麦就笑话他说："你两兄弟才是难兄难弟哟，办个证明都要一路。"

刘冬麦注意到刘仙玉也跟向学果一样嘴里叼一根纸烟，夹烟的姿势很熟练，看来是长期抽烟的，瓦屋的女人老一辈有抽烟的习惯，特别是屋里没有男崽崽的都要培养女崽崽抽烟，说来人了没人陪抽烟就是没得起眉动眼。但是刘冬麦这一代女人抽烟，就容易被人和不正经打等号。刘冬麦拍了刘仙玉的肩膀说："你个女子家也跟儿子家一起抽烟呀？"刘仙玉笑着说："在外头不分女子家和儿子家，都可以抽烟。"见大家办事的等各自很久，刘冬麦有些过意不去，心想今天要挨撅了，赶紧开门端凳子，抓紧办理，大家闲聊着。

向学果喊一声："刘冬麦！"然后朝着她伸出一个拳头。刘冬麦一看向学果鼓着眼睛，很严肃地样子，心里打一惊，默想：勒是嘟个情况？脑壳飞快地转着最近的事情。向学果看着刘冬麦的表情笑了。他从握着的拳头里伸出大拇指，然后左右摆了摆说："冬麦，以前的村委会，我真是看不起，我路过看都不看一眼，屙尿都不得朝那个方向。现在你们这届村委会，才是真正为老百姓办实事的，这几天，大家都在夸奖你们几个，特别是勒回大聚会，个个心里都很感激，一屋人两三百元钱，能够全村的人聚一回，真的是欢喜得很！"能得到大家的认可，刘冬麦感觉脸上的细胞开始活跃并饱涨起来，细胞一活跃起来，脸上的笑容就都灿烂，感觉心头也溢出蜜来。她赶紧客气地说："瓦屋村这个事情能够干成，主要还是学果哥你们几个大家打凑成，不然没得怎个闹热。"刘冬麦心里一甜，声音都溢出蜜意来。向学果脸上的细胞也开始急剧活跃变换位置，眼看着脸上的神采就飞扬起来。

向学果是个大炮性格，声音大、个子大，打小就是喜欢说大话，但是为人义气，跟人对脾气，裤子都脱来别人穿，跟人不对付，就是个"烂肚子"，千方百计地使坏，喜欢别人奉承。刘冬麦也晓得他的脾气，赶紧说："那也得全靠你们大家吼得起，没得你更是不行哦！"其他两个也赶紧点头表示赞同。"我在外边的工作轻松，工资也不是很多。"他故意谦虚地说。刘仙玉说："学果哥，你都莫谦虚了，大家都晓得你混得好。"刘冬麦说："你们在外边混得那么好，有没有兴趣回来建设瓦屋村嘎？"向学果他们几个"嘿嘿"干笑着不出声。刘冬麦都晓得现在瓦屋村这个样子大家都不愿意回来，出门打工哪个都比屋头强，刘冬麦就没有再说。

临走，向学果说："冬麦，以后村里有哪样事情，直接找我就行噻，只要办得到的一定办。""那就多承学果哥哟。"刘冬麦答。"看你说的啷个话嘛，这两姊妹不成在噻，有事摇个铃铃就欧克噻。"向学果说着大拇指和食指捏在一起，后边三个手指翘起比了一个OK的手势。"那是必须的，你这么义气又很有号召力，以后还要多支持我们的工作哦。"刘冬麦真诚地说。向学果这种耿直的脾性影响着大家，刘冬麦感觉越说大家心里越是敞亮，就真的有了那种哥们义气的味道。刘仙玉嬉笑着说："哪个不晓得学果哥哥，只要关系好，裤子都脱来别个穿的人，瓦屋村最讲哥们义气的人。"学果立即搭腔："对哈，我的裤子就要脱给你穿，干脆我们两个穿一条裤子就行了。"这本是乡亲们经常开的荤玩笑，但刘冬麦看着那两个人说起来，好像溢出荷尔蒙的味道。刘冬麦也没有细想，面对着向学果诚恳地说："瓦屋村以后的发展还要靠你们嘎！"向学果听着很受用，更是连连表态大家是姊妹伙，有事好说。

刘冬麦送他们出去，出了村委会门口，刘学豆才将口里含了好一会儿的痰吐在门外边的草地上，刘冬麦想这些在外面见过世面的人，确实生活习惯要好得多。

走出门外，刘仙玉还回过头咧着大红嘴唇对刘冬麦笑。四十来岁，一头酒红色的中长发披在肩上，毛毛呼呼不抻不卷，脸上擦着厚厚的粉，一米五的身高矮胖敦实，一双粗高跟鞋，整个人感觉拖不动那双鞋子，走路时只好勾着腰，看着有就累，短裙黑袜有些粗糙，一身装扮洋又洋不起，土又土不下去，风尘味道很浓，听说她在外边是在干那事。想着她刚才忸怩做作地喊着学果哥哥，听起来就有味道。

瓦屋村有人开始出门，大多数在出门前要到村委会来打个招呼，耍一回再走，他们说在外久了与家乡联系越来越少，村委会成了他们与家乡的纽带，很感谢村里能带领瓦屋村脱贫致富，有的说等瓦屋村搞好了回来种菜养猪，在屋里踏实些。老支书很激动，他说："当村支书几十年，头一回感觉瓦屋人的心捆得更紧了。"

向世荞戴着老花镜，眼睛瞄着计算器算账，一边念叨："猪两头二千一百三加二千九百六十，菜菜蔬蔬四千五百九十……勒回聚会总共开支三万四千七百六十二元，全村二百七十八户参加聚会，每户一百一十七元五角。"老支书在旁边抽老叶子烟，听着向世荞算账，他喷出一口烟雾后说："贫困户就不出勒个钱了噻，不晓得大家有意见没得嘎。"刘冬麦、戴春兰赶紧附和："嗯，要得要得。"

向世荞减去八十六个贫困户后，又算了一遍，抬起头来，额角上的皱纹摞成一堆，他报了个数说："减去贫困户后，其余每家应该摊费用一百八十一元。刘冬麦又担心搁不平，怕非贫困户有意见，就打电话给向学果说了这个事情，看一下他们那群人的意见。刘冬麦打电话给向学果说明情况，向学果粗声大气地说："哎哟，冬麦妹，你居然问我同不同意，你不当我是瓦屋人噻？勒个是小科斯（小事），就是喊我一个人拿都没问题，这个年头大家不差那两个小钱。"刘冬麦心想，这个态度，也可以代表返乡的那一群人，然后又打电话问一下刘粮田。刘粮田说："大家那天喝的酒都没醒，趁还醉起地赶紧收起来，应该没得问题。"刘冬麦手机按的免提音，屋子里几个人哈哈笑起来，戴春兰说刘粮田说话最是好笑，也很了解村民的心事，他说行肯定问题就不大。

刘冬麦在群里发了倡议书，说明开支好多，好多人摊，也说了征求部分人的意见，贫困户不摊，喊有微信的直接发微信红包，愿意交现钱的直接交给队长，刘冬麦紧张地盯着群里的反应，就怕有人不赞成闹意见。

向学果立马将红包发给刘冬麦并截图发在群上，其他的人也陆续跟上了，到了下午微信红包共计收款二万四千多元钱，晚上和第二天又收了六千多元，找几个队长汇总核对一下，还有九百多元没有收起来。刘粮田队长说刘书芝老师会亲自来给了他的份额，那就是有四户没有给。

第二天晚上，向学果在群里发信息问收到好多了，刘冬麦也没有多想，就说还有三四户没有交，接着一串一串语音发出来："有的人红口白牙吃进去，就是不要脸，给不起钱说一声。"

天啦，这也太难听了，刘冬麦赶紧圆场，也发了语音："有的人可能还没有来得急给，这些钱说好在十五以前给就行，现在不急，大家方便了交过来就行。""现在都是手机支付，哪步没得勒个时间？还不是想赖账，发个红包要好久？""是哪几个人嘛？我去收，看哪些人这么不要脸。"群里也有的跟朋打会儿地跟着说那些难听的，也有的替那些还没有支付的说话打圆场。

刘冬麦赶紧给向学果打电话说："晓得学果哥哥义气，也晓得你是为村头好，但是有的人可能确实这几天忙，走人户的打牌的没有注意勒个事情，麻烦你在群里转个弯，过年过节的说起不好听。"向学果气犇犇地说："冬麦妹，我是想帮你，你看你们操那么多心，还有的想赖账，哪有可能没有看见嘛，现在大家都手机不离手，我是替你们不值。"刘冬麦急忙说："晓得学果哥最义气，体贴我们的难处，等我来找他们收，实在是收不回来，再找你帮忙收，困难时候必须找你才行。"刘冬麦说了好多奉承话，向学果才缓和下来，她放下电话后感觉好累，心里默想：这个向学果确实义气，但办事也太粗鲁了。

刘冬麦瞌睡困得正香，突然被一阵刺耳的手机铃声惊醒，懵天梦冲地打开手机，一阵咒骂噼里啪啦向她炸来，她一惊完全醒过来。

"老子这两天在屋头打麻将杀家搭子，没有注意信息，没有马上转聚会的款，他向学果，就在网上不要脸不要脸地撅，他向学果又是个什么东西嚜？"刘冬麦急忙解释说："我们也还没有清理是哪几个户没有给，向学果问起来，我就说还差四五个户，那个家伙是个急性子，所以就在网上发瘪言。勒两天大家都走人户杀家搭子，我猜到肯定是大家有事，没有注意，所以也解释了。"

那边不管刘冬麦啷个解释，噼噼啪啪地只管说："他向学果要哪样来哪样，他喊一千人打架我不得喊五百人出场，他拿菜刀我不得拿吹火筒。"刘冬麦听他一直吼，心里也觉得烦躁，忍着说："你是屙利酒醉了唛，喊你佑客接电话。"他佑客拿过电话也说要打架比武那一套，刘冬麦假装轻松地说："你这个骚女子家，一

223

天喊你男的个去打架,你是有看上别的男人找到接手唛?"听着那边好像笑了一下,刘冬麦赶紧抓住机会解释来龙去脉:"我们都没有统计,还不晓得是哪几家没有给,向学果也不晓得是你们屋头没有给,也不是有意冲着你们屋头的,大家这些年都在外头,难逢难遇聚一回,还要撇架割裂,本来勒回聚会,很多村都羡慕我们,这样一闹不是逗起狗都要笑落牙齿唛?"提到瓦屋村的荣誉,大家现在是最介意的,听着那边也口气缓和下来,刘冬麦趁热打铁半开玩笑半认真地说:"你个女子家今黑把你男的个压倒起,莫让他发酒疯,明天我请你们两口子到屋头喝酒。"

搁了电话,刘冬麦打开微信群一看,天啦啰!几百条语音,基本都是向学果和刘大羊的,听到最后是要约起打架,刘冬麦怕把事情闹大,心里泼烦着向学果这个帮倒忙的。这边在打电话沟通,那边向学果还在叫阵,刘冬麦赶紧给他打电话说:"你是真正的正义人士,是为了村里好,我们都很感谢你,大家都很敬佩你勒,这是误会哈,梁山弟兄不打不亲。"这场吵闹平息下来时,已经是晚十二点多了,刘冬麦约向学果、刘大羊明天到屋头吃饭。刘大羊喝酒醉了嘟哝的说不清话。向学果说:"是你的话,不请我都要来,但是有刘大羊的地方,就不会有我。"刘冬麦只好含含糊糊地说明天再通知他就挂了。

这一闹是一个多小时,马有才也困不着瞌睡,他心疼刘冬麦,觉得当个干部好受气,到处赔小心,见她穿着单薄的衣服坐在床上调解,他为她披上衣服,坐在身边,让刘冬麦靠在他身上。

这场纷争好不容易平息下来，马有才心疼地说："你这个活路不松活哦，一天到晚都不清静，不想做就不去了，你不去打工我也养得活你。"刘冬麦心里本来就很焦躁，听马有才恁个说，眼睛就湿润了，感觉马有才担心，就反过来劝慰说："没得事嘎，农村工作就这样，大家对我还是很尊重的，你看我在屋里老人、崽崽还是要稳当些。"又岔开话题说崽崽的一些趣事，两口子心情才慢慢好起来。马有才伸过手来搂着刘冬麦，她心里也不难过了。第二天还要喊刘大羊、向学果到屋头吃饭，怕起不来，就安静下来困着了。

第二天早上起来，刘冬麦心中有事，天麻麻亮就醒过来，却发现马有才已经没在床上，正准备起床。马有才拿了一个熟鸡蛋进来说："你还困一会儿，我已经把腊肉炖好了，你等会起来打个帮着就要得了。"刘冬麦心里甜，眼里就有了笑，也就真的躺下来困了个回笼觉。

马有才准备好后，就开始打电话约向学果和刘大羊来喝酒，向学果好说歹说不来，马有才说："你是瞧不起兄弟唛？快点儿来哈，不然就绝交。"向学果是个义气人，他也不好不给马有才面子，就回答说："莫恁个说，我们是一辈子的兄弟，冲着你两口子的面子，我一定来。"

向学果和刘大羊一起坐上桌以后，马有才为了融洽气氛，不停地说趣话逗乐，各种办法都摆出来了，但还是有些尴尬。刘冬麦敬了两人一杯酒，说："我们都是瓦屋人，我们从小在勒步长大，这些年大家在外头，连碰个头都难，今年好不容易在一起，要珍惜这段美好时光，开过年大家又各奔前程，不晓得哪年再相遇了。"说着眼圈红了，也有些哽咽。马有才接着说："说不定以后都见不到了。"刘冬麦奇怪地看了他一眼。大家也感慨起来，一起喝了杯中酒，气氛就缓和下来。吃过饭，喝过转转酒，向学果和刘大羊又成了可以互穿裤子的兄弟了。向学果喝酒上脸，满脸通红；刘大羊喝醉了脸色发青，向学果是鸡醉，喝醉了不停地说话；刘大羊是猪醉，看样子要困瞌睡了。向学果说半天不见回应，就伸手去摇刘大羊，摇醒了刘大羊，嘟哝两句又困着了。回去的时候，两个人搂着肩膀左脚靠右脚。向学果大声夸气地说："我们是瓦屋村的兄弟。"刘大羊话也说不押展，哝哝咕咕地说："对头，是一……一辈子的兄弟。"刘冬麦心里真是发笑，这两个人一会儿要撅要打，一会儿又是勾肩搭背。

刘冬麦打开手机电筒，想着办法送两人回屋，她准备去骑三轮车，马有才赶紧拦住说："走路不远，我们几兄弟一起摆哈龙门阵。"说着悄悄踩了刘冬麦一脚，刘冬麦明白马有才的意思，那就是骑三轮车送两个酒疯子有风险，要走路送他们回去。

向学果酒气哄哄地说："我要先送大羊兄弟回屋，我们都十几年没有在一起喝过酒了，今天真的很欢喜。"拉拉扯扯之间，刘冬麦和马有才只好顺着向学果的意思，先送刘大羊回屋头。

他们送向学果回屋才费力得很。没有刘大羊后，向学果又和马有才一起勾肩搭背地走，一路说个不停，说着说着又站起不走。刘冬麦和马有才硬是拖着才把他送回屋，送这一里路搞了两个多小时，把刘冬麦两口子累得心慌。

向春谷那天忧郁凄凉的神情让刘冬麦不安，她想：这个幺姑好造孽哦，妈老汉离婚了家也散了，去年出去时还像一朵含苞的花朵，今年回来，各家都排斥凉贱她。想起这些，刘冬麦心里很不是滋味。

第二天一早，马有才在做饭，刘冬麦带着崽崽，沐着暖阳走在瓦屋村的田坎上。看着此时阳光下金色的瓦屋村，想到柳树即将出芽，看着白晃晃的育苗大棚想到满地的海椒，刘冬麦心情愉悦。路过春谷屋头，她想到向春谷屋头看一回。

远远地，刘冬麦看到春谷屋头的院子，角落有一个白色的孤独身影，正对着藤子沟湖，长发飘飘。刘冬麦心想：这个幺姑出去倒是感觉长高了，出落得好漂亮，当初打工路上的那个小幺姑娇俏伶俐，现在这个幺姑漂亮是漂亮，但是冷清得让人背后发凉。

屋里传出锅铲激烈碰撞的旋律，一股股香味不断地飘出，刘冬麦路过火炉时瞟了一眼，火炉的火很旺，黢黑的鼎罐里煮着东西冒着阵阵热气，感觉日子红火而热烈。

刘冬麦走过去拍了一下出神的向春谷，她擦了擦眼睛转过头看到刘冬麦，勉强扯了扯嘴角。脸上没有擦粉，脸色青得跟萝卜叶子一样，眼角含着泪痕。刘冬麦打了一惊，心想这个幺姑去年十五六岁年纪，出落得水灵灵的，皮肤都掐得出水来，样子是那么娇俏可爱，现在也不过十七岁，正是花一样的年纪，脸色哪个恁个难看，心里默着：这个幺姑日子过得可能不好。她心中升起不安和怜悯的情绪来。

刘冬麦在空洞街沿上寻来独凳，拉着向春谷坐下来，大家没话找话，刘冬麦说："你个幺姑出去时长好乖，像一朵花一样。"说完感到不妥当，那意思是现在不乖嘎，默了一下赶紧补上："现在长成大幺姑了就更是漂亮了。"向春谷想笑着回应一下，脸上的神经扯了扯有些勉强。一时间刘冬麦不晓得说哪样，只是问了一下妈老汉的境况，向春谷说："不晓得我妈在哪步哟，我老汉就是上班和喝酒两个事嘎，过年跟着那个女人回江西去了。"一时大家无语，刘冬麦问她做哪样工作，她撇过脸回道："耍。"刘冬麦晃眼看到春谷眼里含着泪花，隐隐约约感到这个幺姑从事的职业。她心想：这个幺姑是哪个遭糟蹋成勒个样子哦，看起好心痛哦。

两人一问一答，或者有问不答。刘冬麦感觉，这个天实在聊不下去，带着马多才准备回屋，向春谷的奶奶出来了："冬麦，吃饭了走噻。"刘冬麦心想过年过节，各自空起两巴掌来，还要在别人屋吃饭，这样不好，再则马有才在做饭，不回去吃饭怕他不高兴，就回道："多承表叔娘，我屋头煮起的，要回去吃。""你屋头吃得好些唛？""莫哪个说哟，我看您鼎罐头煮的好家伙安逸得很，只是马有才煮起的，不回去不欢喜，您晓得他脾气怪得很。"刘冬麦拉着马多才边走边说。

回去的路上，刘冬麦感觉整个人冷浸浸的。她四处看看，瓦屋在太阳底下依然亮堂，花草树木明显在萌动，只是莫名地感觉很冷。

她急匆匆地拉着马多才往屋头走去，只见一大一小的身影，大的拉着小的，急吼吼地走，小的一会儿跶一个扑爬，一会儿跶一个扑爬，后来更是哇哇地跟在后头哭着回屋头去了。

正式上班了，马有才也在初八那天出了门。刘冬麦继续每天开着三轮车突突地在瓦屋检查苗床管理，检查移栽海椒的土地整理情况。太阳升起来了，刘冬麦挨家提醒敞开苗圃。在彭家林，刘冬麦看见刘成米正蹲在地边打理苗圃，就走过去看。刘成米的苗圃不大，他只计划了两亩面积，一床苗子绿油油、精壮壮的。刘冬麦惊叹说："瓦屋村的海椒苗子只有你做得最好，你做事情还做得好勒，以前还没有发现嚯。""耶，姐姐，你从来都不关注兄弟，兄弟我做哪样事情都做得好嚏。""你崽儿骄傲得很勒。"刘冬麦笑着说，刘成米哈哈大笑起来。

刘冬麦一天出去打话平伙，看到乡亲们朝着产业发展的路上走，再累心中也安逸。这是村里头一回发展的产业，她想，要做就要做成功，要做就要做好。

节后上班，老支书、谭丽华、向世荞他们几个都陆续来了，大家还热烈地讨论着节前的那场聚会。谭丽华说："我那天跟组织部副部长一起回去，他对这个活动赞不绝口，还说要给领导汇报，更好地支持瓦屋村的组织建设。"

上屋有几户人抵制新的育苗方式，别人屋头的都已经出苗了，他们现在才开始撒播，种子没有泡就撒在地上，几颗肥料稀稀拉拉地浮在土上。刘冬麦捏起一颗种子看，种子还是干焦焦的，看样子也育不出豁子苗来，刘冬麦心里毛焦火辣的。她请谭丽华书记去指导这几个户，反复劝说后又动员两户精细化繁育。剩余两屋犟拐拐，土地整得大坨大坨的，别屋的苗床，苗子都有寸长了，他屋的苗子还没有插脚脚，跟他讲技术还不当回事，一拖再拖，时间已经不在了。刘冬麦只好听之任之。

　　瓦屋村人习惯晚上十点以前困瞌睡，村里到处黑灯瞎火的，只有村委会里还亮堂堂的，大家都在加夜班。"天天做勒些无用功，看起都心烦，以我的脾性，想硬是想撕成渣渣。"向大鱼看着一大堆表表册册日咕隆棒槌着发牢骚。向大鱼做事很能干，但他就是怕填表写东西。刘冬麦站起来，活动了一下腰杆，接口说："是哦，我们经常是白天走户，落实具体工作，晚上加班填表，累死累活地干，搞得经常是皮包眼肿的。""不过勒些事情还是要做才行嘎，勒是我们的工作的嘛。"谭丽华说。

　　刘冬麦一直在各组指导生产，基础数据收集起来又准确又及时，工作虽然轻便，但还是感觉吃力。

　　村里新增加一个本土人才，大学生舒正田，又来了一个县林业局驻村工作队员冉隆伟。刘冬麦找老支书商量："您看嘛，向大鱼做点儿事情跑点儿路可以，让他填表做材料，心里毛焦火辣的。""你的意见是？"老支书反问道。"干脆叫冉隆伟和舒正田专门负责填表做资料，我们将数据和基本情况弄好交给他们，勒样子分个工，不用每个人都胡子眉毛一把抓，各人做好各人的事情，事情也做好了，人也没得恁个累，您看要得不嘛？""这个办法可以，你让我们勒些老家伙做点儿群众工作可以，让我们一天填表做资料，就是赶鸭子上架。"

统一思想后，刘冬麦就安排这两个人当帮手，专门负责表表册册和做资料。刘冬麦就腾出手来，一心一意搞产业发展和协调工作。

村里的八十六个贫困户，按照规定，村干部要责任到人。舒正田和冉隆伟来得晚些，对村里情况相对不熟，他们分别只帮扶六个户。其余七十四户，六个干部分别包干，老支书和刘冬麦主动多帮助一个户。谭丽华不干，要求将老支书多帮扶的一个户给她，她说她年轻些，应该多干点儿。

几天后，谭丽华到县里去学习了半个月，回来后传达精神，扶贫工作的主要任务是两不愁、三保障。"两不愁、三保障，是哪些不愁，要保障哪些？"老支书问。"两不愁就是不愁吃、不愁穿，三保障就是住房、医疗、上学三个方面要得到保障。"谭丽华答道。老支书默了一会儿说："在农村解决了这几个方面的问题，那就真的没得啥子问题了。"

刘冬麦和谭丽华约起走户，两人走在弯弯曲曲的田坎路上。"我的帮扶户最难的是向胜麦、刘成米两个人。向胜麦不做活路，吃喝嫖赌俱全，没得办法脱贫。刘成米屋头几个病号，要脱贫还是恼火。"刘冬麦说。"我的帮扶户刘冬田最恼火，既不回来，电话不接，信息不回，要帮扶没得抓手嘎。"谭丽华接着说。"哎"两个人同时叹了口气。

老支书、谭丽华和刘冬麦到镇上开完会回来，几个人边走边摆龙门阵。"扶贫帮扶既要管增产增收，还要管家庭卫生、改厨改厕等，鸡毛蒜皮的小事也要管，还有一个重要指标就是贫困户的满意度。"刘冬麦说。"有时贫困户有事情，半夜也会打电话，听说有个年轻女同志帮扶贫困户，怀孕了在医院生娃儿，贫困户打电话喊送东西去，本身痛得死去活来的，怕贫困户不满意，还求她男的个送去才算了。"谭丽华接着说。"那向胜麦再啷个都不会给我评价满意嚯。"刘冬麦有些心事重重。"管他的哟，我们只要认真做好事情，我相信都会有好结果。"谭丽华站着默了一会儿说。

刘冬麦和村里几个干部打组合拳，她主要负责产业发展，其他几个帮解决日常问题，看到有养母猪、养羊子、养蜂的以及养鸡鸭的，就帮助他们养好，帮助联系技术和销路，大家每天按照各自的工作分工合作，需要填报资料的，刘冬麦就把基础材料拿出来。

转眼大地一片青绿，鹅缨草熬过冬天的寒冷，开始疯狂地生长，很快霸满了地。各种草也醒过来探出头，吸足养分劲头鼓鼓地开始生长，柳树也忸怩着显摆刚长出的嫩芽，整个瓦屋村一片生机盎然。刘冬麦感觉好像中午瞌睡起来，各种花草树木就又长出一节。她站在苗棚边感叹：人不催人季节催人呐。

海椒苗子出土后开始疯长，为了赶时间抢季节，刘冬麦到各组召开移栽培训会，要求掏箱施肥盖膜，做好移栽前的准备。在培训前，她请谭丽华书记手把手教一遍，再记录下来写成简单的操作规范，给谭书记审查后，然后到各组找块地现炒热卖指导，并将工序编成顺口溜便于大家记忆：先做两厢土，开箱四尺五，有机肥来改土，复合肥中间主，厢成瓦片鼓，盖上膜封好土；喂点定根水，杀杀土蚕子，七天喂点开口奶，壮壮实实长起来。

三轮车突突地卷起尘土在整个村子转悠，刘冬麦挨个检查各屋落实情况。看到瓦屋村做产业的氛围很浓，她劲头更足，整天不晓得疲劳。

大部分人都能按要求做得好，只有少数几户人犟着，不按要求来，刘冬麦耐心地讲解，反复做工作，他们坚持各自是做了几十年庄稼的人。老支书说："有人尝甜头，有人就吃苦头，不答不晓得，答了自然才明白。"刘冬麦就不再管。

向朝木屋头两口子，都是那种死犟死犟的人。刘冬麦边走边想：这两口子勒回还顺堂嘎，喊做就做没有说多话。

上院坝，向朝木正在育苞谷肥球苗，向朝木佑客在给一堆土杂肥淋粪水，向朝木用锄头混合搅匀。看到刘冬麦过来，向朝木停下手头的活路，杵着锄头说："幺姑，你吃饭没有嚯？"刘冬麦回道："我吃了嘎。"她一边回答一边准备去看海椒苗床。向朝木看着她笑眯眯地说："你勒个幺姑那天说的那些话，真是刺巴林的斑鸠不知春秋。"刘小麦心咚的一下，赶紧问："您说的啥子哟？"只见他慢条斯理地反复搅动那堆土杂肥，半天才说："栽个海椒还要掏嚯箱盖嚯膜哟，完全是空打吹，搞些空活路，到时候挖几个坑坑，几颗种子一撒，不就等着摘海椒唛？"刘冬麦听到这话奇怪地说："您苗都育了，脑壳都去了还舍不得耳朵唛。"向朝木哈哈哈大笑起来。他佑客眨眨眼睛说："你去看一哈就晓得佬。"刘冬麦急忙跑到苗床去看，一床苞谷苗长得精壮壮的，气得颈子都粗了，她气哄哄地说："您们唧个勒个样子，往回我来看，您就吹壳子说做得好，原来是逗我耍，种植海椒勒个事情是县上定的，种植技术也是科学指导的，你们这样子搞，你哄它地皮，它哄你肚皮。"他们两人也不生气，向朝木佑客见刘冬麦气得脸红颈子粗的，连忙解释说："幺姑耶，莫生气嘛，我们育点儿早苞谷苗可以早点儿吃烧包谷噻，海椒种来吃都几十年了，也不是今年才种，杀猪杀屁股各有各的刀法嘎。"刘冬麦气不过，只好说："您们要唧个做我也管不着，到时别看别人卖钱眼红。"也不等他们回答，就见三轮车卷起一阵尘土。

村委会里一个人也没得。刘冬麦有些犯困，便用草帽盖着脸，四仰八叉地靠在椅子上想歇息一会儿，心里有气困不着，想着这些人明明是好事偏要杠起，后来又想到当初推动杂交水稻南优二号和恩丹二号苞谷时也是这样杠起，还是有些先试的人户尝到了甜头，才推广开来，这个过程总是要有的。这样一想，心理也就平衡下来，不知不觉竟困着了。

突然听到啪啪两声，刘冬麦吓了一惊，草帽也掉在了地上，赶紧坐起，搓了搓眼睛才看清是向胜麦在拍桌子，她一下子气登堂："你做啥子，有神经病唛？"向胜麦拿出手机说："一个村委会主任，上班时间仰叉八叉困瞌睡，这样的干部在瓦屋村就是占到茅斯不屙屎，瓦屋村还要脱贫，我看是脱富还差不多。"刘冬麦一听呼地一下站起来，指着他就开撅："你少在这里指指戳戳的，你当主任的时候，工作是啷个做的大家都晓得，我们这样的不行，未必你那样的吃喝嫖赌、样样俱全的人就行？一天好吃懒做，你看你佑客一天搓磨成啥子样子，你看你两个崽崽暑假寒假都在挣学费钱，像你这样的人活起都没脸没皮，宰来喂猪都怕把猪卡到了，还敢来日撅我。"

向胜麦气短，毕竟这是事实，他边撅边走，结果被村委会院子门口的门槛拌了一个仰翻叉，脑壳咚地一下撞在门框上。看着他捂着脑壳撅撅吵吵地往外走，刘冬麦忍不住哈哈大笑。向胜麦酱红着脸扯着颈子撅到："逗狗笑，狗都笑落牙齿，我照了你上班困瞌睡的照片，我给你个狗婆娘、烂女子家曝光了，看你还笑得出来不。"刘冬麦也懒得理他，大家都晓得她每天都在村里，天天在田间地头发展产业，哪个会听他一个天晃晃的话，过一会儿又戴着草帽骑着三轮车到下屋去看海椒去了。

瓦屋村育李子苗的工作开始启动，以前说的三亩，谭丽华决定先做两亩，刘顺油两口子就整出两亩地来。

谭丽华到湖边看刘顺油和他佑客砍野毛桃树。"您现在好些没得？"谭丽华问刘顺油佑客。"硬是多承您嘎，我现在感觉精神好得多。上回您帮我开了药，吃了感觉有用，就又去抓了十服回来。以前大家觉得我懒，我也真是眼睛都不愿意转一下，也没想起去抓药吃。医生说要多活动，还喊我要把胃口开好，要多吃饭才行。"说完捞起一捆野毛桃丫子，神气地说："您看嘛，我现在也捞得起恁个大一捆了。"谭丽华、刘顺油两人看着她神气的样子都笑起来。

野毛桃树是用来做砧木的，扦插成活后，第二年通过嫁接搞无性繁殖。捆成一捆一捆，再剁成二十厘米长的短节，五厘米一根挨着一根地插下去，等待发芽长成后，第三年嫁接李子芽孢，长成后再移栽出去，每亩二万五千株，两亩五万株，谭丽华对刘顺油说："您以后是一个军长了，这一排排砧木就像一排排士兵，您要把士兵带好嘎。"刘顺油笑得嘴都合不拢了。

刘顺油屋是贫困户，按照产业政策跟县里申请了产业资金三万元。他们两口子干劲足，整天乐呵呵的。

刘顺油佑客逢人便说她屋拿了国家三万元钱，后年一根苗子卖二元五角，他屋要卖十几万元钱，搞得一些贫困户、非贫困户都来争着要育苗，现在的两亩地就可以育出一千五百多亩地的苗子，村里也没有把握一下子推好大，一时间群众意见很大。

刘顺油佑客又到村委会去吹胯胯，老支书就撅她说："本来你勒是件好事，但是事情还没有成功，你们要将苗床服侍好，别捞起半截就开跑，说话做事要有哈哈数。"意思是叫她别一天渣翻翻的，免得别个眼红眼热的。

瓦屋村的海椒移栽工作稳步推进，土地都按照标准准备好了，只是等待苗子和气候合适就移栽出去。如此，整个瓦屋村盖上白花花的膜后成了一道风景，远看就像下了一场不化的初雪。有个摄影爱好者拍照发了朋友圈，引来了一些摄影爱好者来瓦屋拍照。秦大明也来拍了照片，配了一篇散文《瓦屋之春》发在了《重庆日报》。因为和刘冬麦已经熟悉并加了微信，也将《重庆日报》的电子版链接发给了刘冬麦。

刘冬麦看着这篇散文，再次感受到秦老师文笔之精妙。他说，记得上次到瓦屋被这里的夏季风景所迷，更是一直惦记着瓦屋村的美食，这次看到了好友发出的瓦屋村的照片，被照片上的春天的风景深深吸引，于是再次来到瓦屋采风。他说，这次来看瓦屋村又有新的感受，村委会正在新建，海椒苗子正在成长，移栽海椒的土厢盖上白色的地膜以后，就像一个战场，我方就像有千军万马守候着瓦屋村的山水，敌方芭茅草的阵地一阵阵退缩，大概过了这个年就退出主要阵地了。两亩李子树苗已经长出嫩嫩的芽苞，瓦屋村仿佛点燃了一把生命之火。他说，村委会的人精神面貌都很好，一个两个皮肤都黑得要流油，但是劲头很足，看到瓦屋村的干部，就好像看到瓦屋村脱贫的希望。刘冬麦看到后笑了，赶紧照了一下镜子，感觉皮肤是很黑，赶紧洗把脸往脸上抹护肤膏。

晚歇闲下来后，刘冬麦将秦大明老师上回和这回的两篇散文发在群里，群里又开始热闹起来，大家看着照片，点着具体的地名，讲着瓦屋村的故事，回忆着童年的乐趣。向学果说这些变化是村里的干部辛苦工作得来的，大家又开始歌颂村委会的功德，回忆上次的大聚会，又说着刘冬麦的好。刘冬麦赶紧谦虚推托说:"这些事情都是老支书领导有方,大家团结一心共同努力的结果。"由于感到疲倦,她十点多钟就困下了。

瞌睡困得懵天懵地的刘冬麦被手机铃声惊醒,她从枕头下摸出手机,摁开就接,电话是戴春兰打过来的,说向胜麦将她在村委会困瞌睡的照片发到群里去了,还配文字,说这样的干部就是瞌睡干部,村里有这样的干部,瓦屋村就没有前程。她赶紧挂了电话,打开微信,看到了那张仰叉八叉睡觉的照片,心想:天呐,这个比我想象的还要难看嘎,还好草帽盖着脸。她浏览了评论,这张照片发出来后群里就不热闹了,很多人都不开腔说话了,看来大家都不想惹是非。有几个人跟了,有的说可能是太累了;也有的说这届村干部虽然是干事的,但是也要提高素质才行。向学果说了几句硬邦邦话:"不隐瞒观点说,我们在意的是村委会干部,是不是为群众办实事,是不是在踏踏实实做事,至于说偶尔太累了休息一下,也没得啥子问题,我们不用这样的干部,难道用那些搞传销、吃喝嫖赌的人唛?"这一下子捅了马蜂窝,向胜麦最好面子,当众剥了他的脸皮他还真是受不了,就跟向学果对撅,撅着撅着与刘冬麦没有关系了,把他们的祖宗八代,屋头老的小的都扯进来了。刘冬麦看到后赶紧出来私信向学果:很感激你伸张正义,你我都不要跟向胜麦一般见识,那个是一双穿不起的烂草鞋,哪个都晓得,和他一样感觉各自都没面子。

刘冬麦默了一下,接着又到群发语音,让大家不吵了,说乡里乡亲的,解释说那张照片是下村回来累到了休息下,确实也不对，以后会注意。说完她赶紧发了个红包，希望岔开话题。二十个红包一下子就被抢光了。看来人都是在看热闹，都不想惹是非，也不搭白开腔。刘冬麦也能理解，瓦屋村人的内斗大家清楚得很，这些年大家出门在外，都顾着找钱养家，已经不想斗了，都不想卷到是非中去，内斗的土壤已经没有了。有比较机灵的也趁机岔开话题，这场撅架才告一段落。

向学果当着全村那么多人谈向胜麦的老弦撕他脸皮，向胜麦心里特别郁闷。他以为他穿的灰白得没有本色的西装，在别人眼里是件新灿灿的西装；他以为他嘴里说大话，在别人心里他就是高大的。后来他又胡乱说了一些，没人搭理他才算了。

马有才下班后，看见向胜麦在群里欺负刘冬麦，气不打一处来。他打电话给刘冬麦，说明天要回来捶向胜麦狗日的。刘冬麦笑惨了，笑完就安慰马有才说："没得关系，你看向学果不是把他的皮都臊完了唛？你慢慢去看，脸皮都着剥完球了，下回再欺负我，你再回来捶他。"马有才见刘冬麦也没得那么大的气，气也就消了。

还有二十来天就要移栽海椒苗子，苗床已经敞开开始炼苗。天气不好，连绵的阴雨接连下了七八天，刘冬麦走在溜滑的田坎上，突然一脚溜进水田了，她心里独落："天老爷是困瞌睡了唛，下勒么久的雨都看不见，像个瞎子。"

海椒苗子突然出了问题，活生生的海椒苗像开水泼了一样，有的白天蔫头巴脑的，晚上又恢复回来。她最初几天没有在意，认为

239

反正蔫了又活过来，以为是缺水就浇水；过几天看到有的根部开始发黑，从一块黑斑到围绕根部一圈，黑斑部开始收缩干枯，苗子开始坏死，就像开水烫了一样。

刘冬麦赶紧喊谭丽华去诊断，谭丽华说是疫病和立枯病，开了一个无公害防治方子，刘冬麦到镇上把药配回来，挨家挨户地送过去，椒农按照实际的价格给钱。刘子禾说："幺姑，要不是你来检查，我还不晓得苗子得病了嘎，你不送药来我也不晓得买啥子药，有你带到起，我们做啥子事都安心。"刘冬唛笑着说："嘿，看您说的嘎，怕您们撅，担心背壳子背不起，只好天天来看噻，只要您们欢喜，我就天天做活路，心里也欢喜噻。"

刘冬麦盯着大家按时将药打下去后，观察了几天，看到情况已经得到控制才放下心来。

四月尾上，海椒移栽工作开始。移栽前搞了一场技术培训，谭丽华也到了现场，她示范指导后要求刘冬麦亲自操作。刘冬麦在一块准备好的土箱上边做培训，椒农们围成一个圈圈，她边背口诀边示范。谭丽华想：勒个刘冬麦还是能干，现炒热卖也还像那家人。

每个队培训结束，家家户户开始移栽，向朝木两口子没来培训。刘冬麦培训完后专门到他屋头看，看到他们正在将土地掏平打窝，将干海椒种子一窝丢两三颗，看着有气，就说："您们要数高哈，免得到时不均匀。"看刘冬麦气鼓鼓的，那两口子还不服。向朝木佑客说："你莫要发气，我恁个做来，到时要和你们那个办法比一盘。说不得做不得，还是要筈了才晓得。""好，那您就慢慢答嘛。"刘冬麦气笑了。

刘冬麦问："您们买的薄膜和肥料干啥子去了？"向朝木说薄膜用来盖秧田嚯，肥料等海椒长大了才放，刘冬麦看着也没办法，就说："按规定你们屋头得不到种海椒的补助款，这是用于规范化种植用的，您到时不要说我们村里又不兑现，现在丑话要说在前头。"向朝木说："我屋是贫困户，想不兑现门都没得，不然到时我们评价不满意。"刘冬麦说："您看有门没得嘛，如果不服气又拿来全村投票评理，看您做得对不嘛。"向朝木两口子不服气也不开腔，向朝木使性将种子撒得老远，他佑客狠劲地挖土打窝，故意弄出大声气，两人都气鼓鼓的。"你哄地皮，地皮哄你。"刘冬麦丢下一句话，身子硬邦邦地往回走，两手甩起老高。

培训完，就开始促督加快完成，各家各户按照操作规程在做。刘冬麦来到向胜麦屋。向胜麦没有在屋，香兰在坡上栽海椒。刘冬麦大声夸气地问："香兰嫂子，你阿利没得嘛？""还没有嘎。""你个舅子莽女子家，饭都不阿利，栽哪样海椒嚯？人是铁饭是钢，三顿不吃硬邦邦。""我带了饭的。"香兰从背篼拿出一个塑料口袋包着的碗，打开层层包裹后说："我包了好多层，你看饭还是温热的。"

刘冬麦帮香兰栽海椒。她们折了两根一尺五左右的木棍，一人一根，栽一窝印一窝，这样比较均匀，栽完一行就提着茶壶淋一行定根水。两亩地两个人一下午没有栽完，剩下的也不多了。刘冬麦计算了种植好多窝，花了好多时间并记录下来，上次育苗也是有工时记录的。做记录这个习惯，她是跟谭丽华学的，谭丽华说只有翔实的记录才有计算的依据。

日子已是夏天了，白天渐渐长起来。海椒疯了似的往上蹿，眼看着海椒盖了地，眼看着尖尖的海椒冒出来，眼看着就变大变红。向朝田和刘成米屋头的海椒都长得好，绿油油的惹人爱。刘成米也经常到向朝田地头去学习，两个人更是因种植海椒成了忘年交。

刘冬麦买了很多海椒方面的书，天天晚上学习种植技术。她渴望掌握这门技术，一看二问就是她的法宝。她心想，必须要掌握好技术，才能服务好产业。

这天，刘冬麦看书看到很晚，刚好困瞌睡，就听见有人惊抓抓地叫喊着朝她屋头来："冬麦救我，冬麦救我！"她打一惊，心脏咚咚地跳，一翻爬坐起来，仔细一听，听出是香兰的声音，便飞快起床拢个T恤就去开门，门一开就看见圆滚滚的香兰横滚着进来。香兰满头大汗，嘴唇青紫，见到刘冬麦就抱着她哈哈大笑，口里喊着："救我，救我！"笑着笑着就哭了。刘冬麦一直插不进话，心想这是受了啷个刺激呀，出了啥子事情嘎。她心里着急也没有机会问，看着香兰笑完哭，哭完笑，闹了好一阵才平静下来。刘冬麦将她扶到竹椅子上躺着，看着她虚耗太大，就倒了一盅盅水，水有点儿烫，又兑了些冷开水给她。她接过去咕咚咚就喝干了。又倒一盅盅，接连喝了三盅盅她才摆摆手，倒在竹椅子上困着了。刘冬麦看她太累了，就给她盖着一床薄被子，准备等她休息一会儿再问情况。

默着几分钟。"快点儿,死了死了。"她突然一声惊叫,猛地站起来。刘冬麦拍拍她想要安慰她,又倒了一盅盅水给她,看着她情绪好转才问她出了哪样状况。

香兰缓过来后说:"那狗日的遭我弄开水泼死了。"刘冬麦打一惊,抓住香兰肩膀惊爪爪地问:"快说清楚,你把哪个泼死了?"香兰平静地说:"今天那个狗日的回屋来,还带了脸上抹着厚粉的女人,我也没有说哪样,还是煮饭弄菜当客待,吃完饭我就回到各自房间早早困瞌睡了。大约十点多钟,那狗日的大声喊我,听声音是在楼上的一个房间。我忍着气起来。他说要我提开水过去,他们要喝水。我将开水瓶提上去放在门口就走,他非要我提进去。我原以为再啷个噻也是在铺盖里头窝起的噻,等我推门进去时,看到向胜麦光胴胴地站着靠在板壁上,那女人也光胴胴地像蛇一样缠绕在他身上。我一时吓得发抖,气得说不出话来。向胜麦边喘气,双手也没有闲着,在那女人身上乱摸。没想到的是,他居然开口让我把开水瓶放好,等他们搞完再喝,要我站在旁边学,等会大家一起搞。我一时气得发抖,抓住那女人的手将她一把拉开,把一瓶开水朝他下身泼过去,然后那畜生倒在地上,我就跑到你这里来了。"她说完又哈哈大笑起来。

刘冬麦急吼吼地说:"快走!"香兰摇了摇头答:"顶多死了我给他抵命。"刘冬麦想,得赶紧找到向胜麦,这畜生该受报应,可是如果人死了香兰也要抵命,她是村干部,这件事还得管,赶紧跟老支书汇报情况，同时打电话通知谭丽华他们几个干部。

刘冬麦也管不了香兰想哪样，拉着她骑着三轮奔驰在黑漆漆的瓦屋村。她们前脚刚到，向世荞、向大鱼他们的摩托车也跟着到了。大门大开着，屋里黑漆漆的没得灯光。整个屋子安静得怕人，香兰整个人挼成一坨，神情恍惚。刘冬麦想起香兰说的是在楼上，他们打着手机电筒到楼上房间。大家看到向胜麦倒在地上，有些微弱的气息。他身上一丝不挂，肚子以下像被刷了一层皮，红翻翻的。刘冬麦说："啷个没有看到那个女人的身影嘎？"老支书说："出事了还不跑，等瓦屋人打死唛？"香兰看到也吓蒙了。大家吓得出不了声。春兰更是拉着冬麦的手发抖。这个样子也不敢盖家伙，只好让他一丝不挂。刘冬麦和戴春兰、谭丽华几个女的退出了房间。谭丽华拿出手机呼叫救护车。

香兰蒙杵杵地坐在门口的楼板上，老支书皱了皱眉问："香兰，你屋里有好多钱？"香兰默了一歇，把几个荷包都翻出来吊起，一分钱没得。老支书看香兰有点儿恍惚，就开导问屋头还有好多钱。香兰回答不出来。冬麦说："看来香兰是被吓到了。"香兰实在想不出，只好进屋翻箱倒柜找出三百多元钱。戴春兰说："妈也，没得钱啷个办嘎？"老支书说没钱大家赶紧凑，大家都分别回屋拿钱。连向大鱼都拿来四百多元现钱，刘冬麦带了一张卡里边有两万多元钱，准备应急使用，现金一共凑齐了三千多元。刘冬麦说："向胜麦屋是贫困户，医保补贴比较高，应该能够应付一段时间。"

谭丽华开车一路跟着救护车进城。戴春兰要照顾崽崽没有去。村上其余几个干部都去了。刘冬麦和香兰坐在救护车上。向胜麦微弱地哼哼。香兰一路都在咕咕地说，说他们两口子开初是如何好，说后来日子过得如何艰难，说当初向胜麦是如何对她好，后来是如何对她坏，既像是对刘冬麦说，又像是对向胜麦说，说来说去反反复复。刘冬麦担心她受刺激太大，精神受不了，抱着她，让她的头枕在自己膝盖头上休息一下。

将向胜麦送进手术室后，谭丽华支支吾吾地拐了拐刘冬麦。他们走到边上，谭丽华悄悄地说："啷个办啰，已经是刑事案件了，应该要报警。"刘冬麦一下激动起来："这样的畜生救他就不错了，人死了埋了就是，还报啥子警哦，况且人又没有死。"她这一出大声，大家都围拢过来了，七嘴八舌的。村上几个人的意见是不同意报警，大家痛恨向胜麦，同情香兰，又考虑到两个崽崽读书不能耽搁，医院还要人去照顾，所以大家都沉默着。谭丽华稳声慢气地说："大家不要着急，等天亮后，书记和镇长来了再决定。"最后刘冬麦留下来帮忙，谭丽华带着几个干部回瓦屋村去了。

香兰挨作一坨坐都坐不稳。刘冬麦到护士站拿了一个纸杯给她倒热水喝，又再买了一盒牛奶，用微波炉打热，给她喝了。看她状况好一点儿，安慰她："向胜麦勒个杂菜该球遭，你不要难过，如果他有个三长两短的死了，你也负不了多大的责任，你放心好了，崽崽两个都大了，都很有本事。"香兰这才靠着刘冬麦号啕大哭。刘冬麦不劝，香兰过去的苦处，今日的祸端，不是一句两句话能化解安慰的，这种苦用任何语言都显得苍白。

香兰哭晕过去了。刘冬麦喊来护士掐人中，掐虎口。好半天香兰才悠悠醒来，眼泪止不住地流。刘冬麦看着心痛，也跟着流眼泪。护士说香兰太虚弱了，需要输液。香兰输上葡萄糖氨基酸没一会儿，就不再发抖了，她心里不稳，不住地跟刘冬麦说话，东一句西一句地扯，一会儿问向胜麦会不会死了，一会儿又说该球遭，一会儿又说崽崽的事情。刘冬麦强制让她闭着眼休息，一切等天亮再说。

向胜麦的手术做完已经第二天早上八点钟了，医生说烫伤很严重，需要进重症监护室，需要再交一万元钱，刘冬麦拿着各自的卡去交了钱，大家伙昨天凑的交了押金。谭书记、王镇长和管民政的副镇长在天亮了后，接到老支书电话立马赶过来了。他们晓得向胜麦屋头的贫困状况，王镇长安排管民政的副镇长从乡镇再借五万元过来，先应急用再解决大病医疗报销问题，这样向胜麦屋就少拿一些钱。

谭书记和王镇长找主治医生了解情况后，将刘冬麦喊到一边，低声说："这个事情已经触犯刑法，向胜麦是重伤，必须得报警才行。你要做好香兰的工作，另外马上联系她屋头的崽崽、亲戚安排照料，你要安排好才能够走。"王镇长看刘冬麦有些难过，就安慰说："不过根据这个情况分析，如果屋头人谅解，还有受害人确实有过错，处罚应该不会太重。"刘冬麦又累又气，一听又是要报警，气吼吼地喊道："你们这些当官的太不近人情，你们调查过事情的经过没有？没得调查没得发言权。"谭书记严肃地说："触犯了法律，上升到刑事案件，就不是我们可以做主的，必须得走程序。"刘冬麦心里鬼火冒，也顾不得领导不领导，直杠杠地说："要说您们各自去说，我说不来。"说完就下楼去买早餐去了，一路上心里极为不安逸，觉得只要人没死就完全用不着报警，本就是向胜麦那个畜生做错事情在先，无论是哪个都可能将开水泼过去，现在还救他，已经是天大的恩情。

刘冬麦在医院外边的花台边坐了很久，然后去买了两份豆浆和油条，回去时看到谭书记和王镇长还在医院的病房里，香兰斜躺在床上，脸色蜡黄嘴唇乌黑，一句话不说。刘冬麦有点儿不好意思，她以为书记和镇长走了，早餐也没有买他们的，只好先将买的两份早餐递给谭书记和王镇长，准备又出去买自己和香兰的一份。谭书记和王镇长没有要，说已经吃过了。刘冬麦将早餐递给香兰后，自己也没有好意思吃。

王镇长走出门口，示意刘冬麦出去说话。走过几间病房，王镇长才轻声说："香兰这个样子大家都很同情，向胜麦再可恨他也是个人，伤了他也叫伤了人。你是村干部，干部是要依理依法办事。这个事情香兰肯定躲不过，只不过后续处理结果还得看法律规定。还是你跟她先做做工作，等会派出所直接过来，她也能接受些。"刘冬麦想着既然是已经犯法了包不住，提出要求等她崽崽回来再将人带走。王镇长说："警察抓人不可能经过我们同意噻，你以为还可以讲价还钱嗦。"

刘冬麦握着香兰的手，好大一阵才鼓起勇气："香兰嫂子，向胜麦受的罪是自找的，你不要多想，医生说手术是成功的。不过派出所还是要来问个来龙去脉，你要去说清楚事情经过才对你有利。事情不出已经出了，现在只好见子拆子了，屋里和崽崽的事情你就放心交给我嘎。"香兰没有哪样反应，只是麻木点头，她现在是只有依赖刘冬麦，所以刘冬麦的话她还是听的。

给香兰说清楚情况打了预防后，派出所的人很快就到了。派出所的人进来后要求刘冬麦回避，刘冬麦就在医院外的花园里给香兰的女儿和向胜麦妹妹打电话说明屋头的情况。

刘冬麦站在医院的走廊，深深吸了几口气，稳定了一下情绪，想好说词后拨通香兰女儿电话，她说："昨夜歇你妈用开水把你老汉泼伤了，现在在医院。"刘冬麦担心她问具体情况，她说不出口。还好，香兰女儿听说后第一句话是："我妈现在在哪步？那个人死没得？"连老汉都不愿意叫一声。刘冬麦告诉香兰女儿派出所现在已经介入。香兰女儿就有点儿急了，她说："多承劳慰表姑，你要帮我妈妈，您先看到一会儿，我马上联系我毛弟下午赶回来。"下午，香兰的两个崽崽和向胜麦的妹妹前后脚赶到医院。刘冬麦交待完后也回了瓦屋村。

向胜麦的事情震动了瓦屋村，瓦屋村人一堆一堆地议论。大家对向胜麦的恨达到了极点，觉得这个人一天灯晃灯晃不务正业不说，还骗了瓦屋人的钱，害了老实的香兰。幺姑、佑客更是鼻子愤愤的，恨不得向胜麦这种人死了才好。瓦屋村的空气中都能闻出愤怒的味道。

第九章
失爱

谭丽华感觉肩膀痛，伸了一个大大的懒腰，耸了耸肩膀，用左手捏着右肩，右手捏着左肩，焦眉愁眼，有气无力地叹了一声："好累呀！"刘冬麦也站起来伸了个懒腰说："对头哦，这个年头硬是女人当成男人用，男人当成牛在用哦。"

脱贫攻坚工作层层展开，层层压实，"两不愁、三保障"标准越来越明晰。国家要帮助贫困户改善居住条件，该补，补！该修，修！工作多、要求质量高，大家都感觉压力大坐不住。再加上乡亲们偶尔的不理解，各种矛盾纠缠在一起，解决矛盾的时候比做事情的时候多，工作费心又考脑壳。

各村经常在学在比，表表册册更多，村委会的人经常加班到深夜，都很疲累，可是无论多累，都得将产业放在第一位。谭丽华说："没有产业来帮助增收脱贫，表册做得再好也都没有用，有的地方经常去教贫困户，要求他们在验收时说满意，与其让人说满意，不如做满意。"大家都赞同。

谭丽华约冉隆伟一起到刘顺油屋检查苗圃。随着天气热起来，嫩芽也长起老高。她俩指导刘顺油将多余的芽抹掉，只留两三个芽，三个芽朝着三个方向延伸，免得多余的芽苞抢营养。刘顺油不干，气鼓鼓地说："长得好好的为哪样要抹掉？"冉隆伟笑着说："你留三个芽，以后枝丫朝三个方向走，树枝吃得均匀才长得好，枝丫长得匀称，果子才能挂在主干上，品质才好。"谭丽华说："不懂科学。""就骑不成摩托。"冉隆伟和刘顺油异口同声地说。大家哈哈大笑。

这天，瓦屋村下了一场夜雨，满山雾气弥漫，又湿又冷，冷风"呜呜"吹着。谭丽华召集大家在刘顺油屋的脆李树脚讲解修枝整形技术。她一手拿剪刀一手握着枝条，边讲边演示："果树要想保证产量，就要做好修枝整形管理，这个生长很旺的枝条是徒长枝，应该要剪掉，这种枝条要留上不留下。这样的枝条朝上长，应该要往下拉才行，拉枝可以扩大树冠，让树可以通风，调整树势，促使成花，实现立体结果。"她边说边剪，然后将枝条拉下来。冉隆伟赶紧将谭丽华往下拉的树枝系上布条，将准备好的一截短枯枝用锤子打嵌在地下，用力往下拉布条，达到一定弧度后将布条系在枯枝上固定，边固定边说："勒个工序就是拉枝，不要拉得太低，应拉在100度到150度。"谭丽华站在风口上，头发吹得满脸都是，话说多了，感觉有些焦渴。

大家东一句西一句地说风凉话，谭丽华看出抵触情绪，停下剪刀问道:"您们有哪样问题唛?"向泽苗瘪瘪嘴说:"明明长得好好的枝丫,要剪掉不是要少结果子唛?果树不是要靠枝丫结果,崽崽都没得,还想要孙子呀?你们是来扶贫的,还是来捣乱的?"其他人跟着起哄,谭丽华感觉大家不配合,心里有点儿堵,堵了一会儿就打了一个闷嗝。

硬着头皮讲完后,谭丽华安排修枝整形以及冬管的工作。没想到几天之后去检查,竟没得一个人猫动。谭丽华没得办法,苦想了几天,最后还是决定带几个人到巫山脆李子基地去学习,解决思想上的问题。

她安排每个生产队去两个人,五个小组一共十个人。谭丽华要求各组选稍微年轻一点儿,平常配合度高的去学习。结果大家都不愿去,后来还是村里承诺一人发一百元工资才组织起来。

谭丽华想了多种学习方式,她想请本地的专家来现场讲课。后来想到这回学习是解决思想问题,只有脑壳装进去了,心里接受了,才好做工作,有事安排学习的方式便不拘形式,决定到基地去看、去问、去学。

向泽苗也去了,他看到有人在脆李子地里做活路,听当地人介绍一亩可以卖一万到两万元钱时,他认为是政府安排的媒子,心想哪有恁个好的事情。避开谭丽华和冉隆伟后,跑到远一点儿的地方,遇到有人正在打枝拉枝,就跑过去搭别,问道:"您(niāng)们将枝条打了不是很可惜唛?""呀,你说啥子呀?啷个叫我们娘们王?"向泽苗比比画画说:"您们不就是老辈子的称呼吗？"那两个人研究了好一阵，终于是搞懂了，大家哈哈大笑，越觉得亲切。

听说这些人是来学习的，那两个人很得意欢喜，热情地给向泽苗介绍："打枝是为了结更好的果子，打去徒长枝，营养才更集中供养果子，要将营养生长转变成生殖生长，就好比一个妹姑娘，长到二十岁左右就不是要求长高长胖，应该长娃娃哈，您不让他长娃娃，她就给您长成大胖子。"向泽苗连连点头说："对头对头，是恁个嚯，你勒一说我硬是弄明白了。"那两人又传授了如何留主枝打侧下枝，中间如何掏空，如何尽量让果子挂在主枝上，哪些枝条明年结果，哪些地方要培养结果枝，枝条啷个拉，为以后增产做准备，啷个实现高产等说得详细明白。

"您们每年的收成好不好，脆李子卖不卖得脱嘎？""不卖出去难道各自吃唛？"一问一答，大家都笑了。当向泽苗弄明白一棵树的果子一年可以卖四五百元钱，一亩地可以种植五十棵树，他眼睛都绿了，暗暗默了一回：如果刘顺油屋苗子出来后，我屋头种植个五六亩土地，那不是一年就可以收入十万元呀，这是他一辈子想都没有想过的数字。激动得心脏咚咚地跳，走路都觉得轻飘起来，回到人群中说道："勒个树崽崽是个摇钱树，可以搞得，不过还是要讲技术，刚才那两个人说，要打枝施肥才高产，果子才卖得起好价钱。"一边说一边现炒热卖，将刚才说的幺姑哪时应该长身体，哪时应该怀崽崽也讲了一遍，大家嬉笑之余弄明白了原理。

谭丽华看着大家学习认真，讨论热烈，心里觉得踏实，特别是她听到幺姑怀悫悫这句话时，她想：看来我讲的理论大家不接受是因为没有用农民的语言说，他们理解困难，效果就打折扣，下回要将理论用打比方的方法讲，大家才更听得懂。

大家你一句我一句热烈地讨论着，只见向泽苗拿着老烟杆，身子向前倾斜着，鼓着眼睛故作神秘地说："嘿，嘿，你们猜一下嘛，一亩量产后可以找到好多钱？"大家有说三千的，也有说四千的。向泽苗烟杆一挥说："我说你们没得见识，你们还不承认，我给你们说一亩可以收到两万元，不信各自去问。"大家哄地一下闹开了，有的说："我们不想那么多，有五千元就安逸嘎！"也有的不信，就真的跑去找人问，最后大家搞清楚了收益问题，更是到处找人学习、讨论。谭丽华笑着对大家说："看来你们这些青杠柴棒棒今天是开了窍嘎，我唪个说你们都不信哈，只有眼见为实，现在是口服心服嘞。"向泽苗摸了摸嘴巴嘿嘿笑，有个妇女就说："泽苗，泽苗，你笑逗笑嘛，摸屁股做啥子嘛。"大家一起哄笑起来，谭丽华见大家学习的兴致很高，就联系了巫山农委技术员过来，再次讲解示范打枝的方法，大家听得十分专心。

谭丽华总结说："勒回学习收获很大，大家认识到种植脆李是可以赚钱的，也是卖得出去的，莫说远了，大家看到这里的山连山，地连地都是脆李子，人家已经种植二三十年了，都是卖出去的，现在是全国市场，大家不要愁，政府会帮助拓展市场，你们回去要宣传好，带头把各自的种好。"大家都不住地点头赞同，返回的路上一个都没有打瞌睡，兴致勃勃地讨论脆李子管理技术。谭丽

253

华和冉隆伟只是微笑，偶尔插两句嘴。

回到瓦屋村，谭丽华给大家摆这回到巫山学习的感受，她说："勒回出去学习有两点心得体会。一是以前培训更多是讲理论，有的时候还在会议室讲，勒回到巫山学习，我认真反思了我讲来为哪样大家不爱听，而农民讲来大家都赞同，因为现场感受更深刻，同时要用接地气、形象的语言，才能更好地科普。第二点体会是，要让大家走出去看，去学习，效果才更好。"刘冬麦想：看来农村工作学无止境，连谭丽华这样的人都不断总结、虚心学习，各自还得多多跟谭丽华、跟大家学习才行。

学习回来后，每组开现场会，首先是去学习的人将看到的听到的作介绍，实话实说就行。向泽苗介绍的时候有人搭别："耶，没有看出来，你还会吹壳子说大话耶，牛皮都遭你吹翻了。"他急得脸红颈胀的，赌咒发誓地说："我哪回吹过壳子噻？牛皮不是吹的火车不是推的，勒回我乱说一句就是天打雷劈的。"还是谭丽华出来解围说："大家都看到的，出去学习的人都按照标准做了，我们也不是吃饱饭没事干，您们做好了卖钱了，我们也得不到一分。"

冉隆伟拿着枝剪，再次讲解原理和修剪办法，最后讲了施肥原理。每组都安排下去，过几天检查，几个队长也分别表态加强督促。

工作安排下去后，出去考察学习的人户立马行动起来。谭丽华和冉隆伟到各屋各户指导，等枝打好了，再将树的根脚用石硫合剂加上石灰刷白，一直刷到离地一米高，然后是下有机肥，将树的四周枝丫伸出最远处挖出深六十公分，宽十公分的半圆形的坑，再将自家屋头腐熟好的牛粪按每株一百斤和平衡复合肥三斤混合着填埋下去，打一次石硫合剂清园后，当年的管理可以告一个段落。

冬管工作做完后做了一次检查。有些人还舍不得修剪，剪是剪了一些，但是没有到位。冉隆伟又督促检查修正，直到全部满意为止。

就这样，瓦屋村的脆李子树从一网枝条往上冲，千姿百态的样子，变成了一根根树枝条平展伸出，生长有序的模样。向泽苗说："嘿个扎，瓦屋的脆李子树变成了一个样样啰嚯。"冉隆伟说："勒叫规范管理。"

这段时间冉隆伟的摩托车尾巴载着几箱保花保果的药，要求花开到百分之五的时候打一回，花谢百分之九十之前再打一回，这期间要注意观察有没有代果病，并且将代果病的图片复印出来贴在村上。村里人来领药品需要支付本钱，有的人认为一个国家干部卖药赚钱，不如各自赶场到街上去买，结果发现街上贵得多。冉隆伟因为长期和农药批发商打交道所以拿的是批发价，并且是原价供应，大家这才意识到驻村干部是真心关心老百姓，开始更加信任这些驻村干部。

海椒移栽时节，脆李子已经有了大樱桃大小，今年的果子挂得多，果实明显比往年更大，向大鱼说那些个脆李子宝长得胀鼓鼓的，大家期待着好的收成，干劲更足，心中规划着等明年发放苗子的时候多栽几棵。

老支书在新村委会旁边的石头上抽着他的老叶子烟。即将竣工的村委会高出路面两米多，显得这栋川东民俗大院巍峨大气。大家都期待着完善后到村委会里去坐一回。老支书看着各自的劳动成果，心底溢出快乐的旋律，想唱一首歌，可是想了半天，发现只会王儿调，想了几句词，闭着眼睛跷着二郎腿哼起来："太阳出来啰喂，到山坡了嘟啰，瓦屋村委耶郎朗扯，狂扯，最得行啰喂。老支书哦啰喂，来带队哟郎啰，瓦屋样样噻郎朗扯，狂扯，赶先进哟啰喂。"末了还加了个"咚咚锵"。

刘书芝来到村委会。老支书有点儿诧异，更是担心刘老师听到了他编的薅草锣鼓歌颂自己。见刘书芝的表情没得异样，刘书芝也没有笑他，他想：可能刘书芝没有听见。

脑壳转过弯来后，他开始想刘书芝来的目的，自从刘书芝佑客走后，他除了种种地，养养牛羊，种植了两亩海椒外，吹奏笛子就成了他每日的必修课。基本不与外界交流，就是年前的大聚会，他也只是来吹奏一首表达谢意，一句话都没有说。

老支书本来有点儿担心他，晓得刘书芝是读书人，清高，心想他今天主动到村委会，肯定有事。他也就不问，两个人闲摆两句后，就拿出塑料口袋，取出一匹叶子烟给刘书芝。刘书芝摆摆手说："我不抽烟。"老支书就笑了，就没话找话："你屋头的两根脆李子树打理好没得？""冉隆伟老师亲自帮我打理的，年前也下了有机肥，不过我屋头树好多年没有经管，今年挂果可能比别个屋头差些。"

老支书也不晓得他哪样来意，不晓得接下来该啷个摆这个龙门阵。刘书芝闲坐了一会儿，说："我多承村里人关心支持我，在困难时刻，大家都像亲人一样，我很感动。我今天来有两件事，一是希望村里取消我的贫困户的资格，以前是佑客生病迫不得已，贫困户的药费要减免很大一坨。现在佑客走了，我一个人吃饱全家都不饿了，温饱各自犇得走。二是看脱贫攻坚任务很重，我也希望可以帮一些忙，有事的时候吼一声，我电脑哪样的都会一点儿。"

老支书有些意外，一时间倒不晓得哪个答话。一般的人是要政策要优惠，争当贫困户，刘书芝是主动要求取消政策。老支书也是见识多的人，晓得给予比收回肯定有人情些，他吸了一口烟喷出一口烟雾后，缓缓地说："这个贫困户的政策你就莫提取消了，你屋里的房子还需要整修，属于住房没有保障的人群，村里的事情需要帮忙时就喊你。"

刘书芝走后老支书感慨万千，世间真是有各种各样的人，一般俗的贪得要多些，像刘书芝这样的要少些。他反思几十年来村上工作，说好听点儿是做了好人，说不好听就是没得哪样作为，和了一辈子稀泥，他感到有些惭愧。又一想，是瓦屋村这个地方的人的思想太复杂，最后还是觉得这一辈子没有哪个村干部在这个位置上做了两年以上的，各自已经干了几十年也满足，想着也就释然了。

谭丽华、戴春兰和刘冬麦三个人手挽着手嘻嘻哈哈地回到村委会，海椒移栽完成，脆李子树也完成了疏果任务，保证一公分一个，多余的全部疏掉。大家暂时放松一些，趁空将新村委会打扫好，门窗全部打开透风，只等通过组织部验收后，过了伏夏就搬进去。组织部配的新办公桌椅、电脑已经提前配过来了。一楼是办事大厅，左边有两间办公室，二楼是会议室及办公室，三楼是一个大会议室。春兰说："这个办事大厅高端大气上档次。"刘冬麦和向世荞异口同声地说："那是必须的！"嘻嘻哈哈的欢乐气氛在瓦屋村委会流动。

胡县长这天带着农委和商委的同志过来，检查了苗圃的管理，看了海椒的管理，指出海椒追肥和上厢要早点儿做，不然到时枝丫封了地不好做活路，大家都点着头应着。刘冬麦立军令状似的说："请胡县长放心，我们保证完成好任务。"大家都笑起来。

"海椒销售工作要提前抓。"胡县长一边看海椒长势一边说。农业局长说："我在贵州买种的时候遇到过一个收海椒的老板，他说有好多包销好多。""把这个人请过来，安排好吃住，主要解决销售海椒的问题，让海椒产业开个好头。"胡县长说。

太阳火辣辣地照在瓦屋村，感觉石头都在冒蓝烟。刘冬麦在树脚的阴凉处躲了一会儿，清爽些后，就骑着三轮车"突突"地在瓦屋上中下屋奔驰着。她到海椒地数红海椒个数，查看病虫害，在下屋和中屋红得多些，上屋迎风寺海拔有一千三百多米，海椒还没有红。

转眼已是六月中旬，只要每天或者隔天能够打场偏东雨，瓦屋村的天气就比较安逸。

最近十几天，太阳一直火辣辣地照在瓦屋村，已经十几天没有下一滴雨了，连亮点子雨也没得几颗，有些土质薄的地方，苞谷叶在打卷，大家心里有些焦躁。

刘冬麦在下屋转弯处看到了谭丽华的比亚迪轿车。"丽华书记，丽华书记！"刘冬麦大声夸气地喊。"哎，在勒步。"谭丽华细声细气地回答。刘冬麦循着声音找到她。见她蹲在脆李子树脚，手里拿着半边脆李子，刘冬麦嬉笑着说："好呀，驻村第一书记偷贫困户脆李子吃，我要拍照我要举报。"谭丽华立刻摆出一个侧身手拿脆李子吃的动作说："来来来，快举报快举报，这样还可以为瓦屋村的脆李子做个宣传。"刘冬麦真的拍下了这张照片，照片上的人戴着草帽，吃着脆李子。刘冬麦也摆了个同样的动作照了一张。两人看着照片评论着。刘冬麦说谭丽华的照片让人看着温婉阳光，谭丽华说刘冬麦的照片看上去英姿飒爽。谭丽华对着挂果密实的地方拍了一张脆李子的特写。"看上去让人流口水。"一个说。一个答："要的就是这个效果。"

刘冬麦咬了一口脆李子，觉得有点儿生，皱着眉头咧着嘴说："勒样你也吃得下去，重口味。"谭丽华看着刘冬麦说："你为哪样天天去数海椒勒？""哦哦哦，我晓得佬。"刘冬麦用手指着她，一副恍然大悟的样子，说："我数海椒但是不吃，像你这样天天吃生脆李子，真是服你了。"刘冬麦看着谭丽华坐在地上，手里扯了一根狗尾巴花甩来甩去，心想：谭丽华刚来时是从来不坐地上的，到瓦屋村久了也入乡随俗了。

"去年的脆李子没有哪个管理，今年的经过管理后，个头大、产量高，关于销售问题要提前谋划，兵马未动粮草先行嘎。"说到业务，谭丽华侃侃而谈。刘冬麦看着谭丽华，感觉她就像一个稳操胜券的将军，从温婉之中看出一种帅气来。刘冬麦说还是去年那个办法吗？谭丽华说："去年脆李量小，况且那个活动是临时搞的，对瓦屋村的推介不够充分，今年应该啷个搞，我们大家来商量。"谭丽华说："还是要搞个采摘活动，脆李子这个东西说成熟就熟了，熟了几天就要落，所以要高度重视。"刘冬麦想，各自虽然在农村长大，倒是没有注意脆李子熟了几天就掉，往年是熟了就吃，掉了就拉倒，也卖不出去钱，大家都没有在意。

刘冬麦将谭丽华吃脆李子的几张照片发到瓦屋村群，群里又热闹起来。刘顺米说："这个代言人选得好。"有的说各自屋的那棵树果子好甜，可是想吃吃不到，只能流口水；有的回忆小时候偷脆李子吃的事情。

刘冬麦谈到了今年销售的问题，驻村书记说了要让大家卖到钱，但是现在还没有想到方案。一直在群里没有啷个说话的刘豆油答话了，他说他一直在做电商、做直播，他愿意来为家乡的脆李做直播，大家可以在网上买到瓦屋的脆李子。听说可以通过电商买，可以快递、邮寄，气氛开始活络起来，有的就@刘豆油让他帮忙快递，各自屋头有就不买了，刘豆油也欣然同意。

刘冬麦心想，电商在城里可能得行，在乡下买卖都不用电商。听他说要来卖，刘冬麦也顺口打哇哇邀请他来。

刘冬麦将此事汇报给谭丽华。谭丽华说这些年电商发展很快，可以是一种渠道，今年脆李子产量比去年多，但又不是很多，要给以后品牌营销打下基础，采摘活动要搞成一个推介加采摘活动，为以后的文旅融合打下基础。

刘冬麦心里暗自佩服，看来机关干部考虑问题还是要全面些，回想去年提到发展海椒，九月就规划土地，腊月就喊下地育苗，哪一样不是走在季节的前头？要是晚了误了时节那就不行，农业产业都是要提前谋划才行。

天空黑得就像锅底，闪电就像毒蛇的信子一样在天空中张牙舞爪"轰嚓嚓！"一个大雷打下来，要下偏东雨了，在地头的、路上的、各处户外的人们都拼命地往就近的屋头躲，大雨像瓢泼一样倒下来，路上的行道树被吹得东倒西歪，下午三点黑得就像擦黑的傍晚。大雨来时刘冬麦还在海椒地里，看到天色不对头，骑着三轮车"突突"地往村委会跑，虽然三轮车有个小顶棚，但是等到村委会时还是被淋得浑身湿透。

刘冬麦挽起裤腿衣袖，脱掉已经湿透的鞋子，双手捋着头发上的水，赤着脚咋咋呼呼地冲进村委会，村委会里爆发一阵大笑。刘冬麦说："你们这些无情无义的家伙，笑啷个笑。"猛一抬头看坐着好几个人，有胡县长，桥头镇的书记、镇长，刘豆油，还有几个不认识的人，她一下子蒙了：这是啷个搞的，打个赤脚还被这么多人围观，真是倒霉。她一时间进不是退不是，讪讪地站在屋中间傻笑着。

谭丽华赶紧过来说："你去换身我的衣服再过来。"刘冬麦急慌慌地到谭丽华住处去换衣服。谭丽华比她个子小一个号，不过T恤衫比较宽大可以穿，运动裤也可以勉强穿着，就是鞋子有问题，她的鞋子小了两个码子，没有办法，只好穿着拖鞋过去。谭丽华说领导也是人，这种情况就是弯刀将就瓢切菜，管它三七二十一嘎，比光脚板好些嘞。刘冬麦局促地回到村委会，领导们已经在会议室说事情了，她坐在后边收着脚，偷偷看着大家，发现没人再注意她，心里稍微放松一些。

会议讨论的是脆李子搞推介活动的事情。胡县长很重视，认为要做得有声有色，成为一种可以复制的模式。有一个不认识的女同志说："主题就叫'下乡赶场'。"大家都说好，刘冬麦感到很新奇，就悄悄捅了捅谭丽华说："赶场也不是三天一场，都赶的唛？街上才赶场，我们瓦屋村不赶场的呀？"谭丽华拐拐她，意思是莫说话，听着。

胡县长边用手敲着桌子边说："这个主题点得好，既是一种新的模式，也是一种传统文化的传承。就按这个方案走，不但要安排赶场买农产品，还要安排几个观景的地方，让大家欣赏瓦屋的自然风光，更好地推介瓦屋。我们不要放过任何一次机会。"

会议决定由刘豆油负责细化方案，三天后开场，由桥头镇政府和瓦屋村支两委安排落实场地的清洁卫生、生活等细节。接下来讨论赶场卖哪些东西，大家七嘴八舌，脆李子、青红海椒以及大家屋头的洋芋、豆豆等，可以卖得出钱的瓜篮水果都拿出来，一时间气氛非常活跃。最后落实瓦屋村支两委负责组织货物，挨近的几个村也可以动员农民来赶场,但是只能是农家自产的产品,不能在街上买来卖。

胡县长走时笑眯眯地说:"赤脚板主任,要加油哦,这次推介会是瓦屋村最好的表现机会哦。"刘冬麦嗯嗯应着,大家都在笑,从此她就有了"赤脚板主任"的外号。

经过两天的奋战,瓦屋村下乡赶场活动开场了。胡县长和那天开会的女同志也来了,听谭丽华说那是商务局局长。来的还有那扛摄像机的和挎相机的记者。刘冬麦说:"看这架势,长枪短炮都架起佬,看你往哪步跑。"大家都嘻嘻哈哈地笑。

刘豆油这几天一直在现场,他们搭建了很多的展棚作为市场,一溜儿展棚在村委会坝子搭起,搭不下的就在公路边上的荒地上,大概有二十几个展棚,看起气派,每个展位标了名称分了区域,比如瓦屋专区、野鹤专区。

村委会街沿有个红地毯铺的讲台,高音喇叭放着开门红等喜庆的歌曲。一大早,桥头镇几个村的村民们就将屋头的鸡鸭蛋、蜂蜜、瓜篮小菜、海椒等都背来卖,展会特别明确脆李子不能摘下来,大家要到树脚体验,一时间鸡叫声、鸭叫声,间或还有鹅叫声,以及人们熙熙攘攘的欢语声,把瓦屋村吵得像一锅热苞谷羹羹。

大约十点钟,二十几辆大巴车来到瓦屋村,人潮一下子涌过来,买的卖的热火朝天。喇叭开始喊:"大家莫搞慌饺子,先集中起来,好家伙还多得很,等会先到山上去搞采摘,体验瓦屋的风光。"

一个导游模样的漂亮女孩子上到台上,她自我介绍说姓王,让大家叫她王导，随即开口就唱："太阳出来就爬山坡，爬到山坡就想唱歌，瓦屋村的帅哥多呀，瓦屋村的美女多。"大家一下被她的好听的声音吸引，都朝着台前集中。只听她说："瓦屋村历史悠久，美景、美人、美味远近闻名，大家的采购随后进行，先站拢来，我们来听一下瓦屋村的西洋镜，等会先到山上看看瓦屋的美景，来个现场采摘，看到美人可以带走的哈，瓦屋村有这个风俗哈，等会再回来品尝瓦屋的美食，采摘不到的东西都在勒步买，等会下来赶场。先来听听领导哪个说哈。"

说完下面爆出雷鸣般的掌声，一半因为喜庆，一半是因为她长得漂亮，话也说得好听。

王导将人吸引过去后，活动开场。先是胡县长讲了话，他说："这次活动主要是推介瓦屋村的优质农产品以及美景，感谢大家今天到瓦屋村支持发展，今天的瓦屋村'凉风绕绕白云挂，青山绿水美如画，瓜果飘香景佐酒，谁说勒是山卡卡'。"他还说："今天的瓦屋很美，未来的瓦屋村会更美。未来瓦屋村要成为一个产业兴旺、生态宜居、乡风文明、治理有效、生活富裕的地方，欢迎大家见证并支持瓦屋村的发展，瓦屋欢迎你。"话音刚落，游客在导游的带领下再次把巴掌拍得哗哗地响。

刘成米将火盆搬到瓦屋村委会，搬来嫩苞谷，架上柴火烧苞谷，一根卖到五元，很多人排队买，斯文点儿的一颗一颗掰来吃，有那性子急的，感觉一颗一颗吃不过瘾，啃得嘴巴乌黑。其他人见这个有赚头，也回去端来火盆，搬来苞谷、端来洋芋烧来卖，大家看着稀奇新鲜。

王导的彩旗飘到车上，一群人也呼啦啦地跟着上了车，大客车蜿蜒在瓦屋村的上、中、下屋。各个院子都提前做好了安排，有鸡鸭蛋等东西都背到村委会来赶场，屋里一定要留人，脆李子、海椒、玉米等鲜货物是现采，价格是定好的，脆李子十元一斤，包壳嫩玉米一元一根，海椒青红都是两元钱一斤，其余自行定价。

汽车在上、中、下屋停靠稳当，人群就呼啦啦地分散在瓦屋村的院落和山坡上，一时间闹闹嚷嚷，有人大声喊："喂，瓦屋你好吗？""好好好！"有人跟着回应。王导也拿着大喇叭插科打诨。

上、中、下屋在视野好的地方都临时设了观景点，大家站在观景点拍照拍视频，啧啧称赞瓦屋的美。特别是听说乌塔梁上是一个忘忧台，是一个消散忧愁的地方，大家都争先恐后拥上乌塔忘忧。

有个人站在忘忧台上，用手卷成喇叭，大声吼道："呵呵呵呵，瓦屋，好美！"人群也跟着呼喊："瓦屋，好美！"有两个书卷气很浓的站在人群里，他们没有跟着呼喊，一个人喃喃地说："我想到瓦屋来，寻一家农舍，种半亩方田，赏自然风光，阅人间美色。"旁边就有人搭腔："我想在湖边，寻一美景，携一知己，与爱人在此白头，与三五好友在此共度，此乃人生最高追求。"不管是开心的笑闹抑或是诗意的欣赏，两厢混杂；不管是将瓦屋的土产装入囊中，抑或是将瓦屋的风景装入心中，每个人都是满载而归。下山时更是一副意犹未尽的神色，一番别样的生机在瓦屋村的上空浮荡着。

十几个网络主播拿着行头跟着人群到处直播，看到有人吃得夸张说得好的，立马将镜头转过去，大家看到镜头转过来也挥手大喊："嗨，快来哦，瓦屋的李子甜得很啰。"这些主播自己也不停地跟着队伍采摘，不停地叫喊："哇噻，这海椒真辣呀，这脆李子真甜啊。"

下山的时候，人们提着大包小包的农产品，有的提多了走路拐来拐去。有个中年女同志，看样子像个机关的人，她说："直接在地里采摘的东西，自然熟还新鲜，自家种来吃的农药打得少也安全，特别是脆李子，很甜，口感细腻，吃勒么多年脆李子，这是最好吃的一回。"她一个人买了一百多斤，给亲戚朋友带回去。有个人买了两口袋海椒，估计也有一百多斤，背不走，喊向朝田送到车上来。有人问她："你买勒么多海椒做啥子哟？""嘿，你不晓得瓦屋的海椒好嘎，瓦屋海椒辣口不辣心，颜色又好，我买回去打成酱，再码上盐用热油淋下去，做豆瓣炒菜，安逸得很，我往年也来买的，只是现在还没红，我买的青海椒，过个十天二十天就来买点儿红海椒。妈耶，听起就好想吃哦，好多亲戚朋友都会来找我要嘎。"旁边就有人仔细地问做法吃法。

有个年轻媳妇背上背着背包，手里提着鸡鸭，一路上鸡鸭嘎嘎地叫，车上一个男人就唱："左手一只鸡右手一只鸭，背后还背着一个胖娃娃呀！"一车人齐声跟上："咿呀咿得儿喂。"车上的人默契地接完嘴哈哈大笑起来，飞得人家小媳妇一个大红脸。大家七嘴八舌地盘点买的东西,有买便宜了就欢喜的,也有买贵了有点儿小郁闷的,总之不伤大雅。

太阳已经当顶,上山的人群又呼啦啦地拥入村委会赶场,一时间土鸡蛋、土鸡、蜂蜜、野生干香菌、野生干竹笋等,一抢而空。

村里几个干部全程都在协调服务,这种哄抢采购的盛况让大家瞠目结舌。老支书说:"农村的寻常物品,我们天天吃,见着很普通,可是城里人却觉得稀奇。"刘冬麦说:"我们是乡巴佬,他们是城巴佬。"大家哈哈大笑起来,村里的人们今天应该是卖了不少钱,城里人也满载而归,有买得多的更是大呼小叫的,打电话喊自家男的个或者崽崽开车来接,干脆不坐大巴回城。

这回因为人太多,吃饭安排在刘旭果和刘地豆屋(也就是谭丽华吃饭那家),还有老支书屋头三个人户来完成,还是十元钱一个人,八菜一汤,三荤五素,这些城里人特别对蒜蓉烧海椒、嫩豆花、糊辣壳和鲊海椒回锅肉感兴趣,有的吃完还要买来带走。这几家人从没有见过这个阵仗,也不晓得价格,只好别人给多少钱算多少,反正鲊海椒、蒜蓉青椒成本就一元多点儿一斤,糊辣壳也就十元钱一斤,别人鲊海椒、蒜蓉青椒给的是十元,糊辣壳给的是二十元,他们都感觉赚大了。

这次瓦屋赶场活动一共卖出去五万多元,生活费收入接近八千多元,刘豆油组织的网络直播也销出去一千多单,胡县长说网络销售虽然不是很多,但是瓦屋脆李品质好,相当于为以后量产打个广告。有人说长到几十岁,还没有得见过大家寻常的东西在屋头能够

267

卖得出去，卖得到钱。

瓦屋的上屋、中屋、下屋上下充满了新奇的讨论声，收获的笑声。更多的人则是今年哪样家伙逗人买，讨论明年啷个做，明年要争取卖好多钱，这些活动开启了瓦屋人对美好生活的向往。

刘冬麦忙了一天回到屋头，感觉脚趴手软的，不想多走一步，婆婆妈看到刘冬麦那个样子，把饭菜端到桌上，心疼地喊："麦子，快来吃点儿饭困瞌睡。"刘冬麦望着婆婆妈露出感激的微笑，她刨了几口饭菜，正准备收拾碗筷，婆婆妈连忙打拦挡："我来，我来，你快点儿去洗脸、洗脚，早点儿困瞌睡歇息一下。"

刘冬麦简单洗漱后便倒床就睡，几分钟后婆婆妈就听到鼾声。

熟睡的刘冬麦进入了甜蜜的梦乡：在明媚的春天里，满山遍野的李花盛开，十里芳香，桃花争艳，扑面撩人……他和马有才手牵着手，甜蜜地依偎在一起。她看到三多湖面上，莲花朵朵，红的、白的。她给马有才说："我要那朵白色的莲花。"马有才起身去摘花，可是马有才站在那朵白色的莲花上漂走了，站在莲花上的马有才突然着了一身青色的衣服，他脸色苍白，朝她挥着手。刘冬麦着急忙慌地去撵，可是哪个都撵不到，越撵越远，刘冬麦大声哭着叫着："有才，有才。"可是始终都撵不到，撵着撵着马有才突然不见了。

刘冬麦惊叫一声醒来，发现全身已经汗水湿透。她一翻趴坐起来，心脏"咚咚"地跳着。

刘冬麦心想：三多湖水深，从来也没见过有莲花。想着梦中的情景，她感到害怕。想到远在广州的马有才，几回拿起手机想打电话，但又想到正是深夜，有才他本来瞌睡浅，瞌睡被岔醒，怕是一晚上都困不着了，只好放下。抱着手机迷迷糊糊地熬到天亮，急忙拨通马有才电话，那边懒洋洋地笑骂一句："你想我了吗？这么早就打电话？"冬麦听到熟悉的声音高兴得哭起来，给他讲昨夜的梦。马有才说没事没事，我们这几天正在防强台风，都不出门，不会有事的。刘冬麦还想说什么，只听到有人喊"吃早茶哟"，马有才对着手机说："飞一个。"刘冬麦娇嗔地说："去你的。"

刘冬麦通完电话，稍微安心一点儿，心情好很多，吃点儿早饭又出门，但总有点儿心神不宁，梦中的恐惧感挥之不去，于是把手机音量开到最大，并不时地看手机。下午六点已过，冬麦总在计算时间，按那些解梦的人说，只要过了一对昼就没有事了。

做了噩梦的刘冬麦心里很害怕，她想起梦中的情景就流眼泪水。她每晚都给马有才打电话，总要听到他的声音后才困得着瞌睡。

做噩梦的第三天，刘冬麦忙到很晚才回到屋头，他给马有才打电话听到呜呜的声音。她晓得那边刮台风了，她在广州几年，晓得那边刮台风正常，只要不出去就行，两口子摆了一会儿就各自困了。

一阵尖利的手机铃声将刘冬麦从梦中惊醒。她一翻爬起来，看着窗外还是黑蒙蒙的。一个卷舌的普通话传来："雷是马有才佑客吗？"刘冬麦听到广东普通话，一下子紧张起来。那边告诉她说，由于台风，马有才租住的房子倒塌了。刘冬麦手机吓落在地上，电话里不断传来"喂，喂，喂"的声音。手机一直尖厉地响起，刘冬麦抖抖索索地拿起电话，那个卷舌普通话再次传来："你老公受伤了，在医院，家里赶紧来人。"刘冬麦六神无主，穿上鞋拿着手机开了门就出去，连大门都没有关，心里想着要赶紧到广州去。她摸黑往街上走，一脚溜进谷子田里，身上糊了一身的稀泥巴，不管不顾跌跌撞撞地往前走。

啪啪啪的敲门声惊动了马老大。马老大屋头有一辆农用车，这是镇上唯一的四个轮子的车。当马老大披衣起床，看到糊得泥巴的刘冬麦，脸上手上都是血口子时，他打了一惊，赶紧喊他佑客起来。

马老大佑客出来看到刘冬麦只穿了一件睡衣，内衣都没有穿，衣服扣子已经开了两颗，袒胸露乳的，赶紧支开他男的个，边将她扣子扣好，边问出了哪样事情。刘冬麦突然嗷的一声大哭起来，边哭边说马有才出事了。这马老大佑客也蒙了，不晓得嘟个处理。还是马老大出来，问清是有人打电话来的，就想起将打过来的电话号码再打过去问清楚再说。喊刘冬麦拿电话出来，她周身摸遍了也没有找到电话，也想不起电话在哪里。

马老大佑客见状安排马老大沿途回去找。马老大看难了，说黑更半夜的，嘟个找得到嘛。马老大佑客就支招说："你一路走一路打电话，电话一响就会有声音也会亮灯。"马老大就找电话去了。她佑客才赶紧端水出来给刘冬麦身上擦洗了一遍，拿来各自的衣服给她换上。马老大佑客有些胖，刘冬麦穿上那个宽大的衣服，裤子还挽了一转才系上裤带。

马老大一路走一路打电话，看到水田有溜踏的脚印子，就蹲下去摸，他还真从浑水里摸出手机，可是手机已经进水关机。大家见到手机也烂了，没办法联系，一时间不晓得啷个办。还是马老大佑客脑壳灵光些。她想起刘冬麦虽然认识他们，但是没有深交，这种情况摸到她屋头来，肯定是想要帮助。

"你也不要担心，有可能只是受伤了，你想我们啷个帮你？"六神无主的蒙杵杵的刘冬麦突然才清醒过来："我想要老大的车送我到广州去。"马老大有些为难，明天他招呼了别人装货不说，还有到广州要两天一夜，他一个人开车熬不过来。

马老大佑客反应过来后说，找你们村的向大鱼商量一下啷个办，他的办法多。他们开着车到向大鱼屋头。三更半夜的有车子停在屋门口，向大鱼也打了一惊，他弄清原委后，默了一下说："恁个，找王镇长，这王镇长也是刘主任同学。"王镇长很快赶过来，见平常风风火火的刘冬麦完全蒙杵杵的样子。就安排说："恁个，我的私家车在镇上，我马上喊镇上的驾驶员请假送你过去，老马也一路，换着开车快些。"说完就给驾驶员打电话。王镇长安排完后对刘冬麦说："你记得到马有才的电话不？可以打他电话，既然有人打电话过来就有人照管。"刘冬麦用力地想，啷个也想不起来。王镇长想起马多才肯定晓得他老汉的电话，就和向大鱼一路急匆匆地去找马多才。

刘冬麦屋头的门大大开起，屋里没有开灯，王镇长怕惊吓了马多才，就轻轻在门口喊。马多才没有喊醒，刘冬麦婆婆妈起来了。婆婆妈一看半夜三更的这个阵仗，就高声喊刘冬麦，见没有人应声就有些急。向大鱼怕吓着老人，就宽慰着说："村里晚上有急事情，刘冬麦过去了，我们想找马多才要个电话号码。"老人疑惑地喊醒马多才。马多才好半天才清醒了，背出一串电话号码。王镇长用手机记下号码，走时喊他们安心困瞌睡，说没得啥子事情。刘冬麦婆婆妈哪个都不相信没得事情，只有照看着马多才困瞌睡，自己一夜没有合眼。

拿着电话号码的两个人走出刘冬麦屋头才打电话，接电话的不是马有才，当问明这边人的身份后，才告诉实情说："夜晚台风吹垮了他租住的房子，马有才现在太平间，只等家里人来领尸体。"王镇长和向大鱼也蒙了，半天才清醒过来。

向大鱼和马大大两口子加上镇政府的驾驶员带着刘冬麦连夜出发了，本来马老大佑客不准备去，但是王镇长说有个女的在一路，好经管刘冬麦。王镇长看了一下时间是半夜三点钟，都是同学，他本来应该一起去帮个忙，但是他们出门应该要请假，有纪律，他准备在屋头帮助做些安排。

刘冬麦一直晕晕沉沉的，她不断作干哕。他们走一阵就放下来喊她吐，她又吐不出来，她示意不要再停车，赶紧赶路。向大鱼发信息给王镇长让他天亮了去找马多才，找到刘冬麦的妹妹，通知她帮助料理屋头的事情；又给向学果发信息说了情况，喊他前去帮忙。

车子一刻不停，马老大佑客在一个镇上买了一箱水和一口袋馒头，大家饿了就喝矿泉水下馒头。用了两天时间赶到了广州。到时也是半夜。向大鱼出门的时候就用短信和向学果联系上，车子直接到医院。向学果他们几个老乡站在路口。刘冬麦提起精神，想从几个老乡眼里看到希望，她看到他们都转过脑壳不看她，眼前一黑就晕过去了。马老大佑客赶紧扶住她。大家赶紧掐人中，联系急诊。

醒过来的刘冬麦看到各自挂着吊针，一把扯掉针管爬起来，大喊："马有才呢？马有才呢？我要找他，我要找他。"一屋子人都哭起来了。刘冬麦疯了一样地往门口跑，口里喊着："我要找马有才，马有才你在哪步呀？在哪步呀？我来找你来了呀。"扯掉输液针的刘冬麦血一直流。马老大佑客赶紧拿来棉签给她止血。向学果哄骗刘冬麦说："马有才手骨折了，去做CT去了，在排队，过一会儿就回来。""那就好，我等他，我等他。"刘冬麦说。马老大佑客说："你要等他唛也要把液输完噻，你勒一两天都没有吃家伙了，不然遭不住哦。"医生给药里加了一支帮助睡眠的药，刘冬麦昏昏沉沉的，又输起液来。

正在输液的刘冬麦突然一下子惊醒起来，她问："马有才还没有回来唛？"向学果没有说话，赶紧喊医生："医生，医生，这边的液输完了。"待医生取完针止好血，向学果示意马老大佑客扶好刘冬麦，他哽咽着说："有才已经不在了。"一屋人都抽泣起来。刘冬麦蒙杵杵的，反应不过来，突然就问："他回厂去了唛？"大家更是哭出声来。

"我的那个哥子也，人勒，哼哼……你啷个勒么狠心勒人

273

勒，你让我啷个活勒人勒……你一走嚛，我们一家人啷个办也人也。"昏沉的刘冬麦突然清醒过来，她开始嚎哭起来，大家没有听过这个腔板，围着看的人越来越多。向学果赶紧安排把人弄到车上去。刘冬麦闹着要去见马有才，可是半夜三更的太平间不让人进去，说要么就弄走，要么就等天亮了来。大家都没有商议好，只好诓着刘冬麦好言劝慰。

刘冬麦哭晕几回，一直说胡话。这种情况，大家也没法商量后边的事情，只有跟着流眼泪水。刘冬麦只觉得天昏地暗，感觉进入了一个混沌的世界，在那个世界里只有他的马有才，有时他牵着她的手，两人依偎在一起，有时马有才不见了，她到处找他喊他，可是啷个都找不到。

第二天早上，谭丽华、老支书、王镇长来到刘冬麦屋头，找马多才拿来他姨妈的电话，开始商量安排后事。

刘冬麦状况太差，要么喊叫要么昏沉沉的，大家没得办法，只好把她弄到就近的老乡处，煮了一碗稀饭，她吃了两口就打哕。

天一亮，刘冬麦就闹着要去找马有才。他们来到太平间，马老大佑客紧紧地抓住刘冬麦。刘冬麦看见从太平间推出的马有才，猛地扑上去，她看到她的那个干干净净的马有才，脸都肿胀得变了形。她贴着马有才冰冷的脸，喃喃地说："有才，我来找你，你为哪样不见我呢？我撵也撵不到你？"她拍打着冰冷的马有才，喊着:"起来,你起来呀,快点儿起来回瓦屋,我们不打工了,不打工了。"说了一阵又好像醒过来。"我的那个造孽的哥子也,人也……"眼泪水和鼻涕一直往地下流。"不要在勒里撒野,赶紧弄走。"太平间管理员不耐烦,向学果和向大鱼转过头恶狠狠地盯着他,那管理员就赶紧躲开了。

大家帮助马老大佑客拉开刘冬麦。马老大佑客劝慰着说:"有才晓得你舍不得他,他也舍不得你,人都有魂,他没有离开你,他在看着你勒。"刘冬麦赶紧抓过一坨纸巾,抹干净眼泪和鼻涕,她四处张望,想要看到马有才的魂或者马有才看到她也好。

刘冬麦要求将马有才运回瓦屋村土葬,她说再好多钱都承认出。大家看难了,气候勒么大,路途勒么远,可能不到半天人就开始发臭。还有就是运输工具问题。刘冬麦说王镇长那个车子运回去后,她就给他买下来。那个政府的驾驶员都认不到马有才,他开车会害怕。马老大倒是胆子大点儿,可是想到晚上开车阴风惨惨的也不愿意。

刘冬麦想着马多才多么干净整齐的一个人,一走了,就是鬼了,大家都害怕,心里悲凉,就又哽咽起来。

大家正为难,刘冬麦妹妹打电话找到向大鱼问情况,向大鱼走远点儿才说了这边的状况。她妹妹说将电话拿给刘冬麦。刘冬麦拿不稳,就放在面前按免提。她听到她妹妹的声音后,就嗷嗷地干嚎起来,妹妹本来压抑着,也跟着嚎哭起来。哭了一阵,刘冬麦妹妹先收住声,她抽泣着对刘冬麦说:"你们只有将哥哥火化了才带回

275

来，不然在路上都臭了。"刘冬麦还在犟，她妹妹就说："哥哥那么爱干净，你把他挼来挼去地弄回来，要是弄臭了我怕他的魂都不好意思回来。"刘冬麦一怔，心想：不得行，我一定要将他的魂带回去。就这样默认了火化的建议。她要一同前去，大家劝她不要去，免得更伤心。

王镇长交责向大鱼和向学果落实赔偿的事情，他查了一下相关条款，如果是房东屋头房子有质量问题理应赔偿。从太平间出来的时候，向学果和向大鱼找到负责处理的派出所和街道，回答是问题还在调查，一时半会回复不了。向学果建议将马有才尸体拉过去摆在街道门口，给他们增加压力。刘冬麦一听，忽地站起来扑在马有才身上，哭着说："能赔好多作好多，我决不让有才受勒些凉贱。"他们两人只好到街道去说狠话，说如果不解决好，就把人拉到街道来。街道的人答应一定会好好处理，要他们先把后事处理。向学果和向大鱼见到也没有更好的办法，只能默许了。

就这样，刘冬麦一路上抱着马有才的骨灰不放，也不吃任何饭。马老大佑客过一会儿给她喂点儿牛奶。一路回到瓦屋村。

屋头开始布置灵堂，有人建议将刘冬麦婆婆妈送到亲戚屋头去，免得她又承受不起。这几天不断有人在屋头来关心他们，她喊马多才打电话，刘冬麦电话也不通，马有才电话是别人在接。刘冬麦妹妹第二天一早也来到她屋头。这个活了七十多岁的老人已经预感到她屋头出事了，不是她崽崽有才就是儿媳冬麦。她默默地坐着，嘴唇不住地抖动。

当刘冬麦妹妹动员她到亲戚屋头去的时候，她说她明白她屋头出事了，她死也不得走。她看着屋头开始布置灵堂，就滚在地上吼叫着数着哭。"我的那个哥子也人哦，我没有照看好崽崽些也哥子人……嗯，你叫我啷个来见你也哥子也人哦，嗯……"哭了一阵就晕过去了，大家又七手八脚地把她抬到竹椅子上。

回程的路上，冬麦紧紧地把骨灰盒抱在胸前，脸紧紧地贴在盒子上，她想用一生的温情，把盒子里冰冷的人暖过来。当刘冬麦抱着骨灰盒出现在地坝口，马多才一声"爸爸"、老人一声"幺儿哎"喊得在场的人都跟着哭起来。刘冬麦木然地站着，马多才和婆婆妈扑过去抢骨灰盒，大家拉住了。刘冬麦妹夫准备去接过骨灰盒，刘冬麦警惕地瞪了他一眼。她抱着骨灰盒一直不放，一屁股坐在灵堂前的垫子上。刘冬麦妹妹走过来，轻轻地拍着她姐姐的背说："姐姐，哥哥已经走了，你不能这样子，他的魂也回来的，看到你这样他会生气的，他累了，需要歇息，你让他歇一会儿。"看到姐姐的手松了一下，她赶紧递眼色喊他男人端走骨灰盒摆放在灵堂的内棺里。马多才嚎哭着扑过去抱着刘冬麦。刘冬麦紧紧地抱着他，抱了很久。有人提过来一把竹椅子，大家帮助把母子两人扶在椅子上躺着。

几个妇女照顾着刘冬麦的婆婆妈，老人还是不住地数着哭。大家劝不住，也跟着流眼八地的。

277

看阴阳的说要放三天，要在第三天早上六点前下葬。帮忙打杂的人找刘冬麦商量后事，她就一句话："你们哪个安排就行，有事情找我妹妹。"她基本上处于一种混沌状况，不管别人问她哪样事情，她都不说话。披着一顶孝帕的马多才一直握着妈妈的手，懂事地给妈妈喂水喂牛奶。

但是在给马有才选墓地的时候，刘冬麦坚持亲自去选，大家推荐几个地方都被她否定了，她看中楼子沟湖面那块地，她说："马有才爱干净，那块地旁边是一大片柏树，可以看藤子沟湖面的风景。"这块地是向朝木屋头的。刘冬麦偏偏倒倒地亲自过去商量，她站在外边的田坎上跟向朝木屋头说话，她是丧家进别人屋头不吉利。向朝木说只要他看得上就行，不要钱。刘冬麦说："有才从来不亏别人，我要不给钱，他住得不安逸。"回来后，喊妹妹拿出四千元钱送过去。深夜的时候，坐夜的人有的熬不住就走了，留下的就是至亲和挚友。婆婆妈坐在灵前数着："我的那个造孽的崽崽耶，一岁两岁不吵闹耶，背在后背塞晒太阳，落雨那个跟着淋塞，三岁晓得敬爹娘。四岁上帮忙弄猪草耶，五岁搭凳煮饭茶……二十三岁把婚结耶，夫妻和顺日子长，二十四岁添孙子耶，出门打工见面少。去年回来添新衣耶，一家人团聚热心肠。你这一去噻留下孤儿寡母哪个活哦嗯……"大家晓得老人家需要发泄，在场的人都跟着抹眼泪。第二天晚上，刘冬麦清醒一点儿，也接受了现实。半夜时她坐在灵前数着："我的那个造孽的哥子耶，人。你都不打声招呼就丢下我们孤儿寡母也哥子耶，人。我二十一岁认识你耶,就没有做过重活路,好吃的好穿的都给我,哥子耶,人。我坐月子噻,你是怕我冷耶怕我饿耶。我蹬掉袜子噻你又给我穿上耶,哥子耶人耶。你这一去噻,我们孤儿寡母无人照料也,哥子耶人。你这一走噻,眼睛都闭不噻上哥子耶,人。我答应你要照看好你妈也哥子耶人。我也会照顾好崽崽塞哥子耶,人。你在那边要照顾好各自也哥子耶,人。你差钱噻给我打个招呼噻哥子耶,人。我们在两边噻都好好过日子耶,哥子耶,人。刘冬麦在一边哭数,马多才在门口跺着脚哭着吼:"爸爸,我会照顾好妈妈和奶奶的。"一屋的男人女人都跟着哭出声来。三天后,马有才在一阵唢呐声中被送上山,当披着孝帕的、瘦小的马多才端起灵牌的时候,所有在场的人都忍不住哭了。刘冬麦要去送,被马氏家族的几个女人死死地按住,因为土家族的风俗,如果男的个死了,女的去送了,以后要嫁人出脚就嫁一个死一个,刘冬麦还年轻,她们坚决不允许。刘冬麦大吼两声晕了过去。马有才的妈也晕了过去。大家七手八脚地掐人中,喂水。老人嘴唇不住地颤抖着。刘冬麦一天昏昏沉沉的,感觉心里都空了,对生活也没得任何念想。她困不着瞌睡,脑海里全是马有才的影子,感觉他就在身边,他微笑着看着她,她一看他一喊他,他就不见了,偶尔困着一会儿也会突然惊醒,醒来就哭。她妹妹一直陪着。戴春兰、谭丽华下班后也都过来陪她。每天黄昏的时候,瓦屋人就会看到一大一小两个身影去给马有才送火把。十天后,妹妹也回去了,马多才也放了暑假。刘冬麦还是老样子,吃不下饭,瘦得走路打偏偏。婆婆妈每天做点儿简单的饭菜，祖孙三人不是哭就是默默不语。刘冬麦半夜醒来，听到婆婆妈屋头传出叫唤声，她撑起开灯过去看，发现婆婆妈颈红脸涨的，感觉在发烧。她烧来开水冲了一碗感冒药给她，然后再用湿毛巾敷在她额壳上。再去看了一下马多才，马多才没有脱衣服，也没有盖铺盖，脸上脚上都是黑乎乎的，应该是有几天没有洗脸洗脚了。她突然就打一惊，这些天各自昏昏沉沉的，婆婆妈和马多才都需要人照管，各自必须振作起来。她到灶屋煮了一碗面条，强迫各自吃下去，然后靠着婆婆妈床头休息，过一会儿又将毛巾重新换水敷上去。第二天早上，刘冬麦起来做了稀饭，煮了鸡蛋。吃过后，再烧水给马多才洗了澡换了衣服，又给婆婆妈冲了一碗感冒药后，收拾衣服丢在洗衣机里，把屋子扫了一遍。又照顾婆婆妈吃了半碗稀饭，她要带她到医院去，老人家不去，说是已经好多了。刘冬麦中午饭炒了酸豇豆肉末，婆婆妈也吃了半碗。她看着马多才稀里呼噜吃了好几碗饭，心里惭愧起来，她看了看四周，生怕马有才责怪她把大人崽崽管成这个样子。老支书带着村里几个干部来看望刘冬麦，他说："现在有才不在了，你要把大人、崽崽经管好，各人的身体也很重要，你上有老，下有小，负担还重，要尽快振作起来。"刘冬麦只是默默地点了点头。回去的路上，谭丽华说："如果让他们天天在屋头，没得哪样事情岔，祖孙三人只有在屋怄气，不如喊她上班好。"刘冬麦接到谭丽华电话，说喊她到村上有事情。刘冬麦担心婆婆妈一个人在屋头怄气，化解不开，就用三轮车拉着婆婆妈和马多才一起到村委会去。看着刘冬麦骑车过来，看着蹲在车里的祖孙两人，大家眼睛湿润了。就这样祖孙三人每天一起去一起来，上了一段时间的班后，刘冬麦将痛埋在心里，开始投入到工作中，进入工作状态后，精神状态也慢慢好起来。

第十章
海椒

天气有些闷热，村里的工作采取出早工的方式，村干部一早就到村里入户检查，完成工作，太阳当顶了就回屋头歇息。

太阳已经要当顶了，刘冬麦正准备回屋头，付镇长带来一个人，他介绍说这是湖北来的卖海椒的老板老侯。刘冬麦一看，来人长相尖嘴猴腮，满脸皱纹，年龄五十岁左右。老侯问了面积，看了海椒的长势说："面积太小了不好弄，海椒怕少不怕多。"刘冬麦心里默着：吹牛的来了，我们担心多了解决不了，他居然说怕少不怕多。

老侯是七月下旬住进桥头镇来的，带着一个脸盘子很漂亮的妹子，镇政府给他租了个旅馆，吃饭就在旅馆旁边的餐馆，吃完政府结账。一天不是打麻将就是晃悠着到村里来指导工作，还说一棵海椒红了十几个就可以采收了。

刘冬麦很紧张，每天都去数红了多少个。这天她又去数了，抽取十棵，有九棵已经红了十到十二个不等。刘冬麦急爪爪地给老侯打电话，说："老侯，老侯，海椒已经红了十几个了，我数了十棵有九棵已经十个到十二个了，还有一棵没有红到十个，可不可以通知采收嘎？"电话那头的老侯哈哈哈地大笑起来，笑得刘冬麦很不好意思，以为出了啥大洋相，各自不懂也没有啥脾气。等他笑完，刘冬麦问："老侯，我说错了唛？"他说："你这个人也太机械了，我说的抽十棵看看，大概差不多就可以采摘，不一定十棵都要红十个以上。"刘冬麦也尴尬地嘿嘿笑起来。

收购海椒的时间定在八月十五日。各组已经提前通知下去，收购价格是八毛五分钱一斤。海椒收购工作由刘冬麦和向世荞、向大鱼负责，戴春兰因为带崽崽不太方便，只负责管账，刘冬麦全面协调还要负责下屋的海椒收购，向大鱼在中屋，向世荞在上屋。老侯给他们一斤五分钱的代收费，开称后收了一天，下屋收到两千多斤，中屋有个示范片多一点儿，有五千多斤，上屋由于海拔高一点儿红的少，所以只收了几百斤，忙到八点钟汇总的时候，老侯说这么点儿运出去运费很贵，东西多也是跑一趟少也是跑一趟，海椒少了费用就分摊起来高些，他说这点儿海椒运不出去，他不要了。

大家蒙了，运不出去啷个办？难不成要烂球唛？老侯提前喊的大货车说好保底十八吨，每吨运费一百五十元运到重庆去，现在只有四吨多点儿，要分摊十八吨工两千七百元的运费，每斤增加三毛多的成本。

老侯是商人，他说本来是赚分分钱的生意，你这样一搞每斤增加三毛多，这个亏损他承担不了。如果不装车货车司机也不干，还说来这边走了半天等了一半天,一去一来的油钱费用也很高,本来有处赚钱的货,因为来没有去拉,结果这里只有这么点儿货,说好的保底十八吨货就要按十八吨货算,要支付两千七百元的运费。

大家一下子紧张起来,要保底?代收费才四百多元,要赔两千七百多元,收回来的海椒啷个办?老侯说:"只有降低海椒收购价?不给农民八毛五一斤,只能给五毛,羊毛只能出在羊身上,我们一般就是恁个搞的。"刘冬麦眼睛一瞪脸一马,急吼吼地说:"这才头一回收购,价格已经通知出去了,啷个可以说少给就少给?""其实你们下回可以少给,比如实际卖了八毛五,就是直接给四五毛就行了,就说行情降了,莫啷个机械嘛。"向大鱼连声赞同:"这个主意要得,要得。"刘冬麦气急:"你们莫打勒号屙屎主意,老侯不是说下回收购数量就要多些唛,如果不每回就这样,问题就不大,亏一回没得问题嚓,收购价格是不能少的,再少农民就不划算了,以后啷个发展嘛?"东说西说,老侯只承认出四吨六百元的运费,其余的二千一百元要刘冬麦几个出。大家都不想出这个钱,心里恨着老侯这个奸商。向大鱼、向世荞还怨恨刘冬麦。向大鱼牙齿磨得叽叽响,气得独落:"跟一个个犟拐拐做事硬是恼火。"向世荞和向大鱼站在一起,没有说话,脸色也难看得很。就这样扯皮勒筋地拖到晚上十点钟,几个人坐在石板坡上,都不回去吃饭。

刘冬麦坚持不能少农民的价钱,也不同意下回少。向大鱼气得五官有力地扯动,气哼哼地说:"那不是猫爪糍粑,脱不了爪爪唛？"到这个时候，大家才理解到老侯说的不怕多只怕少的意思了。刘冬麦打电话到桥头街上联系马老大屋头农用车。马老大说帮忙都可以，可是他没有在屋头，一天两天回不来。

向大鱼不断抱怨："做他妈楞个麻皮，一天搞到黑，还粗糠揩屁股到贴一坨。"说完大家沉默着不说话。刘冬麦既焦虑也尴尬，感觉他们好像都在埋怨她一样，心想着要是赚钱了就都是笑脸，亏钱了那个这样子难看得很，不过也不敢得罪他们，担心他们不干了，摆摊子走人就更困难。她让向大鱼骑车到附近场镇找车子。向大鱼气犇犇地说："你啷个能干，你去噻，我是找不到车的。"刘冬麦担心海椒放一晚会烂掉，老侯说放一天两天问题不是很大。刘冬麦默了一阵说："干脆一个亏点儿，做生意哪有包生儿不生女嘛，我们以后收的代收费抵得清噻，又不是有好大个阵火。"大家都不开腔搭别。

一直等到晚上十一点多，大家是心力交瘁，又累又饿。几个人一直在吵架扯皮。驾驶员坐在石板上抽烟，吸一口烟，烟头就亮一下，不吸就都淹没在黑暗中，一淹没在黑暗中，大家都好像把他忘了。刘冬麦晓得驾驶员也没有吃饭，这大半夜的看起样子也确实有些遭孽。

这边一直扯皮，驾驶员最后他实在等不住。他心想跟几个村干部较劲，拿不到钱不说，最终还把时间耽误了，要动个粗抗个摇，在别人的地盘上也打不赢。他默了一阵，决心退一步商量，他招手喊刘冬麦过去，人情咪咪地说："恁个嘛，大家退一步，我看你们也不容易，干脆只赔我八百元返空费，我到丰都拉一车货，勒回不跟你们计较。"刘冬麦心里一下子轻松起来，感激地说："多承多承，下回我们有生意，还是喊你哈。"她只好各自拿钱赔了驾驶员的空车费八百元，打算明天再采收一天，看能不能增加一点儿量，减少一点儿运输的压力，让大家各人保管各人收的海椒，明天再打主意。

刘冬麦一晚上翻来覆去像烙饼子，第二天通知向大鱼、向世荞继续采收，他们两个回复说数量不多。戴春兰看到刘冬麦一个人忙碌不停，便带着崽崽来下屋帮刘冬麦收称。

车子还没有着落，桥头镇的车子都找遍了，不是收别人装货就是没有在屋头。刘冬麦只好骑着三轮车到中益乡去找车，一直找到官田坝，到处去打听有没有到重庆的小型车辆，找来找去，还是觉得农用车合适点儿，但是农用车没有回头货也不愿意去。

太阳火辣辣地照着，刘冬麦骑着三轮车满身满脸都是汗，汗又裹着灰尘，她从中益找车找到官田坝，两个场镇都没得，太阳已经偏西了，车子还是没有着落，她又渴又饿，担心海椒烂了卖不出钱，给乡亲们办不了交责，感觉心很累。她坐在一个副食店门口，买了一瓶水和饼干，想起向大鱼他们说的难听的话，想起眼目前的困难，她感到既焦躁又委屈。她用手一搓，脸上灰尘和汗水裹起条条，感觉各自花眉花眼的很狼狈，怕人看见，只好转过身去面向墙边。她想，要是马有才在多好啊，啥子难题都会帮她解决，哪怕没有在屋头，只要给他打电话，就有好点子出给她，可是现在没有人帮她。想到马有才，刘冬麦又哭起来，怕人看见，就伏在三轮车驾驶盘上假装困瞌睡。

功夫不负有心人，傍晚的时候在沙子街上看到一个冷藏车在下货，这是一个集装箱的车，车厢不是很大，刘冬麦过去问他："您们可以装鲜海椒到重庆去不？"驾驶员听说是装新鲜海椒到重庆，很欢喜，因为鲜活农产品不要过路费，他们经常空车到重庆后装货回来，所以有货到重庆就是赚了，况且还是鲜活农产品，就赚大发了，既省过路费还赚车费，这个生意做得。

刘冬麦告诉他可能有将近六吨货，问他装不装得走，他一边下货一边回头说："六吨鲜货装不了，只能装三吨。"刘冬麦好不容易好起来的心情又落下去了。看着她为难的样子，驾驶员又抱起一箱货说："我屋头还有一辆车曜，我们每天跑重庆一个来回，可以用两个车子来装嚯。"刘冬麦马着的脸一下子就活泛起来，眼里都泛出光亮，她捶了驾驶员一坨子说："你个砍脑壳挨刀的，啷个不一次性把话说完嘎。"说完居然扯了扯起嘴角笑了。等师傅把货下完，他们就将三轮车装在冷藏车上，刘冬麦坐在副驾上回到了瓦屋村，驾驶员已经联系另外一辆车尽快赶过来。

刘冬麦带着车子回到瓦屋村时，天色已经暗下来了，汇总一下收购数据，今天又收了两千多斤，就是差不多有五吨多点儿，两个车能装走，又不要保证吨位。收购的几个人各自收购点各自负责上车。向大鱼、向世荞他们有佑客帮忙，一个从地上装好递上车，一个在车上接着再倒进去。

刘冬麦只有一个人，实在没办法装车，向大鱼他们没有挣到钱气鼓裂胀的，不好让他们来帮忙，再加上马有才走了，她不想让别人看到她屋头的狼狈来。她只好将马多才和婆婆妈喊来大家上车，老的和小的气力小，刘冬麦想：一个鸡公也有二两力。

婆婆妈蹲在地上，将海椒往撮箕刨，崽崽就用铲子往撮箕铲，他想用手刨，婆婆妈不准，她说："你勒个嫩皮子，等会辣得很。"他们将海椒装在撮箕里，刘冬麦各自来端。还好驾驶员师傅看不过，也来帮忙上了几撮箕。装完海椒车子出发后，一阵疲劳朝她袭来，她勉强骑着三轮车回屋。

回到屋的刘冬麦瘫软在竹椅子上，手心火辣辣的，痛得钻心，马多才吵着手心辣得很，坐在街沿石上哭，边哭边擦眼泪水，一会儿脸也辣起来，跺着脚气恨恨地独落："啥子海椒恁个辣，下回我不用石头把你捶个稀巴烂，我就不吃零食。"刘冬麦噗的一口笑起来。婆婆妈端来一盆冷水和半碗盐，要他们两母子先用盐搓手，搓完清洗，清洗完后再搓再洗。两母子照做后果然就痛得松活点儿。

忙碌起来的刘冬麦心里的痛苦就减轻一点儿，只有夜半无人时才一个人默默地哭泣。为了减轻痛苦，刘冬麦就更加忙碌起来，白天在村里处理工作，没事就下户走访，夜黑回到屋头就里里外外地刷洗，常常忙到深夜，把个院子整理得亮光光的。婆婆妈嘴里不说，心里怄气，也给她安排一些事情来做。日子就这样过着。

老侯跟着车子去交货，说是交完货差了两百多斤称，收购的三个人都不承认，都说各自的斤两是够的，老侯只给他交货的斤两的钱，所以又得赔一百七十元钱。向世荞悄悄跟刘冬麦说："是向大鱼看到亏了，多记了称。"向大鱼气鼓鼓的，不承认。谁都不想承担这个损失，刘冬麦最后说："既然大家提前没有说好，这个损失只有大家共同来承担。"向大鱼还在日咕隆棒槌的。刘冬麦气得发火："你们两个愿意承担就承担，不愿承担我一个人来。"大家见刘冬麦话来得硬，但是涉及钱的问题也不承认。向大鱼说："你要承担我也没得意见，反正我是不再搞这个了。"向世荞也表态说："向大鱼哪个我就哪个。"他心里想的是向大鱼吃不得亏，向大鱼肯定不得承担，他不明说，也不去得罪刘冬麦。

刘冬麦心里像火在刨，心想：勒是村里的产业，是老百姓致富的希望，万事开头难，大家是村上的干部，应该有所担当。她又想：如果恁个说大家觉得是大话，肯定不接受，只要说到他们的痛处，才能共同想办法。她默了一哈，说："勒个事情我们如果不做，你们看有其他办法没得？当初我们下去发展的时候，话说得硬邦邦的，如果我们不收，农民怕是要背到村委会来扯皮嘎，你们那个时候说硬邦话时也在场的嘛，大家还是商量哪个解决，你不找事事要找你的嘛。"几个人不开腔，不说干也不说不干。

向大鱼提出这回亏损应该由村上承担，刘冬麦说："发展产业是为了村民能够增加收入，遇到奸商没得办法，我们以后要各自走条路出来才要得。"向大鱼嘴巴一撇，哼了一声说："各自走条路，说得轻巧像根灯草。"就这样吵吵撅撅，汇总起来这回收了一万一千三百多斤，代收费是五百五十一元五角，赔了一个八百元的车费，差称亏一百七十元，平均每个人亏损一百三十九元五角钱。

向大鱼佑客听说后，赶过来撅他，指桑骂槐地说："卖，卖个鸡巴卵，黑更半夜搞一两天到贴一坨。"意思就是坚决不赔。向世荞也希望村里能赔，并且表示不再参与了。刘冬麦气犇犇地说："你们都不是儿子家，你看我一个人今年能够做得下来这个事情不？你们不赔勒回的损失算球佬，我个人承担就是，看我屋头还吃饭不？"

向大鱼、向世荞两个勒回出了力气，但是也没有亏钱。刘冬麦一个人亏了四百多元，想起来也气大。戴春兰跟刘冬麦说："他们不参加，我也帮不上忙，不过冬麦姐，我还是认为你是对的，向大鱼佑客到处都说是你把他屋整了，说你充女罐罐[1]，还说你屋把马有才卖了有钱，再赔好多都有。"刘冬麦气得眼泪水一冒"呜呜"地大哭起来。戴春兰吓得手脚没得放处，后悔整篮子整瓜地把向大鱼佑客的话说出来，害得刘冬麦怄气。刘冬麦哭了一歇冷静下来，她想：解决眼前的事情是大事，向大鱼佑客本身说话踩不住刹车，也不和她一般见识。她没得时间精力去理会勒些烂事。

接下来的时间还要安排下回收购，她心里很焦急，一个女人在屋没得帮手，村里发展的产业，就要想法卖出去，先将大话说了出去，只好咬咬牙坚持，下一回收购的时间定在六天后，她要准备收

1　女能人。

购的编织袋等物资。

奔波一天的刘冬麦，坐在黑黢黢的乌塔梁上，天空像一个黑黑的柴火烧过的锅底，感觉黑得可以刮出一层锅灰。她的心里也像糊着厚厚的一层锅灰，不但厚而且还很重。她不想回屋，也不想干哪样，只感到口干舌燥，四周的黑暗仿佛要将她吞噬。不晓得是没有风还是她感觉不到有风，她感到异常闷热。

叽叽呱呱的蛙鸣显得很聒噪，她抓起一把泥土，朝最近的叫得最响的地方丢过去，聒噪声立马消失，一会又叽叽呱呱地叫起来。她很难过，想起向大鱼两口子那个样子，想起奸商老侯那副嘴脸，心里憋闷得很，泪水止不住往下流。后来更是觉得马有才不在了心里没得依靠，就"昂昂"地大声哭起来。

一声猫头鹰叫吓了刘冬麦一跳，她突然惊醒过来，心想，为多大点儿事情！还要哭！她猛然抬头，看到天上有架飞机飞过，指示灯像快速移动的星星，她的心一下子安静下来，她仿佛间觉得那就是马有才的眼睛，马有才在看着她，突然就感到心里稳当起来，也凉爽许多，心中想着《致富经》里那些人，哪个不是哭了笑，笑了哭的哟！目前这点儿亏损，也不是哪样承担不了的大事，下一步还得解决问题。想着想着就觉得不是哪样大事，心里也宽和一些。她对着远去的飞机的指示灯说："你莫想杠我，我以后还真不得哭了。"

老支书打电话询问情况，她简单汇报了一下，老支书说："要不你去找几个队长想办法，他们了解群众的想法，办法多点子拿得

291

准。"刘冬麦突然感到有了主心骨，她骑着三轮车突突地来到了刘粮田屋。

刘粮田两口子正在吃饭，喊刘冬麦吃饭，她也不推辞，坐下来喝了几碗合渣汤，才觉得整个人有了些生气。

吃过饭，刘粮田泡来一盅盅老荫茶。他心想刘冬麦这个时候来，可能是有事情。他笑着问："海椒又要收购了唛？勒回设几个收购点嘛？"刘冬麦一下子轻松起来，感觉跟聪明人打交道不费力。

她跟刘粮田队长说了这几天的事情。刘粮田队长慢吞吞地说："向大鱼和向世荞这些人是赢得输不得的人，现在必须要解决椒农卖海椒的事，群众还是有眼睛的，这几天大家都在私下评论，说你刘冬麦一个女流之辈是个有担当的人。"刘冬麦听了这话，感觉到各自的委屈和辛劳大家看得见，这些天的疲累和委屈也消失了大半。

她和刘粮田队长商量，希望由队长来负责收购，刘冬麦一天发五十元钱的保底工资。刘冬麦评估了一下，五十元钱没有好大风险，只要一天收购一千斤就够了，有多的就多给点儿，不够就保底，主要解决农民收购的问题。刘粮田说："只要不是大家倒贴钱，我看大家应该是愿意干的，况且发展的时候各个队长是下去张起嘴巴出了保证，拍胸脯说了硬邦话的，如果收购解决不好，他们耳根子也不清净。"看来刘粮田赞同这个方案，刘冬麦感觉心中有底，只要刘粮田队长支持，其他几个队长应该都没得问题，明天喊来商量一回就好了。

回屋的路上，刘冬麦觉得空气清新，四周的蛙鸣也悦耳起来。粮田队长看着刘冬麦走进夜色里，心里感叹：这个幺姑不容易啊，有才刚走还在怄气，就为村里的事情跑进跑出，几个大男人都没有她作用哦，瓦屋村有勒样的干部才有希望啊。

第六天的收购。提前两天通知椒农采收，向胜麦屋一个在医院，一个在看守所，刘冬麦担心她屋的两亩海椒没有人采收，头一回采收因为红的不多，没有管它，这回看红的有点儿多了，她急火火地赶过去，看到老支书带着村里几个干部在帮忙采摘。老支书说："村里这些事你暂时就少管，你的任务是将椒农的海椒卖出去。"刘冬麦答应着："放心吧，刘冬麦保证完成任务！"大家都笑了。

第二回收购，卖海椒的队伍一大早就排上了长龙，场面有些火爆。老侯说一般第二发采收量要大很多。刘冬麦担心装海椒的车子再出状况，就问老侯："车子啷个办，要喊多大的车呀？"老侯说："喊个七八米的车装十五吨可能差不多。"刘冬麦感觉很玄，反复确认有没得问题，要不要赔钱，老侯说："应该差不多，一般大差不差是不要赔钱的，驾驶员也想长期有业务，不要怕。"刘冬麦心里暗暗鄙视他，心想你这个老狐狸，稳到赚钱的主，亏损赔钱你又不承担，当然不怕嘎。

她反复到几个点看收购数量，还是有点儿紧张。各个点收购很忙，大家没有时间汇总，她也不能通过堆头看数量，反正一码一码的堆得很高。她又开始担心车子装不走，就频繁的给老侯打电话，到最后老侯都懒得接她电话了。

晚八点钟，收购结束，一合计有十九吨多。装货的车子下午都来了。这回他们吸取教训，要老侯当场用秤称清楚，交明白。差称由收购人员各自负责，并负责装车。

几个收购人员是队长，白天累一整天，又要上车，还是工资承包制，大家体力不够，心里也不愿意。刘冬麦算了一下，十九吨货有一千九百元代收费，除去三处工资一百五十元，还有一定的空间，就出十元钱一吨请村里劳动力来上车，一直上到凌晨四点钟才装车完成。上屋的人一直等着装车，等到半夜车子装不走了，他们白等一晚上，搞得大家都很烦躁。只是想到都是一个村的人，收购的又是队长，不好意思要补偿，只能心里暗自窝着火。

刘冬麦骑着三轮车在土路上奔忙了一天，灰尘、汗水裹在一起，一搓搓起条条，实在难受，回屋简单冲洗了一下，一挨床迷瞪瞌睡。困一会儿突然一下子惊起来坐一会儿，想想是有哪样大事，想清楚了，原来是自己担心上屋装剩下的四吨多货，不过又想，担心也要等天亮再解决，就又迷瞪一会儿。一会儿又惊醒了，如此多次困到七点多钟，开始想啷个处理剩下的货物，就跟上回的冷藏车打电话，喊他们来装货。对方回复说他们是下午从重庆装货回来，要晚上来装。刘冬麦有上回的经验后，晓得放一天也没有啥子问题，给上屋队长打电话，队长很不欢喜，说放在屋外太阳晒要差称。刘冬麦也多了个心眼，到上屋去拿了收购码单将数据锁定，包数数了才表态差称了由她各自负责。刘冬麦心想大不过一尺毡帽，少不了多少称，只要海椒不烂掉就行。等到晚上车子装走了她才松了一口气。上屋差称五十一斤由刘冬麦负责，这是说好的。中屋下屋没有说，他们有时候二两三两没有算称，收购的时候也明说了会差称，大家都很理解。

老侯回来算账又说差称了。刘冬麦说："那是你的事情，我们是石柱过忠县——现过现，清楚明白交接的。"不管刘冬麦啷个说，老侯后来还是扣了一百元。刘冬麦心想，你个老侯是个捞不住鱼就要捞个虾的人，不过为了海椒能够卖出去，刘冬麦敢怒不敢言。

算总账，这回总计收购十九吨零一千五百三十七斤，代收费一千九百七十六元，老侯扣了一百元，又说零的七十六元不给，总共给了一千八百元，除去收购工资一百五十元和上车费一百九十七元，还剩余一千四百五十元，除去上次亏的五百多元还剩余八百多元钱。考虑几个队长太辛苦，还担心他们下回不干了，刘冬麦又每个人多给了五十元，剩下六百多元，大家都欢欢喜喜的。

接下来又收购两回，每次都有一千多元赚账，刘冬麦不急于给几个队长，怕到时又亏了，没得钱填。

经过几回磨合，收购和装车等工作大家都比较顺手了，刘冬麦放松下来后，就去地里看海椒，海椒长势还是可以。问了一下收入，向朝田屋是种得最好的，他因为往年卖干海椒卖顺手了，所以鲜海椒没有卖。他佑客说三亩地才摘三回，已经收了鲜海椒一千两百多斤，应该还可以采收十次，每亩卖个四千元没得问题，三亩是一万两千多元，每亩粮食只能买到一千多元，三亩也只有最多三千多元，和种植常规农作物相比还是划算得多。特别是几个贫困户卖了钱都欢喜，大家盘算着明年多种植个一亩两亩的，瓦屋村人见面就互相盘问卖了好多钱，交流心得体会和技术。谭丽华说："现在的瓦屋村，不再是犟得脸红脖子粗，咬牙切齿说别人的坏话佬，现在是说产业说收入哈，看来以前是穷了闲了，才说那些渣渣垮垮的东西，瓦屋村人的风气在渐渐改变了嘎。"

收第四回的时候，老侯交完海椒回来算账，说是市场行情降了，非要每斤少给一毛钱，就又亏了三千多元，还说下回收购价格降到六毛五毛。

刘冬麦没得办法只好将价格通知下去，收购的时候椒农们将海椒背来不过称，说价格降了要扯皮。看到大家在扯皮，有人就点火说："你喊那个啥子县长来说清楚嚏，在我们穷骨头上熬油，如果不来就背到政府去。"大家听到还可以恁个操作，也跟到一起吼，老侯看到情况不对，只好说："算了算了，我活该倒霉，今天亏了也把你们的海椒装走。"不得已只好过称计数。

刘冬麦看到老侯又说装走，心想勒个老侯估计是不想让领导晓得，按照他那个奸商的脾性，说不定市场没有降价。她感觉这样跟老侯打交道很累，随时提心吊胆的。地里的海椒还是要收购完，她开始默接下来啷个办？她心里毛焦火辣的，心里盘算着那个冷藏车师傅应该晓得老侯卖海椒的地方，打电话询问，对方说是拉到重庆观音桥蔬菜批发市场，刘冬麦让他们去的时候带她去市场看一回。

刘冬麦是半夜到的观音桥农贸市场。这个市场主要是夜间批发，白天已经分发到各区县和农贸市场。看着热火朝天的蔬菜交易，听着热烈的买卖吆喝声，看着几百大亩的批发市场和熙熙攘攘的人群，刘冬麦彻底傻眼了。"哇噻！"这么大的市场，她就像刘姥姥进了大观园一样，嘴巴张着一直没有合拢。冷藏车师傅要到各处装货，说好天亮以后打电话给她，在市场门口上车回去，她有足够的时间逛市场了！

走到那些批发鲜海椒的摊子，看摊主的进货发货，她注意到一个声音嘶哑的胖女人的摊位比较当道，想着都是女人应该好打交道，她走过去抓起一把海椒直杠杠地问："你们海椒的进价是好多？"胖女老板白了一眼，说："进价不要钱不走路呀？要进价到产地去买，我们这个今天也是亏起在卖，比进价还低。"刘冬麦明白老板误会了她是买主，还有其他买主在场，她赶紧闭嘴，摇摇手表示对不住了。

看了其他摊位的海椒销售价格，高低不一样，有的一元五角每斤，卖到后期尾货有的卖到一元一角。等到市场熙攘的人群渐渐散去，她才壮着胆子来到胖女老板那个摊位，故作潇洒地说："老板，您生意好哦。"那胖女老板在算账，没有抬头，只是客气了一句："一般。"刘冬麦见她情绪不是很敌对，就拉个凳子坐下来推销海椒。"老板，您们海椒收购好多钱一斤？""你们是啥子品种嘛？有样品不？""跟您昨天那个一样的，圆椒，我没有带样品出来。"那个老板嘲笑着说："老板，货物要以质论价哈，你样品都没有，啷个出价？况且每天价格都不一定，不过今年行情比较稳，价格出入不大哈。"刘冬麦问他是到基地去装还是要装过来。她说："现在行情说不清楚，这个市场是个猪尿包市场，尿涨了就贵，屙了就贱。最简单的方式是运过来我们帮忙代卖，一斤抽一毛钱。"刘冬麦一算除去抽成，加运费八分五，还有代收费、上车费等，赚头还是要大点儿。老侯是把所有风险转嫁给产地，并且还欺负瓦屋人不晓得行情，踩到整。依照刘冬麦了解的情况，市场根本没有降价。她想：一个产业，必须各自要和市场接轨才有保障。她又东转西转地联系了几家客商，心想要多找几个客户，东屋不亮西屋亮。

待到下一回收购前，老侯又送袋子过来，刘冬麦让送袋子来的三轮车将袋子拉回去，并回去带个信说："我们有老板来收，不卖给他了。"

刘冬麦觉得出了口恶气，心里感到一阵舒畅，没过多久镇上谭书记的电话就来了，说农委领导打电话来了，这个人是请进来的老板，要守信用，海椒只能卖给他。刘冬麦气得鬼火冒，直接将老侯的所作所为详细地讲了一遍，然后阐明要有竞争，要有多种办法应对解决问题，才会掌握主动权。谭书记同意分两条腿走路，一半卖给老侯，一半让瓦屋村各自开发客户。

这天收购的有二十一吨多，按照一人一半，老侯说他量少装不起车，刘冬麦说装不起就不装，他又非要，恶狠狠地说："农委去请我的时候，说的是全部给我独家收购，你们政府是勾诓克。"刘冬麦说："你上回海椒卖的是啥子价格我们晓得，回来在我们鸡脚杆上剐油，还要降价收购，现在不管是哪个，要在瓦屋整农民我不得干。"最后，老侯说将上次扣的三千多返回，也同意不降价了，说好刘冬麦要三吨多，他装一十八吨。

老侯这回装车老实很多，连上车费都是他各自拿的。刘冬麦的三吨多货运到重庆市场，声音嘶哑的胖女老板拿来两把凳子、秤、计算机等，她负责称秤记账，刘冬麦负责收钱。刘冬麦看拿货的主要是大餐饮企业或者零售市场的，她发现超市商场和大餐饮就贵点儿，也不还价，卖的一元五角，零售市场的散户就便宜一毛多，卖的一元三毛五分钱一斤，正琢磨不晓得缘由。那女老板说："那些卖一元五角的要给回扣，所以只能统算一元三角五分，另外要代卖费一毛钱，算下来一共七千三百斤，提代卖费七十三元，车费四百八十元，上车费三十五元，失水分差称三十六斤折算三十元，最后合计还赚一千五百九十五元。回去给队长算账支付工资的时候，刘冬麦多给了五十元工资。老侯那一十八吨多货也有一千八百多元钱的代收费，减去四个队长的代收工资四百元，还剩余一千四百多元。两厢合计赚了三千一百多元。她既欢喜，又很纠结，觉得卖得好，应该给椒农们价格高点儿。她给谭丽华说了心事，谭丽华说："农产品市场是不稳定的，有可能今天赚了明天就赔了，你不积累起来，赔了就没有钱赔的，不然还要从妈屋拿钱来赔哟，最好是参考其他基地的价格就科学些。"谭丽华找人问了其他基地的价格，大概和瓦屋的收购价格差不多，刘冬麦心里也舒服点儿，一切只好走一步看一步。跟老侯算账的时候，刘冬麦跟老侯问他要上次克扣的三千元钱，老侯不给，说全年收完后再算这个账。

自从两步走后，老侯老实很多，规规矩矩地收，规规矩矩地算账，卖了再回来给刘冬麦算账付钱。她也连续到重庆市场去卖了几回，每次都能赚一点儿，量不大，一般都是零散销售给菜市场的老板和商场、餐饮等。

胖胖的、声音嘶哑的女老板姓王，熟悉以后她给刘冬麦摆老侯的龙门阵，她说老侯是个名人，在市场是个都晓得，这个人有两分钱就去赌博，前几天据说赌博输了好几千元，路费都是跟人借的，可能在石柱你们先将货赊给他，他才拿去赚点儿钱，看样子又是输了。她让刘冬麦要注意，他要把货款输了就麻烦了，他一般是前期兑现，后期就把钱拿跑了，你找他也是光儿子家一条。刘冬麦吓出一身冷汗来。天啦！要是把椒农的海椒款输了，她啷个交差呀，估计那回扣三千多元就是输了回来鸡脚杆上刮油，刘冬麦心里七上八下的，计算着回去马上找他算账，也将情况如实向上级汇报，不然她承担不起。

第二天回去后，刘冬麦将了解到的老侯的情况，向老支书和谭丽华以及乡镇领导作了汇报。大家都高度重视，让刘冬麦务必尽快找他算账，必须改变与老侯的交接办法。

第三天，刘冬麦就追老侯回瓦屋村，说农委领导要来视察，让他赶紧回来。等他屁颠屁颠回来后，刘冬麦就找他算账打款，等款到位后，大家才真正舒了口气，接下来的事情就好办了，刘冬麦给老侯讲好，他只是代卖，货款由刘冬麦收，不影响老侯的利益，经济账以前啷个算现在依然啷个算，但是瓦屋要派人押车，老侯迫不得已接受了这个条件。对老侯来说赚钱是一样的，只是后期的货款拿不走，心里还是有点儿郁闷，对刘冬麦更是不太安逸，认为这个人不好糊弄，他还不晓得现在农委和乡镇领导都晓得了他的情况，还以为穿的皇帝的衣裳。

村里要派人跟车收钱，向大鱼佑客不让向大鱼去，瓦屋被扣三千元钱的事情她也晓得，她说收不回来负不起责。向世荞说向大鱼不去他也不去，最后只有刘冬麦各自去。这样就又只有老侯一个人装车，刘冬麦跟车收账，老侯有时在市场，有时交厂家，有时在重庆，有时候去成都，成都的厂都是加工成产品包装上超市。刘冬麦看到有家企业年销售上亿元，很是羡慕。

就这样早出晚归，到海椒要收尾的时候突然就联系不上老侯了，打电话不接，信息不回，刘冬麦只好各自组织收好运到重庆市场去。这个时候市场上的批发价只有一元钱一斤，也就是后期货品质量差了价格降了，不好赚钱，估计老侯梭边边去了，算去杂七杂八费用，稍不注意就要亏损。

王姐说其他产地的收购价已经降两毛了，建议刘冬麦回去降价收购，刘冬麦想着今年是第一年发展海椒，只要能够走得脱人就行，不一定要赚钱。王姐说："做生意心不狠是挣不到钱的。"刘冬麦说："我本身是村干部，主要是发展了要将农民的卖出去。"王姐摇了摇头,反正她的代销费一分不少。后期的货已经是十一月初了,天气凉快,可以慢慢卖。多的批发卖了,少的就放在王姐屋头的摊位上出售,总的还是走得平。青椒价格只能卖到六毛钱一斤,刘冬麦也只好收到四毛五分钱才不亏,王姐因为刘冬麦一直把农民的利益放在首位也很感动,后期青椒只收了五分钱的代销费卖到一家泡菜厂去。

  海椒收购结束,刘冬麦长长地舒了一口气,她到马有才坟头,看着草都有尺把长了,她边扯草边给他摆这几个月的龙门阵:"有才耶,勒几个月又是收海椒,又是村里的工作,早出晚归的,没有来看你,对不住哦。不过村里人都说种植海椒比种植其他常规农作物要划算,一亩可以卖到三千多元钱,大家还想种。这个工作还是有意义噻。"那边有只蝴蝶翩翩飞来落在刘冬麦的肩头,她仿佛看见马有才依偎着她,她心里咚咚地跳起来。

  刘冬麦到上屋走户,向得谷佑客拉着她的手到里屋,神神秘秘地从枕头底下拿着一叠钱说:"幺姑耶,要不是你发展海椒,我一辈子都没有看到过勒么多钱嘎。"大家很欢喜,刘冬麦心里跟卖了钱的椒农一样欢喜。

  最后找老侯要那扣的三千元钱,老侯就推三阻四的,刘冬麦想:勒是老虎借猪,没得还的佬。刘冬麦大概算了一下,一共一百五十多吨,老侯至少赚了十几万元钱,但是他不给也没有办法。她清算了自己的账,全部费用除尽,亏的赚的抵平,也还剩余三千七百元，相当于有个脚步钱。

　　一年忙下来，刘冬麦不但没亏本，还赚了三千元，心里欢喜。心想：我勒是大姑娘上轿头一回，遇到勒么多凶险，不但没有亏还赚了点儿脚步钱，农民增收也有了盼头，觉得有点儿小骄傲。她习惯性地摸出手机，想给马有才显摆，突然想起马有才不在了，就又难过起来。

　　刘冬麦始终觉得马有才没有离开自己，感觉他就在身边看着她，赶紧照了一下镜子，惊觉皮子冒油，黑得像个锅底，瘦的牙齿都包不住了。她安慰各自：还好，牙齿很白。想着应该美美容，可屋里又没有化妆品，只有门前栽的芦荟，就割了一片叶子将皮子剐了，把芦荟肉剁烂敷在脸上，躺在竹椅子上困起瞌睡来。醒来发现身上盖着一床毛毯，再看见马多才懂事地做作业，灶屋里传出婆婆妈炒菜的声音，感觉生活踏实，心情也舒畅一些。

　　深秋的瓦屋村被红的、绿的、黄的装点得分外多彩，放眼看去，蔚蓝的湖面上鹭鸶鸟时而轻点水面，时而展翅翱翔，叽叽喳喳的小鸟无忧而欢快。她突然想起，这个夏天好像缺少了知了的记忆，也许是因为她忙乱的脚步，也许是故意屏蔽了生活，心和耳朵在海椒的来去中忽略了夏天的厚予。

第十一章
秋变

天高气爽，各种色彩将瓦屋村装点得五彩斑斓，碧蓝的秋水和瓦蓝的天空你中有我我中有你，扣在一起。瓦屋村对面的狮子头更像一头随时准备扑出的彩狮，看上去雄壮艳丽。

老支书哼着薅草锣鼓引子："太阳落土又落坡，我来唱首打谎歌，当年我嘎公接我嘎婆，还是我去打的锣。"他迈着轻快的步伐来到村委会。刘冬麦心里怄着马有才。老支书笑着说："辣椒卖完了没得难处了，松活了嚯？你也放松点儿。"刘冬麦默默地点点头。戴春兰得意地说："在您老的领导下，我都没有看到难处在哪步！"向世荞、向大鱼有点儿面赤面赤的，刘冬麦装着没看见。

刘冬麦把耽误的工作梳理一遍，在卖辣椒期间，她基本上是村里工作三天时间，辣椒收购销售工作三天时间，就这么循环往复。在工作上，村里干部帮助做了一些，工作积压也不少，在最困难的时候，也就是在乌塔梁上的石板上抹眼泪水的时候，是老支书给她指点迷津，解决了问题。刘冬麦想：向世荞、向大鱼他们也是穷怕了，亏不起，不应该去跟他们计较。回想他们不参加收购，记账的戴春兰也不用了，虽然都退出了，但村里的工作是他们主动挑起来做，刘冬麦心里记着这份情，也主动和他们搭白说话缓解这份尴尬。

周末的时候，刘冬麦邀请村里的同事们带着家属到她家里吃洋芋饭，一方面是感激同事们在这段时间的帮助，另一方面，马有才的后事办理，是他们打顶手帮忙打杂，刘冬麦一直没有感谢他们。她特别邀请谭丽华和孩子到瓦屋村度周末，谭丽华说："带着家人来我战斗的地方体验生活，要得要得。"出门的时候，刘冬麦想喊住向大鱼，叫他一定带着她佑客一起来参加活动，但是她没有喊，她恨向大鱼佑客撅她卖马有才的事情，是很恨很恨的那种，恨不得一辈子不原谅她，说其他可以接受，如果说马有才那是她心头的最痛的事情。

转眼到了周末，金色的阳光早早地洒向瓦屋村，天空蓝蓝的，显得又高又阔，天气不冷不热很是安逸，长颈子的鹭鸶，重复着每天的规定动作，几只麻雀顽皮地飞来飞去，时而飞进树笼，时而穿入草丛。

谭丽华带着她男的个和女儿，一起走在瓦屋村的田坎上，他男的个陶醉地说："瓦屋秋天的花草树木，颜色层次嘿分明，感觉就像一张超高清的照片，红的、绿的、黄的叶子与碧蓝的湖水相映，让人感觉安心舒适。"接着又把脑壳转头向谭丽华，两个眼睛鼓起说："嘿，难怪你经常不回屋，家都不顾了，原来瓦屋村勒么安逸。"谭丽华就急红白眼地说："嘿，你娃耍长了唛？我哪里不顾家了嘛，那你说屋头的水费、电费、气费、孩子的补课费哪样是你管嘎，还有换季衣服棉衣单衣……"谭丽华男人赶紧将食指架在嘴唇上："嘘，嘘。""对面那个佑客噻快点儿赶约，你跟那个男人噻差几行，咚咚锵咚咚锵。"男人唱着薅草锣鼓，做着敲大锣的动作走着四方步，还在怄气的谭丽华马着脸瞟了他一眼，"噗哧"一下笑了。

男人转身搂着谭丽华的腰杆，边看美景边朝刘冬麦家里走去，谭丽华男的个老远就喊："好香，好香，这腊肉的香味闻起都安逸。"刘冬麦的声音从灶屋传出来："好香等会多吃点儿嘎。"

刘冬麦儿子和谭丽华的女儿很快玩耍到一起，谭丽华女儿捡起一张硕大的黄亮亮的桐子树叶说："这是老师说的秋的样子。"刘冬麦儿子捡起一张叶子反复看着，嘴巴嘟哝着："一张落叶就是秋的样子，那我们不是有一瓦屋的秋嘎。"突然就有点儿傲娇起来，捡起一把黄的、红的叶子给谭丽华女儿说："我们有一瓦屋的秋嘎，你多带点儿回去噻。"两个孩子欢天喜地捡着硕大的桐子树叶，金色的白果树叶，还有芭茅草的花，他们一把一把捡回来，小心地装在袋子里，说要带回去粘起来做工艺品，苍耳子沾在他们上衣、裤子和头发上。看着她这么开心，谭丽华两口子也加入进去一起收集着瓦屋村的秋。

午饭好了，全是土家特色菜。吃的是农家豆花、干四季豆米炖腊肉、鲊辣椒炒回锅肉、清炖土鸡汤、野生干九月香以及酸肥肠，还有一些土菜，一样一样地摆在桌子上。谭丽华男的个拿起筷子说："我要动手了，口水都快流出来了。"打开马鹿酒坊的高粱酒，一股酒香弥漫开来，依然是喝转转酒，刘冬麦担心谭丽华男的个喝不习惯，就给他单独倒了一盅盅，转到他那里后就碰一下杯。

刘冬麦将秋天没有来得及红的青辣椒用铁签子穿好，将土灶里的柴火退出，再将穿好的辣椒放在火石碳上烧，烧好一面后翻过来烧另一面，辣椒串在大火中痛苦地扭来扭去，在发出一阵刺鼻的辛辣味道后，冒起一阵黑烟。烧得两边起锅巴后取出，加上生大蒜和生姜，取出冰箱里冰冻保存的鲜花椒，用石舂舂烂加上盐和味精，装了一大碗，大家用辣椒就着豆花，吃得呼啦啦的，有那怕辣的，吃一口"嘘"一下，再吃一口再"嘘"一下，但仍是忍不住要吃。谭丽华男的个说："辣椒就是厚脸菜，辣了一口又来一口，瓦屋村的这个调盒真的安逸。"

大家很是欢喜，向大鱼佑客眼神躲闪着，她本来不愿意来，向大鱼不晓得发生的事情，说必须要来，她也不晓得撅刘冬麦的那些话被刘冬麦晓得了，在向大鱼的要求下也勉强来了。

刘冬麦敬酒敬到向大鱼两口子时，她停了一会儿，想到来者是客，再则马有才走的时候，两口子也是尽心尽力地帮忙，心口一麻，就装着晓不得了。

向大鱼佑客有些面赤，毕竟那个时候她说话还是粗糙没有过脑壳，看到亏了点儿钱就垮起脸脸。

刘冬麦主动敬了他们两口子说："当初收购的事情是我没有

规划好，害的你们白费力，我感觉嘿不好意思。"他们夫妻赶紧说："哪里哪里哟，你不计较就好。"刘冬麦说："大家都是瓦屋村的干部，我在收辣椒期间大鱼哥帮我做了很多工作，多承多承。"慢慢地，向大鱼夫妻也随和亲热起来。

这天，刘冬麦正在清理这段时间的工作，谭丽华走进来说："又有活路做了也。"刘冬麦回复道："哪样活路哟？天天都有活路做嘎。" 谭丽华说："接到农委领导通知佬，胡县长要来桥头开辣椒总结会，时间就定在星期五上午。" 刘冬麦说："今天星期二，还有三天时间，要啷个准备？"谭丽华还没有开腔回答，王镇长打电话过来，让谭丽华、老支书和刘冬麦一起到镇上去开个会，谭丽华说八成是落实胡县长来开会的事情。

她们来到镇政府的小会议室，谭书记、王镇长以及付镇长都来了，王镇长说胡县长要来瓦屋村开会，主要是要大力推动发展辣椒产业，瓦屋村是第一个试点，需要以点带面，带动全县辣椒产业的发展。

王镇长一手按着笔记本一手拿着笔说："勒回开会地点就在瓦屋村村委会，开社员大会，人越多越好。"他要求村上选出一些大户、科技户进行表彰。

老支书说："要表彰就要有奖品，不然大家觉得是空搞灯，村里年前收了一千多块钱的种款，当时说好放在村上用于奖励先进，现在正好可以用嘎。"大家都认同用这个钱，最后定下来一等奖种植大户一名，科技户一名，贫困户必须要评个第一名，也就是一等奖有三名。二、三等奖按照交售的辣椒数量多的进行评选，二等奖五名，三等奖十名。指示要选好椒农喜欢、实用的奖品，钱不多，要实在。

会议要求安排发言，一个全村种植技术叫好的科技大户，一个贫困户中的种植大户，刘冬麦也要代表村上发言，内容要正能量，要有鼓动性，让大家跟着来发展，将辣椒产业做大。

奖品买回来了，一等奖是踏花被一床，二等奖是电饭锅一个，三等奖是开水壶一个。向大鱼也在获奖名单里，他看着奖品摸摸脑壳说："还是像三好学生一样，弄个奖状贴在墙上才光荣。"大家都笑了。戴春兰说："给你来个三好种植户可以嚯。"刘冬麦受到启发，她说："就弄个瓦屋村辣椒种植科技大户、种植大户、脱贫积极分子的奖状就可以。"大家都说要得。

星期五的会议如期召开，发通知的时候要求大家提前到，本来是十点开会，通知的是九点。胡县长看到参会的人多，也很积极，他很欢喜，说："大家开辣椒会还是积极，看来辣椒还是能够带来效益。"

辣椒会在新村委会开，村委会已经搬进去一个多月，现在的会议室有主席台，组织部配了音响、麦克风等全套。胡县长和农委、扶贫办领导，以及谭书记坐在主席台上。发言席就在台子的左边。

向朝田作为种椒科技大户发言，他没得文化，不晓得啷个说，谭丽华让他啷个做就啷个说。会前，刘冬麦特别跟他对了数据，喊他莫吹壳子。向朝田说："有时候吹个壳子嘹，是逗他们耍个嘛，正南其北的事情，还是不得乱吹壳子的。"见到他这样说，刘冬麦放下心来。

向朝田发言时说："我家里今年种植辣椒按照上头教的办法，辣椒长势比往年好些，我种了四亩多，收了干辣椒一千五百三十二斤，还卖了鲜辣椒三百二十多斤，干辣椒卖八元每斤的话，可以收入一万两千三百多元，三百多斤鲜辣椒卖了将近四百多元，总收入是一万两千七百多元，明年还是要拿好田好地莽起搞。"他刚讲完，就有人接嘴："你莫又吹壳子哈。""勒回这个盒盒划得还是差不多。"又有人搭别。

台下开始议论，有的说明年有机肥要上足点儿；有的说明年要和向朝田比一盘；有的说今年虽然差点儿，也差得不是很多；更多的眼热向朝田家里的收入，心里暗暗默着，明年要多做两亩毛起搞。谭书记想：副县长在这里，会议纪律还是要好。他敲着桌子止住了大家的议论声。

接下来是贫困户代表刘成米发言，他说："我做的两亩地，收入了六千一百多元钱，政府还补助了一千元钱，一共是七千一百多元钱，比种植谷子、苞谷要划算得多，辣椒这个家伙还是做得的。辣椒栽下去三个月就开始卖钱，一直到十一月份，种植辣椒半年包包都是鼓的。"胡县长、农委主任和书记镇长都抿嘴笑了，大家也跟着笑。

向大鱼说："我今年只种植了一亩地嘎，种植的时候背了十几背鸡屎粪喔，辣椒长得比人还高些，然后由于长得太好怕倒了又上一回箱，我那一亩地硬是卖了四千多元钱，辣椒确实种得。"大家听得津津有味。刘冬麦发言主要是讲哪些人做得好，收入是好多，哪些人哪些环节没有做到位，收入就减少了，她特别点名向朝木家里的，摆了他屋育苗那个龙门阵，别人一扎笼一扎笼地背来卖，他屋用提篮提来卖。大家都看着向朝木笑，向朝木红着脸取下老烟杆在脚上敲着说："逗狗笑哈，我明年好好办，有本事来比一盘。"刘粮田说："来噻，比就比噻，我还怕你个红蛋唛？"向朝木说："烧腊哦。"看到两人搭别比武，一个会议室的人都笑起来。

刘冬麦分享了在重庆市场看到的盛况，她比划着说："重庆批发市场是晚上营业，几百亩的市场晚上车挨车，人挤人，各种蔬菜水果哪样稀奇玩意都找得出来，那些加工的厂家在防空洞子里，洞子四通八达，半个小时都走不完。辣椒拉过去就装进坛子里，坛子比人都要高，一层辣椒码一层盐巴，一个坛子可以装两千斤辣椒，装满后用石头压实，再加上水，他们叫泡辣椒，泡三个月后就可以卖了。那么多人吃瓦屋那点儿辣椒，销售是没得问题的。"最后讲了大家要大胆种植，不用担心卖不脱，她表态说："瓦屋发展辣椒，技术有谭丽华在，我作为村干部一定更好地钻研技术，让大家不愁种；要找到更大的市场，让大家不愁卖。"大家对哪个家里收入高，哪个家里种得好，特别是对重庆几百亩的市场，还有半个小时走不完的防空洞，比人高的泡辣椒的坛坛感到新奇，听得起瘾。

最后是胡县长讲话说："今年瓦屋村种植了辣椒，可以看出，瓦屋人是勤快的，是聪明的，大家很有收获。辣椒不但不辣人还甜得很，辣椒挂果后我来数过，每棵辣椒有两百三十个，摘下来称七十个左右一斤，也就是每棵可以收三斤多辣椒，一棵辣椒卖两块多钱，每亩两千棵，应该收入四千多元钱。不过有的种植水平可能没有跟上，我到向朝田家里看过，大家都晓得他屋种得比较好。刚才朝田也做了介绍，所以辣椒是一个可以脱贫的产业，也是可以致富的产业，希望瓦屋村为全县的辣椒产业带好头，起好示范作用。"大家听着瓦屋村居然要成为全县的辣椒示范点，感到非常得意，胡县长讲完，下面更是把巴掌拍得哗哗响。他还表扬了瓦屋村支两委班子，说村委会以及驻村干部都干得好，值得表扬。

　　胡县长安排明年桥头镇全面推开发展辣椒，一共种植五千亩，其中瓦屋村种植辣椒一千五百亩，需要有一个三百亩的示范片，一方面成为各个乡镇来学习考察的基地，另一方面要为客商考察参观提供一个亮点，便于推动辣椒产业基地发展和市场拓展，还要招引加工企业进来办工厂。企业进来看不到辣椒会影响信心，所有辣椒产业的发展就要将瓦屋村作为根据地，作为样板，只有将根据地建好，产业才有希望，就好比共产党当年，打土豪分田地一样，就是一个一个根据地建好建牢，啃下一个一个的硬骨头，才建立了新中国，人民才过上了好日子。他指示由农委出政策，由桥头镇来落实面积和完成具体任务，瓦屋村村支两委，要马上动手宣传发动订种，示范片与新增加的种植面积要马上放水干田，在春节前全部犁田备用。

胡县长还安排脆李产业也要做好嫁接准备，他说现在已经有林业局的小冉和谭丽华科长两个技术骨干，要抓紧研究嫁接事宜。

散会后，乡亲们久久不散，有那今年种了的还想种多种好，有那没有种的眼热得很，到处打听种植技术，都捞手捞脚去放水干田，要大干一场。有那今年用瘦田地种的，开了会后觉得吃亏，暗暗发誓明年要用好田好地，要好好搞一盘。一时间大家热情高涨。

秦大明自从那回到瓦屋村采摘后，就经常到瓦屋来，与向学斗老汉成了忘年交，被桥头镇、瓦屋村的文化深深吸引，正在写一部关于桥头镇的历史小说。此时他正在体验瓦屋的秋，坐在忘忧台上，看着散会的瓦屋人朝着四处分散而去。几个高高矮矮的人从忘忧台前走过。"你们注意刘冬麦没得？""啷个耶？""我看她一个寡母子生活还是扎实，你看她黑瘦的样子真的看起好造孽。"秦大明老师打一惊，刘冬麦啷个成了寡母子了耶？他带着疑问去拜访了他的忘年交向学斗。

这次会后，瓦屋村支两委干部既欢喜又压力大：欢喜的是瓦屋村能够成为全县的示范点，胡县长还表扬了瓦屋村；压力大的是示范片面积扩大三倍，要落实面积可能也还要做大量的工作。虽然今年有人种植辣椒尝到了甜头，但是要大家都接受还得有个过程，村民们其实还是担心销售问题。

向朝田散会后没有走，他吧嗒着叶子烟蹲在村委会门口，笑得嘴巴都合不拢。刘冬麦开玩笑说:"今天你得表叔娘(谐音表扬了)哟,把奖状拿回去贴在堂屋噻!"向朝田也不解释,只是嘿嘿地笑,感到有点儿骄傲又想收住,可焦黄的牙齿哪个也包不住,大家看着都哈哈大笑起来,一种开心和生机在瓦屋村的空气中蔓延。

村里挂出宣传横幅,横幅内容为:种植辣椒现搞头,吹糠见米钱不愁。种植辣椒就是好,半年荷包装得饱。已经种过的,尝到了甜头;没有种过的,也看见大家卖了钱也要种。还有一些思想跟不上的,前面两种人在给他们宣传。向朝田发扬了榜样的力量,一户人家做了十亩地,两口子一个犁地一个掏边沟铲坎坎,各家各户见着热闹也跟着干起来。

向胜麦出院的时候已经是旧历的十月间,他妹妹原本准备将他接到她家里养一段时间,但她男人嫌弃向胜麦不干净,只好将他送回瓦屋村。将向胜麦扶在街沿上坐好,刚迈进门槛就被一个大蜘蛛网网了一脸,看着满屋的灰尘,到处挂着蜘蛛网,忍不住哭了起来。

听说向胜麦回来了,刘冬麦也跟过来,一是向胜麦是她的帮扶户,另一个二表姐是她的好姐妹,要过来帮忙。向胜麦虚弱地靠在竹椅子上,看到刘冬麦过来,把脑壳夹在胯裆里。刘冬麦鄙视他,恨不得给他几脚,也不跟他说话打招呼,见了他就狠狠地瞪一眼。向胜麦一直窝着脑壳。

她们先将地正屋打扫出来,扶向胜麦进去歇息,然后打扫厨房，准备煮饭。二表姐打开装米的坛坛，舀出一碗米来，看到蟥虫起吊吊，打开油壶闻了一哈，皱着眉头说：米也是蟥虫吊吊，油也哈喉咙呛人，到后边园圃地去看，杂草长到半人高，一棵菜都没得，忍不住又落起眼泪水来。

刘冬麦见状，准备骑着三轮车回去拿米油上来，她刚走出门口，就看到街沿上放着一个大包，打开一看里边是面条、油和菜等，一个走远的人影看着像是刘存粮，刘冬麦心里的一根弦被触动了。在瓦屋村，刘存粮两口子恨全村人，全村人更是恨他们，特别是向胜麦和他家里都是爱吹壳子说富贵的人，不过一个是真富贵，一个是假富贵，两个人就是针尖对着麦芒，一个说屋头有什么事情，另一个必定拆台，但是在困难面前都出手相帮。刘冬麦想：看来瓦屋村人是嘴巴子打人得很，内里子是善良的。

刘冬麦和二表姐两人煮了面条吃过后，将屋子里里外外打扫了。二表姐从楼梯上吊的袋子拿出一包菜种，两个人再将园圃地开出来撒上去。二表姐说："现在撒菜种晚是晚点儿，长出来也可以吃点儿，比没有要好。"二表姐说还照顾他几天，等他各自身体硬棒点儿可以做饭吃，她就回去了，各自还有家庭要顾。

几天以后，向胜麦可以勉强煮饭，他妹妹也回去了。刘冬麦看着他就作干哕，实在不想到他家里去，就央求向世荞去看，帮助买点儿东西。乡亲们也时不时地送点瓜篮小菜过去。不过瓦屋村的佑客、幺姑都绕道走，都是派家里男人送去。这些人送过去都不打招呼，放在街沿就走人。

向胜麦整天不出门，最大限度是在街沿晒晒太阳，看到有人过路就赶紧进屋躲起来。

到冬腊月时，向胜麦逐渐硬朗些，香兰的援助律师认为向胜麦是有过错的，又是家事，建议达成谅解后不追究刑责，不然会影响孩子就业，向胜麦二话没说就签了谅解书。

这天向世荞接到向胜麦的电话，说想让他帮忙买点儿菜。向世荞买一大筐菜回来，遇到刘粮田。当刘粮田听说是给向胜麦买的菜后说："个栽舅子向胜麦，今天买的菜有点儿多嘎，还要开洋荤哦。"听向世荞说起，刘冬麦才想起明天是香兰离开看守所的日子。刘冬麦心想：未必狗日的向胜麦还良心发现了唛。

一大早刘冬麦就来到看守所，香兰家里的姊妹在外打工，两个孩子还是学生要读书，向胜麦家里是刘冬麦的帮扶户，所以接香兰的任务就落到刘冬麦身上。

白白胖胖的香兰喜洋洋地走出看守所。刘冬麦开玩笑地说："你这个莽佑客坐牢嘿光荣唛，嬉皮笑脸的。"香兰说："这些天，我只是担心两个孩子，在看守所的日子比在家里安逸得多，老娘不回去了，你帮我找个洗碗的地方打工噻，我要重新活过佬！"

香兰真的不回瓦屋去，刘冬麦心想这是个新的题目嘎，不过从内心也不想劝她回去。刘冬麦说："不回去就不回去，还是要先祭好五脏庙，吃饱再去找活路。"她给谭丽华汇报了香兰要在城里找工作的情况，希望谭丽华帮助找个工作，毕竟她长期在城里工作要熟悉些。

刘冬麦请香兰吃了一个小汤锅。香兰夹起一块肉往嘴里送，被烫了一下，就鼓起嘴巴吹。她看着香兰饿劳饿相地吃饭，心里隐隐作痛。

还在吃饭，谭丽华电话打过来，说她有个同学开了餐馆可以去打工，还能提供困瞌睡的地方。香兰立马放下碗筷，提着行李就要走。刘冬麦笑着说："你个莽女子家，你是着急嫁人唛，吃完我送你过去。"

向胜麦撑着身子煮好了饭菜，他本想煮点儿佑客爱吃的菜，想了很久，都想不出佑客爱吃哪样菜，只好买了他爱吃的佑客经常煮的饭菜，一时间感觉各自这么多年确实是对不起佑客，不晓得她喜欢吃哪样，也不晓得她喜欢穿哪样。他想着各自在医院的日子，看着两个孩子遭孽巴莎的样子，心里痛恨各自混账，决定洗心革面和佑客孩子好好过日子，他希望以后的日子可以弥补过错。

等到下午两三点了，饭菜都热了好几回，向胜麦靠在门口上张眼望，他现在才体会到哪样叫望眼欲穿，一等不来，二等不来。想给佑客打电话，却不敢，也不敢给刘冬麦打电话，怕挨撅，想来想去，只好给性质温和点儿的向世莽打电话。当得知佑客不回瓦屋时，他晓得她已经不是以前的她了，她已经不会原谅各自了。向胜麦突然感觉到害怕，像失去了哪样重要东西，心里一下空了。他感到背后的靠山轰然倒塌，无力地坐在门口的地上，不晓得日子该啷个过。他现在才感觉以前佑客在屋时的热茶热饭是那么珍贵。以前自己啷个那么混账，只晓得打撅她，她打不还手，骂不还口，以前各自在外边受了凉贱欺辱，回来在她那里找尊严。他现在才发现，家里没有底子，靠在外边吹壳子日白，既找不到富裕的生活，更是找不到尊严的。想着想着，他突然感到一股寒气从脚底升起，全身忍不住颤抖起来，牙齿磕得咯咯响，冷汗不住地往外冒。

向世荞有事情耽搁，下班时天已经黑了，他想还是绕到向胜麦家里。老远看到向胜麦屋黑漆漆的没有开灯，走进后发现门大大开起，他有一种不好的预感。打开手机电筒壮着胆子往屋里走，"向胜麦！向胜麦！"他边走边喊，突然被一坨软绵绵的东西踢了一个筋斗，猛眼一看，向胜麦扑倒在门口，便马上边打电话喊向大鱼过来，边找电灯开关看情况。

当电灯打开后，向世荞看到向胜麦扑倒在大门口，不晓得死活，他不敢去摸，有点儿害怕。又打电话追着向大鱼快点儿过来，向大鱼过来后摸了一下向胜麦说："人还是热的，没有冷。"就学着电视里的动作探了一下鼻息，感觉没什么反应，就按着脖子上的血管，然后说了句："还活起的。"他指挥向世荞兑点白糖水，他自己则掐着向胜麦的人中和手上的虎口，向胜麦悠悠醒来，两个人赶紧喂白糖开水，然后扶在竹椅子上坐着，用铺盖盖起，同时通知村医过来输液打吊针。

等安顿完后，向世荞说："你看桌子上的饭菜动都没动，应该是中午饭都没吃。"向世荞将灶火烧起，用冷饭放水煮稀饭，然后把菜热了，又给向胜麦喂了点儿，看着没有大碍，两人也热了冷菜冷饭将就吃了。

输完氨基酸的向胜麦看上去好点儿，但向大鱼、向世荞两个人担心出事，不敢离开，就在那守着。

"向大鱼，回来洗脚困瞌睡。"向大鱼佑客站在自家街沿喊吉利似的喊向大鱼回家里。向大鱼赶紧摸出电话说明情况。向世荞见状也主动给家里打了电话，他们晓得家里佑客心里不安逸，因为瓦屋村的女人都恨向胜麦。以前是讨厌，还说不上恨，自从出了那事过后，瓦屋村的佑客们都是鼻子愤愤，觉得他完全不配作为一个人，害了香兰和孩子两个。还有一种莫名其妙的恨意说不清也道不明，反正是恨，都恨不得吐泡口水在他脸上，再劈裆窝他两脚筋，想着自家男人还不得已要守着他，心里来气。不过作为瓦屋人良善的本性，也就不再开腔。

时间慢慢流逝，向胜麦身体也逐渐恢复起来，不过整个人提不起神来，仿佛就是一个没有灵魂的行尸。以前亮晶晶的中分头现在变成乱蓬蓬的，头发也好久没有理了。

这天，天气比较暖和，向胜麦坐在竹椅子上晒太阳，脸色还是显得苍白。向胜麦默了一下，今天应该是佑客出看守所一个月的日子，他很想晓得她在干哪样？想哪样？在哪里？他很想晓得她是胖了还是瘦了，是白了还是黑了，可是又不敢问，怕挨撅。

试着打过佑客原来那个电话号码，显示已停机，看来佑客是彻底不和他过了，两个孩子也不接他的电话。默着默着天已经擦黑，他坐在街沿的竹椅上一动不动，已经坐了很久了。他感到前所未有地孤独和无助，无边的黑暗包围着，各自就像一根飘在黑暗中的羽毛，无处落地。又感觉像那奄奄一息的没有水的鱼，好像无边的黑暗随时可以将他一口吞掉，他感到很冷。想着自从回瓦屋后，刘冬麦作为帮扶人员交托向世荞来，向世荞也来过几回，都是站在门外冷冷地问需求，然后给予一些适当的帮助，其他人没有来过，偶尔还有人把青菜、萝卜放在街沿，乡亲们都不愿意给他打个招呼照个面。

他闭着眼睛，细细回想这些年到底做了些什么事情，除开玩了一些女人以外，好像都没有做好哪样事情。到底有好多女人他也数不清，没有一个跟过十天半月的，因为没有钱，有的甚至几十元的交易，裤子都没有脱完就完事。他所给予厚望的找大钱的事情，现在想来完全是幻想，他也将那些找大钱的伙伴们仔细地分析一遍，好像日子都过得穷酸不堪，大家一天讲得热血沸腾，但是落地却是苍白无力。有的乡亲们跟着搞过一段时间，可是钱都有去无回打了水漂，弄得本身就穷的乡亲们见面就撅他。

他经常不回瓦屋村，也经常四个荷包一样空，有时在外边生活都混不开，在别人家被人嫌弃，也只有回到自己家里还有热茶热饭慰聊着自己，可是他混蛋啊，没有善待这个温暖自己的人。他回想佑客当年那把拖到屁股的长辫子，想到那跟在他屁股后头的杨柳腰身，想着那麦色的皮肤、端正的五官，当佑客那抹青春的笑脸进入脑里的时候，蓦然出现了自己恶狠狠地挥手铲向这张脸的耳光，他仿佛看到了那张笑脸像玻璃一样破碎的样子，听到了那颗欢快的心裂碎的声音。

他痛苦地闭上眼睛,捶打着胸脯号啕大哭:"我真不是人呐!"又想着,这些年各自虚张声势,到处靠吹壳子给各自壮胆,其实是心里虚呀。这些年一心想着找大钱,都没有脚踏实地地做过一件事情,他想着对村里干部的辱骂拆台,对乡亲们的红眉绿眼睛。最后是他最不愿意想到的两个人,就是他一双优秀的儿女,各自除开给予他们生命以外,带给他们的就是羞耻、窘困和痛苦。他想着在医院照顾他时,儿子卖血,女儿贴心伺候,可是那眼光是冷得浸骨,各自真是混蛋呀!混蛋!他不停地捶打着胸脯,痛苦的向胜麦仿佛被无边的黑暗包围着,仿佛对面的狮子头张着巨大的嘴向他扑来。

夜已经很深了,向胜麦痛苦地想着往事,他还没有吃晚饭,也没有饿的感觉,只觉得无边的痛苦将各自越裹越紧。他睁开眼睛看到一颗星星向他眨着眼睛,猛然惊醒过来。他想到各自住院时,村里干部送他进医院,为他筹集医药费,为他主动协调评定低保户。想到街沿的那些青菜萝卜,想着乡亲们捐献的医药费,突然感觉到身体也暖和了不少。是啊,他其实不孤独,他还有瓦屋村的乡亲们,是各自不争气让乡亲们嫌弃,大家从来都没有放弃过他。他用哪样来重新证明各自,重新让乡亲们接纳?他开始思考各自能干哪样事。想到此处,他觉得目前要干的是,马上吃饭,养好身体再说。一碗热腾腾的面条吃下肚以后,他才感觉到整个人有了些温度,觉得重新活过来。

一夜没困着瞌睡的向胜麦，第二天天不亮就出了瓦屋村。他来到官田坝理发，因为那里没有人认得他。将现在乱蓬蓬的中分头理成了平头，买了两件经济实惠的衣服，等到抹黑才回到了瓦屋村。将那套已经不成型的灰白色西服放灶火里烧了，松了口气，竟莫名其妙地感觉踏实起来。

他给刘冬麦发了信息，信息的内容是：冬麦主任您好，感恩您的关照和支持，我现在身体也养得差不多，听广播说村上要发展辣椒，我也想报五十亩辣椒面积，请您多支持。

收到信息的刘冬麦手机都吓落了，她实在不相信这是向胜麦发出的信息。一个不信，是他居然用了瓦屋的尊称"您"字。二个不信，他能够沉得下心来发展辣椒这个产业，这样的收入和他梦想的几千万差得太远，简直就是一个天上一个地下。

刘冬麦心想，是不是别人用他手机发的信息哟？又想，大家都避开他屋，哪个会到他屋去嚎？她觉得神秘又搞笑。她给老支书打电话，老支书只说了三个字："见鬼佬。"刘冬麦没有回这么无聊的信息，至少她认为是无聊的。

第二天上班，向胜麦来到村委会，他站在村委会的大堂有点儿不知所措，是啊，不用吵架撕架的方式相处，大家都不晓得该哪个说话了，一时间有点儿尴尬。刘冬麦注意到向胜麦发型、服装的变化，觉得看上去像个瓦屋人的样子。

老支书招呼他坐下，关心地问了他的身体情况。向胜麦说："我很感激村上干部对我的帮助，我是二世人，是香兰泼醒了我，这段时间我细细地想了过往，发现前几十年真是混账，我希望从头做起，好好地做点儿事情。"刘冬麦、戴春兰几个听得肉麻，虽然明白向胜麦说的可能是真心的，但是他这样突然的转变，让大家的肌肉不能适应。老支书安慰向胜麦说："你有这个心，村里大力支持你，你先将计划报上来，具体做啥子事情，需要哪样帮助，你找我或者冬麦主任都行，只要你愿意规规矩矩做事，我们都会帮助你。"

向胜麦走后，大家你看看我，我看看你，不晓得用哪样表情表达。还是戴春兰先开腔说："勒个向胜麦突然这样，我们都不适应，没有见面撅两句，好像缺点儿哪样。"刘冬麦笑撅道："你个鬼幺姑，唯恐瓦屋不乱嘎。"

老支书交代刘冬麦要认真对待这个事情，他说："以我的老眼光来看，这个人应该有些变化，不妨关注到起，但是钱财要小心，不要被诓走佬。"

瓦屋村都在看向胜麦的笑台，一般夫妻两个人五亩够了，十亩都够呛，他一个没有做过哪样活路的天晃晃，要种植五十亩辣椒。向朝田说："那是在开国际玩笑。"想想不对，这个和国际没有关系，又说："嗯，应该是在开瓦屋的玩笑才对，你说摘辣椒的时候，红一个摘一个，五十亩地能摘得过来吗？量他一个人摘哭了都不得行，如果向胜麦都把五十亩辣椒做出来了，我手心挖个雀雀出来。"

向胜麦这回很稳重，好说歹说跟他妹妹家里借了五万元起底，本来妹妹、妹夫都不干，他妹夫恶邪邪地对他妹妹说："以前的旧账，勒回住院的新账都没有还，那个栽舅子硬是个栽相，他借钱是老虎借猪，要借钱就各过各，你回去跟你哥哥一起过。"他妹妹本来也不肯借，救急不救穷，以前的老账是被诓走的，这回住院的钱是救急救命，本来夫妻两个是一个心事，男人那句回去给你哥哥一起过，让她觉得受到了莫大的侮辱，他理解成他男的个在撅她，喊她回去当他哥的佑客，用这句话撅人是很毒的。

他妹妹想不通就绊横，揪住他男人的衣服吼叫着："你个狗日的打死我算了，你个不要良心的是不是找到接手了，你拿一包老鼠子药闹死我算了，哎呀呀，我活不下去了，我娘家里不过穷了点儿，你就恁个撅我，要死大家一起死。"她男人死命挣也挣不脱，被拖在地上滚住一坨，拉扯一阵大家都没有力气，滚得一身泥巴，男人不说话，只有佑客披头散发用嘶哑微弱的声音喊着："要整，你就整死我，整死我，整死我！"男人无法脱身，也舍不得打她，院子也没有其他人在家里，劝个架改个经的人也没得，他男人只好好言好语地说："我说的是气话，你莫气倒了，只是想着以后孩子上学读书要钱就抠些。我们两口子牙积口存，只是为了你和孩子过得好。"男人挣不脱，只好回过身子将佑客搂在胸前。他看着紧紧抓住他的女人声音嘶哑微弱，胸中鼓起一股气说："你哥要种植辣椒，做正事我们是应该支持。"说完佑客揪住他的手才松软下来，只是止不住的流泪，男人安慰着扶起佑客，化了一碗白糖水给她，在一边陪着。

歇一阵，佑客也平静下来，心想两口子都是不想借这个钱，啷个搞这么大一架，她回想向胜麦说的那句："你不借这个钱，你哥就是死路一条，这一世还不了你下世还你，妈老汉在天上看着的，现在这个世界，还只有你愿意给我说几句话，连孩子两个都不理我，我就你这一个亲人，借就是最后一回，不借就来给我收尸。"她想着管他的哟，反正男人已经松口了，就借最后一回，再不争气就当他死了算球了。夫妻两人给向胜麦转了五万元钱过去，反复说要他各自争气。

向胜麦不管别人说哪样，都不开腔答别，各人闷起做事情。在用地的时候，大家都不相信他，说宁可相信芭茅草长黄瓜蒂蒂，也不相信向胜麦种地。

刘冬麦观察一段时间后，觉得向胜麦确实发生了些变化，就帮他一户一户地协调土地，她劝说那些地空着的人户，说空着也是长芭茅草，让他试种一年，今年开荒就不给土地租金，明年要做，就该给好多是好多。大家看刘冬麦的面子，也勉强同意了。向大鱼说："那就是个干不成事的人，你小心猫抓糍粑脱不到爪爪。"刘冬麦说："大家边做边看，万一改性了，我们不是又改造了一个人喽。"后来，村里还帮助他贷到了五万元的扶贫贷款，不要利息的那种。

向胜麦这个人认真做起事情来，也是个有本事的。他先是喊了几台旋耕机连人带机一起，一个人每天八十元钱，喊的又是平时做活路最老实的人，开始喊人做活路，大家怕拿不到钱，都不去。后来他承诺每天现结,不用出村每天八十元钱现搞头,并且天天揣现钱回家里,做活路的几个人心中高兴。当初没有去的也眼红后悔,酸溜溜地说开始几天现结,后边莫被套了才好,说从小看着向胜麦长大,眼眨眉毛动都是烂肚子,看到穿开裆裤长大的,有哪样了不起嘛。

向胜麦注册了家庭农场,取名叫重生辣椒家庭农场。办了营业执照,挂在堂屋的正中央,跟两个孩子上学的奖状挂在一起。育苗和移栽各项工作都做得到位,辣椒也长得好,大家就跟向朝田开玩笑,让他手心挖雀儿出来。向朝田说:"还早,好戏在后头。"

紧接着县里配套了政策,给家庭农场配套了三万元的项目资金,向胜麦的资金底气更足,但是五十亩的投入还是有点儿大。

向胜麦来村委会找刘冬麦,他的手捏得紧紧的,看样子有点儿紧张。刘冬麦晓得他有事,就说:"有啥子事情你就说,你做正事大家都支持你。"他呐呐地说:"我,我,算了一下,手里的钱开支工资是够,我信誉度不高,工资拖欠了就没得人给我做,我想找你借点儿钱付农资款。"说完后,眼睛看着脚尖尖,两只脚不停地转动着。刘冬麦也不跟他开玩笑,答应尽量想办法。见刘冬麦答应了,向胜麦转身飞快地走了。刘冬麦看着他的背影笑了,随后就找谭丽华帮他赊了肥料等农资回来,承诺收辣椒后还钱。

村里开会讨论今年卖辣椒的事情,刘冬麦说今年村里种植一千五百亩的辣椒,粗略估计有一千五百吨,不比去年小打小闹的，市场开拓很重要。虽然去年卖辣椒方面了解点儿皮毛，但是今年量大得多，交通运输和市场将是很大的考验。春兰大大咧咧地说："去年的辣椒都顺利卖完了，说明我们瓦屋辣椒好噻，到时全部运出去卖了就得行了，冬麦姐天天负责往外送货，队长几个在家里收购，我负责数钱。"说完嘿嘿地干笑。

刘冬麦想：春兰他们没有吃过外边的苦，还以为有什么农产品都可以卖出去，要找个时间带着村里几个人出去跑一趟才行，让他们了解在家千日好，出门半日难，在思想上和行动上都应该做好准备。

辣椒移栽完成已经是五月中旬了，刘冬麦担忧销售问题，七月上旬，她跟老支书请示汇报，希望带着瓦屋村村支两委去找客户，找市场。老支书表示赞同，但是说他年岁大了就不出门了，让向世荞、向大鱼、戴春兰一起出去看市场，这几个人可以为瓦屋村辣椒发展做些事情。

她们选了一个艳阳天出发，一行人站在重庆观音桥农贸市场，发现重庆的天气比瓦屋的天气热得多，汗水大颗大颗地往下淌，大家出门时家里还是穿的厚夹衣，现在市场上的人全都是短衣短裤。更尴尬的是他们都穿着单件厚衣服，脱又没得脱的，热又热得很，狼狈地走在蔬菜批发市场。"汗水湿得裤裆都黏黏糊糊的，走路都胖胖的。"向大鱼悄悄跟向世荞独落。

白天的观音桥，批发市场冷清清的，有的仓位收摊了没得人。即使有人的摊位，也是卖那些南瓜、土豆不容易腐烂的蔬菜，大家见有人的仓位就过去搭别说话，说他们有很多辣椒，有的互相留着电话，有的理都不理。

　　他们在一个泡椒仓位停留，刘冬麦过去介绍辣椒，向大鱼几个跟着站在后边。摊主光着上身冒着油光，将一只脚翘在另一个凳子上。店里没有客人。摊主看到刘冬麦过去，眼神都没有瞟一下。刘冬麦看着有点儿害怕，但还是鼓起勇气走上去问老板："老板，生意好不？"那个老板眼睛斜睨着她，轻佻地说："你看生意好不，卖肉又没得人要。"刘冬麦气急了，要是平常的脾气少不了跟他撅一架，只不过在城里，人生地不熟的地方，还担心向大鱼他们在一路，怕惹出大祸来，不敢发脾气，只好忍着怒气，坚持介绍瓦屋村的辣椒品种和质量。可是说着说着，她发现他色眯眯地看着自己说："其他有女人卖不？"刘冬麦惊得眼睛鼓起老大，气得嘴唇发抖，其他几个人在场看着，感觉像被人剥了一层皮，脸皮臊得滚烫，刘冬麦恨不得找个地缝钻进去。向大鱼气不过也输不起，他说："日妈做生意就做生意，有本事卖女人还在这边守摊摊。"那摊主自觉理亏，他看了一下这几个人，猜到是区县来的，胆子就大起来。他站起来洋歪歪地吼："你又要做啥子嘛？"向世荞也鼓着眼睛站在向大鱼那边。刘冬麦担心惹出大事来，赶紧拉着向大鱼离开。那摊主见这边人多，煞有介事地追了两步就往回走。

　　一种气愤的情绪在胸中横冲直撞，一种被人踩在脚下而又无能为力的悲愤让刘冬麦感觉沉重得抬不起脚来。她假装稳步走出这家店面，出门后快速向前走，走出十几米远，背后响起一阵淫邪的笑声，她感觉仿佛有千万根针朝着自己飞过来扎在背上、脑壳上。

将几个人甩远后,刘冬麦眼泪水夺眶而出。隐隐地听得向大鱼说:"勒么大的市场,人毛都没得一根,卖得出去锤子个辣椒嚯,热都把人热死了,村里种植辣椒是政府出面发展的,我们是站得拢来走得开。"他一边走,一边埋怨。刘冬麦心里难过,也委屈,心想:勒些人遇到点儿困难就打退堂鼓,做事情哪样人哪样困难都可能要遇到起,哪能动不动就说落后话勒。

她不想让他们看到她流眼泪水的样子,希望一个人静一静,大家也心事重重的不说话。

戴春兰也无精打采地说:"是哦,这个啥子市场,人毛都没得一匹(根),卖个啥子辣椒哟。"也是一副不耐烦的样子。刘冬麦心想,在市场打拼各色人都有,要受得气才行,这些人还是需要磨炼,要是生意那么容易做,个个都做生意去了。

天气热得很,市场又没有开张,几个人垂头丧气的。向大鱼说:"这个鬼天气热得很,没得我们瓦屋安逸,命都要遭脱了,干脆赶下午的车回去。"刘冬麦说:"做事不能半途而废,村里那多辣椒,必须要卖出去才行。"向世荞说:"去年的辣椒你都卖出去了,今年肯定也没有问题,有你就行了,我们在村里头做好服务就可以了。"刘冬麦有点儿气闷,她想如果不让他们看到晚上买卖的火爆场面,他们就看不到辣椒产业发展的希望,只好忍住气,耐着性子说:"这个市场是晚上营业,既然出来了要晚上看了再回去。"大家只好去找了一个小旅馆住下来,好歹有个休息处。

晚上十二点钟,刘冬麦带着大家来到市场,比较熟悉点儿的王大姐在忙着,依然是胖胖的,声音还是嘶哑着。刘冬麦见她大声夸气地招呼买卖,心想:难怪声音长期嘶哑的,一天这样喊嗓子啷个不遭嘛。刘冬麦不好打扰,准备等她忙完后过来找她。

　　大家看到四五百亩地的市场,各色新鲜的农产品摆得满满的,一大车一大车的货物不断地进入市场,人群熙熙攘攘,车子挨挨挤挤,和白天的情况完全相反。向大鱼说:"格老子的,这个市场是坐夜的。"看到这种情况,大家感到震惊,像看西洋镜,他们这边看看,那边看看。不觉到凌晨三点多钟,人群已经散去了,刘冬麦带着大家又去找那些卖辣椒的摊位,拿人家的名片,给别人留电话,戴春兰说:"我们哪个时候也印个瓦屋村的片子来骗一骗约。"刘冬麦说:"我的目标是成为最辣的姐。"戴春兰突然就想起刘冬麦去年卖辣椒的狼狈样子,哈哈大笑说:"我看你是最辳的姐差不多。"大家嘻嘻哈哈,转过身向大鱼不见了,大家忙着去找,在一个辣椒摊位找到了正在和摊主摆龙门阵探讨的向大鱼,当他了解到可以代卖的时候,心里动了一下。一想,如果代卖不出去,就又亏了,肩膀就缩了一下。

　　这回考察效果还是可以,大家看到了外边市场很大,向大鱼犹犹豫豫地悄悄留了几个电话,心想等辣椒收购的时候联系一下,看能不能赚到一点儿钱。

　　回到瓦屋后,刘冬麦想了几天,瓦屋村有一千五百多亩辣椒,全镇有五千多亩,这么多辣椒,只有一个重庆市场到时大家都去挤占，有可能卖不脱了。便给老支书汇报，建议开发成都市场。老支书说："要开发成都市场也只有你去，村里这几个人指望不上，你去开发市场，我们在家里把村里的活路做起走，都是为了瓦屋村工作，费用村里没法报销，只有你各自解决。"

取得镇上领导同意，刘冬麦背着背包到了成都。下车后，看到这么大的车站，一时间不晓得东南西北。她无力地坐在汽车站的梯子上，一时间不晓得该啷个办。她又想起马有才来，心想要是马有才在的话，这些问题他马上就可以指点儿该啷个处理，现在才发现以前她有多依赖他。

忙忙碌碌了一天，已经是下午四点多了，才想起没有吃少午饭，赶紧吃点儿面条再打主意。

由于找不到批发市场，刘冬麦就找了一辆三轮车，三轮车夫喊价五十元，到了才发现，原来汽车站到这个市场只有两站路，走路也只要十几分钟，晓得遭敲了竹杠，心里闷胀闷胀的。不过找到了最大的农副产品批发市场，她心里也踏实下来。

看到五块石批发市场的大圆门，刘冬麦想在门对面找个小旅馆住下来，一问要三十元一晚上，还有股子霉味。她觉得困个瞌睡三十块太不划算。

想着这一天的遭遇，又担心接下来的工作，晚上看着旅馆猪尿包样子的灯泡，又想起马有才来，她觉得要是马有才在，现在已经打电话过来问情况了，也不会准她住这么破烂的地方。要是马有才

331

还在，她也不用这么抠，手头也宽裕点儿。虽然马有才出事后，租房子的房东因为乱搭乱建，承担了主要责任，赔偿了八十万元，但是刘冬麦没有准备动用，要给来马多才读书用。想起马有才，她的眼泪就不自觉地流了下来，肩膀耸动着发出细微的抽泣声。

她发了一个朋友圈：你不在，日子都是荆棘编织的框，哪怕往里装进太阳，也会刺得鲜血淋漓。才晓得，有你的那些岁月，日子就是一个玻璃缸，把太阳放在缸里，四周就会光芒万丈。

秦大明老师在后边留言：心里藏着玻璃缸，日子就一定会光芒万丈。

刘冬麦回了一个"谢谢"。

到了五块石市场，两眼不认人，四处不识路。刘冬麦觉得每天住宿三十元、吃饭还要二三十块钱太贵，一个月要一千八百元钱，想租个房子各自可以煮饭，到街上去看租房广告，打电话询问都要一千多元一个月，还要交押金，最低三个月起租，刘冬麦感到压力很大。找了整整一天都没有找到房子，第二天她接着找，终于找到一个没有家具、四边不透光的房子，灶膛上方有一个小窗子透气，房间里一股霉臭味，但每月只要三百元钱。刘冬麦心想，反正白天在外头活动，晚上才回来，困个瞌睡而已，将就着能住就行。住进去后，刘冬麦打了地铺，买了一个电饭锅，煮饭时就将饭菜混在一起煮，这样锅也就够了，早上出去，晚上回来，一天筋疲力尽随便煮点儿将就着，一个月四百来块钱也就够了。

啷个开展工作，刘冬麦心中没数，以前给老侯押货的时候到过几个厂家，刘冬麦挨个去联系后，都说要等价格出来再联系。她就不晓得下一步该啷个走，感觉满坛萝卜抓不到姜。她根据在重庆的经验，先到批发市场，在批发市场转了几天，留了一些电话，成果不明显，回复都是含糊其辞的。比如，留个电话看嘛，刘冬麦感觉没有哪样实质性的进展。每天早晨出门，不晓得要到哪里去，不晓得要去找谁推介，更没有商量的地方，她感到孤独茫然。

刘冬麦转到超市里，看到有很多辣椒类的产品，她想，既然有的厂家做辣椒产品，就一定会买辣椒。她找来纸笔，将辣椒产品上的厂家、电话、地址等信息抄下来，等第二天白天挨个上门去拜访。有一回刘冬麦正在抄产品信息，被店里人看见了，以为是搞坏事的人，凶巴巴地喊来经理要报警。刘冬麦像做小偷的人一样满脸臊得通红，解释说只是想找厂家联系卖辣椒，反复解释才说清楚。以后刘冬麦抄信息时，先四处张望，没有人时飞快地抄两个，人来了就假装看商品，像做贼一样。

刘冬麦在超市的产品包装上找了一个厂，坐了三个多小时的车子才到达，门卫凶巴巴地说："你跟老板联系好没得？要老板同意才能进去。"刘冬麦本来给厂里打过电话，但是没有人接，所以就照实说了，她央求门卫说："大哥，我坐了几个小时的车过来，您让我进去吧。"门卫一听无名火起来："哪样您您您喔，没得老板同意就不得行。"一通吼过来，刘冬麦难堪极了，心想：勒是个啥子人嘎，啷个说冒火就冒火嘎。

333

既然进不去，刘冬麦也不想走，她就在旁边坐着等，继续打电话，还是没有人接。看着天气越来越热，刘冬麦也火气起来了，不就是一个厂唛？我们买的卖的不是一家嘎？老板还不是要找货源，可能是这个保安使坏，想到这层，她霍地站就起身，拿着手机边打电话边走，跟电话里边的人说话："嗯嗯，对的，我在这等了好久了，好的好的，马上就进来。"一边打电话一边走，一边跟保安打手势，意思正在给他们老板打电话。保安听内容好像是老板的电话就放行了。其实刘冬麦只是假装打电话，厂家留的是座机，座机一直没有人接。

到了厂区后，刘冬麦找到了老板，原来老板正在将泡椒从池子捞出来，跟着工人一起在干活。她看着这个老板，老远都闻到一股泡菜水的味道，泡菜水从塑料围裙上往下流，刘冬麦心里的落差一下子就缩小了。想起刚才在门口那份委屈，想着各自也不是地上的癞蛤蟆，人家也不是天上的天鹅，都是做实事的人而已。

老板是个四十来岁男人，精瘦精瘦的样子，看样子人比较温和好相处，听刘冬麦说完来意后，老板问："你们是啥子品种呢？"刘冬麦说是圆椒。再问是灯笼圆椒还是樱桃圆椒，刘冬麦就答不上来了。她感觉脸有点儿发热，卖辣椒不晓得是啥子辣椒，这就有点儿尴尬。

不过，老板没有介意，带着刘冬麦来到产品陈列室，指着圆圆的大个头说："这是灯笼圆椒，圆圆的小个头辣椒叫樱桃圆椒。"刘冬麦指着其中的一个品种说："我们种的就是这个灯笼圆椒。"老板还介绍了一些墨西哥椒、二荆条等辣椒。老板还说灯笼圆椒做泡椒没有樱桃圆椒好卖，樱桃圆椒个子小、圆圆的、好看，很多餐馆酒楼用来炒菜，不用改刀，直接上锅炒，菜式好看，色香味都有，所以比较好卖。"最后互相留了手机号码，老板说等辣椒收购的时候再联系。

经此一回经历，刘冬麦再到人家厂里或者公司去的时候，不再畏畏缩缩地害怕，不再感觉低人一等，大方地跟人家推介产品。转眼已经两个月过去了，看着记录簿已经记下了一百多个厂家电话号码，刘冬麦准备回瓦屋村。

这天是马有才的忌日。刘冬麦带着孩子到马有才坟前烧香蜡纸烛，在这一年里，刘冬麦将这份思念深深地埋在心底，在夜半时无人处常常一个人哭泣，为了减轻那份揪心的思念和痛苦，她只有用工作麻痹各自。或许在外人眼里已经放下，可是在她心里，她永远放不下。

太阳像急着下工回屋的农人，早早地斜斜地挂在了羊角寨的山顶上。用金色的余晖洒满瓦屋村，给这个即将进入黑暗的村落最后的光亮。刘冬麦看到墓前的一些杂草又冒出来，就细心地扯掉。

她以前经常过来，扯完草就给他摆一会儿龙门阵，说家里的老人、说孩子、说工作、说瓦屋的人，就这样被瓦屋人遇见过几回，就有流言说刘冬麦精神不正常，可能要疯了。

为了不影响马多才的正常生活，刘冬麦克制着，有时要看四下无人才敢去看一回。她今天带着孩子过来，担心马多才不能正确理解，也不敢摆龙门阵，就引导马多才摆了一些家长里短。

这一年里，刘冬麦在夜黑回到家里，就特意将各屋的灯打开，大声地跟婆婆妈和孩子摆龙门阵，故意将炒菜的声音弄得"哐哐"地响，只有这样，她才觉得没有辜负马有才，将日子过红火了，好让他放心。

没有月亮的夜晚，天黑漆漆的，刘冬麦关了灯，就更是感觉进入了一个巨大的黑洞，她感到心里没有依托，想着马有才就又泪流满面。

她拿出手机发了一个朋友圈：一年生死两茫茫，不思量，自难忘，一丘孤坟，无处话凄凉。纵使相逢应不识，尘满面，心如灰。月黑夜，相思量。夜来幽梦忽相逢，相顾无言，唯有泪千行。料得年年断肠处，明月夜，瓦屋丘。她改了苏东坡的那首《江城子》，发出去以后，已经是泪流满面。

秦大明老师看到刘冬麦的朋友圈时，正好经管孩子困了瞌睡。他躺在别人家里的屋顶房里，大雨打在屋顶上，沙沙的声音震得人耳朵有些发胀。之所以躺在这样一个地方，要拜他那个曾经爱上他又嫌弃他还伤害他的人所赐。他想着，本来想与她一路看沿路的风景，他的爱情却被别人截了胡。清高和自尊被践踏，他躲出去借住朋友家里，可是她追过来，不是喊他回去，而是去骚扰朋友，用最不堪的语言撅他。朋友无奈，只好将这么一个偏僻的房子的屋顶上的简易房子让给他单独居住。

他只好在这个雨夜里，提着简单的行李，牵着七岁的女儿，来到了朋友安排的这个地方。用纸板给女儿搭了床，又用抹布将地上抹干净，铺了一床毯子躺下，想起各自有家不能回，想起妈老汉养育培养自己几十年，以为出来工作就可以过上幸福的日子，这些年他买了房子，生了女儿，一切还好。可是近两年，一切都变了，他的佑客恋上了奢华的日子，公开跟别人来往，这成了他痛苦的根源。他想让她迷途知返，他想让家庭重新和睦，可是树欲静而风不止。他的忍让被她当成了软弱无能，她不断地挑衅他的底线，并且拿女儿威胁他，他只好选择净身出户。就这样，她还三天两头来为难他，来吵吵撅撅。他分析那个女人找的男人见不得光，没得时间陪她，她就来找他出气，经常是搞得鸡飞狗跳。

　　如果我妈老汉晓得我过勒种日子、受这种凉贱噻，肯定心痛得很。想到这里，秦大明老师虽是七尺男儿，也不免泪流满面。

　　刘冬麦对爱人的思念触动了他的心底那根最痛的神经。他想：能够有人思念或者可以思念别人那是多么幸福啊，我今天躺在这样一个地方，只有人咒撅，不会有人思念。

　　他在刘冬麦朋友圈下边留了言："阴阳两相隔，真爱天地间。暗灯残影无人语，繁花落尽轮回时。"刘冬麦感受到在这样一个夜晚，有人感受到她的心念，心里也感动，她反复诵读着这几句诗，想到这一年里，她怕各自成为祥林嫂，害怕别人欺辱他们孤儿寡母，只好在外装坚强，只好将这份思念藏在心里头。今天秦大明老师的留言，让她觉得有人明白这份情感，心里也颇感宽慰，她回了一个"谢谢"。秦大明老师回复:"都痛过,只是有的痛,可以光明正大,有的痛,只能默默吞咽,多保重。"

回到瓦屋村以后,刘冬麦感觉好像阔别很久了,瓦屋村的扶贫路已经四处开工,看到几条挖得明晃晃的路基,她心想现在要搞建设真的是快啊。

村委会里吵吵撅撅,有不愿意把土地拿出来修路的,有毁了青苗要赔偿的,可是农村公路当初就是按照一事一议的方式定下来的,通过开会大家同意以后签字画押,少数不同意的不着数,要服从多数意见。

老支书做工作总是不紧不慢的,男的来先装支烟,女的来就倒杯水,基本答复就是:脱贫攻坚是国家大局,修村道路到处都是一事一议的方式,不可能给你个人开个特殊的例子,为了瓦屋的发展,希望配合先开工,不要阻拦工期,其余的以后再说。

这天早上,老支书和刘腊米气哄哄地走进村委会,大家都很诧异。老支书说:"国家政策也真是的,占田占地为啷个不补助?"向世玉也附和着:"太过分了,一定要到上面去告状。"不晓得啷个时候,老支书拿出瓜子花生,还有腊瘦肉条子,与刘腊米喝起酒来。两个人是你一口我一口,边发牢骚边喝酒,刘冬麦心想:老支书从来严谨,这是唱的哪一出薅草锣鼓?大家虽然感到奇怪,都默契地埋头做各自的事情,到后来,看到老支书和刘腊米喝醉了,直接在村委会困着了。

谭丽华和刘冬麦到村里去看修路现场。谭丽华说:"那个刘腊米一直在阻挡修路,一直在要求土地补偿,天天坐在工地上开不了工。"刘冬麦心里突然亮了一下,她鼓眼地说:"挖机现在是不是在挖刘腊米家里的路段?"谭丽华也突然醒豁过来说:"我们两个去看看去"。刘冬麦指着远处说:"那还不是,那真的是刘腊米家里的地呢。"两个人对望一眼笑起来,异口同声地发出感慨:"生姜还是老的辣呀!"

日子不紧不慢地过着,村委会人些各忙各的事情。这天,向大鱼垮起脸回到村委会,咚的一声落座在椅子上,"咕隆隆"喝了一盅盅水说:"妈哟,春谷幺姑死了哟,她姑打电话让我准备停丧。"刘冬麦脑壳嗡嗡的,心里像挨了一闷锤,感觉心痛只好用手按着。向世荞问:"是嘟个死的?""听说是被人杀死的。"向大鱼回。"那么乖个幺姑嘟个被人杀了嘎?""不晓得。"刘冬麦靠着椅子上听他们一问一答,她感觉各自的心已经快要跳出来佬。只听到两人一问一答:"好久回来?""还没有说时间,说要等公安局验完尸后送回。""那买匣匣[1]不?""不晓得,没说。"刘冬麦按住胸口扑在桌子上,只觉得心口痛得很,痛得没得力气搭别说话。

向春谷的骨灰并没有马上送回来,她是在半年后装在一个小木

---

1 棺材。

盒子里送回的。向学果抱着木盒，木盒的外头包着白布，他悲愤地站在春谷家里的地坝口。向春谷的奶奶见到骨灰盒回来，一下子瘫跪在地上，哽咽半天才数出来，一声："我的造孽的幺姑也，我白发人噻给你送终也。"她这一跪在场的不管男女都哭了。"别个死噻还有个棺材盒盒也，幺姑也，你噻只有勒么大一个箱箱噻，幺姑也，你这辈子噻是投错了胎也……"一个院子除开老人的哭声，没有一点儿话尘尘，只听见一院子的嗡嗡嘤嘤的抽泣声和擤鼻涕的声音。

向春谷爷爷呆呆地坐在地上挼成一坨，关于春谷出事的事情，只有他们两老不晓得，早晨布置灵堂才晓得他们的心肝不在了，向春谷奶奶跳起来想去抱骨灰盒，大家拉扯住她。

向春谷老汉后一步回来，他们一路上拿着骨灰盒，啥子车都不让他们上，司机都怕不吉利。

向学果想了个办法，用向春谷老汉的铺盖裹着骨灰盒才混回来。在瓦屋下车后向春谷老汉开始发狂，一起回来的人用毯子绞成绳子，把他捆住才弄回来。乡亲们看到鼻青脸肿的向春谷老汉，感觉背脊骨发寒。

向春谷姑姑通知不设灵堂，说直接送到山上去埋起来，因为没得钱，春谷老汉的钱，全部被那个女人剐干了，平常吃个豆浆油条要一元钱就给一元钱。她各自家里的钱，这几个月也被拖垮用光了。她说，别人家里还可摆个人情簿子以后还，向春谷家里指望不上，她老汉疯了，爷爷奶奶有饭吃就好，其他的也不敢有多的想法，乡亲们布情以后没得人还人情。

向大鱼不同意，他说："要不得，要不得，瓦屋村人斗钱也要办个会头，别个春谷也是变一回人，勒样搞周围人都要瞧不起瓦屋人，还是要大家斗钱来好好地埋下去，她这辈子投错了胎，希望下辈子能够落个好地方、好人户。"在场的人就一百两百地摸钱出来，向世荞拿着人情簿子全村斗钱，十块、二十块、五十块、一百块的都有。大家算了一下，菜菜疏疏一家斗点，花不了好多钱，刘冬麦准备在微信群里凑点，后来看看够了，也就没有在群里说。

大家不晓得向春谷出事的着头，只好围着向学果问情况。向学果说："这个头我还是晓得到，因为出事后他姑姑喊我一直在帮忙打理。"

向春谷到广州那天，她老汉的女人的老表去接她。听向学果说着经过，刘冬麦眼前仿佛出现了坐在摩托车上伸着双手大喊。"广州好热，广州我来了"的开心地大笑着的小女将。

向学果说那个男的将摩托车骑在一个黑黢黢的地方停了下来，反手一把拖住向春谷的腰，就将她拖到旁边的树林里，向春谷吓得说不出话来，吓得瑟瑟发抖，那个男人见向春谷没有出声，就脱去她的衣服裤子将她糟蹋了。向春谷浑身发抖，眼泪止不住地往下流。男人完事后冷冷地下着指令："你这个骚货，把衣服穿好，敢出声我掐死你。"向春谷抖索着穿好衣服，一路上不住地抽泣。

走着走着，那恶男人又停下车来，又将向春谷拖到树林里，向春谷见有车子路过大声呼救，那男人掐住她的脖子，她感到各自渐渐昏沉。不晓得过了好久，她醒过来时男人正在给她穿裤子，她被拖着放在摩托车后座上。又走了一歇，到了一栋老旧二层土房的楼下，摩托车停下来，那男人警告她，如果说出去就将他和他老汉一起杀了，向春谷昏昏沉沉地上楼。

他们一起上楼，那个江西女人和向世玉坐在一个破旧的沙发上。向世玉见女儿上来，激动地上去帮忙替拿行李，那个女人"咳咳"两声，他看了一眼，有点儿怕的样子，就没有敢过去。那个女人盯着春谷的裤子，好像发现了哪样，恶狠狠地剜了他表弟一眼。向春谷说晕车，脑壳痛，那个女人就带她进屋困瞌睡去了。

向春谷哭了一个晚上，第二天一早，她听到她老汉好像出门上班去了，他原本是每周星期天才出来，昨晚因为女儿过来特地跟厂里请了假回来的。向春谷在房间里没有出去，说是房间，其实就是一个用木板隔起来的小间，狭小而闷热。她突然听到"啪啪"两个脆响，接着就听到低声的咒骂："屌你老母草海，你他妈提前破苞就不值钱了。"虽然听不太懂，春谷也听出提前破苞不值钱这句，直觉告诉她，这是关于她的，并且不是好事。她发现他们两人在一个房间里，房间关着门。她想逃走，听到外边没得声音，就轻手轻脚地走出去。

刚走到楼下，那个男人疯子一样地扑出来，提着她的头发啪啪铲了两耳光，然后抓小鸡一样地提进屋。旁边走路的人，路边开店的人，没有一个出来说话，看都没有往这个方向看一眼。

回去后，又被打一顿，两个人用脚窝她下身，用手铲耳光。那个男人恶狠狠边窝她边吼叫："如果你他妈再逃跑，就抽你的脚筋，杀你老汉。"

向春谷更是哭都哭不出来，几次晕过去。当天向春谷被转到发廊开始接客，换了手机号，从此就基本没有见过他老汉。关于她的去处，他们跟春谷老汉说的是去学手艺去了。

向学果佑客说，向春谷的妈嫌向世玉穷、没得出息，听说跟着一个老板跑了。向世玉本来打工做活路做得好好的，有一回去理发，认识了一个江西女人，后来审理出来，这个江西女人听向世玉说他女儿漂亮，看到手机的照片，就想弄去帮她赚钱，才故意结交向世玉。

向世玉也是个缺不得女人的人，就这样三转两转跟那个女人在一起，找的一分钱全部交给她，那个女人吹枕头风，让向世玉将女儿接过去打工，说女娃儿学个手艺一辈子都够吃。那个江西女人的表弟其实是她野老公。大家听起有点儿绕，觉得很乱。戴春兰问："既然那个人是他野老公，向世玉又是嘟个关系嚏？"向学果说："他们把向世玉工资全部收了，要一块钱给一块钱。那个女人的表弟，其实是野老公，两人住在一起。向世玉要星期天才出来住一晚上，向世玉就是个猪脑壳。"向学果佑客说："看嘛，都是穷嘎，春谷妈那女子家以为去找老板，手头的几个钱都遭骗球了，哪个老板要她嘎，要是踏打踏实和向世玉过，两口子一个月还是有几千块钱，女儿个也不会遭这等下场。"

向春谷被控制后，他们威胁向春谷，敢说出去就把他老汉杀了。他们跟那个糊涂老汉说，让向春谷学美发的手艺比打工强，其实就是控制向春谷给他们卖淫赚钱。糊涂向世玉上班就上班，下班就烂酒，向春谷说都没处说，可怜小幺姑花蕾般的年纪，还没有开放就遭此大难。

费了半天时间，大家算是厘清了原尾。

向春谷怀着对美好生活的憧憬到广州，没想到一下子跳入火坑。她稍有反对就挨打，那个男人专门踢打她的下身，用烟头烫她上身，没得业务的时候，还要被那个他老汉的野女人的野男人欺辱，那个野女人嫉恨向春谷与他野男人在一起，就虐待向春谷，经常就是铲耳光，得了性病也要接客，实在难受就用个风扇对着私处吹。他们会给她买好看的衣服，教化妆，但是不给钱，只供吃喝，向春谷生不如死，稍微大了点儿，学会了反抗，几回自杀都被发现。那男人威胁向春谷，如果自杀就杀他老汉还有爹爹奶奶，小小年纪的向春谷，只好顺从他们，成为他们赚钱的工具。

跟向春谷一样境遇的还有几个女孩子，大家都被打怕了，整天提心吊胆的。出事那天，向春谷看到那个男人又接回一个小女孩，看到那个小女孩裤子上有血，眼里含着泪水畏畏缩缩的样子，仿佛看到了当初的自己，夜歇时那个男人又当着她们的面强奸那个女孩，那个女孩惊恐地大叫。向春谷气得脑壳发昏，拿着水果刀捅向那个男人后背，一连几刀捅过去，其余几个女孩子见状也顺手拿东西围攻那个男人。那个男人起身夺过水果刀捅向向春谷。最后，那男人受伤后流血不止，几个女孩子合伙用被子将他按倒捂死。等大家反过来看向春谷时，向春谷心口受伤已经失去了血色，待救护车到来时已经停止了心跳，听那几个小女孩法庭供述时，说向春谷走时脸上还残留着一抹狠厉的奇怪的笑容。

乡亲们气得鼻子愤愤的，向世荞提着一根板凳摔出去，板凳啪地撞在街沿边的石头上，碎成块块，大家不说话也不捡，有的捶桌子打板凳。有人问向世玉是哪个疯的。

向学果说："向世玉那个莽鸡公，好像没有得见过女人，只要有女人陪困瞌睡，有酒喝，啥子事都不管。可能喝酒醉了，女人都没有困到，真是可怜又可恨的人，找几个钱，妈老汉、孩子都没有用得到他一分钱。直到春谷出事，他还不相信，后来庭审晓得原委，就整天提着刀吼着：打死你个骚女子家，就勒样一天疯疯癫癫的。"

正说着，"幺儿哎，幺儿哎……"向春谷的妈和舅舅等亲戚呼天抢地地来了，她猛地冲上去抓着向世玉就打，边打边撅："你个天杀的，你没得女人不行唠，你这个窝囊废，弄些烂人来害我幺儿。"向春谷老汉红着眼睛蹦跳着用脚一边窝一边吼："打死你个骚女子家。"大家都不过去劝架，心想，两口子都不是啥子好人，都恨不得上去打，恨不得把两口子捶死算了。

向学果心里气愤就开撅："你个鬼母子还晓得回来唠，你找的老板个在哪步噻？你个人不人鬼不鬼的样子也不照照镜子，你那个样子有老板要你唠？要不是你嫌世玉穷没本事，去找老板，世玉一个老实人得会去上那些当？你两口子正正经经打工赚钱还养活不了一家人唛？"撅完啪地吐出一口口水，一时间满院子就是啪啪的吐口水声。

在场人你一句我一句地撅那女人，那两口子拉扯一阵后，他们两边的姊妹等亲戚才分拉开来。女人坐在土地坝上哭天抢地，用手捶着胸口，用头撞着街沿石头，不一会儿额头就血铃铛一样，她嘶哑地哭数着："我那造孽的幺姑耶，我以为找点儿钱噻，让你过点儿好日子耶，哪晓得你那天杀的老汉噻，搞勒些烂事耶，害你变成一把灰也幺姑耶，啊……"看到她还不晓得反思各自，向春谷姑姑冲上去把她提起来又推在地上，由于气力小，两个人倒在了一起，你扯我的头发，我扯你的头发，嗷嗷嗷地叫唤。瓦屋的佑客们就趁风赶麻雀般打帮锤，名义上是将两人分开，实际分开后就用指甲掐春谷的妈，有的用脚窝，打架的两人，一个用手挡着脸妈娘地叫唤，一个日妈捣娘的乱撅。乱哄哄的一团糟，春谷的舅舅亲戚想往里冲，被瓦屋的男人挡在外边进不去，他们从大家的言语中听出来，瓦屋人恨他们的子女客，恨她想找老板把家扯散，春谷的死这笔账算在他们子女客的头上去了，当下也觉得没得脸面，只好靠边边角角躲起。

往回撅春谷说空话的那些人了解内情后，心里过意不去，心想瓦屋的女子在外被人这等欺辱，都心疼不已。有人提出要凑钱请律师，一定要判那个野女人死刑，大家都赞同，都恨不得将那个害人的女子家碎尸万段才甘心。

第二天清早，伴着凄厉的唢呐声春谷上了山入了土。这件事过后，瓦屋村好久都听不见笑声，山上鸟雀不晓得人间苦痛，照样叽叽喳喳地说着它们各自的心事。

春谷的妈在瓦屋村待了几天，因瓦屋村的佑客女人见了她就撇骚杂话，她过不下去就又走了，走的时候又到坟头去哭一回，不过这回没有人，她想怨哪个就怨哪个，只是不晓得她有没有怨过她各自。

向学果佑客说："那女子家以为找个老板，找到个屁老板，倒是找钱来养个吃软饭的，不对头还要遭打，那个男人把她和向世玉找的几个钱裹完后，就甩掉她找别的女人去了。"大家就愤愤地撇"该球遭。"撇完不忘狠狠地吐泡口水。

春谷的事情过去一段时间，向世玉的疯病不时发作。不发作就好好的，一发作就提刀要砍人，村里评议通过了他家里的低保户申报后，将他送到了疯人院，这样瓦屋村的贫困户低保户达到八十七户。

向春谷的事情，狠狠地捅了瓦屋人的心口，大家心头好久都沉甸甸的。有子女在外的都提心吊胆的，不是电话提醒，就是传信带信，要夫妻和睦随时看护好孩子，说家在人才在，钱财不多有就好，不要去想那些不该有的。

有几个爱挑拨孩子、媳妇关系的婆婆妈也不再说多话，凡事打圆场以撮合为主了，就连刘仙玉也规规矩矩地回厂上班去了。

第十二章
波折

刘冬麦转到海椒地头，发现瓦屋村的海椒开始变色，从绿的慢慢转成酱紫色，从酱紫色慢慢转变为红色。她翻出电话簿四处打电话，说海椒要红了，往常年的熟悉客户回复说等海椒成熟运过去再说，没有打过交道的客户回复说等货出来再看，质量和行情说不清楚。这种模棱两可的话让刘冬麦感到心里发慌，看着满瓦屋的海椒心里就像看到了一团火。她猛然惊醒，心想今年的行情不明朗，怕得打起十二分精神才行。

刘冬麦筛选了几家表态比较清晰点的厂家，准备一个一个上门拜访。转到一个工业园区，这个园区场地很大，一栋栋标准厂房规划得横平竖直，绿油油的草坪上，一笼三角梅开得艳丽张扬。这哪里是厂区嘎，完全像一个旅游区，但她没得心情欣赏风景，只想找到需要海椒的厂家。太阳照得晃眼睛，只待一只手遮着额头往前走，一只手提着包包，走一步包包就在胯子上打一下，此时感觉带个包包完全是包袱，汗水将衣服浸湿裹在身上，更是觉得迈不开步子。

园区太大,她害怕迷路,站了一会儿,突然想起有人说过,在成都走路,只要一直向右或者向左,就可以回到原地。她突然就想走一盘,一直沿着右边走,就是该拐弯的时候就往右拐。

走得蔫答答的刘冬麦坐在一个公园椅子上歇息,一闲下来就想起马有才,眼泪水又流下来,流着眼泪的刘冬麦见四周没人,就毫无顾忌地抽泣起来,一股温热的风带来了一股泡菜的味道。她四周寻找,没有找到方向。看到一家面粉厂有门卫,赶紧抹干眼泪调整状态过去打听。门卫告诉她往左走五六百米,有一个泡菜厂。

刘冬麦突然就开心起来,伤心和疲累一瞬间就消失了。她循着味道往左边一直走,看到一个叫聚友的泡菜厂。保安不让进门,刘冬麦正在说好话。一辆小车开到门口,保安赶紧开门。刘冬麦见保安的表情,猜到是老板。赶紧跑过去轻轻地敲打车窗,车里人摇下车门问:"你有啥子事吗?""我……我们有辣椒要卖。"刘冬麦有点儿紧张。老板没有说话,他看着保安,朝里甩了一下头歪了一下嘴,意思是让保安带进去。

保安带着刘冬麦边走边说:"你运气好,我们老板很少来,今天恰好就遇上了。"

办公室很大,一张很大的转角办公桌,老板坐在办公桌后显得漫不经心。刘冬麦赶紧介绍并拍起马屁来:"我是重庆石柱县辣椒基地的,我们有灯笼海椒,听说你们厂做得很大,专门赶过来,希望能够与你们合作。"

正说着，有人拿来一摞单子给老板签，他一页一页翻开签字。刘冬麦有点儿尴尬，不晓得老板在听不。见老板没有搭话，刘冬麦继续说："我们的农药、生产物资都是通过统一购买，统一供应的，农产品安全有保障。"听到这句，老板抬起头来问："你们统一供应就是安全的吗？"刘冬麦明显感觉到老板的眼睛亮了一下，她一瞬间有点儿答不上话，感到有些窘迫。她突然想起谭丽华说过，瓦屋村的海椒肥料和农药是农科院给的配方，是按照绿色食品标准来做的，并且正准备申报绿色食品这件事。刘冬麦胆子就大起来，她稳稳地说："我们是按照绿色食品标准来做的，已经在申报绿色食品认证了。"

那老板听后兴趣就更浓，他签掉最后一张单子后，招呼刘冬麦坐下，打电话喊人倒杯水来。他问了一些比如基地面积、海拔、气候条件等问题后说："你们赶紧拿个农残检测报告出来，我们正好缺货。"刘冬麦鼓起勇气问："你们一年收购好大的量？"那老板说："就这个单一品种，一年大概要三千吨，我们公司每年加工泡菜、泡豇豆、泡萝卜在两万吨左右。"刘冬麦心里"突"地一下，她哑哑舌说："我的个乖乖，这简直就是天文数字。"见刘冬麦这个样子，那个老板笑了。

正是吃晌午饭的时间，老板安排工作人员带刘冬麦到食堂吃饭。刘冬麦边走边观察，这个厂有好几栋厂房，她目测厂区大约有一两百亩地，从老板办公室到食堂走了大约十分钟。她心想：这个厂好大哟。

刘冬麦好奇地问:"你们厂勒么大,啷个在市场上没有看到你家产品嘎?"那个员工嘴巴往上一翘,骄傲地说:"那当然,我们厂是做出口产品的,专门出口日韩。"刘冬麦心想难怪老板对农产品安全这么关注。

刘冬麦出来后,立即发信息给谭丽华,让谭丽华赶紧采海椒送检测。几天后检测报告出来了,谭丽华喊农委的同事将检测报告传真过去。聚友那边回话,答应马上派个经理过来,监督收购质量,听到这个消息的刘冬麦,正好走在瓦屋村的田坎上,她开心得跳起来,身子轻快得要飞起来,她觉得此时此刻应该要高唱一曲王儿调:

太阳出来(唛啷嘚儿)就卖海椒(唛啰儿啰)/卖海椒(嘛啰儿啰),

卖了海椒(唛啷嘚儿扯)就来唱歌(哟喂)/卖了海椒(唛啷嘚儿扯)就来唱歌(哟喂)。

唱就唱个(唛啷嘚儿)震天响(唛啰儿啰)/震天响(唛啰儿啰),

幺妹我心头(唛啷嘚儿扯)蛮欢畅(哟喂)/幺妹我心头(唛啷嘚儿扯)蛮欢畅(哟喂)。

村委会的人听到这个消息后很惊喜,本来刘冬麦第二次出去找市场的时候,大家心里还打着鼓,担忧着瓦屋村的海椒卖不脱,现在居然找到了大老板,戴春兰扭到刘冬麦面前问:"冬麦姐,是真的不?你说的是真的不嘛?"在反复确认得到肯定答复后,她很开心,一手托着脸,一手拿着笔,神往地说:"我仿佛看到瓦屋村天上都开始下票子佬。"大家嘻嘻哈哈。

听到这个消息的向大鱼,有心无肠地坐在一边,心想现在有了固定买主,可能还是找得到脚步钱,但是去年各自退出了,错过了好机会,心里后悔也说不出口,只是感觉胸口闷胀闷胀的。戴春兰没心没肺地走过去,伸手在他眼前晃了一晃,说:"啷个不欢喜嘎,是没有吃到红蛋唛?"向大鱼瞪了她一眼,一副心事重重的样子,刘冬麦假装没有看见。

吃过夜饭,刘冬麦盯着马多才做完作业,带着他一起出去转村子,说是转村子,刘冬麦直接就走到向大鱼屋头。马多才嘟着嘴不欢喜,他的目的地是村里的小卖部,可不是向大鱼屋头。不过还好,向大鱼屋头离小卖部不远,刘冬麦给了几块零钱后,马多才拿着钱,飞快地朝小卖部奔去。

向大鱼和佑客都在屋头,他佑客端来一个印着农业学大寨的老搪瓷盅盅,一盅老荫茶水褐红褐红的。几个人坐在街沿上,向大鱼说:"勒个天气有点儿热,街沿坎凉风吹着安逸些。"刘冬麦端起盅盅喝了一口水说:"你屋头的老荫茶水安逸。"向大鱼也端起来喝了一口说:"我其他都不热,就爱喝盅瓦屋村的老荫茶水。"大家边歇凉边摆龙门阵,刘冬麦感觉向大鱼始终欲言又止,猜到是上回到重庆观音桥市场看到市场很大,还有这回签了个销售大单,是个稳赚的生意,又想参与进来。刘冬麦心想:各自一个人独脚打战是不行的,还是要找帮手,才能解决瓦屋村海椒的收购问题,如果让他们能够赚点儿油盐钱,把农民的海椒收购解决了,那也是两全齐美。

刘冬麦想:瓦屋村今年海椒种植面积大,销售压力也随之增加,向大鱼虽然在金钱上斤斤计较,但做事情是一把好手。看样子他想回来一起收购海椒,可如果让他轻易回来,遇到不划算的情况他又会退缩,就像那个猪八戒动不动就要退伙,这回合作一定要形成一个有力的集体,才能更好地发挥作用。

刘冬麦没主动开腔表态,但无事不登三宝殿,向大鱼也清楚刘冬麦的态度,也明白以前是各自眼皮子浅,必须要主动表明态度才行,只是也不好意思主动开口。

这边还在组织收购队伍,那边厂家来了一个姓焦的经理。刘冬麦他们不晓得啷个接待他,感觉这么大厂的人在瓦屋村啷个供着都等级不够。谭丽华说:"勒些城里的人,就喜欢农村的调调,干脆就住在刘旭果屋头,他屋头饭菜好,院子也干净,你要送到城里的大宾馆,费用吃力不说,每天送过去接过来都是问题。"刘冬麦想只有这样了。这个焦经理一天派头大得很,吃饭要人陪喝酒,喝酒就喝到半夜,白天要人陪玩。刘冬麦没法,只有找驻村队员冉隆伟每天开着谭丽华的车子,游山玩水陪饭喝酒。刘冬麦一门心思准备收购的相关物资,比如袋子、车子等,落实收购点的人,忙得马不停蹄。

八月的早上开始有些闷热，刘冬麦在村委会计算着产量，默着该哪个开张。向大鱼也坐在办公室，他爱出汗，脸上汗水一股又一股地流，抹了一把又一把。他看到定了大单，人家厂家经理也派过来了，就想找刘冬麦说要一起收购海椒的事情，但始终开不起口。戴春兰蹦蹦跳跳地进来，他眼前一亮。

等刘冬麦有事出去后，向大鱼过去拍着戴春兰的桌子说："你勒个妹崽崽，刘冬麦对你怎个好，你不帮她解决难处呀？"戴春兰一惊："她有啥子难处哟？""我说你是刺芭林的斑鸠不知春秋嘎。"向大鱼故意卖关子不说，戴春兰就着急，一直扭着问。向大鱼抽了一口老叶子烟后说："今年海椒怎个多，我们不帮忙她不是很扎实呀？""对头对头，今年是比去年多了好多，我们是要帮她，可是该哪个帮呀？"说戴春兰是没心没肺不如说是缺心眼，向大鱼只好叹了口气说："还不是只有我们几个去帮她才行，也要帮助瓦屋村的椒农才对头。""哎，又搞亏了哪个整嘛。"戴春兰犹豫着。向大鱼有些面赤。"去年后来估计没有亏钱，你看也没有见扯皮撅架，我们不是想去找钱，主要是想帮刘主任一把，大家既然在一起，还是要互相帮助。"戴春兰听着去年没有亏钱，还可以帮助刘冬麦和瓦屋村，心里的侠气就起来了，她说："我来给冬麦姐说，我们大家都去帮她，都要为瓦屋村的海椒发展出力。"

刘冬麦回来，向大鱼借故出门去了，戴春兰兴冲冲地跟刘冬麦说："冬麦姐，今年海椒多、困难大，你一个人扎实，我们来帮你。"刘冬麦笑了："我不扎实,做过一年已经有经验佬。你们是哪几个哦?"戴春兰叽叽喳喳地说："大鱼哥和我,估计我们来帮你,世荞哥也会来。"刘冬麦大概猜到来龙去脉,笑着说："是不是哦,你逗我耍哟,他们都没有来说,你说了也算不了数。"戴春兰着急起来,说："那我喊大鱼哥各自给你说。"

向大鱼对刘冬麦说："戴春兰说今年海椒多,动员我们几个还是来帮你。"刘冬麦笑了,心想:嘿个扎,勒个向大鱼还是说话做事都要占个赢头,勒回也不能完全将就他,否则又像个猪八戒,有赚头就来,没有赚头就逃。她微笑着说："今年确实量大有难处,你们想来参加也可以,不过我妹妹、妹夫是教书的,假期没得事情答应一起来帮我。"向大鱼心里梗了一下,见刘冬麦已经安排了人又怕不要他,只好跟刘冬麦说："你还是把我们带起找个脚步钱噻。"刘冬麦顿了一会说："我们今天晚上商量一下嘛。"

戴春兰到村委会时,刘冬麦正双肘支在桌上,两手交叉握在一起撑着脑壳,想事情想得出神,她悄悄蒙住刘冬麦的脸,故意怪声怪气地说："猜猜我是哪个?"刘冬麦想事情被打岔,心里有点儿冒火,故意气吼吼地说："哪个栽舅子佑客呀,我猜呀猜呀是那个叫春的吧!"戴春兰啪地一巴掌打在刘冬麦肩膀上,两人哈哈大笑起来。不一会儿人都来齐了。

刘冬麦说："上午大鱼哥给我说希望带着你们几个一起找几个脚步钱。"她一句话点题,向世荞看了向大鱼一眼,因为向大鱼跟他说的是刘冬麦求他们帮忙解决今年的辣椒问题。向大鱼窝着脑壳裹叶子烟。

刘冬麦严肃地说："今天的会议是正式会议，世荞哥作个记录。大家还是要先说断，后不乱，一个是大家要出点儿本钱，盈利共享亏损共担，不能中途退出，至少要完成一年的收购任务。"向大鱼听刘冬麦说中途退出，有点儿面赤面赤的不好意思。向世荞一只手撑着手肘托着脑壳，将脸对着墙壁不出声。

刘冬麦提出讨论事项："一是瓦屋村海椒已经发展起来了，今年量比较大，大家也看到了，有聚友这样的大厂可以合作，大家也到重庆观音桥市场去看过，市场大得很，大家愿不愿意合伙一起经营？"说完然后转头问向大鱼："你愿不愿意合作？"向大鱼毫不思索地回答："要。"又问向世荞、戴春兰，都明确回答愿意。戴春兰说："我要照顾崽崽，出外头去跑不得行，还是只有管账。"向世荞说："管账也需要人。"大家表了态过后，刘冬麦说："既然大家愿意回来一起经营，那么我就给大家说点儿实话，第一年那么艰难，其实我也挣了三千七百多块，既然大家要合作，就要一起克服困难，一起前进，不可以遇到困难就退缩。"想起去年的事情，大家有点儿不趣不趣的。当准确了解刘冬麦去年没有亏后，几个人心思就活泛起来，想着今年已经有了固定订单，这是五个指头捏田螺——稳赚，都坚决表态："一定坚持到底。"戴春兰摆着造型操着王儿调唱着："坚持到底嘛王儿王。"大家都笑，刘冬麦接着说："既然大家在一起，能做事就多做，不能计较太多，合作做事有两个重要素质，一个是充分相信合作伙伴，另一个是各自一定不要贪占半分钱，只有吃得亏才打得拢堆，只有大家齐心协力一起犇才会有前途。"

最后，刘冬麦说："鲜货生意大家心中要有底，差称、海椒烂，或者有时没得人要等问题多，随时都可能亏损，我们给农民承诺的价格必须要兑现，不能像老侯那样亏了就找农民鸡脚杆剐油。"向大鱼接过话："要亏本啷个搞噻？"说完又有点儿后悔，心里默：你刘冬麦不怕亏哇？你不怕我也不怕。他想了想说："我们要做好，尽量不能亏才行。"

接着是分析行情，刘冬麦说："今年前期出去跑市场，还是去早了点儿，没得到明确答复，我心里还有点儿慌。我勒回出去跑市场，对今年的市场行情还是摸了一个底，按照农业现状，都是逢贵一起赶，逢贱一起懒，去年辣椒量不是很大，厂家、市场库存量也不大，原则上今年不愁。"戴春兰崇拜地说："有道理，你一分析我们觉得没错，就是这个理，没说明白以前，脑壳就像糨糊一坨，不知所以然，我们想共同经营，心中想的是今年靠到了大老板，一斤五分钱也有账算。"向大鱼、向世荞互相看一眼，有点儿面赤面赤，他们几个是这么商量的，但是这点儿小心思被没心没肺的戴春兰说出来后就尴尬了。

刘冬麦笑了笑说："既然你们也看到了希望，是好事情，但是五分钱一斤是理论数据，还要出损耗、亏损、费用等，我们控制得好，脚步钱还是有的，稍微控制不好，还可能会亏损，大家必须齐心协力，更不能屁大点儿事情回去给屋头人说，引起不必要的矛盾。"大家都点头同意。"最后一项，也是最重要的一项，每人要出五万元的本钱，各自经手的事情各自负责，责任明确，这笔钱要全部经营完后再退给你们，哪个中途退出就不退钱，大家认不认可？"刘冬麦说完挨个点名问答应，几个人一时间回答不上来。向世荞默了一会儿说："合伙做事就应该讲规矩，没有规矩不成方圆，去年恁个困难冬麦一个人都撑过来了。现在更是不怕，我的意见是你说了作数。"说完大家都笑了，向大鱼说："你的意见是别人说了作数，那你还发表个锤子意见。"向世荞摸摸头说："好像是有点儿问题哈，我就干脆表个态，我赞同冬麦的意见。"大家就挨个表了态，刘冬麦让向世荞把会议记录拿给大家挨个签字画押。

接下来安排工作，刘冬麦负责联系客户并统筹协调，向大鱼负责押货交货，向世荞负责村内收购管理，戴春兰负责收付款和记好账。他们安排几个队长负责收秤，向大鱼听说有工资，就想喊他的亲戚来收秤，刘冬麦不同意，她说："队长收购好处多，一是他们也不会坑农民害农民，责任心强些。二是他们平常工资低，也可以找点儿工资钱补贴一下，以后发展积极性也要高点儿。"

他们又吸取了老侯以前差称扯皮的教训，各自的一关各自负责，就是货物钱款当面点清出柜不认的意思。队长交给向世荞要过秤交接，向世荞交给向大鱼或者驾驶员要到城里打磅称重交接，向大鱼卖出去因为长途运输差一点儿称是允许的。

向大鱼听说各负其责，差了钱要从各自荷包抠出来，老毛病就犯了，一犯就急，一急就乱说了："那你们算得精，没得多大的风险，我勒个环节，摆明白是要亏的，要我一个人吃亏我是不得干的。"说完又有点儿后悔，心想：啷个不说好听点儿嘛。刘冬麦说："这个亏损，大不过一尺的毡帽，出入百分之一以内集体承担，超过部分您各自负责。"向大鱼心中没有数，担心差多了。刘冬麦说："大鱼哥您放心吧，我们往年卖到重庆，一车货最多差一两百斤，如果长途运输，以二十吨一车记，四万斤不可能差四百斤称，这个标准一点儿问题都没得。"向大鱼还是有点儿担心。向世荞说："你是胀里没夹……"准备说个粗话，看着刘冬麦和戴春兰在场，及时刹住车没有说出来。大家也晓得下面是哪样话，也都笑起来。最后刘冬麦说："这样吧，实在是差多了，我和你一人一半承担，你做一车就晓得水深水浅了噻。"向大鱼犹豫着，向世荞眯眼眯眼地笑着看他。

向大鱼突然就觉得，要刘冬麦来承担有失面子，担心向世荞笑话他，鼓起劲来说："说好的各负其责，哪能要冬麦你来承担，就这样责任到人就行。"

向大鱼打的主意是：大不了第一车亏了，大不过一尺毡帽去，第二车就换向世荞去。就补了一句留个后路："我和世荞的活路不固定，也可以大家轮换。"几个人都晓得他的心事，都眯眼眯眼地笑。刘冬麦心想：这个向大鱼就是吃不得亏，特别是在钱上面，既胆小又吃不得亏又爱占点儿小便宜，要用好这个人还需要打磨打磨。

瓦屋村的海椒收购工作安排下去后,几个人都在积极准备,戴春兰也打印一些表格用来记账,厂家来的经理建议马上开始收购,于是,瓦屋村开始启动收购工作。

刘冬麦骑着三轮车突突地卷起一阵尘土,突然手机震动起来。她停下车接电话,电话是王镇长打来的,喊刘冬麦到镇里去一趟。刘冬麦说:"镇长嚯,瓦屋海椒开始收购了,我这边忙得脑壳当作脚在杵,您有哪样指示电话上说好不?"王镇长问清楚方位后说:"你忙着,我马上过来。"

没多久王镇长驱车来到刘冬麦处,看到刘冬麦在田边指导采收海椒,衣服被汗水湿透,裤腿高高挽起,散乱的头发贴在脸上,鞋子上、裤脚边沾满泥巴,看上去有些狼狈。他有些感动也有些不忍,但是看着坚强的刘冬麦,觉得哪样困难都不是问题佬,一段时间来,他和书记心里其实也有些依赖她,遇到困难首先找她商量,可是刘冬麦也有她的难处和苦痛。

"嘿,刘主任,你硬是个劳动模范嘎。"王镇长开玩笑说。刘冬麦自从当了村主任后,明白王镇长是领导,就规规矩矩说话,不再开玩笑。刘冬麦说:"做农业的人都是劳模,您看哪个不是一背太阳一背雨嘎。"王镇长站在路边问了瓦屋村的海椒收购情况后,嘟哝了一句:"你们确实准备充分,要是都像瓦屋村勒样多好嘎。"

刘冬麦从田坎上爬到路上来,她还要拉一车口袋到上屋去。心里想着要赶时间,就急爪爪地问:"您老找我哪样指示呀?"王镇长犹豫了一下说:"其他几个村的海椒收购,还没有找到老板,你已经做了一年,能否把他们几个村的海椒全部解决了,本来老侯说的要来,听说前几天把膝盖头跶破了,住了医院,所以一时半会来不了。"浑身绷起劲的刘冬麦听到这个指令,一下子像一个泄气的皮球,突然感觉很累很累,她趴在三轮车的方向盘上说:"天,菩萨哎,我们都是费了好大力气才开了秤,还不晓得会遇到哪些困难嘎,各自的稀饭都吹不冷,啷个帮别人吹汤圆嘎?"王镇长看着她很为难的样子,默了一会儿说:"海椒红了得帮助农民卖了,可是现在没得老板,真的是看手是手看脚是脚嘎,谭书记和我首先想到找你,觉得只有你能解决这个问题。"刘冬麦无奈地说:"今天要收购,我想一下啷个处理,明天给您汇报嘎。"

焦经理不喝酒就到处转,指手画脚地说收购质量这不行那不行,刘冬麦几个只好巴口巴嘴地应承整改,心里很烦又不敢得罪。等到装车准备出发的时候,焦经理突然冒出来一句:"你每车货要给我提两千元钱的酒水钱,我包你顺利交货,不然厂里的那些质检就可以搓磨垮你。"刘冬麦有点儿蒙,问道:"不是老板说的喊我们送去唛,质检勒么凶啊?""哈哈,你以为呢?老板是老板,老板没有天天在场,还不是我们说好就好,说不好就不好,如果你是老板,我天天跟他说你的货有问题,他肯定相信我,不相信你,你说是不?"刘冬麦心痛了一下老板,心想:有勒些饿蚂蟥,老板赚的钱,怕好多都进了他们腰包嘎。

刘冬麦给厂里的报价每斤只加了五分钱,二十吨五万斤是两

361

千五百元钱，运费厂家各自出。收购工资以及损耗，送货人往返费用一除，如果支付了他的两千元，那不是又亏了？第一车就又亏了，刘冬麦担心影响大家的积极性，她想：又草率了嘎，可是那边已经报价啷个办嘛。

想来想去，刘冬麦只好鼓起勇气找焦经理说明情况，焦经理剔着牙齿，大肥脸上冒着油光，他手里夹着一杆纸烟，沉默了一会儿，埋怨道："你们报价又不给我说，老板做出口赚钱得很。"刘冬麦说："焦经理，现在啷个办嘛，要是我一个人亏就亏了，可是这是几个人合伙的，大家亏了可能不愿意嘎。"僵持了一会儿，刘冬麦说："要不这次给您一千元，下回报价稍微高点儿。"

焦经理想了一会儿，拿出手机拨通了老板电话说："老板呀，这边的货今天几个人在争，今天价格别人加了几轮了，今年货俏得很啊，您看我是直接回来还是把货抓回来呀？"那边老板说："厂里很快要断货了，必须要接上，不然完不成订单就问题大了，你一定要将海椒运回来，起码要收到五百吨以上才可以放松一点儿，别人给好多，你就加两角钱买回来，那就拜托你呀！"刘冬麦听到那边报价多加了两毛钱了，看着焦经理黢黑的纸烟牙，感到一阵厌恶，心想：狗屁焦经理，连心肠都是焦的，老板用到这样的人才倒霉哦。

焦经理打完电话对刘冬麦说："你看我耿直噻，我给你加了两毛钱，你给了我两千元，得到的比你原来多很多，那边的质检关口我各自去帮你搁平。"刘冬麦嘴里说着："那是那是，焦经理耿直。"心理却很看不起他。向大鱼几个听说可以多得钱，心里很是欢喜，对焦经理更是恭敬起来，只有刘冬麦想着这样做肯定是不长久的。

　　车子发走后，刘冬麦开始思考王镇长提出的问题，她感到事情太大，压力也大，脑壳里像是一团乱麻，有千头万绪理不顺。瓦屋村的销售是经过去年的磨合和今年前期的市场开拓才开张，现在一下增加勒么多海椒，刘冬麦感到有些手足无措，她心乱如麻，翻来覆去想了一晚上，第二天早上想出来一点儿头绪，骑着三轮车突突地往镇政府去了。

　　急吼吼地来到王镇长办公室，只见桥头六个村的村支书都在，一个个垂头丧气的，其中有个村支书说："已经有农民在闹了，椒农看到收购还没得一点儿动静，屎都胀到门门了，担心今年海椒卖不脱，担心辛苦钱没得着落。"一个人开口，其他几个都附和着说："对的，是啷个情况。"看到刘冬麦走进去，王镇长明显就松了一口气，他突然觉察此时有依靠了。刘冬麦坐下后，大家都不开腔，以前刘冬麦她们评先进的时候，大家一时间是各种不服气、不习惯，也说了嘿多坏话，现在感觉各自的工作真的赶不上人家瓦屋村，想让刘冬麦帮忙，但又都是村干部，没得面子；要不说呢，各自前期工作真的做得不好，没事就领着老侯转，把所有的希望寄托在老侯身上，现在老侯依靠不到就抹了荒盘，几个人喝水的喝水，屙尿的屙尿，想方设法掩盖尴尬。

　　刘冬麦坐下后，直接给王镇长说："镇长，我想了一晚上，因为今年量太大，时间也紧张，只好水来现掏沟，容不得我们一步一步地试错，慢慢去尝试，现在只有分两步走，一是各村组织干部，分头准备收购需要的相关物资，二是能不能动用政府资源，请重庆观音桥市场的老板和一些厂家，到桥头镇开个海椒推介会，靠一个老板和两个老板是解决不了的。"

砖屋村的秦从西瘪了瘪嘴说："喊我们准备收购没得问题，但是喊些市场老板来推介，效果是肯定不行的。"王镇长转头问他理由，他说："市场上的老板，一个一天最多卖百把两百斤，要是市场上的老板得行嚒，我在县城都认得到几个卖菜的，可以喊来，现在的问题是今年产量很大，不是细崽崽刨锅锅窖。"刘冬麦听了微微一笑，没有开腔。

王镇长去年听老侯和刘冬麦介绍过重庆批发市场，也打起夜工去看过。他嘿嘿地笑起来，笑完对秦从西说："你们要多走出去看嘎，人家瓦屋村第一年就闯出了市场，今年更是提前几个月出去跑销路，重庆观音桥市场的老板，人家一天是上百吨地发货，你们以为是卖小菜那种摊摊唛？"说得秦从西的是脸红一阵白一阵，其他几个人本来也是这种想法，大家庆幸没有急着开口出洋相。

王镇长采纳了刘冬麦的建议，立马打电话给胡县长汇报，请求胡县长安排商务局联系市商务局，马上组织观音桥市场的客商到瓦屋参加推介会，事不宜迟。

王镇长给胡县长汇报完后，马上安排各村组织收购，大家都没有做过这些活路，一时间拿不上手，有说没有秤的，有说不晓得口袋哪里买的,有说没有人的,有说没有钱的,反正就是看难了。

王镇长冒起火来,他拍着桌子说:"大家马上到瓦屋村学习,看来你们平常都没有将这个产业当回事,都没有去研究过,难道你们各自没有种就不关心唛?群众找过来怕闹事就来找镇上,有的干部是老百姓和政府的传话筒,有事就给镇上带个信就完成任务不是?这样的干部有你无多无你不少。"一阵怒撅搞得大家面红耳赤。

一群人来到瓦屋村,心里很不安逸。刘冬麦在介绍收购流程,同时也介绍了代收费啷个算,工资啷个结算,以及各个环节质量、差称损耗环节啷个处理等,介绍得很详细。大家还是觉得无从下手。秦从西更是阴阳怪气地说:"瓦屋村的刘冬麦主任有能力全部都卖完,你们看她指指戳戳、大声夸气的样子都看得出来。"有几个干部挤眉眨眼地跟着附和,刘冬麦明显感到被孤立,有点儿尴尬。

第二天,王镇长又开了几个村的碰头会,大家还是无从着手,只好又通知刘冬麦过去。刘冬麦一到,王镇长赶紧喊坐,热情地安排办公室给刘冬麦倒水,搞得其他几个村里的干部心里不安逸。大家再继续讨论,始终不得要领。最后王镇长说:"干脆你们几个村就让刘冬麦他们来收购。"刘冬麦感到压力大,王镇长说:"逗恁个,你是有担当敢作为的干部,我们相信你能够完成。"刘冬麦也没得办法推托,提出要给各村签收购协议,村里保证协调关系和帮助安排人收购,刘冬麦保证将海椒全部卖出去。

办法说定后,刘冬麦开始安排。要求各村至少安排两到三个收购点，找到收购的人，她动员村上干部收，说至少可以得点儿工资补贴点儿收入。

装海椒的口袋、车子和买主由刘冬麦来联系。刘冬麦安排工作时，大家都不开腔，心里不安逸，觉得大家都是村支书，你一个瓦屋村的主任来指指戳戳的。最后王镇长发火了："大家马上回去落实，有落实不下去的，换人来落实。"这句话杀伤力有点儿大，大家不忿不忿地分头落实去了。

刘冬麦回到瓦屋村，向大鱼送货出去还没有回来，她觉得任务重，就邀请老支书和刘书芝也来入伙。请老支书还好，说明白困难和好处就行，请刘书芝的时候，刘冬麦是这样说："我请您入伙是假，请您帮忙是真嘎。"刘书芝说："你有难处，我必须帮你。"老支书、戴春兰、向世荞、刘书芝几个负责将海椒收购，组织集中。大家觉得瓦屋村这回接下这样的任务既有面子，也可能赚点儿脚步钱。但是海椒量大了工作量也大，既担心收不回来，也担心卖不出去。几个人反复商量衡量，最后刘冬麦说："我们干脆错开时间收购，瓦屋村收一四七号，其他六个村按照二五八三个村，三六九三个村来收购，人手肯定有问题，大家会很累，一线收购人员每村安排好，我们负责口袋、调车、装车和联系买主等工作。

大家商议后分工，由老支书负责瓦屋村，向世荞负责三个村，刘书芝负责三个村，他们两人主要负责落实每天的收购情况，监督收购质量，找人装车和记重，大家各自按照各自负责的村去落实收购点和收购时间。

刘冬麦安排完后，立即着手联系收货老板，她敢于接这个单子的底气是因为她已经摸到市场行情，今年会很俏，行情不好啷个都不行，行情要好起来，抓把灰都能卖出钱。

刘冬麦晓得，要等镇上组织的推介会，季节是等不得的，只不过可以通过这些活动，为下一年发展打个基础。她连夜坐上末班车到观音桥市场找王姐。说明情况后，王姐说可以约几个人一起将桥头镇的海椒买完，但是不可以卖给其他人。刘冬麦说总共有七个村，他们就包四个村。刘冬麦留了个心眼，她担心又像老侯当初一样，一家独大造成被动局面，并说好随行就市收购。他们约好第二天一早出发到桥头镇看基地。

刘冬麦将情况通过微信群给大家通报，大家感到欢喜。向世荞认为瓦屋村就卖给那个聚友公司，其余几个村可以都签给观音桥市场，这样省心，但是刘冬麦坚持这样操作，她同时跟几个厂家发出邀请，希望通过各种方法，打通更多的渠道，为以后的发展打基础。向大鱼说："你又不是县长，又不是太平洋的警察，管以后哪样嚷？管好眼目前就行。"刘冬麦说："从今年桥头镇其他村的表现看，明年全县发展海椒，估计开始也是勒种情况，我们如果布得好局，抓得住机会，就可以组建瓦屋海椒公司，将海椒基地发展到全县，做大做强。"大家在群里竖起大拇指，说刘冬麦的脑壳好用。戴春兰说："以后都跟着冬麦姐吃香喝辣了。"刘冬麦说："靠大家齐心协力就有希望，靠个人单打独斗是不得行的。"

第二天一早，刘冬麦带着观音桥王姐和几个老板回到瓦屋村。

刘冬麦先介绍了瓦屋村海椒发展情况和经营情况，重点介绍了各项服务和保证收完收尽的体制机制。这些老板觉得这个办法很好，王姐有点儿担心地说："农民是最不好打交道，也最不讲信誉的，行情好就卖到其他地方去了。"刘冬麦听到说农民不好，垮起脸说："老板也不都是好的，也有行情好老板就来抢，行情不好老板跑了的。"大家都笑了。刘冬麦带着几个老板看了海椒品种，但是没有带到其他几个村去，她想着如果带着老板过去，就等于将市场客户拱手相让。

刘冬麦和王姐他们几个老板讲好，收购价格随行就市。大约估计给彼此签了两千五百吨的协议，价格说好每逢十号商议一次价格，说好价格不管高低管十天，大家每天将收货数量报给戴春兰记账、收账，不允许收现金，只能打账。

几个泡椒厂家是陆续前来的，他们希望看好货后直接下订单，说这样不耽误时间。刘冬麦心里计划了一千吨，来了三个厂家，他们有点儿嫌少，有一个厂家说都能要完。几个合伙人认为给一个客户利索，都想答应。刘冬麦没有同意，她说："在这样一个好行情的时机，多抓几个客户，多结交几个朋友，就不会在烂市时猪不问狗不闻。如果把路子拓宽，以后在困难时多一个朋友多一条路，至少让更多的人晓得瓦屋村有海椒，以后就好做市场。"

胡县长来了，他看到不断有人来卖海椒，很是欢喜。有个驼背老人背海椒来，胡县长过去帮忙，将背筐端下来放在地上。那老人以为胡县长是驾驶员，笑着对他说："你这个驾驶员要得嚯，体贴我们勒些老年人。"大家哈哈大笑。胡县长不笑，就坐在街沿石上摆龙门阵，胡县长问："种海椒划得着不？""这个家伙要得，只要有人收，那更还是要得。"听农民说要得，那就是农民受益，胡县长脸上的笑意就溢出来。

胡县长走的时候说："从石柱到桥头的路上，一路都有运海椒的车子。"刘冬麦说："以前吃过找车子的亏，现在那些运货的车子从周边县过路，绕都要绕道桥头来装海椒，还有货运部每天都在调车，以前海椒少，愁没得车子装，现在海椒多了倒是不愁了，奇怪得很。"胡县长笑着说："勒就是规模效应噻。"

胡县长关心海椒价格，刘冬麦说十天一定价，基本上是节节上涨，现在已经收到一块五毛钱一斤，椒农们欢喜得很，估计明年种植积极性会更高了。胡县长也欢喜，他夸奖刘冬麦麦说："你们第一步已经走出瓦屋村，很不容易，明年全县发展海椒，瓦屋村要当好海椒产业的排头兵。"瓦屋村只有几个驻村干部守着村，其余的都去组织收购海椒了，刘冬麦将胡县长表扬的内容发到群里，大家看到都点赞。

砖屋村的村支书秦从西是个很滑头的人，当初没有参加收购，这段时间不停地打听瓦屋村的收购情况，看到海椒每天大车大车地往外运，他默着一斤赚五分，一车就是四万斤，有两千块钱。默着默着，心里不平衡，就默出个板眼来。

他搭乘运海椒的便车到重庆，跟着车子到了厂里，问老板，老板说："今年海椒行情是十年不遇的好行情，抓把灰都卖得出钱。"秦从西肠子都悔青了，当初怕吃亏他第一个跳出来不收购，现在觉得这个太简单了。他默着只要还是卖给这个老板，只要三分代收费都划得着，如果各自过秤收购，那就更少付一份工资，一车有三千多元的赚头，他想想都激动。

　　从重庆回去后，秦从西就把村里收购的人员接替了。他没有给刘冬麦说这个事情，就兴致勃勃地开了工。下午他喊的车过去准备装货，瓦屋村叫的车也过去装车。秦从西说："只有你们瓦屋村会卖些，别个不会卖？今天这车就要装走，不可能在砖屋村的一亩二分地上由你们横拌蛮。"向世荞赶过去，见到秦从西搞的鬼名堂，气得跟秦从西理论，他说："你是黄口白牙说话不算嗦，你们村的海椒一是和瓦屋村签了协议的，二是瓦屋村的车子已经来了是有损失的，勒事啷个办嘞？"

　　几个农民吵吵撅撅地过来，他们找秦从西理论，说是海椒数量不对，有个人冲过去一把抓住秤砣，指着秦从西气犟犟地说："你勒是啥子秤砣，我佑客早晨称的一百一十斤，你只给我称了八十三斤，这个秤有问题，我要拿到政府去检查。"

　　秦从西顾不得跟向世荞吵架，赶紧过去说好话想把秤砣拿回来，有那懂行的把秤砣翻过来，看到一坨磁铁粘在底面上。秦从西立即耍横："你拿磁铁粘着诬陷我呀，你说你有一百一十多斤海椒，那你将你的海椒分出来，重新称过，如果错了，我打屁认臭。"几个人一看，一大堆海椒堆在一起，啷个分得出哪个是哪个的嘛。

几个被耍了秤的农民气急,不管三七二十一,袖子一捞拿着撮箕就开始撮海椒。秦从西喊了几个天晃晃过来阻拦,他歪着颈子,垮着脸恶狠狠地地指着几个人说:"今天哪个要是将我秦从西的海椒装走了,我手心挖个麻雀出来。"大家开始推推嚷嚷,其中有个人被天晃晃推了一下,扑倒在海椒堆上,嘴巴啃了一嘴海椒,他端起一撮箕海椒就朝着几个天晃晃人撒去,几个人和秦从西抓扯起来,几个天晃晃过去帮忙,没一会儿,有个农民额头被打出血来。向世荞赶紧过去劝架。

老支书过来后,看到乱糟糟的情况,立即给王镇长和派出所打电话。王镇长指示老支书,帮助控制好大家的情绪,他马上过来。接着秦从西的电话就开始响起来,他看到是王镇长的电话,赶紧大声垮气吼叫:"勒些农民闹事,不讲道理。"王镇长说:"你控制好大家的情绪,我和派出所马上过来。"

王镇长过来一看,看着秦从西纠结几个天晃晃在惹事,气得脸色铁青,喊秦从西通知村干部都过来。大家围坐在院坝里评理,秦从西说:"我是这一亩二分地的支书,我说了就作数,用不着喊其他干部。"王镇长气得鬼冒火,他看了一眼秦从西说:"耶,未必你还搞一言堂哎!"秦从西只好拿起电话通知其他几个干部到场。

砖屋村的干部到场后,大家都不晓得出了啥子事,一个个蒙杵杵的,当他们晓得秦从西和瓦屋村争海椒生意,短斤少两地克扣农民,还惊动了政府和派出所,都觉得没得面子。明眼人一听就晓得了秦从西是各自想谋私利,他收海椒的事,村里其他干部不晓得,一看就是个不得人心的自私的人。

王镇长想:这个秦从西不但自私,不守诚信,还叫来一些天晃晃惹事,从村里其他几干部发言来看,大家对他是不支持、有意见的,这个支书的素质有问题。王镇长批评秦从西说:"最开始喊你们各村收购,跳的最高的是你,后来瓦屋村才来接手,人家是花了成本,喊了很多客户过来,是提前几个月出去跑销售打下的基础,并且瓦屋村人也是跟别人签了协议的,你这样中途跑出来收购,人家完不成订单也是要罚款的,也是一种不守诚信的行为。这都不说,你还短斤少两,你是村干部,要保护群众的利益,你还挑头搞事。"秦从西嘴犟,说是农民诬陷他,几个人都站出来指责他,他只有绷着脸歪在一边不开腔。

刘冬麦过来时,王镇长、秦从西以及几个农民还在吵吵撇撇,待弄清楚原委后她说:"秦支书你勒个人真够可以的,你要收也可以,主要是要解决农民的问题,你该给我们说一声,我们也不安排车子,你要收就要收完收尽,不能像砍甘蔗,只要中间几节不要前后的噻,你看嘛,我们的车子也喊来了,没得货装是要给返空费的。"刘冬麦话还没有说完,秦从西咚的一声推开凳子站起来,指着刘冬麦说:"未必你想我给你车子出返空费嘚?你喊的车子你各自负责,与我有啥子关系?"

刘冬麦笑了笑说:"您莫激动嘛,我们的车费各自解决,以后这边的收购你就各自保证收完收尽,我们就不再来了。"秦从西的脸从绷起到笑的转换过程看起有点儿滑稽。

王镇长和派出所最后裁定，几个农民短的秤全部由秦从西补出来。秦从西不干。王镇长说："秤砣和磁铁都还在，如果不承认只好交相关部门处理。"秦从西只好默认了。

王镇长和派出所的人走后，秦从西的佑客出来撅人，她拍一下胯子又跳一下，不干不净地撅，说砖屋村的海椒，老百姓的海椒哪个收不得，是不是哪个会卖些就卖，各人屋头没得盖盖唛，到处找盖盖（在桥头镇说男人和女人就说一个锅盖一个锅，意思是骂刘冬麦没得男人），可以到处卖，主要是冲着刘冬麦撅，因为在农村只有撅女人的词才丰富多彩用不完。老支书看不下去，他对秦从西说："耶，秦支书，未必你佑客都管不住唛？要是我佑客敢渣渣夸夸的，我立马给她两脚筋。"秦从西感觉他佑客在人前丢脸，恶邪邪地吼道："还不快日回去，像个烂疙瘩。"刘冬麦很气大，故意将三轮车发起，三轮车轰轰的声音响起来。秦从西佑客在这么多人面前挨了撅，气犇犇地边撅边往屋头走。

扯来扯去，天黑得已经像个锅底。向世荞拿着记账的本本扇着风嘟哝道："七月十几应该有月亮，不但没得月亮，星星都没得一颗。"老支书接道："是的嚯，勒天硬是闷热得很，看来今晚有暴雨。"刘冬麦心里急起来，她拿起电话询问几个装车的收购点，害怕海椒淋雨。

刘冬麦看看时间，已经夜歇十一点多，刘冬麦、向世荞、老支书准备回瓦屋。

秦从西坐在黑暗里抽老叶子烟，火星一明一暗地闪着，他请的那个车子的驾驶员在找他麻烦，本来预估二十吨的车，只有八吨多货。刘冬麦她们装车是几个收购点配在一起的。驾驶员要求按二十吨算，应该是三千元，秦从西只同意出一千二百元运费。

扯了一阵，秦从西也气大起来，一会儿又打电话，几个亮光光的脑壳就又从黑暗中冒出来，有个天晃晃斜着眼睛叼着烟，吵吵撅撅的：“日妈你是嫌脑袋瓜儿挂在颈子上累唛？老子给你揪下来。”撅着就揪住驾驶员衣领将他提起来，那驾驶员衣领卡着颈子，透不过气来，发出嗷嗷的声音。刘冬麦看着驾驶员哭兮兮的样子不忍，递了一个眼色给向世荞。向世荞出去改经说：“快放下来，放下来，我们明天上午还有一车海椒运出去，你到时过来配点儿货就行。”秦从西见有人改经，又不要赔钱了，就假惺惺地对那个天晃晃说：“你啷个恁个野蛮哟，快点儿放下来。”那个驾驶员被勒着的颈子突然放松下来，他蹲在地上哇哇地作干哕，眼泪水止不住地往下流，流着流着就发出呜呜的声音来。

向世荞扶着他站起来说：“走吧，今天的吃住跟我们一起。”驾驶员哭出声来，他说：“你们真是好人，我上次运一车海椒到厂里，是秦从西约好来运海椒，我是空车二百多公里过来，原本以为来了就可以装车，也没有多想，现在生意不好做经常返空，我也就没有计较空车过来的事情，如果只有八吨货，比放空车强不到好点儿，一去一来还倒贴一千多元的油钱、过路费，我一家老小还等着我养活。”

向世荞于心不忍，卷好叶子烟递给驾驶员，矮下身帮他点上火。那驾驶员没来得及推辞，火已经点上了，他抽了一口，呛得打喷嚏。向世荞才想起人家是抽纸烟的，这瓦屋村的老叶子烟味道太重了。

　　刘冬麦心里不安逸，今天被秦从西一整，被他佑客一撅，心里郁闷得很，明面上计不计较，作为一个女人听人这么撅各自，心里都会难过，很难过。

　　骑着三轮车回瓦屋，还在马鹿寺脚底下，突然几颗苞谷子大的雨落下来后，哗的一声大暴雨就下来了。暴雨太大，三轮车的车棚根本遮不住，淋得睁不开眼睛，刘冬麦只好走一小段就腾出右手抹一下脸上的雨水，好让眼睛看得到路，到屋头时已经淋得浇湿，她站在街沿坎抖抖身上的水，地上也浇湿起来，突然感到一股凉意钻进背心，全身抖了一下。

　　又累又饿又气的刘冬麦，感觉身上的汗水、雨水混着灰尘，将人裹得透不过气来，刚进门槛，就看见只穿了内裤的马多才站在门口看着她，那样子造孽又孤独。刘冬麦心疼地说："你啷个半夜三更不困瞌睡勒？"马多才不说话，看着刘冬麦散乱的头发贴在脸上，雨水顺着头发从脸上流到胸口，就细心地拿来干毛巾给她擦头发，边擦边说："要是爸爸在，你也不用勒么辛苦。"说得刘冬麦眼睛水一下子闷出来了，她悄悄擦干了眼泪水，进屋换了一身干衣服。

　　"妈妈，你不在屋我好害怕，就怕你像爸爸那样回不来了。"

马多才眼睛花花一直在眼眶打转,但是没有流出来。刘冬麦喉咙发紧,眼眶发热,但是克制着不让眼泪水流出来。她拍着多才的后背说:"爸爸不在了,我们多才已经是男子汉了,妈妈忙过这段时间就好了,多才要经管好奶奶,你一定是我们瓦屋村最棒的男子汉,妈妈永远都会陪着你,多才不怕。""好的,妈妈,我要做最棒的男子汉!"马多才赳赳地说。

婆婆妈一直没有困着,刘冬麦没有回来,她心里担心得很,她从床上起来,短头发一根根飞起像个刺球。她慈爱地对刘冬麦说:"你要按时吃点儿家伙,像你勒样饿,要不了好久人都熬垮了,多才还小,你的担子还重,你记到起你是人不是牛。"刘冬麦嗯嗯地应着。婆婆妈接着说:"你看我们多才好乖,见我有些感冒,非要学煮饭,今天的饭是多才煮的。"说完慈爱地看着马多才。刘冬麦惊喜地揭开锅盖,看到锅里给她温着饭,感觉炒的茄子切得大坨大坨的,赶紧夹起茄子吃了一口,发现咸得夹口,但是脸上溢满幸福,连连夸奖:"好吃,好吃。"马多才开心地说:"以后,就由我来经管妈妈和奶奶。"看着懂事的马多才刘冬麦把孩子揽在怀里。

又热又累又饿还气的刘冬麦淋了雨,受了凉,当晚浑身发软,头昏昏沉沉。早上勉强起来给马多才和婆婆妈煮了面条,她照了一下镜子,看着镜子里皮泡眼肿的自己,感觉很心疼,她伸手摸了一下,手伸出去,镜子里的人又不见了。她无力地倒在床上,想休息一下。刚闭上眼睛,一阵电话声响起来。电话是向世荞打来的,询问当天的海椒收购和车子安排的事，刘冬麦捋了一下，回复了他，就又迷糊起来。她感觉各自飘在空中，想踩在地上，可是啷个都踩不到，好像看到了马有才，想去拉他，可是啷个也拉不到，她哭喊着："有才，有才，不要走，不要走。"可是马有才越走越远，她感觉各自浑身浇湿，一会儿热得想脱衣服，可是没有力气，一会儿又冷得打摆子，想盖上铺盖，可啷个犟就是动不了，只是拼命地追着马有才。

额头上一阵冰凉让她感觉舒服点儿，勉强睁开眼睛，迷迷糊糊地感觉到是婆婆妈给她额头搭了湿毛巾。中午时候，她醒过来，婆婆妈给她煮了一碗稀饭，就着泡萝卜吃完后，感觉稍微好点儿，婆婆妈又冲了一包感冒冲剂。

一阵电话铃声将刘冬麦震醒，她摸出电话："喂？""野鹤那边的海椒口袋用完了，我们几个都走不开，你快点儿送过去。"向世荞说完就挂了。刘冬麦强迫自己醒过来，可是睁开眼又迷糊过去，她用手掐自己，怎么也掐不醒。想喊，啷个也喊不出来。

婆婆妈进来看刘冬麦，发现她的脸上汗水股股地流，眼睛睁开又闭上，闭上又睁开，但是人又没有醒，感觉有些吓人，就又给她敷上毛巾。过了好一阵，刘冬麦终于醒过来。她赶紧起来，用冷水抹了一把脸，骑着三轮车就走。婆婆妈撅起来："你是不要命唛？"

婆婆妈拄着拐杖来到村委会，见冉隆伟在，坐下来就开始撅："我还以为村委会没人嘎，你们在屋头歇凉，我屋冬麦病得起都起不来，还要喊她做活路。"冉隆伟倒来一杯水，赶紧应承："嗯，我马上来找她，看有哪样事情，我去做。"他打电话给刘冬麦，电话没得人接，估计电话铃声被三轮车的声音掩盖了。他接着打电话给谭丽华。谭丽华在看望贫困户，听说后赶紧打电话找刘冬麦，也没人接。问老支书、向世荞，后来才晓得她到野鹤村送口袋去了，他立即开着车接上谭丽华，赶紧往野鹤村方向找人。

他们在瓦屋村到野鹤的路上找到刘冬麦，见她有气无力地趴在三轮车的方向盘上困瞌睡，感觉挼成一团。他们两人将她抬上车送到镇医院，医生说在发高烧，需要马上输水。谭丽华给她挂上水后在一边陪着。

向大鱼回来后，大家摆起秦从西这个事，才晓得秦从西上回打车是去撬墙脚的。他撅了句："个龟儿子的，难怪以前不收，现在来抢，原来是抢了老子们的现成客户。"他埋怨刘冬麦，既然签了协议就应该兑现，不能这么将就他。刘冬麦说："我们其实就是解决桥头海椒的销售问题，顺便找点儿脚步钱，他要做我们也没有必要去争。"

海椒推介会举行时，桥头镇的海椒已经收到一半了。市商委请了上百个海椒经销商、火锅企业以及加工厂家，市级的商委、农委都有领导参加。县里很重视，胡县长全程带领参会人员参观考察推介，大家认真考察海椒质量，了解海椒品质。一个泡菜厂的老板将海椒丢在地上说："别个的海椒是跳的，因为皮厚，你们的海椒是滚的，因为皮薄，也是今年这种行情才不愁卖，要是行情稍微不好的话，你们这个只有低价才卖得脱。"他在表演，其他客商在笑。胡县长感到有点儿臊皮，他赶紧解释说："瓦屋村的刘冬麦主任也说过这个事情，驻村干部也是科技干部，正在研究品种、品质、品牌，已经有适合本县地理、气候的品种快要研发成功佬，希望大家到时来参观、考察、指导。"

刘冬麦抓住会前会后的机会，将她的名片挨个发放，一个一个套近乎。向大鱼也想方设法留电话拉关系。秦从西也来到会场，他没名片，东盯西盯，盯到一个大肚子的泡椒老板，觉得这个人看起老板大，就拉到会场边边，勾着腰杆，装了一杆烟后，见对方还是在搭别说话，就把嘴巴杵在他耳边说："我那个村海椒还多些，以后我那个村的海椒，比刘冬麦那边都便宜点儿给您。"当下那个老板也感兴趣，互相留了电话。刘冬麦看到了整个过程，记住了那是一个姓欧阳的老板。

因为海椒已经全部被订购，胡县长在总结时特别强调这是一次非常务实的会议，对石柱县的海椒产业化发展，对石柱的脱贫攻坚、对农民增收致富的意义影响深远，表达了对市级部门的感谢，表达了对客商的感谢和欢迎长期合作。

县上担心客商没有买到海椒影响不好，也担心客商埋怨市级部门。会后临时组织了黄水国家森林公园避暑观光，也顺便推介一下石柱的康养产业。客商们从火奔奔的火炉来到凉悠悠的避暑胜地，心情非常好，都表态明年要来石柱订购海椒，要常来常往。大家都很欢喜。

会后胡县长总结说:"勒回推介会虽然没有直接达成销售,但是对石柱海椒的发展很有意义,这种推介活动要形成常态化,每年都要搞一回。"

第十三章
首获

转眼又是数九寒冬，北风呼呼地刮着，不屈的松柏挺起脊梁在风中呼啸。青杠树、灌木丛中埋葬了树叶，柔弱的野草也将不屈的生命低矮进尘土里，等待下一世的轮回。刷了白的脆李子树挺直着腰板，孕育着顽强不屈的斗志。在整个瓦屋村衰败的躯壳下，一把生命之火随时都会点燃。

在这个寒冷的冬天，刘冬麦不再像往年那样冷的时候缩肩笼手，而是故意挺胸抬头，不让别人看出她的虚弱来。屋头也开始准备过年货，为了不让这个年因为少了马有才而冷清，让老的小的难过，她就准备得充分些，更是喊来妹妹一家人一起团年。无论大家如何努力将这个年过得热火，但是笑都笑不到心里去。

年三十的疙瘩火、放鞭炮、集银水一样都没有少，可对于刘冬麦一家人来说却是缺了主心骨。等烟花褪尽时，刘冬麦更是感觉凄凉。回忆起往年一家人过年的闹热和心情，懂事的马多才故意地大声笑闹，她看在眼里，痛在心里。

秦大明老师刚好经历了一场战争，他在那个夏季的雨夜后，想通了一些事情，觉得与其两相纠缠耗日子，不如各自清静，他选择了净身出户。

就在刚刚，那个女人因为没人陪她过年，因为她的那个感情的劫道者是个见不得光的人，于是就来到秦大明的屋顶摔碗打盘子，吓得女儿哇哇地哭起来。他收拾好地上的碎碗残碟，想起这个年他连回去和妈老汉团年都不敢，他觉得他辜负了妈老汉几十年的哺育，想着嗷嗷待哺的幼女，眼里涌起一股痛楚，心里一阵凄苦。

"没你的年三十，喷香的腊肉都是淡的；没你的年初一，包糖的汤圆都是苦的。"刘冬麦发了一个朋友圈。

秦大明老师租住的屋顶房里，冷风从瓦缝间灌进来，虽然他在床边用纸板做了隔风装置，还是很冷。看到刘冬麦这条朋友圈，"哎"秦大明老师叹了一口气，"只有经历蝶变的疼痛，才明白该珍惜或者取舍，恭喜你心有所念人，新年快乐。"刘冬麦感觉到秦大明老师的生活也不是那么的光亮，她不晓得啷个回复，只是回了一个"新年快乐"。

秦大明老师看着这个新年快乐发呆，他想：要是有一个这样想念我的人，死了也值了。

年后，气温开始回升，满山的木姜花、樱桃花已经悄然绽放，劳作的瓦屋人在田间地头忙碌，偶尔累了来一首薅草锣鼓，于是你一首我一首地开始比武，整个瓦屋生机勃勃，春意盎然。

冉隆伟到刘顺油屋头看李子树，发现芽苞已经冒出来。"您的李子苗嫁接得了。"他对刘顺油说。刘顺油抽着老叶子烟"嗯嗯"地应着："你说得轻巧如根灯草，我哪个会嘛。""哎，你不会我会嚓，哥哥不会做鞋，嫂嫂有个样子，照到做就得行了。"冉隆伟叹了一口气说，他感觉刘顺油是个哪样事情都看得难的人。

冉隆伟选择在气温二十度左右时嫁接，他边示范边给刘顺油讲："勒样的气温，利于嫁接口快速愈合，刚好用于嫁接的接穗还没有萌发，果树大部分还没有展叶，时间刚刚好。"

冉隆伟手把手地教刘顺油嫁接，他先在砧木上切下一片，做一个小角度的倾斜切割，产生一个小槽，在芽苞饱满的枝条上采集嫁接穗，将芽苞切割的口子与砧木对贴在一起，用透明胶裹上，嫁接完成后，坐等嫁接穗和砧木伤口愈合完全成长为一体就成功了。

"我不敢下刀嘎，我勒一刀下去，恁个大点儿苗苗怕背不起哟。"刘顺油拿着刀，抖索着不敢下手，害怕一刀下去苗子就废了。冉隆伟耐心地指导刘顺油，逼着他试两根，说这已经是简单的芽接办法了。刘顺油只好慢慢学着做。

到旧历的四月，有的嫁接苗已经缓过气来，头天才见一粒嫩绿的芽子，不几天就伸出长长的嫩绿色的巴掌来。刘顺油天天去看，欢喜得嘴角冒出油来。两口子盘算着一根卖两块五的话，一共五万棵，要卖十几万块钱，过几天又去数一回，刘顺油经常蹲在地头默着能挣好多钱，每天到处显摆，搞得村里有些人眼红看不得。

"勒狗日天气，闷得人硬是心慌，这个天怕是要落大雨佬。"向朝田路过刘顺油屋门口时，独落了一句。

"有时候屋头揭不开锅了，是有些心慌。"刘顺油佑客就接了句骚杂话。向朝田心里窝火，觉得他们两口子渣渣夸夸，干脆在他们屋街沿坐下来，卷起叶子烟摆空龙门阵。

向朝田盘算着他屋头的收入账，做海椒种子赚了好多钱，种植海椒赚了好多钱，崽崽两个每年打工赚好多钱。刘顺油还没有听出味道来，乐滋乐滋地也算着各自的账。

还是女人心眼多，刘顺油佑客听出了味道，撇着眼睛恶斜斜地撅他："你个憨鸡公，你眼里全是钱，瞌睡还没困醒唛？"刘顺油也绷着筋回撅道："你个莽女子家，晓得个锤子。"向朝田看着他们两口子吵架后，就上坡做活路去了，心想：个女子家说话骚杂我，两口子勒回撅起来了嘎。他边走边眯眯眯眼地笑，感到心情也欢喜起来。

向朝田走出去没有笑几声，几个炸雷打下来，闪电像一条条怪异的大蛇劈来劈去，豆大的雨滴嚓嚓地下起来，他只好收起笑面，倒回到刘顺油屋，又坐在街沿上裹叶子烟。刘顺油已经明白了向朝田比武的心思，又和佑客撅了几句架，心情不安逸，也不搭理他。两个人屁股背着屁股坐着，各抽各的叶子烟，都不开腔。

不一会儿雨停了，向朝田起身到地里去，刘顺油两口子也准备上坡做活路。远远地看到一辆小车停下来，几个男人从田坎路上走来，大家在看这几个人来干啥子。

"嘿个扎的,这几爷子好像朝我屋头来了嚯。"刘顺油看着几个人掐着大步走来,得意地跟佑客说。"你屋头的苗子在哪步?带我去看!"刘顺油看着几个人牛气哄哄的样子,感觉不是好事。刘顺油佑客反应快,她斜着眼睛瞄了他一眼,"啪"地吐出一口水说:"啷个啦呀?我啷个要带你去看嚓?你屁眼大些唛?"接着就说:"我那苗子只能胡县长来看,不是哪个想看就看的,有那不干净的看了容易赶病。"

来人将腋下夹着的包包拿出来,举着手包一挥,瘪着嘴斜着眼睛瞄着刘顺油两口子说:"就是胡县长喊我们来的,我来看就相当于是胡县长看。"刘顺油免不过,只好慢拖拖地带着来人朝苗圃走去。

那几个人在苗圃里指指戳戳,说应该找个什么人来管苗子,哪个时候出苗,一点儿不把刘顺油放在眼头。刘顺油气得颈子发胀,拍着胯子跳起来吼道:"我屋的苗子用得着哪个来管唛?你日妈莫要骚冲骚冲的。"其中一个人说:"我们是育苗大企业,县头说了这片苗子我们来接管,至于你们的工钱,我们还是要给你们的。"刘顺油当场脑壳一闷,差点儿晕倒:勒他妈的是啷个回事,老子做的苗子有人来半路掐尖尖,想起气大怒吼:"哪个敢来,老子一锄头铲死他。"那几个人不趣不趣地走了。

等那伙人再次过来时,刘顺油才弄明白,那几个人说是专业育苗公司的,要来接管刘顺油两口子的苗子,说刘顺油技术不行,只有接管给他们产业才有希望。

刘顺油两口子气哼哼的，坚持不干："我们看着这苗子多好的，啷个就能力不行，技术不行嘎？并且是谭丽华和农科院专家一直在指导的。"这帮人看到刘顺油两口子软硬不吃便直接抛出题目，就是要接手买过这些苗子，有个人甚至拿出手机打开计算器算数，算来算去给刘顺油算出来两千五百元的工钱。刘顺油说："去你妈的三十三，老子今天拳头打成肘拐子都不得干。"那个手里拿着包的人，将包包往腋下一夹，恶狠狠地说："那也由不得你，你转也得转，不转也得转，你说了还着不得数。"搞得刘顺油两口子眼泪巴莎的，刘顺油坚决不干，要杠起锄头打架。

刘冬麦和谭丽华听说后，赶紧赶过去，问了来龙去脉，那几个人说是县上领导喊下来的。谭丽华觉得奇怪，她拐了拐刘冬麦，挤了挤眼睛递了一个眼色。两人走到边边，谭丽华用手捂着嘴，贴着刘冬麦耳朵轻声说："没有任何领导说过勒个事情，我啷个摸不到着头呀？"刘冬麦说："你想个办法探他一下噻。"谭丽华默了一会儿，客气地说："我们没有听到领导交办，麻烦你们喊领导给我们说一声哈，我们才晓得该啷个弄。"那个腋下夹包包的人，奇怪地看着谭丽华说："未必领导做事要给你汇报唛？"谭丽华始终觉得程序不对，心里怀疑。刘冬麦听不过回怼说："那要得，我们给你们汇报，你们是哪一级领导？我好称呼噻！"说完嘿嘿地笑。为首那个人斜着眼睛，轻蔑地盯着刘冬麦说："哼哼，你莫筷子夹起你不吃，脚指头夹起吃得呼呼的。"刘冬麦鼓着眼睛准备回怼，谭丽华递了一个眼色叫莫说了。

刘冬麦蒙杵杵的，没有看到问题的着头，反复解释技术是专家指导的，谭丽华也是专家，还有农科院的教授在指导，觉得两千五百元钱太少了，她帮着腔："别个刘顺油屋头是贫困户，当初是承认给他各自管，村上帮助出售的，你们要接手可以，但是补偿要给高点儿，不待这样估住人的。"那个人鄙夷地对刘冬麦说："你勒个村主任屁大个官还管得到事唛？你是不是不想干了嘛？"刘冬麦一下气得登堂，说："啷个了也，我这个村主任是村民选的，未必我干不干还要你说了作数唛？"一边说一边抓过一把锄头，对刘顺油两口子说："格老子的，你们两口子在勒守到起，看哪个杂种敢动？"

刘顺油两口子捞着锄头龇着牙鼓着眼睛。向朝田在不远处做活路，看到这边闹架也捞着锄头过来打帮腔。

那个夹包包的丢了一个眼色，有个看上去很横的光头冲上来打头阵，用导肘逼着刘顺油后退，把他推到坎坎边，直到退不动了，就用导肘子压着刘顺油恶狠狠地说："你他妈的要啷个嘛？"刘顺油的腰杆成一百二十度的状态，上半身斜躺在坎坎上，也用导肘子对着他，吼道："老子打死你。"两个人导肘子对着导肘子，像斗鸡一样的你顶我一下，我顶你一回。光头骂阵说："打死你个乌洋芋宝坨坨，像捏死个蚂蚁子。"刘顺油也气上来了，叫喊着："啷个噻！啷个噻！来嘛，未必把我打死你还活得成唛？"光头斜睨着他说："那就笤一盘。""笤一盘就笤一盘。"刘顺油也不虚场合。光头吼着一耳光铲在刘顺油脸上，接着又是几耳光。刘顺油本身是做活路下力的,气力也大,几个回合翻爬起来,捡起一块石头朝着那光头额头砸去,亮光光的脑壳立刻冒出一股血来,那帮人先帮止血,随后拿棍棍棒棒朝刘顺油身上一顿招呼,向朝田过去拉架也遭打了几闷棍。刘冬麦大吼一声:"莫打了,再打我们就进城找书记县长,管你什么人,我们都不得怕。"同时拿出手机报警。看到警察要来时,那帮人赶紧开车跑了。刘冬麦对谭丽华说:"那帮人莫是黑社会哟。"两个人想来想去,感觉这件事情有些怪异。

感到莫名其妙的谭丽华,向谭书记和罗镇长报告这件事情,原来两个领导都不晓得这波操作。喊来纪委书记查,查出来是一个育苗公司,因为与部门领导熟悉,晓得瓦屋育李子苗这个事情,认为有搞头想来吃诈,乡镇纪委介入后这些人就不敢再来。

刘冬麦拍着谭丽华的肩膀说:"您老差点儿要赔刘顺油苗子钱,差点儿当赔匠了也。"谭丽华长长地舒了一口气。

八月份的时候,谭丽华请来农科院技术专家下来,要瓦屋村做好脆李移栽准备。老支书说:"准备啥子噻,到时候背个背篼提把锄头,挖个坑将苗子放进去踩一脚不就栽好了,况且至少要等旧历十月过后才栽,慌个啥子嘛。"

那个专家微笑着对老支书说:"现在是规模化生产,要高质量发展,不比寻常的三两棵树,这是要规范管理才有好的产出。"老支书将烟杆在鞋子上敲掉烟锅巴,不开腔反驳,也不以为然。

种树的技术要求每窝挖直径六十公分、深八十公分的窝子，放腐熟的农家肥八十斤，老支书算了一下，认为这个标准高了，一窝投入十二元，一亩投入五百四十元，投不起。

专家说："必须要恁个做，只有挖勒么大的坑放勒么多的农家肥，才可以改善土壤，改善品质。"老支书还在犟嘴说："我们以前的老李子树没搞那些腔壳子照样安逸。"专家说："你们那个讲了产量没得？几年实现量产？品种好，品质还要加强，才能卖个更好的价钱，现在是全国市场，只有品质好才不愁销售，才卖得到好价钱。"老支书没有再开腔，心想你说你的，我做我的。

谭丽华和刘冬麦一起回来，老支书发了一顿牢骚，说那些狗屁专家这不好那不好。谭丽华说："做农业要讲技术嘎，以前的老办法肯定不行的嚯，要想产量质量、达到要求，必须要按照科学方法种植，勒回脆李种植面积大，开不得玩笑的哩。"谭丽华说了一句瓦屋村曾经的口头禅，大家都笑了，老书记也记得这句话，心里还是东想西想的。

谭丽华继续说："农民如果买有机肥投不起，看我们能不能研究一下解决办法。"刘冬麦看着谭丽华说："农户各自屋头喂牛喂猪喂羊的早点儿捞起来，晾干腐熟行不行？"谭丽华说："可以的。还有些打菜油的油饼更好，只是鸡粪要不得，要动员大家各自准备有机肥，不够的再买点儿就少花些钱。"老支书歪了一下头，叹一声气说："一亩地有机肥都五百多，大家投不起，还是三个臭皮匠凑成一个诸葛亮，大家各自准备农家肥成本低些，看来你说的勒个理是对的。"

刘冬麦说准备通知村里群众开会，宣布政策。老支书说要把政策问好了一起开。他们请示桥头镇政府关于李子产业的政策，付镇长回复说："树苗不论多少，一棵苗子农户出五毛钱，其余政府补助，每亩四十五棵，有机肥补助一百元每亩。"老支书要求镇上出书面文件，刘冬麦觉得这是多余的，她不服气地说："政府难道说了还不着数唉？"老支书凹着脸颊猛吸一口烟后再喷出来，轻飘飘地看了刘冬麦一眼说："你这个幺姑还是不成熟，如果领导不走就好，我听说桥头海椒产业发展得好，领导要提拔，如果发话的领导走了，又没得书面文件，新来的领导不认账，我们都办不了交差。"

几天后李子产业发展的文件出来了，老支书对刘冬麦说："可以开会了。"

瓦屋村群众在会议室开会，向朝田在抽老叶子烟，将烟灰弹出来，从桌子上的电脑线洞洞弹下去。刘顺油进来说："嘿，你个憨鸡公，在勒亮刮刮的村委会抽烟嘎！各自出外头去，莫弄些烟锅巴把屋搞哇抓（脏）了。"向朝田立马答应道："马上出去，马上出去。恁个好的村委会是莫搞哇抓了。"大家都笑了。谭丽华说："我看大家不像以前那样乱丢家伙、乱吐口水了。"

产业补助政策宣布完，刘子禾冒出来说："刘顺油屋头的苗子，是政府补助的钱做的，我们就不应该出勒个钱。"向胜麦说："您屋的海椒，还是政府补助的钱做的勒，您也不能卖钱，卖的钱要交公才对。"一屋人哈哈大笑起来。刘顺油一听火星就冒出来,他说:"日妈苗子差点儿被那个豁子育苗公司吃诈了,老子一背太阳一背雨做了恁几年,卖几个钱,你几爷子想吃抹和唛。"向朝田说:"吃不了的,你个栽舅子烧腊就放心嘛。"

有人提问说:"是要栽良田良地唛,我们准备栽在田边地角嘎。"话刚说完,向朝木挥着手鼓着眼睛接过去说:"搞不得,搞不得。"大家正奇怪哪样搞不得嘎,向朝木说:"去年种植海椒的时候,村上组织育苗培训,我偏要一个人一个花样,不育苗,撒干种子点栽,搞的补助都差点儿没有得到,结果别个一扎笼扎笼地卖海椒,我提个提篮卖,见到冬麦我就躲着走,不懂科学就骑不了摩托,还是要跟到走才行。"大家都笑起来。

当技术专家提到要挖多大的坑,上多少肥的时候,并没有像老支书想的那样炸锅,有的算着自家屋头有羊粪好多,有牛粪好多,还差好多,各自默着各自屋头的账。老支书心想:瓦屋村的人真正在发生变化了,大家一心只想做事并把事情做好,不比以前,以把事情说黄、以闹事扯皮为先,以谁会闹为荣,看来人一旦有了奔头,死水就变成活水,以前还是没产业看不到前途。

旧历的十月下旬,瓦屋村人开始挖李子树的坑,大家比着看哪个挖得更好。技术员下来培训后,各家就扯起绳子栽起来,一个比一个拉得笔直。有那懒散的人,被大家嘲笑打击后,也愤气做来看。到十月底,满山的小树苗,挺着刷了白的小身板,站在瓦屋的土地上看山水了。

第二年春上，来了市农委的专家，指导大家掐尖抹芽，每一道工序都有技术人员指导。谭丽华还联系了万州、巫山李子协会的会长过来指导技术，大家都积极参与。

李子树还要等三年才试花试果，大家在李子脚种植海椒。向朝田说："种植海椒是吹糠见米当年见效。"大家就抓得更紧。

海椒种植技术逐渐成熟了，经过三年运作，感觉各项工作相对熟练，每年每户平均有个一万两万进账。工作理顺后，刘冬麦也变得轻松。今年的海椒长势特别旺，春兰掰手指算着今年的收入，应该翻翻了，大家都很期待。

缺八腔刘四米背着一扎背海椒到收购点，听到三轮车的突突声，就停下来，用背打杵杵着歇气。刘冬麦停下三轮车，帮助他将海椒装到车上送到收购点。刘四米说话有点儿漏风，对刘冬麦说："海椒勒个家佛（伙）种得，每三天卖一回钱，三天卖一回钱，一个下半年佛（荷）包都是鼓起的。"边上几个卖完海椒歇气的人，故意装不懂问他"佛"是哪样，缺八腔说："是你屁斧。"大家笑起来。刘四米说："笑，笑个卵，今年海椒卖了钱我去按个金牙齿，金牙齿，你们有不嘛。"大家嘻嘻哈哈的，有的沾着口水数钱，有的在笑。

向胜麦的海椒也开始采收，他以收斤头的方式做定额，就是大家帮他采收，每斤三毛钱采收费，多做多得。由于家家有海椒要采收，人手严重不足，大家都在看他的笑台，特别是向朝田更是确定当初的判断没错，到处扬扬得意地说："我说这个天晃晃做不出来就是做不出来，不是叫个人都能种海椒的。"向胜麦一声不吭，瓦屋村没得人手，他只好到其他地方想办法，想到街上照看崽崽读书的妇女较多，现在是假期，这些人可以出来做活路找点儿钱，打电话找熟人，一个带一个带了几十个人过来采摘。为了赶时间，他每天每个人发两个馒头，想大家中午不回去吃饭多采点儿海椒。

眼看着向胜麦的海椒采收正常起来，有那闲得慌的人，又去打趣向朝田，喊他手心挖个雀儿出来。向朝田就不趣不趣地说："你到时候看，请人给的工资够不够本钱。"大家晓得他是鸭子死了嘴壳子硬，就是故意逗他耍。

年底结算，向胜麦共计卖了十五万七千六百元，除去成本净赚八万三千五百元，这个收入惊动了瓦屋村，刘四米说："我种了一辈子庄稼都刨不出个名堂，他向胜麦居然能够请人做来赚钱，这才是稀奇事。"

那边秦从西出不尽的西洋镜，第一车海椒运过去，顺利交了货，赚了三百多块钱，他信心大振。总结出来一套经验来，他发了一个歪脉，心想打磅后悄悄放掉车厢的水，出皮时可以增加海椒重量。想到这一层，他很有成就感，觉得各自很聪明，心里有些看不起刘冬麦他们，都做了一两年了脑壳还不开化。

他是个说干就干的人，第二车运过去的时候，等车子打好磅，见四下没人扭开龙头就开始放水。恰好厂里打磅的人去屙了一泡尿

393

回来，看到地上一摊水，当下明白了秦从西在搞鬼名堂，也不开腔，用手机照了张照片。

等海椒进到厂里，厂家猜到他卖不脱，就一直不找人下车，秦从西很着急，就去求老板，老板说："不着急，等不了多久。"

秦从西从早上等到下午太阳偏西，一等再等，一求再求，还是没有人下货。等到海椒烂得流水的时候，秦从西才看见老板穿着宽大的短裤短衣"垮哒垮哒"地走出来，他脚上穿着一双塑料拖鞋，五个脚拇指黑黢黢的，指甲盖下藏着一层厚厚的污泥。

秦从西在厂棚底下热得汗水成股成股地流，蔫哒哒，见老板出来，眼睛一亮精神就起来了，屁颠屁颠地走过来，从荷包摸出一包烟，抽出一支弯着腰递给老板，那老板假装没看见不接，却从自己大裤衩口袋里摸出烟来点上，既不看他也不给他装。"嘿嘿，老板，您是不是把海椒一车下了？""啊，我不是让打磅的给你说让你把货拉走唛？你啷个还在这里哦？"秦从西心里怦地一下，他用手捂着胸口，忍气吞声地说："老板勒，是您同意我将海椒拉过来的嘛？我问您的管理员，他说等一会儿下，没有让我拉走呀？""啊，那我不知道，你找他去？"秦从西看着开始滴水的海椒车，心里一下子凉透了。他一屁股坐在板凳上，汗水瞬间湿透了头发，他默了一哈，这车货有十六吨，一吨海椒加运费是一千八百五十元，十六吨就是二万九千六百元，他当个村支书一年只有一万八千块钱，还挨着撅受着气，他越想越气，心想：马善受人骑人善受人欺，看来只有狠点儿今天才走得动路。

想到这里秦从西呼地一下站起来，他抓住老板宽大的衣服，大声吼叫："你今天耍横是吧？你是不是耍长了？"一会儿厂里好几个工人过来，反揪着秦从西的手说："你娃耍长了哈，敢在厂里骚冲？"秦从西被反揪着手"嗷嗷"地大叫。被放下来的秦从西拿起电话报警，警察来后，老板说自己在睡觉，不知道是什么事情，那个打磅的工人过来说："秦从西打磅后故意放水，早就给他说了不要他的货，让他拉走。"其他几个工人也作证。

秦从西不承认，说根本就是诬害他，那个打磅的工人拿出手机调出来他正在放水的照片，这下证据确凿。派出所民警做协调，厂家说五折也不要，因为货已经烂了。后来派出所见秦从西遭孽巴莎的样子，做了一个中，让厂家五折收了货，这些厂家也是小厂，专门干的就是坑人害人整人落头的勾当，见目的达到后，就假装大方地表示接受派出所的调解，假装勉强收下货。

秦从西看着海椒，心想虽然有点儿少量滴水，但是马上加工是没有问题，明白自己是遇到吃黑诈的了，只拿到一万四千多的海椒款，整整搞亏了一半，吃了闷亏的秦从西气得饭都吃不下。

回到砖屋村的秦从西无精打采的，他佑客问也不开腔，只是一个人闷着抽老叶子烟。想来想去，回忆了事情的前前后后，总结出来两点：一是整农民的海椒称一次搞多了，一人头上重，二人头上轻，不要整一家人毛起整，要一家少整点儿，都整点儿，才不容易被发现；二是交海椒的时候，打磅后到厂家有一段路，要打完磅就放车厢水，要到厂时关住龙头就不容易被发现。

总结到这回失败的原因后,秦从西想到羊毛出在羊身上的办法,拍了一下胯子,感觉豁然开朗,心想有各自这个聪明的脑壳,还有哪样事情解决不了噻,当下激情又起来了,信口编了一段罗二调,点头啄脑地哼唱起来。

聪明脑壳(舍)不用多(啰喂),
一个就能(嘛啰儿啰)顶几个(啰喂)。
只要脑壳(舍)转得快(啰喂),
强过一群(嘛啰儿啰)笨坨坨(啰喂)。

唱着罗二调的秦从西心中鼓起了满满的风帆,他感觉各自要飞起来了。

再次收购的时候,他就一家扣三斤两斤秤,到厂家交货时,在打磅后,沿路放车厢水,要到的时候将龙头关起来。由于上一回海椒数量不足,运输不好找车子,他就两场才收一回,辣椒量就多些,间隔时间太长,农民的海椒交过来就不新鲜了,农民摆成一坝一坝的摘海椒,大家撅撅吵吵,厂家一交货,又因为货不新鲜,又着扣了两千多块钱,就这样又没有赚到钱。

回到砖屋的秦从西又是无精打采,他想来想去,又想出了羊毛出在羊身上的办法,就降低收购价格,每斤五毛,就又可以多赚点儿,赚头大,也不怕运费贵。

收购的时候,他先不给农民报价格,也不付钱,说等回来再给。等他卖了海椒回来说海椒不新鲜，厂家没有要，还倒贴钱拉到垃圾处理场倒掉了。他各自也亏得摇裤（内裤）都没得了，不过他讲信誉，还是给农民支付五毛钱一斤，拿到五毛钱一斤的海椒钱。有的都哭了，说摘工都不够，大家有苦难言，又气又恨。

秦从西用这种办法收购，大家敢怒不敢言，只要反对，他就说："有本事以后你屋头拿结婚证、上户口这些事情不求我，你就闹。"到收尾的时候，尾期海椒不赚钱，他就干脆停秤不收了。

砖屋村发展海椒的积极性受到严重打击，厂家也不安逸他，放出话说："秦从西的海椒，今年还可以收点儿，要是稍微行情不好，一定要搞他烂一车货才解气。"秦从西通过两头整人，使尽各种手段，当年也赚了两千多块钱，他觉得还整得不够狠，明年还要下手重点才行。

瓦屋村深秋的夜，凉爽宜人，天幕蓝蓝，星空高远，收购结束后的刘冬麦，斜躺在院子里竹椅子上，仿佛漫天星星眨着可爱的眼睛，都在深情地凝视她，感觉日子恬静安逸。

今年海椒收购结束后，大家放松下来，休息几天。戴春兰和向世荞负责对账盘点，刘冬麦大概估计了一下，今年应该赚得有点儿钱，但是确切的数据还要等算完才行。今年不但是收获了金钱，更是解决了全镇的海椒销售，让刘冬麦感到很有成就感，这也激发了她的野心，她要做海椒界的一匹姐，要让瓦屋的海椒走向全国。

一阵手机铃声在寂静的夜空想起，刘冬麦从梦想中回过神来。

电话是戴春兰打来的,戴春兰故作沉重地说:"冬麦姐,看起今年海椒经营热闹,好像没有赚好多钱嘎。"刘冬麦说:"你爬开点儿啰,快点儿说,莫装神弄鬼的。"戴春兰声调一下子高起来:"是十八万九千两百一十一元啊……我的天嘞,我是一辈子没有看见过这么多的钱啦!"刘冬麦心中大体有数,所以也不是很惊讶,听着戴春兰这么夸张的声调就逗她说:"你就那么点儿见识呀,以后我们啷个干大事嘎!"戴春兰也是平常油贯的,开腔就说:"反正你干大事我也跟着你,你干小事我也跟着你,我不需要有见识嘎。"

分账的时候,参与收购的人员开了一个讨论会。向大鱼认为今年交货都是他负责的,他的功劳大。戴春兰说:"所有客户都是冬麦姐找的,内内外外的关系都是冬麦姐协调的,那你说是你功劳大,还是冬麦姐功劳大。所有钱都是我打的,那你说我功劳是不是更大呢?"经戴春兰一呛,向大鱼想多分钱的心事没敢说出腔,刘冬麦说:"这是大家都各负其责,共同努力才有的成果,今年大家共同分享,明年就分片包干,按劳分配。"最后大家决定,就按三余三余一平均分配,参与分配的有刘冬麦、老支书、刘书芝、向大鱼、向世荞、戴春兰。

刘冬麦提出,一是要公积金用于下年的前期工作和市场开拓,向大鱼不欢喜,吧嗒吧嗒抽烟,大家也不理他。公积金按百分之二十提取,共计三万七千八百四十二元整,可分利润为一十五万一千三百六十九元,每人平均分配两万五千二百五十八元,大家开心得不得了。

接着几天,几个人轮流坐庄请客,在街上喝酒吃油大。瓦屋人看到他们几个连续几天都喝得红到耳根子,又听说赚了很多钱,有人心里大为不安逸。有那铁脑壳的就说:"我们种植海椒,别人赚钱,明年不搞了。"也有脑壳转得开的就说:"我各自种植为各自好,别人不卖出去你种来管屁用,我明年还要多种点儿,用好田好地种。"更是有人给县纪委写信,反映瓦屋村干部做生意的事情,要求严查。向世荞说:"那些见不得别个好的要告状了。"刘冬麦说不用理会,他们就是收点儿代收费,还有很多费用要产生,风险很大,我们今年赚点儿,说不定明年就要赔点儿,谭丽华书记说过,还是要有点儿积累才扛得住风险。"她默了一会儿又说:"况且我们主要是解决农民的问题,有风险,亏了要拿出来倒贴,只有自身有点儿底子,才有可能担得起重任,况且今年是解决了大问题的,全镇所有海椒都销售出去,政府是鼓励和支持的。"果真后来纪委调查后得出结论:瓦屋村这个做法值得推广,在产业发展阶段,更能发挥很重要的作用。

十月上旬的天气有些微微凉意,桥头镇党委、政府已经着手海椒种植情况调研,安排下一年的发展。在讨论会上,秦从西要求明年各自收购,他洋洋自得地说:"我秦从西今年也是各人自掏腰包,亏起解决了砖屋村卖海椒的问题的,我是亏了几万块钱,不过能够解决海椒收购问题,为老百姓谋福利,我完全愿意,也很值得，不像有些村完全靠别人。"刘冬麦悄声说："我感觉有点儿作干哕了。"挨近的几个村干部都笑起来。

说起卖海椒这个事，罗镇长就冒火，在会上不点名地说："有的干部需要出力出钱时，躲都躲不赢，看到利益时，眼睛都放绿光。坑农害农走在前头，没得付出就没得收获，这个是上了书的。"罗镇长在批评人，都晓得在批评秦从西，大家也不开腔搭别，秦从西脸涨得红彤彤的，说的是事实，也不敢反驳，只是心里觉得罗镇长偏袒刘冬麦，偏袒瓦屋村，心里不欢喜。

罗镇长最后指出，哪几个村要各自发展各自管收购的，要先报名，要做就要管技术和物资服务，要管收完收尽，不要行情好就收，行情不好就丢，要负责到底。秦从西当场表态要参与，罗镇长皱了皱眉头，心里担心他赚不到钱又丢，其他几个村说要回去商量好再决定。

瓦屋村的工作在海椒收购结束后，又开始突击表表册册和村里的其他工作。虽然天天加班，但是大家精神饱满，信心十足，特别是认为脱贫攻坚工作中，瓦屋村贫困户的收入率先达到脱贫标准，有点儿傲娇。向世荞说："我们瓦屋村这种搞法都脱不到贫哪个脱得到贫嘎。"刘冬麦斜着眼睛看着他说："耶，您老得意得很，记得骄傲使人落后。"

老支书和刘冬麦参加镇上海椒工作会回来，刘冬麦组织讨论明年的工作。向大鱼听说秦从西要各自搞，火气就起来了，不干不净地撅道:"格老子的,今年最开始喊他收他不收,现在看到有搞头又跳出来了,市场是我们开拓的,他撬我们墙脚的账还没有找他算,他倒是跳出来,今年整砖屋村的农民还不够?我不相信大家还种,不得将就他,别人都好说,他那个村我们非发展不可。"

刘冬麦看了看向大鱼,嘴里不说,心想你还不是那种人嘎,默了一会儿说:"其他村要不要各自发展,要看他们各自的想法,农产品行情好时可能赚点儿,行情一不好就要亏钱,大家要有心理准备。如果其他村里不各自发展我们就继续,其他村要发展我们就做各自的,基地还可以向外拓展,县上不是要全县发展海椒唛,我们抓住机会多建点基地,事业就做大了,眼睛不一定只盯着桥头镇这几个村。"

这天,刘冬麦正在观看瓦屋村道路的修建情况,远处近处尘土飞扬,想着路修好了到处亮光光的,心情就好起来。放眼望去,金秋的瓦屋黄的银杏树、绿的松树、红的枫树,连那青枫树叶也跟着红起来,红的黄的绿的各种颜色的秋意随意地晕染着瓦屋村,路边的红籽树挂着一串串红色的果实,连干枯的苞谷秆、芭茅草的枯黄的颜色也增添了一抹色彩。

站在忘忧台上,看着彩色的瓦屋村倒映在湛蓝的湖水里,仿佛置身于童话世界,一只紫色的蝴蝶和一只白色的蝴蝶在翩跹舞动,仿佛看到青蛙王子和白雪公主在起舞,随后红衣的海椒仙子、青衣的脆李王子也从忘忧台两侧的土地上轻盈盈地飞升起来，一曲小鸟合奏的乐章将整个瓦屋村包裹起来。刘冬麦觉得那只白色的蝴蝶就是马有才，那只紫色的就是自己，一时晃神嘴里哼着《梁祝》伴奏起来，不觉间已经泪流满面。

照了几张瓦屋之秋的图片，她发到朋友圈后，引得很多人点赞评论，其中秦大明老师说瓦屋春、夏都来过了，瓦屋之秋也要来体验一回。刘冬麦猜到一篇《瓦屋之秋》又要出炉了。

这天，刘冬麦骑着三轮车挨个了解贫困户今年的收入情况和存在的困难，有劳动能力的贫困户都种植海椒，收入少的三五千元，一般的达到一两万元左右，收入最多的就是向胜麦，稳稳当当地赚了八万多元。

刘冬麦盘算着贫困户脱贫的收入，心想按照这样发展脱贫还是有希望，正想得入神，谭书记打来电话通知刘冬麦后天到县里开会，说县上要召开海椒总结暨产业发展大会，要她马上过去讨论一下方案。就这样，刘冬麦开着三轮车突突地朝着镇政府方向驶去。

谭书记、罗镇长正在等着，说县上通知，海椒种植在桥头镇先行先试是亮点，镇政府要发言，经营代表也要发言，还要找个贫困户代表发言。

谭书记说经营主体就刘冬麦去，贫困户找哪个具有代表性的去发言需要刘冬麦提供人选。刘冬麦推荐两个贫困户，觉得向胜麦和刘成米具有典型意义，只是向胜麦以前的所作所为确实不适合作为先进去推荐，最后选了刘成米。

刘成米今年种植了五亩地，收入两万三千多元，并且不断学习、钻研技术，讲起技术来头头是道，还各自琢磨了掐尖法，做了实验子丫确实发得多些，产量也高，准备明年推广。

最后定下来，刘冬麦的发言稿里讲向胜麦的故事，刘成米各自去发言。但又担心刘成米紧张，怕刺激母猪风发作，所以犹豫不决。最后谭书记说刘成米这个故事确实可以讲好，符合扶贫扶志扶智的典型，可以激发贫困户发展产业脱贫的热情，然后问起刘成米的具体情况。

刘冬麦介绍了刘成米的情况："他是个母猪风患者，去年市中医院扶贫义诊时，有个医生说刘成米这种情况，有的可以治疗，有的可以控制病情不发作或者少发作。刘成米当天赶到市中医院检查，帮扶医生全程给予关照，最后认为他的病情基本可以控制，由于是贫困户也没用好多钱，刘成米经过治疗后病情得到控制，对生活充满信心。

"刚开始发展海椒在向朝田屋开会时，别人在质疑种植海椒的事，他已经跑到地里数海椒个数算重量去了，去年也试种了几分地，尝到了甜头。今年就种植五亩地的海椒，由于他爱学习、钻研，他屋的海椒种植水平比别屋要好，甚至好过向朝田屋。"谭书记听完后，拍了一下桌子激动地说："这是个可以激发贫困户奋斗热情的好故事。"

刘冬麦打电话征求刘成米意见，问他可不可以承受上台发言的压力。刘成米听说要到县里去发言，立即表态说他已经大半年没有发过病了，他读书的时候是尖子生，经常替代老师上台讲课，他可以胜任。最后镇上决定就选他，把发言稿写好，做个替代方案，如果实在紧张，不行就找人代发言，这样实事求是才更能打动人。

刘冬麦的稿子各自写，写完交谭书记把关，刘成米的稿子由他自己说过程，镇政府办公室人员帮他写成文字。

刘冬麦没有急于动笔，她想先将思路梳理清楚。夜已经深了，明天下午要交稿，刘冬麦还没有厘清写哪几个方面，要不要写解决全镇海椒这个事情，一时间厘不清思路无从下笔，后来她决定从发展种植海椒、销售海椒这个过程来讲故事。

会议在县政府大会议室召开，刘成米也专门买了新衣服参会。刘冬麦照顾着刘成米，特意提前到会场熟悉场地，开会前担心刘成米紧张犯病，不断地给他讲笑话。刘冬麦不晓得从哪里听说吃糖可以缓解压力，带了巧克力给刘成米吃，两人边吃边说笑话。

刘冬麦先发言，她讲了起先农民不接受、不愿意种植海椒，到自愿种植海椒的故事，讲了向胜麦的故事，当然那些烂事还是没有讲，只是讲他一直想挣钱没有路子，自暴自弃打牌赌钱不干正事，讲了他发现海椒可以挣钱以后，今年种植海椒总计卖了十五万元，净利润剩下八万多元。当讲到这点的时候，台下嗡的一声议论开来，都感到震惊。她还讲了新技术和老办法扳手劲的故事，讲了到成都吃泡面睡地铺的故事，讲了门卫不让进的故事，讲了如何与老侯以及市场博弈的故事，讲了瓦屋村支两委大家团结一心搞好收购工作的故事。最后展望了未来，她要带领瓦屋海椒做大做强，要成为海椒的龙头企业，为三农工作做出新的更大的贡献。

刘冬麦的发言，体制内的人哪里听过这些西洋镜，听起来既新鲜也感觉有趣。刘冬麦讲完后，听到了雷鸣般的掌声，都忘记下台前行个礼，略觉遗憾，不过那一阵又一阵的掌声让她激动不已，《掌声响起来》的歌声旋律一直在心中回响。

刘成米发言时，谭书记、罗镇长以及刘冬麦手心都捏出冷汗，生怕他母猪风发作，他发言的稿子是镇政府办公室的人写的，听他啷个说就啷个写，特别接地气。刘成米的表现不错，他的发言主要讲了屋头的贫困状况，他以前破罐子破摔的生活，扶贫帮扶义诊医生如何帮助他控制了病情，政府发展海椒产业，他屋种植五亩收入两万三千多元钱。他说要不是种植海椒他一辈子没有看到过这么多的钱，相信以后还会有更多的钱，感恩党的脱贫攻坚政策，并表态以后他要努力向前奔，不但要生活得更好，还要娶佑客生崽崽，他说要不是种植海椒他一辈子都不可能走进县政府，还见着这么大的官。黑压压一会场的人都笑起来。他讲完以后，台下的参会人员给予了更加热烈的掌声。

听了刘成米的种植海椒增收的故事，一些乡镇干部很受感动，也感到脱贫任务虽然重，但还是有办法解决的，大家认定只有发展产业才是脱贫的主要抓手。

谭书记介绍了产业发展和老百姓增收的状况，以及未来的打算，官样文章大家虽然学习了经验，但是感染力没有那么强。

胡县长安排工作的时候，特别提到了桥头镇发展海椒产业的同时，培育了经营主体，这个主体经过两年的锻炼，今年发挥了重要作用。他说，小海椒是个大产业，明年要全县推广，在石柱要实现春天一片白，夏天一片绿，秋天一片红，农民一片笑的海椒美景，要将石柱海椒做成全国知名的产地。

胡县长讲到这里的时候，刘冬麦听到不远处，有人哼了一声，转头看看又不晓得是哪个。最后胡县长直接安排任务，明年直接推广到五万亩，各乡镇在农委去领任务，用好田好地种植，每个乡镇都要有三百亩以上的示范片，要作为一把手工程进行考核。

县委书记最后总结，他首先肯定了桥头镇在海椒产业方面做出的成绩，他说："瓦屋村海椒发展，主要瓦屋村支两委得力又有刘冬麦这样的带头人，这样的经营主体在关键时刻，能够发挥重要作用，还有能够主动作为，肯动脑筋的驻村工作的干部，各乡镇发展产业的同时，要同步发展经营主体，要种出来还要卖出去，卖个好价钱。

"刘成米家贫有志，你不但要脱贫还要致富，祝福你全家人身体健康，尽快娶上佑客，你娶佑客我还要来喝喜酒。"

县委书记是北方人，他讲方言土话佑客的时候有点儿拗，特别好笑，这句话一出口，全场的人都感觉放松好多，大家都笑起来。

同时点名表扬了向胜麦，他说像这样的二晃晃能够成为产业发展的主力军，这是看到了希望，这是脱贫攻坚的丰硕成果，值得鼓励和推广。他要求，马上安排记者对瓦屋村海椒发展进行跟踪报道，安排将瓦屋村产业扶贫的先进经验到各乡镇宣讲一次，要将瓦屋村产业脱贫的故事讲好，大家要快速集聚海椒产业发展的合力。

最后他勉励大家鼓上劲，争上游，真抓实干为脱贫攻坚工作做出更大的贡献。

散会以后，很多书记、乡/镇长拦住桥头镇的领导和刘冬麦、刘成米问这问那，更是希望能够第一时间到他们乡镇去宣讲，只有现身说法，才能让大家更快接受，有利益推动产业发展，完成县上的发展任务。刘冬麦想：作为一把手工程，关乎头上的帽子，这些干部都很积极。

刘冬麦事情多，刘成米也要照顾屋头人，宣传部每天安排他们三个乡镇的宣讲任务，这样预计十来天可以完成。

宣讲团在一个晴朗的午后来到金竹乡。乡政府坝子里已经来了很多人，刘成米穿着一套米色休闲服，刘冬麦开玩笑说："以前还没有发现，你个崽崽穿整齐了勒么帅嘎。"刘成米甩了甩头，要了一个帅帅的姿势。站在他们旁边的几个人都笑了，一个苹果脸、长辫子的漂亮姑娘更是咯咯咯地笑出声。刘成米受到激励更是轻飘起来，他接着刘冬麦的话说："一般一般，世界第三，我这是蟋蟀的帅。"刘成米趣话不断，那个姑娘也一直咯咯咯笑个不停。

这场宣讲是刘成米最成功的一次，他不带稿子地讲，讲他屋头为哪样贫困；不晓得出于哪样动机，他特别讲了读书成绩很好，是学生会主席，那个时候就想有番作为；讲了妈老汉的状况；讲了在产业发展中的很多心得体会和经验。他说他要依靠这个产业富裕起来，不但要各自致富还要帮助很多人。

这一场宣讲，他讲得比以前多，刘冬麦又注意到那个苹果脸、长辫子姑娘眼睛一直亮晶晶地跟着他转。她也注意到刘成米超时讲了很多，但是唯独没有讲他得母猪风的事情。

散会后，那个苹果脸长辫子姑娘挤过来找刘冬麦加微信，说要向他们学习，刘冬麦心中一动，赶紧拉刘成米过来一起加上微信，说大家更好地交流，互相学习。简单的交流过后，刘冬麦晓得那个姑娘是养蜂的，就顺嘴喊她到瓦屋村指导养蜂，说瓦屋村也有几十桶中蜂，但是不啷个产蜂蜜。那姑娘爽快地答应了。

宣讲完回到村里的刘冬麦又投入到村里的工作中，加班加点地干。她清理了一下所有贫困户，除开她二舅、刘得鱼、向光荞等三家因病因残没有能力脱贫致富以外，大部分都响应号召争先恐后地发展海椒产业，唯有向冬田屋没有动静没有起色，无论啷个说就是动不起来。

"我一直给他打电话，听说是瓦屋村的就挂了，信息也不回。"谭丽华无奈地说。向冬田是谭丽华的帮扶户，思想上的疙瘩一直解不开。

向冬田屋原本五口人，两口子和一个崽崽还有妈老汉，日子原本还基本过得。最近几年一屋人霉得很，崽崽在屋门口耍，被人拐子拐走后，向冬田和佑客各过各的日子，在全国各地打工找人，精神早就都垮了。两个人已经有好几年没有见面,大家互不理睬,更没得精力和心情打理生活。就这么一屋人,村里人都同情,给评了一个贫困户。

谭丽华约刘冬麦一起到向冬田屋走户。正是吃饭的时候,老两口默默吃饭,没得一点儿话,见谭丽华和刘冬麦过来就招呼她们吃点儿。刘冬麦说已经吃了,看了一下屋头的状况,到处乱糟糟,整个院子死气沉沉的。刘冬麦询问情况。老的两个唉声叹气,老头子说:"崽崽没得心事过日子,我们两个也当死了没埋嘎。"说着说着打着哭声,他佑客也在旁边抹眼泪水,刘冬麦和谭丽华也跟着伤感。大家摆了一会儿龙门阵,刘冬麦就说刘成米屋的变化,向胜麦屋的变化。老头子叹了一口气说:"别人犇还有个犇头,我们屋冬田两口子那个样子是扶不起来佬。"刘冬麦安慰他说:"您孙子被拐走了,也是人家屋当宝贝养着,找到是迟早的事情,您们思想歇火了就有问题,您应该劝他们回来还可以生一个噻。况且现在科学得很,人走在路上就可能被摄像头照到,有人就是这样被照到,有很多志愿者也帮助找被拐的崽崽,也经常听到找回来的。"谭丽华接着说:"我来联系一下志愿者帮忙找人。"向冬田老汉听说还有希望,泛白朝下的眼神往上翻了一下,刘冬麦仿佛看到有了些许亮光,瞬间老头子就蔫答答地说:"我们和冬田好久都没有通过电话了,即使打个电话也说不了几句,一说一朵火,一说一朵火,啷个劝嘛,就连那年你们组织的全村的大集会,他两口子都没有回来,看来日子都各自过死球佬嘎。"刘冬麦说:"您把电话给我，我来劝一下筶一盘。"

刘冬麦加了向冬田的微信，刘冬麦问了个好，向冬田发了一个拱手的图片后就不再说话。她没有再说哪样，认为要劝说必须要一次劝说成功，不然搞成夹生饭就不好煮熟，听说他们两口子都脾气都大得很，说不对头就开撇。

刘冬麦和谭丽华坐在忘忧台上，风吹得有点儿急，将两人的头发吹得乱飞。刘冬麦将一缕乱飞的头发押在耳朵后，默了一会儿，认真地说："得帮他做点他心头热火的事情，才搭得起别的说得上话。"谭丽华说："我来联系一下团委，我想法来找一下'宝贝回家网'的志愿者，帮助他将档案建好，等待机会，期待能够找回。"

过两天县团委还真帮助联系上宝贝回家网的志愿者，需要提供照片，还要妈老汉去公安局验血做档案。

刘冬麦给向冬田发了信息，很有信心的语调子，内容是：冬田兄弟，宝贝回家网联系我们，需要你提供你崽崽的照片和你们两口子到公安局抽血化验，做好档案，在网上才好找人。

看到信息时，向冬田正和打工的厂家闹翻，拎着行李气鼓裂胀地出厂门。看到手机信息时，他心里抖了一下，行李落在地上，他反复看完信息后，确定只是做档案，还没有眉目，于是又蔫了气，也不回信息，自顾自提着行李找工去了。

这是他这些年的常态，没工作找工作，找个工作心不在焉地做，脾气又大得很，哪个敢说他几句，就捞起袖子干架，基本上居无定所，也不跟哪个老乡联系。过年过节就一个人在外头，吃碗方便面喝半斤火老二就哭，哭完就困瞌睡。

刘冬麦等不到回话，就又发信息过去：现在被拐的崽崽找到的多，前几天还有个被拐十九年，今年都二十六岁了才找回来，你先存个档，人家才有信息去找，过段时间找回来，你们怕瞌睡都笑醒嘎，搞快点儿，莫死棉死棉地拖。

刘冬麦还是没有等到回话，就连续发："你崽崽在外头还不是别人当宝贝喂起的，你们干脆回来，趁年轻还可以生一个，你崽崽回来还有个伴，还有个家嚏。"

向冬田一遍又一遍地翻看刘冬麦发的信息，只看不回，当看到那句还可以生一个时，就好像黑漆漆的夜晚突然看到了一丝光亮。他回了条信息：回来吃哪样嚏，田都荒完球了。

刘冬麦看到有信息回，看到了希望，就给他分享刘成米、向胜麦致富的故事。

最后刘冬麦说："你好好考虑下，早点儿把佑客弄回来，把屋头建设好，你崽崽找回来才有个像样的家，你们现在勒个样子，以后崽崽回来能够给他哪样？你先回来把老人照顾好，多找点儿钱，再将佑客找回来，这样老了才有依靠。"

向冬田的心事稍稍活泛些，对刘冬麦说："这些年我脑壳是昏的，只是死了没有埋嘎，你点醒了我，我还是要尽我的责任，照顾好老人，还是要好好给崽崽创造点儿物质，我相信迟早崽崽会回到身边来的。"

向冬田想着，反正还没有找到工作，不如回家一趟。几天后，向冬田给刘冬麦发了一条信息说："我回来了。"刘冬麦赶紧招呼刘成米一起过去。

他们刚到院坝里，就看见一个用毯子蒙着全身的人在弄蜂桶。刘成米估计是向冬田，隔老远就喊："你个龟儿子，还晓得回来嘎。"向冬田说："老汉养了一桶蜜蜂，没有管理好，没收过糖，我在给蜂桶检查螟虫。"刘冬麦怕蜂子，就躲在屋檐外边。刘成米过去帮忙。刚好向冬田佑客打电话来，两个人就大声垮气地撅起来，撅着撅着向冬田将蜂桶一推，一桶蜂子倒在地上。刘成米看着蜂子受惊要跑，赶紧抓起沙子往空中撒。向冬田醒悟过来飞叉叉跑回屋拿锅盖抹上白糖水招蜂子，他将锅盖罩在蜂群上，口里喊着："蜂王上盖，蜂王上盖。"蜂群慢慢向着锅盖聚拢来。刘成米说："你脑壳搭铁唛，动不动发脾气，还好总算是有惊无险。"两人一起收拾完，将蜂群放进蜂桶后，刘成米说："冬田哥，你晓得我的最大愿望不？"向冬田木然地摇了摇头，刘成米接着说："我最大的愿望就是能够接个佑客，我要是有个佑客，绝对不舍得像你那样撅她，我要用我的全部对他好。"向冬田突然就睁大眼睛，心里"突"地一下，他想：是啊，这些年佑客跟着他受了好多苦，各自撅佑客打佑客就没有当过人，特别是崽崽不见以后，更是这样，勒些年屋头的不幸不是共同承担，而是互相伤害，他这个当男人的做得真不嘟个。他晓得刘成米是在开导他，他感激地拍了拍刘成米的肩膀进屋去了。

淡淡的月亮皎洁而清冷，向冬田坐在院子的竹椅子上仰望着天空，院子里静得落根针的声音都听得见，冬麦的话和刘成米的话交替出现在他的脑壳，他想了很多，想着他们新婚时，夫妻天天幸福的黏在一起，想着那个时候崽崽围绕在身边，屋头的欢声笑语都快飞出瓦屋村，没想到他女人到后园子弄把菜的工夫崽崽被拐走，想着他对她那些责撅。是啊，作为崽崽的妈妈，她也不会想到就这么点儿时间，崽崽就啷个也找不到了。后来倒是听隔壁村的人说过，看到一个骑摩托车的人胸前夹着个崽崽，估计崽崽被拐卖了，他狠狠地打了佑客一顿，他佑客当时不说一句话，默默流泪的样子至今想起来都心痛。

　　那段时间，他基本上每天酗酒，喝得醉醺醺的气就无比大，气一大起来就打他佑客，他佑客都是不发一言默默流泪。

　　后来时间久了，她佑客就和他对撅对打，你抓我头发我就抓你下身。向冬田想起这些，突然感觉各自真不是个男人，他狠狠地甩了各自一耳光，然后抱头痛哭。哭了很久很久，向冬田擦干眼泪，回想着这些年各自想起崽崽心里痛，就喝酒浇愁打佑客，后来佑客跑出去打工了，他也就漫无目的地跑出去，这里做几天活路，那里打几天小工，只要有丁点儿不顺意，马上掉头就走，所以也没有在一个地方待多久，更没有存到一分钱，只是一人吃饱全屋不饿，老汉这边没有打过一个电话也不曾寄过一分钱，各自真的不是人啊。

　　决心重新开始生活的向冬田，想着还是将佑客接回来，好好待她。他想：冬麦说得对，要好好把家庭建设好，还是要准备生个二胎，给儿子生个伴，他也突然想明白了，崽崽丢了是别人养着的，不会弄死丢掉，又不是不在这个世界上，终究有一天他们父子会重逢。

他想给佑客发信息检讨各自这些年的作为，为未来做规划，要为崽崽再生一个伴的想法令他激动不已，是啊，有时候，一件事情的转机就是一个念头的变化，一念生一念死。

他想将这些想法发给他的佑客，可是他又不敢发信息，他回忆着他将佑客按在地上，抓住她的头发撞地，不断地打她耳光的情景，他回忆着她从最开始的忍受到仇恨再到绝望的眼神变化，他真的没有勇气跟佑客说出想法和心声。

这天，刘冬麦又来了。向冬田在打扫院子，刘冬麦也顺手拿起锄头帮助铲土，刘冬麦边铲边问："跟你佑客联系上没得？"向冬田面赤面赤地不作声，刘冬麦说："你还是个儿子家不？各自佑客有啥子放不下架子的，大家都起愿不得，都不愿意发生勒样的事情，你如果给佑客认个错赔个不是，以后好生过日子不就行了？"刘冬麦启发着说。

向冬田放下扫帚坐在地坝边沿默默抽烟，刘冬麦晓得他需要时间和勇气，也就悄悄地离开了。

向冬田终于鼓起勇气，将他的想法发给佑客，佑客不回复，他就天天发。他说各自以前错很多，崽崽弄丢不是她的责任，是人拐子太坏,是个意外,他要向刘成米学习,好好地生活,多挣点儿钱,让崽崽回来娶佑客。向冬田是赌咒发誓,说绝不让她失望,不让崽崽失望。后来她佑客回复他一句:被你打怕了,不敢回来。

村里工作一直忙碌着,村里修扶贫路的事情意见大,这条路才按下来那条路又扯皮。村里扶贫路占地的事情,通过一事一议大部分人都同意了,在修上屋的横向产业路时,有少数几个人要求补偿,要求没得到满足开始阻挡修路。一时间分成了两个阵营,有些希望快点儿修通道路,有四五户人又要求赔偿。村道路是扶贫款修建的,扶贫款不包含补偿钱,所以一直僵持。

扶贫道路也经过了几个月的纠缠,基本挖通了路基,只等硬化后验收就完成了。这期间农民和施工方都有怨气,镇政府和县委相关部门也是追得火急火燎,村委会成了他们发泄的出口。村里工作短暂地松了一口气,村委会门口蹲排排抽老叶子烟的状态又恢复了。谭丽华说:"以前不喜欢他们抽烟,现在倒是希望看到他们排着排排地抽。"大家都会心地笑了。

刘成米宣讲回来后,状态达到巅峰,一天活力四射,劲头十足。刘冬麦和谭丽华约好到刘成米屋头看看,她们俩看到刘成米的变化感觉有意思,看着很欢喜,去过刘成米屋后又到了向冬田屋走访。

回来的路上,刘冬麦详细地跟谭丽华介绍了向冬田屋头的来龙去脉。

　　说来话长，那天干完活喝了酒的向冬田回到屋时，屋黑灯瞎火的，门是上锁的，他摸出钥匙开了门，左脚靠着右脚进屋，灯都没开就摸着睡，口里撅着那个舅子死佑客烂娼妇，撅了一阵后睡着了。早上起来发现大门也没有关，屋头佑客也没有踪影，打电话关机，心里开始紧张起来，大清早到处去问有人看到佑客没有，也打电话问他表叔、表叔娘[1]佑客回去没有。向冬田像个疯子一样大声呼喊，到处找人，茅斯坑坑水塘边边都找遍了，找了半天也不见人影。他铁青着脸在村里村外到处转，乡亲们见状也赶来帮忙找人。

　　刘成米到县城买药回来，听说向冬田在找人，赶紧过去帮忙，他告诉向冬田说："昨天我看到你佑客到场镇赶场去的。"向冬田反手就抓着刘成米说："是不是你他妈的将我佑客拐骗了，不然你啷个勒么久都没有过来帮忙。"刘成米说："我昨天到县城检查病买药去了，我哪有时间拐你佑客。"向冬田听说他昨天到县城去，肯定是他害了他佑客，抓住刘成米，两人撕打起来。刘成米也不放手，气哼哼地说："老子这些年虽然没有佑客，但是行得端走得直，你这等侮辱老子，老子也要找你说清楚。"两人拉拉扯扯到村委会评理。

　　老支书仔细地问了缘由，带着他们两人到向冬田屋找线索，路

---

[1] 土家族对老丈人、丈母娘的称呼。

上向冬田、刘成米两个都气鼓裂胀的，要么你不看我我不看你，要么就互相吹胡子瞪眼睛。

老支书进屋后看到向冬田屋整整齐齐的，问向冬田："你屋平常有勒么整齐不？"向冬田说："没得。"老支书让向冬田检查衣服柜子看看少了哪样穿的不？向冬田打开检查一下，说："好的几件衣服都没有了。"老支书大概猜到向冬田佑客是离家出走了。

又盘问前几天有没有发现其他兆头，向冬田回忆起来，五天前他佑客回了趟娘屋，回来就收拾屋，自从崽崽走失后屋就没有啷个收拾过，他们俩不是撅架打架就是互不理睬，这几天倒是茶饭弄得利索。

老支书分析一下，要说是自杀不太像，看她这几天的迹象是感受到一种新生的迹象，也没有听说跟哪样男人有来往，应该是出门打工去了。

老支书分析完后，默默地开始裹老叶子烟，他在想啷个跟向冬田说，才能避免他冲动，这些年他就像火炮，谁说话不顺他意就跟谁干架，大家见他都绕道走。刘成米从老支书的问话和现场情况分析，也是认为他佑客可能是外出打工了，由于在气头上既不说穿，也不敢开腔说话，要是他开腔向冬田一定跟他干架，就这么沉默着。

向冬田心里有不祥的预感，几分钟的时间他想了佑客是不是出了哪样事情，是不是被人杀了，是不是现在正被蛇虫蚂蚁啃咬，一时间心里紧张万分，开始哭撅，一会儿哭着数着佑客的好，一会儿又撇佑客不知好歹，好好的屋不待着，跑到外边去遭烂。"

老支书不阻拦，观察向冬田的举动，感觉向冬田是以为自家佑客遭烂了，等老支书的老叶子烟也燃了半袋，他抬起头看向冬田说："你佑客可能是出门打工去了。"向冬田猛然从最坏结果想到这个可能，觉得这真是个好消息，激动得嘴唇发抖。之所以没有想到这层，是因为佑客从没有出过门，最远到过县城，走路都是跟他脚跟脚生怕走落，一直认为她的胆没有那么肥，敢各自出门去打工。

那边"幺儿额，幺儿额"的呼天抢地的哭喊声音从老远传过来，大家明白是向冬田表叔、表叔娘来了。向冬田心里发虚，所以赶紧上前扶着表叔娘。表叔娘猛地推开他，接着就地坐在地上数也数地哭起来："是哪个砍脑壳挨刀死的害了你哟，幺儿哎，我一定将他的肉一刀一刀剐下来，幺儿哎！"向冬田蹲在一边默默流泪。老支书开始劝慰安抚。刘成米进屋烧茶水，他提着开水瓶发现有一满壶水，看来向冬田佑客走的时候连开水都烧满了走的，刘成米突然觉得有点儿嫉妒，也心痛各自：自从老汉瘫痪后，这些年从没有人为各自做过一星半点儿的事情，哪怕是烧一壶水这种小事。刘成米倒了一大盅水出去，递给向冬田表叔说："不烫，温温的，您走累了，赶紧喝口水。"表叔接过后给他佑客喂了几口，各自才咕咚咕咚喝了半盅盅。

老支书轻声细语地安慰向冬田的表叔和表叔娘，分析着前几天的他女儿的状态和走时屋头收拾得干干净净的情形，分析他们女儿应该是出门打工了。刘成米在旁边补充说连开水都是烧得满满的。向冬田回想进厨房时看到米面油都准备得很充足，还有半盆腊猪油。平常他佑客是不吃腊猪油的，但是向冬田喜欢吃，看来是悄悄咪咪准备了好多天。向冬田蹲在门口呜呜地哭。表叔娘在老支书分析后，也觉得女儿是打工去了，因为前几天回屋拿了几百块钱，所以也不担心了。看向冬田哭得呜呜的，也在旁边一把鼻涕一把泪地数着说："你平常是啷个待我那遭孽的幺姑，日子勒么苦肯定要走，她从没有出过门，你这是要她的命，我幺姑要有个三长两短，我将你千刀万剐，勒回出去还是问我们老人要路费，一个人孤零零地在外边不晓得受哪些凉贱。"向冬田哭完埋头蹲在门口，只有乖乖地听表叔娘哭撇。刘成米是个聪明能干懂事的，看看时候不早就到灶屋点火煮饭。

外边由老支书引导着夸向冬田佑客能干，在村里都说为人处世要得。向冬田表叔、表叔娘听着也说着女儿的乖巧懂事，心里也渐渐宽慰起来。向冬田帮助刘成米将饭菜摆上桌，吃完饭后向冬田骑着摩托车送两老回屋。

这天，向冬田想着崽崽丢了，佑客也走了，感觉日子没得过头，心里就焦躁起来，喝醉酒就突然气大起来，认为是表叔娘屋头给了钱怂恿佑客走的，骑着摩托车半夜去砸表叔娘屋的门，将表叔推倒撞到门坎上断了两根肋巴骨，撞完人就在街沿坎上困瞌睡。表叔娘气得窝了他几脚，他连哼都没有哼一声，表叔娘只好喊院子里的人，用竹竿绑成滑竿，抬着老头子到镇医院。镇医院只能简单处

419

理，然后喊救护车送往县医院，做进一步检查后住了院。表叔娘哭哭啼啼地照顾着。医院说有三根肋巴骨断了，需要治疗，伤筋动骨一百天，表叔娘很是辛苦。

酒醒后的向冬田晓得各自闯了祸，也赶紧到医院去照顾，不过两老的脸色难看，既恨他薄待了各自的女儿，更是恨他撞伤了老头子，根本不让他有靠近照顾的机会。向冬田难堪，只好各自回屋。

在表叔受伤后的第二天，向冬田佑客打电话给她妈，说是在路上走了两天三晚，手机没电了，好不容易进厂安顿好才打电话回来告平安。向冬田表叔娘怕她幺姑担心，没有将屋头发生的事情告诉她，也没有将他女儿打电话已经进厂的消息告诉女婿。向冬田佑客怨恨他平常打她撇她，也没有给向冬田说明去处。她这次出门是策划了将近半年，也下了很大决心要离开向冬田重新生活。

向冬田一天想这想那，熏酒发疯，家庭主业副业更是荒废了，只是在这屋做点儿活路吃顿饭，那屋做点儿活路吃顿饭，有的给点儿工钱，有的就管饭。后来向冬田每每都是喝酒发疯，大家也不敢喊他干活，即使干活，给点儿钱但是不管饭。他也一天浑浑噩噩的，表叔出院后还去撒过几回疯，后来表叔、表叔娘干脆离开屋到县城照看孙子去了。

向冬田通过老乡，找到了佑客的电话，他佑客也晓得了他在屋的所作所为，特别愤恨的是他撞伤了父亲还不管，就更是伤心和灰心，几次更换手机号都被向冬田找到。向冬田也到厂里去找过她，不过她不出来，向冬田喝醉酒后到工厂门卫撒疯，被拘留了几天后灰溜溜地回来。给佑客发信息，如果再换手机号码，就要去杀他们全屋人，她佑客从此没有更换手机号码。不过打电话就是撅架，祖宗八代都撅遍了。他们夫妻的关系就剩贴在卧室墙上那张纸，那是他们结婚以后佑客贴上去的，说要天天看着这张纸，要一辈子看着。向冬田无论是多么生气，即使喝酒醉糊涂了，也没有舍得扯下这张纸，他认为只要这张纸在，他佑客无论在哪里都还是他佑客。

刘成米过来找向冬田，路上遇到刘冬麦和谭丽华，说起向冬田的情况，刘成米说："我观察，向冬田他们两口子的怨气，一时半会化解不了，还得需要一个中间人来调和。"几个人商量后，让刘成米做向冬田的工作，刘冬麦来做他佑客的工作。

刘成米说干就干，当晚就煮好饭约向冬田喝酒，不过说好只喝欢喜，不允许喝醉。席间刘成米不断地说着各自的事业，明年要种植一百亩海椒，要养二十头羊子，蜜蜂计划五桶，说着未来，说着希望。一开始向冬田只是埋头喝酒，消沉这些年，只有刘成米还算他的朋友，因为两个小时候是穿叉叉裤的伙伴，现在两个都是单身汉，都有各自的难处，有哪样事情大家都打帮着。到后来向冬田微醺开始撅佑客，刘成米说："我好嫉妒你，墙上还有一张纸，我连女人是哪样都没有见过。"向冬田说："街上有那种女人喊你去又不去。"刘成米说："街上的女人不是我想要的，我还是希望通过各自努力找一个，现在我的病情也控制了，屋的产业也有希望，感到这一天不会太远了。"向冬田看着刘成米，感觉他瞬间高大起来。刘成米接着说："说真的，你佑客走那天，我看到她连开水都要烧满了才走，我心里真的是嫉妒。"向冬田一惊，心想着这些细微的事情，佑客都做得这么到位，各自瞧都没有瞧一眼的事情，居然在刘成米那里是奢侈。那一顿酒后来是向冬田夺走刘成米的酒瓶，不让刘成米喝才结束的。

  回屋的路上，向冬田头一回没有走八字步，走在半月的乡间，四周群山只有隐隐的轮廓，微微可以看得清路面，他的心里也隐隐有了一个轮廓，有一种从混沌中清醒的感觉。他走到石板坡上躺着，他想了很多，一是脱贫攻坚他看到刘成米、向胜麦的发展也动了心，生活不是没得希望，他想着他的佑客，想着前因后果，想着在农村哪个屋头崽崽都是在房前屋后玩耍，也没有见过哪个屋头崽崽被拐，想着想着越觉得各自混蛋，不是儿子，家不敢担当，将痛苦施加给佑客，想着那些打撅的场景，向冬田痛得捶打各自。

  向冬田想着想着困着了，梦见各自干完活路回屋，看到他的佑客在门口对着他笑，他快步跑过去想要抱住她，可是他佑客用指甲掐了他脸，醒来摸到一只飞蚂蚁正在咬他，他愤怒的掐死那只坏了他美梦的飞蚂蚁。摸出手机，看到还有一格电，给佑客发了条信息：佑客我很想你，以前是我错了，我给你磕头认错，好不好，你回来嘛，现在屋头在搞脱贫攻坚，刘成米都发展产业挣了钱，我们也回来干产业，等挣着钱了，我们把崽崽找回来给他娶佑客，我们再给他生个妹妹找个伴好不？发完信息的向冬田又哭了一场，看着天要亮了才回屋。

向冬田等了一天两天，一直都没有等到佑客的信息，看到刘冬麦过来了，他眼神移开。刘冬麦见他迟迟没有行动，本打算撅他几句，但是考虑到向冬田现在屋头没有起色，必须要他先振作起来后，让他佑客看到希望才能够劝回他们，他们屋才有希望。她给向冬田说了方法路径，也就是走刘成米发展之路，今年先帮向胜麦摘海椒挣点儿钱，明年让他也种个几十亩海椒，再给他弄五万元钱无息贷款。向冬田说："勒个我还是有信心的，向胜麦天晃晃做得出我也做得出来，我还怕不成？"

刘冬麦将向冬田的变化和动态，发在瓦屋村的群里边，让大家看到向冬田的变化，其实也是希望他佑客可以看到。因为他屋的崽崽走失发生的一系列变故，瓦屋村的人同情他，对于他这个贫困户低保户没得意见，大家都在群里鼓励他，特别是在外边打工的人。向冬田看到后很受鼓舞，越是干得起劲，短短一个月向冬田的精神面貌发生了很大变化，个人收拾得精精神神，房前屋后打扫得整整齐齐，帮向胜麦做活路每天拿现钱，不喝酒也不抽烟了，大家都很开心。当然，让向冬田振作的另一个原因是，他终于收到了佑客回的一个字的信息：好。

向冬田在刘成米的引导下，不断发信息给佑客，各种承认错误，各种展望未来，一直坚持了一个月后，他佑客在向冬田分享的他帮向胜麦摘海椒赚的钱、养的蜜蜂和羊子的情况后回了一个字。

就这一个字让向冬田逢人便说她佑客回信息咯，整个人越发得精神。有那喜欢开玩笑的说："回个信息就欢喜成勒个样子，当初天天在屋没见你待见过她，我看你佑客是不会回来的嘎。"那向冬田就说："我现在要做好产业，天天赔礼道歉，到时候石头也会焐热的，不信你看着吧。"大家都激将他，跟他打赌，他也每天跟这个人打赌、那个人打赌，赌注就是一百元钱，大家都不是很当真，就当是玩笑话，主要想激发他的生活热情。

刘冬麦也开始和向冬田佑客发个微信聊个信息，慢慢地朝着将他们两个拉回一起的方向走，她也不敢直接说，担心把天聊死。向冬田佑客实在是怕了，她说想起以前的日子就脑壳疼。刘冬麦就跟她摆远点儿的事情，想和她渐渐地熟络一些，刘冬麦经常将向冬田的状况分享给她，说向冬田经常念叨她，经常说她好，是他混账是他各自不担当。

刘冬麦同时也劝慰她说："你们的崽崽没得消息就是最好的消息，证明还在这个世上，现在科技发达了，说不定哪天就回来了，回来后你们夫妻还要给他修房子娶佑客噻，不然回来一无所有很失望。"刘冬麦的这番劝解让向冬田佑客突然开窍，她说这些年到处打工，在每个工厂打工时间都不长，不停地换地方是想找到崽崽的信息，找到钱做路费去找人，用完又去找工做，没有一分钱的存款，想想各自也真是蒙杵杵的，天大地大，一丝一毫的线索都没得哪个找人嘛，只是心神不定，到处扎不下根来。她也动了回屋与向冬田一起把家庭搞好，边找儿子边建设家庭的念头。

日子不紧不慢地过着，向冬田和佑客可以聊聊微信了，向冬田一直要求视频，可他佑客都拒绝了，向冬田既是欢喜又有点儿沮丧。担心崽崽有一天回来，看到屋头的样子会失望，于是便拼命地干，预计明年猪、羊、海椒、蜂蜜一共可收入十几万元。他给佑客发信息说：等挣了钱，留着崽崽回来了娶佑客，摆着崽崽的事情，夫妻二人的心就跟着回来了。

　　刘成米在上坡做活路的路上，遇到向冬田，看着扬扬得意的向冬田说："向冬田你狗日的整天扬扬得意的，看来好事要近了嘎。"向冬田说了一句很有水平的话："只要心中的灯亮了，生活也就不再黑暗。"刘成米一惊，心想：格老子的，未必一个人的心情好了，水平都跟着提高了唛。

　　宣讲回来的刘成米意气风发了几天，吃饭看手机，走路看手机，希望看到长辫子幺姑联系他。可是一等没得信息，二等希望落空，等了两天，人就有点儿蔫答答的，想主动联系又没有勇气，觉得各自屋头实在太难了，不敢有非分之想。

　　三天后，刘成米正在取检查蜂桶的螟虫，他戴着一个大斗篷，只听到手机嗡嗡响也没法接，活路在手上，只有等到检查完盖上盖才行。等到他盖好蜂桶后，才拿起手机准备回话。电话打过去，听到手机铃声在身后响起，惊讶地转过头，看到了坐在街沿的长辫子、苹果脸的幺姑，刘成米一下子吓得手足无措。长辫子幺姑轻笑着说："怕我吃你蜂糖呀？电话都不接。"刘成米呐呐地解释:"我在检查螟虫,蜂桶盖开起的,不敢接电话,如果不一回弄好,怕蜂王带着蜂群跑了。"不敢让那幺姑进屋,就拿个凳子让她坐在街沿,刘成米是个能干勤快的人,屋头收拾得干净,无奈屋头有个癫子母亲和长期卧床的父亲,屋内还是有异味。他进屋拿出筷子让长辫子幺姑吃头天取下还没有过滤整理的带蜂蜡的新鲜糖,表情有些僵硬局促。长辫子幺姑笑了,说那天说好要过来学习的,现在尝了蜂蜜真的很好,她说她是养意蜂的,和她的老汉开着货车,哪步有花就开到哪步,经常就是在野外吃住,他说尝了刘成米的蜂蜜感觉中蜂蜜真的很好,黏度、颜色那是杠杠的。大家摆着蜂蜜聊着养蜂,长辫子幺姑说意蜂蜜很多,一周可以取一回,但是价格不高,中蜂蜜一年最多两回,一回菜花糖一回谷花糖。刘成米说天气好的话还有槐花糖。

摆着摆着刘成米开始放松下来,不知不觉已经到吃少午饭的时候,应该要做饭吃了,不能让人空着肚子走。刘成米只好喊她各自在街沿坐着,他进去做饭。长辫子幺姑随后也跟进去了。刘成米做饭她就在灶门前传火,长辫子幺姑看着麻利的刘成米心里好感噌噌地上涨。她是个不爱做家务的人,宁愿大太阳天挑粪也不愿意洗碗,那天听到刘成米宣讲时,讲到一个男人照顾两个病人还要做产业致富时,心里很崇拜,今天亲眼见到屋头收拾得干净爽利,产业做得头头是道,说起技术更是条条在理,并且长得也比较帅气,心里就更加喜欢。有了这个小心思后,她就有点儿忸怩起来,当吃饭时看到刘成米照顾两个老人仔细周到,饭菜又好吃,心里的好感度又增加了很多。

幺姑叫黄成英，这是女孩走的时告诉刘成米的。刘成米吃了一惊，心想两个人都有一个成字，这难道不是缘分唛？接着他又摇了摇头，心想各自这条件，人家那么年轻漂亮的幺姑，看得上自己唛？自从长辫子幺姑走后，刘成米总是不停地看手机，看完又失望地放下。女孩回去第三天后发了条微信给他，意思是回去后跟着老汉将蜂子搬到高点的海拔地区，因为太忙没有发信息给他，很感谢他的招待。

刘成米等到第二天没有看到信息，感觉过了好几年，心里的火苗都快熄灭了，强烈的自卑感又让他不敢主动联系。他有些魂不守舍，有些心烦意乱，他来到忘忧台前，斜躺在石板上，捡来一块干梧桐叶盖在脸上，又扯来一根坝地草衔在嘴巴。坝地草随着嘴唇一上一下地运动，也无聊地甩来甩去。

向冬田赶场回来路过忘忧台下，看到台上长甩甩地躺着个人，心里打一惊。他小心地走上去，看到一个人用干桐子树叶子叶盖着脸，看衣着是刘成米，担心出了哪样事情，疾步走上去。他心里咚咚地跳起来，走近后才看到刘成米嘴巴的坝地草在甩来甩去，就气大起来，抓起一把泥沙朝刘成米甩过去。正在想着幺姑的刘成米一惊扯掉脸上的树叶子坐起来，大喊："日妈是哪个？是哪个？"当他看到是向冬田的时候，哈哈大笑着说："格老子你不是红蛋是黑蛋唛？"

两个人躺在忘忧台上，一人捡张梧桐叶盖在脸上，靠着二郎腿甩来甩去,向冬田也扯根坝地草衔在嘴巴甩来甩去。"你狗日的躺在山上想哪样?是不是在想长辫子幺姑?""鬼哦,哪个在想那些事情。""嘿个扎,我两个穿开裆裤长大的,你肚子有几根蛔虫我都晓得,快点儿说哦。"刘成米死狗不说,向冬田就捡个棍棍捅他,刘成米忍不住,只好将黄成英来的事情交代了。向冬田哈哈大笑,笑完一副正经的样子说:"你应该给她发信息,而不是等人家联系你,人家是幺姑,是幺姑,脸皮子薄好不好?"刘成米不敢,心里发虚。向冬田抢过刘成米手机来就开始发信息,刘成米想抢回来,向冬田飞快地发了几个字:"在干哪样呢?"两个人还在扯,咚的一声,二人瞬间目瞪口呆,刘成米颤抖着拿过手机,看着屏幕上"在蜂场"三个字嘴唇微微抖动着。向冬田说:"有着,有着,快回快回。""回哪样?""说想你了噻,笨坨坨。"向冬田敲了刘成米一下。刘成米不敢,就回了个:"我在忘忧台上看风景"。向冬田抢过手机加了一句:"忘忧台可以忘记忧愁哦,你来一起不嘛?"刘成米抢过去开始摆忘忧台的风景,忘忧台的传说,不理向冬田。向冬田侧头去看,刘成米就走在另一个方向躺着,不给他看。向冬田独落了一句:"格老子的见色忘义。"

向冬田心里也泛起浪来,开始想各人屋头的事情,想佑客,想崽崽,也拿出手机给佑客发了好几条信息,估计那边在上班,没有回,心里空落落的。他看着盯着手机一脸色相的刘成米,心里感到失落,招呼也没打就各自回屋头去了。

下午两人约起上山看羊场,边走边摆龙门阵,一路上都是刘成米在摆着那个幺姑的事情，估计了解得也不多，反复就是那几句话，听得向冬田心里有点儿发毛，又不好打击他。

他们两人在山上看到一片九月香蘑菇，没得东西装，两人脱下衣服将衣袖和衣领用葛马藤绑着，将蘑菇装在衣服里提回来。刘成米发了张图片给黄成英，黄成英发了一个流口水的图片。刘成米说想吃给你送过去，黄成英发来地址，离这里有二十几公里。刘成米想送过去，但是他没有车。向冬田鼓励他去，将各自的老爷摩托车借给了刘成米。

就这样一来二往刘成米和黄成英恋爱了，因为都养的蜜蜂，有说不完的话题。黄成英父亲原本担心刘成米屋负担重，担心幺姑受苦，又想到幺姑本身很挑剔，都要到三十岁的人了，好不容易看上刘成米，也就没有多说。刘成米老汉那更是欢喜得合不拢嘴，那幺姑经常过来，虽然不太爱做家务，但是不嫌弃他们，在外头做活路是把好手，并且每次过来都要带吃的穿的。刘冬麦感叹地说："这刘成米屋头像捡着宝了。"谭丽华说："错也，是捡着宝了，不是像捡着宝了。"

刘成米屋稍有起色，政府又配套资金改建危房，他房屋被评定为D级危房。刘成米将各自种海椒赚的钱加上政府补助的钱，准备修一个二层小洋楼，只请了一个砖工，其余的杂工全是刘成米一人，背砖、做预制板等等。黄成英过来要帮忙干活，刘成米不让，说要让她享一辈子福。黄成英只好煮饭打杂，她虽然不欢喜做家屋活路，但这是刘成米对她的关爱，她感到很幸福。

向冬田时不时过来帮忙，转眼小楼修好了，就有那眼红的到镇政府告状，说刘成米各自挣了钱就不应该是贫困户，修房就不该享受贫困户的补贴五万元。镇政府派人过来说："刘成米是脱贫户里的典型，房子还没有修好，屋头的医疗负担重，虽然两不愁没得问题，三保障不能保证，所以没能达到脱贫标准，应该继续享受政策。这种各自又有很强的脱贫动力的贫困户，不等不靠不要，政府要对先进典型给予更大的支持。"那些眼红的也没有理由再说，只是看到人家家庭收入多了，生活好了，暗暗地发狠，悄悄地发展各自的家庭，不再去说那些是非。

初冬的瓦屋的夜，天气有些冷，刘冬麦坐在街沿口。没有月亮也没有星星，只听见寒风卷着枯叶从树枝上掉下来的轻微的声响，更有落在地上被寒风裹着打旋的沙沙的声响。仿佛看见枯树叶漫天飞舞，她心里也像这飞舞的枯叶没有根，感觉那片被风卷起的落叶飘飘悠悠的，像她也像马有才，仿佛马有才在旋转着跟她开玩笑，眼里的泪水又开始往外冒。

瓦屋村开始规划下一年的海椒种植面积，为了实现春天一片白，夏天一片绿，秋天一片红，农民一片笑。瓦屋村要求所有土地全部种上海椒，不能看到一根苞谷。这样一个工作做起来压力大，风险也大，长期以来村民都习惯了每样做一点儿，这样收成不好那样好，一样种点儿有保障，全部种海椒有的担心没饭吃。谭丽华、刘冬麦到处开院坝会，做动员工作。县上提高了补助标准，每亩四百元，贫困户六百元。刘成米算了过后说除了采收以外，人工物资成本补助就够了。刘成米、向冬田也学向胜麦一样弄了一百多亩土地，照样学样还是可以的。

谭丽华和刘冬麦在上屋俯瞰瓦屋村，整个瓦屋村喧嚣热烈，人、牛、旋耕机齐上阵，坡坡上、田边边，用牛犁田的农夫抓住犁头拉紧绳子，拉一下绳子牛就往左转，用牛绳拍打一下牛屁股，牛就晓得往右转，吹口哨就往前走，喊"呃"就停下来。使旋耕机的农夫手抓住把手，轰轰轰地稳稳地转弯抹角，人们吼着蒿草锣鼓唱着罗二调，在耕田地、放田坎、除杂草，一阵繁忙，一片繁荣热烈的画面在瓦屋村徐徐展开。

第十四章
扬帆

县委召开常委会，胡县长要在会上汇报海椒产业。因为睡眠不足的他眼睛布满红丝，但依旧早早地来到会议室，仔细研究今天要提出的海椒发展方案，如果这回通不过，以后难度就更大。今天他要说的事情，需要打动常委们才能赢得支持，但是以目前常委们的认知，他感觉压力有些大。

"石柱的海椒产业必须要实现从滚的到跳的。我们石柱人做事，不做就不做，要做就做最好。"胡县长说完这句，喝了一口水，突然声音就大起来，"八十年代初，我们县发展长毛兔产业时，全国第一。长毛兔产业发展到最巅峰时，覆盖全县农民、各机关干部、学校教师、工人家庭，真正惠及千家万户。我们要发扬深入研究精神，记得那个时候，县委书记屋头的阳台上都养了兔子在研究，这才是真正的搞产业。"胡县长一开头就高走，拿出石柱曾经做得最好的长毛兔产业打比较。

"对头，对头，做产业就应该像这样做，我没到石柱之前，也曾经在《人民日报》看到过对石柱长毛兔产业的报道,好像还是头版头条,那篇文章的题目叫——"县委书记说完用手里的笔敲着桌面想着文章的题目,胡县长正准备回答,县委书记拍了一下桌子说:"嘿,想起来了,叫《养起玉兔两百万,吹糠见米找现钱》。"大家赶紧附和:"对头,对头,书记不说我们都想不起了,书记既有心记性也好。"

"一颗种子可以兴一个产业,富一方百姓。通过三年试种,证明海椒产业是一个富民产业,我们可以大刀阔斧地干。如果一个产业靠低端模仿、低价竞争,那是产业的初级阶段,我们要在品种、品质、品牌方面进行科技攻关,繁育出各自的品种,从而实现更高质量的发展。"胡县长继续说。

对于这回在县委常委会议争取县上对海椒产业的支持,胡县长作了充分的准备。

胡县长提出,要成立海椒产业办公室和海椒研究中心。在选定海椒研究中心负责人以及科研人才的时候,会上产生了很大争议,有人认为要去找大专院校的专家教授,有人认为要找一个高大上的科研团队,有人还认为要成立两个事业单位……可石柱的海椒产业才刚刚起步,钱从哪儿来?编制问题啷个解决?一大堆高大上的建议,一大堆难处摆出来。

胡县长摆出架势来:"没有经费我们各自干,关键要有能够沉下心来研究的人,只要掌握了原理,我们土法上马。"噗!有个常委实在忍不住将含在口里的茶水喷了出来,其余客气点儿的就说:"这个想法好,不过前途是光明的,道路是曲折的。"胡县长心里憋着一口气,他想发火。

县委书记是个有担当的人,他说:"当前没有更好的产业,既然海椒产业是个富民产业,盯准了目标我们就干,发展的路上肯定有这样那样的困难,我们不可能怕有困难就不干,困难是用来克服的。"然后表态说:"胡县长这种干事创业的态度,我很赞成也很欣赏,只要抓住问题的关键去努力去攻关,结果有两个,不去做结果就只有一个。你把需要支持的事项清单列出来,我全力支持你,建议举全县之力发展海椒产业,富裕一方百姓。"县委书记都表态支持了,其他的常委就不敢再说多话。

得到县委、县政府的支持,胡县长开始落实成立两个班子的人选。海椒产业办公室人选好办,搞行政管理的人才多,但研究中心就费心了,为了这件事,胡县长专门到瓦屋村跟谭丽华探讨过一回育海椒种。谭丽华说,上学的时候学过育种学概论,但已经离开书本几十年了,从来没有实践过,现在捡起来有些难,不过可以试着干。胡县长说:"你先研究学习,我来组建班子。"

三月的天气开始回暖,海拔低的地方已经开始准备稻种育苗。胡县长到沿溪镇调研,恰逢沿溪镇赶场。他看到在政府门口有个摊子,有人在卖稻种,一堆人围着有些闹嚷,他心思一动便挤了进去。只见一个三十来岁的皮肤黑黑、精瘦精瘦的年轻人正在将电饭煲里冒着热气的米饭分给大家品尝,原来他正在宣传推介他的稻种:"我繁育的这个稻种,去年谭冬屋头种了,好吃得很,产量高,还不赶病。"大家吃着白生生的米饭,啧啧称赞。胡县长也吃了一口,感觉口感确实不错,想说点儿什么,又见那年轻人忙碌着,就离开了。

到了镇政府,胡县长提到了这个卖种子的小伙子。镇长说他是镇上的农技员,叫谭茂国。胡县长提出喊他回来讨论一下育种的事情。

中午,这个叫谭茂国的小伙子就见到了胡县长,他有些畏惧,不晓得这么大的领导找他干哪样。当他看到是那个到种子摊尝饭的人时,心里就有些慌:"妈耶,未必我卖种子的事情被发现了,要找我麻烦唠?"见他有些惶恐不安,胡县长就直奔主题,他笑着说:"我尝了你的饭,真的好吃。我想问一下你的稻种是哪来的?"谭茂国赶忙说:"是我自己选育出来的。"

"哇,你自己选育的?不错,这个我得表扬你,小伙子,你做得好!"胡县长和蔼可亲地拍了拍小伙子的肩膀,继续询问,"能不能介绍一下选育过程。"

提到育种,谭茂国一下子放松起来,侃侃而谈道:"直接在当年收获的产品中选育叫常规种,两个优质品种杂交叫杂交种,如果选到不育系、恢复系、保持系那就叫三系杂交,三系就很牛叉了。"

胡县长听到牛叉这个词笑了,他本身对育种不熟悉,但是善于学习研究,最近一直在恶补育种技术和知识。谭茂国指手画脚地说,他饶有味道地听,两人从水稻育种再摆到海椒育种,一直摆到下班还意犹未尽。

胡县长观察谭茂国,他发现这个年轻人善于钻研,知识丰富,很多学农学的虽然学过育种学概论，但大多数人学完、考试完就放下了，只有他还一直在研究并且有成果。他动了让他到研究中心当所长的念头。

当听说乡镇农技站农技员谭茂国到海椒研究中心当所长，谭丽华作为研究中心副所长时，大家觉得是小崽崽刨锅锅谣。不过，县委书记赞同，大家也不敢开黄腔。

谭茂国、谭丽华加上工作人员李延松，石柱海椒研究所的架子就搭起了。这个夏天，"三人组"跑遍了全国的海椒产地。他们听说沿海有个海椒品种好，就到海边到处找种植海椒的地方，结果在一个离海边九十里地的山里找到海椒。那些基地都是小农户，他们将海椒种出来用木柴烘干。

这天，谭茂国和谭丽华看到一提篮干海椒，颜色鲜艳颗粒饱满。谭茂国拿起一个就往嘴里塞，想品尝一下辣度，农户呜里哇啦地跳着吼，他们两人听不懂当地方言，只好蒙杵杵地站着，以为别人不让吃，心想：不晓得这边的风俗，万一犯了忌讳就麻烦大了。

那个农户见他吃了一个海椒，摇了摇头，舀一碗冷水来。谭茂国开始冒汗，他蹲下身子张开嘴巴，焦眉愁眼，不停地"嘘"着，接过冷水不断漱口，好半天才停歇下来。他苦笑着说："原来您是说不能吃呀，这海椒辣度扎实，扎实！"谭丽华举起大拇指，那个农户呜里哇啦说了一歇，看样子看懂了手势，晓得在说她屋头海椒好，很欢喜的样子，又叽里呱啦地说了一歇。

谭丽华幸灾乐祸地说："您以为是您屋头的菜海椒个，拿起就吃嘎，勒回辣安逸了噻。"谭茂国翘着嘴巴，边"嘘"边说："嘿，出了石柱就不能喊海椒，别人听不懂，要喊辣椒才行嘎。"谭丽华看着谭茂国这种情况还在杠精，就笑了。

他们看到有好品种兴奋起来，谭茂国对农户打着手势，表明想到地里去看海椒的长势，也不把正午的太阳当回事。

谭丽华看了看谭茂国的衣服说："你那衣服都挤得出水来了，在树荫下躲一下噻。"谭茂国不以为然，只想赶紧找到优质品种来作为品种选育。那农户比着手势说了好半天，才弄懂了他们的意图，便带着他们两人到地里。他们蹲下身子一颗一颗地看，看完摇了摇头，同行的小李晓得没有找到他想要的东西，心里有些烦躁就摆了摆头。他们告辞出来，又到下一家，就这样一家一家地找。

小李站在路边，看到他们两人盯着一棵海椒地看了很久，估计有戏，也跟过去。谭茂国说："哇噻，我终于找到了一株长势旺、果型好的海椒。"小李也欢喜，他说您们都在这个村转了七八天了，还好今天终于找到了。谭茂国说："还早呢，还要回去反复试验选育杂交，出不出成果还不一定嘎。"小李就有点儿蔫答答的，看了看路上停着的满是尘土的车子，心想：跑一回半个多月，都转了几个省了，要成不了功还得继续跑，我们各自想育种怕是异想天开嘎。谭丽华看穿小李的心事，瞥了他一眼说："你崽儿还看不起我们唉？事在人为喔。"

回到石柱，谭茂国和谭丽华到胡县长办公室，准备汇报选种情况。胡县长见着两人，很是欢喜，他跟他们一一握手，连声说："辛苦了，辛苦了，人都晒黑了。"

胡县长听完两人关于选种情况以及育种打算的汇报，耐心地和两人探讨，有不懂的地方就问，也不因为各自是领导而端架子。胡县长提出："你们这样繁育，一年只有一季，反复试验对比要好多年才能出成果？""至少要五年。"谭丽华答。"时间太长了，能否加快研发速度？"胡县长接着问。"科研这种事情心急不得哟！"谭茂国说。

胡县长抬起头看着天花板，弯着手指，轻轻地叩击桌面，好一阵不说话。谭茂国有些紧张，不晓得是不是刚才那句话说错了。"干脆找几个气候条件合适的地方，一年可以做几回试验，勒样就可以加快研发速度。""对头，对头，我们可以找几个合适的地方去做。"谭丽华反应过来。不过到底在哪里去做，几个人对全国情况不熟，一时间也说不出所以然。

"喊县校合作办来讨论，找专家教授咨询一下。"胡县长边说边拨打座机，不一会儿来了一个县校合作办的主任。胡县长说明情况后，主任认为只有市农科院的专家最合适，马上电话联系，那边承认提供必要帮助。

胡县长很欢喜，他要求下午到农科院汇报咨询，时间约在下午两点半。看了一下时间，已经十一点多了，便立即通知驾驶员到位。一通安排后对谭茂国和谭丽华说："马上出发。"谭茂国和谭丽华你看我我看你，意思是我们也要去唛？谭茂国递眼色让谭丽华问，谭丽华只好问："胡县长，我们一起去不？""嘿，你们唱主角的不去，勒个戏啷个唱嚯？"胡县长笑着说。

下午和农科院的院长以及两个姓黄的教授见面后，他们认为一个县要搞个研究中心还是很难，不过还是提供了很大的支持，特别帮助衔接了海南和江苏的繁育基地。

谭茂国弄不懂，他提出问题来："海南气候可以多繁育一季，江苏有哪样优势勒？""江苏那边的气候育种好，特别是在授粉的时候受天气影响较小。"胡县长当场拍板，南繁在海南，东繁在江苏。

谭茂国欢喜地拍了一下桌子说："这个办法好！"拍完桌子又觉得唐突了，"嘿嘿"地干笑。胡县长眼中闪着光亮："那就这么干！"一顿衔接安排，车子直接从重庆出发先到江苏再到海南。

谭丽华心里苦，又不敢说。她没有带换洗衣服和护肤用品是小事，还可以去买。只是她男的个出差去了，这几天她要回屋头照顾崽崽，有苦又说不出来，只好发信息衔接亲戚照管着，一整天都在担心。

胡县长带着谭茂国、谭丽华到海南和江苏，用了八天的时间一口气租好地建好研究中心。研究中心又招了几个大学生，大家一个萝卜一个坑，一脚一手地亲自管理、记录。谭茂国负责两边蹲点。这边瓦屋村由于雨水太多，不好做品种培育，只负责做品比试验，由谭丽华推进。

海南的冬季育种结束，又以同样的方式到江苏去做一回，瓦屋村的品比试验随着两个育种中心跟进。如此胡县长经常海南、江苏、瓦屋一起研究商讨，长期跟踪督促着。两年后，终于研究出来杂交品种，有了这个成果，整个研究中心沸腾了，他们在刘成米屋头试种五十亩，研究中心几个人经常在这里跟踪监测。

"我们一直在寻找三系，三年时间我们找到恢复系和保持系，还缺不育系，我们正在寻找，找了这么久，大家有些灰心，感觉没啥子希望了。"谭茂国给胡县长汇报进度。胡县长点点头说："要研究一样东西是很难的，你们找到了两系已经是重大突破了，要鼓励大家继续努力，只有三系杂交成功，我们才算达成第一目标任务，坚持就是胜利，大家一起努力。"

杂交新品种海椒成熟后，刘冬麦将样品拿到观音桥市场给王姐看，王姐掰开尝了一口，龇牙咧嘴嘘嘘地说："这样的品种可能只有做干椒，鲜货市场恐怕不适合。鲜货市场要硬度大的才好，主要用于做泡椒，如果用于炒菜太辣了。"如此，王姐给刘冬麦介绍了干货市场的熊姐。

熊姐是一个看起来笑眯眯的人。刘冬麦感到很亲切，她拿出海椒样品递过去说："熊总，我们有勒个品种的海椒，您看一下可以帮忙卖不？""啥子海椒？拿来我看下嘛。"熊老板抓起一把看了一下颜色，再掰断后用舌头舔了一下，然后皱着眉头说："好辣，好辣！"她喝了几口水后，将海椒籽抖出来数有好多颗。刘冬麦很惊奇，鼓起眼睛问："您数海椒籽做啥子呀？""嘿，你卖海椒不晓得呀？有些火锅厂家做火锅时只用椒皮，不用籽，所以籽越少就越划算。"刘冬麦笑着问:"那我们勒个籽是多还是少呀?"熊姐说:"比那个灯笼椒少一半不止,这个品种油质高,颜色好,辣度好,籽少,应该可以试一试。"她问刘冬麦价格。刘冬麦就按照收购加工成本,外加每斤三毛钱的利润报价。那个老板想了一会说:"恁个,你拿来我帮你卖,卖完给钱,卖不完退货。"刘冬麦心想:终于有人接手,感到特别高兴。很快刘冬麦送上去的货卖完了,市场回复说这个产品好,可以卖得脱,喊再送一批上去。

"你勒个产品,火锅老板说用了辣口不辣心,用起生意都要好些;卤鸭脖子做卤菜的人说可以反复卤三次,并且越卤味道越好。"刘冬麦将市场的应用效果转达给大家。胡县长自豪地说:"看来石柱海椒终于跳起来了。"

经王姐介绍又找到了干椒老板,开拓了干椒市场。刘冬麦有了人脉,就更加注重与这些老板的交往和联系,经营越来越顺手,市场很快就拓展出来了。

胡县长听说市场反应好,很是欢喜。他要求研究中心加大育种量,增加推广面积。谭丽华提出,这个品种好是好,就是抗逆性不是很强,又和谭茂国反复在育种地里查看苗架,查看挂果抗逆情况,反复对比分析。

一天,谭丽华在地里查看海椒,突然惊爪爪地大声呼喊:"谭所长!谭所长!"谭茂国看到一贯稳重的谭丽华这个惊慌的样子,一定是遇到了蛇。他提根锄头就跑过去,边跑边吼:"在哪步在哪步？"谭丽华指着一株海椒说："在勒步勒步。"突然看到谭茂国舞着锄头要打下去，谭丽华"呜呜"地喊不出声，只好冲过去将谭茂国推倒，他蹭蹭后退几步"妈呀妈呀"摔了一个仰翻叉。

谭丽华松了一口气说："妈呀！"谭茂国因为捞着锄头，也害怕受伤，等到发现只是跌了一仰翻叉时，也松了口气说"妈呀！"两人就突然觉得好笑。谭茂国说："跑了唛？"谭丽华说："跑啥子哦？""不是有蛇唛？"谭丽华就突然哈哈大笑起来，谭茂国有些蒙也有点儿郁闷，心想：真是的，平常看你稳稳当当的，今天很失常啊。当谭丽华指着一株海椒让他看时，他跟着失常了。谭丽华说："我们终于找到不育系佬，我们可以选育三系杂交佬喂，这是上天赐给石柱的恩惠。"谭茂国就疯子一样地吼起来："石柱海椒唛啰儿啰！"谭丽华轻声跟了一句："硬是好啰喂。"这一季出来的是三系杂交，又在海南——石柱之间转了两轮，石柱海椒的三系杂交品种育种成功。

胡县长带着鉴定机构现场鉴定，几个大的厂家、商家也来现场看海椒品种，大家都说这是全国最好的海椒，香度好、辣度好、颜色还好。谭茂国将草帽扔向天空，边跑边大声呼喊说："哎哟喂，我们石柱有了海椒中的爱马仕佬喂。"谭丽华笑着看谭茂国跳闹。当胡县长也将草帽摔向天空的时候，鉴定机构和客商都笑了。

胡县长欢喜得很，立马给县委书记作了汇报。书记听说育出了全国最好的海椒品种，也很欢喜，立马又往市里边汇报。市里分管农业的马副市长亲自到瓦屋村视察，他说："这真是印证了那句

'世上无难事，只怕有心人'啊！你们石柱县用自己的土专家育出优质的辣椒种子来，真是了不起。"当他了解到瓦屋村的海椒，种植一亩可以收到三四千元时，叹道："这真是一个好的扶贫产业。"

马副市长下来以前，胡县长专门到瓦屋村研究接待问题，他说："我们勒回一定要给他留下好印象。刘主任，你负责做一桌海椒宴出来。"刘冬麦搞不明白抖啥子叫海椒宴，谭丽华解释说："所有菜都是海椒做的。"接着又焦眉皱眼地说："光听起海椒宴几个字，我就出了一身的汗来，好辣呀！"刘冬麦瞟了她一眼，撇了撇嘴说："嘿，你不可能精人干哈事嚓？豆花蘸海椒水，把他们分开了，有些菜就没得海椒嚓！不想吃辣就可以不蘸海椒嚓！"

秋天的瓦屋村，天蓝而阔，阔得大家出气都均匀起来。大家忙着采收海椒，向朝田腰杆弯累了，也不舍得坐一下，就站着干吼起薅草锣鼓来："瓦屋勒个摇钱树，一坡海椒家家富，男人赚钱喝小酒，女人赚钱买花布。"那边的刘顺油不服气，也吼道："嘿嘿，瓦屋辣椒多又多呀，大家还要快点儿摸呀，今天有了小酒钱嚓，日子过得啰儿啰。"大家此起彼伏地干吼，瓦屋村丰收的气氛浓厚而热烈。这一幕落在到瓦屋看品种繁育的胡县长眼里，他的眼睛湿润了，感到干好这样一个产业，让农民真正得到了实惠，心中升起满满的成就感。

海椒宴设在刘旭果屋头的院子。一张八仙桌摆在院坝，落日的余晖洒在藤子沟湖上，湖面金光闪闪，微风拂过湖面，一缕缕金光就灵动起来。

县委书记给马副市长介绍风景下酒的那篇散文，马副市长看着湖面，由衷地说："瓦屋村是一个有诗有远方的好地方，一个农民有收入、政府有作为的好基地，你们这个产业为全市的脱贫攻坚产业发展做出了表率。"陪同的县委书记、县长脸上溢出光亮来，胡县长更是感觉这份辛苦换来了农民的实惠，县上得到表扬，心里更是美滋滋的。

鲊海椒蒸扣碗、火烧青海椒、糊辣壳蘸水、老腊肉炖野生干菌子、朝天椒炒肉丝、嫩豆花、炒合渣菜，一桌土菜不油不腻，可辣可不辣，不想吃辣就不蘸海椒水。大家用土碗喝酒，县委书记介绍了土家族的转转酒，马副市长很感兴趣，书记就又介绍了一些风土人情。说到哭嫁，书记就发歪点子说县长嗓子好，唱一段助兴。县长推辞不过，站起来说："我今天不哭嫁，市长又没有准备嫁妆，我还是来一首《康养石柱》。"大家鼓掌喝彩，胡县长赶紧用手机搜出歌词：在北纬三十度，有一个美丽石柱，踏上这多情的热土，走进可爱的土家族……

优美的旋律响起，大家和着节拍，有的跟着轻轻地哼唱。斜阳像似舞台的灯光，懂事地照映着大家洋溢着快乐幸福的脸。一曲唱完，大家意犹未尽。书记赶鸭子上架，让在座的人一人一首轮流唱，马副市长和他当评委，成功地将自己避开。刘冬麦和几个煮饭的佑客、幺姑在旁边看热闹。

马副市长用嫩豆花蘸了烧海椒，边吃边说："这些传统手艺传承的是妈妈的味道，真的很巴适，可以依托石柱辣椒产业，将加工和旅游做起来，就可实现一二三产协同发展了。"县委书记赶紧表态，按照领导的指示尽快落实。

马副市长对石柱海椒产业给予很高的评价，让大家心里像开了花一般。他回去后很快就批了一个海椒研究中心下来，每年给予石柱海椒发展资金一千二百万元，并且表态是连续支持，要求石柱海椒做大做强。

马副市长将石柱脱贫产业的情况跟市长汇报后，市长专程来石柱看海椒产业，他想将这种产业模式在全市推广。他详细听了汇报，到农户屋头问了收入情况，听说亩收入可以达到三四千元时，他很欢喜。县委书记见机赶紧说："您不是写得一手好字嗖，帮我们写几个字我们拿来做商标噻。"市长欢喜地说："这个值得大书特书。"县委书记当场喊秘书拿过纸笔，市长开玩笑说："你是怕我承认了不作数吗？"到底写几个啥子字，当时大家没有想好，市长说："石柱辣椒是红的，石柱辣椒一定会红起来，干脆就叫石柱红。"很快，"石柱红"三个苍劲有力的毛笔字写成。石柱县县委书记更加欢喜，立马安排就将这三个字注册商标。

本该冬闲的时候，瓦屋村倒是冬忙了。大面积的芭茅草地已经翻耕出来准备种植海椒，政府支持修建水培育苗大棚，说要搞工厂化育苗。向大鱼看着设计图纸说："格老子的，看样子还真是了不得啊。"

新品种繁育数量有限，只能在瓦屋村推广种植两百亩，其余村还是种植常规品种。

谭丽华在会上说："这个冬天有三大特点，一是海椒产业开始走高大上路线，二是瓦屋人没时间说空话是非了，三是麻将机都生锈了。"看来瓦屋村发生了可喜的变化。

王镇长组织大家讨论，他希望每个村都培养出一个像刘冬麦这样的带头人。他带着六个村的支书、村主任到瓦屋村来考察学习，动员他们回去组织服务体系，几个村都动不起来。秦从西要东搞西搞，村支两委不支持他，个个都出来阻拦，他只好去找几个天晃晃来合伙。王镇长比较泼烦他，只不过不是换届的时候，只好将就着。

其余五个村跟瓦屋商量合伙，他们听说瓦屋村去年赚了钱，也有心效仿，但他们各自组织不起来。向世荞说："勒个领头者、组织者稍微自私点儿都不行。"

各村培养带头人的事情一直落实不下去，王镇长有些着急。前几天县农经站的人下来说组建农民专业合作社，大家正在思考。今天县供销社主任下来调研后也提出，最好的办法是成立农民专业合作社，将千家万户的农户组织起来应对千变万化的市场。王镇长认为这个主意好，可以解决问题，就带着县供销社主任来到了瓦屋村。

王镇长和供销社主任来到瓦屋村的时候，刘冬麦和谭丽华正在俯瞰瓦屋冬天的勃勃生机。他们一起站在上屋的山坡上，看着瓦屋的冬天繁忙而热烈。王镇长嘴里烟都忘了吸，烟子直接往上冲，随着一阵风过来，熏得他流眼泪水。谭丽华就笑他："耶，王镇长，有啷个激动唻？"供销社主任也跟着起哄："他一般见了美女都这样。"大家都笑了起来。

"好多年没有看到过这么热闹的劳动场面了。"王镇长喃喃地说。"我仿佛看到了胡县长提出的'春天一片白，夏天一片绿，秋天一片红，农民一片笑'的海椒美景。"供销社主任憧憬着说。

"是该发挥专业合作社的作用了。"供销社主任说。他详细地询问瓦屋村的经营模式，他说这就是一个典型的专业合作社运作模式。专业合作社要成为农民与市场的桥梁，要与农民的利益紧紧地结合在一起，才能撬动农村农业的高质量发展。他对王镇长说："我看你们其他几个村组织不起来，原因是村支两委干部老年化，没有经营的思维和闯劲，几个村也可以成立一个合作社，刘冬麦主任是有这个能力经营管理的，不过合作社理事长还是要社员大家选才行。"

王镇长点头窝脑地说："这个办法好，老大难，老大难，老大出面就不难，看嘛，您们一来，我们的问题就解决了噻。"大家哈哈大笑起来。

大家站在山坡上就成立合作社的事情展开热烈的讨论。刘冬麦负责经营就说经营的事情，她说："从今年与各村的合作来看，还是组织得起来的。""好，我们来成立全县第一个农民专业合作社。"供销社主任眼里闪出光来，大家兴奋起来。

作为瓦屋辣椒专业合作社筹备小组的负责人，刘冬麦召集各村的支书和村主任开会讨论，她想：如果将几个村的农民组织起来，由合作社为社员提供产前、产中、产后的服务，整个产业体系就健全起来，规模大了效应就更强。

在县供销社的指导下，瓦屋、长沙、野鹤、马鹿、桥头、赵山村的村支书和村主任组成了筹备小组，制定了章程，约定了合作社的主营业务和方向，社员的入社、退社自由等相关细则。

筹备小组拟定了合作社理监事名单，准备提交大会选举通过。

在讨论合作社经营的时候，涉及合作社出资、运行、公积金的提取，盈利分配以及亏损共担的问题，出现很大的障碍，大家一致认为涉及千家万户的农民，赢利共享还好说，赚了钱好办，亏了风险共担大家都不愿意。

刘冬麦提出解决方案：一是合作社要以服务海椒产业为宗旨；二是合作社还是要有适当资金和利润才能运行，比如管理成本、人员工资等等。她建议组织一批核心成员共同经营管理，前提是愿意投资入股，认同赢利共享、风险共担的分配模式。不愿意投资入股的成员享受合作社提供的服务，不参与分红，也不承担其他责任。

最后商议办法为核心成员每个股份要缴纳五万元入股金，大家共同参与经营，盈利共享、风险共担，原则上入会、出会自由，但必须完成一年的经营工作才可以退回股金，如果中途退出要扣除百分之三十的违约金。几个村的支书、村长都加入了合作社，椒农全部选择成为一般成员，没得一个人加入，他们担心的是加入合作社要投钱，有人说你想他的利钱，他想你本钱。刘冬麦也没有再劝。

老支书嘴里说合作社的事情由刘冬麦说了作数，但他是支书，当家作主惯了，心里还是有点儿想问，但又不好问出口。刘冬麦将章程文本拿给他看时，老支书脸上开出花来。

村委会大院里打起了红底白字的横幅：石柱土家族自治县瓦屋辣椒专业合作社成立大会。

瓦屋村人听说开海椒会，欢喜得很，都飞奔来了。筹备组准备了狮子锣鼓助兴，一时间狮子腾舞，锣鼓声震天，气氛特别热闹。参会的一共有四百多人，瓦屋村所有椒农参加，其余几个村较远，选派了代表参加。会上刘冬麦分析了种植海椒的前景和好处，县供销社领导讲解了成立专业合作社的意义和指导思想。

会议选举刘冬麦为理事长，野鹤村宋支书为监事长，老支书和马鹿村的支书为副理事长，其余几个村的支书为理事。所有海椒种植户为成员。

瓦屋村海椒专业合作社在噼噼啪啪的鞭炮声里宣告成立了。向朝田抽着老叶子烟，他想不明白海椒专业合作社是搞哪样的。他想问戴春兰，忘了吐完烟子再杵过去，一开口一股烟子喷在戴春兰脸上，戴春兰呛得咳起来。他就又去问向世荞，向世荞解释说就是合作经营，也说不明白具体该啷个搞，大家都有点儿搞不明白。不过不影响大家兴高采烈的劲头，认为产业发展有了组织就更是有了依靠。

大家按照章程入股，六个村的支书和村主任入股后，加上瓦屋村的向大鱼、向世荞、戴春兰、刘书芝一共十六个人，共计入股八十万元。

瓦屋海椒专业合作社刚好成立，王镇长又组织各村开会要发展村集体经济。组织部给每个村三十万元钱发展集体经济，赚的钱由全体村民共享。

村集体经济这是个新名词，大家有些生疏。宋支书问旁边的秦从西："你勒脑壳够用，你说这个村集体经济搞不搞得起来？"秦从西瘪瘪嘴说："你个憨鸡公，管他搞得懂搞不懂，把钱先哄过来再说。"宋支书心里顿时亮了一下。不一会儿，秦从西这个观点都被大家挤眉眨眼传开了。

王镇长喊大家报村集体经济的发展方向。明白过来的村干部们就开始煞有介事地报方案，有的要种植谷子、苞谷，瓦屋村老支书和刘冬麦合计了一下，报了种植海椒。王镇长皱了皱眉头，大家刚才的小动作他看在眼里，也明白了大家的心思。

王镇长也不说明，逐个跟大家讨论种植苞谷、谷子所用的人工和收益，算来算去，大家都不好再开腔。王镇长严肃地说："农民各自种植，那是养儿不算饭食钱，村集体要种，人工是要请人来做，这些收益低的产业，工资都做不出来。"王镇长眼睛扫了一下全场说："组织部给这个钱，是要解决空壳村的问题，这笔钱就是个药引子，需要大家拿来经营赚钱，要拿来造血，通过村集体经济的发展来为村民谋福利，提高凝聚力，让党的基层组织发挥更好的作用，不是将这个钱哄回来再说，更不是拿来乱花掉，要不然就失去了意义。"

王镇长转过头征求瓦屋村的意见："你们瓦屋村报的种植海椒，这个项目本来也可以，你们定得下来不？"老支书和刘冬麦低声合计，刘冬麦说："本来种植海椒还是好的，只是我们既有村里边的工作，还有合作社的事情，怕到时管理不过来倒亏了，干脆将村集体经济入股合作社，合作社给村里分红。"老支书也赞同这个方案，就将这个计划抛出去。"要得要得，我们也入股到合作社算了。"有几个村响应。王镇长也认为这个方案可行，就挨个村落实。

秦从西拍着村主任的肩膀，两人来到会议室外，秦从西悄声说："你看嘛，他们入股到刘冬麦那个啥子合作社，我看是空打吹，是赚得到钱也没得分，亏了就是老本就要除脱，刘冬麦一个女流之辈，你看她是那家人不？前几年还不过是运气好，我的那几个客户，人家都不得买刘冬麦的账。"村主任性子温吞，他很反感秦从西平常的做派，心想：你各自才是那号人，人家几个村都信得过瓦屋辣椒专业合作社，说白了就是信得过刘冬麦。他默了一会儿说："我认为还是随个大流，别个村啷个搞我们就啷个搞为最好，不过您是支书您说了作数。"秦从西走进会议室就说："我和主任两个讨论了，我们村还是我们各自经营。"村主任瞥了他一眼垮起脸来没有开腔。

每个村集体国家配备了三十万元资金，六个村就一百八十万元，合作社的资金量达到两百六十多万元。一时间，所有人都认为合作社非常有钱。戴春兰说："嘿，老大，今天吃一回集体的油大噻。""要得，要得，吃油大。"大家跟着起哄。刘冬麦用手上的资料拍打着戴春兰的脑壳说："嘿，你这脑壳在默哪样呢？这笔钱是经营的本钱，不是赚的钱，不得用于任何开支，除非经营下来公积金积累可以开支，其他一概不允许，不准搞腐败。"戴春兰就犟嘴："吃一回，又是大家都在，也不算腐败噻。莫要恁个机械嘛，反正先用了以后要挣回来的噻。"刘冬麦笑着说："你们以为做生意，麻雀就在窝窝里头等唛？钱还没有进腰包，就不能算。就好比你们媳妇怀崽崽一样，还没生，你们就晓得是儿是女唛？还不是要生了才晓得。"没有腐败成，有人不欢喜，但是大家因此对刘冬麦更加信任。

由于各村负责人加入了合作社，产业与农民形成了利益链接关系，所以发展产业也尽心尽力。

随着海椒办公室和产业研究中心的成立，海椒种植技术也逐渐成熟，并决定用农科院测土施肥的专用配方肥。合作社将肥料购回来，各个村支书村长也是合作社的组成人员，他们负责分头发下去，技术方面就由向大鱼、向世荞边学边教，刘冬麦负责全面协调和市场开拓，一切有序井然。意气风发的刘冬麦站在鸟塔梁上，仿佛看见瓦屋村辣椒专业合作社这艘帆船已经扬帆起航。

第十五章
困境

"今年天气三晴两雨，海椒长势特别旺，大家的收入应该翻番嘎。"戴春兰又说了去年那句话。

向世荞说："去年你个幺姑都说准了，你这个喜鹊嘴巴灵得很。"

暑热难耐，这个暑假对秦大明老师来说是一种煎熬，因为他的屋顶房每天就像在蒸桑拿。刚刚又经过一场大战，他的那个前佑客又摸到他的屋顶房来吵架，说他没有照顾好女儿，还哭得声音都哑了。他只能无奈地摇头，心想：勒是啥子人啰，你要去找富贵生活，我净身出户成全，还是要来扯皮纠缠，就像一块狗皮膏药。

他一边拿着蒲扇给女儿扇风，一边看手机，突然工作群里跳出一条县教委发的文件来，文件的大意是县教委要选一批优秀老师到乡镇支教。秦大明老师心里一跳，他想：勒才是瞌睡来了有枕头勒。他仔细看了要求和条款，文件要求支教的老师一是要自己自愿，二是要学校同意，三是愿意支教的老师先报名，教委再按照志愿原则协调。

他在支教学校名单里看到了桥头中学,便毫不犹豫地报了名。他想:我正好在研究桥头文化,桥头的教育在历史上是很有名的。这为他报桥头中学找了一个好借口,只是闭上眼睛,他仿佛在幻想那双深情的眼睛,只是这双深情的眼睛不是对着自己,对着的是空寂的瓦屋坵,抑或是那个聚焦点。不管怎样,他都为这份深情所感动。他并没有非分之想,不过潜意思里,这双眼睛总是出现在他的脑壳里头。

待到海椒开始收购的时候,刘冬麦发现第一次就收了两大卡车。以前,前两回收购的量都不多,今年随时是两车以上。聚友公司说库存还有些,就只签订一千吨的单子。刘冬麦决定分"几条腿"走路,一是卖给聚友,二是卖到重庆观音桥农贸市场,三是卖给一些泡菜厂家。

天麻麻亮,向朝田就笼起裤子来到地里,看着红艳艳的一片海椒,觉得今年的海椒好得很,心里很欢喜。

刘顺油从他地头路过,看到向朝田在摘海椒。"哎,在摘海椒唛?红蛋。"刘顺油笑着问。"你个烧腊又去做啥子嘛?来抽杆叶子烟嚯。"刘顺油就放下背篼过去,边走边说:"还不是去摘那几个海椒。"

两个人坐在地上,向朝田摸出老叶子烟袋,给了刘顺油一匹,各自抽出一匹，在膝盖头上裹着。

一轮红日从迎风寺顶上喷薄而出，两个人看到强烈的光亮射出来，向朝田朝后看，刘顺油也朝后看着。

"今天天气又安逸，太阳又好，也不热，我们瓦屋勒个地方硬是横顺盖过好远。"向朝田说。"就是，特别是勒几年有了产业，瓦屋人更是感觉有了奔头。"刘顺油说。

向朝田说："做了好多年海椒，只有今年海椒最好，枝丫多，个头大，恁是安逸。"刘顺油抽了一口老叶子烟后说："我今年也做了两亩地，也可以有点儿现搞头啰。"

两个人沐着清晨的第一抹朝霞，吹着清晨凉悠悠的风，看着满坡的海椒，心里欢快而敞亮。

向朝天顺口就来了句薅草锣鼓：太阳出来那个喜洋洋，农民地头那个摘椒忙。今年那个是个丰收年，家家那个户户都搞现钱。"隆隆呛，隆隆呛。"刘顺油合着节拍打锣鼓引子。

到第三回收购的时候，向大鱼又给往年的一个大户送去海椒。人还没有下车，老板就急忙摇手说不要，向大鱼没有听清楚，以为老板在欢迎他呢，就有些得意，他大喇喇地走过去说："不用这么热情噻，我天天都要来的嘛。"

那老板赶紧说："今年海椒像卖臭狗屎一样，烂市佬，烂市佬，我也不敢接货了，接多就亏多，等到海椒价格落稳了才敢接货。"向大鱼一时间脑壳打不过转身，他蒙了一会儿说："那啷个整,今天勒车货你还是要接了才行。"那老板犹豫了一阵说:"看你们往年信誉好,这车货我们下了,以后你要等我通知才能来了。"

想到今年那么多海椒,向大鱼抹了慌盘,赶紧将情况通报给刘冬麦。刘冬麦晓得情况后,立马给以前的一些客户打电话。有的说可以接货但是价格要降,还不先付钱,要等哪时卖出去哪时才付钱,价格具体降好多,啷个降,只有随行就市,也就是说老板愿给好多就给好多。

聚友公司的一千吨协议,暂时可以消化一部分,价格还按照协议价一块三毛钱一斤在执行,因为他们注重农产品安全问题,所以在价格上不会和其他比,况且这些大公司签了协议是要作数的。

听说县里其他乡镇海椒卖到了一毛六分,有的农民卖哭了。刘冬麦也紧张起来,她默了一下,今年海椒至少是一万多吨,等聚友的单子供完,就得随行就市。想到这层,她嗤的一声急刹住三轮车,三轮车冒出一股胶臭味来。

刘冬麦只好再次出去开拓市场,希望联系以前的老客户老关系。她发现以前货物俏的时候,那些老客户嘴巴甜得像吃了糖,今年就像换了一个人一样,冷冰冰的像喝了冰。

刘冬麦押着一车货到了一个厂里,说好的给一块零五分一斤,到厂只给四毛钱一斤,肥油油的老板娘得意地说:"遇到大烂市就是我们赚钱的时候,今年我们都是在市场上看,新鲜的时候大家都不去买,等辣椒腐烂出水时,卖海椒老板心慌了我们才下手,都是一毛多两毛的进货,没有超过三毛的,你今天这个辣椒给个四毛都是卖了面子的。"刘冬麦看着她肥油油的脸，嘴巴一张一合，一口排序凌乱的尖牙像随时准备扑出来咬人一样，她打了一个寒战说："没得人是靠整人害人赚的钱，人在做天在看。"说完转身出门，后边传出尖利的声音："有本事莫求人，怕到时候来求我们，一毛钱一斤都不得要你的。"

刘冬麦喊师傅将车子开出厂门，背心已经被汗水打湿，她心里又急又气。

她默了一阵，拿出电话本挨个给厂家打电话，那些厂家要么是价格给得很低，要么就是不要。她一会儿爬上车顶，下来，又爬上去，心里像火在烧。

等得太久了，驾驶员也不耐烦，鼓起眼睛凶巴巴地对刘冬麦说："你看哪个办？要么早点儿下，要么就加钱，不然我一车拉到刚才那个厂里，换点儿运费还是够的。"刘冬麦心里鬼冒火，眼下正为难，也不敢得罪司机师傅，只好一口一个大哥地喊，那驾驶员不买账，气哼哼地说："喊大哥也没得办法，大哥不值几个钱，耽误这么长时间，我们也要吃饭，你必须再加五百元钱，不然就拉回刚才那厂里换车费。"刘冬麦气得眼泪花打转，想到为难时刻都来相逼，心里很难过，不过，她好像没有时间可以去难过，眼前的困难得马上解决。

好不容易联系到一个往年合作得好的客户，好说歹说，把去年货俏时给他一车货的恩德摆出来，还给了以后要多优惠他的承诺，那个客户勉强接了货。那老板下完货说："我是考虑到行情好的时候你也在支持我们，今天看你为难接了你这车海椒，不过也得按照市场价格来，今天的市场价格是六毛三分。"

刘冬麦算了一下账，这车货总共四万斤，给农民的收价是八毛五一斤，共计三万四千元，现在卖了两万五千两百，除去运费四千元，代收费两千元，连差称、口袋、装车费一起又是七百多元，驾驶员也趁机讹了五百元，最后剩余一万八千五百元，亏损一万六千元整，想到又受到卡拿，肚子胀气，感觉拱起一个大包来。

她试着联系常往年合作过的厂家，想把销路打开一点儿，有客气点儿的就说随行就市，不客气的直接人都不见，更有的门都进不去。不管是客气的还是不客气的，最后价格都只能最多出到两毛一斤，还要运到厂家，就这个价格，农民连采收海椒的工钱都不够，刘冬麦很害怕。

来到一个姓牟的老板门市，老板五大三粗，皮笑肉不笑地说："去年海椒俏的时候，你不卖给我，今年也可以给我，一毛钱一斤，等我泡好，三年卖了三年给，五年卖了五年给，哪时卖了哪时给你钱。"说完假装玩笑着用手掐着刘冬麦的臂膀，将她拖着打圈圈，脸上在笑，手上却在用力，刘冬麦笑不出来哭也哭不出来，实在忍无可忍，狠狠地甩开他的手说："那你等到起嘛，把枕头做高点儿。"说完头也不回地走了。这个老板个性强，在去年行情好、价格俏的时候，要求所有货给他，不让卖给别人，刘冬麦也有一些往年的客户要应付，每个客户都要考虑卖一点儿，没有全部卖给他。今年困难了就遭报复。走出市场的刘冬麦脸色灰扑扑的，眼神暗淡得没有一丝光亮。她全身发软,一屁股坐在街角的墙边,默着办法,孤独与无助裹挟着她,一辆大车从她面前飞驰而过,一缕黑烟夹着灰尘扑向她,她感觉各自就是那一粒尘土,风吹过来就扑起来,风过后就落下来,没有根基也没有依靠。

来到观音桥批发市场,刘冬麦看到装海椒的大车,车挨车,人挨人,苦兮兮的海椒老板和洋歪歪的泡椒厂家老板在讨价还价,双方的状态形成鲜明的对比。有的海椒开始腐烂流水,有一珠一珠滴的,有滴成线的,有一个车更是像母猪屙尿一样流得"哗哗"地响,还不断有装海椒的车子往市场挤。她在那辆像母猪屙尿一样的海椒车前,听到一个粗声大气的声音:"你卖不卖嚜?卖,捡到五分钱,不卖,还要倒贴钱倒在垃圾处理场去。""你们也太狠心了。"一个男人打着哭腔低声说。刘冬麦本来准备去找王姐诉苦,就不敢再耽搁,吓得赶紧掉头回瓦屋去了。

她给王姐打了个电话诉苦,王姐说:"海椒已经俏了几年了,大家看着赚钱都去种,结果今年面积又大又丰收,很多地方海椒烂在地里,我们是中间商。要卖得出去才买进来,很多厂家直接一毛两毛捡烂,加工好等两年行情好了就卖高价钱,我家没有加工设施所以不敢来收。"

汽车蜿蜒在山间,时而穿洞时而爬山,一路上谷子熟了,苞谷熟了,满眼的丰收景象从窗前飞驰而过,刘冬麦享受不到丰收的快乐,更无心观赏眼前的美景。

她头一回觉得回瓦屋村的大巴车开得太快,快得她都没有想好回去啷个给乡亲们办交差，还有向胜麦、刘成米、向冬田这些大户和椒农们，都眼巴巴地等着卖钱。

今年瓦屋村其他的农作物没有种，只有海椒，他们吃饭都有问题。如何解决这个问题，刘冬麦想破脑壳都没有想出办法。聚友公司已经收了八百多吨，还有两百吨的订单就结束了，她感觉人都吓麻了。

刘冬麦在瓦屋大桥下车后，在桥上圆圆的石墩上木然地坐着，两只脚仿佛有石墩那么重。坐一会儿，她急匆匆地往村委会走，走几步又不晓得回去啷个说，就又走回来坐在石墩上。如此反复了许多回，又担心瓦屋人看到，只好坐到桥后边的坡坡上，她先是全身冒冷汗，接着开始发抖，止不住地抖，牙齿磕得"噔噔"响。

别无他法，她只好抄小路回到屋头，用棉被捂着，希望通过这种方式缓解内心的惧怕，让身体不再发抖，可是都不解决问题，她只好起身倒了半杯白酒才缓解下来。她晓得各自任务重，如果喝醉了更没法解决问题，几个村的海椒每天如潮水般涌来，如何应对？如何解决？

她想：要是有办法保证海椒不腐烂，可以放一段时间就安逸喽！突然，她灵光一闪，蚕茧公司不是有很多的烘房唛？只要将海椒烘干可以存放就不怕了噻。想到这里，她一翻爬起来，三轮车突突地往镇上开去。

谭书记看着脸色菜青的刘冬麦闯进办公室，赶紧倒了杯热茶，刘冬麦急吼吼地将目前的困境跟谭书记作了汇报。谭书记感觉到这件事情关系到老百姓的吃饭问题，也紧张起来，赶紧召集领导班子开紧急会讨论，大家都没有做生意的经验，一时间大眼瞪小眼。

刘冬麦提出解决办法：要保证海椒不腐烂，保存商品价值，解决办法就是利用蚕茧公司的设备，将海椒烘干，还要解决资金问题。找到了路径就有解决办法。

谭书记拿起电话跟蚕茧公司商量烘房的问题。蚕茧站回复说这是烘蚕茧的设备不是烘海椒的，钥匙在管理人员手里，要几天才回来。谭书记发火了，他说："现在是产业救急，烘蚕茧和海椒的原理不都是一样的唛？你们平常的工作我们也在配合，马上想法派技术人员过来研究烘干海椒的事情。"那边承认马上派人过来，刘冬麦"呼"地一下站起来，开会的领导们还没有反应过来，就听到突突的三轮车声朝瓦屋村的方向远去。

刘冬麦打起精神，连夜召集合作社的伙伴商讨对策，大家还是"刺芭林的斑鸠——不知春秋"，还以为海椒不愁卖，嘻嘻哈哈地没有当一回事。

刘冬麦焦眉愁眼地说："海椒烂市佬，市场已经卖到一毛多一斤，我到成都、重庆两大市场跑了一圈后，也分别给原来的客户打电话或者登门拜访，他们都说全国前几年行情好，海椒价格高，农民种椒积极性很高，加上今年气候好，海椒产量大增，你们肯定也看到电视上说的有的地方的海椒无人收购烂在地里，有的租地种的老板都跑了，有的地方一毛多钱一斤还没有人要。重庆、成都两个海椒交易市场卖海椒的车子把市场都占满了，有的烂得流水，倒都没有地方倒,还要倒拿钱倒在垃圾处理场去。泡椒收购老板都在等待观望,说这种全国大丰收、大烂市从来没有得见过,随着海椒大量上市,形势会越来越糟。今天请大家来开个诸葛亮会,请大家想办法,我们该啷个办。"

刘冬麦说完,大家都吓蒙了。向世荞伸着脑壳惊明鼓眼。向大鱼晓得行情,但是也没得解决办法,两手不停地在膝盖上擦来擦去。老支书手里的老叶子烟杆无力地垂着,他独落道:"勒啷个搞哎?"野鹤村的宋支书反应过来说:"难怪秦从西那个龟儿子不收购,海椒全部背到我们村来了,原来是卖不出去,行情不好,那个栽舅子硬是狡猾得很。""那就没得法噻,我们最多就是帮忙,卖好多钱回来给好多钱,实事求是,不赚钱就行,不可能媒人贴个女来嫁。"向大鱼说。"勒种全国性的大烂市,也不是我们有能力解决的,我们也是站得拢来走得开,哪个也赖不到我们。""农民各人做的各人卖,比如街上今年黄瓜、茄子也不是才一毛钱一斤,他们去找哪个嘛?"一时间大家都认为不管就是最好的,与合作社也没有多大的关系。

刘冬麦看到大家想打退堂鼓,心想:我们是没有退路的,那么多椒农指望我们,相信我们,才种植那么多的海椒,我们丢手不管,他们一年的生计都困难。她默了一会儿,严肃地说:"目前海椒销售形势的严峻性是前所未有的,也是大家万万没有估计到的,我们是躲不起跑不脱,不像那些小商贩,他们可以赚钱就收不赚钱就丢,只赢不输,对社会、对农民没有任何责任。我们与他们完全不同，因为我们是农民合作社，政府组织鼓励成立合作社的目的就是为了把合作社和农民紧密地联系在一起，形成利益链接体，组织千家万户的农户应对千变万化的市场。"停了一会儿，她接着说："农民也是相信我们才种植勒么多的海椒，大家想一下，如果我们现在不管，椒农啷个办？吃不完、晒不干、卖不脱，他们很遭孽，我们至少还可以聚在一起想办法，他们单打独斗完全没得办法，板凳打调了坐，如果你们屋头种了海椒，现在该啷个办？我们既是农民合作社的领头人，也是村上的干部，椒农和合作社是鱼水关系，农民这个水枯竭了，专业合作社这个鱼也就死了。"大家都默默地不开腔，刘冬麦继续说："我们成立合作社的时候，是给社员有承诺的，要按保护价收购，要保护椒农的利益，如果我们不信守承诺，我们就无法站在瓦屋村，农民也会找到我们麻烦。

"我们是大家选起来的干部，也是专业合作社成员，我们是有责任来解决问题的，我们与农民签订的保护价是八角五分钱一斤，以苞谷、谷子定的价格，这是政府发动农民时的承诺，我们是本乡本土的人，不能不守信用，不要脸耍赖皮，即使想跑也跑不脱，跑脱和尚也跑不脱庙。

"做生意有赔也有赚，从没有包赚不赔的。海椒和所有农产品一样，经常是好三年撇三年，今年全国海椒大烂市，明年种植海椒肯定会大大减少。只要我们八毛五一斤收来，农民就比种苞谷、谷子效益好些，大烂市就伤害不到他们，明年的种植面积就不会减少,就保得住基地,有了青山就不愁没得柴烧,就有赚钱的机会,所以,我们必须保住来之不易的基地。"

"收起来?你说得轻巧,收来卖不出去,一斤亏七毛,加上运费就全亏完了,你有那么多钱不?收来嘟个办?"向大鱼一急,一连串地责问。大家连连点头。"完全是个天棒。"向大鱼又说。

刘冬麦仔细看了在场的每一个人,看到他们惊恐、恼火、愤怒的表情,生怕一下子点燃怒火,担心这个会开不下去,连忙安慰说:"大家莫慌,莫慌,听我说完,没得嘟个恼火。"向大鱼气哄哄地瞟了她一眼,心想:你要去跳藤子沟又没阅盖盖,我是不得搞的,你要说各自说嘛。

刘冬麦继续说:"卖鲜海椒这条路是没得指望了,我们现在的唯一出路是把海椒烘干,只要烘干了就好办,所以我们一定要齐心协力,千方百计把所有精力集中转到将海椒加工上来。只要加工出来,海椒就不得烂,可以慢慢卖,也可以等行情好了再卖,危机就可解除。"

本来内心已经接近崩溃的刘冬麦,还得雄起,给大家打气,她右手拿着笔,左手有力地挥出去,铿锵有力地说:"我们只要保证海椒不腐烂,就还是有胜算,今年大烂市,就标志着明年行情会好起来。这些年我们都体会到,农产品贵的时候抓把灰就能卖钱,比如去年;农产品烂的时候真的会烂在地里,比如今年。如果我们能够保证将海椒烘干,价值就还在,我们就还有希望解决眼目前的困难。"

刘冬麦观察了一下大家的反应，看到大家茫然无措的表情，只好假装很有把握地说："没得啥子大问题，勒点儿困难我们还是克服得了。今年赚不赚钱无所谓，但是必须要解决好农民问题，我们大家既是专业合作社负责人，又是村上的干部，就要对农民负责，不然我们办不了交责。"

刘冬麦说完，明显感觉到大家松了一口气。老支书连忙问："啷个烘干法呢？能烘干确实是个好法子。"当刘冬麦抛出利用烘烤蚕茧的办法烘烤海椒，也给大家汇报了去找谭书记解决的情况，大家心里稍微有了点儿底子。宋支书说："哪怕烘干了还给农民，帮他们烘干，也可解决一些问题。"向大鱼对刘书芝说："反正也不给钱收，烘干了再说。"刘书芝瞥了他一眼。

老支书说："大家预估下每个村的数量，我们到底面对多大的问题，大家要心里有数才行。"等数据汇总起来有一万多吨的时候，现场没有人再开腔。向世荞口头算起账来，他口里念念有词："一吨一千七百，十吨一万七千，百吨十七万，千吨一百七十万，万吨一千七百万。"话刚落，向大鱼呼地一下站起来，满脸涨得通红，大声夸气地说："我看勒是把天都捅破了，勒个场合，把我们这一屋子人卖了都抵不了这个账。"听声音都已经在打抖抖。

桥头村的王支书说："即使烘干了，椒农不得要干海椒，要找我们要钱，我们还是跑不脱，反正都抵不了账，不如不管，一人头上重十人头上轻。大家今年种植海椒赚不了钱，家家都有余粮的，吃饭还是不得有问题。"有的干部又说："涉及的农户太多，必须要解决，解决不了只有上报。"

刘冬麦说："大家不要被勒个数字吓倒了，向大鱼他们几个跟我到过市场上去看的，市场大得很，我也到干椒市场去看过的，几百亩的大市场，好几层楼那么高，你看大城市里头火锅餐馆的一个挨着一个，一天不吃些海椒唛？如果明年量少了就好卖些噻，你们说是不是嘛。"

老支书说："必须先解决海椒不烂的问题，其他的以后再说，只好走一步看一步，我相信刘冬麦的判断能力，只要大家齐心协力，就能够解决这个问题。"刘冬麦感激地看了老支书一眼。

散会后，大家分头走，有的回屋头，有的还有海椒没有装完车，有的还要送口袋，刘冬麦喊向世荞一路去看蚕茧站，她本想喊向大鱼一路，又想到赚不到钱，向大鱼那个脾气一定日咕隆棒槌的撅个没完。

一路上两个人沉默不语，连日的阴雨使道路很滑，他们用手机电筒照着路，两人一走一溜。刘冬麦心里非常明白：话虽好说，哪有哪个简单的事情？摆在面前的是万吨海椒要烘成干椒，但留的时间只有一个月，要面对千家万户的吵撅，还有合作社伙伴们的情绪，利益……真是千难万难呀。她感觉脚都提不起来，好像有千斤重。伙伴们都在崩溃边缘，各自有苦也没有地方去说，她在他们面前还要雄起，以前有苦有话可以和马有才说，现在心中的痛无处诉说。外部的压力，内心的悲伤，一齐袭来，她看着路外边的高坎坎，心想：要是滑下去摔死了怕还松活点儿哦。

蚕茧公司技术员第二天将钥匙送过来，由于加工季节过了，再喊他来就是额外的工作，他气乎乎的，不欢喜，不情不愿地大概讲了一下原理，盘点了剩下的煤炭，大约有两千斤，记了一个账就走了。

向大鱼是个能做事的，带着向世荞和刘书芝赶紧清理场地机器，准备烘烤海椒。听技术员讲两千斤煤炭最多用一天，刘冬麦找蚕茧技术员拿来卖煤炭的电话，马上组织煤炭进场。

县里很快晓得了情况。县委书记到瓦屋村了解情况，刘冬麦说："我们只要能够加工出来就不怕，挨过高峰期后就安全了，现在是要支持贷款缓解资金困难。"县委书记接着开了紧急会议，要求举全县之力介入解决海椒销售、加工问题。三天后，由县政府财政担保的农村商业银行支持的贷款两百万到位。

胡县长听说瓦屋村通过加工可以解决海椒腐烂的问题，他到瓦屋来看后，觉得这是个好办法，马上号召全县都采取相同的方式解决，化解目前的危机。

全县的蚕茧站利用起来后，胡县长感觉加工能力远远不够，便每天到各收购点查看情况，也是希望熬过高峰期。他到地里去看时，发现高峰期还没有过，更加紧张起来，心想：要是有办法搭建一些临时烘房就好了。路过一个建筑工地，他看到搭脚手架的架子时有了主意：用搭脚手架的钢管搭建临时烘房来得快。

县上连夜成立一个多部门联动的海椒风险攻关小组，分两组采取两条腿走路的办法。一个组的职责是加强鲜销,由各政府部门通过各种渠道,寻找客源,分别到各大市场销售鲜海椒;一个小组负责组织干海椒加工,帮助克服加工困难。两个组两头行动,市场组联系了市商委、市农委、市经信委,对商超、市场、加工企业分别跟进,产生了一定的效果,但危机还未完全解除。

加工组负责选场地,租赁钢架搭建临时烘灶、购买煤炭。在购买煤炭的时候,有人想就地取材,就近采购煤炭,胡县长坚决不准,他说不要遇到困难就抹慌盘,农产品安全任何时候要放在心上,附近煤炭含硫量重,坚决不能使用,哪怕我们再多受一点儿损失,也要到下江调运煤炭。相关人员连夜冒着大雨出发到下江。第三天,煤炭运回来时,临时烘房已经搭起,各乡镇赶紧上架海椒加工设备应急。

桥头镇瓦屋村委会院坝、赵山猪场搭建了三百多个临时烘灶。加工设备简陋,环境艰苦。全县都复制这套办法解决问题,要求海椒收购价格不得低于八毛五,全县海椒价格稳定下来。

秋雨一直绵绵地下,海椒采收、加工等困难不断加码,刘冬麦的心里也像秋雨一样发了霉。马多才已经考到桥头中学,他要读初中了,这个学校隔屋头又近,学校又好。只是刘冬麦要解决海椒的收购加工,没有办法送他去报名,就诓着喊他各自去。刘冬麦没有时间送他,也没有办法监管他,要让他住校。开学的时候他拖皮拖皮地不想走,想让刘冬麦送他。刘冬麦收拾好被褥铺盖,把一个脸盆盖在铺盖上捆起来,交给马多才拍了拍马多才的肩膀说:

"你已经是初中生了，这段时间卖海椒很困难，等妈妈忙完就来看你。"马多才轻声嘟哝着：" 刘细毛他们都是妈老汉送。"说完又赳赳地说了一句："我是初中生啦，我各自可以去。"说着就昂首挺胸大踏步地走了。刘冬麦看着单薄懂事的马多才，心里有些欣慰也有些不忍。

　　这天，依然下着毛毛雨，向大鱼扛着一袋海椒上到烘房上。他擦着汗水，朝着火塘旁边的煤炭灰吐了一泡口水，恨声骂道："这鬼天气，天天下雨，海椒以前三天烘干，现在四天都不干。看嘛，收回的海椒全是水坨坨，我看又要猫爪糍粑的个。"刘冬麦在旁边给炉膛加煤炭，听着向大鱼日咕隆棒槌的，心里有些焦躁，特别想将手中的煤铲朝向大鱼甩过去。她稳了稳心神，心想：在困难面前大家都焦躁，还得稳住大家的情绪，完成今年的收购任务。刘冬麦鼓劲说："大家再坚持几天就没得问题了。我们是村干部，合作社承诺了收完收尽，如果不兑现，'跑得脱和尚，跑不脱庙'。我们几户人家大人崽崽，以后在村里都伸不起头，你看嘛，出现问题以后，县里、镇上都在帮助我们，我们是有后盾的，更没得理由放弃。"

　　向大鱼默默无语，刘冬麦接着说："只要弄干了不烂了，海椒是大家都要吃的家伙，不管哪个搞，只要本钱保住了，'麻雀就还在窝窝里头'。"这句话开解到向大鱼，刘冬麦明显感觉向大鱼放松了一些，大家就岔开话题，摆一些关于崽崽、家庭等家长里短，大家的紧张情绪就缓解些。

大家盼望着高峰期快点儿过去，刘冬麦骑着三轮车在几个村了解情况。前些天，县内有的地方海椒价格低到一毛六分钱，老侯到其他乡镇收了很多海椒，又准备到桥头收购。便给刘冬麦打电话说："我们两个合伙收购嘛，越是烂市越是赚钱。别个当烂泥巴卖了，我们就捡便宜，至少还是当海椒卖的，我们有好多泡菜厂就是专门捡烂。"刘冬麦说："那种坑人害人的事情我做不出来，你还是到别处去，桥头这个地盘上，我们是要保护农民利益的。"老侯说："我怕你栽下去爬不起来，只有各自哭。"刘冬麦懒得理他，"啪"地挂了电话。

收了一段时间，大家看到数量越来越大，感到害怕，就有人提出不搞了，管他一毛六一毛五卖了算球，反正是农民的海椒，又不是各自屋头的。

刘冬麦耐着性子反复解释，大家听了觉得有些道理，但还是不敢承担风险。向世荞说："干海椒放到明年六月没有卖出去，就会变色长螟虫，要是烂了，就球毛都没得了。"刘冬麦说："干海椒放在冷库里不会长虫，既然大家是一个专业合作社，就要负责任，不可能赚钱就做，亏钱就丢，也不可能想进来就进来，想出去就出去，只有齐心协力将海椒收完加工出来，再想办法解决。你们看，县委县政府担保的贷款这么快就到位了，有县委、县政府做后盾，大家胆子放大点儿。"顿了顿又说："以后不要再说这些淡渣渣，越说越难，只有越做才会越松。"

大家看到刘冬麦坚持，另加上去年确实是赚了钱，再则听刘冬麦说明年可能卖得出去心里也就踏实一些。一般不开腔的刘书芝说："伸头是一刀，缩头也是一刀，陷都陷进去了，反正是一刀，不如坚持下去，说不定还有生门。"刘冬麦说："对头，那还说啥子嘛，坚持就是胜利。"大家统一思想后各就各位咬牙承担起来。

刘冬麦看到海椒越来越多，车子像蚂蚁搬家一样排队来交海椒，心里发慌，感觉要崩溃了。她将背篼翻转过来坐在背篼底上。老支书走进来，看着脸色灰白的刘冬麦，也提了一个背篼翻转坐起卷老叶子烟。刘冬麦两眼望着天说道："我真的受不了呀，啷个办啰？"老支书不说话，卷起叶子烟抽了一口，才慢条斯理地说："啷个办嘛？只有鼓到绷起个，人家农民是因为相信我们才种植啷个多海椒，日子难过又跳不过去，挨过高峰期就好了。"刘冬麦回了句："是啊，确实只有绷起，勒个话我对其他人都不敢说，一说大家心头的那股气就泄了，一旦泄气就再也组织不起来佬。""估计高峰期好久过呢？"刘冬麦反问。"我看了一下地头的挂果状况，高峰期还有两天勒。"刘冬麦本来还在自欺欺人，听了老支书的话她心里猛地一沉，感觉沉到了一个没底的深渊里。

刘冬麦已经两天两晚没有合眼，也没有认真吃一顿饭，地里的海椒看样子还没有到达高峰期，她心里也担心，害怕不已，还要壮起胆子给合作社的伙伴打气。

乡亲们心情不好也来撅人，她感觉肩膀没有一点儿力量，整个人就像棉花一般立不起来。将三轮车停在中屋的长石板坡前，坐在长满青苔的湿漉漉的石板坡上，看着雾气中的瓦屋村有时露出来，有时又在雾中，就好像现在的海椒收购，既没得把握，又好像有那么点儿希望。想着想着感觉很累，一股沮丧之气从脚底升起，坐了很久很久，想起曾经有个种植玫瑰的女人说过的一句话：我们做农业的很艰难，要哭我就找个没有人的地方放声大哭，哭完又接着干，我们就是打不死的小强。想起打不死的小强，她又忍不住哈哈大笑起来，心想自己还就是那只打不死的小强，干吧，天塌不下来的，想着脑壳掉了还有碗大个疤，天塌下来有地顶着，她心中升起一种悲壮的英雄气概，骑着三轮车顶着风雨，"突突突"地奔驰在瓦屋村的上、中、下屋。

"哎呀，勒时间才过得慢哦，还要好久才度过高峰期哟。"戴春兰埋怨道。刘冬麦看了看天，还是雾气层层的，看着交售海椒的车子排成长队，感觉心慌落乱的，到处都在吵吵撅撅的，她木然地看了看天。

天上下着雨，刘冬麦来到收购点，看着大家淋着雨，拥挤着来卖海椒。乡亲们晓得今年海椒烂市，害怕合作社摆摊子不搞了，都想抢先卖出去。刘顺油两口子挤不进去，站在边边着急。刘冬麦看到他们身上的衣服湿透了往下滴着水，两口子冷得发抖，他佑客更是脸色惨白，看上去很可怜。刘冬麦心里不忍，就将他们的海椒装在三轮车上直接运到蚕茧站去了。

看着一大堆收购来没有来得及加工的海椒，发出腐臭味流出一摊黄水来，刘冬麦心里凉津津的。

刘冬麦决定立即召集合作社的理监事碰头开会，大家东一个西一个地坐在蚕茧站，看上去都是又黑又瘦。戴春兰坐在用砖垫起来的凳子上，焦眉愁眼地说，收购回来别说加工，就是连倒都没得地方。

向大鱼拿着计算器算了一下，今天收回的海椒数量，加上前几天没有来得及加工的数量，一共需要八天时间才能加工得过来，等到八天后海椒已经烂成一泡汤了，况且这八天还要不断地累积进来。

几个村的支书、村长，也就是瓦屋海椒联合社的理事监事，大家闷闷地坐在蚕茧站，有的坐在烘沿上，有的将撮箕翻转坐在上边，大家急得像热锅上的蚂蚁，赶紧商量办法，说来说去都没得有用的点子，都很沮丧。

向大鱼突然劲头一鼓，趴地一拍大腿说："嘿，有办法佬，我们晒到公路上去。"所有人都眼睛一亮，觉得是好主意，然后围绕着啷个到公路上去晒的问题进行讨论，讨论得很是热烈。他们仿佛看到问题已经迎刃而解了，大家又有了一点儿劲头。

刘冬麦突然发现向大鱼有好大一阵没有说话，就问他是不是有啥子问题。向大鱼抬起头，额头皱得像个"八角皱"，他吞了一口口水，艰难地说："按照现有的三十万斤海椒计算，减去三天的量六万斤，剩余海椒二十四万斤，公路是八米，留下四米过车，两边各两米可以晒海椒，按照五公分海椒厚度塞，十四万斤需要晒出五公里地，路上哪个来管。"刘冬麦当即就横了心说："哪个要的各自装走，剩下的有好多算好多。"向大鱼又说："关键是那些装走的人会反复拿来卖给我们，可是现在天天下雨，我刚才看了天气预报，还要下五天才晴一天，接着又是下雨。"

刘冬麦也稳不住，开始抹慌盘，这上千万资金的海椒刘冬麦都不怕，经过加工可以储藏，相信还有机会翻盘。按照这个进度收回海椒，就是恶性循环，收回来烂掉，再收回来又烂掉，如果这样烂下去，亏好多心中没得底，大家是亏不起的。

大家沉默着不说话，刘冬麦默了一下说："如果每天烘都是烂海椒，这样烘出的干海椒也卖不出钱，形成恶性循环，与其长痛不如短痛，倒掉烂海椒，全部烘新海椒，这样可以保证干海椒质量，才能保住价值。"老支书默默地抽烟，他想：现在这个问题很严重，刘冬麦提出的办法是可行的，她有个做生意的脑壳，我得要坚决相信她支持她才行，不然这个事情收不了场。他敲掉烟锅巴后严肃地说："四脚蛇[1]在危急时刻都会选择'断尾求生'，我们只是倒掉点儿海椒，也不是要我们尾巴，只要明年干海椒的价值在也就大头保住了，我赞成刘冬麦的意见，倒掉一些烂海椒，全部烘新鲜海椒。向世荞拿出账本算了账，抬起头说："如果要清除腐烂的一部分，现在库存都在腐烂或者腐烂的边缘，要倒掉大约三十几万斤，那是三十几万块钱。"大家心痛、舍不得，一时间拿不定主意。

---

1 壁虎

大家默默地、沮丧地坐着，已经讨论过很多次，再讨论也没得结果，中雨滴滴答答地下个不停，叶子烟的烟雾在满屋乱窜。

电话铃声刺耳地响起来，刘冬麦心里有些紧张，估计是喊运海椒回来，大家都朝不同的方向看着，不敢交流眼神，害怕在对方的眼里看到慌乱。

电话铃声不断，你的电话响了我的响，我的响完他的响，电话铃声就这样不停地响着，大家都不敢接。也都明白不要说将海椒运回来加工，就是连放的地方都没有。

电话刺耳地响着，刘冬麦勉强拿起电话，刚打开接听键，耳朵边就是一阵暴吼："你们是耳朵聋了唛，我收怎么多海椒在路上，天上又在下雨，赚你几个工资钱受气得很。"刘冬麦等着他吼完也大声咆哮起来："现在困难得很，我们大家都在想办法，你以为我们现在是为了赚钱，还不是要解决农民问题。"只听那边继续吼："你们那么好的思想就赶紧解决，'有那副肚子才吃那副下药'。"打电话的是一个收购海椒的队长。

刘冬麦挂了电话，心想着农民已经种出来了，吃又吃不完，晒又天天下雨，农民确实很遭孽，既想顾着农民的利益，又想保住合作社不产生重大亏损，她感到很难，很无助。

实在没得办法，刘冬麦心一横，实在亏了收不了场，大不了明年出去打工，有个十年八年还是可以还清债务，免得一辈子成为一个塞口肉。

她拿起电话啪啪啪地打，问清楚每个点的收购数据并记录后说:"你们全部将海椒运到下屋倒在铧头嘴旁喂鱼。"所有的人都惊得说不出话,都以为她在说话撞他们。刘冬麦打完电话哭着说:"对不住你们几个了,不但没有赚到钱,还跟着一起遭罪,你们几个愿意承担就承担,不愿意承担就我一个人承担,大不了明年出去打工,八年还不完就十年还,总是能还清,长痛不如短痛。"听到这话的合作社成员才感觉到她是当真的,震惊得说不出话来。戴春兰也跟着哭,她说:"冬麦姐,莫说那些,你能担我们都能担。"老支书说:"倒就倒,只有掐掉烂的一节肠子,才能长出新的来,只要青山在就不怕没柴烧,在哪里倒下我们一定就在哪里爬起来。""怕个锤子,脑壳砍了也才碗大个疤。"向大鱼也雄起来了,大家心里升起一股悲壮的英雄气概。

刘冬麦立即安排他们,再次到各村把收购数量、收购码单拿过来,作为跟收购点算账的数据,直接将海椒倒在下屋的铧头嘴处。大家默默地站起来,分头行动,农民听说合作社在倒海椒,也慌了,担心海椒倒了就拿不到钱,担心后边的海椒没得人收购,紧张气氛一起来,大家就加紧采摘海椒,心想只要交给合作社了就要找合作社拿钱,不然烂了就一点儿希望没得。

运海椒的车子不断涌来,农民害怕没得人收购也背着海椒朝铧头嘴涌来,寂静的铧头嘴车声、人声混杂混乱,这场倒海椒的风波持续了一天一晚,三十几万斤红艳艳的海椒在铧头嘴堆成山。

合作社的人全部聚集在铧头嘴收海椒,倒海椒,小雨淋在他们头发上汇集成一股小溪从脸上然后往颈子流到胸口,头上身上的煤炭灰和汗迹经雨水浸泡后糊在一起。男人们默默地流泪。戴春兰呜呜地哭泣。刘冬麦眼里含着泪水，挽着裤脚在指挥倒海椒。大家都不遮雨，任由雨水从脑壳淋到脚。

谭丽华、冉隆伟、舒正田他们听说后，赶紧跑过来帮忙。谭丽华为他们每个人带了一盒牛奶。刘冬麦看着他们几个过来，背转身，不想让他们看到自己的狼狈。

谭丽华赶紧跟农委和乡镇汇报，请求支援。桥头镇书记、镇长立马组织干部过来帮助解决，他们也在稀泥地里走来走去，裤脚糊满了泥巴，帮助清理各村还有好多海椒，清理倒掉好多海椒，驻村干部立马到各村帮助稳定群众的情绪，不要产生恐慌和焦虑。

县委书记和胡县长听说桥头的海椒卖不出去倒掉了，他们马上带着各部门下来慰问处理。

当看到整个铧头嘴倒满红艳艳的海椒，再看到糊得花眉花眼的几个人，县委书记心里很难过。县委书记知晓收购的价格一直坚持八毛五分时，他跟大家一一握手说："谢谢你们，谢谢你们，你们是石柱的脊梁。恁个难，为啥不说一声嘛？"

胡县长也感动地说："今年鲜海椒烂市，我们已经组织搭建了上千副临时灶加工烘干，其他地方发展初期量少还加工得过来，但是桥头镇农民种海椒尝到了甜头，种植面积大，是我没有控制好才出现这种事情，我有责任。全县收购价格是桥头镇带头稳住，只有桥头镇在坚守。"

胡县长安排县农委动用全县的蚕茧站、烤烟房全面支持解决桥头镇的海椒收购问题，并第一时间了解全县哪些地方出现问题，一起协调处理。

县农委的协调方案很快出来，由蚕茧公司和烤烟公司突击加工，加工出来后，合作社按照五毛一斤付加工费以快速缓解危机。

刘冬麦的妹妹听说后紧赶过来，看到这种情况也跟着抹眼泪水，她说："农民各自种的海椒卖不脱是他们各自的事情，又不是生疤赖，干脆跑出去打工算了。当个哪样村主任嘛？钱也没得几个，累死累活不说，还惹下这些天祸。"刘冬麦看到妹妹前来才崩溃大哭，哭得肚子生疼生疼。

县上采取全县产茧站、烤烟房协调加工后，瓦屋辣椒专业合作社将收起来的海椒运到多个站点烘烤，烂海椒的问题解决了，合作社的成员心里松了一口气。老支书说："要不是书记和胡县长过来，我们今天倒海椒，不晓得明天还倒不倒，现在全县协调解决，至少不再倒海椒。共产党永远是救星呀！"

上课铃声响起，马多才拿出书本准备上课。"嘿，马多才，你妈的海椒都倒在铧头嘴了嚯。"一个胖胖的同学走进教室大声夸气地说。马多才气大起来，吼道："你妈的海椒才倒在铧头嘴。"那胖胖的同学说："我不骗你，你各自回去看。"

马多才丢下手头的书本，一股子冲出去往外头跑。秦大明老师抱着一摞作业本喊："跑啥子，跑啥子。"胖胖的同学就得意地说："他妈把海椒倒在铧头嘴，像房子勒么大一堆，他跑回去看去了。"秦大明老师一惊,赶紧找个老师换了课也赶到瓦屋去,他的理由是要去找他的学生。前几天报名时,看到马多才填的母亲一栏是刘冬麦,他就开始关注这个叫马多才的崽崽。

他赶紧去追马多才,扑爬翻天地差点儿栽了几个跟斗。他想:这个女人是遇到多大的事情才会将海椒往铧头嘴倒啊。

马多才到的时候,刘冬麦正在指挥倒车、称海椒、往湖边倒海椒,红红的海椒像一座山一样。他"昂"的一声冲过去抱住妈妈,脸色像青菜叶子一样,哭得说不出话来。

刘冬麦擦了擦眼睛,拍着马多才的肩膀说:"你哭啥子也,没得事,我们把不好的倒掉,把好的海椒加工出来,等行情好了赚得回来,天塌了还有地顶起的。"说完,就指挥称海椒、倒海椒。马多才看到刘冬麦自信满满的样子,也不哭了,跟着打起下手来。

细雨一直不停地下。秦大明老师看见刘冬麦绑着马尾,没有扎住的头发被雨水淋湿贴在脸上,雨水一股一股从脸上往下流,应该是趺了一个扑趴,背后的衣服裤子都是泥,衣服已经湿透,一个裤脚挽起一个裤脚落下来,脚杆上、鞋子上都是泥巴,脑壳里搜索着所学的词语,他觉得用"狼狈"这个词形容还不够。

狼狈不堪的刘冬麦像一个指挥若定的大将军,指挥着大家称海椒、倒海椒。秦大明仿佛看到刘冬麦身上有一种神圣的光亮,令他无比佩服。他也跟着走过去帮忙打下手。刘冬麦诧异地看着他,心想:勒个人啷个在勒步哦,未必又是来采风的唛。她问了一句:

"又采风嗦？"

秦大明老师一呆，回："嗯，嗯，是的。"

胡县长这段时间日子不好过，他看到卖一毛多钱一斤的海椒很是难过，也亲自去跑市场，不过在全国大丰收、大烂市的前提下，收效甚微。他全身心地努力，暗暗发誓，坚决不允许海椒烂在地里，必须保护农民的利益。为了让海椒产业可以渡过难关，他不分白天黑夜地操劳，安排增加临时烘房，亲自到一线市场考察行情等，枝枝叶叶指挥得很细。一天只吃两顿饭，有时只捞到一顿，搞得驾驶员也跟着疲惫不堪。

县上决定海椒烘烤处理后，任务分到各乡镇，分头解决。

很多乡镇是第一年种植海椒，当初说好的经营主体，看到形势不对就全跑了。胡县长听说隔壁县有个老板去发展海椒，后来行情不好跑了，还是派出所悄悄将人盯到抓回去继续解决，不过价格没有得到保障。石柱当初的经营主体由于没有合同协议，只是口头保证，也就是顺嘴打哇哇，政府找不到具体的负责人，找到也没得啥有力的措施来制约，实在没得办法。胡县长只好安排各乡镇的书记、镇长亲自收购，亲自动手加工，政府要求价格最少保到八毛五一斤，据后来胡县长开玩笑说，那段时间下乡，看到各乡镇书记、乡/镇长都糊得像个花野猫。

瓦屋海椒合作社的海椒，落实在三河、龙沙两个蚕茧站加工后得到缓解。

赵山的临时烘房在一个闲置的养猪场，没有铺水泥地，又持续不断地下雨，泥浆盖过脚背，向世荞在那里负责。刘冬麦去看的时候，向世荞身上的泥浆已经糊过膝盖头，人也磨得又黑又瘦，走路都有些偏偏倒倒的，大家都在强力支撑着，都想尽快将海椒烘干。

一场秋雨一场凉。九月底的夜晚，吹着冷风下着细雨。刘冬麦将蚕茧站的事情处理完后已经是半夜三点钟了，她骑着三轮车到赵山猪场看加工情况。她看到一张大的塑料布盖着海椒，向世荞淋着雨在海椒堆旁困着了。她轻轻地拿过塑料布，将海椒和向世荞一起盖起来，并将塑料布拱起透气。

但连续劳累的刘冬麦还是晕倒在蚕茧站，输完液后开始昏睡。睡梦中她看到很多的人背着海椒拿着锄头朝她撵过来，要她称海椒，要她给钱，红红的海椒全部飞在空中，她伸手去挡可是哪个也挡不住，她奔跑着，海椒也跟在后头飞，那些背着海椒拿着锄头的人也在撵着她，她大声地呼喊："不怕的，我不会差你钱的……"正在无助害怕的时候，一双小手握住了她，只听见马多才的声音："妈，妈，您醒醒、醒醒。"一边有个声音传来："醒了，给你妈吃点儿稀饭，我熬得粑和。"她隐隐约约地感觉那是秦大明老师的声音。

不晓得困了好久，刘冬麦才醒过来。她看到马多才在旁边握着她的手，马多才一边说话，一边将温好的稀饭端过来喂刘冬麦。刘冬麦不习惯，要各自吃。窗外，一个身影看着刘冬麦吃了一碗稀饭后，默默地走开了。

第十六章
冬伤

倒椒事件后,县委书记、胡县长等领导帮助在全县协调解决加工能力,瓦屋海椒合作社的烘炕进入正常状态,加上收海椒的高峰期逐渐过去,大家也渐渐放松下来。刘冬麦感慨地说:"关键时候还是要靠党委、政府啊。"

开学时,刘冬麦承诺到学校去看马多才,虽然学校就在瓦屋村旁,不足两公里路程,可是处于这样一种灾难年,她一直在处理海椒收购加工等工作,现在海椒收购高峰期过了,也终于有时间到学校去看马多才了。她赶着下晚自习的时间去的,一大群学生蜂拥而出,刘冬麦站在灯下,仔细地在学生群里搜寻马多才。

马多才和同学们说说笑笑地出来。刘冬麦看到多才时,想伸手拥抱一下。马多才看了看四周,害怕同学们看到就退开一步。刘冬麦就笑了说:"耶,你崽儿长大了嗦,怕笑唛?"马多才哼哼唧唧的,不开腔。

有同学认出刘冬麦来,就站成一堆看:"耶,勒不是马多才的妈,倒海椒的那个刘冬麦唛?""耶,听说今年把海椒倒在铧头嘴。""人家那叫对农民负责任,是大家学习的榜样。"刘冬麦听到马多才的同学们议论这件事情,心里有些紧张,担心对马多才造成伤害。她看了看马多才,发现他脸上嘴角上扬两腮嘟起,洋溢着一股傲娇之气。

刘冬麦看着围观的学生增多,觉得事情有些大,就给多才说:"我们去给老师请个假,今晚回屋头老妈给你弄点儿好吃的。"马多才就期待起来。

马多才带着刘冬麦来找班主任请假,他们在教室外头的走廊找到班主任老师。当刘冬麦发现秦大明是多才的班主任时很是吃惊,心想这秦大明老师不是在县城最好的学校唛?啷个在桥头中学来当老师来了?

秦大明看到刘冬麦过来,扶了扶眼镜,说:"勒个时候还来看马多才,你真是好妈妈!"刘冬麦有些羞惭,她觉得这一段时间几乎将马多才的事情抛在脑壳后头,作为唯一一个可以关心他的人,在崽崽上初中这种关键时刻没有给予关心。想到这层,刘冬麦赶紧说:"多承老师关心,今年特殊情况,我真的是失职的。"秦大明师说:"可是你在另一方面给予马多才起了很好的示范作用,妈老汉的言传身教是第一任老师。"提到妈老汉,刘冬麦有些哽咽,一时间大家都没有开腔。

刘冬麦提出晚上让马多才回屋头,想陪他摆摆龙门阵,自从他上学过后，他们母子还没有交流过。秦大明老师看着马多才，交代说："明天上学不要迟到。"看着刘冬麦母子二人离开，秦大明感慨万千：孩子有怎样的妈老汉，就有什么样的童年，有什么样的童年，就有什么样的人生，相信马多才以后也是一个有担当的人。

回想各自的糟心事，秦大明叹了一口气。他不奢望他的那个前妻对孩子有多大的帮衬，他只希望她那唯物质至上的三观，不要影响到孩子的未来，更不能让他们那种恶邪邪的相处方式影响孩子的心理健康。

他边走边想，想起他那个前妻居然在开学后撵到桥头中学来，现在的耍皮习赖估计是与那感情的劫道者发展不顺利。听说已经闹到单位去了，更是有想复合的心思，秦大明老师摇了摇头，心想：勒是啥子人哦，要离婚也是吵闹，想复合也是吵闹。本来为了孩子的成长，他也想过复合，但反复权衡，觉得这种状态复合，对孩子成长极为不利。所以，他严厉地警告前妻，如果再来骚扰，哪怕工作遭除脱，也要打断她的脚杆。自此安静了一个月的时间，但还不晓得要出些啥子幺蛾子。

已经夜里十点多钟了，没有月亮星星的天空黑漆漆的，天气有些凉，婆婆妈坐在街沿的石碓窝上双手对穿在袖笼里，她好久没有看到马多才，也有好几天没有看到刘冬麦，她很孤独，也很想念他们。当一缕亮光晃过，突突的三轮车声响起来时，她欢喜地伸出脑壳查看。刘冬麦母子从车上下来时，她欢喜得嘴唇都在打战，嘴里喊着："多才幺儿回来了，大学生回来了嚯。"边说边摇晃着进屋拿出饼干、糖果往马多才荷包里塞。

马多才想吃洋芋肉丝面条，刘冬麦从冰箱里拿出一刀五花肉，切成片片，放在锅里熬油，一股鲜香顿时溢满了院子，又拿出一块瘦肉切成丝丝，将去皮的洋芋切成丝放下去炒，一阵爆炒后"嗤"的一声掺上水熬煮，马多才和婆婆妈笑眯眯地坐在灶门前传火。

"妈妈，你上个月上《重庆日报》了，晓得不？"马多才问。刘冬麦不相信地问："哪个说的哟？""秦老师拿给我们看的，刚开始同学们都来撅我，笑我，说我妈倒海椒到铧头嘴，我好怕。"

刘冬麦看到马多才眼里有泪花在闪，她的心痛了一下，一刀切在食指上，口子不大，但还是在冒血。马多才飞快地去找来邦迪贴上，还心痛地吹了吹。刘冬麦笑道："小伤口，没得事的。"

"那后来呢？"刘冬麦问。

从马多才口中，她大概了解了经过。刚开始倒辣椒的时候，马多才成为同学们的笑料。有人编了顺口溜唱：刘冬麦卖海椒，卖不脱，倒在卡卡角角。秦大明老师听到了，就把他的那节课改为作文课，作文的题目是：谁是新时代最可爱的人。同学们有的说是老师，有的说是妈老汉，还有的说是校长。

秦大明老师启发说："老师、妈老汉、校长都是有担当的人，但是我们有没有发现，村上的干部也是有担当的人。"同学们又举手发言，有的说村上干部贪污，也有的说给亲戚弄低保等。秦大明老师说："你们只看到了一些负面的，或者是听说这些，但是我们看到很多干部是有担当的。比如就在学校周边的瓦屋村就是一个典型。"那个胖胖的同学就举手站起来说:"我晓得,我最先看到,刘冬麦,卖海椒,卖不脱,倒在卡卡角角。"秦大明老师的心痛了一下。

马多才本身心情不好,听到胖子同学喊顺口溜,当时红了脸,拿着一本书就扔到胖子头上,然后就扑在书桌上哭了起来。

秦大明老师继续引导发问,刘冬麦收的是哪个的海椒?有的同学说是我屋头的,有的说是农民的。

看着有了方向,秦大明老师继续发问,如果刘冬麦不收勒些海椒是什么后果。有同学说背到街上去卖,秦大明老师说如果街上多了有不有人买?有个同学站起来说:"我屋头做那么多海椒,背都背不出去,啷个弄到街上去卖嚯?我奶奶说我读书的钱都要卖海椒才有。""我爹爹说了,要不是发展海椒,我们屋头没得豁子可以卖得到钱,还是这两年发展海椒,我们屋头才有钱用。"

大家围绕着海椒有不有人收购,没人收购啷个办的问题讨论起来。哪个胖胖的同学突然举手站起来:"我晓得了,刘冬麦就是那个最有担当的人。"接着就有同学跟着附和。

秦大明老师引导说,瓦屋村这样的干部,把脱贫攻坚、农民增收放在首位,他们把海椒收来倒掉也要给农民付钱的责任担当,这种精神是值得大家学习的。最后布置作业,以瓦屋村倒海椒事件为题写一篇作文,题目自己定。

刘冬麦心痛,想着马多才那个时候心里是有多大的压力,小小年纪承受不起这样的痛苦。

说话间，洋芋肉丝面煮熟了，马多才吸吸呼呼地吃了一大碗，吃完后打着饱嗝摸着肚子说："还是吃妈妈煮的饭安逸些。"

祖孙三人坐在马多才的床头摆龙门阵，刘冬麦想让马多才把他写的作文拿来看，马多才傲娇地说："我的作文贴在教室的宣传栏里。"刘冬麦笑着说："那肯定写得好，下回回来带给我看。"刘冬麦问起《重庆日报》那个事情，马多才说："那篇是秦大明老师写的，题目就是：《风雨中的攻坚人》，也贴在班上的宣传栏里。那些笑我的、笑你的同学，都不笑了，都用崇敬的小眼神看我勒。"马多才傲娇起来。

刘冬麦瞬间有些感动，她想：在困难时期，产业在生死存亡关头，她没有时间关心马多才，但马多才很懂事，不将学校勒些事情跟刘冬麦说，要是任由同学们编排，马多才怕是书都读不下去了。她心里很感激秦大明老师在这一关键时刻和关键事件上的帮助，心里想着找个周末请马多才的老师们来屋头来吃顿饭，想着就摇了摇头，心想还有海椒勒一摊子事情等着要处理勒，请老师这个事情只有往后拖了。

收完海椒，刘冬麦组织合作社的人盘点的时候，发现干海椒堆得到处都是，蚕茧站、猪场、村委会都放得满满当当的，甚至办公桌下边也放满了干海椒。向大鱼说："哎呀妈呀，鲜海椒终于变成干海椒了，也困得着瞌睡了，终于可以歇息几天啰。"

刘冬麦组织大家商量海椒款的问题，戴春兰报账说政府组织担保贷两百万元和合作社的投资款，都用于购买煤炭和支付一些要得急的椒农的海椒款，现在账上还有十几块钱，农民的海椒款大部分欠着。一时间大家也默不出法子，坐了半天后，商量不出个结果来，决定耍几天再来默法子。

休整几天后，刘冬麦通知各村统计，欠农民好多海椒款，要做到心中有数。数据汇总起来，刘冬麦吓得脸都绿了，总共收了一万三千多吨，除去聚友的一千吨已经卖出去，钱收回来了外，还有一万两千多吨鲜海椒，算起来价值一千八百多万元，加上煤炭等费用就是两千多万元。

刘冬麦从来没有见过这么多钱，梦都没有梦到过，猛然发现各自欠勒么多钱。虽然她晓得这些本钱还在，但是她还是感到手脚冰凉，这种恐惧又没得说处，在大家面前她还要雄起，装着胸有成竹的样子，担心大家害怕，跟着也散了架。

缓了几天后，刘冬麦想，丑佑客早晚要见公婆，她决定召集合作社成员开会。刘冬麦窝着脑壳脚步沉重地走到村委会，里边成员的争论声音有些大，她站了几秒调整一下情绪，提起精神"咚咚咚"地走进会场，一股叶子烟的烟雾混合着刺鼻的味道向她扑来，她呛咳起来。

刘冬麦向大家通报了整个经营数据，虽然大家心里有准备，等真正面对这么大一笔数字的时候，都吓得大眼瞪小眼。向大鱼说："勒么大的问题我们解决不了，哪个要海椒各自来背回去。"向世荞说："前段时间一直在想办法解决鲜海椒加工的问题，没有想到扯出恁个大的叉叉。大不了我那几万元不要了，这么大的场合哪个亏得起，把我们全部卖了都不够。"向世荞说："只有找政府，我们是解决不了这个问题的。"戴春兰说："冬麦姐，你干脆跑了，我们跟你照顾老人崽崽，别人找我们，我们就说找你。"有人说："反正又没有给钱，要钱没得，要命有一条。"

刘冬麦挺了挺腰杆，把胆子壮起了，她假装轻松地对向世荞说："你还是个会计，你算的啥子账嘛，干海椒还在的嘛，本钱又没有丢，又不是两千多万都亏了，上回倒掉的海椒也只有三十几万块钱，摊到人头上也不多，怕豁子嘛！"大家恍然醒悟过来，杠起的腰杆一下子就松下来，满屋都是放松后的"妈呀""妈呀"声，有一种死里逃生的感觉。

接下来刘冬麦要动员成员借款，她鼓励大家："刚开始烂市的时候，我问过观音桥的王姐，她说全国都烂市，很多地方的海椒烂在地头，今年是谷贱伤农，明年大家都不会种了，所以分析明年可能有好行情，我们这些干海椒明年不会亏本。"大家听起来觉得有道理，认为放到明年一定不会亏，心里就稳当点儿。

野鹤村支书说："听你说起来，我们心里不怕了，但是农民天天来要钱，也是烦得很。农民指望着这笔钱过年，大家要商量个法子。"他明着是喊大家商量，其实是对着刘冬麦说的。

大家围绕着解决办法讨论，有的说，东西还没有卖出去，等卖出去了，再给农民付钱。有的说，如果农民要钱，就把干海椒分给他们各自处理，我们又没有卖他的海椒，加工好扣除加工费还给他们。刘冬麦看着大家说的都不是好办法,便说,如果说卖了才给钱,农民是不得干的,像我们瓦屋村,全部地都种了海椒,饭都没得吃,还是要想法支付农民的海椒款。

刘冬麦动员大家将屋头的钱拿出来,找亲戚朋友借钱渡难关,待明年海椒卖钱了给点儿利息,大家都支支吾吾的。刘冬麦晓得他们还是怕合作社还不起钱。她想:大家活着都不容易,好不容易存下一点儿家底害怕打水漂也正常,难道我不难吗?我难又啷个办?看着刘冬麦不说话,大家沉默了。最后,刘冬麦只好让大家回去商量后再回话。

刘冬麦没有骑那辆标志性的三轮车回屋头,她想走回去。感觉脑壳像一坨浆糊,举起双手拍打额头两边的太阳穴,想要清晰一点儿。

初冬的天气冻得人缩手缩脚,刘冬麦冷得牙齿打战,她哆嗦着走在回屋头的路上,夜色无边地延伸。刘冬麦想:要是黑夜有怪兽,是不是被吞了还轻松些?她感到无比孤独,有话没得地方说,面对合作社成员抑或乡亲们,她还要假装坚强,给他们打气,大家都指望着她,她各自心头的害怕无助,大家都不晓得。今年惹下勒么一摊子事,让她觉得一个人独脚打站很是艰难。

她想着合作社的人没得经营经验,也没有见过这么大的阵仗,所有问题还得依赖她,她又可以依赖哪个呢?她想了好多人,想起了马有才,心想:要是马有才在,肯定这时已经来接她了,洗脚水肯定烧好的,锅里说不定还有好吃的,想着就默默地流起泪来。

如今她只能装坚强，她害怕合作社的成员泄气了，还有好多问题要大家一起解决，害怕别人欺负他们孤儿寡母，害怕有人欺负马多才，也担心马多才不坚强，畏畏缩缩以后不好为人。

她想到找政府，政府又有哪样办法来帮助解决？她想到银行，但银行也是锦上添花多，雪中送炭少，况且她没有跟银行打过交道。她想笃一盘，不过银行可能听说烂市，特别是将海椒倒在铧头嘴这个事情，怕是不会来冒险。她想了很多很多……

刘冬麦给妹妹打电话借钱，妹妹说："你惹下这等天祸，家当儿都败光了，你勒样搞把几个家都拖垮了，退路都没得。"刘冬麦反复分析行情，说只要海椒在，明年卖脱了，就不怕。最后说通了妹妹，在她那里借了十万元，把马有才八十万的赔偿款也取出来了，本来是三年定期，这样一动也损失了两万元利息，她还是很心疼，心想着能够缓解这次危机一切都会好起来。

第二天，给合作社的人挨个打电话问情况，老支书凑了八万元，他说他相信刘冬麦能够把这个事情搞利索，戴春兰也准备了四万元。其他的人看老支书都相信刘冬麦，也三万两万凑了一些，一共凑齐一百四十万元，差距还大得很。

她鼓起勇气到银行衔接贷款，镇里的农行、农商行都去了，反复给他们说明今年是为了解决农民问题，商品价值还在，保证还得到本钱。有人笑话她说她想得天真，各自亏损了想拉银行垫背。

她苦思冥想，抓破脑壳也想不出办法，到处碰壁，她感到心力交瘁，窝在沙发上不想出门。"刘主任在屋头没得？""在的，进来坐。"婆婆妈招呼人进屋。

刘四米一进来就开门见山:"您海椒钱好久给我,我孙子年底要结婚,他妈老汉没有找到啥子钱,指望我这几万块钱办会头。"刘冬麦脸色有些难看,乡亲们有的确实是急需用钱,有的是害怕拿不到钱,天天都有人来堵门,他们也不找其他人,只找刘冬麦要。刘冬麦表态说:"如果您屋确实急需,我们低价卖了也要拿出来,反正会头还有段时间,麻烦您等几天嘛。"刘四米非要逼到刘冬麦给个准确的时间,刘冬麦就约了一个月的期程。

其他几个村的村民不晓得从哪里听说刘冬麦承诺给刘四米一个月内支付海椒钱,大家打起电筒、火把来刘冬麦屋头逼她表态,回屋头拿生活费的马多才已经困着了,听到吵吵撅撅的声音被惊起。他警惕地看着吵吵撅撅的人群,挨着刘冬麦坐着。刘冬麦感觉他在发抖,就抱着他安慰着。婆婆妈木然地坐在刘冬麦身边,手里拿着吹火筒。马多才看到他奶奶拿着吹火筒,也把火钳拿在手上,大声吼:"你们哪个敢过来,我打死你。"刘冬麦轻声安慰:"没得事,没得事。"

大家吵吵撅撅不肯散去,有个人说:"你给我表个态出个条子,我要求不高,也跟刘四米一样。你该(欠)的勒些钱,你屋头一家人卖了也还不起,你这一辈子也还不起,其他人我不找,我们是相信你才种的勒么多的海椒。"刘冬麦反复解释,海椒弄干了本钱还在,只是暂时海椒没有卖,如果低价卖了,那才是真的把一家人卖了也不够。

刘冬麦提出解决办法：一是大家将干海椒按比例折算回去，明年卖的时候大家再交过来；二是等想法筹集一些钱来支付一部分；三是等卖了给钱再支付。大家害怕海椒没得，钱也拿不到，又担心把干海椒拿回去卖不脱，如果等卖了来拿钱，又不晓得要等好久才拿到钱，一时间吵吵撅撅。

老支书听说后赶过来，他站在门口，大声吼："你们这些人是不服好，我听说今年全国有好多地方海椒是烂在地头的，根本没得人过问也没人收购，我们今年将海椒收回加工了还要不得？即使两块三块还是要卖点儿钱。按照冬麦主任的思路，等行情好起来再卖，你们的钱是有保障的。"大家听老支书这么说，刘冬麦也是这么说的，心里稍稍踏实点儿。有人说："那我们要吃饭的嘛，不可能饿死噻？"老支书说："恁个办，你们哪个屋头没得米了到我屋头去背。"老支书晓得，大家屋头的存粮吃个两三年是没得问题的，大家也不开腔，有人就悄悄地走了。

人群散后，婆婆妈丢了吹火筒嘴里撅道："勒些没良心的，要是不收他啷个腔壳子海椒，我看现在去找哪个哭。"马多才也丢了火钳一把抱住刘冬麦，眼里含着泪花，但是倔强地不流出来。刘冬麦看到连累了婆婆妈和崽崽，让他们受到惊吓，内心更加难过。

她想现在她是这个屋头的天，她必须坚强才行，便将眼泪生生地逼回去，故意轻松地安慰说："天上飘来五个字，勒都不是事。海椒炕干了，本钱还在的，慌啥子嘛。"马多才一听，一下子就放松了，他仰起小脸问道："您都那么担当了，为他们着想，

493

他们为什么那么逼你？"刘冬麦蹲下身，看着马多才认真地说："乡亲们穷怕了，一年到头指望着收入，他们也要钱过年，我们不应该去抱怨他们，要尽快想办法解决才行。"马多才听懂了，他说："妈妈，我放假了也来跟你一起想办法。"刘冬麦激动地搂过马多才，将他紧紧地搂在怀里，泪水在马多才视线范围外流淌。

老支书没有走，装起一杆叶子烟默默地抽，看着刘冬麦在这种情况下，还在安慰婆婆妈和崽崽，对刚才逼债的人给予宽宏和理解，并且一直在提解决办法，说真的，老支书感动了。他想着这是他见过的最大气的人，无论是在困难面前或者是受了委屈，都能够担当和隐忍，并且不抱怨不崩溃。他感受到，跟刘冬麦搭班子，各自干事的胆子也大起来。

抽完一袋烟后，老支书开始安慰刘冬麦："开始海椒烂市卖不脱的时候，我也怕，但是你说海椒炕干了，只要不烂，应该能保住本钱，我也才不怕了，你给大家壮了胆。现在的问题大家一起来解决，只要本钱在，天也塌不下来，勒些人是穷怕了，也没有见过这个阵仗，既然事情已经出了，我们只有一起面对。大家一起做好乡亲们的工作，也要特别解决几户有困难的人，勒也不是你一个人的事情，说小点儿是合作社的事，说大点儿就是桥头镇的事情，你也不要压力太大，有大家帮衬着勒。"刘冬麦默默地听着。老支书最后说："你想方设法解决问题，村里的工作有我们，至于买卖那些事情，我们也不懂，你就多费心。"

刘冬麦怕遇到乡亲们，整天不想出门，就窝在沙发上发呆。她看着木楼板上那些虽然熏得黢黑，但是清晰的木纹，看着条条都是路，她循着每一条路的纹路理过去，纹理交叉纵横，看着有路其实走不通，如果跳过交叉疙瘩就又有路径可寻。她心里默着：跳过，跳过……突然一翻爬坐起来，她记起县农商行行长和胡县长一起到瓦屋村来过，并且表态说要支持瓦屋村发展，何不跳过镇里的支行到县上找行长去？

刘冬麦刻意梳洗一番，来到县农商行，她的想法是如果穿得像个叫花子，银行不敢贷款，只有穿戴整齐给人的印象好，贷款才有希望。

刘冬麦来到县农村商业银行，看着亮堂堂的营业大厅，她不晓得去哪里找行长，她再想往里走，就被保安拦住了。她拿出了在泡椒厂的那个法子，拿出电话边接边说。"啊啊，行长呀，我马上上来。"混过门卫的刘冬麦，摇着头得意地笑起来，她看到各个门上都有门牌，这个经理那个经理的，好不容易找到行长办公室，刘冬麦正准备推门进去，又想到人家是讲究人，要敲门才可以进。敲门得到允许后，刘冬麦走进去，行长认出她来说："耶，石柱的名人来了呀，坐坐坐。"

刘冬麦见了行长也不拘束，她说："行长呀，我好不容易找到您。"行长笑着问她有哪样事情，她吸取前段时间失败的教训，就不再叫苦，她说："今年海椒烂市，我们迎来了最好的发展机会。"行长心想：勒个人啷个勒么不靠谱约。行长意味深长地看了看她，冷冷地问："烂市哪来的机会？"刘冬麦说："行长大人,现在的农业是不是贵两年就烂市,烂完市就开始暴涨,您还记得当初的'姜你军,蒜你狠'不?"行长觉得有点儿意思,就接着问:"我晓得勒个事情,但是为哪样出现勒个情况?"刘冬麦说:"我特意了解过这个事情,因为生姜价格俏了三年,大家就一起赶着种,结果一下子种植多了没有人要,就烂在地里,农民就遭了殃。第二年农民就不种,大家都不种就价格莽起涨,就姜了一军了嘛。"行长听完哈哈大笑起来,他说:"对头对头,那个说法是农业波浪式前进。"刘冬麦说:"也是老辈子说的'逢贵一起赶,逢贱一起懒'。"大家越说越投机,吹了半天垮垮,那行长后来才想起正题,他说:"你说哈你的机遇是啥子嘛。"

刘冬麦就分析了,她说:"海椒就跟那个'姜你军''蒜你狠'一样,前几年只是海椒秆秆和叶子卖不脱,只要是海椒就卖钱,今年就烂市烂在地里,农民就伤心不种了。烂完市明年就会飞起涨价,那就是我们的机遇嘛!"行长听得津津有味。刘冬麦受到鼓励继续说:"我们今年要良心,以保护农民利益为重,我们价格保证收到八毛五一斤,有的地方烂在地里没人要,有的地方收到一毛两毛,我们将海椒烘干后保住商品价值,保住本钱,我有绝对的把握明年要涨价。"行长不住地点头。刘冬麦摆了海椒收购的过程,他们如何克服困难如何解决问题。行长听得不住地点头。刘冬麦说:"大家能够坚持下去的理由是通过加工后,保证海椒本身的商品价值还在,就可以延长海椒的销售时间和半径,就可以保住本钱,保护农民利益,保住产业发展,我们就不怕了。"

刘冬麦说话的时候，不停地喷口水，感觉很不好意思，就不对着行长说话。

"海椒保存不好坏了啷个办？"行长担心后续的保存问题。刘冬麦说已经托朋友找到冷库了，全部进入冷库后就不怕了。行长有些惊奇："你们为何跨几个省到河南存放？"刘冬麦解释说北方冷库费用低，到时候卖到湖北也近。

当行长了解到现在的缺口是一千五百多万，已经有了政府担保的两百多万元的贷款，并且还没有抵押物的时候，倒抽了一口冷气。他想，一个刚成立的农民专业合作社，如何敢贷那么多款给他们？行长沉默了，刘冬麦心里惴惴不安，心想又泡汤了。不过行长说了，让刘冬麦回去等消息，看到行长的态度，她仿佛在冰天雪地里看到了一点点火星子。

刘冬麦从行长室走出来，觉得各自刚才讲得口水乱喷、意气风发、挥斥方遒的样子就像当初向胜麦吹大保健的样子，各自都想给各自吐啪口水。

刘冬麦走后，行长思考了很久，他觉得刘冬麦今天给他上了很好的一课，让他深度的思考应该怎样支持农业产业，怎样帮助农业产业。还可以让银行避开风险。他觉得刘冬麦的办法是可行的，只要保住商品价值就可以提高抗风险能力。刘冬麦一个村主任都有这样的担当和勇气，作为一个扎根农村支持农业的农村商业银行还有哪样可犹豫的？现在海椒产业已经烂到谷底，明年不会比这个更差，他也想通过这样一个实例做成典型案例，在行情好的情况下支持，说不定风险倒是更大。想了很久后，他拿起电话通知贷款部的经理到办公室来，他将刚才思考的结果给贷款经理分析后，说："你们贷款部研究一下啷个支持，这个案例值得思考，刘冬麦这个人也值得支持。"

刘冬麦一直在想各自说话以前不喷口水，现在为哪样喷口水呢？她悄悄问谭丽华说："我现在说话老喷口水，是不是得了哪样病嘎？"谭丽华盯着她看了一会儿说："你都瘦得包不住牙齿啷个不喷口水嘛。"刘冬麦摸了摸各自的脸，感觉是瘦得凹进去了，夸张地说："可惜这张如花似玉的脸勒。"谭丽华哈哈大笑起来，她想：刘冬麦恁个搓磨还有心情开玩笑，真不是一般人勒。

农商行贷款部通过调查，确实看到有那么多的库存，就商量做质押贷款，说好要安监控，海椒出库要监管，不过不允许在河南冷藏，只有在重庆市内找冷库，银行才方便监管。

刘冬麦欢喜极了，赶紧找观音桥市场那个王大姐，在重庆帮忙联系冷库，最后在合川区找到了一个大冻库。没有车费只好卖掉几车海椒，六块多成本一斤的海椒二块八毛钱一斤脱手，卖一吨将近亏八九千块钱。

出货的时候，刘冬麦在镇上开会，向世荞和戴春兰负责出货，戴春兰打来电话气鼓鼓地说："冬麦姐，那个人拿勒么低的价格还要挑最好的海椒，都爬到海椒堆上乱翻佬。"刘冬麦说："他今年拿最低的价格挑最好的海椒，明年将拿最高的钱来买最差的海椒，让他挑。"

这回贷款质押，按规定只能质押一半贷款七百五十万元，还有一半缺口。刘冬麦想，只有动员椒农暂时拿到一半的钱，另一半明年再支付，合作社成员也赞成这个方案。

贷款到位后，刘冬麦精神好很多，她分析目前的形势，大家都怕拿不到钱，要支付一半，欠一半海椒钱，还得开群众代表会动员。

本来通知几个村的代表来开会，大家听说是关于海椒款的事情，担心拿不到钱，就想来讨个说法，人们从四面八方涌来，有的在撅，有的在吼，人越来越多，黑压压的一院子，本来准备在会议室开的会只好挪到院坝来开。

刘冬麦在办公室最后清理核对账目，准备给大家报账，几个妇女撅决吵吵地走过来，就在那干吼："喂，瓦屋村的人欠我们的钱，人都不敢出来见面吗？躲得过初一躲不过十五。"向大鱼佑客一听气起来："你勒个女子家是哪个村的，哪个欠你钱躲起来了，你嘴巴放干净点儿。""耶，锅儿盖倒转盖呀，欠钱的成大爷喂，我不相信今天不给钱走得脱人。""你跟哪个妈的妈的？""啪"的一声脆响，那几个女人抓住向大鱼佑客给了她两个耳光。向大鱼咬牙切齿地冲过去将几个女人一把推开，顺便骂道："敢在瓦屋村打老子的佑客。"一时间两边的亲戚朋友形成对峙局面。

谭丽华看着黑压压的、愤怒的人群，担心出事，给镇上谭书记作了汇报。谭书记、王镇长、驻村干部、派出所一起过来赶紧安排各村协调，一时间大家很紧张。

刘冬麦拿着笔记本精神抖擞地出现在村委会门口，就像一个战场上威武的将军，她看了一眼紧张的局势，笑着说："耶，还要打群架唛？快点儿过来听我作报告，说海椒的事情。"那边有几个村干部劝到，大家看到刘冬麦出来的样子出乎意外，都感到好奇。有人心想：嘿，虱子多了不怕照唛，欠勒么多钱还当没事人一般。

刘冬麦开始讲："各位乡亲，非常感谢大家支持完成了今年的收购任务，今年的海椒情况是全国大丰收大烂市，很多地方的海椒无人收购烂在地头，包括我们县有些乡镇也收过一段时间的一毛六一斤，大家也可能听说过。我们合作社最初收到一块三，最后稳到八毛五，可以说是全国价格收得最贵的，可是这一切来之不易。"她严肃地扫了一下全场，停了一回继续说，"为了解决收购的问题，我们在县委、县政府、各乡镇、各部门的支持下搭简易烘房，启用蚕茧站的加工设备，合作社的向世荞累得在雨坝坝困着了，我们实在加工不出来，为了减少大家的损失，我们只好将海椒收来倒掉。"刘冬麦说着开始哽咽流泪，也有些人跟着抹眼泪水。

正准备说解决办法，一个络腮胡的老汉站起来说："我们晓得你们的难处，你刘冬麦也是大家尊重的人，我只想问你，你把海椒倒了，我们大家要过年、要吃饭，你看啷个办噻？勒是现实的问题。"大家本来还在感动当中，经这老汉提醒，一说到钱就不亲热了："对头，对头，收了海椒就要给钱。""莫说那些干儿子话话，今天我们要拿到钱。"刘冬麦感到委屈，有些哽咽。谭书记、王镇长赶紧招呼各村干部将本村村民的情绪控制住。

大家都站着，刘冬麦也站着，大家都想往前边挤，好像挤到前头就可以拿到钱一样。刘冬麦手在桌子上一撑，一翻爬站在桌子上，拿着麦克风说："我们今天就是请大家来商量勒个事情的处理，我们现在的情况是：收购了一万三千多吨海椒，倒在铧头嘴的一百五十多吨，那一笔要亏损三十几万元，鲜椒卖了一千多吨，烤成干椒两千四百多吨，现在放在合川县的大冷库，现在总共欠账是两千一百多万元。"刘冬麦还没有说完，现场一下子哄地激动起来，有人激动大吼："那不是把你们人卖了都不够。""管你啷个搞，我们要钱。"

刘冬麦手一挥大声喊："大家安静，听我说完。""那我们又听你啷个说嘛？"刘冬麦继续说："我们现在的海椒烘干了不得烂，还是要值钱的，放在冷库里头可以放三年，所有勒些包括倒掉的那些都没有亏多少，大家不要心慌。我们向银行贷一半的款，希望跟大家商量今年兑现一半，明年再兑现另一半，在今年这种年灾月烂面前，希望大家一起共渡难关，请大家相信我们，我们是合作社，是农民的组织，主要就是组织大家应对千变万化的市场。大家看，如果我们今年不收购，大家的海椒卖得脱不？晒得干不？吃得完不？"有人搭白说："是恁个情况，我们有在外县亲戚，今年的海椒烂在地头，一毛两毛钱一斤都没得人要。""那我们还是好，至少还是有希望拿到钱噻，还有人收了的噻。"

看到现场群众情绪稳定下来，谭书记、王镇长等干部心里才安稳一些,刘冬麦也下了桌子。向朝田走上前拿过麦克风说:"我也是个椒农,我最先做海椒,我来说句公道话。大家觉得海椒没有拿到钱,来找刘冬麦,我问你,你屋头今年的茄子烂在地头,南瓜烂在地头,苞谷子两毛多钱一斤卖出去没得?你去找哪个?刘冬麦他们几个今年是拿命在拼,想将大家的海椒处理了,至少保住本钱,想保住大家的血汗钱,勒些年你们种的庄稼有哪样卖到钱的,又有哪一年有人这样地组织来管过,我就问你,如果他们关门不收,你又哪个办?你把她捉来杀血唛?今年没有收的地方多的是,不要不晓得好歹。"大家开始平静下来,人们私下在讨论,有人说:"确实是的,其他地方都没人收,卖不脱去找哪个嘛。""也是哦,他们收了唛还可能早迟有几个嚟。"

向胜麦站起来接过话筒说:"我一直想说几句,我以前和刘冬麦不和,是针尖对麦芒,但是在她带领下,我种植海椒找了钱,也许大家信不过我说的话。"有人接话说:"你那臭名声,还真是信不过勒。"向胜麦有点儿面赤,接着说:"但我不说虚的,我跟大家算笔账,我屋头种了一百二十五亩地,工钱和肥料等各种费用花了十一万五千元,总共卖了二十四万多点儿,我如果拿到一半的钱,就超过本钱,你们小户不请人,成本低,拿到一半已经超过种植苞谷、谷子的收入,你们各自默一下,看看我说的是不是事实,你们吃亏没得?"有人真的就开始默各自的账。就有人搭别说:"我们想岔了,还真是你说的那个情况。"向胜麦继续说:"如果明年你们拿到另一半,是不是划算嘛?"大家听明白了,也默了各自的账，心情就好点儿。

"说实在的，我很感激合作社，你们看这一群人，哪个不是饭都来不及吃，饿得偏偏倒倒，黑瘦得只剩一层皮，刘冬麦理事长更是晕倒住院。我们想一下，他们为了哪样？是赚得到钱唛？还是有利益？有的只是很大的风险。他们在勒么艰难的情况下解决了我们的问题，我们要学会感恩，要支持合作社的发展，我在这里表个态，我的海椒款等大家的一半拿完我再拿。"向胜麦又说。"我跟你一样。"刘顺油、刘成米等人也赶紧说。

老支书见到会场的情景很受感动，他对瓦屋村人今天的表现很满意。他想：瓦屋村变了，瓦屋村的人也变了。他拿过话筒说："瓦屋村的乡亲们，我为你们感到骄傲，在困难面前主动谦让，大家原则上今年拿一半的海椒钱，其他村的社员有特别困难的有特别需要的，统计一下数据，瓦屋村的人可以今年少拿点儿。"只听见瓦屋村答应："要得，要得，瓦屋村人扎起。"谭书记、王镇长都被感动了。

有个外村人男人站出来，抢过麦克风说："给我来说两句。"大家感到紧张，生怕他又带起火来，手心里捏着一把汗。"我们一天闷在屋头种海椒，摘海椒，不晓得外头的情况，今天听了合作社的所作所为，他们不是为了自己做生意赚钱，在困难面前主要在解决我们农民的问题，我真的很激动，我们是身在福中不知福。"他还想说点哪样，想不起来，摸了摸脑壳憨憨地笑起来，大家也跟着笑。他继续说："啥子都不说了，大家都是耿直人，就恁个，有勒么好的合作社，我们就一心一意跟着干，还是闷起种、闷起摘，大家扎起。"

现场大家拍起巴掌来。

谭书记拿过话筒说："作为桥头镇的书记，我是惭愧的；今年这么重的担子让合作社一帮人来担着，我是感动的；有这么一群人在困难面前有担当有情怀为民分忧，我是骄傲的。我们桥头镇有这么一群英雄，刘冬麦、汪支书、向大鱼、向世荞、戴春兰，还有各村的支书、村主任，正是有他们在，我们现在的辣椒还有价值，没有烂在地里，我提议为这一群英雄鼓掌。"巴掌更加热烈地响起来。

"这样处理，我们心中就有数了，走哦。"有人带头先走，大家都陆陆续续走了，那个绊横的妇女也赶紧混在人群中离开。

"向胜麦他们到底拿到一半够本钱不？今年到底亏了好多哦？"刘冬麦担心。"哎呀，你一天都在念，向胜麦那天不是说了唛，够的。"谭丽华有些不耐烦。"就怕他为了缓解矛盾编的嘛。"刘冬麦眼睛无神地看着天花板。"走嘛，你一天到晚愁这愁那，一会儿担心刘成米，一会儿又在担心向胜麦、向冬田几个种植大户亏损。我们干脆到他们几个屋头看下情况心中才有数。"

谭丽华邀约刘冬麦一起去走户，刘冬麦心想还是去看一下心里才踏实。

时间一晃，已经是初冬，瓦屋村还没有生气，大家还没有从海椒的惊险刺激中回过神来。他们听说今年可以拿到一半的钱，大户够本钱，小户就有赚账。但是目前大家还没有拿到钱，也没有心情整地，要是去年早就搞得热火朝天的了。刘冬麦想：还是尽早将农民的一半的海椒款付出去才行。

天气阴沉阴沉的，风呼呼地吹着，吹得刘冬麦和谭丽华睁不开眼。刘冬麦缩了缩颈子，心想：今年大体又是个冷冬。

向胜麦坐在街沿的板凳上，裤腿糊满泥巴，屋头冷冷清清的，看去人还健康，就是感觉蔫答答的，应该是才下地回来。看到刘冬麦过来，他赶紧端出木板凳用衣袖擦干净。刘冬麦、谭丽华两人还没有说话，向胜麦倒是噼噼啪啪说开了："我开会那天说的是真的，合作社今年支付我一半海椒款比本钱还多点儿，剩下的就是利润了，今年的稀饭钱还是有的。"向胜麦聪明，一下子就明白了刘冬麦她们来的意图。刘冬麦心里有点儿不相信，向胜麦看到刘冬麦不相信，就进屋拿出记账本，将汇总页拿给刘冬麦看，刘冬麦看到记账汇总支出十一万三千多元，毛收入包括示范片补助共计是二十五万五千三百元，意思是利润有十四万二千七百元。她再翻了他的流水账，账记得很仔细，物资投入一页，工资有几页，销售也有几页，当下也不再怀疑。谭丽华进院子四处检查卫生，回来后拿出手机计算器核实，最后结论是情况属实。向胜麦说，今年的海椒价格虽然低一点儿，但是产量高些，所以收入并没有减少。刘冬麦听到乡亲们并没有受到伤害，心里也宽慰一些。

她们来到向冬田屋头，刚走进街沿，就听到一阵锅铲碰撞的声音，一股鲊海椒炒腊肉的味道扑面而来。谭丽华说："向冬田屋头的烟火气很浓啊。"她们两人迈进门槛，看见灶膛的火苗映在墙上，感觉温暖和踏实。刘冬麦大声喊着："向冬田，你崽儿还在弄好吃的勒。"

灶屋的光线有点儿暗，待看清炒菜的人时，刘冬麦惊叫起来："嗨，你个女子家还晓得回来唛？"向冬田佑客也边拿盘子装鲊海椒边欢喜地说："昨晚刚回来，我和冬田还说好明天来你屋头走人户看您勒。"谭丽华没有见过向冬田佑客，听着他们两人言语，猜到是向冬田佑客回来了，心里也跟着甜滋滋的。刘冬麦拍了一下她的肩膀说："算了算了，你们两口子嵌在一起还没有出来，不用看我，你两口子你看我我看你就行了。"大家哈哈大笑，一起说着话。刘冬麦坐到灶膛前往里加柴火，谭丽华也跟着坐在灶膛前的板凳上，大家叽叽喳喳地摆龙门阵。坐了一会儿，谭丽华说要走，向冬田佑客赶紧留吃饭，刘冬麦说："见食不餐必是憨。"这时向冬田从后门一个飞步进来，一下子搂着佑客的腰杆想要亲一个。他佑客一边用巴掌打飞他的手，一边尴尬地说："冬麦她们在呢！"大家哈哈大笑起来，向冬田和他佑客脸臊得通红。

大家一边吃饭，一边夸向冬田佑客饭菜做得香。走户也饿了，刘冬麦毫无形象地风卷残云。谭丽华说："你是饿死鬼投的胎唛，还好农村人做饭做得多哦。"刘冬麦咽下一口饭说："难道你们城里人做得少我就不吃唛，不信你哪个时候做来，看我是不是吃得下去嘛。"谭丽华哈哈大笑："你想吃我做的饭就明说，哪个时候露一手给你。"

大家边吃饭边摆龙门阵。刘冬麦了解到向冬田的一百来亩地今年也收回了本钱，剩下的十二万元明年收回就是赚账，也是投入产出差不多一半。向冬田说："很感谢你们的帮助，要不是你们经常来开导我，我现在还是个烂酒罐，佑客也不得回来嘎。"谭丽华谦虚地说："这要感谢党的脱贫政策好。"

　　随后，她们又来到刘成米屋头。刘成米煮好饭在大声夸气地喊黄成英吃饭。谭丽华说："我感觉到刘成米屋头有一股火热的生活气息。"刘冬麦突然念了一句诗词："'无人与我立黄昏，无人问我粥可温。'看来刘成米是有人温稀饭啰！"两人相视一笑，都在对方眼里看到了满满的成就感。

　　谭丽华迈进门坎说："看来过年的时候脚洗得好，今天到处遇到吃的。"刘成米和女朋友欢喜地拿碗拿筷，招呼她们吃饭。刘冬麦凑近桌子闻了一下说："好香啊！不过你给女朋友做的好菜我们不敢吃，你们各自吃吧。"刘成米也开玩笑说："你们吃了就再吃点儿，没有吃就算了。"随即又补充了一句："看你们两个嘴巴油光水滑的，肯定是吃了油大了。"大家一阵嘻嘻哈哈，两下不客气。

　　刘冬麦问了刘成米屋头的情况，大体差不多，当下心里不再担心几个大户搞亏了。刘冬麦走时说："该约期了哦。"刘成米说要打算了，黄成英脸都笑红了。

　　刘冬麦和谭丽华走在瓦屋村的田坎上，感觉也不冷了，身体变得轻盈，脚步变得轻快，胸腔被一种满满的成就感包围，一种力量又从脚底升起。

第十七章
荣誉

这个冬天，石柱海椒产业发生了誉满全国、载入史册的大事情。

这是一个冷冬，至少刘冬麦这么觉得。四处筹款弄得她焦头烂额，心里毛焦火辣，好不容易通过银行贷款七百五十万元，并说通农民支付了一半，欠了一半的债，大家筹借了五十万元，三笔债加起来有一千七百多万元，算上大家的投资款是两千一百万元，现在海椒已经运到合川区的一个大冷库里。本来是要运到的西华县，那边冷藏费用便宜些，后来因为农商行要质押监管，跨省不方便，所以只好存在合川的冷库。

困到半夜的刘冬麦突然惊醒，一翻趴坐起来，心脏咚咚地跳，潜意识里时刻都在担心冷藏在合川的海椒。然后她坐到半夜再也无法困瞌睡，这段时间天天重复这样的动作。

刘冬麦一天担心这样担心那样，只好去找观音桥市场的王姐。王姐说那个冷库一年存放好多万吨，都是这种方式，让刘冬麦把心放在肚子里。她稍稍心安，不过还是每个月都要去看一回。

天气有些阴沉，刘冬麦两手插在口袋里的样子有些令人心疼。这个秋天消耗太大，她精神、体力还没有恢复起来，总感觉困不着瞌睡也困不醒，有人说话还没钻进耳朵就从额前飞走了，听不进去，无法思考问题和做任何事情。她想要休息一段时间，大家也晓得这个情况，非必要就不去打扰她。

谭书记一大早打来电话，说下午县人大代表要来视察调研海椒产业，让刘冬麦准备一下。她打开电脑准备写点儿东西整理思路，但是感觉昏昏沉沉的，开不起头，只好把电脑关了。

睡了一大觉后，终于醒来，感觉好一些，便梳洗一番想精神一点儿，她照了镜子，才发现自己整个人脸色黑黄，脸颊深凹，头发油腻腻的，额角的川字纹显得更深，横向也增加了几条纹痕。她用手抹了抹，抹平了又弹了回去，看到这个神情恍惚的人，莫名的有些心疼，打直腰杆，挺了挺胸，感觉有点儿滑稽又遭孽，闷闷地走出门。

二十多名人大代表呼啦啦地围上来。刘冬麦将瓦屋发展海椒的过程拉拉杂杂说了一遍，但自己很不满意，感觉词不达意，各自没有说明白，也害怕别人没听清楚，说完蒙杵杵地站起。

出乎刘冬麦意料，大家听完她的介绍很感兴趣，一是了解种植海椒的收入确实比常规农作物高些，二是代表们对刘冬麦说的只要海椒商品价值还在，就能放得久、卖得远这句话很赞赏。

有个代表提了一个问题："为哪样你们桥头镇海椒收购价格

509

要高些？当初其他人都丢手不管你们为哪个不丢？"刘冬麦说："我们组建了合作社，大家也加入进来，况且我们已经收购了三年海椒，桥头镇其他几个村去年也是我们收的，我们不可能赚钱就收不赚钱就丢，况且那些农民是相信我们才种植这么多的海椒，如果我们不收，他们晒不干吃不完很遭孽，我们必须尽全力去解决这些困难，勒是我们的责任田，必须要完成任务才行。"人大代表竖起大拇指说："这个理事长有情怀！"

胡县长窝着脑壳默了一会儿说："今年其他乡镇那些老板，本来说好来收，胸脯拍得哐哐响，等到行情不好赚不到钱时，人影影都没得一个，赤脚板主任说的'责任田'这几个字我很受启发，能不能研究一套体制机制，让大家行情好时赚点儿，行情不好的时候，就当成各自的'责任田'来担当，当成一个永久的事业来做，这个产业是不是可以稳定发展呀？"胡县长说完，人大代表举着大拇指点了一个赞说："你这是高人的高，经营者有责有利才可以持续发展。"大家七嘴八舌地讨论，有的说就按瓦屋村这样搞，用村组干部来做，用组织来管，有的说不行，上有政策下有对策，市场行为不可以用行政行为来管控，大家你一句我一句热烈地讨论。

胡县长听了一会儿说："现代经济学之父亚当·斯密有一个'有形的手和无形的手'的理论，市场需要把'有型的手'和'无形的手'有机结合起来，才能实现国民经济持续、稳定、高效、健康地运行和发展，市场调节、宏观调控，区别、联系、作用、结合才能真正形成健康稳定的市场。"他看大家听得津津有味，接着说："有形的手是国家政府调控，无形的手是市场规律，宏观调控主要是指政府运用财政政策、货币政策、法律手段和一些行政手段，对市场经济活动进行干预和调节，宏观调控主要目标是促进经济健康增长，增加就业，稳定物价，保持国家收支平衡。""说得好！"人大代表带头鼓起掌来，大家都热烈地附和起来。

一群人兴致勃勃地讨论着，人大代表说："政府的作为就是激发热情，增强责任，利益链接，加强监管，完善体制机制。"大家觉得有道理，一时间打开思路，人们讨论着如何激发热情培养市场主体，有人说今年刚刚遇到烂市，没有人愿意来参与，这个热情不好激发，增强责任可以通过交一笔保证金来实现，如果不承担责任，这笔钱就可用来解决农民问题。

"假如是你，你愿意不愿意这种方式？"胡县长问刘冬麦。刘冬麦说："发展的时候我们要提供服务，烂市的时候我们又要承担责任，但行情好的时候我们收不到海椒，别人又来收了啷个办？那不是我们就亏定了，赚不回来了唛？"胡县长说："如果赚钱的时候保障你们的收购，你愿不愿干？"刘冬麦想了想说："经过这几年的实践，我们发现农产品市场是有规律的，凡是烂市后必定有一波好行情，好行情和烂行情是参杂交错的，有亏就有盈，我们如果有足够的加工能力，只要加工过后能放得更久、卖得更远就不怕了。"胡县长和人大代表同时点了点头。

调研的队伍走出好远，叽叽喳喳的讨论声也渐渐远去。看来大家对这个话题非常感兴趣，刘冬麦想。

调研队伍走后，谭书记说："今年海椒烂市，很多的声音认为海椒这个产业没有前途，不能多种，种多了卖不脱，杂音很大。县委书记、胡县长看到倒掉几百吨海椒，感到很心痛，下决心要研究一套办法，为保证辣椒产业的健康发展，海椒收购结束后立即开展调研活动，由人大、政协牵头，县委办、县府办等相关部门抽调精兵强将，分两个组深入实际搞调研。"

"市场那么大，今年是全国丰收、全国烂市，农产品都是勒个规律呢？啷个能遇到困难就丢呢？"刘冬麦有点儿奇怪这些人的思维。

市上组织了一回农民合作社理事长的培训学习，刘冬麦认真学习，期间对产前、产中、产后的服务有了深切的体会。在学员发言的时候，刘冬麦结合瓦屋村发展海椒的实际讲了对几个服务的理解，生动接地气的讲解，得到了市供销社主任曹玲玲的肯定和赞扬。曹玲玲在总结的时候说："像瓦屋村海椒专业合作社就是我们农民合作社的范本，这就是服务体系，像刘冬麦这样的理事长，就是我们的模板，照到学就八九不离十。"学习结束后，曹玲玲送了刘冬麦一些关于农民合作社的书和资料，还加了刘冬麦的微信。刘冬麦很受鼓舞，回来后加紧学习领会。

微弱的灯光下，刘冬麦研读学习曹玲玲主任给她的学习资料，里边有很多农民专业合作社的典型案例。通过学习，她对农民专业合作社这样一种生产组织形式有了新的理解，结合海椒产业的发展，写了一个心得体会，题目是《农民专业合作社怎样服务农业农村》，几乎是一气呵成，然后将电子档发给了曹玲玲主任。

窗外繁星点点，打开门，一股冷风扑面而来，站在空洞街沿，仰望着天空，蔚蓝色的天幕中眨着眼睛的星星仿佛就是灯塔，书里那些坚韧的农业人的精神让她激情澎湃，那些好的做法让她醍醐灌顶，她仿佛找到了做事的办法、心中的灯塔。

镇政府办公室通知各村的支书、主任，由第一书记带几个种植大户到镇上参加县上辣椒产业机制调研座谈会。

向冬田、向胜麦、向朝田、刘成米几个人说说笑笑地走过铧头嘴大桥，刘冬麦走在前边，赳赳前行。

向胜麦悄悄给刘成米说："嘿个扎，我们主任最近好像不再怄气了，你看那精神多爽利。"刘成米说："她的状态好，证明我们的海椒产业才有希望。"

他们走进会场时，胡县长等领导已经就位，各村干部带着农民代表来了。刘冬麦见领导都到了，自己来迟了，对着谭丽华伸了伸舌头，悄悄地在会议室的边边坐下来。

胡县长是带着县农委、商务委等部门负责人来调研的，他介绍了参与调研的人员后，第一个点名刘冬麦说："刘冬麦主任，莫坐边边哦，坐到勒边来，他指了一下中间一个空着的位置。你们今年倒海椒倒出名了，把书记的心倒痛了，伤心了，我们勒回作调研创新机制，目的是不再出倒海椒这样的伤心事，怎样解决农民的问题，你们想说什么就说什么，不要有任何担虑，你们受的累吃的苦是最多的，对具体的情况最了解，还是你先说。"

刘冬麦默了一下，心想，农民专业合作社那些办法不就是解决勒些问题的唛？勒些事情她正在学习，不假思索地说："今年倒海椒勒个事情，确实是事发突然，一点儿思想准备都没有，客观上看是海椒太多烘不赢，实际上是缺乏加工设施。农产品不加工，等于一场空，只有通过加工才能提高附加值，才能有更强的抗风险能力。"一串洋词从刘冬麦口中冒出来，胡县长一惊，赶紧拿笔记录，大家立刻精神一振。

她说："从这三年的实践，需要解决的问题还很多。

"其一要解决产前服务问题，海椒是一个商品性很强的农产品，农民种出来自己吃不了多少，绝大多数是要卖出去的，市场千变万化，今年这个品种价格高，明年那个品种价格高。农民没得能力和办法选择与市场对路的品种，无法判断哪年行情好，哪年又会烂市，这些都是难以预料的，更不是我们单家独户农民能应对的，所以需要有人研究大市场的变化，对市场做出精准预测，指导他们种植什么品种，不种或者少种什么品种，这就是生产前要做的。

"其二是要解决生产中的问题，生产中就是技术、生产物资配套问题，从我们跟聚友公司的合作来看，规范的管理、统一的技术是我们做出好产品的基础。只有实现种子、生产物资、生产标准的统一才能实现规范化、规模化、品质化的发展，哪个来持续地提供物资配套服务？

"其三产后的销售服务问题，农产品种出来如何卖个好价钱的问题，从今年的情况来看，农民种植出来的农产品卖出去很重要，卖个好价钱更重要，卖不出去谁来想办法？

"其四需要制定保护价，只有保护农民的基本收益，产业才可持续发展。

"如何应对千变万化的市场，只有全县的基地大家抱成一团，建立价格体系，通过集体的力量去应对去解决，只有做好品种、品质、品牌才能有定价权。那种贵起来抢，贱起来跑的做法绝对要不得，这些问题需要县委县、县政府的高度重视，需要固定的服务队伍，需要胡县长您们来研究来解决，如果能够研究办法解决勒些问题，海椒产业的发展还是很有希望，小海椒确实是个大产业。"

刘冬麦挥舞着手，一口气说完，胡县长和调研组的人飞快地记录，会场静悄悄的。刘冬麦看了看会场，突然觉得自己是不是说话有些刚硬，太高调了呀？

胡县长心想：耶，这个刘冬麦吃过一回苦倒是成长不少呀！士别三日确实当刮目相看啊，在一线的人最接地气，所说的问题更精准。

一个包白布帕子的人接着说："我们只想解决卖的问题，我们种海椒，不可能还要我们各自背到武汉、重庆去卖嚎？我们只想种出来，有人来收就安逸。"

向胜麦接着说；"嘿，光有人收也不行，价格统一特别重要，

515

那年我妹妹屋头种植青蒿，收青蒿的是几个小商贩，李老板、赖泥子、董老幺勒些人，农民一大早排起长队卖青蒿，那些商贩故意迟迟不开称，等到中午才开称，还要先检查质量，质量也不统一，这个要求这样那个要求那样，专门找岔子扣称，扣水分。价格是他们几个说了算，董老板车来了，收的量不够，就喊，'背到我勒步来，每斤高两分钱。'大家马上朝董老板那背去。赖泥子看到青蒿背走了，马上又喊，'背回来，背回来，我勒步加两分钱。'弄得农民背上街走下街，从早开始背上背下搞到下午，等走了几个老板，剩下的就降半价收购，搞得大家眼泪水花花的；还有的故意出个高价就走了，弄农民就在那等高价，结果等到天黑都没有人要，只好摸黑背回去。你们说下不下贱，伤不伤心，如果价格不稳定，质量不统一，行情好都来抢，行情不好都不来，或者很差的价格来收购，捼来捼去，农民就只有哭噻。"

胡县长最后说："千家万户的农户应对千变万化的市场，确实有很多问题，但是没有系统的思考，今天听了大家的意见，更感觉问题很多，很复杂，解决起来难度较大，但是很受启发，我相信只要是问题都是能够解决的。"

散会后，刘冬麦收到曹玲玲发来的信息：你学习领悟得透彻，悟性很高，相信在你带领下，瓦屋村辣椒联合社能成为行业的领头羊，我争取尽快到你那调研一次。刘冬麦开心得跳起来，比了一个剪刀叉，大声喊了一个："耶。"谭丽华他们见她这么欢喜，兴奋地围在一起翻看这条信息，叽叽喳喳的，欢喜不已。向胜麦说：

"嘿个扎,一个市上领导居然记得我们瓦屋村海椒合作社,证明我们不得了噻。"大家异口同声地说:"那是必须的。"

大家带着满满的自豪感往铧头嘴大桥走去。碧绿的湖水在阳光下金光闪闪,鹭鸶鸟调皮地在桥上打了一个旋后翩跹着点在水面,敛了身姿的松柏、枯了树叶的树木孕育着无限的生机,蓝天白云一直延伸到很远的地方。一群人兴奋地驻足桥上,瓦屋村就在桥那边沐浴着冬日的暖阳。"我们的家乡。""在希望的田野上。"刘冬麦唱了第一句,大家不约而同地合起来,大家唱着《希望的田野》赳赳地向瓦屋村走去。

又过了两天,政协主席带着另一个调研组,也到桥头调研。桥头镇上领导,几个村的支书、村主任都带了农民代表参会,瓦屋村的农民代表是向胜麦、向冬田、向朝田、刘成米四人。

政协主席首先介绍一个人:"这是我们调研组的副组长,县委政策研究室的主任,经济学博士,他是我们县上挖来的人才,刚到我们县工作不到两个月,是个博学的、理论性很强的学者型干部,我们请他谈点见解,起个好头。"

刘冬麦头一回见博士,她好奇地看了一眼,只见那博士戴着眼镜,穿着西装,坐得笔直,妥妥的一白面书生。博士站起来很有礼貌地打了一个招呼,用纯正的普通话说:"这次调研我们走了好几个乡镇,听了一些意见,有人提出要组建什么服务队伍,这是根本不可能的,也不需要,种几个海椒犯得着吗?国家正在精简机构，精简人员，种海椒不会带来税收，不会给财政带来收益，政府投入人力、物力的意义何在？"几个疑问一上，大家搞得面面相觑，不晓得这个会的目的是哪样。

会场上有人议论说小话，谭书记用笔敲着桌子，用崇敬的眼神看了一眼郑博士后说："大家莫闹，听一下郑博士的经济理论对我们有好处。"

郑博士又讲："有些人提出海椒要政府作价，这怎么可能？完全是回到计划经济时代，他们根本不懂市场经济是怎么回事。今天借机会向大家讲一讲，可能你们不一定听得懂。1700年，英国经济学家，哲学家，作家，经济学的主要创立者亚当·斯密的《国富论》就提出了每个人在追求自身利益的同时，都会被一只看不见的手引导着去达到并非出于本意的目的。市场经济就是一个千千万万的厂商和个人自主参与交易的形式，在市场经济中有一只看不见的手在指挥，这只看不见的手就是市场的价值规律。"郑博士讲完亚当·斯密看不见的手，脸上有一种非常崇敬的光辉闪出来，他看了看大家，挥舞着手说："法国的经济学家萨伊，他创立了萨伊定律，萨伊定律的意思是每个生产者之所以愿意从事生产活动，若不是为了满足自己对该产品的消费欲望，就是为了想将其所生产的物品与他人换取物品或者服务，提出了著名的'供给能够创造本身的需求'，即所谓的'萨伊定律'。"

刘冬麦心想：胡县长讲了看得见的手，需要政府这只手作为；这个博士讲了看不见的手，认为应该不作为。她用笔杵着嘴巴，感觉很有意思。

向冬田看了看向胜麦,将嘴巴杵在他耳朵边说:"我还是喜欢听嘟个种出来,嘟个卖出去勒些事。"郑博士听到有人说小话,有些生气,站起来说:"我到其他地方讲课是按好多钱一个小时付费的,今天我破例给你们讲一堂课,我知道你们听不懂,但你们先不要吵,听我讲完,你们要学会懂礼貌尊,重他人。"

他又讲了"马歇尔自由放任经济学"的自由市场、自由经营、自由竞争、自动调节、自动均衡四大原则。

郑博士扫视了一下会场,看着大家想困瞌睡的样子,心里有些不满,心想跟这些泥腿子讲理论真是对牛弹琴,便提高了声音继续说:"古典经济学家之父,以及美国、法国、德国的经济学家都认为,什么也不管的政府是最会管理的政府。"说着他又提高了嗓门讲:"还有些人,提出了财政出钱来建什么市场风险基金,这完全是不切实际的空想,财政的钱要保干部的工资、车子、油钱、办公经费,干部职工食堂的日常开支都不够,哪有钱来管你们农民种植的几个海椒?行情好就多卖几个钱,行情烂了就该倒霉,这就是残酷的市场战争。"向胜麦听到这句,心头冒火,他捏紧拳头呼地一下站起来,刘冬麦赶紧拉他坐下。郑博士口若悬河、滔滔不绝地大讲特讲,还想说什么。向胜麦再也坐不住了,站起来说:"郑博士,你是经济学博士,我过去是搞传销的,今天听你讲大理论,和我过去搞传销说的那些差不多,说到底就是骗人、屁话、不管用。我认不到哪个英国啥子亚当,也认不得哪个马耳巴,啥子斯，我只晓得南瓜丝、萝卜丝可以吃得，如果说美国、法国、德国的理论是那么神圣，那你说八国联军欺负我们占领北京，火烧圆明园就是天经地义的喏？你把洋大人的理论拿来对付我们农民，我们和你尿不到一个壶的，我们不是一个道上的人。"大家哄地一下笑起来。

向朝田站起来吼："郑博士，你妈老汉有钱送你读啥子博士，读到牛屁股去了，你读完书出来坐在办公室，高高在上，你根本不了解我们农民的苦处难处。"

野鹤村支书慢悠悠地说："郑博士，你借洋人的话，哪样都不管的政府就是好政府，这是你们又想当官又害懒，又想不作为当寄生虫，骑在老百姓头上拉屎拉尿的借口，中国字那么多，你还觉得不够用，提出一大堆洋大人理论，不能解决我们农民的实际问题，都是狗屁理论。你们搬来一大堆高深的市场经济理论，与我们客观实际对不上号，解决不了我们需要解决的困难，是不是你只认得到市场经济几个字，中国特色社会主义经济你懂不懂？"

谭书记警告地盯了野鹤村的支书一眼，他缩了缩头就没敢再说话。

向冬田走到郑博士面前说："我来看下政府的钱用来养活的官，说出我们'农民活该是最倒霉的人的话'的人长成啥子样子。"说完瞪着眼看着郑博士说道："嗯，确实不错，一天坐在办公室喝茶摆龙门阵，耍手机，不晒太阳不淋雨，旱涝保收，一个月几千块到卡里，中午晚上吃食堂，生病了国家报销，死了国家安埋，长得白生生的，眼睛朝上，看不起人也看不到人，更不想看我们这些脸朝黄土背朝天的穷农民。"

另一个村的农民站起来吼："什么都不管的政府是个好政府？是啥子人说出勒种话来？毛主席说要全心全意为人民服务，你说政府不管老百姓的事情，不管老百姓死活，这叫哪样人民的政府？拿着老百姓的钱，又不为老百姓做事，我们还养活你个锤子，滚你妈的蛋。"

郑博士气得一脸通红，也很紧张，他从来没有受过今天这样的气，在其他地方座谈，只是他说别人听，大部分人都很崇拜，有时虽然察觉到不满，不买账，但是没有今天这样尴尬，一点儿面子也不给，弄得下不了台。

郑博士想：我讲的是对的，书上是这么写的，导师也是这样教的，我没有错，但今天这群人油盐不进，四六不通，我的那些被奉为"经典"的神圣的市场经济理论他们根本听不懂。

他还想和他们讲理论，但今天这个架势怕占不了便宜。

政协主席赶忙出来解围说："今天座谈会开到这里，散会，散会。"他们起身后，背后传来一阵哄笑声。

谭书记很尴尬，心情很沮丧。他赶紧撵出去，留调研组吃午饭，政协主席说要到下一个乡去调研，一群人招呼都没打一个，坐车走了。

政协主席很后悔，也很自责各自没有安排好这回调研。这个郑博士是县上通过市上特别要回来的经济人才，大家都说他理论水平高，哪晓得不接地气，一个书呆子，说话不分对象、不分场合地讲理论，搞得他也跟着尴尬。

一个星期后，胡县长通知书记、乡镇长开会，特别通知瓦屋村的刘冬麦带几个海椒种植大户参加。

头一回走进县政府参加这样的会议，老支书、刘冬麦走在前头，向胜麦说：“我们头一回到县上开会，好神圣，好骄傲，我们还是要走出瓦屋人的步伐来。”刘成米、向冬田就跟着向胜麦赳赳前行。向朝田看了看，也挺直腰杆赳赳地跟上去。

高阔的会议室庄严肃穆，激昂的音乐令人激动不已。电子会议标题"石柱海椒产业体制机制建设会议"亮闪闪的。大家东看看西望望的，感觉很新奇。

参会的人很多，刘冬麦仔细看了会议资料，发现参会人员有各乡镇书记、乡/镇长、分管领导、相关各部门的领导，还有部分村组干部和椒农代表，参会人数有三百多人，她哦了一声，心想：这个会开得好大呀。

她看到不远处有几个看似农民的人，有点儿好奇，心想这些农民也是大户或者合作社的带头人唻？就嘴巴向那边一歪，朝着向胜麦递了个眼色，意思是过去问问。

大家过去摆龙门阵，了解到他们是另外一个镇的村干部，当那些人听说她是瓦屋村的刘冬麦时，连说："晓得，晓得。"他们说镇里干部大会小会都在提瓦屋村，提刘冬麦的名字，说要向你们学习。刘冬麦心里有点儿小得意，飘飘然。

向胜麦最关心的是其他地方的收购情况，那个村干部模样的垮着脸说："咦，海椒做不得做不得，今年头一年种植就倒血霉佬，那些收购的人，原来说好的来收，表态时话说得像钢钎一样邦邦硬，真正收海椒的时候就不这样了，海椒都熟烂了，人毛都没看见一匹，来些小贩子收购一毛多一点儿，大家看难了。我们村那些农民将海椒背到政府去扯皮，我们才是耳朵都撅起茧子佬哦，后来还是政府出面收购了才缓和下来。""我们明年打死也不做恁个腔壳子。"有个农民模样的人开腔说。刘冬麦说："如果拿到海椒钱，你们还种不？""拿得到钱还是划得着，就担心拿不到钱嘛。"

向胜麦关心收购价格，抢着问："那后来你们收好多钱一斤呢？那个干部叹了一口气说："前期贩子来收一毛多钱一斤，后期政府出面收购，说要稳定价格，目前只是收走了，还没有看到一分钱，听说是八毛五，椒农天天来撅，我们都怕了。"向胜麦得意地说："您们以后干脆跟着我们瓦屋村混算了。"弄得几个村干部心里不忿，脸上尴尬。刘冬麦见状赶紧打圆场："人家今年是头一回，我们头一年还不是吃不尽的亏，造不尽的孽嘎。"

瓦屋村几个人互相看一眼，顿时觉得自豪感爆棚。向冬田说："我们起先收的一块三毛钱一斤，后来收的一块一毛钱一斤，再后来稳到八毛五一斤，拿到手头的一半的海椒钱就超过本钱了，明年拿到另一半就赚大发了。"那个干部说："你们都安逸约，另一半怕是收不回来嘎。"向朝田一听脑壳一犟颈子杠起说："看您说

523

的嘎，我们是哪个哦，我们是瓦屋村，海椒年年都卖到钱的，剩下的明年肯定能收回来，收不回来我手心挖个麻雀来。"听到他的口头禅，向胜麦笑了。向朝田突然想起向胜麦做海椒的时候，他也说的要在手心挖个麻雀出来，就有些面赤，用手摸着头"嘿嘿"笑起来。

会议由县委副书记主持，县四大领导一排排坐在台上。胡县长作主题发言。

他说："县委对辣椒产业的机制问题组织了两个调研组，分别到过县内的二十多个乡镇，还去了河南、河北的种植基地以及重庆观音桥、成都五块石等市场调研，时间长达近一个月。瓦屋村是这次调研的重点，调研组在桥头镇开了两个座谈会，瓦屋村的经验教训是生动的，也是具体的，更是深刻的，问题也是很尖锐。我们在调研的基础上进行梳理，查阅了很多资料文件，也请教了专家学者，最后形成了石柱海椒产业四大机制。"胡县长慎重地一字一句地读，读完后作了详细说明。

"这四大机制就是：一是产业服务机制。业主申请，农民投票，双向选择建基地。主要做法是业主发起，农民自愿参加组建辣椒专业合作社，业主的职责要在产前做宣传发动，传递市场预测信息，产中做好物资配套服务、技术指导服务，产后就是按照"订单"收完收尽，建立起一套产业服务体系。业主与农户形成紧密联系的利益共同体。业主、合作社要成为产业服务的'保姆''仆人'。

"二是市场导向与政府规制有机结合的价格决策机制。政府有形的手与市场无形的手，共同推动产业发展，面对千变万化的市场，在'政府规制下'，同品种、同质量、同时段全县一个价。

"三是建立市场风险基金，规避市场风险机制。风险基金由业主筹集，县财政按照一比一配套，县财政专户、专储、专管辣椒市场风险基金。政府按照高于水稻、苞谷收入确定辣椒保护价，当市价低于'保护价'时启动风险基金，按略高于保护价收购农民辣椒，出现重大亏损，政府和业主按照一比一配套。

"经历全国大烂市，价格跌到谷底，我调研过，就像今年这种情况，种植海椒也比较划算，石柱农民种椒积极性未受到大的影响，产业发展势头不减，有无产业风险基金是决定产业成败的关键。业主、财政成了规避产业市场风险的'担保人'。

"四是行政监管与市场自律相互作用的市场管理机制，辣椒生产农用物资供应、质量、价格、生产经营秩序、产品质量、食品安全，众多的市场活动中，政府职能部门和辣椒行业协会，都是产业市场秩序、产业管理的'便衣警察'。

"辣椒产业的四大机制，涉及市场经济、计划经济、社会主义市场经济，亚当·斯密看不见的手、凯恩斯国家干预经济——看得见的手、政府规制……等等一系列经济理论问题，不说点儿官话是不行的，否则会被认为没有理论依据。首先说什么是市场经济，通过市场配量社会资源的经济模式，叫市场经济，同是市场经济，各国情况不一样，有多种模式。

"美国模式是'企业自主型'。德国模式是'社会市场经济模式'。日本模式是'政府指导型模式'。中国模式是'社会主义市场经济模式'。

"邓小平领导的改革开放,具体点儿讲就是改计划经济为市场经济,各国有各国的国情,中国的市场经济模式是社会主义市场经济,为什么叫社会主义市场经济,主要是表明在社会主义条件下搞好市场经济,既有现代市场经济的共性,又有中国国情的个性,即具有中国的特色的社会主义个性特征。

"在现代市场经济条件下,国家对经济的干预和调控,便成为经常的稳定的体制要求,政府运用经济手段、法律手段,以及必要的行政手段,对经济实行干预和调控,其目的一方面是为经济正常运行。提供保证条件,另一方面则是弥补和纠正市场的缺陷。政府规制是市场经济条件下国家干预经济政策的重要部分,价格规制是政府规制的核心内容,这就是我们对辣椒产业实行政府作价的理论依据。"

胡县长接着说:"官话讲得差不多了,现在要讲土话,这次调研几个争论较多的问题。第一个石柱辣椒为什么要以政府来作价,算不算政府过度干预市场经济,像有的县辣椒量小,只作为小菜在市场上交易,如政府对辣椒作价,显然叫过度干预;而石柱的情况是不同的,种植辣椒的成千上万户,辣椒交易额过亿,石柱辣椒产业已是一个关系到千家万户增收,关系到是否脱贫的大产业。对一个县来说,已是举足轻重,算得上是县上国计民生的大事。如果这样的大事政府不管，一定不是好的人民政府，如果政府不代表椒农对市场进行讨价还价，让七老八十岁的老年人背着辣椒到市场上讨价还价，那将是一个什么局面，吃亏的肯定是椒农，如果这样的关系成千上万老百姓的事，不闻、不问，还叫什么全心全意为人民服务？

"政府代表农民向市场讨价还价，这是市场经济下政府宏观调控的职责所在，不是什么过度干预市场经济。

"第二是靠谁？农业产业中，从千家万户农民的地里，到重庆、武汉市场等全国市场，中间这段路的链接，充当桥梁和纽带作用，靠谁？从几年的实践来看，靠老侯？靠赖泥子？靠董七毛？这些人是靠不住的，最好的办法就是组织合作社。

"保卫国家要靠军队，保护产业要靠合作社，军队吃'皇粮'，合作社没有皇粮可吃，这群人又要养家糊口，怎么办？用政府这只看得见的手管好辣椒，保护好基地，保护好农民生产积极性，发挥看不见的这只手的作用，管好干椒加工储藏、销售，让合作社获取合法合理的利润来养活这支队伍，说得土俗一点儿就是制定一套'谁喂鸡，谁捡蛋'的服务体系。"

胡县长说完，全场哈哈大笑起来，一时间巴掌拍得哗哗响。

胡县长最后说："县上制定了辣椒产业发展四大机制，深信在县委县政府的坚强领导下，辣椒产业四大机制在实践中能够进一步完善，推动辣椒产业蓬勃发展，让辣椒产业为石柱脱贫攻坚事业做出贡献。"

话音刚落，会场上再次响起热烈的掌声。

县委书记拿过话筒，笑着说："好像没有叫鼓掌嘛。"又是一阵笑声响起，会场的气氛活跃放松起来。县委书记说："掌声说明你们的内心是赞成的，一个月的调研，从理论到实践创新了'四大机制'，从根本上解决了辣椒产业发展中的一大难题。需要进一步完善价格决策机制：一是要建立全国信息网点，随时掌握国内市场行情变化；二是要科学民主决策，县上相关职能部门、辣椒行业协会、政府分管领导集体讨论，采用票决，防止个人说了算，把价格决策权要管好用好。"

胡县长解释了四大机制后，县委书记插话打断了，之后胡县长继续总结全年的工作。他先是肯定成绩：第一年全县推广面积做起来了，赞扬各乡镇的努力，分析今年市场行情，总结了今年的准备造成出现的各种问题。

他说："我们被前几年的俏行市冲昏了头脑，搞得收购时一段时间手忙脚乱、不知所措，椒农利益受损怨气很大，后来还是瓦屋村想出了解决办法，将海椒烘干，保证了海椒的商品性，争取放的时间更长、卖的路程更远，全县才采取收购加工的方式，解决了问题。

"现在的突出问题是还有好多地方没有支付农民的海椒款，无法给农民办交责。人家瓦屋村刘冬麦一个联合社的理事长、一个村主任能够想出找银行借钱的法子，给农民支付一部分海椒收购款，矛盾得以缓和，这个方式很好。大家将海椒保存好，不要弄坏了,等来年行情起来再脱手,县上已经跟几个银行商讨过解决办法,采取质押的方式解决椒农的部分海椒款,由县财政拿出一部分资金担保,让椒农有钱过年。"

开会的这些人最关心海椒款的问题,特别是农民代表和村组干部,听到有解决方案,椒农可以拿到海椒款,一时间巴掌拍得山响。他们这段时间压力相当大,农民要钱过年,海椒又没有卖,经常到村上乡镇上撅人,有这个好办法解决,都感激得很。刘成米自鸣得意嘀咕道:"这个我们早都解决了,现在才说。"刘冬麦用笔捅了捅他,意思是遵守纪律,不要说话。

在总结完当年海椒发展工作后,胡县长提出海椒产业还要继续推动发展。听到这里,台下嗡的一声议论起来。等安静下来后他继续说:"做一个产业不能逢贵就赶,逢贱就懒。通过几年试种,海椒是一个农民能够增收的产业,小海椒做好了是个大产业,大家要有坚定不移的发展决心,明年的工作还要加大考核,要组织好、建设好收购服务的队伍,完善体制机制才能确保产业持续健康得发展。"听说要加大考核,参会的乡镇书记、乡镇长脸色就严肃起来,认真地记录会议的要求。

胡县长还提出要做好加工业,提高产业抗风险能力,他举例说:"今年要不是全县有蚕茧产业和烤烟产业的烘烤设备,遇到这样的大风大浪,农民的问题没得办法解决,现在好在海椒都烘炕干了保证了商品性,大家要马上联系好冷库送到冷库储藏,风险才能大大减少。今后的发展方向是'一二三产业'协同发展,只有

'一二三产业'协同发展才能保障产业的长期稳定发展。"听说农民种植海椒有保障，参会的农民和村干部心情好起来，又一阵掌声响起来。

最后是安排明年的工作。"一是明年发展面积与今年一样，不增加不减少；二是队伍建设，各乡镇要建好专业合作社等经营队伍，每个村都要落实到人；三是落实好政府规制的'谁建基地谁负责，谁喂鸡谁捡蛋'的海椒产业服务机制。"向胜麦偏过头跟刘冬麦说："嘿个扎，种个海椒政府恁个重视囉，有政府重视我们胆子就更大了嚏。"

刘冬麦依然作为先进发言，她感觉各自头脑还是有些混沌，所以稿子读起没有感觉，只好叙事一样地讲了收购海椒，克服困难的整个过程。讲到倒海椒的事情时她哽咽了，台下大家给予了热烈的掌声支持。她也分析了行情，阐释了老辈子说的"逢贵不赶，逢贱不懒"，并且讲明农产品的生产销售是有规律的，只有掌握了规律才能驾驭市场，今年行情很不好是前几年行情好的果，今年行情不好的因是明年俏行情的果，大家听得津津有味，台下也开始议论纷纷。

刘冬麦说："瓦屋村的产业发展、瓦屋海椒联合社的发展，得益于县委、县政府的坚强领导以及各部门、乡镇的帮助和支持，也得益于幕后英雄——瓦屋村的帮扶干部，是他们帮助瓦屋村选择了产业，提供了技术，瓦屋村的产业发展才起步，才有了方向。"

刘成米听到旁边两个人说："还真是受到启发，怪不得人家桥头镇瓦屋村能够渡过难关的，人家是分工合作，眼睛看得远，哪像我们眼睛盯到鼻子，鼻子盯到嘴巴，胡子眉毛一把抓，哪能搞得出豁子名堂嘛。"

向胜麦发言的稿子是经镇办公室审过的，讲得很实在。他说各自以前一心想做传销找大钱，经常身无分文，四个荷包一样重，这两年沉下心来做海椒，手头有了余钱，心里踏实很多。他有今天要感谢政府感谢党，也要感谢瓦屋村支两委的帮助和支持，自从踏踏实实做产业后，他感受到不用吹牛乡亲们也开始尊敬他了。接着，他信心十足地说，要更好地做好产业，海椒产业是做得的，只要管理得好，一亩地的收入是种植苞谷、谷子的三到四倍，种苞谷、谷子一亩一千块钱都难得搞出来，但是种植海椒一亩至少可搞到三四千元，效果是看得见的。大家觉得今年行情不好，不晓得大家注意到没有，今年产量比去年高，其实收入也不减，他屋头今年的海椒钱收回一半，本钱已经回来了，明年还有十几万要收回，就是赚账。听到这个收入情况，会场上议论纷纷，他们实在没有想到通过种植海椒一个户可以赚十几万元钱。最后他说为以前去争贫困户、低保户感到很惭愧，他现在努力的方向是不但脱贫还要致富，要让家里人过上好日子，原谅这些年各自干的混账事。他的发展历程和心得体会，感动了很多人，大家的巴掌响个不停。

刘冬麦正在开小差，她心想：有这四大机制，业主建基地就正规了，大家都不敢大意了，必须要做好，不然三年过后人家不要你去建基地，就麻烦了。价格决策机制要得，全县统一价格就好比全县是一个主体，在市场的博弈中力量就更强。风险管理机制也科学，这回公开的政策要求每个基地要交风险保障金五万元，交到一个财政专用账户里，如果行情不好业主跑了，还有这笔资金可以用来解决农民的问题，如果按照最低保护价收购出现重大亏损，县财政按照一比一进行配套补助，这样农民也有保障，合作社也风险小些，安逸，安逸。市场管理机制，就是由工商局办理海椒收购营业执照，质检、工商、公安等职能部门共同监管维护海椒经营秩序。整个体制画了一个圆，不收不行，收了亏损有财政配套保障，行情好收不到的问题也通过市场管理机制解决了。她想了一下，心道：规范，牛叉。

会议进行到表彰环节，桥头镇、瓦屋村都获得了"先进集体"的荣誉，刘冬麦获得了"先进个人"的荣誉，向胜麦、向朝田、刘成米、向冬田都获得了"种植大户"的表彰。先进集体奖励十万元，先进个人奖励五万元，种植大户奖励三万元。

最后县委书记讲话，他强调要坚定不移做好海椒产业，要做好品种、品质、品牌，要建好服务队伍。同时表扬了瓦屋村，说要讲好海椒产业的发展故事，赞扬了瓦屋村一个村的干部在面对困难时都能够迎难而上的精神，这种脚踏实地为农民解决困难的行为值得每个人学习。向胜麦这样的脱贫事例也要做好宣传，这是脱贫道路最好的见证。每个乡镇都要建好经营主体，桥头镇已率先成立辣椒专业合作社，以专业合作社的方式，加强产业服务，推动海椒产业体制机制建设，只有专业合作社才能成为农民与市场的桥梁和纽带，才能完成政府不能完成的任务。书记在台上讲，刘冬麦听到有人小声地在议论："搞专业合作社，还不是虚头巴脑的空壳子。"

县委书记继续说："有人动不动说市场经济，认为市场经济就是放任不管、自生自灭，市场经济是有形的手和无形的手相互结合的产物，并不是把不作为当成市场经济，我赞成并支持政府规制下的体制机制建设，就是要做到'谁建基地谁负责，谁喂鸡，谁捡蛋'，只有规制清楚，有权有责才有人来做，人才是产业发展的要素，大家平常提到人才就是大学生、研究生、专家学者，在我心里哪些能够干事的人就是人才，比如刘冬麦、向胜麦等等在农村一线奋斗的人都是人才。"

刘冬麦听得热血沸腾，一直以来没有考上大学跳出农门是她的遗憾，现在能够被称为人才，她激动得热泪盈眶，怕人看见就低着头，也不擦泪水，任其风干。

书记讲完后全场爆发了热烈而持久的掌声，这阵掌声长得有点儿奇怪。刘冬麦想这是怕哪个先停下来被书记看到了唦，想到这里她就笑了。

回到瓦屋村，几个人没有回屋头，直接到村委会给老支书汇报，刘成米酸溜溜地说："嘿，向胜麦是个人才了呦。""就你会编，你是编背篼的唦？"向胜麦不好意思地回答。刘冬麦说："书记说了向胜麦那样的人都是人才，你们几个还有我都是嘎。"大家都开心地笑，其实刘成米的智商肯定听懂了书记的话，只是想人翻译一下，也可以傲骄一回。

戴春兰说："我发现你们几个抱着奖牌都舍不得放下来呀，冬田哥，快拿来看看哟。"向冬田不给，其他几个也不给，戴春兰开抢，大家嘻嘻哈哈笑成一团。

谭丽华用鼠标狠狠地敲着桌子说："大家莫闹了，刚接到县上通知啦！"大家立马静下来，鼓着眼睛正经八百地准备听指示，谭丽华清了清嗓子说："县上说——让你们请客！"大家才明白被耍了。刘冬麦说："你勒个骗子。"大家齐声发出呵呵呵声，瓦屋村委会洋溢着热烈的、开心的笑闹声。

谭丽华的提议提醒了刘冬麦，当初出资的时候大家不是吵着要吃香喝辣唛，今年遇到困难大家也齐心扛过去了，正好联合社的奖金可以用，于是挥着双手对戴春兰说："你马上联系其他几个村的股东一起，晚上在镇上的忘忧台大酒店——吸吸呼呼吃油大。"戴春兰说："好，马上联系吸吸呼呼吃油大。"

晚上他们真的在忘忧台大酒店吃饭，所谓的忘忧台大酒店，其实就是镇上的一个小酒馆，老板是个六十多岁的油胖男人，他说他那小酒馆是桥头镇的大酒店，吃饭喝酒万事不愁，大家就戏称忘忧台大酒店。

大家边吃饭边摆龙门阵。刘冬麦分享了会议精神。大家听说海椒产业还要继续发展，又得了这么多奖金，开心得还有那么多的海椒库存都忘了，一个个喝得脸红到耳根子，酒喝够了话越说越大，信心就又起来了。

吃完油大，大家左脚靠着右脚。刘冬麦说："大家回去要分头开社员大会动员，要组织动员好明年的生产发展，今年我们克服困难，稳住收购价的龙门阵要摆好，各村开会时我代表海椒专业合作社来说明情况，给乡亲们打气宣传，明年的麻雀一定还在窝窝里头嘎，大家加油哦。""要得，麻雀还在窝窝里头，加油！"大家举起拳头高声回应，一股酒味从他们身上弥漫开来。

第十八章
高光

放寒假了，马多才背着铺盖，拖着席子进屋，他奶奶赶紧过去接住，说："嘿，大学生回来了喂。"接着又心疼地问，"你走回来的唛，啷个不喊你妈去接你嘛？""我各自可以回来，不像那些小姐少爷要人接送。"马多才趄趄地说。他奶奶慈爱地看着他数落道："耶，就你能干咯。"看着长得壮实的马多才，奶奶眼睛就湿润了，她背开马多才抹了一下眼睛，独落了一句："勒才是无娘儿天照应啊。你想吃哪样？奶奶给你弄。""奶奶，我要吃洋芋肉丝面，您来做，我来烧火。"火塘亮起来，炊烟就轻轻地飘在屋顶上。

各村分头召开海椒发展动员会，刘冬麦都要去讲行情、算经济账，她说："你们种植海椒，今年的收入大家已经看到了，种植海椒物资有人帮助送过来，技术有人来指导，还有人来收购，大家都不用担心种不出来、卖不出去了噻。"乡亲们在了解情况后，也增强了信心。

刘冬麦一个村一个村地开会做工作，感觉效果比预想的要好。

回到屋头已是夜歇十点钟，跳下三轮车，冷得打抖抖，嘴里念着"咦，好冷好冷"嘘嘘着进屋，看到火塘的火烧得旺旺的，心里就暖和起来。刚走进门口，马多才从门后一下跳出来，嘴里大声喊着："嘿！"刘冬麦也配合着吓了一跳，母子两人哈哈大笑起来。

马多才揭开锅盖，帮妈妈舀出留在锅里的饭菜。刘冬麦吃着热络的饭菜，祖孙三代烤着火炉火，摆着龙门阵。看着懂事健壮的马多才，她心里感到很安慰。

吃过饭，马多才拿出一个夹子说："勒是秦大明老师带给您的。"刘冬麦打开，发现夹子里夹着的是一份《重庆日报》，她估计是写倒海椒那篇，还有几篇学生的作文。

她先看了《重庆日报》上那篇报道，题目是《新时代最可爱的人》。

这篇文章和秦大明老师以前轻快的文风不同。说他的学生丢下书本跑回家，听说家里出了大事情，他赶紧跟过去，下雨天路很滑，他摔了几次跤。当看到这个学生家长——刘冬麦的时候，这个女同志后背糊满泥巴，头发被雨水淋湿，雨水混着煤炭灰从脸上流向脖子，形成蚯蚓一样的印痕。脸色蜡黄，眼里含着泪水，一个裤脚高一个裤脚低地在指挥称海椒、倒海椒。她的儿子——我的学生拥抱了他的妈妈一下，也跟着帮助搬辣椒称秤干起活来。

当他看到一大堆辣椒倒在湖边的时候，红艳艳的，感到害怕，他的心很痛。

他问了来卖辣椒的农民，为什么倒掉还要过秤，那农民说："他们倒掉还得给我们付钱。"他心里震惊了。他又问："如果他们不收你们的辣椒你们会怎样？""那就只有烂在地里。"

他在现场看到几个村干部模样的人，都是蓬头垢面，脸颊深凹，为了让农民的海椒不烂在地里，为了夺取脱贫攻坚的伟大胜利，这就是一个战场，他们就是这个没有硝烟的战场上的一群士兵。

这是他第一次听到农民专业合作社这个名称，也第一次知道有一个叫理事长的职位。

这个叫刘冬麦的女子，就是这个合作社的理事长，她带着一班人马为农民遮风挡雨，他们狼狈的样子闪着光亮，是他们用微弱的力量打通脱贫的路，是他们照亮了贫困户的心，他们是风雨中的攻坚者，新时代最可爱的人。

刘冬麦头一回在别人眼里看到自己那个时候的狼狈，头一回被别人说得这么伟大，想着当时的情景哽咽起来。

她找出马多才的作文，题目是《我的妈妈是理事长》。

"马多才快去看，你妈妈将海椒倒在铧头嘴。"胖子走进教室大喊大叫，我气极了，大声喊："你妈才把海椒倒在铧头嘴。"胖子估计被我的样子吓到了，小心地说："是真的。"我看他不像撒谎，丢下书就往回跑。

我看到铧头嘴倒了一大堆海椒，我妈妈周身是泥，我大哭起来，哭了几声我觉得不对头，我这个样子妈妈会更难过。妈妈拍着我的肩膀对我说:"没得事,不要怕,我们倒掉烂的一部分,大部分本钱保住的,这倒掉的一点儿也大不过一尺的毡帽。"看着妈妈勒么坚强,我就抱抱她说:"妈妈,我回来帮您。"我和妈妈一起,还有一些伯伯爷爷把海椒过秤后倒在河坝,我觉得我的气力好大。

我边帮忙边问妈妈:"您收来倒掉怎么办?"妈妈说:"主要是烘不出来,如果一直烂海椒,还不如断臂求生损失小些。""为什么不让农民各自倒?"我又问。妈妈说:"我们是农民专业合作社,你妈是理事长,如果不帮助他们渡过难关,他们抵抗风险能力更小,如果我们不帮助他们解决,他们卖不掉,吃不了,晒不干,很可怜。""海椒倒掉了,你用什么钱给他们给呀?""我们没有倒掉的海椒烘干了的,价值还在,倒的是少数。"妈妈说得很笃定,但是我发现妈妈脸上闪过一丝慌乱,我知道她是装的,其实她很害怕。

我没有爸爸,我就是家里的男人,我不想让妈妈担心、害怕,就赶紧说:"妈妈,我长大了挣钱一起来还。"妈妈抱着我,我知道妈妈在我的背后流泪,我也在妈妈的背后流泪,大家都不出声,悄悄擦干眼泪后又开始干活。

我的妈妈是理事长,她是有担当、有情怀的人,我长大了也要跟我妈妈一样,做一个这样的人。

刘冬麦反复读着马多才的作文,感觉给崽崽带来很大的压力和伤害,难过得哭了一个晚上。

瓦屋海椒专业合作社，按照县上基地建设的原则，经过椒农投票等严格的程序后，与原先的几个村双向选择成功，与桥头镇签订了种植收购协议，与各村和种植户都分别签订了协议，并按照规定缴纳了五万元的风险保障金在县财政账上。

秦从西看到刘冬麦缴纳了基地建设保证金，认为肯定有油水，也去喊一些三亲六戚到镇上去支持他，承诺交风险金并保证收完收尽。付镇长表态说这回定业主，需要经过农民投票、乡镇评估等程序才可以签订基地建设协议。

秦从西脑壳反应快，连忙表态说："嗯，我对农民那么好，农民肯定同意。"付镇长看了他一眼说："农民同意不是用嘴巴说，要像选村主任一样投票才行，要进行双向选择。"秦从西有点儿蔫答答的，转念一想：我喊我的亲戚来投票，其他投票人我填个假名单不就行了。想到这一层，秦从西就眯眼眯眼地答应下来，承诺回去通过投票后决定。

接连几天刘冬麦接到几个乡镇的电话，意思是他们的经营主体不好落实，想请瓦屋海椒专业合作社将业务范围扩张到他们乡镇。刘冬麦算了一下，有十一个乡镇发出邀请，觉得事情太大不好拿主意，一直拖了好几天都没有回复，其实心里烦躁得很。

此时，老支书和向大鱼一起走进村委会，老支书摸出烟荷包抽出一匹长长的叶子烟递给向大鱼，两个人坐下就迫不及待地裹老叶子烟。刘冬麦看向他们。向大鱼笑着说："莫看，莫看，我们裹好到外边去抽。"刘冬麦笑起来："我是想跟您们商量一个事情，我接到十一个乡镇邀请我们去建基地的电话，事情太大，还要大家拿主意。"老支书和向大鱼互相看一眼，两人像约好的一样，将裹了一半的老叶子烟放在桌子上。向大鱼口快："现在放起的海椒还有几大屋，吃也吃不下吐也吐不出，哽起心口都痛。"老支书接着说："各人的稀饭都吹不冷，还要吹别个的热汤圆。""吹啥热汤圆呀？"戴春兰一步走进来好奇地问。"锅头煮的。"刘冬麦没好气地说。

刘冬麦想试一下向世荞的心思，趁其他人不在的时候，对向世荞说："有十一个乡镇打电话让我们去建基地。""我是担心像今年勒样，把人都累死不说，现在还有勒么大的一坨包袱没甩脱，想起都还怕，为瓦屋做事是我们的本分，为其他地方去担惊受怕还真的不值当。我们做小点儿，有点儿脚步钱就行了。"向世荞说。她感觉阻力很大，实在是没得办法开口，只好拖着不回话。

刘冬麦那点儿想筶一盘的心思被泼了一盆冷水，大家都不说话，村委会有些沉闷，于是她想出去透透气。

不知不觉刘冬麦又坐在忘忧台上，忘忧台的风呜呜地吹过，台下树林的一棵枯树上挂着一片枯黄的树叶，一阵寒风过后树叶翩然而落，随即被卷起、放下，再被卷起，在空中打着转转。看着这片落叶，她心中也打着转转。直到这片叶子落在一条沟带路的沟里，她才感到脸被吹得生痛，拉了拉衣领，想挡住风的攻击。

一阵枯树叶咔嚓咔嚓碎裂的声音有规律地响起来，好像有人走

541

过来。刘冬麦转过头,一个穿着黑色羽绒服、戴着黑帽子的人走了过来。

刘冬麦有些奇怪,心想:"是哪个会到勒部来嘎?"走近一看,是秦大明老师。"嘿,恁个冷,你在勒部做啥子哟?"秦大明先发问。"哈哈,我在这里喝西北风。"刘冬麦开玩笑说,"《瓦屋之冬》又要出炉了唛?"两人哈哈大笑起来。

秦大明拿出相机开始照相,他对着一片枯叶就开始猛拍,刘冬麦心想:勒个好大个排场嘛,完全是文人烧包。秦大明拍完后说:"勒张好安逸。"刘冬麦忍不住伸过头去看,一节枯枝和一张枯叶呈飞舞的姿态,背后一片蓝天飘着几片碎云,整个画面显得壮美而有生机,刘冬麦惊叹:"搞艺术的就是搞艺术的。"本来烦闷的刘冬麦抬头看着蓝天白云,感觉眼前的枯枝败叶也艺术起来,心里的沉闷一扫而空。

"你宣传一下瓦屋的海椒嚓,你看冬天的瓦屋,大家翻地犁田热闹得很。"秦大明兴奋地说,"我走了好多个地方,只有瓦屋人没有在屋头烤火打牌,大家都在地里做活路,我一会去拍几张照片。"刘冬麦带着秦大明来到了上屋。秦大明看着农民扯海椒秆秆,挖地铲坎,农人吆喝着指挥牛,牛嗷嗷回应着的场面,激动地说:"好一幅冬耕待春图。"说着拿着相机一顿猛拍,咔嚓咔嚓的快门声音不断地响起来。

晚上,吃过饭的刘冬麦坐在火炉旁烤火,心里还有些闷烦,便倒来半杯小酒打口渴。火炉柴火很干，经过燃烧后的红碳映照着刘冬麦的脸，喝着小酒的刘冬麦默默地想着心事。

嘟嘟！微信声音传来。刘冬麦打开，发现是秦大明老师传来的几张照片，一张是她自己站在地头，风吹动着头发，一脸坚毅，看上去英姿飒爽，脸色看上去没有那么黑，刘冬麦心想：耶，还把我勒张照片P了一下勒。

有几张是瓦屋热闹的冬耕场面，也有个人特写，特别是向朝田那张着嘴巴、扶着犁头的照片看上去有劲头。秦大明老师发过图片后，问了一句："可好？"刘冬麦回道："还活着。"那边发了一个捂着嘴巴笑的图片。

刘冬麦将照片发到群里去。群里开始点评："哇，瓦屋村明年又要大丰收哦。""你们看向朝田那个栽舅子那张还真是像那家人嘎。""看那嘴巴好像在喊'哇'（三声）。""我们瓦屋牛叉。"大家嬉笑点评起来。刘冬麦看着大家冬耕的照片，翻看着大家的点评，感觉心中又有了赳赳之气，做大做强的念头又从心底冒出来。她开始认真思考：鲜海椒行情好时，几个乡镇的海椒也不算多，可以卖出去。海椒市场还是很大的，鲜海椒销售不出去时，烘干也可以存放，要是银行能够支持，所有要件就齐全了。关于银行支持问题，刘冬麦想银行也是做生意的，也想贷款出来，只要我们能够有借有还，把信誉建起来，就不担心贷款问题。只要抗风险能力强了，完全有条件做大做强。

围绕着如何做大做强，刘冬麦想了一夜，一眨眼瞌睡都没有困着。她分析，海椒市场很大，也就是行情好时是没得问题的，问题是行情不好的时候怎么办。默着解决办法，她认为，要建这么多设施是没得这个能力的，财力和土地都没得办法解决。最后，她想到了蚕茧站，烘蚕茧是春季，炕海椒是秋季，其实是可以合作经营的，各个乡镇都有蚕茧站，想到这一层的时候，她兴奋起来，只要可以加工避开风险，这是一个可以做大做强的机会，她打定了主意。

当刘冬麦拉开窗帘的时候，一轮红日从迎风寺顶喷薄而出，一股清冷的风迎面扑来，呼吸着新鲜空气，闭上眼睛享受着清晨的第一缕阳光，小鸟活泼地飞来飞去，她像一个储满能量的斗士赳赳地走出门去。

要解决思想不统一的问题，显然有些费力，大家才被海椒辣了一跳，还辣得"嘘嘘"的，味都还没有散去，突然想要做大做强，时机是不成熟的，她很为难。

突然她想向胜麦是个见过世面的人，就去找向胜麦请教。向胜麦说："这种事情，过了勒个村就没有勒个店，政府发展勒么大的产业，肯定要支持设施建设。"刘冬麦豁然开朗，心想这不是又多出一条路来，如果能够支持建设一部分烘干设施，购买一部分烘干设备，再找蚕茧公司商量租赁一部分，肯定能行。向胜麦认为，找蚕茧公司商量这条路更看得见，也完全行得通。刘冬麦信心就更足。

坚定做大做强信心的刘冬麦开始做工作，她到野鹤村去找了宋支书，希望跟宋支书结成统一战线。她跟宋支书分析了风险和前景。宋支书说："大家今年背了包袱，就放不开手脚，你如果真的想做大做强，必须要控制风险，只要风险不大，估计大家还是支持的。"刘冬麦把准了脉，就开始对症下药，她一个一个地做动员工作，只要说动大多数就有胜算。

各个击破的思路帮助刘冬麦统一了大部分人的思想，随即召开了理事会议。

她抛出防控风险方法以及到其他乡镇建基地的提议，合作模式就采取桥头镇的模式，由联合社负责协调安排、提供技术服务，常规工作比如收种款、发放肥料等由村上组建合作社负责落地。

刘冬麦劲头鼓鼓地说："村上干部加入到合作社，共同发展才有积极性，风险和利润跟其他村一样，以村为单位组织。"老支书说："这是个机会，不过我就只能做好瓦屋村的工作哈，其他的使不上力。"

刘冬麦说联合社要壮大，需要人，建议将刘成米和刘冬田两个纳入，与刘书芝老师一起作为主力队员建立生产服务体系，由刘书芝任组长。平常村干部事情也比较多，抽不开身。向大鱼瘪了瘪嘴说："那几个乌洋芋宝坨坨能够做出啥子名堂嘛。"刘冬麦坚持说："莫要小看这几个人，具体做起事情来还是很能干的，只是我们要管理好他们。"

向大鱼说："你勒个犟拐拐人，我们一般犟不过你，你要有那副肚子才吃那服下药，勒几年我们见过你的钢火，你决定做我们也阻挡不了，我的意见是你说了作数。"其余几个也没得啥子话说，大家都赞同了。

刘冬麦统计了一下，一共有十一个乡镇打来电话要求合作，她排除了两个实在偏远的乡镇，决定参与九个乡镇的基地建设。时间不等人，其他乡镇不比桥头镇，因为第一年就遭吓倒起了，大家种植积极性不高，需要开院坝会做工作。

刘冬麦将合作办法写成电子档，先发给各乡镇，等乡镇认可了合作办法，再组织投票，投票成功就开始动员发展。

要在短时间内完几个乡镇农民的投票工作，工作量有点儿大，他们商量后决定刘冬麦、向大鱼、向世荞、刘书芝、刘成米、刘冬田几个人分别到各乡镇去做工作。

刘冬麦的思路是先到乡镇，组织全部村组干部讨论，统一思想后再到各村开会投票，如果投票没得问题就当场搞一场产前服务。大会开完后，进一步深入开院坝会宣传。

第一场会在就近的中益乡，刘冬麦坐在台上，台子高于地面一米多。她从这个位置看到一屋子的青布帕子和白布帕子，像一地的包包白菜，不禁抿着嘴巴笑起来。

乡上书记介绍了刘冬麦，讲了她带领的瓦屋村海椒种植的丰功伟绩后，刘冬麦讲述瓦屋村海椒发展史，讲了今年面对问题，解决问题的办法和担当，让老百姓放心种植海椒，一定可以兑现承诺，大家半信半疑。

刘冬田讲他们的种植经验、技术以及心得体会，当他说到今年赚了十几万元钱的时候,下边嘘声一片,有人说:"别喊媒子来做过场,你们远天远地的,到时不收购,我们到哪里来找你们?"

乡上书记开始解释,各村要加入了瓦屋村海椒专业联合社的,他们也给政府交了五万元保证金,如果不兑现,就拿来解决农民问题,到时政府担保。"你们政府担保也没锤子用,你看今年还是书记、镇长组织把海椒收了都没有付钱嘎,哪个信得过?"有人接话。乡长面赤面赤地赶紧圆场,今年情况特殊,大家准备不及时,造成这种情况,我们正在准备资金,准备年前付一半,明年再付另一半。又有人问价格啷个定,镇长说:"价格跟瓦屋村一样,按八毛五每斤结算。"大家心里默了一下,有个缠青布头帕的老人说:"嘿个扎,按八毛五一斤计算还是有看头。"另一个缠白布头帕的搭白说:"那要等命长嘎。"

刘冬麦看着思想难统一,默了一下说:"您们今年受了伤害就不种了,全国还有很多地方农民也是勒么想的,大家都不种了,吃的还是要吃,您说明年卖不卖得到钱嘛?"现场有很多人点头,有个缠白布帕子的老头说:"理也是这个理,反正都是要种庄稼,今年这种情况政府都解决了,我相信政府有法子,那就回去毛起整。"刘冬麦看到有的人思想发生了变化,就没有再说。

在培训技术的时候,她讲了向朝木用海椒大棚育苞谷苗的故事,当说到别人屋头一大扎笼一大扎笼地采收卖钱,他屋头用提篮提来卖时,刘冬麦说:"他遇到我就躲着走,我就专门堵到问他:'您今年海椒钱卖的多噻?'他就不趣不趣地说:'不啷个。'我就问住他,'看来不懂科学还是骑不成摩托噻。'"从那过后,他屋头就是严格执行技术标准,村上喊啷个做,完全不打折扣。后来听他说:'我们勒么多年都没有搞出来个名堂,只有跟到政府才不吃亏。'"真实的人和故事大家听得津津有味。"嘿,我们那部的有个人,那个时候推广良种的时候也是恁个。""对头,对头,我们那也有勒种犟拐拐牛德性的人。"大家开始讨论。

以后的几场会议都按照这个模式开,大家分头行动。向世荞抱怨说:"到每个地方都遇到有人唱反调,不支持。有些人就是青杠柴脑壳,洋芋宝心子,就是实心子不开窍。"刘冬麦心想,也只有让一部分人尝到了甜头,其他才慢慢跟得起。

各村按照桥头镇的办法,只要村支书、主任愿意入股成为股东,就交五万元钱的股金到联合社。为了解决这个问题,刘冬麦组织了九个乡镇四十五个村的支书主任到桥头瓦屋村开会。

会议室设置成方形,刘冬麦默了一下,大家都是村支书、村主任,让谁坐主席台都不安逸,设置成方形大家随意坐。刘冬麦将这几年的经营状况和整个过程跟大家分享了,动员大家加入联合社。刘冬麦心想:不把他们动员起来,要瓦屋村这几个人去服务,做的也难,服务也到不了位。只有激发各村干部的积极性,共同来经营管理才有希望,服务也才能落到实处。

各乡镇是先给村上支书、主任开了动员会的,但是大家很犹豫,担心钱交来打水漂。今天刘冬麦开这个会,主要是签协议落实。

讲解了合作模式后，刘冬麦说："您们大家问一下桥头镇的其他几个村，这个模式好不好用，今天他们也在场，如果说好，大家赞同，今天就签协议，明天就打款，联合社要见到款才作数入股，才参与分红。"

刘冬麦还准备了第二个方案，那就是签订服务协议，如果不入股不交钱，就签服务协议，不参与分红。联合社要负责提供产前、产中和产后的服务，就是包干宣传发动、农资供应、收完收尽。各村的好处待遇就是村组干部参与收购，每年也能找点儿脚步钱。

刘冬麦看着大家，诚心地说："大家都是村干部，县里要发展海椒产业，我们本身就是做勒些活路，如果参与收购后一吨一百元，收一回就是十几吨就是千多元，哪点要不得嚓？您发展得越多，收入就越高越划得着嘎。"大家都不说话，在心里默一下，有三十七个村的村干部愿意入股，有八个村签了服务协议。

定下来之后，联合社和各村的工作衔接由戴春兰负责，由刘书芝、刘冬田、刘成米做技术人员。专门负责走田坎支持技术服务，并参与分红。工资三千元钱一个月，几个人也乐意参与进来，积极联系各村开院坝会搞培训。

老支书问刘冬麦："你啷个没有喊向胜麦来做技术员呢？"刘冬麦说："刘书芝老师屋头没有牵挂，他可以不种海椒，专门来做技术服务。冬田、成米这两个人屋头海椒地有人打理，向胜麦没得帮手。"

不过，刘冬麦听了老支书的话，还是觉得向胜麦不用可惜了，说他见识、点子都有。

刘冬麦的三轮车嘎地停在向胜麦院坝里头，这几年脱贫攻坚，瓦屋村的公路通达到屋门口，向胜麦买了水泥、碎石接通到自家院坝，一般小车、三轮也能进去。刘冬麦想：咱们瓦屋村真的实现了走路不湿鞋的目标。

见向胜麦一个人弄了几个菜在下酒，刘冬麦说："您个砍脑壳的，都下午三四点了还在喝酒，是少午酒还是晚酒嘛？"向胜麦嘻嘻地笑着说："我有点儿活路要做完，这个时候才吃少午饭哦。"刘冬麦发现向胜麦精神面貌变了，变得精神乐观很多，不像以前经常蔫答答的。

东南西北地扯了一阵龙门阵，向胜麦不再喝酒，几口刨完饭，洗了杯子一人泡了一杯老荫茶水。刘冬麦心想：在外边混的人是不同，不像瓦屋人用一个盅盅泡茶，谁想喝就端起来喝一口。

刘冬麦喝了一口老荫茶说："你用的茶树皮做的茶，味道浓好多。"向胜麦受到赞扬，心里高兴，就说起做茶的路数来。他说勒个老荫茶树皮要在冬天的太阳天剥下来，尽快阴干，如果夏天剥皮，树就容易赶病。

闲摆了一阵，刘冬麦提到刘成米和刘冬田都参与联合社了。向胜麦酸溜溜地说："你喊成米和冬田参与联合社，不喊我的嘛，是怕我臊你的皮唛？"刘冬麦说："我是怕你要种海椒抽不出时间,他们两个有帮手。""我想过勒个事的,我喊我妹妹、妹夫过来一起合伙种植,就可以腾出手来参与合作社的工作,你不来找我我也准备来找你,我做传销最会扭到费。"两个人都笑起来。

安排落实完毕,瓦屋村的海椒产业发展,落实给向大鱼做具体工作,向胜麦参与到技术服务队伍中去,刘冬麦暂时轻松下来。

秦从西从付镇长那儿兴匆匆地回去,找亲戚做了一个假的投票记录过来,准备到镇上去签协议。付镇长说:"你村上开会的记录拿来没有。"秦从西眼睛一转,就回答说:"我下午拿过来。"付镇长说:"其他几个村都是支书、主任一起组织投票,你下午把村主任一起喊过来。"付镇长晓得秦从西的板眼多,就要求他们两个一起来。

秦从西走后,付镇长给砖屋村的村主任打电话,询问落实海椒业主的事情,村主任说不晓得勒个事,付镇长晓得秦从西又在搞鬼。他有点儿担心砖屋村的海椒产业发展,群众对秦从西意见大,有很大的可能开年后换届村支书也可能选不起,他如果成为海椒产业的业主,又不晓得搞出啥子西洋镜,产业发展也有问题。

付镇长给驻村的统战委员打了电话,请他务必关注海椒业主选定,统战委员是新调来的,情况不太熟悉,付镇长简单地说了几句。

秦从西没得办法,趁着夜黑到处去送人情动员大家投他的票,有的将人情收了,有的就直接丢出去。

秦从西迫不得已，只好召开椒农大会投票，他本来只通知他的亲戚和朋友，不通知其他社员，椒农们听村主任说要开大会选海椒业主，也挤眉眨眼地互相通知。

参会人数一共一百七十三人。秦从西一看，心想：遭了。不过他又想：万一勒些人怕我勒？说不定不敢乱投。

投票前秦从西作了讲话，他说："勒几年发展海椒，你们还不是全靠我才卖几个钱，我是诚心诚意地想帮助大家脱贫，想大家找几个现钱，收几颗海椒出去是求爹爹告奶奶才帮你们卖出去，哪年不是倒贴一坨钱出来帮助大家，我佑客硬是天天撅我，弄得我耳根子不清净。"大家挨过他的整，受过他的气，听他说勒些干儿子话就冒火，有的磨牙恨齿，有的瘪嘴瞪眼。有个人实在忍不住说："哎，你莫说那些干儿子话，你做得好不好我们心中有数，要投票就快点儿，我们还要回去做活路。"大家平常不敢得罪他，得罪了办事就要遭卡拿，今天人多，大家浑水摸鱼趁机哈哈大笑起来。一时间笑得他脸红到耳根子。

秦从西脸皮厚，稍稍调整了一下心态继续说："瓦屋村的刘冬麦有啥子了不起嘛？一个女流之辈，在外头卖海椒她卖不赢我，凡是接过我货的人都不得跟她打交道。"统战委员听起烦躁，就制止他说："你说各自的事情哦，说别人做啥子哟。"

投票结果出来了，二十九人赞同，一百四十四票反对。秦从西当场发飙，他"砰"地捶了一下桌子吼道："绝对有人搞鬼，不信你们看，我搞不成，其他人也莫想搞成，在我的一亩二分地的地盘上，我还是说了要作数。"

统战委员有些后悔，觉得这个事情办得匆忙，因为秦从西跟他说绝对没得问题，现在秦从西没有选起，还要找业主来再选一回，就问了一声："你们不要秦支书，你们要哪个嘛？"有个人搭白说："就请那个搞不赢秦支书的刘冬麦来。"整个会场"哄"的一声笑起来。"要得，要得。"很多声音附和起来。统战委员心想，干脆来个一不做二不休，就提高声音说："我们来个举手表决，赞成的举手。"村主任点清人数说："赞成的一百六十七人。"统战委员又喊："不赞成的举手。""不赞成的五个人。"秦从西气得出大气，很明显那些收了他好处的也背叛了他，他既没有举手赞成，也没有举手反对，点票时就差他那一票。

散会后，他佑客又跳出来撅了一场后，两口子气冲冲地回屋头去了。

统战委员给付镇长交换意见后，决定通知刘冬麦去签协议提供服务。

秦从西觉得太失面子了，他想捞回来，想到龙沙镇的五峰村去申请，老丈人在那个地方，他在那个村还没有撅过人，所以向龙沙镇政府提交了申请书，希望到五峰村建基地。

好事不出门，坏事传千里，五峰村农民听说秦从西要来建基地都坚决反对。

秦从西到五峰村逐户做工作，大吹特吹他的服务好、客户多，跟镇上领导、县上领导都是朋友，卖海椒没得人卖得赢他。他先从舅子、老丈人做起，沾亲带故户户走交，亲戚更知道他平时的为人处世最撇，人品不好，是求人就求人，不求人都用尿淋的人，大家三头六面地对着，不好使行头，只好支吾搪塞。

有隔得远一点儿的亲戚，带头抵触："你莫来。""你不要来哦，我们勒个地方不好做。"秦从西晓得各自平时的所作所为，也不敢细问为哪样，他四处碰壁，自讨没趣，晓得如果交给农民投票，可能比在砖屋跶得更惨，就收回申请书，垂头丧气地、蔫答答地回到砖屋村。

自此，全县经过自主选择基地，农民投票选业主，业主发起组建合作社，交缴风险金保证金，到工商登记注册，按照整套程序全县组建了三十六家辣椒专业合作社，覆盖全县的海椒服务体系建设基本完成。

东风吹起来，市政府分管农业的马副市长视察石柱，专程到瓦屋村视察调研。

他们站在忘忧台上，胡县长对着展板汇报产业情况，主要是辣椒研究中心的科研成果、全县辣椒生产状况以及体制机制建设，设施设备建设，以及五年实现三十万亩种植的规划。

马副市长插话问："听说你们倒了几百吨辣椒，是怎么回事？"

刘冬麦回答："主要是缺少烘干设备设施，没得烘干技术，几百个土炕，劳动强度大，每天上千人都烘不赢，加工不出来，又要兑现对农民的承诺，只好收来倒掉。"

马副市长总结说："农业农村的发展，要有一批这样有担当、有情怀的人才行。市上支持你们石柱发展辣椒产业，江津发展花椒产业，一西一东两大椒，具体支持你们石柱的政策是每年一千两百万，重点用于研究中心、基地建设，加工设备的配备，你们要以瓦屋村为中心，建一个万亩辣椒示范园，从南到北建一道百里辣椒长廊风景线，你们有信心吗？"大家齐声回答："有。"一阵热烈的欢呼和掌声让瓦屋的山水也跟着热烈起来。

因海椒大烂市，给农民造成极大的伤害，石柱县坚持保护价收购，种植海椒的收入比其他农作物收入高，农民利益得到保护，也保住了基地发展的良好势头，在各级党委政府的强力推动下，建设辣椒万亩示范园区，百里长廊风景线，全县计划种植辣椒十五万亩，大幕开启后到处热火朝天，一幅冬忙待春图徐徐展开。

"福不双至今又至，辣椒研究中心传来好消息。"在国内辣椒种子领域具有领先地位的三系杂椒良种繁育成功。经小面积试验、中试后经专家鉴定，获国家辣椒种子生产许可批文，已在三亚培育，预估当年可供种十万亩，首先保证万亩辣椒示范园和辣椒百里长廊所需良种。这个品种后来被石柱命名为——石柱红一号，被评为"全国十大名椒。"

春天，海椒万亩示范园区地膜覆盖，一行行谱写着大地的诗行，石柱辣椒实现了春天一片白。

夏天，百里海椒长廊南起下路，北上河嘴，无边的翠绿绵延不绝，石柱海椒实现了夏天一片绿。

秋天，石柱山川大地一片红，红在长江沿岸，火在千野之巅，石柱海椒实现了秋天一片红。

农民，卖海椒的农民成群结队，喜气盈盈，增收的喜悦走进千家万户，石柱海椒实现农民一片笑。

刘冬麦站在夏日的阳光下，看着瓦屋绿油油的海椒，心想：现在就等秋天一片红，农民一片笑了。

第十九章
荣极

向春谷的不幸如牛皮纸糊灯笼（死不亮哨），乡邻流眼拔涕，惋惜悲叹，凄惶不安；海椒积压如山，犹如月亮坝晒笋壳（将就不起），丢弃铧头嘴湖畔，使人情绪低迷，阴死倒阳，好比乌云背负着沉重的雨滴又掉不下来煎熬着。日子还得继续，欣慰的是瓦屋村挨到喜事连连开了天，刘成米盖新房要结婚了。

刘成米凭政府住房保障补助的五万元钱，加上种植海椒的收入，以及黄成英帮补的几万块将小楼修起、装好，打梁山锣鼓（没得捞捞）的干鸭子"鲤鱼打挺"格外很日洋。

钱不多，刘成米精打细算，"一分掰成两分用"，只用来买材料请砖工，其余打混凝土、背砖上墙等重活路由他各自来，生怕黄成英累倒了，让她帮忙打杂煮个饭。黄成英看在眼里，甜在心头，煮了几天饭假意牢骚满腹地埋怨："格老子的刘成米，老娘愿意背砖你偏要我煮那个背时的饭，你几个意思嚛？"刘成米无奈就依着她，免得挨咒咒被刮胡子不爽。小楼不大，可样式新颖美观,很温馨。

结婚的日子定在旧历的二月初十,刘冬麦北上广走一遭有两刷子,被聘请为媒人提亲。聘请媒人,至少须得走个过场。其实小两口早就各自商量好了来龙去脉。

说坏一门亲,误了一平生。在土家族做媒还是讲究个"门当户对""郎才女貌",就是媒人正儿八经问女方有啥子要求,女方假过郎场就会提出要好多礼钱,怎么娶亲等,这叫"娶同意";其次是礼节,土家族过去的包办婚姻少不了这个环节,即使是现在的自由恋爱也要求找个人点卯,美其名曰"明媒正娶",免得别人背倒嚼舌根说闲话。

刘冬麦屁颠屁颠地过去,黄成英老汉摇了摇头,叹了一口气:"哎,女大不中留,她把各自的钱都搭过去了,'生米煮成熟饭',我们还敢提啥子要求嘛。"瞟了瞟刘冬麦:"面子上还是要过得去才行,你给刘成米讲娶亲时抬十万块钱过来,我们再加十万抬回去,也算给他们年轻人的新家庭打个底,不然两个人光石板为人还是艰难呐。"

刘冬麦告辞而回,见刘成米埋头在修整庭院,提高嗓门喊:"刘成米,你放一万个心,我是王妈妈做媒一说就准,事办得稳稳当当的。你个崽崽福气好哟,要好好珍惜你这个佑客嘎!"旁边向胜麦打帮腔:"你个栽舅子!"刘成米愣了一下,诚惶诚恐地搓着手,笑烂了脸:"这不还得感谢您们帮助我,才有我的今天呀,要不是种植海椒,要不是医疗帮扶,我还不是死了没埋。"刘冬麦打趣:"你这话不完全对头哟,应该是行尸走肉的光棍一个。""您说得全对嘎!"刘成米做了个鬼脸,油嘴滑舌地回应。

"这还是主要得益于党的脱贫攻坚政策,要不你哪有勒个福气嘎!"刘成米立刻正了脸色回答:"那是那是,不过娶亲的十万块钱您要借给我才行。""莫得问题噻,我来帮你想法。"

刘成米给乡亲们发请柬,有人就开刷:"县委书记不是说要来吃你喜酒唉?喊他噻。"这刷坛子等于"太阳从方斗山出来(你等不到)",让刘成米尴尬得下不了楼,从那僵硬的脸上挤出一点儿笑容,摆摆手灰溜溜就走了。

谭书记、王镇长到瓦屋检查工作,只见不远处一栋小洋楼格外显眼——红砖碧瓦,翘檐垂帘,衬托出喜气洋洋的新春氛围。听说刘成米二月初十结婚,谭书记提议到刘成米屋头看看。

一阵寒暄,当问结婚准备情况时,刘成米不卑不亢地说:"屋头家具家电就还差台冰箱了,表叔那边要配一台给我,我不同意,我想各自挣钱来买用起才安逸,其余啥子都不缺,等今年下排海椒款收回就去买一台格力电冰箱。"

结婚日子到了,天刚麻麻亮,唢呐声高亢悠扬在瓦屋村的上空,娶亲的抬着装十万元和中式传统新娘服的抬盒,浩浩荡荡簇拥着刘成米娶佑客去了。乡亲们看着穿中式长衫、喜笑颜开的刘成米,交头接耳,羡慕不已:嘿个扎哟,勒个崽崽穿周正了硬是不摆嘎。

在土家族娶亲要双客正娶,就是刘成米要选一对儿女双全的本家叔子伯爷或哥嫂代表男方去娶亲。唢呐队是一定要的,剩下的就是抬嫁妆帮忙打杂的。

女方那边则是五点多就起床，选家庭幸福、儿女双全、身体都好的叔婶帮助开脸，就是用一根麻线在新娘脸上绞，绞去汗毛老皮，脸色就光亮了。

黄成英从头天起都没有吃饭，为的是保证结婚当天白天不去茅厕，如果新娘在结婚那天白天上茅厕是件丑事，会遭人谈论没礼数。新娘就得提前一天不吃不喝，憋着要等晚歇贺喜之人散尽，男方的弟弟妹妹提来夜鸭子讨了利食钱才可方便。

到女方有二十几公里，娶亲队伍以车代步，一路吹吹打打震翻天，好像生怕别人不晓得要娶媳妇似的。到了村口，车子停下来，媒人刘冬麦昂首挺胸走前头，双客刘粮田两口子和新郎神采奕奕尾随其后，帮忙抬抬盒的闹哄哄地扭到走，其余娶亲的挨挨挤挤排成长龙，弯弯绕绕在路上，看起来格外壮观又热闹。

开锣老远敲起来，唢呐喧天，那阵势不一般，左邻右舍看热闹的人老远站路两边，客客气气夹道把娶亲队伍迎进屋。

黄成英听到打开锣既心慌又心喜，忐忑以后年岁各自当家为人岁月惶然，又担心离家后妈老汉孤单凄楚；嫁出去的女，泼出去的水，万一夫家不待见怎么办；突然又默到出门别迈错脚，左脚先出不出右脚，弄得六神无主心咚咚直跳。

正送正娶双方见面办交接开始了。

刘成米笔挺地站着，相当自信，红花黑边的中式长衫配上黑色礼帽，看上去儒雅有礼，不躲不闪地迎接女方亲友的"检阅"。一时间大幺姑小女将、年轻佑客上门女婿都嬉笑着盯着新郎窃窃私语。刘成米微笑着，心想：嘿个扎，我这个女婿不撇噻。

正愣神间，只听见喧闹的唢呐开锣停下来，礼生说客向世荞吆喝起来："是天长地久，地久天长，我受刘府所托，前来贵府迎亲，来到贵地，只见贵府，大红对子贴满中堂，屋里屋外喜气洋洋，是宾客满座，是财神吉祥，是阳台平台都惊艳，是寝室客厅都增辉，是一派喜气祥和的好气象。"

那边支客师也站出来回应道："是带宾先生真不差，嘴里讲得顶呱呱，今日你为刘府迎亲来到了黄府下，我深知你的才华，若然这里安排不周，责任就在于我这哈，请你进屋抽支香烟喝杯淡茶。"

这是娶亲队伍到时彼此的礼节，双方礼生说客要说四言八句。刘冬麦以媒人身份出场，介绍双方亲朋好友相认识，然后女方正送及帮忙打杂的接过男方送来的抬盒，将烟酒和钱收起，将衣物送到新娘闺房换装，送亲时要返回去的肘子和鸡重新放好，陪嫁的锅盆碗碟、花瓶镜子等物放进抬盒。

男方宾客入座吃饭，女方亲友准备嫁妆。吉时到，开始发亲，肘子和鸡走前头，二十万元一万一扎摆了两个抬盒很抢眼。女方帮忙打杂的人排着队把陪嫁一样一样从门里传递出来，男方帮忙的一一接应分发到手。

等陪嫁的嫁妆发完，新娘由"正送"扶着哭着倒退出门，交由"正娶"佑客扶着走出院坝后就放开自己行走。

出门要过一座小桥才能够上车，新娘站着不走，刘成米往她手里塞了红包才开步,那些"少幺毛"起哄不准走,非要找个斗斗车要刘成米打个光脚板把新媳妇拉起过桥。

在土家山寨,新娘过桥不走,上石梯不走,迈夫家进门槛前不走,都要新郎给新娘利食钱(红包)、给帮忙的敬烟才继续走,要么娘家人或兄弟姊妹伙戏耍"猪八戒背媳妇"背起走,或弄个红绸缎扛在肩上"妹妹坐船头"拉起走。

旧社会女人凭妈老汉之命媒妁之言,跟没有见过面的人结为一家子的婚前的各种试探,表示作为一家之主要顾家,要有责任和担当,后来就形成了乡俗一直传承下来。

一路上走走停停,吹吹打打。快到新房地坝坎时,送亲的队伍要讲究听不到迎亲鞭炮声才下车等候。

媒人、去接送亲的过来,迎进屋敬茶看座,瓜子、喜糖、水果尽管嗨。

院坝上张灯结彩,一派喜气洋洋。这边娶亲的娶亲,那边办席的办席,向大鱼这个总管安排得井井有条。有几桌放张红纸,那是给女方来客留的,表示尊重,出的菜是不一样的。

乐队搭建了婚庆台子,放着喜庆的歌曲,热闹非凡。刘粮田队长兴奋地说:"刘成米结的这个婚,瓦屋村人都当成各自屋头的喜事在办嘎。"老支书接过话头:"是啊,这些年大家看到他屋头的情况,看在眼里急在心头,现在有勒么好的结局都替他欢喜。"

十一点八分,中式婚礼正式开始。刘成米的父亲坐着轮椅出现在台上,母亲也穿着大红的衣服乖乖的一点儿不闹,看到人都笑。婚礼有条不紊地进行着。

一辆黑色的公务车驶来,车上下来几个"不一样"的人,除了桥头镇的书记、镇长,刘冬麦一眼认出另一个人是县委书记,赶紧喊老支书和谭丽华去接待。县委书记摆摆手,示意不要打扰新人举行婚礼。

婚礼"三拜"基本结束了,司仪突然宣布说:"现在请一位特别的嘉宾上台为一对新人送上祝福。"刘冬麦才想起王镇长离开的空当,估计衔接这件事情去了。

县委书记没有推辞,跨步走上台说:"我叫冉茂华,今天来参加两位的婚礼,首先给新郎刘成米和新娘黄成英送上我最诚挚的祝福,祝福两位百年偕老,早生贵子,祝福家庭幸福,人生圆满。"稍微顿了顿,"我曾经说过要参加刘成米的婚礼,我今天来了!恭喜恭喜!"

台下议论声一片,才恍恍惚惚缓过神来是县委书记真的来了,惊得张大嘴巴,还有人激动得眼发红,语无伦次,手舞足蹈。刘成米眼睛湿润了,全身微微颤抖得说不出话来,黄成英悄悄地握住他的手帮他稳定情绪。

县委书记继续说:"刘成米是我见过的最勤奋的人,在各自有病的情况下,将两位老人照顾得无微不至,还通过做产业完成脱贫,你看他的这个漂亮的小楼,听说是夫妻二人各自起早摸黑修起来的,真正是家贫志坚,是脱贫攻坚工作中的表率,我们要讲好他的脱贫故事,激励更多的人去奋斗、去脱贫。"停了停接着说道:"瓦屋村人是勤劳奋进的人,从一个落后村、告状村成为一个先进典型,这些是瓦屋村人民共同努力的结果,更是党的伟大的脱贫攻坚政策帮扶的结果,我们将坚定不移地推动全县的脱贫攻坚工作,坚决打赢脱贫攻坚战。最后我祝福瓦屋村越来越漂亮,祝福瓦屋村人民的生活越来越好。"

雷鸣般的掌声经久不息,像山川在唱歌,像湖水在翻滚,人们久久地激动着。

县委书记和新郎新娘握手祝贺道别。刘成米蒙呆呆的,呆若木鸡,还是黄成英反应过来忙喊吃饭再走。书记宛然谢绝,两口子感激不尽地目送他们离去。

一辆皮卡车缓缓地停在刘成米屋门口,车上装着一台格力电冰箱,听说是县委书记送来的。有人小声嘀咕还不是公家拿钱买的嘎。搬运的人说:"别戳背脊骨了,你想错了哟,亲自选冰箱掏钱的都是县委书记本人。"

乡亲们感慨县委书记清廉亲民,他不仅仅是参加了刘成米的个人婚礼,是参加了瓦屋村人的大盛会,是瓦屋村的荣誉,是瓦屋人的自豪。

两床大红的被子,是桥头镇书记、镇长送的,刘成米感觉很温暖很温暖——我刘成米何德何能,能够得到这么多人的祝福!我一定要努力奋斗,不但各自脱贫致富,有能力了还要帮助带动更多的人去致富。

四月初头,瓦屋村的耕种热闹起来,毛茸茸的青草从土中探出来,摇头晃脑地偷偷打量着外面的世界;柳树的叶儿修长修长的,拂动着一湖春水,仿佛为瓦屋生机勃勃的未来提前作充分的准备。

早晨,好凉爽舒适,瓦屋村做活路的人忙碌起来,向冬田像疯子一个在瓦屋村田坎上飞奔,扯着五音不全的嗓子,吼着薅草锣鼓:"太阳落土又落坡,我来唱首打谎歌,两个和尚在打架,抓住头发往屋拖。"有人扯把子:"向冬田你个栽舅子打起薅草锣鼓要去翻草配种唛?"向冬田嘿嘿傻笑也不说话,脸上隐盖不住涌动的喜悦。

在土家族有个乡俗,媳妇怀孕前三个月不对外说,说出去不利保胎。瓦屋村人都暗暗挤眉弄眼地传告着,打心眼里替向冬田高兴,这件事成为瓦屋村的第二大喜事。

海椒研究中心的种子研究出成果了,谭丽华火急火燎地拿来种子对刘冬麦说:"这就是三系杂交种,通过海南制种繁殖,现在有点儿晚,需要马上育苗试种,不然又要耽误一年时间。"刘冬麦一本正经,扭到费哪样叫杂交种。"你晓得袁隆平那个稻谷杂交不?"谭丽华斜睨刘冬麦一眼。刘冬麦似懂非懂,歪歪嘴惊讶地说:"可以和那个相比呀?牛叉牛叉!"

刘冬麦断定是不一般的好事情,不然谭丽华那神态怎个这么傲娇唛?立即安排种植五十亩新品种,由刘成米屋头负责。

四月中旬，王镇长通知刘冬麦到县政府汇报工作。胡县长说："县上配备了海椒加工项目，首选桥头镇海椒专业合作社来落地，要配套补助150万元修建厂房和设备。你们加工需要什么，调研后做一个详细方案上来。"

刘冬麦凭经验研判，需要能够快速分解鲜销压力的设备，让鲜海椒通过加工，延长销售时间和销售半径，只有干海椒加工和泡海椒加工可以实现在烂市时不会那么作难。

召开股东会统一意见后，申报厂房2000平方米，配套泡椒池、干海椒加工等设施设备。幸福来得如此突然，刘冬麦有点儿蒙，飘飘然。

通过卖海椒的客户辗转介绍，得知西南有一个海椒大县，烘炕海椒的场地比较多，刘冬麦就马不停蹄地与老支书、向大鱼一起去考察。

到了西南的海椒大县，拦了一辆小客运车到黔阳，六座车已上了很多人，沿途还在塞。刘冬麦心慌慌的，满满一车人上来啷个坐？

眼见司机下了车，一个人从驾驶台上来坐在驾驶座的右边，司机上车后，又上来一个人坐在驾驶座的左边，司机成了夹心饼还蛮有把握地换挡、转向。刘冬麦坐在副驾驶，旁边也硬挤一个人，她提出不退钱要下车。司机装聋作哑直接一脚油门，一股浓烟弥漫在车后。

小客车吭哧吭哧地颠簸在路上，刘冬麦也提心吊胆地颤抖着。正癞蛤蟆爬花椒树时，一辆装碎石的车子从拐弯处横冲过来，小客车司机赶紧往左边打方向盘避让，慌乱中手受限不灵活，小客车一下子栽到水田去了。

咚地一下，刘冬麦脑壳重重地撞在挡风玻璃上，脑壳嗡嗡地响，缓过神来用手抹一下，额头鼓起一个大包，火辣辣的。向大鱼正捂着额头上的包说没事，发现老支书惊魂不定地抱着脚，腰杆被别人带的一根钢钎刺伤，流血不止。

向大鱼赶紧用指甲刀将老支书的衣服剪开一个口子，撕下一块布将伤口上边紧紧地勒住，等救护车过来。挤在驾驶座左边的乘客甩出去当场领了盒饭，司机也受了重伤呻吟不止……真是"不到黄河心不死，不见棺材不掉泪"呀！

还好，老支书只是皮外伤，在医院静养几天后先回瓦屋村了。

人争一口气，佛为一炷香。刘冬麦和向大鱼死里逃生，心有余悸，还得继续考察。加工干海椒的作坊遍地开花，规模都不大，采取四个砖柱头，搭一个木架子，扎上竹楼盘，下边用塑料胶纸围作一圈，用以保温，一排一排的煤炭炉子烧火直接烘。

向大鱼鬼精鬼精的，看啥子东西盯得到着头："嫂嫂不会做大鞋，哥哥有个好脚样。勒个简单，我们也回去比到圈圈画葫芦做一排。"刘冬麦瘪起嘴巴："还没得我们蚕茧站先进科学。"

回到瓦屋村，刘冬麦将考察结果给领导汇报，王镇长说："勒么说起来，这个加工简单粗暴，产业化发展还是要现代化才行。"

不久，王镇长带领刘冬麦到四川考察加工设备，"癞子头上的虱子明摆着的"，还是刘冬麦、老支书和向大鱼一起前往。

到了四川，厂家带领看了现代化的蚕茧加工设备。向大鱼说："格老子的，'大姑娘坐花轿'头一回得见，勒么大一坨机器亮刮刮的，看起就巴适。"厂家经理介绍："这台设备宽3米，高4米，长35米，每天可烘烤鲜蚕茧20吨……"刘冬麦咋咋舌："一天一台二十吨啊，比我们那种小灶行实多了，一台机器相当于一个蚕茧站的烘炕能力。"经理接着说："人工也节约得多，一台机器，一个班只要一个人上鲜海椒，一个人负责接干海椒就可以了。"

老支书满脸皱纹疏散开来，摸着机器的出口说："勒个才安逸嘎。"大家欢喜地讨论着，只见王镇长冷不丁地冒了一句："你们几个恁个欢喜，晓得不，勒是烘烤蚕茧的。"几个人像被泼了一盆冷水，"哑巴吃黄连，有苦说不出"，又像吹鼓的气球被针扎了一个眼，转眼就蔫了耷拉着，如上场口的土地死不开口。

经理赶紧解释："你们那个姓胡的县长来过，在这里和我们赵工讨论了几天，已经在研究技术方案，应该最近几天要出结果了。"几个人又像"蚂蟥听不得水响"，打了鸡血般高兴起来。

刘冬麦心里鼓捣鼓捣："嘿，那个胡县长本来就在研究，还喊我们去考察，这不是耍'猴'吗？哈哈，依我看那些死脑筋咬卵犟，做出来不是撇火药才怪。"

其实，去年海椒收完后，胡县长就开始着手研究海椒烘干机，经过与四川新华机械厂工程师两个月不懈努力终于研发成功。

随着海椒面积的扩大、烘干设备的研制成功，县委县政府吸取头年的教训，号召全县三十六个辣椒专业合作社立马行动起来，采用租用土地或者购买蚕茧站的办法，未雨绸缪想尽一切办法解决加工厂房用地，紧锣密鼓建厂安装烘干机。政策优惠是县财政配套一半资金，另一半合作社自筹。

县上签订了四十台全自动辣椒烘干机，烘干加工能力能达到每天七百吨。厂方二十四小时不停加班，赶制出一台立即运到石柱安装一台，县上要求在海椒开秤以前必须全部安装完成。

胡县长发明创造辣椒烘干机后，还改进了剪切机，引进了辣椒色选机，全部配套成龙，有的还增加了冷库等设施。不出两年，整个产业的加工布局在全国领先。

瓦屋村海椒专业联合社积极响应号召，申请了四台机器。可是落实地后发现到处是基本农田，根本动不了。

刘冬麦发动合作社的人到处找土地，始终无法落实下来。她突然想起粮站后不是有旧仓库唛？于是找到经理沟通协商，将桥头粮管所承租下来，一番折腾，在六月底完成了四台机器的安装。

大家抚摸着亮刮刮的机器，赞叹不已。刘冬麦感觉一股赳赳之气从丹田升起，做大做强的心不断地激荡着她。

七月初，天然气管道安装等后续工作也相继完成。胡县长检查完全县的设备安装后，兴奋地说："咱们现在是万事俱备，只欠东风！"他突然张开双臂，欣喜若狂地大喊："让暴风雨来得更猛烈些吧！"

转眼月底，县委县政府请来了市火锅协会、餐饮协会、调味品协会会员，以及观音桥市场、成都五块石市场等地客商和一些大的火锅底料厂家负责人，到瓦屋村实地参观海椒基地，开海椒推介会。

有个火锅企业的董事长走了一遭，深有感触地说："石柱县海椒'春天一片白，夏天一片绿，秋天一片红，农民一片笑'，这个提法大气！"

大家深以为然，于是有人好奇地看着样品问："石柱海椒以前是滚的，现在为什么跳起来了呢？"谭丽华解释说："因为你们提出石柱海椒品质不好，就是市场不认可，所以我们对气候、土壤等进行了专门的研究，实施了多用有机肥、测土配方肥等方式提高品质，并且全县统一农用物资采购、配送，包括我们的病虫害防治也是无公害绿色防控，只有步调一致，统一采购，农产品安全、质量才有保障。"

刘冬麦欣欣然陶醉了，暗道难怪今年的肥料、农药都是县上统一配送的，这些人也是精怪，稍有改变就发现"猫腻"了。

有个知名的高庄火锅董事长点点头说："只要你们农产品源头的安全控制好了，我们就来投资办厂。"天鹅董事长也附和着支持。胡县长笑得脸都开了花："欢迎欢迎！"招呼招商局局长过来对接。

海椒推介会以后，一时间石柱海椒客商云集，风头正旺，是个海椒就是钱。县上立即着手品牌创建，在重庆市上清寺墙上打出巨幅广告——"石柱红"，特别耀眼，引人注目。

大量收购海椒时，海椒烘干机终于安装调试完毕，胡县长提前三天就一直在现场调试温度、记录参数，有不宜当的地方就喊厂家修改。听厂家说这是胡县长全程参与研制的，是国内第一台海椒烘干机，附近很多人像"汪家营的叫花子（一起吼）"吼起到粮管所看稀奇把戏。向大鱼负责加工管理，一直在现场跟着跑前跑后，学习技术。

眼看第一袋海椒倒进机器，刘冬麦正好到县农委办事。回来时，干海椒就要出来了，她吆喝股东们去见证这一刻。

刚进厂房，光线有点儿晃眼不适应，只看到一个人满脸油污、拿着扳手巡查机器。"耶，还有个花野猫唉。"没等刘冬麦说完，有人"噗嗤"一声忍不住笑出声又戛然而止。刘冬麦感觉哪里不对劲——妈耶，胡县长："对不住，对不住，我……我以为是……"

原来向大鱼发现有个零件不对，胡县长安排两个驾驶员轮换开车，连夜跟着过去将零件打磨后又匆忙赶回来调试安装，忙过了头，懒得喝上一口水。

经过二十小时的烘烤，海椒从出口像小溪流水般不断地涌出，干焦焦的、红彤彤的，夹杂着沙沙声。大家惊叹不已！

向世荞抓起一把干海椒，翻来覆去地瞧。向大鱼见机取笑："你是表叔娘看女婿唉。""你莫说哈，我们去年那种方式烘炕的海椒是瘪的,你看勒些一个一个都是圆筒筒的,颜色也是油浸浸的,看起硬是安逸。"大家异口同声地应和着,确实比去年那工艺烘炕的安逸。

刘冬麦压抑住内心的激动,脑海中不断地翻滚,看来还是要不断研究探索,如果按照当初去学习的那个来做,还是太过于简单了。

九个乡镇四十五个村的海椒各村负责组织收购,由刘书芝等技术人员负责联络组织,刘冬麦和向大鱼负责销售。

今年全国海椒产量突然暴减,鲜海椒又成了俏行市,往年那些老板又回来了。正应了那句话,"逢贱莫懒,逢贵莫赶"!

"听说你们这里海椒多,我来买几百吨。"一个人趾高气扬地走进瓦屋村村委会,斜着眼对刘冬麦说那派头不知道吃几碗饭了。刘冬麦不看不说,一看吓一跳,脸色由煞白变得通红,合不拢嘴,不晓得怎么应对。

向大鱼和戴春兰感觉谁"癞疙宝打呵欠(好大口气)",不由自主地跟着抬起头来。"是你龟儿嗦,你屋有女人卖不?"向大鱼毫不客气,脱口而出,"想不到拉屎打灯笼(找死)送上门来哈"。那人趾高气扬的神态一下子凝固似的掉进了冰窟窿,不知所云赶紧弯下腰杆递上烟:"嘿嘿,我没有得罪过你们呀,是不是……是不是认错人了。"戴春兰"嗤"地冷笑一声,轻蔑地说:"哏,推屎爬长獠牙(万恶啃屎),你还真以为蚊子咬菩萨认错了人,你开店不是买卖女人的唛?小人得志,癞狗长毛。呸,过街老鼠(人人喊打)!"向大鱼打电话喊向胜麦:"快回来,有个不知死活的人来了……我们给他松点儿皮，捶号螺丝骨！"

那人见状"黄鳝爬犁头（狡猾）"溜了。或许他根本想不起在他店头对刘冬麦恶言恶语相待的凌辱，觉得山卡卡勒些人怎么这么没有素质。他边跑边心有余悸地想：是不是我嘴巴岔祸从口出，哪股筋不对头得罪了人，今天要是不走嚏，少不了要挨打。

这个老板姓段，在市场进货加工泡椒卖，今年行情俏买不到货，找到瓦屋村来。他似乎突然想起了什么，有些后悔，今天总算各自尝到了苦头遭现眼报。哎，山不转路转，做人留一线，日后好相见！

另一个客户姓闫，去年刘冬麦送货卡拿的那个老板。向胜麦晓得刘冬麦放不下面子就主动接洽："我在具体负责鲜椒销售，我来安排。"还没有等刘冬麦说话，向胜麦已拉着那个老板走了好远。刘冬麦于心不忍，不想一棒子打死人，这些人就是要点儿滑头赚点儿蝇头小利，销售行业就是这种搞法，也不全怪他，还是要各自抗风险能力强才行。

刘冬麦猜到向胜麦想摔摆他，连忙制止示意不要过了头，这不是我们土家人待客之道。三杯酒下肚，主客喝得左脚靠右脚，向胜麦含含糊糊地唠叨："我们今年的货要供给往年帮助我们、支持我们的客户，我本来是要弄整你的，让你在这边转几天打空手回去，我们刘冬麦理事长不允许，说啥子不能冤冤相报……"

那客户不知是不是喝酒的原因，脸红到耳根子，诚恳地说："我没有想到你们能这么待我，我鼠目寸光，这些年搞来搞去确实也没有挣到啥子钱，我以后也要向你们学习，要真诚待人，不然你今年整我，我明年整你，都不是做正经生意的搞法，最好的办法是达成长期合作的关系。"

刘冬麦给闫老板安排了一点儿货，虽不多，倒是成为很好的互帮互助的朋友了，好像"邱天恒请客（没得那回事）"一样。

从上屋装车回来，刘冬麦站在忘忧台上，绚丽的晚霞将天边的白云渲得多彩，也把藤子沟湖面染得绯红，形成了水天一色的壮丽景象。火红的海椒浸红了瓦屋的山坡，也映红了椒农的笑脸，一派同欢的丰收盛景展现在眼前。

刘冬麦如醉如痴，赶紧打电话叫谭丽华同村支两委的人一起到忘忧台来。所有人沉浸在这幅美丽画卷中梦了，呆了……仿佛聆听到自己狂乱的心跳……

"山川湖水那个红彤彤哎，瓦屋那个海椒噻红胜火。如今瓦屋那个赶先进噻，全靠大家那个来努力。"向朝田从海椒丛中猛然站起来，昂着脑壳，板起青筋，扯着喉咙，唱那薅草锣鼓。"隆隆呛，隆隆呛。"大家都从海椒笼笼伸出脑壳合着引子。

"那年无钱是缺八腔哎，种上海椒钱就满了仓。如今装上那个金牙巴，薅草锣鼓那个唱透昂。"刘四米帮腔唱，大家继续"隆隆呛，隆隆呛"附和着，整个瓦屋沸腾起来。

乡亲们看村委一班人站在忘忧台上，都把背篼搁到忘忧台下，从上往下看去，就像无数个簸箕在晒海椒。谭丽华赞叹道："好一幅瓦屋晒秋图啊!"情不自禁唱起:"瓦屋曾经噻那个没饭吃,如今大家噻吃得饱咕咕。荷包那个装得满噻,枕头底下塞着钱。"有人用背打杵在地上杵着节奏,刘粮田更是将提醪糟水的茶壶敲得咚咚响。一阵"隆隆呛,隆隆呛"过后,掌声雷动,大家脸上洋溢着幸福的笑容。

太阳被这种热烈的场景羞红了脸,从羊角寨悄然退了下去。天空也嫉妒这份热闹,悄悄地拉起了幕帘,瓦屋村的激情在黑夜里沸腾着。

"今年的鲜海椒行情是走得脱,干海椒行情还没有起来嘎。"向世荞担心库存的干海椒,原本听刘冬麦分析今年会涨价,结果鲜海椒都要卖完了,干海椒的价格还没得猫动。

大家心里七上八下打鼓,刘冬麦安慰道:"鲜海椒价格起来了,还怕干海椒不涨,大家把心放在肚子里头。"桥头村的支书搭话:"你不是说今年行情会好噻,说得像'代宴廷的包面(有点儿香头)',今年的卖得脱,去年的还是六月间的盐茴豆(激不起)嘎。"

刘冬麦此时打肿脸充胖子,其实各自也遭吓到起了:勒才是算路不跟算路来,观音菩萨坐石岩(自讨凉贱),这回啷个收场嘎。哎,三十晚上盼月亮——没指望哟!

夜歇焦虑得翻来覆去困不着瞌睡,害怕得背脊骨凉飕飕的,一跃而起打电话问观音桥市场的王姐,电话那头回话:"不晓得啥子情况哦,可能去年辣椒便宜厂家库存多的原因,理论上讲辣椒是要涨价的。""理论上讲"不是糊弄人的吗?刘冬麦急吼吼的:"那我们去年那些干海椒啷个办呐?""干辣椒虽然没有涨好多价格,但是还是卖得脱哦,我帮你介绍两个干辣椒客户试一下嘛!"

刘冬麦一听又缓过气来,各自想岔佬,干海椒不是价值还在唛?摸着胸口壮起胆子,在理事群里发信息,鼓励大家先着手解决今年的事。

一晃十月份,鲜海椒价格突然猛涨,定价小组根据行情及时上调了价格,几轩盘就扬到一块七毛钱一斤,农民欢喜得很,联合社的人也干劲十足。

秦从西"东山再起",又开称收购,"鸡屎藤做裤腰带(臭名在外)",砖屋村的农民都不信实他,爬坡上坎远远地背到野鹤村。他带些天晃晃到路口阻拦,口口声声宣称跟镇上签了基地建设协议,也交了保证金的。椒农们故意日弄他:"人家野鹤村服务好,价格高,我们心甘情愿背过去,你有本事来抢噻。"

秦从西跑到王镇长那里来个恶人先告状,说什么野鹤村不守规矩抢砖屋海椒。

野鹤村支书偏敲敲吃秦从西"半夜吃桃子(照粑的捏)"的哑巴亏,还要无缘无故受冤瘪气,想不过气就去找他理论,两人你一言我一语,失控还打起来了。

秦从西像打了败仗的鸡公,垂头丧气地到政府找书记、镇长诉苦，反映野鹤村不严格遵守产业发展四大机制，影响极坏，等等。

书记心知肚明，镇长避开话题，指着文件说："这套机制的制定，其中就包含为了防止坑农害农，允许农民背到其他地方去卖的条款，但不允许业主跨界收购。"

既然是这样，我秦从西收不到，"肩上扛火炉（恼火）"没得办法，笼络一些开摩托车的走村串户加一毛钱全面出击上门收购。

"黄鼠狼给鸡拜年"，听说是帮秦从西收购，谁也不买账——哪个都晓得去年那个杂种做的缺德事，就这样秦从西无立足之地直接被淘汰出局。

桥头政府体恤农民背远了，就安排村主任接手砖屋合作社，从此之后彼此同甘共苦，规矩经营，有困难就承担，行情好就多赚点儿脚步钱，海椒产业发展走上了正轨。

海椒收购接近尾声，每逢十号停称，大家都回村委会处理堆积的工作。刘冬麦走进村委会的办事大厅，拿腔拿调地说："瓦屋村今年的第三个喜事出——来——了！"

大家放下手头的活路好奇地问是啥子喜事，刘冬麦豪迈地把手掌往前推，连说了三个"猜猜猜"。戴春兰猜向胜麦佑客回来了，老支书猜县上又有好政策了，向大鱼猜瓦屋村又评先进了嘎……"你这个崽崽有点儿小傲娇嘎，豁子又又又哦，你得了好多先进唛？""好像是有点儿多嘎。"向世荞打岔，得意地抿嘴笑。

刘冬麦看话扯远了，提醒说："快点儿猜哟，猜到了晚上去呼啦呼啦撮一顿油大噻。"

"肯定是库存的海椒涨价了噻。"向胜麦不知何时冒进来。

刘冬麦见状："耶，表哥同志，你还在偷听呀。""我是中秋节的月亮，在门口正大光明地听，哪个说是偷听噻。"刘冬麦扬扬手："算了算了，证据不足，不过'瞎猫撞到死耗子（遇圆）'，晚上一起凑热闹吃油大哈。"

"到底海椒涨了好多钱？"一个个兴奋得不得了。刘冬麦依旧稳坐钓鱼台不说。戴春兰开始利诱，提前剧透了就买软籽石榴吃。刘冬麦杵到她耳朵："翻倍了！"戴春兰哇的一声，刘冬麦忙遮嘴边："嘘！""驼背子困楼板（两头翘）"，那些没有给"好处的"不能说。

戴春兰也不渣垮，拿起手机给跑客运的打电话，带两箱软籽石榴回来。其他几个跟着效仿，刘冬麦就是不说。她翻着白眼："不要再来利诱哈，好腐蚀干部，然后去举报，不——得——行！说好晚上吸吸呼呼吃油大时公开宣布。"

去年参与经营的几个股东聚拢一起吃饭，刚坐定，刘冬麦把手拢成喇叭状高调低声地揭晓答案："干海椒行情已经翻倍了！"大家把伸长的脖子收回，老的少的欢呼起来，连老支书和刘书芝这么稳重的人都兴奋不已。戴春兰得意地手一挥："那不是赚了上千万元。""去你的个小瘪三，不出本钱费用呀？"刘冬麦指着她的脑壳说。不用脑子想，那确实是多么大的一笔财富呀。

刘冬麦提高音量："大家一定要低调，货物还没有出手，属于有价无市的状况，即使出手后也不要声张，财不露白才保平平安安、顺顺利利。"

刘成米种植的新品种是干椒品种，刘冬麦将烘干的新海椒拿到干货市场上。这个海椒辣度高、颜色好、香味纯，一个门市就全部接完了。

研究中心谭所长和谭丽华一直跟踪测产，农民种植这个品种海椒效益要高三分之一，就打报告给县上汇报推广。

海椒收购完成后，县委书记到瓦屋来视察工作，仔细询问了海椒的收购、销售情况，刘冬麦汇报说："去年行情糟烂，很多厂家库存多，导致今年鲜椒前段行情不太好，后期涨了点儿，干椒现在价格涨是涨了，只不过……"

没等她把话说完，书记接着说："听说去年没有卖出去的海椒翻倍了呀。"勒个书记鼻子还灵嘎，海椒涨价又晓得佬。

刘冬麦想了想，如果说赚了很多钱政府就不支持了嘛。她默了一会儿："是的，不过目前有价无市，还要等脱手了才行。""嗯，看来通过加工提高抗风险能力才是农业稳定发展的基础。"

当年的海椒收购盘账结果新鲜出炉，产量最大的一个村，仅代收费收入就有八万多，少的也有一万两万的，很多村都由队长组织收购，代收费分享，所以发展积极性也带动起来了。

联合社这边总计收购一万五千多吨海椒，利润八十五万，提取公积金、股东分成各占百分之二十，也就除去三十四万，剩余八人每人分得六万八千五百。大家都很激动，特别是戴春兰，在屋头带崽崽，在村里当个妇女主任，居然可以赚这么多钱，花钱再也不用手心向上找男的个要了。

刘成米回到屋头时还有点儿醉醺醺的，满嘴酒气，拉过佑客啵了一口："掌柜的，我在联合社做事发财了，今年我们屋头种植的海椒赚了好多钱哦？"佑客白了他一眼："至少比你多，你猜一哈嘛！"刘成米得意忘形："我日，你有我多嘎？"两个人猜来猜去都不说，刘成米拉过佑客盖上被盖，嬉皮笑脸地调侃："全都是我的。"一屋春色顿时溢满了新房。

第二天早上两人腻在床上，佑客说："这个新品种看起个头丁丁大点儿，其实产量蛮高的，我问了那些种了其他品种的，我们屋头比别人屋的亩产要高出三股之一，又不要剪把把，种起划得着。"刘成米阴阳怪气追根刨底问哪样叫"丁丁大"。佑客掐了他的"丁丁"："就这么大。"两人闹成一团。

刘成米作为技术人员，也晓得新品种产量高，抗疫性强，病虫害少。他油头滑脑，心里盘算着，然后自信满满地说："十七万，如果不对，我手心挖个雀儿出来。"黄成英笑着默认了。

两个人计划着明年种植好多怎么做，刘成米突然脑壳一拍说："嘿个扎，你未必没准备给我生个崽崽唉，明年不种海椒了，你就在屋头帮助照顾老人，其他的懒搞得，不做了。"黄成英瘪瘪嘴说："都是农村长大的，毛气得很，忙的时候喊老汉过来帮忙，忙过了他就去放蜂子，来个沟底放牛两边捞。"刘成米戳了一下她的鼻子:"就你一天会算计。"

年初,向冬田佑客怀崽崽,他认为佑客怀孕了要照顾,不能到合作社当技术员。"我们都是农村人,没有那么娇气,我们生大崽崽的时候,还打架都没有打脱,我各自有二分半的渣脉。"说到大崽崽,两口子不约而同地阴沉着脸,向冬田担心佑客怀起娃儿心情不好有影响,赶紧岔开话题。经商量,由向冬田妈老汉负责带着大家做,佑客负责记账排工。

"莽子佑客,嘿嘿……闰月,闰月……"向冬田吃完油大回到院子里大呼小叫,改口喊着佑客的小名。闰月身子已经很重了,向冬田"狗腿的"贴过去给她揉腰。佑客问:"捡到金子唛?得意忘形的!"向冬田说:"我们联合社分了六万八千五百元。"说完张牙舞爪地 嘿嘿地笑着。

闰月也很欢喜:"我今天也盘账清理了一回,我们种植海椒也赚了十三万四千八百多元。"说完与向冬田对望着,情不自禁地拥抱在一起。

刘书芝老师吃完饭默默地回到屋头,那种孤独感怎么也挥之不去,拿出佑客年轻时的照片捧在手心,老泪纵横:"哎,你没有赶上好时光哟,我今天分了红,分了红,等我挣够钱,将房子改造做一个民宿,你看嘛,就我们现在这个土墙房子角子、檩子不斗熬筋,我可以把它翻修出来,让你回到知识青年上山下乡的年代,让那些画家、作家、音乐家常来住,我也就没有那么孤单佬。"

向胜麦的妹妹、妹夫到瓦屋一起发展海椒,亲自做,管理得也好，盘算下来盈利十七万五千三百五十五元，按年初协商，一人发工资，每月二千元，另一人参与分红。分红的时候向胜麦妹夫不干了，说赚了钱要三余三余一地分。

向胜麦无可奈何，毕竟与妹夫一家割裂划不来，如果明年不干了，各自没得帮手，到头来不是竹篮打水一场空吗？回心一想，要不是妹妹、妹夫当年借钱给我，我也没有今天，只好忍了。

向胜麦开始想佑客、崽崽，一股愁思袭上心头，要是佑客在屋头的话，不是就能多赚了十几万吗？向胜麦只分到了五万八千四百五十一元，加上联合社三万六千元工资，以及六万八千五百元的分红，欣慰地笑了。

向胜麦默默地给儿女各转了一万，默了一会儿，再转了一万给女儿，也没说做什么用，他猜想女儿应该懂的。

两个崽崽钱默默收下了，但一句话也没说。去年、前年也转了点儿，都没有收。今年收了，说明认可了老汉。向胜麦欢喜遭了，再炒了两个菜喝得二麻二麻的，感觉两个崽崽没有以前那么恨他，人生也更有盼头了。

向胜麦一个人走在路上，顺手扯了一根狗尾巴草叼在嘴上，看着瓦屋的山水，头一回觉得瓦屋村是多么的美好，人也特别亲，会心地笑了。他不由得心里轻快起来，走起路来更是挺胸抬头。

不经意间，向胜麦心里突了一下，以前跟大家不都是恶声恶气的吗？啷个就勒么亲了呢？

自从向胜麦改邪归正种植海椒，乡邻也慢慢跟他好好说话，人家有红白喜事他也打顶手帮忙，有种辣椒技术不懂的，他就到人家地里指导，有的还会煮一碗荷包蛋给他，已将他当成了瓦屋村值得信赖的人。

向胜麦心中始终有一块石头压着，前年赚的一点儿钱除保留第二年需投的本钱外，还了向老支书、刘冬麦借的钱。去年赚了一点儿钱还没有拿到手，准备还刘大米的捐赠，其他乡亲们三百五百的人情可以慢慢还。可刘大米这个太多了，必须还，亲兄弟还明算账勒，于是打电话给刘冬麦帮忙转述还钱的愿望。

刘大米坚决不要，说好当初是捐赠的，不能拿回来。最后向胜麦决定捐赠给瓦屋村村委会，用作海椒发展的奖励基金。

刘冬麦风风火火来到村委会，欢喜地说："哎，今年的喜事真多哦！""嗯，确实有点儿多。"谭丽华应和着。戴春兰开始掰着指头算："一是刘成米结婚，二是向冬田佑客怀崽崽，三是瓦屋海椒专业合作社办工厂，四是……四是……"向大鱼接嘴："椒农丰收、海椒涨价、海椒新品种出炉。"刘冬麦顺补一句："脱贫摘帽。"接着她就摆开架势，一撩衣服，举着手转了一圈唱起来："今年瓦屋噻喜事多哟喂，瓦屋喜事啰儿啰，硬是多哟喂！"大家像在明星演唱会上捧场样齐声喝彩："好！好！好！"

高亢的声音在瓦屋村上空飘荡着，激励着一帮人撸起袖子加油干。

第二十章
腾飞

春天的阳光暖融融的,刘冬麦坐在竹椅上,背靠着海椒加工厂的墙壁跷着二郎腿,微闭着眼睛嘴角上扬,心情舒畅地享受着这份闲适。

"瓦屋那个产业噻走在前,我是那个噻带头人,带就带个幸福头也,走就走出那个富裕路。"刘冬麦哼着薅草锣鼓,脚尖一翘一翘地打着拍子。这中午的时光不冷不热恁是安逸哦,不知不觉地迷迷糊糊地困起瞌睡来。

一个瞌睡醒来,看着几台一两百万亮刮刮的、全国最大、最先进的海椒烘干机,刘冬麦心情相当愉悦,感觉到了人生巅峰,突然手机响起来。

"刘大米!"刘冬麦边寒暄边快速地搜寻记忆,这段时间和刘存粮夫妻没有交集,"他儿子?"一边默着,一边小心地应承着。

两人东拉西扯地摆了一会儿龙门阵。刘大米切入正题:"冬麦姐姐,我听说你们办了一个海椒加工厂,现在经营哪样?""我们买了几台全国最大型、最先进的海椒烘干设备,是咱们县的胡县长参与研究的,每天可以烘炕鲜海椒八十多吨,干海椒出来时,像流水一样刷啦啦地脆响。"刘冬麦抑制不住内心的得意。

刘大米不住地称赞:"哇,您好得行哦……"停顿了下:"上回村里大聚会后,我一直没有回过瓦屋村,听说产业发展得非常好,现在村里办了合作社,我也希望出点儿力投点儿资……"

刘冬麦脑壳一时间打不过转来,有些慌乱地说:"哎呀,我们勒个……小打小闹的,勒点儿利润……怕你看不起嘎……"一阵爽朗的笑声传来:"现在市场很大,利润不是我关心的事情,我就是想帮助瓦屋村将海椒加工业办起来。你放心,我五年内不要分红。""要得要得,兄弟你看啷个做,我们听你指挥。"那边坦言只提一些建议,不参加具体管理,刘冬麦万分激动,彼此客气了一会就挂了。

刘冬麦把这个喜讯告知在合作社成员群里,大家都很开心,认为瓦屋村海椒专业合作社已经可以吸引资金了,很牛叉。

向大鱼听说刘大米要来入股,鼓着腮帮子不知天高地厚地吹牛:"那崽儿看到我们赚钱了也眼红了,想一起来做海椒生意了。"后面一群人老爷戴凤帽(假装正神)跟着附和。刘冬麦一惊,人家刘大米不是看中这几个钱哟,人家早就有上亿资产,啷个会看得起勒个生意,况且人家五年内都不参与分利润,真的想为瓦屋村做点儿事情嘎。她突然醒悟过来,有点儿脸红了,她说:"你们月亮坝晒影子(自看自大)——以为各自瓦屋村海椒合作社不得了了,其实就是井底之蛙、小人之心。"

刘冬麦赶紧做出说明,进一步阐述刘大米是想为了家乡做点儿事情,为家乡发展出力,瓦屋村这点儿生意人家看不起,还特别提到"人家有钱的人不一定眼里只有钱,不看好处利益做事叫情怀"。大家听着"情怀"这个词有些抽象。

刘大米要回瓦屋细谈合作事宜。刘冬麦琢磨着,人家是在大城市、大公司走南闯北的人,不能搞得太哇抓,组织大家将村委会打扫得干干净净、茶叶杯子准备得妥妥帖帖的。加工厂那边也彻底打扫,到处干净整洁。她想着啷个也得像个公司的样子。

那天天气晴好,刘冬麦站在村委会等刘大米。向大鱼满不在乎地说:"一个刘大米,看着穿开裆裤、卵子拖灰长大的,用得着勒么隆重唛。"刘冬麦斜睨了他一眼,没有作声,其他的人各自做各自的事偷笑着。

谭书记和王镇长过来了,我的个妈哟,是哪个跟他们说的刘大米要回来嘎。

刘冬麦正在胡思乱想,远远地看见几辆小汽车驶来。咦,这么大的阵仗嘎,要是以前的路噻,灰尘都要扑出好远。刘大米两兄弟和胡县长一行下车来,刘冬麦赶紧招呼到楼上会议室,叫戴春兰烧茶水。

大家围着圆桌坐,老支书没有在村委会,刘冬麦急忙通知回来。瓦屋村村委会几个人面面相觑,不晓得要干哪样。

胡县长主持会议，显示屏上"石柱县海椒产业招商引资大会。"格外引人兴奋。他开门见山介绍了石柱海椒产业现状，特别提到石柱海椒是从瓦屋村出发复制到全县的，特别表扬了瓦屋村。紧接着进一步强调："石柱海椒发展的第一阶段，是将石柱红海椒产品打造出来了，县上决定将研究中心建在瓦屋村，作为海椒产业的指挥中心，让石柱红海椒能够'一二三产业'融合发展，走出一条品牌之路……现在有刘大米老总勒样的成功人士加入，产业就更有发展前途了。"

刘冬麦听到"成功人士"几个字，感觉似曾相识，微微地笑了。胡县长话锋一转："第二阶段就要靠刘大米这些乡贤将加工业及旅游业推上一个新的台阶。"

刘大米接过话头："瓦屋村以前很穷，穷得吃饭都是问题，经过勒么多年的努力，特别是脱贫攻坚战打响以来，瓦屋村更是发生了翻天覆地变化。从落后村到先进村，从凡事摇尾巴根到成为领头羊，是在县委县政府的领导下、桥头镇政府的支持和帮助下的结果，也是瓦屋村村支两委和群众共同努力的结晶。"

胡县长带头鼓掌。刘大米接着说："我一直想为家乡做点儿事情，可是找不到载体，不晓得做啥子，前几天听说瓦屋村办了加工厂，想到可以依托来做点儿事情。我的想法是分期投资，第一期成立一家以海椒为主的土家精品、农家特色的调味料公司，就生产比如鲊海椒、糊辣壳、五仁脆椒这些产品，就做妈妈的味道。"大家听得津津有味，向大鱼打岔："看来你这些崽崽在外还是要见识多些。"刘冬麦想着他前后的反差直想笑，偷偷用导拐拐了拐旁边的谭丽华，两人在相视的眼睛里看到了笑意。

与胡县长一同前来的招商局的负责人说："刘总有这个情怀，回来支持石柱发展，非常感谢！虽是瓦屋村的人，也属于城市资本下乡，应该列为招商引资企业给予支持，享受政府补贴。"大家非常激动，哗啦啦地鼓起掌来。

刘冬麦以前感觉有几台大机器就是到了人生巅峰，现在心气一下子更高起来，头脑搜索着她见过的最好的企业，暗暗想着要建一个高级的、现代化的企业，让瓦屋村的年轻人回来务工，那就是杠杠的。

作为联合社的理事长，刘冬麦也表了态："以前瓦屋人望人穷，现在发现还是望别人富裕比较好。刘大米兄弟富裕了也想着回报家乡，一心想着为家乡发展做贡献，我很佩服、很感动。我们有信心在县委县政府的支持下，在桥头镇政府的直接领导下，有刘大米老总的加持，一定能办好服务椒农、服务地方经济的企业，为海椒产业增光添彩。"

然后，大家一起去看了海椒加工厂，刘大米说这个场地有点儿小了，烘干海椒的加工能力还要加强，既然还要做系列产品加工，对场地的要求更高，一期至少要五十亩地。胡县长连连表态马上组织规划局、国土局讨论落实场地的问题。

刘大米拐了拐刘冬麦，示意到旁边说话。刘大米说："冬麦姐，我回来的时候给县委书记发了一个信息，书记非常重视，建议我们走招商引资渠道，这样搞，政策优惠要大点儿。"刘冬麦点点头说："勒是自然的，只要啷个有利于发展就是好事情。"

胡县长一行离开瓦屋村，刘大米留下来商量合作事宜。"我投点儿资在勒里，希望大家来干一番事业，我一期投入五百万，也是一个小厂的规模，不过要经营好才能滚雪球，一步一步地壮大。"刘冬麦跟着表态："你两兄弟见识广，具体啷个做，你们做主，我们来做活路，既然是大家合伙，还是要先将丑话说在前头，投资啷个投法，股份啷个占法，要先说断后不乱。"大家都表示赞同。

"现在要成立一家新公司，你们要将股东股权确定好，成立一个公司斤斤两两的事情多，人多嘴杂不好经管。我提个建议大家参考，以前的股东全部由冬麦姐代持股，你们私下再起个协议。"刘冬麦没有理透刘大米的话，还以为他是入股瓦屋村海椒联合社。

犹豫间，刘大米对着刘冬麦解释说："新公司的明股就是你和我两个人，负责参与表决重大事项，你代持其他人的股份，其他人的意见表达给你，你再参与表决，不是每个出资人都有直接表决权，这样避免意见难统一做不成事情。

大家热烈地讨论起来，老支书没有开腔，叼着没点火的烟杆，一副啷个都可以的样子。向大鱼不假思索地说："也就是说，我们随便拿一个人代理其他人的股份都可以嘛。"刘大米没有回答。戴春兰用记录本打了一下向大鱼的肩膀说："那也得是大家信任的人，得像那家人才行嘛。"向大鱼"嘿嘿"干笑了两声。

589

刘冬麦决定将这件事情征求联合社成员的意见，想趁刘大米还在瓦屋村，开会说清楚，以免今后扯皮，于是马上通知三十九个股东明天到瓦屋村商量。

听说开股东会，有人来投资办厂，大家都劲头鼓鼓地来了，但听说出了钱由刘冬麦代持股，还没有直接表决发言权，有人就打退堂鼓："这不合理啊，人心隔肚皮，饭甑隔筲箕，到时竹篮打水一场空哭得数不得！"大部分人有些犹豫，始终觉得钱在别人手上，权也在别人手上，没得把握怕栽了。

"十个说客，当不到一个夺客。"刘冬麦没有做动员工作，因为涉及钱的问题，也不敢保证成立新公司包赢不亏，也就是瓦屋村人说的哪个敢保证包生儿不生女嘛。

最终愿意出资入股的有十五人，其中瓦屋村的有九人。刘冬麦欲擒故纵："大家再缓缓考虑入股的事情，加之前年的存货这两天可以出手，等出手后再来考虑。"

向胜麦说前年的跟他没得关系，他这次入股二十万元。刘成米说："嘿个扎哟，你投二十万，老子将佑客的陪嫁搭进去也来二十万。"向冬田也争着表态："我跟！哪个怕哪个哟！"比武的架势一拉开，有人起哄喊话三人再加码，个个稳起不再开腔，哪个也晓得那是他们的全部家当了。

卖干海椒的那天，刘冬麦留了个心眼，通知买海椒的老板过来时，多喊了几家，这样没得行市有个比试嘛。

以等股东商量好了回话为由拖着先出价的，等下一个就将前面的老板价格抛出来，后来的客商就只好加价，就这样比着出价才不吃亏。

当初的成本含利息冻库费七块三毛钱每斤，现在卖到了八块一毛二分五，一吨毛利达到了一千六百五十元，戴春兰一算那不是要赚三百九十多万啊，她掰着手指头念着："老支书、冬麦姐、大鱼哥、世荞哥，还有我、刘书芝老师，那不就是每人要分六十多万呀。"

刘冬麦站在她身后，听她一个人喃喃自语，给了她几个爆栗子："你个鬼幺姑，一天就默分钱，还不快点儿和世荞哥下午去把账清了，银行贷款已经过期几个月了，还是银行支持展期才拖到现在。还有，把欠农民的钱算清，把收支搞清楚了才能分钱。"向世荞在旁边说："算不算，本钱是师傅，把账还清了，除去本钱，不就是我们可以分的唛？"

刘冬麦默了一下说："既然我们赚钱了，乡亲们的钱加点儿利息算……"向大鱼不情愿地说："当初说好多就给好多，我们现在要是亏了，家担儿都要赔完，那谁来吝惜。"刘冬麦说："按照银行七厘年利息算也没得啥子问题，如果他们鼓捣沙牛下崽，三天两头要我们还钱，我们还不是只有便宜卖，哪能赚得到钱嘛，吃水不忘挖井人噻。"

戴春兰不会算利息，刘冬麦说干脆按照一百元给七块钱的利息，反复交责按照两年算，一定按照这个标准算给乡亲们。向大鱼猴子吃枇杷（吞吞吐吐）有意见，但是又不敢硬起说话，凭脑壳码大账就不是小数。戴春兰和向世荞像打鸡血一样,给银行还账,给乡亲们付款。

乡亲们听说有钱后欢喜透了,有那担心得不到钱的,心里终于放下一块石头,结账时发现还支付了利息,一万块钱多了七百块,心里硬是安逸。

大家来拿钱,也不忘捞个人情,来个快刀切豆腐二面取光,大多都要客气几句:"哎呀,放在那步嘛,也不慌的个。"边卖乖边签字边沾口水数钱,特别是吼得最凶最担心拿不到钱的向朝木高兴得脸上麻子印印都笑圆了,口水滴答地数着钱。

刘四米提前拿了海椒款,没得利息,感觉吃了好大个亏,到村委会说:"我的海椒也涨了价的,也应该给我利息。""你去年不是狡癫子狡得很嘛,提前把钱逼到手了唛?还搞得冬麦被大家围攻,你还好意思来说勒些淡渣渣。"向大鱼毫不客气地怂他几句。

正说着,刘冬麦进来了,刘四米背起背筐边解嘲边开溜:"嘿,我要到街上去买酒回去喝。"向大鱼故意逗他:"耍一会儿噻,看别人数钱噻。""不哟,不哟,勒个社会恁个好,我还要割点儿肉、买点儿牛奶回去哦,怕待会儿卖完了。"话没说完人已经走了老远。

清完账,戴春兰迫不及待地看余额:"哇噻,还剩余三百四十八万。"除去公积金分配百分之二十,也就是六十九万六千,还剩余二百七十八万四千,每个股份分配四十六万四千。老支书眉头舒展:"我这辈子做梦都没有想过有这么多钱嘎。"向世荞和向大鱼跟着点头。

　　瓦屋村海椒专业合作社的一系列操作，成为石柱海椒史上的经典，很是神奇。胡县长在一次大会上讲瓦屋村如何克服困难、避开风险时赞赏："只要脑筋动得起，腐朽可以化神奇！"

　　全县到处传着做海椒生意可以赚大钱，去年有些乡镇经营主体没有交保证金的，也积极地行动起来，还有的出现争抢基地的局面，大家踊跃交了保证金，与政府签订了协议，石柱海椒体制机制开始走向正轨。

　　新公司认股，向大鱼说："管它三七二十一哟，我就入股三十万。""我跟。""我跟。"向世荞、戴春兰随口说出腔。当一向严谨的老支书说出"我跟"时，大家从嬉笑秒变爆笑。戴春兰捧着肚子蹲在地上笑得死去活来，只差打滚了。刘冬麦强忍着急忙给她揉背缓气。

　　前面表态的没得人变卦，紧接着刘书芝三十万、刘冬麦五十万，其余六个村支书说："长短是个棍，大小是个情。"每人试试捏捏地入股五万元，总数二百九十万。刘冬麦代持股份百分之四十九，刘大米占百分之五十一控股，即按需出资三百零二万，新公司共投资入股五百九十二万。

　　合作协议很快弄好了，刘冬麦传给大家看，一致通过并签了字。开始讨论章程，章程规定由刘小米任董事长，刘冬麦任总经理。刘大米强调公司刚开始起步，不搞那些空架子，越简单越有效率，土法上马。戴春兰顿感新奇，一天没得耍事，天天跟在刘冬麦后头"刘总、刘总"地叫，大家好耍也跟着喊起哄。

刘大米回深圳上班，所有工作委托刘冬麦全权负责，主要负责协调前期的土地等问题。经过多方努力，采取租用模式在长沙村找到一块地，刘冬麦始终心里不踏实，还是决定从长远考虑到工业园区争取五十亩地建厂，取名为"重庆市瓦屋村调味品有限公司"。

前期起厂还是老支书和向大鱼去，刘冬麦负责完善相关手续，原则上刘冬麦和老支书要留一人在村上值班。

关于下一步发展做哪样、啷个做，刘冬麦心里不停地在谋划——新公司万一做大了，账务、税务各方面处理都是问题，需要有一个特别值得信任的人承担这个工作。她不由得想起马有才，要是马有才在噻，搞得清清楚楚的，哪里用得着各自操心嘛。哎，命苦哟！最后聘用向世荞管内账，另请会计管财务。

瓦屋村的工作井然有序，刘冬麦和老支书很感激驻村工作队做了很多工作，特别谭丽华更是肩负起选择产业以及技术攻关，从瓦屋村推出了石柱红海椒，选育了瓦屋脆李子。

谭书记和王镇长上调了。走时两个人到了忘忧台，希望老支书和刘冬麦要将瓦屋村的两大产业守住，牵住牛鼻子，融合推进多产业发展，进一步振兴乡村建设。看得出来，他们对这片山水的留念和不舍，犹如妈老汉与孩子依依惜别那份情感。

确是这样，没有用心用情的投入，就没有眼里的不舍；没有留下希望的土地，就不会有心中的眷恋。

几杆烟枪又蹲在村委会门口抽老叶子烟。刘冬麦的三轮车没有直接冲进去，停车熄火，靠在方向盘上："嘿，又在放毒唛？""我们又没有在屋头抽。"向世荞眯眼眯眼地笑着搭白。

"我们瓦屋村去年试种的新品种，干海椒市场反应好得很嘎，又辣又香，颜色又好，做火锅味道很纯，镇得住味道，还辣口不辣心。""哪个品种哟？"老支书没有回过神来。"就刘成米种植的那五十亩，名字叫'石柱红一号'，客户要求明年多种点儿。"向世荞和向大鱼异口同声："好安逸！"击掌放声浪荡起来。

瓦屋村成功试种后，全县推广石柱品牌——石柱红一号。植株比人还高，亩产收入高达六千多元。

刘成米总结出多放有机肥、掐尖法种植技术，合作社组织技术员在整个基地推广，再被研究中心推广到全县。

瓦屋村迎来了市级领导视察工作，瓦屋脆李刚好试花，市委书记站在忘忧台上听县委书记汇报，指着瓦屋村一大片脆李子林，说："石柱海椒产业经过艰苦打拼，创新了体制机制，研发了新品种，走出了大市场，成为一块响当当的品牌。脆李产业也应该这样去做。"

市委书记关切地询问刘冬麦："种植脆李现在担心什么，有什么困难？""还是担心品质和销售问题。我们瓦屋的海椒种植技术、物资投入、品质保障统一，我倒怕脆李子各家各户种来百家百个样，到时候形不成品牌效应不好卖。"

"如果我们让农民的资源变成资产，资产变成股金，成立公司来经营，让农民成为股东，是不是能够更好地形成产业发展的新格局呢？"市委书记话音刚落，马副市长意见一致："这还真是一个将农民组织起来的好办法。"

很快，县委、县政府落实市委领导的指示，成立瓦屋生态农业发展有限公司，将瓦屋村的脆李"打捆发展"，刘冬麦任董事长兼总经理。采用资源变资产、资产变股金、农民变股东的"三改模式"运行，前三年县财政配套每年每亩五百元管理费。

前三年李子树小，在树脚套种海椒，增加土地利用率，四年后给予每亩四百元保底分红，如果效益好超过四百元，按实际分配。

讨论股份分配，刘冬麦要求亏同担、盈分红，股东们不干，要求保底，按每年四百元保底分红，股东们也就是瓦屋的村民，他们想的是有四百元保底够了，其余有分红更好，没有其他指望，至于经营亏盈不管。

如此，刘冬麦就承担了更大的责任，早出晚归，东奔西走，听说茂县脆李子好，就到茂县考察；听说巫山脆李好，就到巫山学习……一切为了心中的脆甜，一切为了更好地发展，坚持下有机肥改善土壤。

啷个才能让瓦屋脆李子卖个好价钱？刘冬麦和谭丽华绞尽脑汁

想办法。向世荞打趣："勒是半天云吹唢呐还在哪里哪哟，脆李子树还在做苗子就叫唤，就说卖李子的事，是不是干着急了哦。"

刘冬麦笑笑："搞农业最基本的东西是品种要对，品质要好，市场一开始就要研究的，不然尿胀了才找茅厕就搞不赢了。"

大家很信实刘冬麦，应和着："您该啷个干就啷个干，我们只有靠您嘎。"刘冬麦决定扩大海椒市场的时候连同脆李市场一并开发，早作准备早安排嘛。

办理厂房的各项手续过程繁琐缓慢，刘大米通过招商引资的渠道倒逼县上成立专班，就这样各项工作快速推进起来。新厂规划了泡制车间、烘干车间、系列产品加工车间以及冷库。其中建设土家风貌的烘干车间，准备安装整套设备八台，加工能力设计一万吨。

八月初，烘干车间好不容易才搭起架子盖个屋顶，瓦屋村的几台设备就搬了进去，每天海椒像潮水一样地运进厂房，机器的轰鸣声二十四小时不停息，干海椒哼着小调迫不及待地奔向出口。如此，干海椒装进"石柱红"透明包装袋卖到全国各地。

潮涨潮落，去年海椒行情好，今年就要承受市场下滑的压力，刘冬麦意识到必须要更加充足地准备资金和加强设施设备的购进，增强抗风险的能力。

刘冬麦遇大烂市有担当、有情怀、有信誉的形象，已经赢得了农民、政府、银行的信任。合作贷款的银行越来越多，抵押、质押等贷款产品用得也越来越顺手，联合社各项工作进入新的轨道。

恰逢今年鲜海椒又遇烂市，卖不出去。合作社有了加工能力后轻松多了，再也不伤那个脑筋，采取能卖鲜椒就卖，不能卖全部烘成干椒储存。

回忆起早先卖鲜海椒时求爹爹告奶奶趿扑趴的情景，刘冬麦暗自好笑，嘴巴不甜又哄不住人，只晓得假装蒙混那些厂家的经办人员，人不人鬼不鬼的，过得真累。

今年海椒市场虽然不好，但是加工了就可以存放，不再过"害怕种不出，种出了又卖不脱"那种提心吊胆的日子，有县委、县政府的支持就有了"定心丸"，有了踏实的依靠。

农业没有政府的大力支持是非常艰难的，没有加工，抗风险能力就弱；没有好的品种、品质、品牌，就卖不到好价，还是那句老话"农业不加工等于一场空"。

全县各个经营主体也在政府的支持下开始安装加工设施。

石柱红一号在瓦屋村试种后在全县重点推广，刘冬麦想起海椒紧俏时有人提着茅台、五粮液来"贿赂""走后门"，癞蛤蟆坐圈椅，该当麻大爷享福，就忍不住笑出声来。

戴春兰在埋头做事。向世荞则跷着二郎腿天南海北地跟客户吹胯胯："在石柱旮旮角角都有海椒加工厂，全是天然气清洁能源加工。"

刘冬麦迈进门坎，双手举得老高："你还没说完，看我拿的是哪样?""哇塞,全国十大名椒,牛叉又牛叉!"戴春兰竖起大拇指大声欢呼起来。

那个客户眼珠子要掉出来似的,东摸西看,仿佛在查验真假,端着牌子爱不释手,嚷嚷要向世荞给他照张相留念。

石柱海椒的产业发展,得到了重庆市委、市政府的高度关注和赞赏,每逢讲到农业产业时都会表扬"石柱红"海椒,一时间"石柱红"声名鹊起。

这天,刘冬麦正在用石春捣海椒酱,突然想起刘大米说过要做妈妈的味道,就是屋头寻常的味道,准备将瓦屋村的春八海椒做成产品卖出去。

刘冬麦第一次做很好吃,装在瓶子里,可是过几天就变酸了。她不晓得该哪个做,买来专门的调味品书籍研读,始终不得要领,反复做反复失败。请教县里食品质检同志,他们说只管质量检测合不合格、生产环境符不符合要求,其他的擀面棒做吹火筒也一窍不通。

刘冬麦焦头烂额,就给刘大米打电话倒苦水。刘大米宽慰道:"冬麦姐姐,还是要找专业的人才行嘎,隔行如隔山,我做的不是这个行业暂时找不到,大家分头找嘎,做一件事情需要慢慢来,不能着急嘎,着急也没啥用的。"

刘冬麦心想也是,摆着摆着就摆到了石柱红海椒:"你娃没得见过买海椒还要送五粮液、茅台酒嘎,我们去年是开了洋荤嘎,一些客户抢购石柱红海椒,还给我送了好酒呢,等你回来我们洋派一回嘎。"

电话里传来刘大米嘎嘎的笑声:"石柱红海椒现在是海椒中的爱马仕,是奢侈品啦。""啥子爱马仕奢侈品哟?!""哈哈,就是蚂蚁子磕头何人得见,好得不得了!"

刘冬麦将石柱红海椒"好得不得了"向合作社成员摆谈,向大鱼见缝插针:"就是不得了的意思。"刘冬麦默不作声地去百度查"爱马仕",一下醒悟过来。

从此,女的就说石柱红海椒是海椒中的"爱马仕",男的就说石柱红海椒"不得了"。

刘冬麦将扫尾不红的跛落货海椒做成鲊海椒:"啷个卖出去呢?"在包装这个环节实在摸不着门头。刘大米却信誓旦旦承诺这个事情特简单,他敢打包票。

刘冬麦到县农委报送先进典型材料,听说县上组织到重庆开展销会,心里痒痒的,想"搭顺便车",又担心没得包装丢石柱的丑,也不敢跟领导提及,万一火候不到搞砸呢。

刘冬麦纠结着走出农委大门,心有不甘,询问刘大米包装的事情,得到回复说还在设计中。她在台阶上心神不定地坐了一会儿,哎,这回展会等包装来不及了,默默返回那个科室,了解参展的时间和地点。

展销会头一天,刘冬麦炒好一桶鲊海椒,第二天五点多起来,提着赶车进城，几经转折才急匆匆赶到展会现场，老远就看见分管商贸的副县长在那边坐镇指挥，有点儿不敢过去。等到下午三点多钟，她打电话给负责的科长打探，得知副县长已经走了。

刘冬麦像做贼似的站在展位后，打开桶盖，一股鲊海椒的香味飘逸出来，弥漫着整个展厅。很多逛展会的人寻味而来，堆着看"热闹"——要尝没得牙签，要买没得袋子，连最起码的称也没得。刘冬麦脸红到耳根子站着，不知所措。"神经病，你来卖东西啥子都不带，屁股包耗子皮冒充打猎匠，吊胃口唛？"一个孃孃埋怨道。

刘冬麦有些狼狈，想着目前的处境也开不起口，但很快就冷静下来，环顾四周，看到不远处的展位有个大姐看上去比较和气，赶紧过去借牙签、台称和塑料袋。那个孃孃气呼呼地尝了一口，大大咧咧地说："妈呀，好久没吃到这个味道了，还是下乡当知青的时候吃过的。好多钱一斤？""八块！""嘿，你心还黑呀，比肉还贵。""你不晓得，这是传统工艺做的，费工得很。"

那孃孃白了她一眼，一副懒得跟你说的样子，继续尝了一口，似乎语气缓和些："但是好吃，还是来两斤，拿回去冰箱冰起吃。"这一咋呼，十字街口出告示——众所周知，更多的人围过来品尝，一会儿卖个底朝天。

"你怎么也不多带点儿来嘛，没得耍事唛？"有人拖声哑气地数落。这说明鲊海椒很受欢迎，刘冬麦暗自"黄连树下弹琵琶——苦中取乐"。

刘冬麦默了一下，展期还有两天，何不让戴春兰炒出来，喊向大鱼和向世荞立马多送点儿上来呢。心动不如行动，时间就是金钱嘛！

向大鱼和向世荞两人力气大，第二天一大早一人背了一大桶，提了两小桶赶到，还是没多久又秋风扫落叶一扫而光。刘冬麦得意地炫耀："啷个嘛，咱们的产品受欢迎嚯！"

向朝田在抓田角的边沟，听说刘冬麦将尾巴海椒做成鲊海椒，还卖出八块钱一斤，惊讶得张大嘴巴："不可能哦？"向大鱼说："嘿个扎，有啥子不可能嚯，不可能的事多得很哟！"

这件事情极大地鼓舞了瓦屋调味品公司。刘冬麦开始做鲊海椒和糊辣壳海椒。此时刘大米的包装设计方案也出来了，很有地方特色的一个土家老灶坊，西兰卡普镶边，简洁大方，老土不失新潮，传统中又带着新颖。

经真空机的打包外加精美的包装，刘冬麦很有成就感。

但啷个卖出去呢，她到城里转了一圈，有个副食批发部老板像鉴宝一样仔细端详了一番，摆摆手，摇摇头道："你这个没得生产许可证，哪个敢卖，逮住了罚你个倾家荡产。这叫'三无产品'，懂不？"

产品不能卖？包装生产厂家做包装卷膜、制版，得花两万多块，刘冬麦闷闷不乐，哪个舍得花冤枉钱呢。

恰逢县上搞辣椒推介会，刘冬麦赶紧去请教调味品协会的人。

协会秘书长特别热情，邀请瓦屋调味品公司加入协会，并帮忙找了一个食品工程师做兼职指导。

瓦屋调味品公司得设置装修车间，添加生产设备，按照现代化标准流程加工产品。这一扯一入用了一百多万，大家都心疼不已，不怕一万就怕万一打了水漂。

县食药监局请来审查认证的专家，在车间左看看右瞧瞧。刘冬麦提心吊胆很紧张，担心审查不合格就惨了，心都提到嗓子眼，赔着苦涩的微笑跟在审查组后头，强打着即将决堤的精神，不知不觉拳头捏出了汗，身子骨不由得抖了起来。

如果审查合格两个月内可以办证，就合法生产。假如审查不起，就又要半年以后才能申请，又要走那套繁琐的审查程序。关键是投资那么大，不生产，设备闲置起来如何是好。

那才是怕啥来啥，专家组翻开笔记本，逐条提出问题，每提一条如针扎一下刘冬麦的心窝。经审议后组长宣布：审查不予通过。刘冬麦吓得说不出话来，一下子眼圈就红了，眼泪水直打转，茫然失措地转过身去。那绝望，只有天知道！

县食药监局领导于心不忍，对专家组提议："这些都是的小问题，不是上纲上线的大问题，至于需要以前生产的产品来佐证，这个本身互为前置，是不科学的……您们能否考虑给个机会整改……我们这些偏远山区，办个企业不容易呀。"

专家组组长考虑了一会，吐了一口气："你们也不容易，那就给个两周时间整改后再审。"

刘冬麦听后，如释重担，赶紧对标查漏补缺，一个月后，生产许可证办下来了。

工程师指导公司用正规的标签将塑料包装上的文字内容遮盖，减少不必要的浪费和损失。刘冬麦得知在半年以内可以用完原包装袋，也松了一口气。

公司在食品研究工程师的指导下，在市调味品协会的帮助下，开启了加工环节的提档升级，逐步开发了小面佐料、五仁脆椒、红油辣子、青椒王等系列"妈妈的味道"。在刘大米两兄弟的协助下，通过抖音、微信公众号、淘宝等平台销售。产品获得了公众的认可，初步开拓了市场。

戴春兰提议注册"赤脚板"商标，虽然那次事件久久地萦绕在刘冬麦心头挥之不去，但她认为石柱红海椒是从瓦屋村出发，瓦屋村也因海椒获得了脱贫攻坚的最后胜利，最终注册了"瓦屋垱"商标。几年的打拼，"瓦屋垱"成为重庆市著名商标之一。

经过三年新厂才修建完成，从第一年起边生产边建设，石柱红海椒新品种也获得了市场的认可，供不应求，重庆火锅、湖北鸭脖子争抢货源。

重庆大宇火锅老总说："你进入一个火锅店，假如闻到闷臭闷臭的，用的绝不是石柱红海椒；整个店堂没有异味，越吃味道越好，你就晓得用的是啥海椒，只有石柱红海椒才能镇味压邪。"

湖北鸭脖子进驻石柱采购石柱红海椒，一大车一大车地往武汉运，矮胖的采购商推荐："'石柱红'海椒卤鸭脖子辣得够味，背煮，可以卤三回，成本也划得着"。由此，"石柱红"品牌像脚上绑打锣走一地响一地，更加名震四方。

石柱海椒以及瓦屋海椒合作社，再一次通过加工抵御了市场风险，中央电视台二套的《经济半小时》以《小海椒的重庆骨气》为题，以瓦屋村委为切口，专题报道了"石柱红"海椒不屈不挠的市场奋斗史。

刘冬麦成为致富经的主角，讲到倒海椒时，一直在笑的她忍不住哭了，守在电视机前的瓦屋村的乡亲们也哭了。

农业部干部学院领导同县农委领导考察瓦屋村海椒专业联合社，听正在指挥干海椒入库的刘冬麦介绍了瓦屋海椒合作社的发展，以及海椒产业发展的四大机制后，非常感兴趣："看来石柱海椒产业扶贫模式非常成熟，很有借鉴意义，既有工、学、研，也有产、加、销，有较强的抗风险能力，还有体制机制作保障，值得全国借鉴与推广。"

农业部的领导恁个高的评价，刘冬麦引以为豪到处宣传。没过多久，国家农业部和扶贫办决定组织西部地区一百个贫困区县的书记、县长到石柱观摩海椒产业的扶贫模式，明确瓦屋海椒专业联合社是一个至关重要的点。

国家级现场会在六月中旬召开，将近五百多人涌向瓦屋村的忘忧台，大家赞叹着扶贫产业的新动态，欣赏着瓦屋村的美丽山水。

海椒已经挂上了果实，小小的、尖尖的，一粒一粒一簇一簇，煞是惹人喜欢，满山的海椒欢呼着摇动着嫩绿的小手。

脱贫攻坚工作推进了五年时间，瓦屋的脱贫工作没有特意去做群众的满意度调查，没有特意去教贫困户啷个应对检查验收，但是满意度和验收结果都是最棒的，瓦屋村获得的奖牌挂了一面墙。刘冬麦被表彰为"全国劳动模范"，谭丽华被评为"全国脱贫攻坚先进个人"，出席了全国脱贫攻坚大会。

瓦屋脆李到了幺姑怀孕生崽崽的时候。县里组织了脆李品鉴会，邀请了绿九果品公司、重庆市水果协会等来参观品鉴，评价瓦屋脆李基地管理到位，脆李脆度甜度算数一流。刘冬麦和乡亲们受到鼓舞，有机肥就下得更足，除草施肥更是勤快。

刘大米很欣慰："我们瓦屋出去的农产品，以后都要做到最好才出去。"向胜麦故意起哄："你是不得了哦。"大家心头狂喜，满脸喜悦。

驻村干部完成了历史使命，恋恋不舍地离开了瓦屋村。刘冬麦忽觉村里空落落的，倍感失落，没事经常和谭丽华微信聊天追忆那些酸甜苦辣的过往。

乡村振兴的号角已经吹响，桥头镇被纳入重庆市第十七个乡村振兴示范点，瓦屋村成为瞩目的焦点。市委宣传部帮扶集团帮扶队员进驻瓦屋村。

桥头镇驻村工作队的队长姜黄、副队长资源都是宣传部派来的，瓦屋村驻村第一书记焦书记是从重庆出版集团过来的。

刘冬麦很留念谭丽华、冉隆伟等人，毕竟科班出身懂农业，瓦屋村的产业发展有一半以上的功劳当之不愧属于他们。她给谭丽华发微信："瓦屋村的发展，得益于你们的帮助支持，瓦屋村的脱贫攻坚军功劳有你们的一半，致敬！"

"人生什么是不悔？就是我曾经努力过，奉献过，没有虚度年华。"谭丽华回复后，自己却陷入了沉思……

焦书记刚上任，恰遇几个村民到村委反映没有收到种植补贴，他对着手机上的账单明细对账，一定要弄个水落石出。向世荞窝着气认为这些人故意找事。焦书记个子比较高，弯着身子亲切交谈，给人很随和大度、和蔼可亲的感觉。刘冬麦很感动，这也是弯得下腰接地气的干部啊。

队长姜黄与副队长资源到瓦屋调研工作，认为石柱红海椒酒香还是巷子深，仍需进一步加大推广宣传力度，于是邀请十几家市级宣传媒体到瓦屋深入采访报道。网络不断发酵，一些企业慕名前来采购石柱红海椒或投资筹建火锅底料加工厂。

姜队长提出了瓦屋村的发展方向：实现脱贫攻坚与乡村振兴的有效衔接，将瓦屋村打造为"一二三产业"融合发展的乡村振兴示范点,主题就是依托藤子沟山水林田湖自然优势康养忘忧。

腊月二十,姜队长带着瓦屋村支两委站在忘忧台上,凌冽的寒风带不走一群人心中的暖意。漫山遍野都是忙碌的身影,修枝的、刷白的、放肥的,一派生机勃勃的冬管景象。

"原以为冬天的脆李子基地凋零枯萎,经过修枝、整形、刷白的脆李子精神抖擞,让人肃然起敬。"姜队长由衷地说完,吟诵道,"李径独来数,愁情相与悬。自明无月夜,强笑欲风天。"副队长资源也不甘示弱:"减粉与园箨,分香沾渚莲。徐妃久以嫁,犹自玉为钿。"

两人深情款款地吟诵李商隐的《李花》,那忘忧台的风仿佛在回应:"别愣着嘿,鼓掌!"刘冬麦陶醉了,仿佛听见了万千脆李子花"嚓嚓"炸裂的声音,尽情地迎风绽放,她就是那花中翩翩起舞的仙子。

其他几个人听得不懂,盯着几人深情款款的样子,不住地点头,明白瓦屋的脆李子不得了。

"来一场说来就来的李花节吧!"姜队长脱口而出。"瓦屋的李花盛开,绝对值得拥有一场盛大的仪式感。"资源队长回道。

"新来的黄书记和曾镇长马上到瓦屋村来,你快点儿到忘忧台。"老支书急促地打来电话。刘冬麦正吃着饭,扒拉两口放下碗,骑着三轮车一阵风出了门。

书记、镇长刚上任两三天,还没有到过瓦屋村。忘忧台上除了姜黄队长、资源队长，刘冬麦一猜就知道那两个陌生人就是书记和镇长。

"汪支书好！""刘主任好！"两人自报家门，书记叫黄大山，镇长叫曾爱水。姜队长好奇地问："你们认识呀？"黄书记微笑着说："刘冬麦是名人，大家早就认识，一男一女，男的当然就是汪支书嚜。我们两个初来乍到，工作上还要您们多支持！""必须的，必须的，还要望您们多支持瓦屋村才行嘎。"刘冬麦反应快，立马回应。

两个人中等身材，书记偏瘦，镇长偏胖，名字连起来还有意思，看来组织部安排干部讲究胖瘦搭配、山水协调嘎。刘冬麦"开小差"想着歪歪事。

"瓦屋真的好美，群山环抱清秀，七湖映月蜿蜒，狮头昂扬壮美，花果飘香入脾。"曾镇长赞叹。刘冬麦顺着曾镇长的视角重新审视瓦屋，原来以前的连绵蜿蜒穿成项链的珠宝真的是由七个湖组成的。琢磨间，黄书记变腔道："好一洞天福地！"那西游记孙悟空的腔板出神入化，逗得大家开怀大笑起来。

扯了一阵闲条，发了一通感慨，终于回到了主题，讨论瓦屋村李花节的事情。

黄书记定调子："这是一次推介'千年桥头 水韵果乡'的大好机会，我们一定搞一个有声有色的推介会。"

"好，我来落实，您就放心交给我吧。"曾镇长马上表态，承诺两天内做个方案出来大家讨论。

焦队长轻轻地敲了敲刘冬麦的办公桌，低声地说："暂时别填报表了，镇里通知我们马上过去开会。""哎呀，焦队长，您老是勒么礼貌，我们有点儿压抑嘎，您要入乡随俗，大声说话，大碗喝酒，大块吃肉，才是咱瓦屋人。""你们随便，我尽量学。"戴春兰点黄："包括喝转转酒不？""喝转转酒就不勉强嘎。"刘冬麦话音刚落，就有人笑趴了。

会议主要讨论李花节相关事宜，活动规划邀请《中国好声音》季军——石柱本土歌手谭齐圆、重庆市川剧院梅花奖名角助阵，穿插旗袍秀、汉服秀等节目。

李花节规划宏大又省钱，刘冬麦想入非非又开起小差来。她仿佛看到端庄的旗袍美女从忘忧台缓缓走出，飘逸在小径上、树林脚，优雅了一面山，点缀了一片湖；而那些汉服美女也从乌塔遗址轻步迈出，大气温婉，呼出了历史的厚度，美丽了岁月的轻纱。

曾镇长讲完规划后征求意见，刘冬麦想着歪歪事没有听到。焦书记轻轻地敲桌面，刘冬麦回过神来不好意思地笑笑。曾镇长指名道姓问："刘主任你还有啥子要补充的吗？"

"啥子"是"豁子"，曾镇长肯定不是石柱人，刘冬麦又走了神，默了一会儿才补充："我建议增加本地农民的参与感，让大家来组织节目，狮子队、龙灯队、锣鼓队、啰儿调薅草锣鼓比试等等，到时候说不定有惊喜嘎。让乡亲们尽力参与，对乡村振兴有更强的参与感，提高自信心、荣誉感，增强积极性、凝聚力，形成活力，乡村振兴的氛围将会更加浓厚。""这是个好主意，干脆桥头的七个村都分别出节目,全部氛围整起来。"曾镇长说完大家齐声叫好。

三月二十日,天刚麻麻亮,瓦屋村所有参与李花节的领导就来到忘忧台,热情俏皮的太阳从迎风寺跳跃出来,将金色的阳光挥洒在藤子沟东坡。瓦屋村像下了一场雪,满山遍野的李子花在阳光照射下妩媚妖娆,间或一块松林点缀在瓦屋村梯地之间,一阵阵李花的香气迎面扑来,入了心脾,神清气爽。叽叽喳喳的鸟鸣不绝于耳,两只喜鹊跳跃在忘忧台上欢快地叫着。

瓦屋的喜气引来鸟雀齐聚,蜂蝶成群。曾镇长由衷地叹道:"这满山遍野的白入了湖的心,牵了人的魂啊。"姜队长笑道:"我好像有些醉了,人都轻飘起来了。"大家静静地享受着这份难得的美好。

锣声、鼓声、唢呐声打破了瓦屋的寂静,还没有到八点钟,从赵山、从桥头、从砖屋、从田畈,从弯拐拐的山道、从亮光光的水泥路,各村表演队伍向瓦屋村汇集。远远望去,黄色的龙、红色的龙、紫色的龙从四面八方浮游在山野间,夹杂着打倒钱、划干龙船、玩牛的游进脆李园基地林间小道。龙在舞,狮在动,锣鼓声、唢呐声响彻瓦屋村的晨。

几架小型无人机嗡嗡地在上空盘旋着,地上长镜头、短镜头的照相机不断咔嚓地闪光,无数的手高举手机抓拍着这动人的景象,瓦屋的山水由此而灵动热烈。

人们纷纷从四面八方奔呼而来,一进入瓦屋就被这种气氛渲染而吸引，有的更是跟着忘情地大喊大叫。

从乌塔梁到忘忧台到庙湾到老屋基到谭家塝，一路密密麻麻地像插笋子，摆着各种造型拍照、录像。一时间抖音、朋友圈像泛滥的潮水覆盖瓦屋的山水。

旗袍队、汉服队散落在忘忧台、乌塔梁的林间小道，宛如七仙女下凡嬉戏，又如穿梭在吆喝的盛唐街市，款款醉人。

舞台的音乐混合着锣鼓、唢呐萦绕瓦屋的上空，并不嘈杂无章，搅动着脆李园泥土的清香。

舞台搭在忘忧台下的坝子里，游弋在林间的狮子、龙灯各式表演队向舞台处聚集，老远就开始搜肠刮肚喊吉利卖弄争彩。刘粮田在喊："天上太阳照万物，地上最美瓦盖屋，乡村振兴为万民，齐心协力争上游。"野鹤村生怕落后，喊声接起："原野四处万马腾，白鹤起舞八方旺，乡村振兴奔前程，美好生活甜如蜜。"就这样比膛声，比内容，比气势。

十点整，"太阳出来啰喂，喜洋洋呕嘟啰……"一声男女混音高亢地传出，一男一女主持人着土家服饰走到台前，一切喧嚣顿时安静下来。随着胡县长"瓦屋村李花节正式开始"的话音，雷鸣般的掌声穿透瓦屋村。

土家歌手江一流、花红梅拉开活动的序幕，高唱土家山歌一展身手。一段川剧《江姐》唱段，从那川剧院院长的歌喉传出，润泽到每个人的心田，传神的表演让人感受到革命先烈的英勇顽强，激励着人们不忘初心、牢记使命。

突然，现场骚动起来，很多少男少女惊叫着呼喊："谭齐圆！谭齐圆！"刚开始杂乱，渐渐地越来越整齐，越来越有气势。大家随着动情的演唱和着节奏尽情地挥舞，呐喊！那种狂热，那种执着，不逊色于专场演唱会那么热烈澎湃。

三句半上场，刘成米、向冬田、向胜麦、刘顺油分别拿着小扁鼓、小拨、小镂、小锣，敲着"咚咚锵咚咚锵"锣鼓引子走上台。

一首《桃花运》响起：风吹桃李满树花，喜鹊枝头叫喳喳，果园的哥哥走了桃花运，姊妹三人都看上他。

几个人穿着土家服装，扭腰胯腿地表演起来。

"我们四人台上站。""一看就是三句半。""锣鼓一响心慌乱。""试试看！"

开场白后，刘顺油说："曾经我是贫困户，天天看着米桶哭顿顿，吃完不饱肚。"刘成米敲锣："嘘，莫乱说！"

"我屋是因病致贫，我屋是因学致贫，"向胜麦贼眉贼眼地看看四周，跨出一步低头语，"我屋是因赌致贫。"刘成米敲锣重复那句："嘘，莫乱说！"

"党的扶贫政策好，医院帮我病治好，努力种椒把钱搞。"大家一起喊："嘿，我们脱贫了！"真人真事说着接地气的三句半，台下巴巴掌啪得哗哗地响。

大家鞠躬下台，向胜麦还蒙杵杵地站着，眼眶发红地盯着一个地方。刘成米走出台口返回拉他，他才尴尬醒悟过来。台下的乡亲们哈哈大笑，同时给予了热烈的掌声。原来，向胜麦突然看到人群里有他日思夜想的那三个人。

三句半改编,秦大明从文字表述方面着手,刘书芝从音乐歌词方面着手,刘冬麦负责根据表演者个人特点来无缝衔接编排。

刘冬麦忙碌得走路带起风来,秦老师亮晶晶的眼睛一直跟着她转,像跟班生怕跟丢了一样。

民间文艺家协会的陈志华快步走上台来,深情地朗诵了一首自己创作的诗歌《瓦屋》——

  忘不了那一洼丘地脆李清香
  荡起心田的涟漪
  夕阳辉映下羽化的诗和远方

  不舍山野的寂静、虫鸣与清凉
  以及那繁星点点融入万家灯火的浪漫激情
  更不舍露天宴的热情、飞花令的灵犀
  和那欢声笑语、轻歌曼舞

  不忍你流泪
  我已五味陈杂
  你黝黑的肌肤
  瓦屋的希望
  或是荣耀的写真

灿烂中透出一股青春与活力

　　我们都是乡村振兴的逐梦人
　　在广袤的田野撒播民族复兴的希望
　　让我们一起呼喊
　　"瓦屋，腾飞吧！"

　　县委书记边看节目边与县长讨论，彼此都很兴奋激动。县委书记悄悄地对县长说："你唱歌唱得那么好，是不是也该为热烈的活动添把火呢，你唱一首啰儿调助推下李花节的氛围，如何？"

　　经过一番衔接，县长满面春风走上台。所有人情绪高涨，拼命呐喊鼓掌。县长一句："太阳出来啰喂……"，四周不约而同地高声应和："喜洋洋呕啷啰……"仿佛那声音飞出土家山寨，飞出巴渝土地……

　　一时间山在唱歌，水在呼应，花在绽放，树在起舞……一幅乡村振兴的有声画卷在瓦屋村徐徐展开。